U0113465

亦 客◎著

交易

IV

交易有无数种，但有一种交易叫『默契』

台海出版社

图书在版编目（CIP）数据

交易Ⅳ／亦客著. –北京：台海出版社，2013.1

ISBN 978 – 7 – 5168 – 0108 – 6

Ⅰ.①交⋯　Ⅱ.①亦⋯　Ⅲ.①长篇小说—中国—当代

Ⅳ.①I247.5

中国版本图书馆 CIP 数据核字（2013）第 018428 号

交易Ⅳ

著　　者：亦　客

责任编辑：戴　晨　　　　　版式设计：刘　栓
责任印制：蔡　旭

出版发行：台海出版社

地　　址：北京市景山东街 20 号　邮政编码：100009

电　　话：010 – 64041652（发行，邮购）

传　　真：010 – 84045799（总编室）

网　　址：www. taimeng. org. cn/thcbs/default. htm

E – mail：thcbs@126. com

经　　销：全国各地新华书店

印　　刷：北京柯蓝博泰印务有限公司

本书如有破损、缺页、装订错误，请与本社联系调换

开　　本：787×1092　　　　1/16

字　　数：400 千字　　　　　印　　张：24

版　　次：2013 年 3 月第 1 版　印　　次：2013 年 3 月第 1 次印刷

书　　号：ISBN 978 – 7 – 5168 – 0108 – 6

定　　价：39. 80 元

目 录
CONTENTS

IV

第一章 | 脱胎换骨

第二天的说明会九点举行,来了不少家旅行社的老总,也有分管营销的副总。

陈瑶和徐君八点三十分就来了,登记完毕,领取资料,坐在一个安静的角落里,翻看资料。

会场内,旅行社的各位老总三三两两在谈笑,有的则小声在商议着什么。

九点整,说明会开始,会场内来了大约九十多家旅行社的代表。

张伟让工作人员把材料发给大家,给大家详细说明了代理拍卖的内容规则和实施办法,然后让大家自由提问。

这时,一些旅行社的代表开始就一些不明白的问题进行提问,张伟耐心地给予说明解答。

解答了几个问题后,一家旅行社的代表突然站起来说:"张总,我有一个问题,我认为贵公司实行的这个办法是破坏了旅行社和景区之间多年形成的游戏规则,在策动旅行社之间进行内讧和争斗,把各旅行社的利润空间降到了最低点,而且,也给本地的景区带了一个坏头,如果景区都采取这个办法,我们旅行社如何生存……你们拍卖出去,钱收到手了,万事大吉,不管不问,我们呢,苦苦挣扎去给你们拉客人,即使没有利润也要拉,就因为钱提前支付给你们了,这不是典型的盘剥我们旅行社吗?……"

这话一下子激起了一层波浪,会场内一片哗然,好几个代表随即附和道:"是的,这是典型的盘剥我们当地旅行社……宁州过来的这家旅游公司没安什么好心……"

一时,会场秩序有些乱,大家议论纷纷,对这几位代表的话都表示赞同。

事发突然,张伟和于琴一下子有些始料不及。

这时,又一个人站起来,面对大家说:"我们旅行社应该联合起来,抵制这种盘剥旅行社的不人道行为,大不了,大家联合封杀龙发旅游……"

"对！对！封杀外来的这个漂流，让它在我们地盘上耍威风……"其他几个人又附和起来。

张伟和于琴有些紧张，很明显，这样下去要乱套。

其他的旅行社虽然都没有大声表示附和，但出于自己的利益，肯定都想不搞拍卖代理，但是，不搞拍卖代理，也不愿意公开站出来表示态度，既不想得罪旅行社，也不想得罪龙发旅游，一时都表现出模棱两可的态度。

张伟看看陈瑶，陈瑶正低头摆弄手机。

很快，张伟手机收到陈瑶的短信："镇静，冷静，不要慌，这是几家旅行社挑头在联合发难，想搞黄，大多数旅行社都还算中庸，不会明确表示支持哪一边，但是，一定不能让他们误导大家，否则后果不堪设想。你可以简单谈一下你们的初衷以及后续保障，让大家安心，那几个人成不了气候，待会儿你讲完，我带头去报名……"

看完短信，张伟心里有数了，脑子飞速旋转，冷静思考了片刻，微笑了一下，冲大家摆摆手，示意大家安静，然后说："请大家安静……我们搞区域代理拍卖，在我们旅游行业属于第一次，但是，在其他的行业，屡见不鲜……旅游也是商品，我们搞代理拍卖，既是保证我们自身的利益得到保障，也是保证独家区域代理方的利益得到保障，大家双向选择，自愿来去，没有任何勉强……同时，我们并不是一拍了之，对代理商不管不问，代理拍卖后，我们会对代理商实行督促管理，帮助代理商一起出谋划策，一起搞促销活动，使我们双方的利益都得到最大化的保障……"

张伟侃侃而谈，有理有据，底气十足，真诚坦白，软中有硬，详细周到，会场内一片肃静，大家都认真在听。

张伟说完后，挑头的几家旅行社代表被驳斥得哑口无言，其他代表又开始小声议论纷纷，虽然没有人再提反对意见，但也没有任何人公开出来表态支持。

这时，陈瑶站起来说："请问张总，现在可以领取报名表、交代理保证金了吗？"

张伟点点头说："可以了，有意参加竞拍的旅行社请到旁边的房间领取报名表，当场填写，并交保证金一万元，拍卖成功的直接计入代理金，落标的返还。"

陈瑶二话不说，转身就去了旁边房间，徐君跟在后面。

榜样的力量是无穷的，假日旅游在东兴属于国内旅游的排头兵，她带了这个头，大家都纷纷起身，一起涌向报名处，领表格，交押金，会场内只剩下那几家联合抵制的代表。

张伟悬着的心放了下来，于琴也松了一口气，看着张伟说："妈呀，紧张死我了。"

张伟对于琴说："今天幸亏陈董，帮了我们大忙。"

于琴点点头说："陈董真是个好姊妹，够意思！滴水之恩，当涌泉相报，我会记住她的。"

一会儿陈瑶和徐君走过来，陈瑶笑嘻嘻地对他们说："好事多磨啊，于董、张总，我们填完表、交完保证金啦。"

于琴拉住陈瑶的手说："陈董，今天多亏了你圆场！"

陈瑶看着张伟说："张总的现场发挥好啊，讲得很有理有据，理直气壮，我听了也只有认同了……呵呵，我们这次报了三个区域的代理项目，搏一搏，看能拿下一个不？"

徐君在旁边笑嘻嘻地接过来道："当然，我们不会硬和他们拼价格，适可而止，重在参与嘛！"

张伟和于琴点头称是。

然后，陈瑶和徐君告辞离去。

中午时分，报名结束，结果令人振奋，宁州一百一十二家旅行社，九十一家参与报名竞争，最多的一个区域有三十二家报名。

夏季旅游以水为主，漂流自然是很热的一个旅游项目，看来各家旅行社还是很重视这个事情的。

一场虚惊到此结束，张伟心里终于安定下来，将后续事宜交代给玲玲去办，自己直接开车带着阮龙和于林去了宁州，明天上午，宁州召开说明会。

于琴和玲玲办理完公司里的事情，明早和张伟在宁州会合。

这段时间，没听到于琴提起潘副市长，也没见到于琴和潘副市长聚会，让张伟感到有些意外。

或许，于琴真的要洗心革面、从头做人了？

那潘副市长能放过于琴？

张伟有些迷惑，不过也没有多想。

有了在东兴的教训，张伟和于琴提前做好了心理准备，在说明的时候多穿插了一些内容，在宁州的说明会就顺利多了。

宁州二百四十二家旅行社，有一百六十三家报名竞标，结果比较理想。

中午统计完结果，张伟借口要办点事情，让于琴带阮龙、于林和玲玲先回东兴，他径直开车去了东湖边的戒毒所，去探望郑一凡。

在前往戒毒所的路上，张伟的心是沉重的，甚至有些恐惧。在他的概念里，那里应该是高墙、铁窗、严肃的干警、痛苦的戒毒人。可当进了戒毒所时，呈现在张伟面前的却是绿荫遮蔽下的宽敞道路，郁郁葱葱的果树林，鲜嫩整齐的菜地，一派生命绽放的景象。

透过接待室的窗户，张伟看到管教区"远离毒品，珍爱生命"八个大字格外醒目，干净整洁的院落被鲜艳盛开的花朵包围，空气清新，阳光明媚，张伟的心情也轻松起来，因为这里确实是戒毒人员安心接受管理、教育，脱胎换骨重新做人的好地方。

郑一凡来到接待室，见到张伟，非常高兴，又问于琴知道不知道他来看自己，张伟说不知道。

张伟本来想告诉郑一凡于琴在戒毒的事情，想了想没有说，不能让郑总感觉自己和于琴走得太近。

郑一凡看起来气色比以前好多了，精神稍微有点萎靡，但眼神很有灵光。

张伟买了六条大中华软包香烟，给管教干警送了两条，拜托他们好好照顾郑总，剩下的四条给了郑总。

"戒毒的人，心理和生理都很难受，吸烟可以缓解痛苦的程度。"管教干部对张伟说。

张伟首先简单问候了一下郑总在戒毒所的生活情况，直说气色好多了，人也有点胖了。

郑总拍着张伟的肩膀说："小张，你能来看我，我很高兴，来看看就好，别花这么多钱……我知道你一定会来看我的。"

张伟看着郑一凡，说："郑总，你在这里受委屈了，早就想来看你，只是一直没有时间。"

郑一凡摆摆手，说："小张，不能这样说，我这是在戒毒，呵呵……在拯救自己的肉体和灵魂，唉……我发现只有在戒毒所里才能真正找回真正的自己……我不能管理公司，于琴又一直没大接触公司的管理业务，就要多劳你费心了。"

张伟说："郑总，我会尽力去做，就是自己能力不强，怕辜负了你和于董的期望。"

郑总用信任鼓励的眼神看着张伟说："我信任你，于琴信任你，你放开手脚去干，大胆管理，我不能出去，于琴会全力支持你的。"

张伟点点头说："这一段时间于董对我一直很支持，对我很信任的。"

接着，张伟把最近这段时间公司的全部工作详细地给郑总做了汇报，包括小明从中作梗的事情。

郑总听完，沉思了一会儿，点点头说："小张，你做得很好，这段时间的工作很有起色，你的管理和协调以及综合处理的能力出乎我的意料，说实在的，我一开始委托你做常务副总经理代我履职的时候，心里还是有些担心的，现在看来，原先我的担心是多余的，这么短的时间，你就能迅速打开局面，我很高兴，也很放心，我相信，假以时日，你一定还会有更大的作为……至于小明，说实话，我早就对他有怀疑，他做的那些事我早就有觉察，只是牵扯到他是于琴那边的人，我一直没有挑破那层纸，一直在暗中观察。其实，这次你不说这事，我还要提醒你的，这事处理起来有些难度，得照顾于琴的面子，还有于琴的弟弟，毕竟，公司里于琴家里的亲朋好友一大堆，牵一发而动全局，须谨慎处理，三思后行。一定要证据确凿，避免后遗症，这事我点到为止，剩下的就看你的了。无论什么时候，都要把维护公司利益放在首位，把维护老板娘和老板的利益放在首位，把公司全体员工的利益放在首位，这三者是不矛盾、不冲突的，我相信你一定能处理好，这也是你锻炼和成长的一个好机会……"

郑总说得很严肃认真，看着张伟的眼神明亮而诚恳。

张伟认真地听着，不断点头，然后说："郑总，我一定记住你的话，一定把公司的各项工作安排好、管理好，保证公司各项工作顺利进行，保证漂流五月一日顺利开漂。你安心在这里保养身体，养好身体比什么都重要。看到你的身体恢复的比以前强多了，我很高兴，替你高兴！健康多好啊，健康是最宝贵的财富，真心希望你摆脱毒品的纠缠，走出心灵的黑暗，过一种阳光的、绿色的生活。"

郑总笑笑，又拍着张伟的肩膀说："好兄弟，谢谢你，我会的，一定会找回原来的自己的，生活中的阴霾很快就会过去，我刚到中年，路还很长，还有很多事情要做，我以后不会再颓废沉沦下去，会过一种健康的、积极向上的生活。我要告别糜烂和迷醉，找回蓬勃和活力，相信我吧，老弟……"

张伟很高兴地说："郑总，我当然相信你，说实在的，你在我眼中一直是双重身份，有时候是老板、领导的身份，有时候是兄长的身份，我一直把你当做老板和兄长来看待，我对你的敬业和勤奋一直很敬佩，在这方面，你一直是我学习的榜样……"

郑总呵呵地笑着，很开心，一会儿又有些沮丧："总算我还有点长处让你瞧得起，让你佩服，可别学我吸毒胡混的那种糜烂生活啊，人啊，其实在极度放纵和短暂的麻醉寻欢之后，原来的空虚会更加空虚，心灵的扭曲会更加畸形，心理的变态会更加变本加厉……在这里，每天是劳动、锻炼、学习……现在，我回想以前的荒唐生活，感觉真的像是一场梦，一场挥霍金钱、放纵灵魂、摧残肉体、醉生梦死的梦……现在，我终于开始醒了，终于开始找回自己了，我终于会为自己以前的作为感到羞耻、羞愧了……"

张伟看着郑总，突然想起和何英肚子里的孩子，这是两人放纵的恶果，而自己，差点稀里糊涂成为这两人放纵恶果的承受者，差点成为这孩子的爹。想一想，张伟头上不禁有些冒汗，心有余悸，这孩子要是生下来，万一……

和郑总又交谈了一会儿，张伟说："郑总，我要回去了，以后我会抽时间经常来看你，向你汇报公司的情况。"

郑总高兴地点点头说："以后来的时候还是这样，自己来，也不要告诉于琴，并不是要隐瞒她什么，我只是不想让她知道你来看我，这也是为了你好，免得她有什么猜疑。"

郑总说得这话，张伟琢磨半天也没想透是什么意思，也就不明不白地点点头，站起身来，说道："郑总，那我走了。"

郑总也站起来，看着张伟，欲言又止。

张伟感觉到郑总还有什么话要说，又坐下说："郑总，还有什么事，你说吧。"

郑总点点头，沉吟了一下，慢吞吞地说："小张，我问你个事，你别生气。"

张伟看着郑总说："你说吧，郑总，我不生气。"

郑总咬咬牙说："小张，你和何英……现在怎么样了？"

张伟知道郑总迟早要问这个问题，平静地说："没什么关系了，早就都结束了。"

"何英和高强离婚后没找你？"郑总问。

"找了，但是我们没有在一起，又分手了。"张伟简单地说道。

"何英现在干吗去了？"郑总又问。

"不知道，我和她没有联系，也联系不上。"张伟回答。

"她失踪了？"郑总看着张伟。

"不能说是失踪，应该说是出走吧，听于董说她在北方开了一家旅行社，至于北方什么地方，不知道。"张伟继续说。

郑总点点头，看着张伟："我一直以为你们俩关系还在加深，以为何英和老高离婚后你会和何英在一起……其实，何英这人不错，人品不坏，就是太要强，妒忌心强，其实，女人，哪一个不都这样呢，哪一个不都妒忌心很强呢……她为什么要出走？"

"具体原因一句话两句话说不清楚，"张伟对郑总说，"总之是因为感情受挫，或者说是幡然醒悟，然后突然离去，她出走之后我才知道的，至于我和她的关系，都是过去的事情了，不说也罢。"

郑总点点头说："不说也好，何英不简单，自己又开了家旅行社，比老高强……世界很大，世界又很小，都是同行，说不定哪天大家还会再相逢，还会再打交道……"

张伟听了，心中怦然一动。

第二章 | 醉语倾情

从戒毒所出来，张伟驱车直接回了东兴办事处。

开局基本顺利，张伟心里感到比较舒畅，如果此事大功告成，自然是大大的功劳一件，公司赚大了，自己自然也能收获大把的银票，更重要的是，积累了经验，锻炼了队伍。

环境改变一个人，郑总两口子都在改变，都在往做好人的路上回归。其实，他们的本质并不坏，张伟从来不认为郑总两口子是坏人，并不是因为他们对自己不错，而是觉得他们虽然走了一下弯路，但是做人的本质始终是好的，并没有去刻意危害别人、伤害别人、算计别人、恃强凌弱。

张伟最厌恶的就是当面不说背后乱说，背后捣鼓算计人的人，最痛恨的是仗势欺人、欺负弱小的人，特别是那种专门欺负女人的男人。

老高最近一直没有动静，不知道在忙乎什么，但愿他能静心思考，好好做人，梳理思路，把公司再拾掇起来，走上正道。

在宁州的说明会上，张伟没有见到中天旅游的影子，一来就没有通知他们，二来即使他们知道，也不会好意思来参加的。

在宁州过夜，张伟和阮龙一起住的小旅馆，没有回锦绣花园何英的房子。虽然何英已经把房子过户给自己了，但张伟的意识里根本就没把这个房子当成自己的，并且坚持认定这房子是何英的，那一百万同样是何英的，总有一天，这些统统要物归原主。

不属于自己的东西，一分便宜也不能沾，属于自己的东西，一分都不能少。

自从上次自己和阮龙谈完话，阮龙和赵淑的行为收敛多了，在公司里和大家面前变得规规矩矩，根本看不出两人有什么关系的样子。

当然，下班后，阮龙经常玩失踪，有时候半夜回来，有时候一夜不归。对于他们的个人私事，张伟不过问，心里暗暗祈祷他们一切顺利，别中间出什么岔子。

这几天王军来公司办事处几次，一副吊儿郎当的样子，张伟看见他这副瘪三相就难受，一般不和他多说话，打个招呼就走，然后由于琴来和他周旋。

于琴这几天除了安排把公司搬到电站的事情，就是和波哥他们保持密切联系。这几天的工程进度十分顺利，波哥也经常去工地看看，有时候也来办事处拜访于琴，见了张伟也很客气。

于琴和波哥在一起的时候，王军都不在场，两人好像是在刻意避开王军。

张伟对他们的事情没太在意，只管做好自己份内的事就好了。

随后的几天，张伟忙着布置安排拍卖事宜，联系拍卖处，联系公证处，办理相关手续，安排相应人员和场地。

三天后，代理拍卖正式在东兴大厦三楼大厅举行，宁州和东兴报名的旅行社都来参加了，现场气氛热烈，一个区域往往有几十家在竞拍，最后的中标额往往大大超出标的。

一天下来，拍卖活动圆满结束，最后的成交额比标的额高出了一百八十八万元，大大超出原来的预想！

中标单位纷纷签约，三天内一次性交齐代理金。

最后看着计算结果，张伟长长出了一口气，终于大功告成了！

于琴看着统计结果，异常高兴地说："乖乖，光这拍卖的钱，就已经收回成本了，还多赚了一百多万……"

张伟笑嘻嘻地说："这仅仅是团队游客的，还不算散客的，散客做好了，一年收入二百万没有问题。"

于琴哈哈大笑，说："哈哈哈……那我们岂不是一年可以回收成本，还能有不少盈余……原来计划当年回收成本就是胜利，没打算还能多赚的……"

张伟轻松地晃动着肩膀说："应该是这样的，当然，下一步对代理商的跟踪服务要做好，宣传广告要跟上，不可松懈，不然，一代了之，明年谁还跟我们玩？"

于琴点点头说："张大经理，一切听你的，我只管给你服务，你需要我做什么，尽管说，我全部绿灯，一路通行。"

张伟呵呵一笑，说："好的，于姐，下一步的工作计划就按照早就制定的营销总体方案实施，逐步落实就是了，那方案是我和郑总都反复商讨过的。"

于琴的眼里发出快活的光，说："哈哈……好的，按既定方针办事，你办事，我放心，最近可真是好事连连啊，那边省钱，这边赚钱，那边戒毒，这边戒赌，好！好！"

张伟看着老板娘高兴的样子，心里也很宽慰，不过，也还有一个小小的遗憾，那就是假日旅游没有中标，一个标都没有中，都是竞拍到一定的标之后就放弃了。

但是，陈瑶的情绪没有受到丝毫的影响，在拍卖结束后，陈瑶专程找到张伟，满脸喜色，轻轻对张伟说了一句："张总，祝贺你，你成功了！"

从陈瑶的眼神里，张伟看出了喜悦和激动，虽然是强压住的，这让张伟很感动，有朋友如斯，足矣。

一件决定公司命运的大事终于以成功告终，张伟一直高度绷紧的神经终于松弛了下来，大局已定，以后抓好日常性事务管理，按照既定的工作思路抓落实就好了。

张伟轻松地在办公室晃动着脑袋，对于琴说："你不去给郑总报个喜？"

"对对，是要给他报个喜，这家伙这些日子也一定是在关注这事，"于琴喜不自禁地说，"我今天回去，明天去戒毒所看他。"

于琴走后，张伟心情舒畅，把下一步的工作又全部梳理了一遍，然后在办公室闭目养神，尽情放松自己的大脑。

一闭上眼，伞人随即而至，在自己的大脑里盘旋、飘忽，轻轻地告诉自己："傻熊，你真的长大了，你做成了一件很多人一直想做而没有成功的事情，你收获的不仅仅是金钱，收获的更多的是能力和能量，还有知识和经历，这是最珍贵的财富……"

伞人的脸庞模模糊糊，亦真亦幻，但是，温柔、明亮的眼眸一直在注视着自己，这眼神是那样的亲切，那样的柔情，那样的楚楚，似曾相识，却又不知在哪里见过。

伞人的身影依然是那样的美丽和动人，那样的让人牵挂和念想……

渐渐地，伞人越走越远，在柔柔的轻风中逐渐消失，随风飘来一句话："让永远成为永远吧……"

张伟的心中大痛，默默无语，目送伞人的影子消失在自己的脑海，心中涌起无限的悲凉和哀愁，还有无限的惆怅和寂寥，不禁悲从心来，泪从眼出……

张伟靠在椅背上，眼睛紧紧闭着，沉浸在哀伤里不能自拔，泪水从眼角溢出，在脸上静静滑落……

忽然，张伟感觉到有一种柔柔滑滑软软的东西在轻轻擦拭自己的脸庞，在游滑中吸收自己的泪滴，还有一种淡淡的茉莉香的味道。

张伟忙睁开眼，一看，陈瑶竟不知什么时候站在自己面前，在用手巾替自己擦眼泪，茉莉香就是从手巾上发出的。

张伟忙坐正，胡乱擦了擦脸，晃晃脑袋问："你——你什么时候过来的？我怎么不知道？"

陈瑶坐到张伟对面的椅子上，看着张伟说："我刚来啊，来到你办公室，门没关，看你正靠着椅背闭目养神，就没敢出声打扰你……"

陈瑶没有说替张伟擦眼泪的事情，怕张伟尴尬。

"啊……是这样，"张伟心里有些尴尬，忙掩饰说，"我眼睛发酸，刚滴了眼药水，在闭目养眼呢，呵呵……正好你来了，还悄无声息的……"

陈瑶笑了笑，没有揭穿张伟的掩饰，说："这段时间，你很辛苦啊，大家都很替你高兴，我这可是专门过来，来接你的。"

张伟一听，来了精神，问："接我干吗？"

陈瑶说："好事啊，米西啊，你工作上战果辉煌，连战告捷，哈尔森先生和王炎女士下午听我一说，连说一定要祝贺，他们两口子今晚在天天渔港设宴为你祝贺呢，我和丫丫还有徐君跟着作陪，沾光，嘻嘻……我这是专程上门来接贵客……"

张伟一听，嘴巴一咧，呵呵笑道："吃海鲜啊，好，我喜欢，我请客吧，老是吃大家的，还没有回请呢。"

陈瑶站起来说："算了，你这还没见大宗的钞票呢，等钞票到手了，再请不迟，都给你记在账上呢。"

张伟和陈瑶一起下楼，徐君和丫丫正在车上等着，徐君坐在副驾驶位置，丫丫坐在后面。

张伟一上车，丫丫就挎着张伟的胳膊，喜滋滋地说："哥，你真行，你真是我的骄傲！陈姐一说这事，我都乐癫了，我刚才要上楼去叫你，陈姐怕我疯癫，不让，自己亲自上去接你……"

张伟不好意思地说："太隆重了，劳陈董亲自上楼迎驾，其实，打个电话，朕自行下楼就是了……"

"哈哈……"丫丫和徐君被张伟逗得哈哈大笑，陈瑶也边开车边憋不住笑起来。

"你现在可是牛人了，张总，"徐君回头对张伟说，"现在宁州、东兴做旅游营销的，没有人不知道你张伟的，名人呐，咱现在也能和名人在一起吃饭了，荣幸呐，对了，过会吃饭的时候，我得找个本子，你给我签个名……"

丫丫一听这话不大对劲，冲徐君背上一拳，说："坏蛋徐君，不准你损我哥！"

张伟哈哈大笑，笑得很开心，说："徐君，我算是什么名人，你天天跟陈董在一起，陈董才是最大的名人，我这个，也就是一个小牛犊子……"

丫丫又摇晃着张伟的胳膊说："哥，不许说脏话，要讲文明！"

陈瑶笑呵呵地说："丫丫，我看你忙不开了，一会儿管这个，一会儿管那个……"

丫丫嘻嘻笑了，对陈瑶说："陈姐，晚上睡觉我也管你，你天天晚上趴电脑上，那么晚还不睡……"

陈瑶说："好好好，丫丫，姐以后听你的，早睡，十二点以前睡。"

丫丫说："算了吧，你还是自己看着办吧，睡早了，你要么老缠着我说话，要么就是翻来覆去折腾，还不如睡晚点，反正我睡着了，听不见。"

徐君看看陈瑶，又看看丫丫，问："丫丫，你和陈姐一起睡的？"

丫丫点点头说："是啊，我快要出国了，走之前多和陈姐热乎热乎，不然，我走了，她自己一个人没人陪，多难受，呵呵……"

陈瑶抿嘴一笑，说："俺们俩现在是同居关系……"

大家哈哈大笑，除了张伟。

王炎两口子的招待很隆重，酒菜都很丰盛，在陈瑶的提议下，大家都喝了白酒，包括王炎和丫丫，白酒自然是稻花香。

席间，大家觥筹交错，共同祝贺张伟的进步和成绩。

张伟心里充满喜悦和轻松，痛饮了几杯稻花香。

陈瑶也放开了喝，让徐君保持少喝，好把车开回去。

这是今年以来大家喝得最多的一次，超过元宵之夜在陈瑶家的酒量。

哈尔森和王炎根本就没开车，看来也是打算畅饮一次。

陈瑶的脸喝得白里透红，看着张伟的眼神，有些迷蒙，一层雾气，举起杯子说："张总经理，人生丰收时刻……稻花香……来，干！"

张伟在感受着朋友们祝贺和祝福的同时，心中波澜不停翻滚，伞人的影子不断闪现，喜悦的心中不时涌起阵阵思念的情怀。

张伟和陈瑶举杯相碰，说："陈瑶，这杯酒我敬你，我只说三个字，谢谢你！"

"大恩不言谢，少来这一套。"陈瑶利索地说。

"好，有情后报，来日必当厚报。"张伟看着陈瑶。

陈瑶直勾勾看着张伟，说："来日……来日……哈哈……张总，好，我等着看你的来日……干！"

说完，张伟和陈瑶举杯一饮而尽。

王炎看着陈瑶和张伟，没有说话。

丫丫看看张伟，又看看陈瑶，若有所思。

张伟和陈瑶都喝多了，饭后，被徐君和丫丫分别搀扶着出了天天渔港上车回去，先送张伟。

陈瑶喝多了，上车后突然变得沉默，一言不发，坐在前排，眼睛冷漠地看着外面的夜色……

回到办事处，酒精仍然在兴奋着张伟的大脑，张伟在宿舍里打开电脑，登录QQ，看着伞人的头像，紧皱眉头，默然不语……

坐了一会儿，张伟开始在文档里写东西：

姐，今晚我喝醉了！醉了……

我的代理拍卖弄完了，成功了，赚了很多钱，是老板赚的，当然，我年终也会赚不少的，那是老板应该给我的……

姐，我喝多了，人生丰收时刻……稻花香……此刻，我最想的就是让你和我一起分享，分享我的进步，分享我的喜悦，任何人的赞美和表扬，都没有你的重要，我多想提听你说一句："傻熊，好样的!"姐，你就说这么一句，顶得上他们一万句让我开心，让我看中，让我在意……

姐，丫丫快出国了，王炎和哈尔森快结婚了，你在哪里?你在哪里呢……你可知道，我每天都在凝望你的头像，都在注视对话窗口，这是我们曾经快乐的天地，幸福的乐园，可是，这一切，都不见了，窗口里好冷清啊，只有一片寂寞和空白，昔日的欢声笑语，只剩下了回忆……

姐，我知道，或许你再也不会来这个窗口了，再也不会登录这个QQ了，可是，我会来……我会一直在这里看着你，看找你……永远看着你，直到永远……永远到底有多远?姐，你告诉我……

今晚是哈尔森和王炎请客的，大家都喝了很多，陈瑶也喝醉了，陈瑶其实心里很苦，虽然表面上很风光，但我能看出，从她的眼神里就能看出，她心里是很苦的，但是我不说，我装作什么都不知道，装糊涂……

姐，我会继续努力干好工作，今年机会难得，只要我好好干，漂流季节结束后，我能挣不少钱，按照公司的奖惩兑现政策，我估计我得四十万没有问题，再加上老板娘额外的奖励，今年我能发一笔小财啊……有了这笔钱，我就可以成立一家小规模的旅行社，从小做起，我就可以拥有自己的一个公司，做自己的事情，梦想就可以实现……可是，姐，如果我成立自己的公司，你在哪里呢?我答应你我们一起来做事情的，你做董事长，我做总经理，我是多么多么地渴望你能和我一起啊……

姐，我好想好想让你听我说话，静静地听……我好想好想你，刻骨地想……

写到这里，张伟写不下去了，泪水无声倾泻而出……

张伟停下来，看着对话窗口，看着伞人无言的头像，心里突然一阵冲动，既然自己如此思念伞人姐，为什么要偷偷摸摸写在文档里，为什么不直接写在窗口里留言，虽然姐看不到，但是写在窗口里的感觉和写在文档里是截然不同的，感觉和伞人就像是在面对面说话，感觉和伞人更近更紧密，从心里会感觉到姐在看着自己，关心着自己……

张伟的心翻腾起来，往日的一幕一幕又开始在脑海里闪现。

张伟终于下了决心，把文档里的文字按日期，一天一天都复制到对话窗口，分批发送了出去……

然后，张伟看着QQ对话窗口。

第三章 触景情伤

这是许久以来，张伟第一次在伞人窗口里留言，而且一留就是这么多，好几万字，还是分批发送才发了出去。

发送完毕，张伟期待会有奇迹出现，期望窗口会有所反应。

然而，什么都没有发生。

张伟从期望到失望最终到绝望，不过，也在意料之中，伞人是不会再在这里出现了，毕竟，自己伤她伤得太重了。

酒精能让人冲动，冲动是魔鬼，张伟为自己刚才冲动之下把随心所得发出去有点后悔，担心伞人看到自己的心灵深处，看到自己所有的无地自容。可是，看到发出去没有收到任何反应，张伟心中又涌起了巨大的失望，或者说是绝望，伞人真的不会再来了，真的不会原谅自己了。

看了一会儿，张伟直接在窗口里写道：姐，刚才发送的是我这些日子的心里话，我知道你是看不见的，因为你不会再来这里了……可是，我宁愿认为你能看见，我宁愿自己欺骗自己，我以后就在这里和你说话，在这里怀想我们的过去，我们的从前，我们曾经的欢乐和开心……

泪水再一次打湿了张伟的眼睛，张伟透过迷蒙的视线，久久注视着对话窗口，还有伞人的头像。

在这个春意盎然的季节里，一切都在蓬勃复苏，活力展现，争奇斗妍，可是，只有自己的爱情在花季里枯萎，自己的心灵在雨露中干涸。

张伟就这样，在心灵的哀愁和悲凉中昏昏睡去。

第二天是周六，休息日，张伟早上没有起床，埋头大睡，直到丫丫在门口砸门。

张伟看看时间，十点了，爬起来打开门，又钻进被窝躺着。

"哥，你不舒服？"丫丫进来，坐在床沿，摸摸张伟的额头，"是不是发烧了？"

"没有啊，我就是这几天有点累，你乱说什么？"张伟坐起来，靠着床头，"昨晚多喝了点，头有点疼，正好多睡会养养，你跑这里来干吗？"

"干吗？不干吗，周末没事干，过来找你玩，不可以啊？"丫丫撅起嘴巴，"人家都快要出国走了，你也不抽时间陪我玩玩，等我走了，你想找我玩也找不到了……"

张伟这才想起自己这些日子只顾着工作，冷落了自己的妹妹。

张伟打个哈欠，伸伸胳膊，对丫丫说："好，丫丫，今天我带你出去玩，想去哪里玩？去幼儿园玩滑梯？骑木马？还是荡秋千？要不去吃肯德基？"

"哈哈……"丫丫被张伟逗得笑个不停，"哥，我想去你上班那地方去玩，听说风景很好的。"

张伟摇摇头说："不行，我开着公司的车带着你们逛风景区，大家都在工作忙碌，我们在那里玩乐，很不协调，很不和谐，还是等开发好了，再去玩吧。"

丫丫一听张伟讲得有道理，就说："你这一当上官，还开始注意形象了，注意影响了，好吧，看来只有等我回国再去玩了。"

张伟点点头说："具体时间定下来没有？"

"下周四，从上海出发。"丫丫说。

张伟一算，还有五天，点点头："好，我争取那天去上海送你。"

"不用，陈姐也说要送我，我拒绝了，公司去学习的人员统一出发，一起坐公司的车走，还有，哈尔森也一起回去，带队回去。"丫丫说。

"他也要和你们一起学习？"张伟问。

"不，"丫丫摇摇头，"他负责把我们带过去安顿好，同时向总部述职。"

"咱家祖祖辈辈没有出过留洋的，你是咱家出的第一人，出去可得好好争气，这一走，远涉重洋，走之前给你两个爹娘都好好告个别，别让娘挂牵着……"张伟看着丫丫说。

丫丫点点头，眼泪在眼眶子里打转了。

"还有，"张伟给丫丫擦擦眼睛，"要学会坚强，在国外不比在家里，要学会自己照顾自己，锻炼独立性，不要动不动就哭鼻子……"

丫丫使劲点头，努力不让眼泪再掉下来，说："我会的，哥，你放心，学习很快的，两个月就回来了，回来还不耽误我回学校毕业论文答辩……"

张伟呵呵笑笑，道："就怕国外的饮食你不习惯，要学着吃西餐……"

丫丫摇摇头说："没关系的，哈尔森和王炎和我说了，到时候住在哈尔森的中国妈妈家，正好和她妈妈做伴，还能天天吃中餐。"

张伟点点头："那敢情好，你对人家哈尔森没有什么别的想法了吧？"

丫丫脸红了说："这事别提了好不好，过去就过去了，陈姐和我都详细说过了，我也想通了……再说，本来就没有发生什么事情，别哪壶不开提哪壶。"

张伟笑了一下说："好，不说这事了，今天哥带你去吃北方菜好不好，咱吃水饺。"

丫丫一听，忙拉张伟胳膊："好啊，那你先起床嘛，懒虫！我给陈姐打个电话，叫上陈姐一起去吃，好不好？"

张伟想了下，说："那好吧，叫上陈瑶，要不要再叫上徐君？"

丫丫脸又一红，说："我只管叫女的，男的我不管，你自己看着办。"

张伟哈哈大笑。

丫丫冲张伟做个鬼脸，出去给陈瑶打电话去了。

张伟穿好衣服，洗漱完毕，丫丫过来说："哥，陈姐说不让我出去吃，要我们去她家里，大家一起包水饺吃，说那样吃得更香，她一会儿出去买菜，回家里剁馅子，荠菜羊肉的。"

张伟闻听大喜："知我者，陈瑶也，好久没吃羊肉水饺了，今天正好过过嘴瘾。"

接着，张伟给徐君打了电话，邀请徐君一起去陈瑶家包水饺，中午共进午餐。

出了办事处，张伟和丫丫步行去陈瑶家。

春天的阳光很明媚，暖暖的，柔柔的，路边的垂柳也长出了柳絮，嫩嫩的绿叶也钻了出来，空气中充满了淡淡的清新和朝气。

丫丫挎着张伟的胳膊，边走边叽叽喳喳告诉张伟单位里和生活中的一些趣事，逗得张伟不停哈哈大笑。

张伟突然想起什么，问丫丫："你最近几天一直和陈瑶一起睡的？"

丫丫点点头说："嗯，是的，陈姐说自己一个人老是睡不好，让我给她做伴，另外，说我快要走了，说想多和我说说话。"

张伟点点头说："嗯……不错，你多陪陪她吧，她或许心里也不是很舒服。"

丫丫说："每天晚上我都是和陈姐躺在床上说话，说着说着我就睡着了，可是，陈姐却没有睡着……"

张伟说："哦，你睡着了，又怎么知道她没有睡着的？"

丫丫说："我有时候半夜醒过来，经常看到陈姐披着衣服，一个人坐在电脑前发呆，也不知道在看什么，一动不动，有时候还悄悄抹眼泪……"

张伟"哦"了一声："你看不清楚她在看什么吗？"

丫丫说："电脑屏幕背对着床头的，我只能看见陈姐的脸，别的看不见的，或许陈姐是在网上看言情小说吧，看得那么投入，表情忽而高兴忽而悲伤，忽而关注又忽而生气……"

张伟点点头说："看不出，陈瑶还挺小资的，喜欢看言情小说啊。"

丫丫嘻嘻一笑，说："我也喜欢看啊，哈哈……不过，昨晚陈姐喝得有点多，半夜的时候我睡醒了，本来想去卫生间的，但是看到陈姐的样子，愣是没敢起床……"

张伟扭过头来看着丫丫，问："怎么了？说说。"

丫丫摇晃着张伟的胳膊，边想边走边说："昨天晚上喝酒回来后，我给陈姐泡了茶，两人看了会电视，陈姐说话舌头有点硬，眼神直勾勾的，我扶她进卧室，然后我们说了会话，我就睡着了，睡到半夜，我醒了，想上卫生间，突然听到一阵压抑的哭泣，我吓了一跳，悄悄转头一看，写字台亮着台灯，电脑开着，陈姐正托着腮帮，看着电脑屏幕……"

丫丫说到这里说不下去了，自己眼里已经先充满了泪水。

张伟拍拍丫丫的肩膀，说："死丫头，让你说事呢，你倒先哭起来了，说啊，别哭。"

丫丫停顿片刻，接着说："我一看，陈姐左手托着腮帮，右手握着鼠标，眼睛直勾勾地注视着屏幕，边看眼泪边哗哗地往下流，喉咙里不时传出抽噎声，那种强行压住的抽噎声……"

张伟闻听有些动容，外表如此坚强的陈瑶内心竟然是如此的脆弱，问丫丫："那后来呢？"

"后来……"丫丫擦了擦眼睛，"后来，陈姐干脆趴在电脑前，继续无声的哭泣，肩膀一耸一耸的，好像很伤心啊……趴了一会儿，陈姐用纸巾擦擦眼泪，握着鼠标，又继续看电脑，看了一会儿，眼泪又出来了……"

"哦，"张伟看着丫丫，"继续，你不是要上卫生间吗，去了吗？"

丫丫说："我看陈姐那种悲痛欲绝的样子，吓坏了，以前我从来没有见过陈姐在电脑前哭，我躺被窝里流眼泪，一声也没敢吭，怕惊动她……就这样，她哭我也哭，她丝毫没觉察我醒了，我本来想去卫生间的，一吓，没感觉了……"

张伟"扑哧"笑出声来，问："那你不是憋坏了？"

丫丫说："没有啊，感觉不到了啊。"

张伟说："后来呢？"

丫丫说："然后，陈姐流了半天眼泪，身体抖动得越来越厉害，突然站了起来，捂着脸，直奔了洗手间，一会儿，我听到洗手间里传来陈姐失声痛哭的声音，虽然极力压抑，但是在半夜里，还是听得很清楚，陈姐哭得那个伤心啊，让我听了真感觉是撕心裂肺……怎么也想不到，陈姐这么坚强的人，会如此的脆弱……"

说到这里，丫丫又忍不住眼泪哗哗下来了。

张伟站住，按着丫丫的肩膀，凝神看着丫丫，说："继续说。"

"陈姐在卫生间里哭，我在卧室床上哭，哭了半天，我突然想起要撒尿，憋不住了，就悄悄爬起来去了楼上的卫生间，上完回来的时候，我听到陈姐还在卫生间里哭，我想过去劝劝她，可又怕还没劝人家，自己先哭得不成样子，反倒拖累她，就又进了卧室……"丫丫看着张伟，继续说，"上床前，我看了看电脑，想看看到底是什么书，让陈姐这么伤心难过，我还从没有看过这么让人动情的书呢……"

"那你看到了什么？"张伟紧盯着丫丫的眼睛。

"屏幕，电脑屏幕！"丫丫一脸茫然。

"晕死，废话，我问你，你看到了什么？"张伟有些发急。

"电脑屏幕啊，我看到了电脑屏幕。"丫丫继续说，仍然是一副茫然的表情。

"死丫头，我知道你看到了电脑屏幕，我问你，在屏幕上看到了什么？"张伟敲敲丫丫的脑袋。

"桌面，壁纸，背景……"丫丫看着张伟，"电脑屏幕上只有桌面，什么都没有，还有，就是快捷方式，别的没有啦……"

"哦，什么都没有？"张伟问丫丫。

"是啊，陈姐竟然是对着电脑桌面哭泣的啊，那桌面有什么好哭的啊，就是一个蓝天，一个大海，一片沙滩，一丛椰树林……"

"笨丫头，"张伟转身继续往前走，边走边说，"陈瑶当然不会对着电脑桌面哭泣，你弱智啊还是傻子，她手里握着鼠标，一定是在看什么东西啦，一定是在她去卫生间的时候已经看完了，然后关掉啦……"

丫丫跟上张伟，又挎住张伟的胳膊，说："嗯……应该是这样，当时我觉得有些奇怪，又不敢多想，急忙进了被窝，躺在床上，静静听陈姐在卫生间的动静……过了好长时间，卫生间没动静了，陈姐回来了，我急忙闭上眼睛，装作睡着的样子……一会儿，陈姐进了房间，关了电脑，脱了衣服，进了被窝，给我掖了掖被角，然后躺下，关灯……一会儿，我听到黑暗中传来陈姐一声轻轻的叹息……"

"唉……"张伟听丫丫说完，也不由一声长叹，"自古以来就是这样啊，多情总被无情伤，陈瑶这一定是触景伤情，看了什么东西，回忆起自己苦难的前尘往事了……唉……前尘往事成云烟，消失在彼此眼前……"

丫丫看着张伟说："哥，陈姐有苦难往事？什么往事？你知道？"

张伟点点头说："丫丫，别人的隐私，不要多问，不要打听，没事和陈瑶在一起的时候，乖一点，多陪她说说话，开心一点，别让她老是操心……"

丫丫点点头说："嗯……我记住了，可是，哥，我出国了之后，陈姐怎么办？她一个人，多孤单啊……"

张伟摇摇头说："有些事情并不是以人的意志为转移的，人，总是要忍受和面对痛苦和现实的，你出国了，陈瑶的日子也一样过，她也会调整好自己的，你放心好了，她是一个理性的人，会调理自己的生活的……"

丫丫看着张伟，突然用一种认真的语气说："哥，我想和你说一件事情。"

张伟看丫丫的表情很认真，说："说。"

丫丫说："我说了你不许生气，不许发火，不许骂我。"

张伟说："好，我答应你，你是我妹妹，你说什么我都听，不生气，不骂你，说吧。"

丫丫说："这事王炎也和我说过，她也想让我和你说。"

张伟说："说吧，妹妹，哥听着呢。"

丫丫咬了咬嘴唇说："哥，我和王炎，还有徐君、哈尔森，大家都觉得你和陈姐很合适，是很好的一对，而且，大家都看出来，陈姐从心里就对你很好，包括看你的眼神，说话的语气，都能感觉到……女孩子脸皮薄，不好意思，男的要主动一点……哥，你去向陈姐求爱，好不好？"

张伟哭笑不得，看着丫丫说："你，你们净胡乱说些什么，都胡乱想些什么，我和陈瑶那是正儿八经的朋友关系，我对她没有那种意思，你们少乱掺和，少乱搭配，这都是什么啊，乱弹琴！！"

丫丫看着张伟说："哥，我说得是真的啊，不是乱弹琴，我很喜欢陈姐的，好想让她做我嫂子啊，再说了，你和她好了，我出国后，你就可以经常去陪她说话、拉呱……"

"够了，"张伟打断丫丫的话，"这事情以后不准再提，人家是美女富婆，咱是一个打工仔，咱没那吃天鹅肉的想法，再说了，就是给我吃，我也不吃。"

丫丫看着张伟说："美女富婆怎么了？多大事？感情是感情，爱情是爱情，和钱有什么关系？你怎么这么俗？爱情非得和金钱、地位掺在一起吗？难道就没有超越物质的爱情吗？再说了，你干吗这么小看自己，咱不就是穷一点吗，但是，咱有本事，咱能挣钱，别人有的咱一样会有，只是早晚罢了……我讨厌你的这种想法，我觉得你要是喜欢陈姐，你就应该大胆去追，大胆表白，男生嘛，主动是应该的，女生嘛，总是害羞一点的嘛……"

张伟看着丫丫，突然叹了口气，说："好了，丫丫，这事别说了，哥的事你不知道，也不明白……"

第四章 | 覆水难收

丫丫看着张伟说："哥，你也老大不小了，快三十的人了，娘都快让你愁得头发白了，你得认真考虑自己的终身大事了。"

张伟微微笑笑说："我知道，我有数。"

丫丫看着张伟说："哥，你是不是心里有别人了？已经有意中人了？是谁啊？"

张伟心中一痛，埋头走路，不再说话。

丫丫摇着张伟的胳膊，紧紧跟上，问："说啊，哥，你是不是有女朋友了？"

张伟只顾往前走，仍旧不说话。

丫丫一看不乐意了，使劲摇张伟的胳膊说："哥，我就看陈姐好，你不管找哪个女人我都不喜欢，你那个女朋友肯定比陈姐差远了，一定比不上陈姐……"

"住口！"一听丫丫说这话，张伟突然来火气了，怒声冲丫丫说道，"说够了没有？闭嘴！"

丫丫一看张伟发火了，不说话了，跟在张伟屁股后面，一会儿讪讪地说："坏蛋哥哥，说话不算数，你说了不骂我的……"

张伟突然感觉心里有些抱歉，妹妹就要出国了，兄妹俩在外地，就要互相照应啊，自己平时顾不上管丫丫，都是陈瑶照顾，丫丫自然对陈瑶感情深厚，帮陈瑶说话，站在陈瑶一边，很自然。

张伟回过头，揽过丫丫的肩膀说："乖丫丫，哥错了，不该跟你发火，哥跟你道歉……好了，咱不说那事了，高兴一点，中午哥包水饺给你吃……"

丫丫看着张伟，破涕为笑，又亲热地挽着张伟的胳膊，一摇一晃地往前走。

走到路上，经过一家水果店，张伟买了一些陈瑶爱吃的水果带过去。

看到张伟主动买水果，丫丫显得很高兴，虽然值不了多少钱，但这也多少是一个进步。张伟自小在家是独子，吃惯了独食，经常被人关怀，而很少学会去关心别人。到陈瑶家这么多次，还从没有主动买点东西过去，就上次的水果还是陈瑶提出来带过去的，这次能主动买水果，而且还都是陈瑶喜欢吃的水果，进步明显，可赞可嘉。

到了陈瑶家，陈瑶已经买菜回来了，徐君也到了，正在忙着洗菜。

看到张伟提了一大袋子水果，陈瑶脸上笑了笑，说："来就来呗，还这么客气。"边说边接过水果。

丫丫忙说："就是啊，我不让我哥买，说家里有水果，可是哥非要买，说你喜欢吃这几种水果，还专门挑了半天……"

张伟一下子发楞，怔怔地看着丫丫，这丫丫什么时候学得这么乖巧，竟然这么会说话了。

"哦……真的？"陈瑶看看张伟，然后看着丫丫，"丫丫这么会说话了啊。"

丫丫看着陈瑶和张伟都瞪着自己，忙跑进厨房，边跑边说："你们两人都看着我干吗，水果又不是我买的，买了又不是专门给我吃的……"

看丫丫跑了，陈瑶笑了笑，看着张伟说："谢谢你能记得买水果给我吃。"

张伟一怔，既然已经赶了鸭子，那就上架吧，忙说："别客气，小小意思，应该的。"

张伟仔细看着陈瑶的脸色和眼神，虽然陈瑶今天化了淡妆，但是还是能从眼泡上看出淡淡的肿泡，还有轻微的红红的痕迹。这是昨晚陈瑶遗留下的痕迹。

看张伟老是打量自己的脸庞，陈瑶一瞪张伟，说："老这么看着我干吗，不怀好意的眼神……"

"别这么说，可不是，我是看你眼神有些疲倦，是不是昨晚没休息好？"张伟明知故问，边坐到沙发上边问。

"我这段时间睡眠质量基本都还可以啊，你昨晚喝了不少酒，回去一定睡得不错吧。"陈瑶也坐在沙发上张伟的对面。

"嗯，睡得很好，回去酒劲唰就上来了，"张伟比手画脚，"我脑袋往枕头上一扔，就好像被人打了一闷棍，直接就睡过去了，立马就不省人事……"

"哦……"陈瑶点点头，像个耍猴的一样看着张伟，"看你满脸倦色，眼珠子发红，我还以为你昨晚没睡好呢，原来是立马就不省人事啊……"

张伟打个哈哈，转移话题，问："你昨晚也喝了不少，回来睡得挺早吧？"

陈瑶晃动了一下肩膀，看着张伟说："你都是被人打了一闷棍，我当然更是立马不省人事了……哈哈……"

张伟干笑了两声，看看厨房，站起来说："我去和面去。"

陈瑶也跟着进了厨房，对丫丫和徐君说："你们俩去客厅玩去吧，我们来包就可以了，不需要这么多人折腾。"

丫丫和徐君相视一笑，出了厨房，到丫丫的房间去玩电脑了。

张伟和面，陈瑶剁馅，各忙各的，边干边聊，厨房里一派和谐温馨的气氛。

和好面，剁好馅，陈瑶擀皮，张伟包饺子。

陈瑶边擀皮边对张伟说："丫丫下周就要出国了。"

张伟边包水饺边"嗯"了一声："今天上午她告诉我了。"

陈瑶笑了笑说："昨晚喝得有点多，今天我起得晚一点，醒来一看，这丫头早就起床不见影了，正要找她，电话打过来，跑你那里去了。"

张伟也笑了，说："我也是喝多了，今天想好好睡个懒觉，结果被她叫起来了。"

陈瑶看了一眼张伟，说："看你这段时间精神不错，工作也很顺利，调整得很快哈……"

张伟埋头包饺子，说："不调整没办法，总不能天天萎靡下去吧，既然生活还在继续，那就要努力好好去过日子了。"

陈瑶说："说实在的，看你眼神，你昨晚一定没睡好。"

张伟抬头瞥了陈瑶一眼，说："说实在的，看你脸色，你昨晚也一定没睡好。"

说完，两人不由都轻笑起来。

"又想过去的事情了？"两人几乎同时问对方。

说完，两人又笑起来。

"过去的就过去吧，"张伟抬头诚恳地看着陈瑶，"你昨晚的事情，丫丫半夜醒过来都看到了，今天上午她都告诉我了，说你昨晚哭得一塌糊涂，唉……日子还长着呢，你还年轻，不能老是沉浸在对过去的回忆中，往前看，大步往前走，前面阳光灿烂……"

"啊！"陈瑶显得有些意外，又有些脸红，"丫丫昨晚看到了？她都告诉你什么了？这鬼丫头……"

张伟说："她昨晚看到你盯着电脑屏幕哭，哭得伤心欲绝、泪雨倾盆，把她吓坏了，愣是没敢做声，今天悄悄告诉我的……你昨晚看了什么东西，哭成那个样子？丫丫说可能是言情小说，她说她就经常看着言情小说哭，可是，我觉得这不大符合你的性格啊……"

陈瑶脸刷地红了，说："个人隐私，无可奉告，不谈这个了，丢死人了……"

张伟也觉得有点不给陈瑶留面子，笑了笑说："好，不谈这个，我现在心态已经调整好了，希望你也能真正调整好，好好生活……"

陈瑶默不作声，低头擀面皮，半天冒出一句："其实，有时候哭也是一种发泄，哭出来，心里的郁闷就没了，就轻松了，心情就会调整的好一点……"

张伟点点头，说："言之有理。"

陈瑶突然看着张伟说："我知道你和何英的事情。"

张伟坦然面对道："我猜到了，你早就知道，只是没和我讲，其实，我也不打算瞒你，但是，怕提起何英刺激你，我就一直没说。"

陈瑶说："你错了，我和何英是从小到大的姐妹，虽然中间有些感情纠葛，但是，她深深烙在我的心里，是我的小伙伴，提起她，在我心里是再自然不过的事情，没有什么会刺激的，再说，过去的事情都过去了，倒是你，想多了……"

张伟点点头，没说话，继续包饺子。

陈瑶又问张伟："你们……为什么分手？"

张伟看着陈瑶说："你不是都知道了吗？还问我干吗？"

陈瑶笑笑说："我说知道，没说都知道啊？"

张伟利索地回答："个人隐私，无可奉告！"

陈瑶笑笑说："好吧，不问了……对了，你说，何英干吗要到北方去开旅行社？她会在北方什么地方开旅行社？"

张伟看着陈瑶皱了皱眉头说："我又不是她肚子里的蛔虫，我怎么会知道？你去问她啊……"

张伟的语气里充满不悦，很明显，张伟不愿意再谈起这个事情。

陈瑶感觉到张伟的不高兴和不耐烦了，倒也没有在意，继续说："很显然，在北方开旅行社生意不会比南方好，我了解她，她根本就不习惯北方的气候、水土和饮食，自己一个人跑到北方去，图个啥啊？"

张伟很不愿意在陈瑶面前提起何英，语气愈加不耐烦："我什么都不知道，你别问我，这些都和我无关！"

陈瑶偏偏不看脸色，看着张伟说："怎么能和你无关？你这个人，说话怎么这么不负责任，和你无关，你和人家好什么？好就好呗，干吗又分手？"

陈瑶的话里也有些硬。

张伟火气上来了，把手里的面皮一扔，声音有些提高："何英和我的事情，干你什么事？我就奇怪了，你这么关心这个干吗？就算是和我有关，那和你有什么关系？你这人从来不爱打听这些事情的，今天是咋了？咋这么爱关心别人的私生活？就因为何英是你前夫的老婆？就因为何英是第三者，把你排挤走了，告诉你，你们之间的那些破事，何英都告诉过我，别以为就你知道我的事情，你的事情，我早就知道了……"

张伟一说这话，陈瑶的脸色一下子变得惨白，身体抖了一下。

这是张伟和陈瑶认识这么久，第一次说话带火药味儿。

看到陈瑶的脸色，张伟猛然意识到自己说话过头了，急忙刹住，闭嘴不言。

陈瑶手里没停下，继续干活，但脸色很难看，一会儿抬头看着张伟："张总经理，说啊，怎么不继续说了？"

陈瑶的声音里充满凄怒。

张伟忙低头继续包水饺，知道自己刚才的话说过头了，伤了陈瑶的心，说："我——我不说了，我没什么可说的。"

陈瑶突然惨然一笑，道："张伟，你是不是觉得我很可怜、可笑、可悲……"

张伟发现自己刚才这话惹出祸来了，忙说："没有没有，我刚才是一时冲动，说错了，我不该这么刺激你的，你别生气，我给你道歉，好不好……"

陈瑶不说话，过了好一会儿，看着张伟，说："泼出去的水还能收回来吗？"

张伟说："覆水难收，是这个道理，可是，收不回来，可以让它吸收到大地里，让它消散，变成蒸气……"

陈瑶继续看着张伟："你的话已经伤了我了……"

张伟一时头疼，继续说道："我已经给你道歉了，你还要我咋样？说实话，过去的事情我不愿意再想，更不想再提，特别是你和何英有那么一层关系，我更不想在你面前提，你今天也是出鬼了，非得不依不饶问起来没完，干吗要问这个呢？唉……这不是哪壶不开提哪壶吗？"

陈瑶听张伟说话的语气变软了，轻轻叹了口气道："其实，也不是我非得不依不饶要问这个事情，但是，有些事情是可以回避的，有些事情是无法回避，也是不能回避的，是必须要面对的，有些症结是必须要解开的，解不开，只能是个死结，永远纠结在心里……唉，你不愿意说，那就不提了，不谈了……"

张伟努力挤出一丝笑容："陈瑶，这段时间我比较忙，心情也没有调整好，我理解你对何英的关注，这样好不好，等过了这段时间，我和你说说何英的事情。"

"算了，没兴趣了。"陈瑶摆摆手，冲张伟一撇嘴唇，"你说得也有道理，与我何干啊，哼……"

看陈瑶气消了，张伟心里轻松了一点，笑着说："我发现你有时候挺像个小孩，很拗啊……"

"百人百性，谁没有点脾气性格，"陈瑶说，"大家既然做朋友，就要直来直去，少弄那些虚的……"

"对，对，是应该这样。"张伟打着哈哈。

陈瑶沉默了一会儿，突然又问张伟："你难道不感到奇怪，我怎么知道你和何英的事情的吗？"

张伟笑笑说："有什么奇怪的，王炎那丫头什么都知道……"

陈瑶盯着张伟，轻轻摇摇头，刚要说什么，徐君突然跑过来说："陈姐，旅游局办公室徐主任突然来电话，说潘副市长一会儿陪着省旅游局的一位副局长到咱们公司来调研，让我们做好接待准备，徐主任说他提前先到我们公司，安排一下接待事宜……"

陈瑶站起来，拍拍手，对徐君说："这周末领导也不休息，够辛苦的，调研啥啊，还不是来这里游玩，中午找个地方来吃饭的，顺便带点纪念品，你先去公司安排饭店，吃饭就在东兴大厦接待，另外，你问问这一行有多少人，看看仓库里的鳄鱼腰带还有多少，按照一人一条的数目，准备一下，我换身衣服，马上就到。"

"市里的还给不给纪念品？"徐君答应着向外走，又回头问道。

"当然要给，都是大老爷，得罪不起，所有人，包括司机都给，别统计漏了。"陈瑶边进卧室边对徐君说。

徐君答应着去了。

陈瑶在卧室边换衣服边大声对张伟说："皮都擀完了，包完你和丫丫先下了吃，中午饭我回不来了，得去接待他们。"

张伟答应着："知道了，你去忙你的，我和丫丫会照顾自己的。"

一会儿，陈瑶换了一身藏蓝色工作服出来，对张伟说："饺子是我擀的皮，有我的劳动在里面，不许都吃光了，给我和徐君留一点。"

陈瑶的心情突然变得好起来。

张伟哈哈一笑："废话，这么多，我和丫丫怎么能吃得了。"

陈瑶看着张伟，抿嘴一笑："那难说，你这么大肚子的北方佬，一个人能顶我们仨。"

张伟说："哈哈……肚大吃天下……"

陈瑶在张伟面前转了一个圈，突然说："好看不？"

陈瑶这话问地张伟心里一热，忙说："好看，真好看，你穿什么都好看。"

张伟这话说得是真的，陈瑶穿上工作服，里面是白色的衬衣，脖子上系了一条天蓝色的丝巾，加上窈窕的身材，别具风味。

陈瑶看着张伟，突然莞尔一笑："真的？"

张伟呆呆地看着陈瑶说："真的，看起来像空姐。"

陈瑶脸色微微一红，扭了下身体，抿抿嘴唇，看了一眼张伟，又冲丫丫房间喊："丫丫，出来帮你哥收拾厨房，下水饺吃啦……"

说完，陈瑶看了看张伟："那我去了。"

张伟说："好，去吧，别喝多了。"

陈瑶笑笑说："上了那样的酒场，咱就一滴酒也不喝，本姑娘不会喝酒，免谈。"

张伟说："那潘副市长你可要小心点。"

陈瑶点点头说："我还是第一次和他近距离接触，以前只是听说他，大领导高高在上，咱老百姓只可远观，须仰视才行哦……"

张伟说："去吧。"

陈瑶扭身往外走，说："好，我饭桌上少吃点，招待完回来吃水饺……"

第五章 心声暗露

陈瑶和徐君不在家吃饭，张伟和丫丫两人下了一半水饺，先吃了。

吃过饭，张伟和丫丫坐在客厅里看电视、聊天，等陈瑶和徐君回来。

一直等到下午三点多，陈瑶和徐君才气喘吁吁地爬上楼梯，进门两人都满脸倦色。

陈瑶和徐君一进门就说饿，丫丫忙去厨房给他们下水饺。

张伟问他们："领导调研结束了？走了？"

"走了，"徐君边喝水边说，"什么狗屁调研，就听了十分钟的公司简介汇报，看了看公司，然后就是吃饭、喝酒，然后接着去寺庙烧香，然后带着纪念品，走了……打狼的一样，来了十八个人，光吃饭就安排了两桌……"

张伟一听，问："咋这么多人啊？"

陈瑶坐在沙发上揉揉太阳穴，轻轻地说："局长、市长都带了老婆孩子的，加上市里、局里陪同的，前呼后拥，说白了，调研是个幌子，就是打着工作的名义下来玩罢了……这些人咱们可都得罪不起啊，随便哪一个都能管着我们，好吃好喝好接待，每人一点纪念品，就打发了……"

张伟问陈瑶："那潘副市长你见了吧？"

陈瑶眼里流露出厌恶的表情，说："见了，像个苍蝇，握住手就不放，吃饭游玩的时候，那眼神像个狼一样，恶心……装得人模狗样，摆出一副领导的架势来，动不动就想拍我肩膀，想要我电话，我没给……"

徐君也说："是啊，陈董，我看那潘副市长一副不怀好意的样子，你以后得小心点。"

张伟也说："是的，这家伙我是领教过他的，他有时候很猖狂，很肆无忌惮……"

陈瑶宽厚地笑笑："呵呵……我自有分寸的，你们放心好了。"

一会儿煮好了水饺，陈瑶和徐君一起吃水饺，边吃陈瑶边赞扬道："不错，这水饺好吃，咱们的手艺就是好。"

张伟不由笑了，陈瑶说的"咱们"就是指她和自己了。

吃过饭，徐君和丫丫又钻进屋子里摆弄电脑，陈瑶和张伟坐在客厅里。

"对不起，中午我不该一个劲刨根问底儿打听你的私事，"陈瑶边喝水边对张伟说，"其实，我就是有点好奇，就是特别想知道，我没有什么恶意的……"

张伟摆摆手说："别说了，是我不对，不该冲你发火的，不该说你以前的那些事，我当然知道你没有恶意，我只是对于过去的事情不想再想起，不想让自己老是回忆过去……"

陈瑶点点头说："嗯……那好吧，以后咱们都不提这事了，张小波这个名字也不要再提了，张小波已经不复存在，现在只有陈瑶，陈董事长，没有张董事长。"

张伟笑了，说："好的，陈董事长。"

陈瑶也笑了，说："其实，昨晚之后，我现在感觉自己心里舒服多了，知道为什么吗？"

张伟说："废话，我当然不知道，我又不是你肚子里的蛔虫。"

陈瑶笑笑，靠在沙发背上，说："因为昨晚我吃了一味通气的药，吃了之后呢，浑身的气贯通了，心中的郁闷减轻了……"

张伟不明就里地问："哦，酒后吃药，效果不佳，再说了，吃了药，也没必要哭天喊地啊……"

陈瑶"扑哧"笑了："张总经理，丫丫告诉你我昨晚哭天喊地了吗？"

张伟说："哦，那倒没有，我只是夸张了一点。"

谈话间，陈瑶接到一个电话，说："徐主任，你好，我是陈瑶……你说吧……"

张伟没说话，看着陈瑶打电话。

"哦，对不起啊，我今天家里有事情，不能过去了，请你转告潘副市长，非常抱歉……再说了，我也不喝酒，又不抽烟，去了还让你们扫兴……呵呵……"陈瑶对着电话说。

原来是徐主任打电话找陈瑶的。

"那好，就这样吧，再一次表示抱歉，改天欢迎各位领导再次来公司莅临指导工作。"陈瑶说完挂了电话。

"怎么？有事？"张伟问道。

"旅游局徐主任的电话，说潘副市长晚上和局里的领导一起吃饭，说潘副市长点名让我去作陪……"陈瑶摇摇头，"咱一不想高攀，二没那地位，不去凑那场合，我婉言回绝了！"

张伟点点头说："嗯，那潘副市长和我们老板娘有一腿，那人生活很烂的……"

陈瑶笑笑说："其实，你没说，年前你接送你们老板娘的时候我就能估计到了，呵呵……别人的事情咱不管，咱自己洁身自好就行了。"

张伟说："不过，年后好久没见他们俩联系了。"

陈瑶说："做领导的，身边的女人围着转，想往上贴的多了，时间长了，换换口味也是很正常的，不稀奇。"

张伟有些担心地对陈瑶说："你可得防止那潘副市长打你的主意啊。"

陈瑶点点头，笑了，说："嗯……是的，我自然会防备的，这年头，单身女人在外面打拼，很难的，到处都是狼啊，防不胜防，见得多了，我躲避狼也成习惯了……"

张伟说："我永远也不希望那些狼嘴里的羔羊是你……"

陈瑶不禁动容，说："谢谢你，不会的，我希望任何女人都不要成为那些狼嘴里的羔羊。"

张伟说："你的愿望是良好的，这是不可能的事情，这个世界，有恶人就有被欺凌的群体存在，这个世界，没有公平，只有相对的合理，在那些恶狼狰狞狂笑的背后，是无数弱者弱女子的血泪……"

陈瑶一声叹息："这个世界，噩梦天天都有，人间的苦难悲情无处不在，弱肉强食，自然法则，在文明社会亦不能避免，唉……"

张伟听陈瑶这么说，忍不住想笑，可是看到陈瑶脸上的表情，张伟笑不出来了：陈瑶的表情充满严肃和悲凉。

张伟认真地说："陈瑶，这个世界，要是人人都像你一样充满爱心，那会是多么美好。"

陈瑶看着张伟说："张总经理，我不敢说我是个好人，但是，我敢说我不是坏人，我是有爱心的人……知道吗，去年5·12大地震，我自己悄悄捐了一百万，谁都不知道，我通过红十字会捐助的，用的假名字，你是第一个知道的，保密哦……"

"啊，你捐了这么多？"张伟吃了一惊，"真是想不到。"

"想不到吧，"陈瑶得意地盘腿坐在沙发上，"咱是绝对的有爱心的人，捐助不求回报的。"

"什么时候我遇难的时候你也捐助一下我啊……"张伟开玩笑地说道，"怎么说咱俩也是朋友啊。"

陈瑶表情微微一动，说："只要是我的朋友，得到我资助的很多，有的是借出去的，有的是我无偿援助的，当然，你张大经理要是有难，咱怎么着也得给你送点你老家的煎饼去啊，怎么着也不能饿着你啊……呵呵……"

张伟看着陈瑶的面孔，一个充满爱心的女人看起来真的是无比美丽，张伟突然对陈瑶说："陈瑶，我有一个朋友，和你一样，又可爱还很有爱心，去年大地震，她也捐款了……"

"哦……"陈瑶看着张伟，"你哥们？"

"不……"张伟说，"她——她是我一个姐姐，和你一样的聪慧、美丽。"

陈瑶看着张伟，问："你姐姐？你有一个姐姐？"

张伟的心中突然充满了痛苦，脸上的表情不由狰狞了两下，吓了陈瑶一跳，问："你怎么了？"

张伟努力平息内心的激动："是的，我有一个姐姐，一个最亲最亲的姐姐，我心中最挚爱的姐姐……"

陈瑶用力咬了咬嘴唇，嘶声说道："可是，我从来没听你说过，你有一个姐姐。"

张伟长长呼出一口气，缓缓说道："是的，我从来没和任何人说起过，她是我心目中永远的姐姐，我最尊敬的姐姐，最美丽的姐姐，甚至——甚至超过你，这个世界，除了我的母亲，没有哪个女人比她更美丽……"

张伟说得有些动容。

陈瑶脸上的表情也有些动容，她说："那么，你一定很爱你的这个姐姐，一定很爱……很爱……"

张伟点点头说："是的，她是我在这个世界上最爱的女人，永远最爱的女人，或许是一辈子唯一爱的女人了……"

陈瑶沉默了，张伟也沉默了，客厅里只有电视机的声音。

过了良久，陈瑶抬起头，看着张伟："张伟，你告诉我，她是不是你曾经告诉过我的你的女朋友？"

张伟看着陈瑶笑了："是的。"

陈瑶问："是何英？"

张伟摇摇头说："不是。"

陈瑶点了点头，脸色突然变得很严肃，问张伟："可是，既然你和她，你和何英……为什么？你和何英是怎么回事？你如何解释？"

张伟心中霎时又被撕心裂肺的感觉所充斥，艰难地看着陈瑶，无力地说道："陈瑶，别问我，别问我为什么，我自己也无法给自己解释，我只能说，我是一个混蛋……因为何英……因为我的混账……我伤害了她……重重伤害了她……我失去了

29

她……永远失去了她……"

说完这话，张伟因为痛苦，脸上的肌肉痛苦地抽搐了两下。

陈瑶的胸口激烈起伏了一会儿，渐渐平息了下来，喝了两口水："对不起，我让你为难了，我不该问你这个问题，因为这又牵扯到你的隐私了……"

张伟说："这是……这是我第一次向你说起我的个人私事，因为……因为我把你当做我的好朋友，当做无话不说的好朋友，但是，这事，以后永远也不要再问我，这事到此为止，不要再提起，我只能和你说这么多，以后永远不要再问起这个事情了……"

陈瑶说："难道，难道……你不想再去找她？你就能把她忘记？"

张伟低吼了一声："陈瑶，我无法找到她，我无法忘记她，我没有脸面再见她……不然我也不会这么痛苦……求求你，不要再提起这个事情……求你……"

张伟的表情充满痛苦。

陈瑶看着张伟说："张伟，你以为躲避就可以了却一切？你以为不再提起就能让你的心里忘掉痛苦？"

张伟摇摇头说："陈瑶，算我求你，不要再说这事，今天是我主动和你提起这事的，但是，请你给我一个面子，别再提这事，起码现在别再提这事，好吗？"

陈瑶看着张伟说："好的，不谈这个事情了，不过，真的，我心里很喜欢你的那个姐姐的，或许，我们会是很好的朋友，或许，我们会是一样的好人，或许，我们会是一样美丽的女人……"

张伟点点头道："是的，一定是的，当然是的，我和她说过，如果你们见了面，你们会是很好的朋友，你们都很优秀，都很出色，只是——"

"只是什么？"陈瑶问道。

"只是，你没有她长得漂亮。"张伟看着陈瑶说，"别生气，我不是打击你，你真的没有她漂亮。"

说完这话，张伟有些后悔，担心陈瑶会生气。

没想到，陈瑶看着张伟，突然笑了，问道："真的？张总。"

"真的，"张伟说，"千真万确。"

"呵呵……"陈瑶突然开心地笑起来，"本姑娘自以为是美女了，没想到张总的前女朋友还要胜过本姑娘，倒是真想见一见了……告诉我，她在哪里，我想去拜访，想结交这个朋友。"

张伟摇摇头说："我不知道。"

陈瑶看着张伟问："你为什么不知道？"

张伟说：“因为她失踪了。”

陈瑶说：“失踪了难道不可以再找回来？”

张伟喃喃道：“永远也不会回来了，永远……”

陈瑶说：“你能肯定？或许是你心不够诚吧，如果你真的心诚，我想她一定会再出现。”

张伟苦笑着摇摇头：“陈瑶，你不懂，你不了解她，我了解她的，她绝对不会再出现了。”

陈瑶问：“你果真很了解她？”

张伟说：“是的，我很了解她，我太了解她了……”

陈瑶问：“你绝望了？你忘记她了？”

张伟摇摇头说：“我没忘记她，我这辈子都不会忘记她，她永远是我心中最好的女人，但是，我绝望了，我基本是接近绝望了，我只能在梦里，在梦里……依稀见到她了……”

陈瑶看着张伟沮丧的脸说：“兄弟，别丧气，真情可以憾天，如果你真的是用了心，或许还有挽回的可能的。”

张伟突然惨淡的一笑，说：“陈瑶，你不懂，你想一想，我伤害了人家，我难道还有脸面再去让人家回心转意吗？再说了，即使人家回心转意，我还有脸再接受吗？咱都是要脸的人啊……”

陈瑶沉默了，低头喝水。

张伟也沉默了，低头喝水。

过了半晌，张伟抬起头说：“今天，我是第一次把我最隐私的事情向你吐露，希望你能替我保密，任何人都不要告诉。”

陈瑶感动地看着张伟说：“你放心，这是绝对不会从我嘴里让第二个人知道，谢谢你能告诉我这事，让我知道你有一个如此美丽的姐姐。”

张伟笑笑说：“因为我相信你，我把你当做我做好的朋友来看，当做可以信赖的朋友来看……”

陈瑶认真地点点头道：“嗯……我知道，或许我会慢慢明白你的心，明白你的想法，或许，我们真的可以是最好的朋友……”

张伟看着陈瑶，觉得陈瑶说这话时的表情像是喝醉了酒，稀里糊涂的。

不过，张伟也没有多想，很快告辞回去了。

晚上，张伟照例在电脑前晃悠。不过，今天他不想在文档里写东西了，反正昨天已经发了那么多东西，今后干脆就在这里写好了，反正姐是不来的。

张伟登录 QQ，打开伞人的对话窗口，刚要说话，右下角头像一闪一闪，打开一看，是陈瑶。

　　"喂，干吗呢？今天是周末，还加班？"陈瑶问道。

　　"没，刚打开电脑，想查点资料的。"张伟说。

　　"哦，辛苦辛苦，那我不打扰你了，你忙吧。"陈瑶说。

　　"好的，再见。"张伟巴不得陈瑶赶快告别。

　　接着，张伟在伞人的对话窗口里开始留言。

　　张伟想起陈瑶今天说她昨晚尽情直抒胸臆之后的畅快心情，突然也想在这里说出自己心里的憋闷，于是，满怀对伞人的歉疚和懊悔，把自己和何英的前前后后的事情，以及自己在情人节前后的事情经过，还有自己的思想斗争过程，全部详细说了一遍。

　　说完之后，张伟果然感觉自己心里舒畅了不少，长长出了一口气，写道：姐，我知道你看不到，可是，我得给说，就好像你是我的神父，我在向你忏悔，不指望得到你的谅解，只希望你知道这个事情，我知道，都是我的错……我自己做的孽我自己要承受，我是自找的，我应该得到的报应……你的神是如来，我没有神，只能借耶稣来代替，只能把你当神父，当成一个虚无的神父来忏悔……感谢神……

　　一口气说完这些，张伟挺起腰，长长地伸了个懒腰，看看时间，不知不觉已经十二点了，自己整整写了三个小时。

　　张伟边摇晃脖颈，边看着伞人的对话窗口，唉……姐，和你说了，心里真的是感觉负担轻了。

　　突然，张伟停住了，眼睛直盯盯地看着对话窗口左上方的名字下面。

　　看了一会儿，没见什么动静，张伟晃晃脑袋，怎么回事，自己刚才分明看到伞人的名字半边突然出现了"正在输入……"

第六章 失而复得

张伟一个激灵，难道伞人上线了，隐身？

张伟紧盯着对话窗口的上半部分，可是，再也没有出现什么异样。

难道是自己刚才眼睛花了？张伟使劲揉揉眼睛，不可能。

张伟继续执著地等待着。

张伟心里固执地想，伞人一定是上线了，一定看到自己的所有留言了，一定知晓了自己经历的前前后后和心里所有的想法了。

想到这里，张伟心里猛地一阵激动，失踪了的伞人又回来了！

一股强烈的渴望和思念在心头涌动，张伟的手都在哆嗦。

激动之后，张伟心里突然又是一阵畏缩，回来了又能怎么样呢？已经走到这一步了，自己还有脸面再见伞人吗？伞人还会愿意再见自己吗？

这么想来，心里霎时又冰冷起来。

但是，张伟仍不愿意离去，仍痴痴地坐在那里，看着对话窗口。

他知道，此刻，伞人一定也在坐在窗口前，一定也在看着自己的留言，或许已经看完了留言，也在像自己这般，看着窗口发呆。

张伟就这么怔怔地坐着，执著地等着……

可是，什么事情也没有发生，灰白的头像静静地挂在电脑屏幕上，注视着张伟，默然不语。

夜风轻柔，月光皎洁，夜渐渐深了，喧闹的大街渐渐安静下来，四周一片寂静，偶尔传来大街上过往车辆疾驶而过的声音。

张伟直挺挺坐在椅子上，盯着电脑屏幕，一动不动。

一直坐到凌晨四点，张伟终于绝望了，放弃了等待，或许，自己真的是看花了眼，唉……

张伟带着满腹的失落昏沉沉睡去。

第二天中午时分，于琴过来了，和张伟一起吃午饭。

两人闲聊时，于琴聊起了赵淑："赵淑的老公，那个旅游局的办公室的徐主任，好像和潘副市长走得很近啊。"

张伟呵呵笑笑说："那当然啦，潘副市长分管旅游，自然是走得很近的。"

于琴说："赵淑和小阮的关系到底是怎么回事？别折腾大了，弄得咱们公司为难。"

张伟说："折腾不大，赵淑和徐主任很快就离婚了，赵淑和小阮真心相爱，不是胡来的。"

于琴"哦"了一声："小阮细皮嫩肉的，长得又俊俏，这么好的一个小白脸，让赵淑给套住了，唉……可惜……"

张伟乐坏了，说："怎么？于姐，你也相中小阮了？人家可是正儿八经的谈感情的，小阮可不是吃软饭的，哈哈……感天动地姐弟情啊……"

于琴呵呵笑了，说："我就是说说，感慨而已，你还别说，这宁州的女老板养小白脸的很多哦，我还从没养过小白脸呢……"

张伟说："于姐，你还嫌你经历的少啊，少学两样吧，你会的已经很多了，还非得什么东西都得经历一下？"

于琴晃晃脑袋说："这人一辈子啊，没有钱，很多事情只能想想，做个梦，有了钱，就什么都想试试，都想尝尝，也不枉世上走一遭……"

张伟说："有钱人多了，但是也不见得都像你这样的想法。"

于琴嘻嘻一笑，说道："我只不过是说说，不会付诸实施的，我现在对弄那些乌七八糟的事，没什么兴趣了，玩过了，知道什么味道，也就罢了。"

张伟看着于琴，说道："潘副市长怎么最近没和你联系？"

于琴撇撇嘴，说道："这个老乌龟王八蛋，和女人相好没有超过三个月的，早就不知道又看中哪里的女人了……不过，正好姑奶奶现在学着做好人，他不找我倒也正好，我是绝对不会再去找他了……"

张伟突然又想起昨天潘唔能见到陈瑶和邀请陈瑶吃晚饭的事情，心里不禁一阵隐忧。

下午，玲玲过来给于琴和张伟汇报，说代理金都已经全部收齐了，该退的保证金也都退回去了。

于琴很高兴，对玲玲说："我们最终收了多少代理金，数字要严格保密，除了我们三个，谁都不要告诉，免得被人知道了眼红，咱们是新来东兴的，别太招摇，尽量少树敌。"

玲玲答应着去了。

"下一步，就是我们的宣传攻势了，"张伟对于琴说，"铺天盖地、轰炸东兴和宁州，报纸、电视、广播、户外广告牌、宣传单、手机短信群发，同时上阵，同时，组织开展促销活动，两地同时开展，除了广告，新闻稿件同时配合，徐主任那天还答应我，在宁州旅游报上专门给我们弄一个专版……"

于琴点点头说："那就看张总施展了，我给你当下手，搞服务。"

张伟拿出一个广告投放的详细计划表，说："所有的广告投放计划都在里面，平面的、立体的都有，包括具体价格和广告版面、播放时间段，包括总计划资金，先报董事长批准。"

于琴接过来仔细看了下，然后对张伟说："计划很周详，你去落实吧，资金我安排玲玲一次性划拨出来，专款专用。"

说完，于琴在计划表上签了一行字：同意按计划实施。然后签上自己的名字。

张伟点点头说："好的，周一开始落实这个计划。"

和于琴谈完，张伟回到自己办公室，叫过来赵淑和阮龙、赵波、于林，给他们安排了一个新闻计划。

张伟注意到最近漂流上游水库放水下来的野生鱼类越来越多，把相机交给阮龙，说："最近几天，你们去工地转悠，特别是在起点的水池那里，去抓鱼，抓大的野生鱼，抓到后就拍下来，多摆几个姿势，我们做一个新闻发到东兴和宁州的晚报上去，主要是渲染白云山区的野生原生态环境保护得好，野生鱼类繁多，为漂流先造造声势……"

于林笑嘻嘻地说："张总，这样的新闻好发吗？"

张伟说："好发，现在都强调环保，我们更是大作环保漂流文章，而且，我们还在他们报纸上登广告，发新闻稿更是不在话下，不然，我们就选择别的媒体，哈哈……现在报纸多了，选择余地很大的，到处都是买方市场啊……你们照片拍回来，文字我来写好了。"

赵淑说："今天水库就放水的，我们现在就去，晚饭前还能赶回来。"

张伟点头答应："好，说干就干，去吧。"

赵淑开车拉着他们几个人直接去了山里工地，晚饭前果然回来了，一个个身上湿漉漉的，嘻嘻哈哈，精神饱满。

于林把相机交给张伟，说："张总，你接到电脑上看看，我们几个抓了一下午大鱼哈，好多啦，都顺着溪道往下游，阮哥和赵哥一人抓了一条大的，赵姐抱着大鱼照相了哈······"

张伟接到电脑上一看，果然不错，十多斤重的大鱼，赵淑赵波他们抱着，站在岸边，也有站在水里的，照得很好。

"谁照的？角度不错，主题突出，背景炫目。"张伟看着他们，笑嘻嘻地问。

"我照的。"小阮呵呵笑着，脸上两个酒窝深深地。

"场景是我选的，"赵淑看了看小阮，笑眯眯地，"古村做背景，我选的。"

赵波笑呵呵地站在一边，没说话。

"辛苦了，你们去吃饭吧。"张伟对他们说。

然后，张伟选了两幅比较好的照片，又写了一段简讯，题目是《白云山虎跳峡发现大量野生鱼类》。弄完之后，张伟传到宁州晚报和东兴晚报两位记者的邮箱，因为张伟答应做广告通过他们做，他们在本报社都有拉广告的任务。

这年头，做广告都需要去拉，记者因为发稿便利，拉广告自然比广告部的人员方便，同样价格的广告，自然给记者比给广告部的好。

张伟找宣传媒体做广告，一律都是找记者，广告部的不接待，这样在新闻宣传的时候，会有很大的便利。

晚饭张伟是和丫丫一起吃的，兄妹俩专门出来，找了一个安静的北方菜馆，边吃边聊，又给爸爸妈妈打了半天电话，丫丫很开心。

"哥，你昨天和陈姐说我告诉你她哭的事情了？"丫丫问张伟。

张伟点点头说："是的，说了，怎么？陈瑶说你了？"

"没有，陈姐就是简单问了我一下，没生气，也没说我，"丫丫说，"我看陈姐这么大哭一场，精神好多了，或许是心中的积郁都发泄出去了。"

张伟点点头，说："丫丫会分析问题了，呵呵······言之有理，现在陈瑶晚上睡觉比以前早了吧？"

丫丫摇摇头，说："不是啊，晚上她还是趴在电脑前看什么，但是神情却不难受了，很从容，就是有时候轻微皱一下眉头，到底也不知道她看的什么书······"

"哦，那是她喜欢熬夜，习惯啦。"张伟不以为然地说。

"还有，"丫丫对张伟说，"今天上午陈姐在家里打扫卫生的时候，我听到她竟然开始哼哼歌曲了，好久没听到她哼唱了······"

张伟心中一动，自己何尝不也是这样呢，自从情人节之后，自己好像再也没有听过音乐，再也没有哼过歌曲，不是不会唱，而是心里根本就没有想唱歌的感觉。

晚饭后把丫丫送回去，张伟回到宿舍，上网登录QQ，直接打开伞人的窗口，写道："姐，我昨晚好像见到你了？你昨晚在线的，是不是？"

伞人静静地挂在哪里，无语。

张伟继续写："你不愿意理我了？是吗？"

伞人继续无语，头像仍旧是灰白的。

张伟不死心，继续写道："在不在？姐，我……我真的很想你的，我该说得都说了，我想你也都明白了，我知道我错了，我混账……我不要求你做什么，我没有什么高的要求，我只是好想好想看到你出来和我说一句话……昨晚，我没有眼花，我确实看到你'正在输入……'的字样，我知道，你一定在的，昨晚你确实是上线了，那么，你也应该看到我的心声了，我原来以为，这辈子也不可能再见到你，永远也无法和你再重逢了，没想到，老天有眼，竟然昨晚让我觉察到了你的存在……唉，既然你不愿意见我，那也不勉强你，可是，我会一直在这里看着你，守候着你……"

说完这些，张伟眼睛直勾勾看着屏幕，希望能看到蛛丝马迹的反应。

但是，等来的只有失望。

张伟继续坐着，看着屏幕发呆，脑子里开始放电影一样回忆起和伞人的点滴网事。

时间在一分一秒过去，张伟的眼皮开始打架，本来昨晚就没睡好，现在感觉精神有点不撑劲。

张伟看看时间，深夜一点了，又一个漫漫长夜来临了。

张伟的心中充满惆怅，漫漫长夜无心睡眠，等待的煎熬是这样的折磨。

反正上床也睡不着，不如就这么靠着吧。

张伟半梦半醒地趴在电脑前，朦朦胧胧地看着电脑，眼睛一会儿湿润了。

伞人一定是不打算再理自己了，一定是决定从此和自己分道扬镳了，一定是看了自己的所有留言而没有原谅自己……

"唉……"张伟长叹一声，自己这是咎由自取啊，活该！

张伟昏沉沉在电脑前迷糊着，突然听到"啾啾"的声音，猛地抬起头，睁大眼睛。

"唉……"

伞人的对话发过来了！

是伞人的对话，确实是！

张伟瞪大眼睛，心剧烈跳动起来，把脸贴到电脑屏幕前，仔细看着，没错，是姐的话，真真切切，没错！

伞人出现了，伞人回来了，伞人和自己说话了！

张伟的心猛烈狂跳起来，呆呆地看着对话窗口，一动也不敢动，唯恐一动，伞人的话就会消失。

同时，窗口伞人的头像也变成了彩色，伞人不再隐身，在线了！

张伟呆呆地看着，心剧烈地跳动着。

张伟一时不知道自己该怎么做，心里一时竟然充满了畏惧和退缩。

为什么？为什么当幸福再次来临的时刻，自己心中竟然会有畏惧和退缩？难道是因为自己心中还有良知？难道是因为自己还知道深深伤害了别人？

张伟心中又突然百感交集，多日的积郁和寂寥还有悲凉一起涌上心头，眼泪浸湿了眼眶。

虽然是一个"唉"字，此时胜过千言万语，胜过一切。

张伟垂下头，狠狠抓着自己的头发，闭上眼，使劲咬了咬牙，然后重新抬起头，重重呼出一口气，睁开眼睛，看着电脑屏幕，看着对话窗口。

终于，张伟伸出颤抖的手指，抖抖索索在键盘上开始敲击："姐……"

"嗯……"伞人回答道。

张伟又激动起来："我……是我吗？"

伞人："嗯……你……当然是你。"

张伟努力平息自己的心情，继续敲击键盘："你……是你吗？"

伞人："我……当然是我。"

"姐……"张伟又叫了一声，欢欣的泪水终于流了下来，滴落到了键盘上。

这不是张伟第二次为伞人落泪，却是张伟的泪水第二次滴落在键盘上，第一次是情人节前夕和伞人的诀别，这一次，却是重逢。

第七章 | 哀怨衷肠

伞人没有答应，也没有说话，一直保持着沉默。

张伟的心情慢慢平息下来，又试探着喊了一声："姐……"

这次伞人答应了："其实……你这是何必呢？"

张伟一时摸不透伞人这话的意思，没有回答。

过了一会儿，伞人又是一声叹息："唉……我看了你的大作，看了你的所有的心得，看了你的回忆录，也知晓了你的光辉事迹……我想知道，你为什么要这么做？"

张伟说："我……我这么做的原因不是都写在留言里了……"

"我不是问你这个，你的伟大动机和高尚情操我在留言里都领教了，还有你无私的品德和善良的心态，我都知晓了，我是问你，你为什么要通过 QQ 把这些东西发给我，你为什么还要来打扰我平静的生活……"伞人说。

张伟说："我……我以为你不会来这个 QQ 了，我只是想象你还在，我只是想装作你还在的样子和你说话，我只是想寻找过去的那种感觉，我只是想在梦境里自我迷醉……"

"这是我的 QQ，我想来就来，想走就走，想上就上，想下就下，和你何干？"伞人的口气有些强硬，"分手是你说的，你想结束就结束，我说一句话了吗？我抱怨一句了吗？我只是想过平静的生活，你凭什么还要来打扰我？我的 QQ，你凭什么想发就发，发一大堆撕心裂肺的无病呻吟给我看，讲一大堆苍白无力的理由给我听，凭什么？凭什么你想干吗就干吗？你想分手就分手，你想和好就和好，凭什么要听你的？为什么？！从来就没见过这么横的人……"

伞人的情绪非常激动，好像在把心里满腔的怨愤和幽恨全部倾倒出来，言语有些语无伦次。

张伟理解伞人此刻的心情，默不作声听凭伞人发泄。

"……是的，你有良心，你有责任，为了你自己的良心和所谓的责任，为了你自己的心里得到安慰，你就可以打着良心和责任的旗号，去满足一个费尽心思的计划，去取悦一个饥渴等待的心灵，去抛弃一份热切盼望的纯情，去伤害一个无辜纯朴的灵魂，张伟……你让我万万想不到，你真狠啊……你好狠……"伞人充满怨怒地在倾诉。

张伟的心一阵阵抽搐，他知道，此刻，所有的解释都是徒劳的，结果最能说明一切，事情已经到了这个地步，说多了，徒劳无益，伞人这段时间心里淤积的愤怒和委屈一定很多，还是让她多说说，说出来，或许心里会好一点。

"……是的，你的理由很充分，好充分，我仔细拜读了你的心得和事迹经过，还有你充满高尚情操的感想，很感人，很动人，很伟大，舍己为人，看得出来，整个事情的过程，你始终是被迫的，无脑的，然而又是必须的，理由充足的，理由无懈可击的，你好像是在被迫去做一件事情，你是多么伟大的一个年轻人啊，多么重情重义、充满奉献精神的一个男人……可是，张伟，我问你，你有没有想想我？你有没有为我想想，在你决定舍我而去，去投入另外一个女人怀抱的时候，你有没有想想我？想想我即将在那个咖啡馆里等你？抱着对幸福和未来的憧憬，带着满腔的纯情和凝重的渴望，带着情人节的礼物，准备离开家门，去那个214房间等你……你有没有想想，在你为了你的道义和安慰去满足另外一个女人的同时，你多么深、多么痛、多么重、多么无情地伤害了另一个无辜的女人……而这个女人，是经历了漫长的严冬，走过了初春，心中的累累伤痕尚未愈合，刚刚结疤……而你，无情地将这个伤疤狠狠撕开，在上面撒上一把盐，然后绝情而去……张伟，你真是一个男人！"

说到这里，伞人突然停住了。

张伟知道，伞人此刻一定在哭泣，或者是内心巨大的伤痛又开始涌出。

张伟的心里狠狠抽搐，无言的痛涌上心头，这痛，是对伞人深深的疼爱和呵护。

张伟知道，爱情都是自私的，伞人站在自己的立场说这些话，是没有错的，自己实在是伤害她太重了。

张伟默然无语，一会儿轻轻说了一句："姐……对不起……你狠狠骂我吧，我错了！"

"哈哈……对不起？好轻松，好简单，一句轻轻松松的对不起，一句简简单单的我错了，就把这一切都打发过去了？张伟，你没有错，我没有说错，你为了自己的良心和责任，有什么错呢？感情本来就是两厢情愿的事情，本来就是我自找的，有什么对不起的呢？不要说对不起，我承受不起，这一切都是我自找的，我自愿的，我只能说自己是咎由自取，我是自作自受，活该……"伞人说道。

"别这么说，姐！你没有错，都是我的错……"张伟的心中充满伤痛，"姐，所有的过错都是我的，你不要这么说自己，你不要这么看轻自己，你这么说，我心里真的好痛……好痛……"

伞人说："我自己说我自己，与你何干，你为什么要痛？我不需要你痛！不稀罕……"

张伟用力咬咬嘴唇，写道："你不稀罕，可以，你不需要，也可以，可是，我愿意，我愿意为你而痛，没有什么别的原因，只因为……只因为……我爱你，我仍然一如既往地爱着你，甚至……甚至，我比以前更加爱你……"

伞人半天没有说话。

张伟也没有说话，静静地看着对话窗口，静静地看着伞人的头像。

过了半天，伞人说："可是，你以为，我还爱你吗？你以为，我的心里还有你吗？你以为，我的心还是热的吗？"

张伟心中大恸，说："姐，你恨我，你骂我，我都理解，我爱你，我深深地爱着你，不管你爱不爱我，即使你不爱我了，即使你的心里不再有我，我仍然永远爱你，我仍然希望，你的心永远是热的，或者，很快复苏起来……"

伞人说："我的心……我的刚刚复苏的心已经冰冷了，已经死灰一般了，融化的坚冰又重新冻结了……我的爱，我的恨，我的情，我的伤，我的梦想，我的希望，我的未来，我的憧憬，都随风而逝了……"

张伟的眼泪涌了出来，写道："姐，你说，需要我去做什么，只要能让你的心恢复温暖，只要能让你的伤痛愈合，只要能让你心中的坚冰再次融化，我什么都会去做，为你，我可以付出我的一切，直至生命……"

伞人似乎被张伟的话所感动，沉默了半天，说："唉……我不需要你为我付出这么多，融化的坚冰再次凝结，会愈加坚硬，愈加冰冷……我确实恨过你，恨死了你，恨得咬牙切齿……可是，我很快就想通了，爱，是不能勉强的，性格决定命运，这一切，都是命中注定的，很快，我就不恨你了，既然命中注定不能做夫妻，枉费心机干吗？我很快调整好了自己的心态，我不能因为这个沉沦下去，我得生活，我得做事情，我得生存，我要让自己的生命充满活力和阳光……我很快就想通了，即使……即使我们不能做夫妻，但是，我还是会把你当做一个朋友，一个好朋友……既然是做朋友，心里的感觉就轻松了，就没有负担了……"

张伟的心里充满难过，说："姐，仍然是我心目中唯一爱的女人，最美丽的女人……"

伞人说："别说了，都过去了……张伟总经理，祝贺你，事业有成，前程似锦……"

张伟说:"我不想让你把我当做朋友,我……"

"你想什么?张伟同学,你想我把你做陌路人?敌人?"伞人说,"买卖不成仁义在,夫妻不成友情在,我不想,也不会把你当成敌人,当成坏人。"

张伟说:"不……不是,我……我不是那个意思?"

伞人说:"你……你是什么意思?"

张伟突然鼓足勇气说:"姐,我知道,你并没有把我当做普通的朋友,甚至,你没有把我当做很好的朋友,你,仍然把我当做你最亲密最关爱的朋友,你说你心里没有我,你说你不再爱我,我……我不信!"

伞人沉默了片刻说:"张伟同学,你自我陶醉的本领不小啊,不但善于自己写文档抒情,还善于对着空白的 QQ 留言倾诉,你真是善于自我满足、自我迷醉……"

张伟说:"我不是自我陶醉,姐,你骗不过我的眼睛,如果,如果你真的把我当做了普通的朋友,你——你就不会和我说开始那些话,你就不会对我有那么多的怨愤,你就不会对我有那么多的幽怨……我知道,因为爱,才会有恨,因为恨,才会更爱,这世上,没有无缘无故的恨,也没有无缘无故的爱……"

伞人又沉默了,半天不语。

张伟继续说:"姐,我明白你的心,我理解你的伤,理解你的痛,我深深懊悔、后悔、歉疚、自责……姐,只要能让你心里舒服,只要能让你心情好,只要能让你开心、快乐,我愿意去做任何事情,为你,我甘愿做一切事情……"

沉默……良久,伞人说:"对不起,我今晚不该这么说你的,都是已经过去的事情了,都已经这样了,我有什么资格去责骂你,指责你呢?对不起,请多包涵,我有些过分了……"

"不,"张伟急忙说道,"姐,你说得对,说得好,你有资格说,你有权利说,我喜欢听你责骂我,我愿意听你指责我,我喜欢……你不过分,恰如其分,正合适……我知道,你责骂我,指责我,说明你心里还有我,你还记挂我,爱护我……"

伞人长叹一声:"唉……其实,我这人也是太自私了,我心里知道,你这么做是有充足的理由的,是无可指责的,不论从道义上还是从公德上,你总是对的……我仔细看了你的留言,知晓了事情的全部过程,我知道,你说得是真的,我相信你说得是实话,站在正义和公理的立场,我无法对你说的事情进行辩驳……可是,我是一个女人,一个普通的女人,我有我的情,我的爱……爱情,总是自私的,我自然会站在我的立场上去考虑,自然会从我的感受出发去想事情,我自然会感觉我是被伤害了,深深地伤害了,我自然要去保护自己,本能地去保护自己……我有错吗……我错了吗……是的,或许我是错了,或许我是不该这么想,或许我应该多为你，多为何英着想，多为何英肚子里的孩子着想，但是，我不是圣人，我不是神人，我没有那么大的肚量，我没有那么宽广的胸怀，我……我做不到……所以，我说，我太自私了，或许，你是正确的，而我，只是咎由自取……"

张伟急忙说："不，姐，是我错了，你没有错，你也不自私，你这么说，正说明了你的无私和宽容，还有博大和醇厚，我是自作孽，活该报应，可是，我不该把你拖进去，不该伤害你，你是无辜的，一切的源头都是我引起的，都是我图一时风流快活，留下无穷后患，一切，都是因为放纵和轻浮……"

伞人说："你终于能认识到一点皮毛……我曾经很早就多次告诫你，无论在什么时候，要板正做人，无论在什么时候，都不要迷失自己，做事情，一定要三思后行，要权衡利弊，不要伤害别人……你每次都答应得好好的，听得真真的，可是，你听到心里去了吗？你认真想过我说的话了吗？你做事情的时候，你放纵肉体和灵魂的时候，你贪图短暂享受的时候，你有想起我的话了吗……何英是有夫之妇，你当然知道，既然知道，为什么要和人家发生关系？难道你不知道你是可耻的第三者？难道你不知道你在人家的婚姻关系中扮演了不光彩的角色？即使何英有一万个理由离婚，你，在中间有没有起催化作用？你，一方面答应着我的提示和告诫，一转身，却又一而再再而三地和何英发生关系，直至造成一次你自以为是你的孩子的怀孕……我自始至终是相信你的，你说得话，我都是听的，我都是用心在听的……我不是小孩子，我不是没有经验和经历的人，我不是涉世浅薄的人，我为什么这么相信你？我为什么这么听你的话？为什么你说什么我信什么……你说，为什么……你应该知道，你应该明白，答案很简单，就是因为一个字：爱！……恋爱中的女人是幼稚的，是天真的，我现在终于相信这句话了……我的话，你一直当做耳旁风，这边听，那边出，这边和我信誓旦旦，那边又去耳鬓厮磨……你想一想，张伟，你这样做能不出事？是的，我说过，我喜欢你的玩世不恭，但是，我说得是一种神态和气质，是一种褒义的玩世不恭，是一种做人的随意洒脱的心态，不是让你去找女人，去做第三者，去玩什么良心和责任的把戏，去花心，去见一个，爱一个，从王炎到何英，一个接一个大肚子，你难道就没有认真思考过？你难道就没有替人家考虑过？同志，保持严肃的生活作风，不是说在嘴上的，是要落实在行动中的……如果，没有你的那些花心，会出现这些事情吗？"

张伟默然回答："姐，你说得很对，很深刻，我知道我错在哪里了，我好后悔，好懊悔……"

伞人说："浪子回头金不换，张伟同学，按说我是没有资格再说你的，今天这些话，权当一个朋友的絮语，觉得对，就听，觉得不对，就扔一边……"

张伟忙说:"姐,你说得对,我当然听,你说我,我心里很乐意,心甘情愿,我知道你是为我好,我知道你是因为心里有我才这么说的,你仍然心里是……"

伞人说:"好了,不要再这么说了,这话我不爱听。"

张伟一听,忙闭嘴不言。

过了一会儿,伞人说:"过去的事情就过去吧,一些顺其自然,不要勉强自己,更不要勉强别人,爱或者不爱,都是命中注定,都是缘分,今天既然大家把话说开了,今天既然我出现了,那就让我们以一个朋友的关系来交往吧,我不希望也不喜欢被人强行把朋友关系注入别的成分,如果那样,宁可连朋友也不要做……"

张伟心里很难过,很不情愿,本来好好的恋人,爱人,经过这一场风波,咋就成了朋友了呢?他说:"姐,可是,我……我们……"

伞人说:"没有那么多可是,今天我说得够多了,你听不明白?不要自作多情,对朋友,我一样说心里话,一样会帮助朋友,不要想多了。"

张伟闷闷地不敢多说,老老实实答应着:"嗯……"

第八章 | 不堪回首

伞人可能是感觉话说得有些重了，一会儿又说："我说过，凡事顺其自然，缘分天注定……爱，是不能勉强的，爱是要心灵与心灵的对话，要顺其自然，要两情相悦，勉强的爱是毫无意义的。昨天你有何英，谁又能担保你明天会不会有于英、张英、李英……"

张伟说："姐，我知道了，我明白你的意思了……不管你今后怎么看我，不管你今后还爱不爱我，我今生只会爱你一个人，我今生绝不会再找别的女人……话我就不多说了，看实际行动吧！"

伞人沉默了一会儿，没说话，良久，发过来一个微笑："我不想把气氛搞得那么紧张，夫妻不做了，朋友还有得做的……"

张伟回过去一个苦笑："到这个份上了，我还能说什么呢，一切听你的，只要能见到你，只要能和你说话，其实我就已经欣喜若狂了，我还能去多要求什么呢？唉……我这个人，有时候也太不知足了……"

"人的欲望是无限的，是无止境的，但是，人的能力是有限的，不是无穷的，所以，不知足的人会经常在痛苦中徘徊、度过。"伞人说。

"嗯……我明白了，知足常乐，就像今天我见到你，就应该很知足了，再要求别的，就太没自知之明了。"张伟说。

伞人又发过来一个微笑："谢谢张总这么抬举我，你终于做到总经理了，虽然是副总，离你的理想终于越来越近了，等到年终，你的分红到手，你基本就可以开一个小规模的旅行社了，祝贺你……张总，不，应该叫张董事长。"

张伟说："姐，我还是喜欢你叫我傻熊，听起来亲切，我不要你叫什么什么张董事长……"

伞人说："不想叫傻熊，没心情，没感觉，我愿意叫什么就叫什么，你管我呢，不爱听你不答应，我今天就是想叫张伟、张伟同学、张伟董事长，你不爱听就不听，少指挥我……"

伞人的话里充满桀骜不驯和执拗，很明显，还有一些对立情绪。

张伟忙说："好，好，好，我不说了，我哪里敢指挥你，你说什么我听什么，你喊什么我都答应着。"

伞人说："你干吗要这么委屈自己呢，你没感觉到咱们俩的谈话是不公平、不平等的吗？何苦呢？张伟同学？"

张伟苦笑道："姐，我这个同学可是大同学啦，不是小同学，我没感觉到什么委屈，我自愿的，我心里高兴还来不及呢，我对你伤害太大了，对你太不公平了，我愿意和你这样……"

伞人说："那好，以后就这样了，谈得好，大家做个朋友，谈不好，以后连朋友也不好做了。"

张伟说："一切听姐的，一切服从指挥。"

伞人说："张大经理，别这么说，咱俩是平等的人，我咋能指挥你呢？更不用一切都听我的，你现在春风得意、一路高歌，咱只有祝福你的份了……"

张伟说："姐，只要你愿意，我的一切都是你的，我愿意为你奉献全部。"

伞人发过来一个摆手的表情："得了，别糊弄咱老百姓了，好话说尽，现在你的话我可得认真琢磨琢磨了……"

张伟心里一阵沮丧，说："那我以后不说这些话了，说了你也不爱听，再戴上一顶'好话说尽'的帽子，就差'坏事做绝'了。"

伞人说："怎么？泄气了？就这么经不住考验？你不说我拿什么去琢磨，我拿什么去批判？我说你坏事做绝了吗？"

听伞人这话里的意思，还是想听张伟说这些甜言蜜语的，女人啊，都这样，都喜欢听男人说些柔情蜜意的话，伞人也是女人，自然也不例外。这可是一个好兆头，张伟心里一阵高兴，敲打起键盘来也分外轻松："姐，我明白了。"

伞人说："你明白什么了？"

张伟说："我明白以后该怎么做了……姐，就是做朋友，也可以见面的啊，我们什么时候能见个面，我想当面向你赔罪、道歉……"

伞人说："什么？你还想见面？上次给你机会你不要，你还想再见面？等着吧。"

张伟心里有些尴尬："那……那要等到什么时候啊？"

伞人说："等到花开的时候……如果大家能安安稳稳做个朋友，我或许会和你见面，如果连朋友也做不成，就没有必要再见这个面了，我从此就从这里彻底消

失……"

张伟一听急了："姐，有没有第三种可能呢？"

伞人说："什么第三种可能？"

张伟说："就是……我……我们……再回到从前，再像以前那样，那……那我们也可以见面呢……"

伞人静止了一会儿，说："再回到从前？我没想过，也不想去想，想这些只会让我在自己流血的伤口上撒上一把盐，我只想能做个朋友就不错了，怎么，你想过？"

张伟忙说："想过，想过，天天想，日日想，夜夜想……"

伞人说："哦，你很善于想啊，那你去慢慢想吧，别走火入魔了就行……"

张伟说："嗯……姐，以后，我还会有很多事情需要你的指点和帮助，我刚上任，做这个职位，以前没有这方面的经验，处理事情有时候也不完善，以后我还得多问问你……"

伞人说："你现在不是做得很好嘛，官运亨通，一路顺畅，各项工作井井有条，业绩蒸蒸日上。"

张伟说："哪里啊，现在仅仅是个开始，其实，就是开始这一段时间，我也遇到不少事情，想找你，找不到，幸亏陈瑶帮助我，帮我分析、指点……"

伞人说："哦，你现在在投靠陈瑶大师了，投到她门下了，不错，有她指点，还用得着我吗？咱才疏学浅，能力微薄，你以后就尽管找她好了……"

张伟忙说："这哪里行，无亲无故的，哪能老麻烦人家，那是没办法，才请教于她，现在找到你了，以后当然还是要找你，再说了，她的水平也比不上你啊……"

伞人说："无亲无故的？什么意思？你以为咱俩现在就有亲有故了？你凭什么说人家水平不如我？用完了人家，找到新主了，就卸磨杀驴了，是不是？我发现你这个人做人还很有问题，哪里能这么说话的？"

张伟头上开始冒汗，忙说："我说得是真的，姐，她的水平确实是高，但是，比起你，我真的是感觉差一点的。"

伞人说："差一点？差哪一点？说。"

张伟说："……或许……或许是虚拟和现实上……"

伞人说："虚拟和现实有什么差别，这能力和水平，还有什么虚拟和现实的差别？你就忽悠吧……"

张伟忙说："不是忽悠，真的，姐，我总感觉虚拟会增加一些神秘感，一层朦胧感，即使是一样的能力水平，虚拟世界的总显得比现实里高一些，真的，我就是这么感觉的。"

伞人说："照你这么说，如果在现实中，我失去了神秘感，那就和陈瑶没什么差别了？"

张伟说："不是，即使在现实中，你仍然还有神秘感，陈瑶自然是和你无法比的，起码，在我心中是无法比的，在我心中，没有哪个女人能超过你，你永远是最美丽无瑕的。"

伞人微微叹了口气："张总，我得佩服你一点，你这张嘴确实会说话，如果不是亲眼看见，我都不敢相信，还有这么会对女人说话的人，看来，你这张嘴，以前曾经忽悠倒过不少女人，不单单是何英和王炎吧……"

张伟又有些冒汗，忙说："这……这都是过去的事情，我……我对你是真心的……经历了这场风波，我认识到，爱情，是超越物质和现实的，是超越金钱和地位的，在虚拟的世界里，爱情会更加纯洁、高尚，虚拟的爱情同样可以幻化为现实，同样有血有肉，同样撕心裂肺……"

伞人说："哦……这话听起来和好像有些不大一样啊，记得以前某人曾经和我说过，说和我交往是因为我是小职员，小无产阶级，经济地位平等，心理平衡，说如果我要是大富婆，就不会一开始和我交往，拒绝和有钱人谈爱情……这话好像说过没多久啊，现在爱情又超越金钱和地位，怎么变化这么快啊……"

张伟说："人的思想总是会有变化的嘛，我以前的心理状态是属于那种长期底层无产者自卑笼罩下滋生的极度自尊，从一个极端走向了另一个极端，心态不平和，仇富心理，过度自尊，现在，我想通了，心态从容了……"

这些话，是何英在医院里对张伟说的，当时对张伟触动很大。

伞人说："嗯……进步挺快，是不是有人指点你，倒是说出了我想说的话。"

张伟决心以后不对伞人说一句谎话，老老实实回答："嗯……是有人指点我，是何英分析的，她亲口对我说的。"

伞人说："你倒是实在，不撒谎了，说实话了，可是，你有没有想过，这话我是否会喜欢听呢？你不是挺会哄女人，挺会说话的嘛，怎么有时候会不识时务呢？"

张伟一看，伞人不高兴了，有些发慌，忙说："姐，我从心里发誓了，以后我绝对不对你撒一点慌，什么事情都对你说实话，老老实实，重新做人，坦白从宽……"

伞人说："好了，你少给我贫嘴，张总，提示你一句，在有些场合，对有些人，有些话是可以讲的，有些话讲出来是不合时宜的，不讲，也不是撒谎，不讲，也憋不死你……讲话学会看眼色。"

张伟忙答应："嗯嗯嗯，姐说得对，极是，以后我讲话三思后行，多看眼色，就喜欢姐指点我，就喜欢听姐指点我……"

伞人说："你少给我来这一套，你以为我是未经世事的小女孩子，让你三言两语就糊弄晕了，我敢打赌，张伟，你以前一定忽悠过不少女孩子，看你说话这样，就是个情种！别的我不知道，那王炎当初还不知道你怎么忽悠人家的……"

又来了，张伟心里一阵紧张，忙说："姐，以前那些事就不要老提了，我现在是好人，我在努力做一个好人，给我一个改过自新的机会吧……"

伞人说："我不是党，也不是政府，改过自新，从何谈起？如何敢当？自己的路还是要自己把握，你自己的事情你自己看着办……我重复一句以前我曾经郑重告诉你的话：无论在什么时候，无论遇到多大的困难，都不要迷失自己……"

张伟心中涌起一阵暖流，姐总是还在关心自己的，说："嗯……姐，我一定会牢牢记住你的话，我决不会再迷失……"

伞人说："不要记恨何英，不要埋怨何英，她也不容易，女人，总是想着自己的未来和幸福的，她追求自己的理想和爱情，这没有错，特别她对你，无可挑剔，你没有理由去恨她……即使错了，也要学会宽以待人，多看到人家的长处，多容忍别人的缺陷，她走了，到北方去了，但并不代表她失踪了，她还在这个世界上存在着，还在生活着，希望有一天，你们再见面，即使不能做夫妻，也还会是朋友，渡尽劫波兄弟在，相逢一笑泯恩仇……何况，本来就没有什么仇……你是男人，应该学会、也必须学会大度，女人，都不容易，女人，难啊……"

张伟说："姐，我记得了。"

伞人说："她孤身一人外出打拼，无依无靠，家中还有父母牵挂，从一个朋友的角度出发，你抽时间去看看她的父母吧，既是对长辈的孝敬，也算是对朋友的一个交代。"

张伟说："姐，何英临走时还给我在宁州留下了一套房子，还有一个银行卡，里面存了一百万，这东西我是绝对不要的，本来就不属于我，该怎么办？"

伞人说："这事我不能给你拿主意，毕竟牵扯到你的个人利益，你自己琢磨，我不发言……好了，今天谈了很多，给足你面子了，已经凌晨五点了，天亮我要上班，你也要忙乎，不打扰你张总了……以后，我自然会把你当做朋友来待，希望你把握好分寸，刚才我说了，别弄得大家最后朋友也做不成……以后，你有事情，我能帮你的自然也会帮你，对朋友，我是一视同仁，能帮的会尽量帮，当然，那个陈瑶……找不到我，你一样可以找陈瑶的……"

张伟忙答应着："好，姐，抓紧休息吧，时间太晚了，我记得你今晚说得所有的话了，我不多说了，你今后看行动吧。"

伞人说："唉……我累了，早安……下了，再见。"

张伟说："早安，姐，再见。"

伞人下线后，张伟的精神依然很兴奋，按捺不住内心的激情，从头到尾，把伞人的话又全部看了一遍。看完后，张伟激动地得出一个结论，不管伞人姐今晚说得多么愤怒、多么怨恨，不管伞人姐再怎么强调要保持普通朋友关系，但是，有一点是很明显的，伞人能对自己说这么多，能倾诉这么多衷肠，这说明，伞人并没有放弃自己，如果放弃，如果绝情，是不会说这么多的……这个结论让张伟心里一阵狂喜，这就说明伞人姐心里还是有自己的，对自己还是有期望和情分的，自己还是很有希望的。

张伟不禁沾沾自喜了一阵，用力攥了攥拳头，使劲在空气中挥舞了两下，下定决心，排除万难，一定要珍惜得来不易的大好局面，抓住难得的机遇，好好用心去滋润去灌溉去抚平伞人心中的伤痕。

仔细想一想伞人今晚的话，张伟心中泛起一阵波澜，伞人说得句句是真，正切中自己的毛病，正针对自己的缺陷，值得自己去吸收，自己的确应该好好反思一下自己的言行举止、思想观念、作风信条。在对待女人的问题上，自己一直在用各种完美的理由为自己解脱，为自己的放纵辩护，但是，再充分的理由也掩盖不了事实，改变不了实质。

张伟躺在床上，毫无倦意，慢慢回味着伞人的话，结合着自己的内心想法，深刻剖析自己的心灵深处……

想起自己和伞人的点点滴滴，一幕一幕，张伟脑子里的思路逐渐清晰，浪漫的爱，最终要回归理性，回归于现实，爱就爱了，真正从思想上去爱自己的女人，在思想上尊重自己的女人，那才是最根本的。爱一个人更要爱她的思想，那才是真正的尊重！金钱和地位，不能掺杂进神圣纯洁的爱情之中……

张伟咬咬牙，又一次用力挥舞自己的拳头，信心陡增！

看看外面微明的晨曦，黎明前的最后一抹黑暗已经开始消退，天就要亮了。

第九章 | 独家创意

第二天，张伟正在工地上察看施工情况，接到陈瑶的手机短信："张总好，今日在东兴晚报上看到贵景区抓鱼的大照片了，还有贵公司的员工抱着大鱼在咧嘴哈哈笑……"

张伟很高兴，这么快就刊登出来了，给陈瑶回复："几版？"

陈瑶回道："一版，右下角，很显眼啊，题目是《白云山虎跳峡惊现大量野生胖头鱼》，这个新闻很有创意啊，社会反响一定不错。"

哦，题目稍微改了一下，更具刺激性，张伟呵呵一笑，回复道："呵呵……是我策划的，前期炒作一下。"

陈瑶回道："不错，创意不错，佩服，向你学习。"

看得出，陈瑶今天心情不错。

同样，张伟的心情也不错，虽然昨晚没有睡好，但是，大脑毫无倦意。

在工地忙完，张伟开车去宁州，去看郑总。

路上，张伟接到于琴的电话，于琴在东兴，看到了今天的东兴晚报，也看到了照片，很高兴，说旅游局的几个局长还专门给她打电话了，说这个宣传创意好，又说，潘副市长也看到了，也给她打电话夸了两句，还有，说宁州的朋友打电话过来，说在宁州晚报上也刊登出来了，三版，旅游专版上。

张伟对两家宣传单位记者的工作效率很满意，够意思，到底是利益拉动效果好啊。

见到郑总，郑总从于琴口里已经知道了最近公司的情况，特别是代理大获全胜的情况，但是，依然饶有兴趣地要求张伟详详细细把最近的工作情况，主要是代理拍卖的情况讲述了一遍，听完之后，高兴地拍拍张伟的肩膀说："小张，谢谢你！辛苦了！"

郑总话没有多说，虽然是简单的"谢谢你，辛苦了"，但是张伟已经听出了其中的分量，既包含着感激，又包含着鼓励，还有几分赏识和奖励。

然后，郑总又对下一步的工作谈了一下自己的意见和建议，张伟认真地掏出本子记录下来。

张伟牢牢记着陈瑶的提醒，郑总越是在戒毒所不能出来管理公司，自己就越要尊重他，多汇报，多请示。

从戒毒所出来已经是下午五点了，张伟想起自己的一件外套还在何英的房子里，上次忘记带了，又开车去了锦绣前程花园。

进了何英的房子，张伟环顾室内，一切照旧，和自己上次离开前一模一样，只是客厅的那盆兰花无人照料，已经枯萎死掉了。

看着蔫死的兰花，张伟心中不由有些伤感，又有些歉意，如果何英看到自己这样对待她的兰花，不知心里会作何感想。

走进书房、卧室，一切都没有改变，拉开抽屉，装房产手续和银行卡的信封仍静静地躺在那里，所以一切都表明，自从自己上次离开后，这房子里再没有人来过，何英一直没有再回来。

张伟打开对着阳台的门窗透透空气。

张伟看着那张大大的双人床，看着床上整整齐齐的双人枕头，还有微风中轻轻晃动的窗纱，一切都是那样熟悉和陌生。

张伟想起昨晚伞人说的话，何英并没有失踪，只是离开，她还会再出现的，她还生活在这个世界上。

既然还存在，那就有可能还会回来，或许还会来着房子里看一看。

张伟喟然长叹，摸出纸和笔，坐在写字台前，提笔给何英留言：

何英，不知你还会不会回来，不知你能不能看到看到这留言，不过，我还是给你写一个字条。

因为，自从你离去，我亦离去，你回来这里，也不会见到我。

年后，一系列的突发事情，让我防不胜防。

我不想说谁对谁错，事情都过去了，我不恨你，也不怨你，所有的错都是我自己造成的，我是一个罪孽深重的恶徒，这一切都是我应得的报应。

你走后，这中间又发生了很多波折和事件，不一一说了，只告诉你一件事，我又见到伞人了，昨晚，就在昨晚，她终于在网络上开口和我说话了。

和你说这事，不是刺激你，也不是想伤害你，只是想让你知道，你说过，你败给了张小波，又败给了伞人，我不知道你对她们是怎么想的，但是，她们二人，对你，却没有幸灾乐祸和怨恨，她们对你，都充满了关心和关切，都希望你幸福快乐。我想，这是一种胸怀，更是一种品质。

我不知道你在哪里，听说你去了遥远的北方，又开了一家旅行社，祝你事业成功。

往事悠悠，过去的事情就过去吧，脚下的路还长，往前看，好好生活。

昨晚，伞人还建议，让我抽空去看看你的父母，我会去的，你放心，我一定会经常去看望你的父母，毕竟，我们虽然没有做成夫妻，但是，我心里会一直把你当做朋友，当做好朋友，为朋友尽孝道，理所当然。

我在南漂，你却北漂，北方的气候水土你适应否？饮食习惯能适应否？陈瑶和我说起过这个担忧。

你看，你认识的，不认识的朋友，都在关心你，不管在你眼里是不是认为是对手。

你留给我的一百万和房产证，都放在抽屉里的信封里，谢谢你对我的好，但是，我不能接受，因为，这是你的东西，不属于我，不是我的我当然不能要，如你能回来，取走最好，如不能，我会一直替你保存着，此生若有机缘相见，一定当面奉还，若无……我亦会交还于你的亲人……

谢谢你对我的爱，爱恨悠悠，过去的就让它永远过去，让那一场风花雪月成为永远的尘封，我深刻反省了自己的做人品德和做人方式，我会端正自己的生活态度和生活作风，真正做一个健康、积极、向上、阳光的人。

当然，希望你也是这样。

我回来取衣服，顺便给你留言，也不知你能否看到，能否有机会看到。

暮色苍茫，天色已晚，我要离去了，就此止笔！

祝你开心快乐！

写完后，张伟把字条放在写字台上，找好自己的外套，关好门窗，最后又环顾了一遍室内，端起那盆死去的兰花，装进垃圾袋，然后，关门离去。

出来后，看看天色已黑，华灯初上，张伟觉得肚子有些饿，就开车去了上次和小郭吃粥的那家粥铺，找了上次的那个偏僻角落，屏风半掩，安静地坐下来，要了两瓶啤酒，几个小菜，一碗粥，边吃边喝，自斟自饮。

张伟边端着酒杯喝啤酒边扭头看着橱窗外热闹的大街，川流不息的车辆，来来往往的人群。

宁州，自己南漂的第一个落脚点，就这样和自己逐渐远离了。

从王炎到何英，从老高到老郑，从中天到龙发，一切，都在变化着。

张伟心里默然无语，看着橱窗外匆匆忙忙走过的人群发呆，这些人里面，有多少是和自己一样，千山万水，来异地漂泊打拼的，有多少，每日在为了生存和生计而奔波、忙碌……

突然，张伟看到一个高大的熟悉的身影从橱窗前经过，和一个中等个头的身影一起，两人绕过橱窗，直奔粥铺门口。

是高强和另一个男子。

不是冤家不聚头，高强也喜欢来这家粥铺吃粥，张伟早就知道，只是不曾想又会遇到他。

张伟现在最不愿意见到的人就是高强，但是，现在走开显然已经来不及，还好有屏风隔着，自己的角落偏僻。

张伟忙低头喝酒吃粥，耳朵听着外面的动静。

高强和那男子坐到了外面张伟的隔壁，仅仅隔了一个屏风，高强大声地叫服务员，要酒要菜，酒菜上齐，和那男人边吃边喝边聊起来。

两人聊得都是些生意上的事，无非又是今天这个团，明天那个团，张伟听得有些发急，妈的，老子快吃好了，你们不走，老子就得在这里耗着，这不是耽搁时间吗。

张伟正无聊间，听那男子对高强说："高哥，最近你们中天做的团队数量好像比以前掉了很多啊，得抓紧一些啊。"

高强有些丧气地说："王老弟，你不知道啊，我现在是雪上加霜，倒霉透了。"

王老弟说："怎么了，高哥，有人算计你，跟我说，我找人摆平。"

高强说："我被人算计了好几下，有些是哑巴亏，无法摆平……不过，或许，有个人倒可以抽时间去摆平他，他妈的他把我整惨了……"

王老弟说："高哥，这你放心，我认识这边好几个专干这事的，一万块钱敲断一条腿，五千块钱一个耳朵，八千块钱一个手指头，谁敢算计你，那是他瞎了狗眼，我替你出气……"

高强说："呵呵……王老弟，不错，你很仗义，多谢你，到时候我会找你的……来，干一杯。"

王老弟说："高哥，别这么说，当年要不是你扶持我资金，小弟我的旅行社怎么着也开不起来，你可是我的恩人啊，小弟有恩必报，没齿难忘。"

说完，两人干杯。

粥铺里客人不少，噪声嘈杂，屏风那边，张伟竖起耳朵，贴着屏风，屏气静听。

然后高强说："王老弟，不错，看来我没看走眼，你是个好兄弟。"

王老弟说："呵呵……高哥，这都是你提携的啊，当年要不是你和嫂子帮忙，我怎么也不会有今天的，吃水不忘挖井人……"

高强有些感慨："十年河东十年河西啊，现如今你成气候了，我却陨落了……你两任嫂子都走了，公司也一派破落……"

王老弟说："高哥，你需要我做什么，尽管说，小弟一定不遗余力。"

高强说："我今天找你来，是有件事。"

王老弟说："什么事？"

高强说："我想把旅行社转给你，我不做中天了。"

王老弟大吃一惊："为什么，高哥？辛辛苦苦弄了这么多年，干吗扔掉，还有那么多老客户……"

张伟在那边闻听，也不由吃了一惊。

高强叹了一口气："不做了，一是被人家整的没法做了，二是也没心思做了……"

王老弟问："高哥，你说得被人家整的……莫非就是你刚才说得哑巴亏？"

高强愤愤不平地说："是啊，行走旅游界这么多年，没曾想被一个所谓的老朋友、新手给干了！妈的，关键是被干了还说不出口，哑巴吃黄连！"

王老弟问："高哥，什么意思啊，不明白……"

高强叹了口气："唉，说来话长，简单地说，就是小波离开我之后，我认识了一个生意场上的朋友，去年才开始做旅游，搞漂流，以前他不做旅游的时候，大家利益不相干，相处得不错，他做旅游后，和我走得更近了，先是介绍了一个广东佬给我认识，鼓动我去搞度假村开发，然后又说要把漂流的宁州代理全部给我做，咱人实在，还觉得他一片好心，哪里想到……他妈的，这里面是一个连环套，把我整整套进去几百万……整个计划是一套完整的阴谋，他妈的，直到最近我才醒悟过来……"

王老弟问："你怎么不去找他算账呢？"

高强说："他设计得很精妙，你无话可说，无理由可以反驳，只能是吃哑巴亏，有苦说不出，我得佩服他，实在是高，高家庄的高，不是我老高的高……把我干了我还得佩服他。你说，能有什么办法……唉……我最近看了三十六计，才发现这狗日的都是按照那上面来的，先是瞒天过海，接着是暗渡陈仓、隔岸观火，再就是顺手牵羊、笑里藏刀，然后是欲擒故纵、趁火打劫……"

张伟听了忍不住想笑，高强分析得蛮透彻嘛，就是不知道这些计策老郑都是如何具体实施的。又不禁有些疑惑，老郑有那么卑鄙吗？有这么高明吗？老郑到底对高强实施了些什么手段呢？

那边，王老弟说："那这些和你的中天旅游有什么关系？"

高强说："这关系大了，这狗日的最终目的是想我的旅游公司据为己有，把我套进去了，用软刀子逼着我把旅行社转给他，说答应把他旅游景区的股份给我一些，两家合为一体……妈的，瘦死的骆驼比马大，我高强还没落魄到那个地步，我算是看透了，再相信他，再和他一起，我最终被人卖了都不知道是怎么被卖的，我幸亏最后还能清醒过来，不过这些日子他没找我，或许是出差了不在家，或许是死哪个女人怀里了……趁这机会，我把旅行社转给你，变更法人，你去做，让他如意算盘落空，我重新开一家新的旅游公司，从此再也不和他打拐了……"

王老弟说："哦……是这样，那你新公司在哪里开？还在宁州？"

高强说："不，我去东兴开，我在那边做过八年旅游，有很多熟人和客户资源，而且，你嫂子在那边，我这一离婚，心里啊，就只有她了，我在这边也没心思做下去了，还是到那边去吧，我打算先卖一套房子，作为去那边的启动资金……"

王老弟问："嫂子？哪个嫂子？"

高强说："还有哪个，你装晕是不是，小波啊！"

王老弟问："哦，小波嫂子啊，她在东兴？"

高强说："是啊，在那里开了一家旅行社，规模不小，生意很好。"

王老弟说："嗯……小波嫂子很有能力的，当年我的旅行社多亏了她指点，介绍客户，不过，何英嫂子也不错，很热心的，好人一个……既然你离婚了，还记挂着小波嫂子，又想去东兴，还开什么新旅游公司啊，你们接着复婚，共同经营打理一个公司不就得了……"

高强发出一阵苦笑声："兄弟，你不知道，这其中哥有难处哦……要是能复婚，我就幸福地上天了，唉………"

王老弟说："高哥，别灰心，毕竟是老夫老妻了，女人都这样，你坚持住，不放弃，嫂子最后总还是会接受你的，旧情难忘啊……"

高强说："你说得对，我也是这样想的，所以我打算先开一个旅行社打理着，在你嫂子身边，我心里也踏实，不管她再怎么骂我，我都不生她的气，等你嫂子接受我了，我们再合到一起……不过，就是他妈的一个北方小子老是捣乱……"

王老弟说："哈哈……高哥，这个你放心，什么时候需要，你尽管说，我专门带几个人过去，收拾收拾他，先剁了他的一个手指再说。"

张伟一听，心里一阵紧缩，不由看看手指，妈的，要是给老子剁了一个去，那

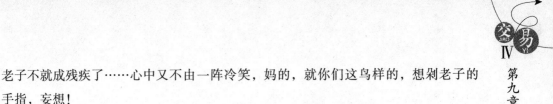

老子不就成残疾了……心中又不由一阵冷笑，妈的，就你们这鸟样的，想剁老子的手指，妄想！

想到这里，张伟忍不住要站起来过去，猛然想起陈瑶的话，又坐住没动，继续听。

高强笑笑说："嗯……这个到时候再说吧，我会和你联系的，我想抓紧和你办理下这旅行社的事，包括所有的客户，我都给你……"

王老弟说："那好，高哥，我听你的，明天咱们就办理，另外，你去东兴开新旅行社，也很麻烦的，光审批手续就很啰唆……"

高强说："没关系，我最近认识了一个东兴分管旅游的副市长，前几天他来宁州，我给他安排了几个小美女……我们关系现在很铁，到时候我去就投奔他了……"

第十章 未雨绸缪

王老弟说："高哥，你真厉害，能认识这么大的官，能和他挂上关系……"

高强说："呵呵……再大的官也是人啊，不怕他官大，就怕他没爱好，只要他有爱好，就容易拿下，不外乎就是喜欢钱和女人，女人，太好找了……"

王老弟说："高哥，高见……"

高强说："这回不是高家庄的高，是我老高的高，哈哈……"

张伟头上冒出一层冷汗，一直没做声，直到二人酒足饭饱后散去，才结账离开。

沉沉的夜色中，张伟没有停留，开车直奔东兴。

春天的夜晚分外温柔，张伟开得不快，开了一点车窗，夜风轻柔的吹过张伟的脸颊。

张伟心里一个劲嘀咕，真是巧，无巧不成书，上次和小郭吃粥遇到高强，这次吃粥又遇到他。不过，这次巧遇获悉不少事情，原来高强是被老郑算计了，老郑用了什么高超的计谋把老高算计进去的呢，难道就是为了吞并高强的旅行社？

但是老高最后觉醒了，还分析出了三十六计，加上老郑现在进了戒毒所，老郑的计划很可能要功亏一篑。

如果真的是老郑算计老高，那就是老郑不对，不能这么对人家的。张伟想了想，决定不对老郑和于琴说高强要转让旅行社的事情。

那么，高强要到东兴开旅行社，并且执著打算和陈瑶复婚的事情，要不要告诉陈瑶呢？张伟有些踌躇，如果告诉了，会不会破坏陈瑶的情绪，影响她的心情，干扰她的正常生活呢？如果不说，那么万一哪天高强找上门，陈瑶毫无防备，会吃亏的，而且，高强以后常驻东兴，随时都有可能骚扰。

想了半天，张伟有些举棋不定。

当然，对于王老弟说要找人修理自己的事情，张伟没放在心上，妈的，来一个打一个，来两个打一双。

倒是高强说和潘副市长有关系让张伟有些注意，这小子弄了几个女人就把潘唔能放倒了，挂靠上了，想起潘唔能对陈瑶的不怀好意，这一点不能不防。

又想起高强对陈瑶的执著，突然有些同情高强，爱一个人不容易，能念念不忘自己的前妻，也算是不简单，难得，可惜陈瑶已经对他情断了，不然破镜重圆倒也是一出人间喜剧。

快到东兴的时候，接到陈瑶的电话："张总，在忙啥呢？"

张伟有些意外，陈瑶很少给自己打电话的，一般都是发短信联系。

"没忙啥啊，上午在工地安排事情，下午去宁州戒毒所看老大，在宁州吃过晚饭往回走，现在马上就在东兴下高速。"张伟说，"有什么指示？"

"没指示，就是随便问候一下你。"陈瑶说，口气显得很轻松，"怎么？没事不能打电话？"

"哪里哪里，"张伟忙说，"当然能打，随时都可以打，你在忙什么呢？"

说这话的时候，张伟又想起高强晚上说的事情，心里突然有些难受，郁闷得慌。

"在家上网啊，上了QQ看你不在，以为你又在加班或者去哪里泡美眉去了，呵呵……"陈瑶笑了一声。

"哦，呵呵……"张伟也笑了一下，"我难道在你眼里除了工作就是泡美眉吗？难道在你眼里我就不能有更高的追求了？"

"哪里，哪里，张总，别误会，在我眼里，你当然还有更高的追求啊，比如——"陈瑶故意卖了一个关子。

"比如什么？"张伟问陈瑶。

"比如——吃烧烤……哈哈……"陈瑶在电话那边快活地笑起来。

陈瑶的开心感染了张伟，张伟也忍不住笑起来，说："陈董，我就那么点出息啊，这也太小瞧咱了吧……起码咱还可以看看书，写写东西啦……"

"哦，写写东西？"陈瑶问道，"还是写你那个文件夹名字叫'莹莹'的随想日记？"

"不不不，"张伟突然发现自己说多了，忙掩饰道，"当然不是，我是写工作计划、工作总结了之类的，不是说别的意思……"

"哦……张总除了工作还是工作啊，佩服佩服！"陈瑶说。

张伟干笑了两声，问陈瑶："丫丫呢？在干吗？"

"出去玩去了，今天我特意让徐君带丫丫出去看电影去了，现在去电影院看电影也算是一种享受了……"陈瑶说。

"嗯……是的，"张伟边开车边说，"现在的电影院和以前不一样了，都是星级电影院，看电影，享受的不仅仅是故事情节了，更重要是感受那种声、光、影的冲击和刺激，那种感觉，岂是家庭影院可以比拟的……"

"唉……很久很久没去过电影院了……"陈瑶突然说。

"嗯……"张伟突然想说什么，又闭上嘴巴，什么也没说。

沉默了片刻，陈瑶说："不打扰你开车了，再见，我洗澡去。"

"再见。"张伟说。

放下电话，张伟正好下了高速，直奔办事处。

今天陈瑶这电话打得没有来由，好像就是没事闲聊解闷的，这倒是两人交往中比较少见的现象，特别是最近。

回到办事处，张伟洗漱完毕，打开电脑上网，登录QQ。

很失望，伞人的头像是灰白的。

张伟有些失落，想给伞人留言，想了想，又决定放弃这个做法。

又看了看陈瑶的头像，也是灰白的，看来去洗澡，同时下线了。

张伟摸不透伞人是隐身还是没上线，又不敢贸然留言，既然昨晚两人已经重启交流对话的渠道，还是不要太心急，她现在对自己还有老大的委屈和情绪，老打扰会让她心烦。

张伟打开对话窗口，温习了一遍和伞人的对话，心情变得舒畅起来，把窗口挂在屏幕上，上网查阅资料。

张伟到网上看了看《东兴晚报》和《宁州晚报》的电子版，果然看到了新闻图片，照片上赵淑和赵波抱着胖头鱼在指指点点，背后是漂流溪道边郁郁葱葱的竹林，下面是图片文字说明。

张伟欣赏了半天，效果不错。

"发什么呆？今天在晚报上看到你们那地方的新闻图片了，署名是阮龙，是不是你们那地方搞的？"不知什么时候，伞人上线了，上来就问。

张伟喜出望外，忙噼里啪啦打字："姐，你来了。"

"废话，不来怎么和你说话，问你话呢。"伞人说。

"呵呵……是啊，是我策划的一个新闻，先造造声势，做做前期宣传，下一步铺天盖地的宣传广告攻势就要开始了……"张伟乐呵呵地说。

"嗯……真有才，不错，这个新闻图片效果不错，今天公司里好几个同事都在议论这事。"伞人说。

张伟说："他们怎么说？"

伞人说："他们说好呗，都说没想到这一带原生态的环境保护得这么好，到时候一定去漂流一下，既享受漂流的刺激，又欣赏美丽的自然环境。"

张伟说："太好了，要的就是这个效果。"

伞人说："嗯……今天挺忙吧？"

张伟说："还好，今天去宁州看郑总了，汇报了一下工作情况，又在宁州吃的晚饭，然后回来的，刚回来一会儿，你早就来了？"

伞人说："没，刚上来，郑老财不错吧？"

张伟说："挺好的，每天就是学习、锻炼、出操，很充实的，身体恢复的好多了，人也胖了……"

伞人说："嗯……捡回来一条命哦，不然，这吸毒吸下去，最终就是一个死，不死也得进精神病院，溜冰的大多数结局都是神经错乱……"

张伟说："是的，悬崖勒马，他们两口子算是捡回来一条命，还能有个小孩，也算是幸运。"

伞人说："你那女老板真是不简单，能把毒戒掉。"

张伟说："是的，老郑在戒毒所相对来说好一点，老板娘可就是纯靠自己的毅力了，现在最艰难的时候正在来临，看她能不能挺过去了。"

伞人说："郑老财是个聪明人，怎么会吸毒上瘾啊，唉……"

"也许是聪明反被聪明误吧。"张伟突然想起高强今晚说得事情，于是从晚上吃饭巧遇高强开始说起，把高强说得郑总算计他的事情详细和伞人说了一遍，然后说："高强被老郑玩弄于股掌之中，最后才醒悟过来，不知道这老郑用了什么精明的计谋，看不出，郑总是这样的人……"

伞人说："这年头什么样的人都有，商场如战场，没有永远的朋友，也没有永远的敌人，只有永远的利益……郑老财用了哪些计谋我也想不出，但是，有一点我敢肯定，想当初，你离开中天后迅速加盟龙发旅游，这一定是老郑的一招计谋……"

张伟说："哦……计谋？我没感觉到什么计谋啊，是我主动找的他啊，是我主动要求到龙发旅游去的啊……"

伞人说："幼稚！如果被你感觉出来，那他就不叫老郑了，从你以前告诉我和老郑的交往，我就能估计出，老郑是有目的的挖你的。"

张伟说："哦，这些我倒是没有仔细考虑过。"

伞人说："现代商业的竞争就是人才的竞争，能干的人自然是谁都想要。"

张伟发过去一笑笑脸："姐，那你的意思是说我是能干的人了？"

伞人回答："自然，是。"

张伟说："你说能干的人谁都想要，那你说陈瑶会不会要我去她公司工作？"

伞人稍微停顿了一下："当然，她肯定会欢迎你加盟的。"

张伟说："那我怎么没接到她的邀请呢？她也没和我说过啊。"

伞人说："废话，你现在春风得意，平步青云，在现在的单位又这么开心，她有什么理由邀请你呢？何况，你们公司你现在是顶梁柱，陈瑶能干那种釜底抽薪的缺德事吗？再说了，她邀请你的话，你会不会去？"

张伟说："嗯……你说得很有道理，陈瑶是绝对不会挖人家墙角的，她就不是那种人，自然也干不出那种事情……另外，她即使邀请我的话，我也当然不会去的。"

伞人说："嗯？为什么？"

张伟又发过去一个调皮的表情："我怕你生气啊，怕你怀疑和我陈瑶有什么关系啊，为了让你放心，她就是请我，我也不去。"

伞人发过来一个敲脑袋的表情："不许调皮，正经说。"

张伟说："嗯，好，正经说，你那时不是和我说过吗，不管在哪里干，不管干什么，开心最重要，我现在在龙发工作很开心，有什么理由离开龙发加盟假日呢？"

伞人说："嗯，你说得有道理，开心最重要，我以前是和你说过，那要是假如，我说得是假如，要是你以后在龙发工作的不开心了，陈瑶再邀请你，你会不会去假日呢？"

张伟毫不犹豫地回答："去不去我听你的，你说去我就去，你说不去我就不去。"

伞人说："哎哟！这么听话，有这必要吗？"

张伟说："有，当然有，现在，你就是我的党，就是我的组织，我今后一心一意跟党走，坚决服从组织安排。"

伞人说："这话可是你说的，以后不许反悔，任何情况下都不许反悔。"

张伟说："自然，我重复一遍，任何情况下都坚决听姐的话，绝不反悔。"

伞人说："你这话让我有点承受不起，有点重……"

张伟说："对了，姐，今天高强还说了一件事，很重要，和陈瑶有极大关系，我正在想要不要告诉陈瑶，反复权衡，主意未定，正好你参谋一下。"

伞人一听，发过来一串惊叹号："什么事？说说，慢慢说，仔细说。"

于是，张伟把高强结识潘副市长以及要来东兴组建旅行社、常驻东兴的事情详细和伞人说了一遍，包括高强说的关于陈瑶的每一句话，都原样复述。

不过，为了不让伞人担心，张伟省去了王老弟准备找人修理自己的事情，同时，又把陈瑶和何英、老高三人之间的纠葛简单说了一下，末了说："姐，这事我反复思量，告诉不告诉陈瑶，有利有弊，你说，要不要告诉她呢？"

伞人沉默了一会儿："这事真烦人！老高这人怎么能这样呢？太过分了，还没完没了了，难道他不明白一个最简单的道理：爱情是不能勉强的！"

伞人说这话的时候，情绪好像显得有些激愤，把张伟吓了一跳，老高确实是有些过分了，连伞人都气愤得不得了！

张伟说："是的，这老高确实很过分，太不像话，他让我揍了两次了，就是不改，现在居然要常驻沙家浜……姐，你说这事我要不要提前给陈瑶打个招呼呢？"

伞人发过来一个苦笑的表情："你说呢？你觉得要不要给她说一下？"

张伟说："我这不是问你吗，我觉得有利有弊，正犹豫呢。"

伞人发过来一个叹气的表情："唉……别说了，该来的早晚会来，你就省省口舌吧……另外，不要老想着武力去征服人家，你觉得打架能解决问题吗？不错，枪杆子里面出政权，但是，这枪杆子是要有智慧和脑子的人来驾驭的，并不是单纯靠枪杆子来打天下的，上兵伐谋，开动脑筋，去解决问题……"

张伟有些不服气地说："那要看对什么人，对这种无赖，就是不能客气，你越忍让，他越狂妄……当然，我并不是抱着什么别的目的去帮助陈瑶，我就是看不惯高强欺负陈瑶，看不惯男人欺凌女人，作为陈瑶的朋友，作为一个男人，我义不容辞，必须要揍他，没办法……"

伞人说："这事我不想多说了，你自己权衡着办，或许你说得有一定的道理，你帮助弱者，我是赞赏的，我的想法是，最好能智勇双全……好了，仅仅是作为朋友的一个提醒而已，仅供参考。"

张伟其实已经感觉出伞人对自己的关心和亲近，心里不禁喜滋滋的："嗯，好，姐，我听你的，多开动脑筋，争取智勇双全，我先不告诉陈瑶了，估计她早晚也会知道，到时候万一有事情，我会在确保陈瑶安全的基础上，尽量用文的方法来解决……"

伞人说："嗯……孺子可教也……不光是这件事，记住，遇到任何事情都要沉着冷静，见机行事，三思后行……"

张伟说："姐，有你指教指导我，真好，我觉得以后做事情心里就会踏实多了，底气十足了，有后劲了。"

伞人说："我没那么大的水平敢指点张总经理，仅仅一点建议而已，仅仅用作参考而已，你这样说，会让我有精神负担的，我没必要承担这些精神负担吧？你是大男人，凡事应该有自己的主见，应该学会自己拿主意，作决定，不能养成依赖别人的习惯……"

伞人的话让张伟有些脸红，说："我知道了，姐，我会随时修正自己的。"

伞人说："嗯……对了，你打算什么时候去看何英的父母？"

张伟说："我还不知道她家在哪里，我打算抽时间问问陈瑶，她知道的……"

伞人说："嗯，可以的，买卖不成仁义在，你和何英虽然没捣鼓成夫妻，但是做人还是要讲良心的，就是你一贯强调的良心，无论从普通朋友角度还是从你这个准女婿的角度，你都得去看看老人家。"

伞人的话亦真亦假，半真半假，连讽带刺，又不无道理，张伟哑口无言，只得连连称是。

第十一章 | 说到做到

接下来的几天，张伟一直忙并快乐着。

白天，公司里的各项事务忙碌而繁多，施工、营销、广告、溪道、土方、竹料……各种各样的事情堆满了张伟的脑子，同时，随着那篇新闻稿件的发布，白云山第一漂开始逐渐浮出水面，外地咨询、洽谈业务的客户也多起来，新闻单位主动上门的也多起来，各种名目的大报小报记者都来了，有的要无偿报道，有的拉赞助，有的拉广告，同时，上级相关部门的领导也更加关注这个项目的进度，几乎每天都有各级领导来指导工程建设，张伟都得陪同，讲解说明。

于琴度过了戒毒的最难关，坚持住在东兴办事处，不回宁州，一直和于林在一起。脸上的气色恢复得很快，身体也逐渐丰满了。

配合着代理商的工作，各种广告开始出现在不同的媒体上，同时，一百万张出赵波设计的精美宣传单正在印刷厂印刷，用于报纸夹页和定向投送，以及促销活动。

张伟的广告目标是通过在宁州、东兴两地的地毯式轰炸，让全宁州和东兴人都知道这个白云山第一漂，家喻户晓。

赵淑和阮龙两人分头管理东兴和宁州的代理商，协调调度，督促帮扶，两人倒也忙得不亦乐乎。

赵波继续设计更多的宣传资料和景区简介，经常加班工作到深夜。

于林则坐镇营销部，负责接听业务电话，接受有关业务资料，和客户进行初步接洽。经过这一段时间的锻炼，于林进步成熟多了，对业务逐渐熟悉起来。

吴洁一直在柜台负责接待，工作很勤快，内务整理得井井有条。

公司整体搬迁到水电站去了，二楼办公，三楼集体宿舍，张伟在那边也有床铺。

张伟是工地和办事处两头跑，有时候在山里处理事情晚了，就住在山里电站集体宿舍。

紧张忙碌的白天过后，张伟晚上一般都是先总结梳理一下当天的工作，整理归纳相关资料文件，再安排计划好明天的事情，然后，就开始上网，和伞人姐聊天。

　　伞人这几天晚上一般都在线，也不再隐身了，张伟忙的时候她就不说话，忙碌自己的事情，等张伟忙完了，两人就会聊会天，说会话，交流一下当天的事情，因为第二天都还要上班，一般十二点前结束。

　　伞人对张伟说话的口气越来越好，态度逐渐变得和气起来，不再一副冷冰冰或者连讽带刺的挖苦口气，有时候还会笑一下，对张伟的工作也比较关心，经常会提一些建议和想法。

　　这让张伟非常高兴，久违的幸福感又回来了，幸福指数逐日上升。同时，张伟也倍加珍惜得之不易的大好局面，经常反思自己的言行举止和思想动态，时时告诫提醒自己，端正作风，自重自爱。

　　张伟知道，自己对伞人的伤害不可能指望短时间迅速抚平，需要自己用真心真意慢慢去文火加工，让她那颗冰冷的心逐渐复苏、温暖起来。

　　陈瑶这几天公司的事情一直很忙，瑶北的红色旅游线一炮打响，第一批团二百人顺利发出，在当地旅游界引起不小的轰动，发团时，陈瑶专门搞了个发团仪式，当地报纸电视等新闻媒体都闻讯派记者来进行了报导，等于做了一个免费的广告。当然，陈瑶也很会安排，对来报道活动的记者，每人送了一个五百元的红包。

　　虽然没有竞争到漂流的区域代理，但陈瑶依然对张伟的工作很关注，白天张伟在办公室上班的时候，经常也会和陈瑶在QQ上谈起有关工作的事情，陈瑶经常会主动请教张伟一些问题，特别是就一些营销方面的创意征求张伟的意见。

　　从丫丫和徐君口里得知，陈瑶这段时间精神非常好，休息睡眠生活质量都不错，晚饭后，经常和丫丫一起在附近公园散步，在丫丫和徐君出去玩的时候，自己就静静在家看书。

　　晚上，丫丫还是和陈瑶一起住，陈瑶现在听丫丫的话，十二点准时睡觉，睡觉前呢，还是在电脑上看书、打字。

　　就是有一件事，让张伟有些隐忧，听丫丫说，那潘副市长又通过徐主任邀请陈瑶吃饭喝茶了几次，虽然都被陈瑶以各种理由婉言拒绝了，但是，长此以往，这不是个解决问题的办法。

　　不过，丫丫说，看陈瑶对这事好像倒也没怎么看重，除了眼神里透出的不耐烦，说话的口吻、语气都十分客气、谦和，解释得都十分温婉。

　　张伟理解陈瑶的这种态度，这是一级大领导，是普通小市民须仰视才可见的大领导，特别是又分管旅游这一块的业务，是万万不可得罪的。

丫丫出国的日子终于到了，今天是周五，上午十点钟，陈瑶开车，和张伟徐君一起，把丫丫送到王炎公司，几个出国的一起在那里集体乘车去上海坐飞机，哈尔森也一同回去。

路上，丫丫挽着张伟的胳膊，恋恋不舍地说："哥，我走了，你多保重自己，好好工作，好好生活，别多喝酒，别和人家打架……"

张伟很头疼缠绵的送别场景，尤其害怕生离死别的场面，对丫丫说："丫丫放心，哥会自己照顾好自己的，倒是你，要多照顾好自己。"

丫丫笑笑说："哥，你放心，昨晚陈姐给我灌输得脑子里满满的了，什么都给我提醒了，我会注意的，再说，在那边住哈尔森的妈妈家，吃的也很适应的，学习时间很快，很快我们会再见面的……"

陈瑶边开车边呵呵笑着说："丫丫，虽然远隔万里重洋，千山万水，但是，现在通讯网络这么发达，我们很远，可又很近，呵呵……想我们了就随时联系，电话或者网络都可以啊，视频聊天，很方便的，我回头去买个摄像头，装上视频……"

丫丫说："嗯……好的，你放心陈姐，昨晚你和我说得我都记住了，倒是你自己一个人，没有我陪你，你会寂寞孤独的……"

陈瑶又呵呵笑了："别担心，丫丫，以前没有你的时候，姐就是一个人啊，慢慢也会习惯的，不过反正时间也不长，你很快就回来了啊……"

徐君插了一句话："陈姐，让丫丫陪你过吧，做你的小棉袄，我看你们俩快像同志关系了……"

大家都笑起来，陈瑶扭头看了一眼徐君："我要是让丫丫永远跟着我住，恐怕有人得急眼、不乐意了吧……"

徐君不好意思地笑起来，看了一眼丫丫，丫丫脸红红的，也笑了笑。

到了王炎公司，车辆在院子里等候着，王炎正在车前和哈尔森说话。

大家下车打招呼，徐君和张伟把丫丫的行李搬上车。

离出发还有二十多分钟时间，大家抓紧进行最后的话别。

哈尔森在对王炎交代着一些事情，王炎频频点头。

陈瑶把张伟拉到一边，让丫丫和徐君单独呆一会儿。

张伟看着陈瑶说："陈瑶，丫丫在你这边住了这么久，真的很感谢你对丫丫的照顾，丫丫现在对你感情特别深，连我这个哥哥有时候都妒忌了……"

陈瑶看着张伟说："真是个小气的男人，嫉妒个啥子哟，这是你妹妹，就是和我感情再深，也还是你妹妹，她心里啊，你还是第一位的，我啊，永远排在你后面……"

张伟呵呵笑了，挠挠头皮说："呵呵……丫丫乍一离开，你自己一人在家，能适应不？"

陈瑶笑笑说："说实话，不适应，心里肯定觉得一下子很闲得慌，不过，也没办法，适应吧，反正我这人也是适应性蛮强的……"

张伟点点头说："要是闷得慌，就和我聊天，我晚上经常上网，短信和QQ都可以。"

陈瑶脑袋一歪："你喜欢网聊？"

张伟有些局促："嗯……这个倒也不是，得看和谁聊，我网友很少的，从不胡乱网聊的。"

说完这话，张伟突然想起，自己在中天旅游时候的工作QQ上有何英的QQ号码，不知道何英现在还用不用这个QQ上网。

两人沉默了一会儿，张伟看着徐君和丫丫谈得兴趣正浓，问陈瑶："他们俩关系现在咋样了？"

陈瑶摇摇头道："我也不知道，现在顶多也就是比较好的朋友关系吧，徐君是很热，很喜欢丫丫，可是，丫丫热的慢，老是找不到感觉……"

张伟看着徐君道："徐君不错，很能干，人很板正，人品也很正，也算是你的得力助手了……"

陈瑶点点头道："是的，徐君具备较强的独立作战的能力，工作起来很有一股拼劲，敢闯敢做，就是全面管理、综合协调的能力还有待提高，当然，也和年轻有关系，假以时日，或许会成长起来……其实，我现在最需要一个总经理，能综合运作、管理、调度的总经理，也能让我抽出身来去逛商场、做美容、买衣服……唉，现在我自己兼着，累死我也……"

张伟没说话，想起昨晚伞人姐和自己聊天时候说的事，心里不由乐起来，陈瑶是不是有意让自己来呢？做景区自己很有把握，做旅行社，心里还真没底气，不过，要是真的做了，也未必就做不好，万事开头难，只要去学，没有不会的东西。

张伟想到这里，心里不由美滋滋的，嘴角笑意渐浓。

"你笑什么？张总。"陈瑶看着张伟。

张伟猛然醒悟过来："哦……没……没什么……对了，我刚才想起一件事，我想……我想问你个事。"

陈瑶说："问吧。"

张伟说："我怕刺激你，说了希望你别生气，也别见怪。"

陈瑶说："咋这么啰唆，说。"

张伟斟酌了下说："嗯……这个，是这么个事情，我想……我想你知道何英的家……我说得是她父母的家庭住址，是不是？"

陈瑶脸不变色地道："知道，干吗？"

张伟继续说："嗯……我想，我想去看看她父母……虽然她离开了，但是，毕竟，作为朋友，去看望一下她的父母，也是做晚辈的一点心意……所以，我想问一下你，想要她父母家的确切地址。"

陈瑶点点头说："你这个人还挺够朋友义气的，能记挂起朋友的老人，不错，比较仁义……何英家和我家在一个镇上，相隔不远，小时候我们经常互相串门，就是现在，逢年过节，我都去看望她父母……"

张伟闻听，心里很感动，说："你和她……她对你都这样……你还去看望她父母……你真是宽仁……"

陈瑶一撇嘴唇，说："有什么大不了的，我和何英虽然后来断了联系，但是也未必就一定要是仇人啊，再有，和老人有什么关系呢？小时候我经常在何英家吃饭、写作业的，她父母对我一直很好，孝敬老人，理所当然……"

陈瑶的话让张伟不觉心里有些惭愧，不禁连连点头道："陈瑶，说得好！"

陈瑶微微一笑："谢谢张总夸奖，这样吧，明天周六，我和你一起去吧，带你认认门，顺便我也去看看她父母。"

张伟很高兴地说："那太好了，明天我们一起去，我有时间的。"

陈瑶看着张伟的神态，眉头微微一皱，说："唉……明天陪你这个未过门的女婿去拜访未遂的丈母娘……"

送走丫丫和哈尔森，陈瑶他们正欲离去，王炎对陈瑶说："陈姐，晚上我自己没事干，去你哪里玩。"

陈瑶点头答应："好，正好丫丫走了，你来填补我的感情空虚，趁虚而入……"

回到办事处，积攒了一上午的事情又是一大堆。张伟集中精力处理正事，忙完已经是晚上六点，夜幕开始降临了。

张伟准备关上电脑，走之前又看了看 QQ，咦，陈瑶还在线。

"陈瑶，还不下班？"张伟说。

陈瑶说："快了，马上就忙完了，你忙完了？"

张伟说："刚忙完，今天是周五，明天就是周末了，可以放松下了，哈哈……"

陈瑶说："这么开心啊，今晚王炎来我这边吃饭，你过来玩玩吧，一起吃晚饭，提前欢度周末……丫丫这一走，我一开始还真不习惯呢……"

张伟说："好的，我一会儿就去，跑步去你家。"

陈瑶问："干吗要跑步？又没什么重要事情。"

张伟说："锻炼身体啊，好久没跑步了，更别说捣沙袋子了，这手又痒痒了……"

陈瑶说："武夫！就喜欢崇尚武力！"

张伟感觉有些煞风景，说："不说了，我下了。"

陈瑶说："站住，等等。"

张伟说："干吗？"

陈瑶说："我要吃水果。"

张伟突然觉得陈瑶说话的口吻有些孩子撒娇的气质，不由忍不住笑了笑："好，我买了带过去。"

陈瑶说："好的，我回家做菜去，王炎已经在路上了。"

张伟下楼，正好遇见小郭进门，接吴洁出去吃饭。

张伟突然想起和小郭打赌的事，又想起陈瑶说欢迎小郭去做客的事，忙叫住小郭两口子："喂，你们两个青年，过来。"

小郭和吴洁嘻嘻哈哈地冲张伟说："有什么指示，张哥！"

张伟晃晃脑袋道："兄弟，妹妹，今晚我们一起吃饭去。"

小郭一拍手道："好啊，张哥请客哈……去哪儿吃。"

张伟摇摇头道："不是我请客，兄弟，有人请客，你们跟我来，哈哈……去了你就知道了。"

小郭和吴洁都有些迷惑，问："去哪里吃啊，张哥，我们认识不认识？要是不认识，就不去了，那会很不方便的。"

张伟一把拉过小郭和吴洁，边往外走边说："跟我走就是了，去了保证你们会很方便……"

看到张伟神神秘秘的样子，小郭和吴洁也就不再多问，三个人一起谈笑着步行往陈瑶家方向走去。

路上，经过一家水果超市，张伟买了几种陈瑶喜欢吃的水果，让小郭提着。

然后，边走张伟边给陈瑶打了个电话："晚饭增加两个人，我老乡小郭携未婚妻小洁一会儿随同我驾到……"

那边陈瑶一听很高兴，说："太好了，好久没见这臭小子了，快来吧，我和王炎正在弄菜，洒家待会儿专门携王炎美女在家候驾……"

看着张伟打电话那副神秘兮兮的神态，小郭和吴洁愈发好奇，又有些兴奋和不安。

张伟看着小郭和吴洁的样子，心里只想乐，开始暗暗盘算小郭翻跟头的场地问题。

谈笑间，很快到了陈瑶家门口，张伟使劲拍拍门："主人在家吗？来客人啦！"

"来了！来了！欢迎光临！"室内传来说话声，同时，门打开了。

第十二章 私人保镖

开门的是王炎。

一看是王炎，小郭不由又惊又喜，高兴地一把抓住王炎的胳膊摇晃着说："呀！是王姐啊！好久不见了！"

说完，小郭转头看了看张伟说："张哥，卖了半天关子，原来是王姐请客吃饭啊，哈哈……"

王炎笑嘻嘻地看着小郭，伸手捶捶小郭的胸脯："小郭兄弟，还认得我啊……傻小子……这是小洁妹妹吧，来……快进来！"

说完，王炎热情地拉着吴洁的手，招呼小郭和吴洁进屋。

张伟乐呵呵地不说话，跟着进来坐在沙发上。

"王姐，这是你的新家啊，这么漂亮，这么大！"小郭和吴洁坐在沙发上，打量着房间，小郭赞叹道。

"嘻嘻……我也是这里的客人，主人在厨房忙乎，等下，出来见你们二位贵客。"王炎抿住嘴唇，憋不住的笑意。

小郭和吴洁闻听不由一愣："主人？是谁啊？"

张伟和王炎相视一笑，故意卖个关子，不说话。

"臭小子，我来了！"随着一声嗔骂，陈瑶从厨房里走出来，满脸春风地站在小郭和吴洁面前："小郭，小洁，你们看我是谁！"

"啊！张董！张姐！"小郭猛地从沙发上站起来，惊喜异常。

"啊——陈董！陈姐！"吴洁也从沙发上站起来，开心地叫着。

小郭一愣，看着吴洁，又看看陈瑶："陈董？！张姐？！这——"

吴洁也看着小郭发愣："她就是我和你说的假日旅游的陈董，陈姐啊！"

"啊？！这是咋回事咧！"小郭摸摸脑袋，看看张伟，看着陈瑶，又看看王炎，最后又转向张伟说："张哥，你说的陈董事长就是张姐?!"

张伟站在旁边可不可支地说："哈哈……是啊，兄弟，你说陈董事长和你的张姐谁漂亮？哈哈……二十个跟头哦……"

小郭又看着陈瑶问："张姐，你——你改名字了?"

陈瑶用力拍拍小郭的胳膊说："臭小子，这么久不见，见了我，不认识了？是啊，我早就改名字了，现在不叫张小波，叫陈瑶，以后就叫我陈姐，别叫张姐了……"

小郭恍然大悟，傻呵呵地笑着说："好……张——哦，不，陈姐，原来张哥一直在给我卖关子，不告诉我，原来你们早就认识了啊……"

陈瑶呵呵笑着说："认识是早就认识了，不过，你老姐的庐山真面目是最近才揭晓，呵呵……"

小郭仔细看着陈瑶，有些动情，又有些动容，说："张——哦……陈姐，你——你比以前更漂亮了，更年轻了，我……我好久没和你面对面这么说话了，我曾经在大街上见过你一次，可是，那次你和高总在吵架，我没敢露面和你打招呼……其实，我好想你啊，我们中天的老兄弟姊妹都好想你……"

陈瑶的眼睛有些湿润了，随即又笑了笑说："小郭，现在见到姐了，高兴了吧？"

"嗯……"小郭用力地点点头，又对吴洁说："这就是我经常和你说的张姐，我的前老板娘，对我可好了……"

吴洁笑嘻嘻地对小郭说："怪不得上次陈姐见了我那么亲切，原来我是沾了你的光啊……"

大家一起笑起来，张伟忙着收拾客厅，把沙发推到一边，空出中间的场子。

王炎有些奇怪，问："哥，你干么？神经啊，推沙发干吗?"

张伟弄完后，直起腰，拍拍手说："现在是表演时间，演出开始了，请小郭兄弟表演翻跟头，二十个……"

王炎有些糊涂，问："干吗要翻跟头？还要翻那么多，你把小郭当猴要啊……"

小郭嘿嘿一笑道："好，我输给张哥啦，哈……我翻。"

说完，脱下外套，真的在客厅里噼里哗啦接连来回翻了二十个跟头，看得大家连连鼓掌，王炎直问张伟小郭输给张伟什么了，张伟就是不说，急得王炎乱跳，陈瑶憋不住想笑。

刚翻完跟头，传来急促的敲门声，伴着火气的男中音："小陈啊，你们家这是干吗啊，天花板快被震塌啦……"

"不好，惊扰邻居了，"陈瑶吐吐舌头，忙去开门，"呵呵……宋哥吗，对不住啊，我在家收拾客厅，搬家具的，打扰你了……"

"怎么？你要搬家？"

"没……我变换一下家具方位的。"

"哦……那就好，吓了我一跳，以为是咋回事呢，正看着电视，听着头顶一震一震的……那你忙吧，我没事了……"邻居说完回去了。

陈瑶关上门，大家哈哈大笑，说："小郭的功夫越来越纯熟了，呵呵……把我楼下的宋哥都惊扰了……好了，来，大家入席，吃饭……"

吴洁第一次和王炎见面，又是第一次在陈瑶家吃饭，显得有些拘束，陈瑶和王炎主动热情地给她夹菜，和她说话，吴洁的情绪慢慢缓和起来。

小郭边吃饭边傻呵呵地看着陈瑶笑，看的陈瑶都有些不好意思了，说："臭小子，看啥呢？"

小郭笑着说："陈姐，我们好久没见了，没看啥，就是想多看看你。"

小郭傻乎乎的话逗得大家都笑起来，陈瑶说："兄弟，以后就把这里当自己家，没事带小洁多来吃饭，玩耍，以后你会经常见到我的。"

小郭使劲点点头说："陈姐，今天见到你，我心里真高兴。"

陈瑶给小郭夹了一大块鱼肉问："高兴就多吃点，平时在公司吃的好不好？"

小郭说："大食堂，大锅菜，缺油少盐，没油水，嘿嘿……"

"那你们这个二当家的可有责任啊，这么盘剥员工，不让人家吃好，还了得？"陈瑶看着张伟。

张伟苦笑一下说："公司的业务是我管的，行政后勤财务，都是于琴在管，我不好多说的，理解为上……"

小郭忙说："张哥，我可不是守着陈姐告你状哈……我是来自底层的呼声，大家都很不满意的。"

张伟呵呵笑笑："废话，咱俩你少给我来客套的，我以前经常吃这饭菜，我当然知道。"

陈瑶又给吴洁夹菜，边说："小郭，我看你是你张哥的铁杆啊，从宁州跟到东兴，你们兄弟俩可算是一对……"

小郭边吃边点头道："是的，陈姐，张哥走到哪，我就跟到哪，我就是张哥的御前侍卫……"

"哈哈……"陈瑶和王炎、吴洁、张伟都笑了，陈瑶说："而且还是个带刀侍卫，是不是？"

小郭呵呵笑笑，点点头道："不带刀，用拳头。"

陈瑶看看张伟，又对小郭说："你张哥现在是文治武功，要以德服人了，哈哈……你也要跟着学点，别动不动就想着武力镇压哈……以前我还不知道你会武功，张总和我说起来，我才知道……"

小郭忙又点头道："陈姐，你说什么我都听你的，保证不惹是生非，打架寻衅，不过，陈姐，要是有人欺负你，侵犯你，我一定会保护你的，随时效鞍马之劳。"

陈瑶感动地看着小郭："好兄弟，臭小子，还知道维护姐的权益哈，不过，好，你这话我记住啦，到时候说不定真得叫你来哦……对了，要是你张哥哥欺负我，你咋办呢？"

陈瑶含笑看了一眼张伟，又看着小郭。

"这……"小郭一下子为难了，半天说不出话来，倒是吴洁急了，忙捅捅小郭的胳膊："笨死了，张总怎么会欺负陈姐呢，这种可能就不会存在啊……"

"对对对，张哥怎么会欺负你呢？"小郭急忙说："陈姐，这种可能性就没有啊，张哥只会保护你，不会欺负你的啊。"

张伟嘿嘿笑了一下，看着陈瑶说："朕乃男人，从不欺负女人，特别是美女富婆，咱没那胆量哦……穷小子，能惹不能撑，到时候打不起官司，惹不起……"

陈瑶看着张伟点点头说："那你这意思，是如果你有朝一日发财了，就可以欺负我了，是不是？"

张伟忙摆手说："错错错，绝无此意，绝无此意，我们是朋友，好朋友，朋友之间只有友谊，哪里能欺负你呢……"

王炎看着陈瑶和张伟，眼珠子转悠了半天，没说话。

张伟看着小郭，脑子里突然冒出一个念头。

饭后，陈瑶又和小郭吴洁聊了一会儿，张伟和王炎打扫战场。

陈瑶详细问了问小郭的近况，家里的情况和个人的打算，又鼓励小郭和吴洁要趁年轻多学习，努力好好工作，然后说："小郭，在家靠父母，出门靠朋友，你和小洁如果有什么难处，一定要和我说，或者和你张哥说，别自个儿硬撑，大家都是朋友，有难处都会互相帮忙的，我、你张哥、王炎，大家都可以互相扶助的，当然，姐要是有什么事情需要你的，也一定会找你……"

小郭和吴洁都点点头，小郭说："陈姐，你放心，也不是我高攀你，我这些年心里很想你的，心里实实在在是把你当自己家亲姐一样看待的，从前，你对我什么样，我心里都有数的，在龙发旅游，我和张哥一起，你放心好了，一定会好好干的，现在我还是公司车队的队长呢，呵呵……"

陈瑶很高兴，拍着小郭的肩膀说："不错，小郭，你干得很好，经常听你张哥说起你，夸你，在公司，你要和你张哥配合好，努力工作，支持你张哥的工作，你张哥拼出来了，自然也不会忘记你的，你们兄弟俩，要竭诚合作。"

小郭点点头说："一定会的，陈姐，张哥和我，我们俩就是亲兄弟一样。"

陈瑶点点头说："那我就放心了。"

说完，陈瑶又拉着吴洁的手对小郭说："俺们南方的妹子水灵不？可要好好待人家，不许欺负小洁啊，要不然，我让你张哥揍你。"

小郭挠挠头皮说："不敢，陈姐，一定不敢。"

吴洁笑嘻嘻地对陈瑶说："陈姐，你放心，小郭对我好着呢，什么都听我的，天天在我耳边说我要是姓黄就好了，那样我就是黄蓉，他就是郭靖，就是郭大侠了……"

"哈哈……好，"陈瑶捶了小郭的肩膀一拳，"好！好一个郭大侠，我看咱们小郭，就是有大侠的风范，行，兄弟，以后你就做一个大侠，但是不做靠武力镇压征服的大侠，做一个聪慧的大侠……"

说话间，张伟和王炎也忙完过来，大家一起坐在沙发上，聊天，喝茶，吃水果。

一会儿，小郭和吴洁说先回去，告辞离去。

王炎看看陈瑶和张伟，突然说："我去丫丫房间上网去，今晚我住这里，不回去，你们没事别打扰我。"

于是，客厅里只剩下陈瑶和张伟。

陈瑶拿起水果刀削苹果，削好之后递给张伟说："忙碌了一个星期了，放松放松，歇歇吧，放松身心……"

张伟接过水果说："你也很累吧这一周，呵呵……周末也要放松哦……"

陈瑶看着张伟说："明天舍命陪君子去探亲，也算是放松了，不过，今晚我真的很高兴，看到小郭这家伙，还有吴洁……"

张伟脑子里的那个念头又涌出来，对陈瑶说："陈瑶，我和你说个事。"

张伟斟酌了一下，接着说："我刚才刚起意想起来的，我有一个打算，或者说一个想法，想和你说。"

陈瑶看着张伟说："说吧，什么事，听着呢。"

张伟说："你想不想让小郭到你公司里来工作？"

陈瑶看着张伟说："怎么？什么意思？让我挖你们公司的墙角？把你的车队队长挖过来？"

张伟摆摆手道："我不是说挖我们公司的墙角，我的想法是考虑到你的安全，最近发生的这些事情，老高，这又出来一个潘唔能，都是狼，我想，要是小郭到你这边工作，做你的驾驶员，跟着你外出，其实是兼着保镖的职能，这样就会安全很多。从小郭那边说，他一定是乐意的，我连问都不用问，从公司来说，没有损失的，小郭做的这一块，属于非技术性的工作，其他驾驶员也可以做车队队长，就三辆车，好管理的。关键是看你是否乐意，如果你愿意，我明天就和小郭说，让他办好那边的交接，跟你干，做你的贴身保镖……"

陈瑶沉吟了一会儿，摇摇头道："呵呵……我又不是黑社会大姐大，带保镖干吗？现在还是不考虑这些吧，太平盛世，朗朗乾坤，我就不信谁还能把我怎么着，我清清白白做人，安安稳稳做事，没招谁惹谁，不碍事的，现在是你事业的关键紧要关头，小郭这时候离开你不好，你在目前这种情况下工作，需要小郭，很需要郭大侠的支持和帮助……此事以后再说吧……"

陈瑶说话的语气很柔和，但是态度很坚决。

张伟见陈瑶这么说，点点头道："那好吧，我就是对你有点担心，漂亮的女人在外面，不怀好意的人太多，你自个儿要多注意点，特别是高强，还有那潘唔能，那姓潘的，就是一个垃圾……吃喝嫖赌毒，五毒俱全……"

陈瑶的眼光变得温柔起来，看了看张伟，然后又低头看着地面，轻轻地说："谢谢你的关心和提醒，我会注意的，我这种人、这种场合经历的也不少，和这样的人打交道，多少也积攒了一点经验，唉……惹不起，咱躲得起啊……坚持不理他，时间长了，他就会自己也感觉没趣的，会放弃的……"

看着陈瑶的神态，张伟突然感觉她有一些无助的感觉，想一想，陈瑶的确不容易，一个小女子，柔弱的肩膀挑着这么一副公司的重担，对内抓业务和管理，对外搞协调，还要时时刻刻提防、应付、周旋各种不怀好意的算计和预谋，躲避无休止的纠缠。

女人做事情不容易，一个漂亮的单身女子，在保持自己的清白的前提下做事情，更不容易。

"这个社会真让人无奈！"张伟突然闷声闷气地说了这么一句。

"呵呵……又想到哪里去了？"陈瑶看着张伟说，"别这么悲观，存在即合理，我们不能要求社会为我们而改变，既然我们活在这个社会上，要在这个社会上谋求生存，而且想活得更好，那么，不要埋怨，不要愤恨，正确面对，去适应它，融入它，现实很残酷，适者生存，残酷的物竞天择法则在这个社会上同样适用……"

陈瑶说得很在理，张伟觉得这观点很熟悉，又想不起在哪里听到过。

张伟看着陈瑶，突然心里有一种愣愣怔怔的感觉，好像有一种情结在心里凝聚、缠绕，如此熟悉却又如此地陌生，如此接近却又如此的遥远，如此真切却又如此的虚幻……

张伟皱皱眉头，摇摇头，摆脱掉心里的结，低头喝了一会儿茶，然后告辞回去，二人相约明天上午十点一起去乡下看何英的父母，陈瑶开车接张伟。

"我的车是私家车，你的车是公家车，办个人的事情，尽量不要用公车，细微之处见功夫……这样，对树立张总的个人形象有好处……"陈瑶把张伟送到门口，似笑非笑着对张伟说。

第十三章 | 大露隐私

一回到宿舍，张伟迫不及待地上网登录 QQ。

伞人在线。

这几天，张伟几乎天天晚上都和伞人上线聊天，无所不谈，两人之间的关系逐渐融洽、温和起来，伞人高兴起来也会不时和张伟开个玩笑。这让张伟心里很感动，又很激动，如果没有那一场风波，自己和伞人现在会是多么幸福和开心啊，唉……不过，亡羊补牢，希望能尽快修复爱情的伤痕，尽快找回自己的爱情，尽快让伞人的伤口愈合。

因为是周末，两人心情都比较轻松，张伟把今天在陈瑶家吃饭的事情和伞人说了，伞人情绪不错，听得乐呵呵地，很有耐心。

"哦……那就是说明天陈瑶要陪你去何英父母家，不错，陈瑶这人挺仗义的，够意思……"伞人说。

张伟说："嗯……我也是这样感觉，这人做事情很磊落，心胸很宽广，不计前嫌，一个女人，能做到这个程度，难得……"

伞人说："女人咋了？女人就非得小肚鸡肠才是正常？张伟，我发现你瞧不起女同志。"

张伟说："哪里啊，随便说说嘛。"

伞人说："……这一周很累吧？"

张伟说："不累。"

伞人说："说不累是假的，说忙并快乐着是真的，是不是？"

张伟发过去一个鬼脸："是的，姐，白天再忙再累，晚上回来有你陪我，就再也觉不到累了，身心轻松。"

伞人问："我有那么大作用？"

张伟说："你是我前进的不竭动力和希望的幸福源泉，有你，我别无所求，一旦拥有，别无所求啊……"

伞人说："曾经有一个机会放在你面前，可是，你没有抓住它……"

张伟说："如果上天再给我一次机会，我一定会紧紧抓住不放，上天已经给了我这个机会，我正在紧紧抓住……"

伞人说："抓不抓得住你说了不算，别自作多情啦，主动权在我手里，年轻人。"

张伟"我相信你一定会给我这个机会的，我一直相信。"

伞人问："你凭什么相信？"

张伟说："直觉。"

伞人说："直觉？"

张伟说："是的，直觉。"

伞人在那边突然沉默了，半天又说："你妹妹出国了？"

张伟说："是啊，今天上午走的，我和陈瑶去送的。"

伞人问："那陈瑶现在没人做伴了？"

张伟说："有啊，王炎今晚在她那边住的。"

伞人问："王炎以后就一直在那里住了？"

张伟说："哦……那倒不是，王炎只是偶尔去住一次。"

伞人说："你说，陈瑶习惯了和你妹妹住在一起，有人做伴说话，要是突然家里冷清下来，自己一个人是不是很寂寥？"

张伟说："哦……这个事情我想应该是的，不过习惯了也就好了，再说了，我们这些朋友也经常一起玩的嘛，大家在一起很开心的，以后你也加入我们的行列……"

伞人说："什么意思？我还没答应和你见面啊，更别说加入你们的行列了。"

张伟说："那还不是迟早的事情，我坚信这一天一定会很快来到。"

伞人说："狂妄自大的家伙，你就臭美去吧……对了，你说陈瑶和你们一起玩，那是白天，晚上漫漫长夜，她可是自己度过哦，特别是晚上自己在家，也没人说个话……"

张伟说："那没办法，她习惯了，没事的，我发现你倒是替人家打算得挺周到的，连晚上没人说话都想到了，要不，你晚上去陪她说话？"

伞人说："我不去，我没那能耐陪好她，我这是好心啊，我觉得你行，要不，你去，你晚上去陪她聊天吧……"

张伟警觉地说："你……你什么意思？拿我开涮？"

伞人说："哪里啊，哈……我这是朋友之道啊，你们既然是朋友，朋友有困难，帮助是应该的，我这是教你做好事呢。"

张伟问："你是不是唆使我去制造犯错误的机会？你什么意思，想制造机会把我往别人身边推？"

伞人说："兄弟，别想多了，说话聊天能犯什么错误？我这是觉得陈瑶这个人不错，你妹妹一走，她心里一定很空很闷，想让你去陪人家说话解闷，做好事呢？你别想那么歪，用你的话说，只要思想好……"

张伟说："嗯……你说得是这个理，但是我总感觉这话从你嘴里说出来，让我心里很不踏实，总有一种提心吊胆的感觉，你不会是弄个套让我往里钻吧？"

伞人说："嘻嘻……绝对不是，大兄弟，我要是想弄套让你钻，一百个套你也早就进去了，我这是给你一个做好事，做好人的机会哈，让你去接受考验，重塑美好心灵……"

张伟说："得了吧，天天来回跑，折腾死我，我还是晚上老老实实陪你聊天吧，你也轻松，我也快乐，我哪儿也不去，我谁也不陪，这辈子就这样了，我就只陪你一个人……"

伞人问："你这说得可是心里话？"

张伟说："苍天在上，我张伟此话句句是真心，如有撒谎，天打五雷轰……"

伞人说："……别让我感动了，兄弟，我的心被你冷却了，我不会再轻易融化的，你慢慢等吧，如果没有耐心，你还可以去找别的女人，好女人多的是，你周围的女人多的是……"

张伟说："姐，我可以用一辈子来等，我有足够的耐心和决心，以及信心，其他的女人，再好，也没有你好，再美，也没有你美，我的心只给你，我谁也不会给，我愿意就这么一直等下去，一直等到你回心转意……不，说错了，不是回心转意，是等到你重新接纳我。"

伞人说："我年龄比你大……我是老女人了，丑陋的老女人……"

张伟说："你是最美丽的女人，你不丑的，我知道，我早就知道，嘿嘿……"

伞人问："你怎么知道的？"

张伟说："从我认识你那天起，我就知道，你是美丽的，不管外表如何，你的心是最美丽的，你的外表也就是美丽的……我一直坚信这一点。"

伞人说："哦……我想，虽然你嘴巴上这么说，到时候你要是见了我，说不定扭头就跑，你说，到时候我多尴尬，我这老脸往哪里放？"

张伟又惊又喜，说："姐，你答应见面了！什么时候见，在哪里见？要不，我现在就去见你！"

伞人说："晕……我只是打个比方，假设，你激动什么？"

张伟说："哦……呵呵……我刚才差点幸福晕了……我见了你欢喜还来不及，咋会扭头就跑呢？不会的，一定不会的，我没有理由扭头就跑的，纵身扑上还差不多，呵呵……"

伞人说："正经点，我好好和你说话呢，我想，或许到时候你会有理由的，只是你现在想不到而已……"

张伟说："姐，虽然你是假设，我还是很高兴啊，我恨不得马上就见到你，我什么理由也没有，我只有见了你欣喜若狂……我们快点见面吧，我好想你啊！"

伞人说："我们见的面还少吗？我怎么没看出你怎么想我？再说，我还不一定想你呢？"

张伟问："哪里天天见了？我什么时候见你了？"

伞人说："嘻嘻……就在这里啊，傻熊，这里还不是几乎天天见？"

张伟说："哦……在这里啊，你看不到我的真人，只看见汉字，自然看不出我想你啊，但是，我的直觉，你还在想我的，你并没有舍弃我的……不管你嘴上怎么说，我总能感觉出来的，你的心里，终究还是有我的……我的感觉很强烈，虽然你还没有全部原谅我，可是，你终究是关心我、疼我、牵挂我的，我一直还在你的心里，不管你承认不承认，这是客观存在事实……"

伞人沉默了一会儿说："唉……"

张伟趁热打铁道："姐，我明白你的心，你不会舍弃我的，你一定会原谅我的，你一定会重新接纳我的，我永远属于你，我们一定会有幸福的明天的，相信我，姐……给我一个机会，给我们一个机会，我会好好珍惜，好好把握，我一定不会让你再失望的……"

伞人又沉默了，好一会儿说："顺其自然吧。"

张伟说："嗯……"

伞人说："你是一个鬼家伙，你心里很精明的，虽然你有时候傻乎乎的。"

张伟说："刚才我听你说我是傻熊，我心里可高兴呢，好亲切，好温暖……"

伞人说："唉……我刚才说了吗？"

张伟说："是啊，说了啊。"

伞人说："哦……我没注意……"

张伟说："哈哈！姐，你这叫脱口而出，好啊，我喜欢，严重表扬，以后继续……"

伞人说："你很会察言观色，很会抓住女人的心理，甜言蜜语……我老是感觉你是个情场老油子……"

张伟发过去一个大汗淋淋的表情："姐，我……我是不是说话太多了，你才这么说我的啊？我只对你这么说得，我对别的女人是没有这么多话，这么多甜言蜜语的，你要是不喜欢，那，以后我就不说这些了，不让你讨厌了……"

伞人说："嗯……别……说吧，你喜欢说什么就说什么吧，只要……只要是你心里的真话、实话……"

张伟高兴起来，说："嗯……呵呵……姐，其实，你也喜欢听，是不是？"

伞人说："废话，谁不喜欢听好话，哪个女人不喜欢听好话，当然，别有用心的除外……"

张伟说："呵呵……我的是一心专用，只用在你身上，别人任何人都别想听我说这些的，这些话都是只说给你听的，只给你一个人听的……"

伞人说："嗯……"

张伟又发过去一个诚恳的表情，动情地说："姐，忘记过去，忘掉所有的不快，自从你回来的这一段时间，我已经感觉到了，你恨我、你怨我，都是应该的，我理解，我也明白……但是，我也知道，你心里还有我，你仍然很疼我，你心里仍然还有爱，还有情，对我的爱，对我的情……姐，既然还在爱，还有爱，那么，不要退缩，不要回避，昂起头，向前看，往前走，我陪伴你一起，我们一起，永远在一起……"

张伟说得很放开，发自肺腑。

伞人似乎为张伟的话所打动，半天沉默不语。

张伟继续，发过去一个握手的表情说："姐，别再忧郁，别再犹豫，过来，到我的身边，回来，到我的怀抱，我会用真心的热切来接受你，迎接你，生活，要我们自己去闯荡，幸福，要我们自己去争取，明天，要我们一起去迎接，爱情，要我们共同来珍惜……让过去的过去吧，永远过去吧，仿佛一场噩梦，梦醒来，天亮了，太阳出来了……"

伞人发过来一个握手的表情，说："你……你越来越会说话了，你……心里其实什么都明白，你……只要你说得是心里的话，我还是愿意听的，我希望，你能用你的心来说话……"

张伟很高兴伞人和自己握手，说："姐，我们和好吧，让我们恢复以往吧……我一直在用我的心说话，我一直在用我的真心说话，相信我……"

伞人说："唉……女人，总是很傻的，再精明的女人，有时候也会犯傻，特别是遇到你这样能说会道的……人生是一场赌博，爱情其实何尝不是一场赌博，押对了，幸福在自己手里，押错了，伤痛如影相随……唉……你是想让我再赌一次吗？"

张伟说："姐，这一次不是赌博，或者说，这一次的赌博没有输家，只有赢家，只要你押下去，就一定是赢家，就押上了一生的快乐和幸福，我是庄家，我给你保证！"

伞人停顿了片刻说："你是个坏蛋！"

张伟能体会到此刻伞人的心情和状态，配合着道："嗯……我只做你的坏蛋！"

伞人说："我恨死你了！"

张伟说："嗯……我只让你恨死我，任何别的人都不让。"

伞人说："我想用力咬你！"

张伟说："我的身体只让你咬！你想咬哪里？"

伞人说："咬你好咬的地方！"

张伟说："嗯……肉软的地方好咬……嗯……我知道哪里最好咬了！"

伞人问："哪里？"

张伟回答："嘴唇，我的嘴唇，这里最软了！"

伞人发过来一个敲脑袋的表情："你坏死了！"

张伟说："呵呵……别敲了，姐，再敲我就要脑震荡了……脑子就不好用了……"

伞人说："你这么精明，敲成脑震荡，傻一点倒也好。"

张伟说："呵呵……姐，那就真成傻熊了！"

伞人说："还是以前的傻熊好，我看你现在像只猴子，不像傻熊了。"

张伟说："姐，我不要做猴子，我要永远做你的傻熊！"

伞人说："我看你还是既做傻熊又做猴子最好，在外做猴子，在内做傻熊。"

张伟说："嗨，姐，还什么在外在内的，你就直说呗，就是在你面前做傻熊，在别人面前做猴子，是不是？哈……"

伞人说："哼，就你聪明！不喜欢嘴笨的傻熊！"

张伟乐了，女人啊，总是喜欢自己的男人对自己多说甜言蜜语的，伞人姐也不例外，这太简单了，忙说道："姐，傻熊以后就会口齿伶俐，会学会好好说话的，一定会天天让你开心，以后傻熊就是不说话，也会让你开心的。"

伞人说："你真能，你咋能让我开心？"

张伟发过去一个狗熊傻乎乎拿大顶的表情："姐，你看，我给你表演个节目，拿大顶，好不好玩？"

伞人说："呵呵……你从哪里弄的这个表情，真好玩。"

看到伞人开心地笑了，张伟心里更加开心，又发过去几个狗熊乱蹦跳的表情："呵呵……我专门搜的，专门存了等你高兴的时候发给你看的，哈哈……好玩不？"

伞人说："额……好玩哪！"

张伟说："姐，看到你高兴，我真开心。"

伞人说："傻熊，以后不准惹我生气，不准惹我难过！不准伤我……如果你要是再伤我，就再也见不到我了……"

伞人这话里的意思再明白不过了，张伟心里兴奋起来，姐这是在向自己传递和好的信号啊，呵呵……幸福的感觉真好。张伟急忙发过去一个狗熊立正的表情："是，傻熊遵命！"

伞人说："嘻嘻……傻样……"

张伟有些得意忘形，忘乎所以："姐，我好想赶快见到你，咱们再来一次相亲吧，去真锅咖啡屋 214 房间，鸳梦重温……"

伞人说："停停停……傻熊兄弟，我劝你别做梦了，还再来一次相亲？有些事情错过了，是永远也找不回来的，做错了事情，是一定要受到惩罚的……唉……凡事顺其自然吧，别逼我，把我逼急了，还是我那句老话，大家最后连朋友都做不成……最起码，我还不想失去你这个朋友……"

张伟头上又冒汗了说："额……好的，姐，知道了！"

伞人发过来一个手帕的表情："额……兄弟，你出汗了，擦擦汗，别紧张！"

第十四章 | 倾情尽欢

　　小郭难得和吴洁聚会一次，吴洁的宿舍是集体宿舍，于琴和于林住那里，也无法办成什么事情。更糟糕的是，这里是城市，不像在山里，夜黑人静，钻进竹林，沐浴着大自然的灵气，心旷神怡，那叫一个爽。

　　两人心里痒痒的，只有去找了个价格便宜的宾馆，将就一夜了。当然，小别胜新婚，这一夜两人自是倾情尽欢，风光无限。

　　天亮之后，吴洁因为要去办事处值班，不能缠绵太久，在最后一次亲热之后，小郭也只好跟着起床，两人吃过早饭，一起去了办事处。

　　昨晚意外重逢张小波，而且张小波竟然已经和张伟、王炎熟悉，还有，吴洁也已经先见过，这让小郭很是激动和兴奋，和吴洁唠叨了半夜张小波的好，开口闭口都是"张姐"，弄得吴洁一遍一遍提醒他以后要叫"陈姐"。

　　回办事处的路上，小郭突然对吴洁说："我看他们俩挺般配的。"

　　吴洁有些莫名其妙地问："你说谁呢？"

　　小郭说："张哥和陈姐啊，郎才女貌，多好的一对。"

　　吴洁说："他们都是比咱们经验成熟丰富的，人家又是本来就熟悉，要是能成，不用你操心，你可别乱掺和，别弄巧成拙，这谈恋爱，合适不合适别人说了不错，只有自己知道……"

　　小郭搂过吴洁的肩膀说："小洁，我知道的，我只是说说，张哥是很有心计的人，陈姐更是，我不会乱撮合的，不过，我倒是真希望他们俩能够走到一起。"

　　吴洁说："嗯……我也是这样想的，呵呵……陈姐人真好，我特别喜欢她。"

　　小郭点点头说："陈姐什么都好，事业也好，就是个人感情不顺利，遇到过重大挫折，唉……好人为什么总不能有好报呢？"

　　吴洁说："别这么说，好人最终是一定会有好报的，这世道，善恶有报，不是不报，时辰未到，你等着看吧，陈姐最后一定会有好报……"

小郭用力点头，说："这也是我的心愿，其实啊，我倒是很想到陈姐身边工作，给她开车，兼做保镖，工资多少都无所谓，关键是心里舒坦，心情好。"

吴洁抬头看看小郭问："怎么？于董和郑总对你不好吗？你想跳槽？"

小郭摆摆手，说："没有，我只是说说，他们对我很好的，我只是觉得陈姐这样的人在外，很容易遇到坏人，被别人欺负或者暗算，呵呵……不过，再说了，我只是一厢情愿自己想想而已，陈姐还不一定要我呢，随便说说而已……"

吴洁："陈姐也算是个老江湖了，处世经验很丰富的，应该自己会保护自己的，你操的哪门子心啊……"

小郭若有所思地摇摇头说："小洁，你不知道的，你不懂的，陈姐或许有时候真的需要我这样的人去保护她，这世界，坏人很多的……"

吴洁微微一笑道："你的责任是保护我呢，别偏离主题啦。"

小郭呵呵笑了，说："保护你是我的使命，保护陈姐是我的职责，呵呵……不冲突的。"

说话间到了办事处门口，刚要进门，一辆宝马车停在门口，一看，是陈瑶开的车，车上坐着王炎。

小郭笑嘻嘻地和她们打招呼："陈——陈姐、王姐，好！"

陈瑶摇下车玻璃说："臭小子，是不是刚起床？看你眼睛好像昨晚没睡好……"

王炎笑哈哈地说："一定是的，一看，两个人好像昨晚都没睡好啊……"

小郭嘻嘻笑了，吴洁脸一红，跑进了办公室。

"你们进来坐会吧。"小郭邀请他们。

"不进去了，我们等张总呢，一起去看看何英的父母。"陈瑶说："估计他马上就下来了。"

这话从陈瑶口里说出，让小郭有些意外，想不到陈瑶竟然会去看何英的父母："陈姐，你和他们一起去看何董的父母？"

"是啊，何英的父母和我很熟悉的，我经常去看望他们，"陈瑶微微笑笑，看着小郭，"你今天有事情没有？"

小郭摇摇头，试探地说："我没事情，今天休息，要不——要不我和你们一起去看看那个的父母吧……"

王炎说："嗯……我看你去合适，毕竟何英也是你的老板娘呢……"

陈瑶冲小郭一笑，开门下车："臭小子，过来开车。"

"得令，陈姐！"小郭忙点头，喜滋滋地坐到驾驶位置。

正在这时，张伟也下来了，和陈瑶一起坐在后座，小郭开车，按照陈瑶说的路线，直奔何英家而去。

张伟本来以为今天就自己和陈瑶两人去看何英的父母，一看王炎和小郭同去，心里大感安慰，人多好啊，热闹，而且，对老人也是个很好的安慰。

路上，张伟打算走超市买点东西带着，王炎回头说："不用了，我和陈姐都已经买好了，嘻嘻，是我挑选的，陈姐结的账。"

张伟客气了一下："那多不好意思，我和小郭跟着你们沾光，占你们便宜，多谢多谢……"

陈瑶坐在张伟旁边，扭头看着张伟说："官越做越大，情越来越淡，话越来越客气，距离越来越远……是不是，张总。"

张伟嘻嘻一笑："你真会总结啊，陈董事长，不过，我不认同你的说法，我觉得，是事越来越多，活越来越忙，情越来越浓，话越来越礼貌，距离越来越贴近……"

王炎又插进来说："我听你们俩称呼，看你们俩的客套，感觉越来越虚伪，什么张总陈董的，肉麻，我呸……少玩那些虚假的客套，大家伙在一起，我建议啊，就叫小张、小陈好了……"

大家哈哈大笑，陈瑶的眼神灵光转动，神采飞扬。

何英的父母果然不知道何英的去向，只知道她在外面自己开了一家旅行社，走之前回来了一趟，然后就一直再没有消息。

张伟很想问问老人家何英有没有给家里打电话，有没有换新的电话号码，话到嘴边又停住了，自己问这个干吗？找到号码又能怎么样？去把何英找回来？再续前缘？或许，目前的现状，对何英来说，是最好的解脱，既然是一种解脱，自己又何必再把她拉回痛苦的深渊呢？

张伟想了想，打消了这个念头。

何英父母说一口浓重的方言，和张伟他们说话，都需要陈瑶在旁边翻译。

陈瑶显然是何英家的常客，何英父母对陈瑶很亲热，一口一个小名叫着。

张伟听着这小名还是浓浓吴越口音的"瑶瑶"。

在何英家挂在墙上的老相框里，张伟意外看到了陈瑶和何英童年时候的合影照片，两人脖子上戴着红领巾，扎着羊角小辫，搂在一起，开心地笑着，两个小豁牙，照片上还有一句话：两个小伙伴。

张伟仰头注视着这张老照片，心里感慨万千，两个小伙伴，亲密无间的小姐妹，最后却在人生的成长道路上走向了不同的方向，弄得个这般现状，唉……世事沧桑啊……

　　看张伟一直注视着这张照片，陈瑶轻轻说了句："美好的童年，欢乐的童年，无忌的童年，一切，都在回忆中了，往事悠悠啊……"

　　张伟默然，无语。

　　从何英家告别出来，张伟长长出了一口气。

　　陈瑶扭头看了一眼张伟问："心事了结了，是不是？心里感觉轻松了，是不是？"

　　张伟扭头看着陈瑶说："人啊，有时候就得自己给自己找点事情，减压，释放，哎，这也算是对何英有一点交代吧……今天，我差点要问何英的父母有没有何英的电话号码的，新的电话号码。"

　　陈瑶眼神一顿，说："那你为什么不问？你应该去问问啊，要不，再回去问问！"

　　张伟看着陈瑶说："别说不一定能问到，就是真问到了，我能怎么做？我能做什么？你觉得这对我有好处吗？对何英有好处吗？对大家都好处吗？我认真琢磨了一下，放弃了这个打算。"

　　"算你有长进，会权衡利弊……"陈瑶点点头，突然又似笑非笑地看着张伟说，"小张，你说得大家是什么意思？除了你和何英，还包括谁？"

　　张伟一愣神，边快步走到车边边说："你怎么这么好奇，不告诉你，反正不包括你……"

　　陈瑶跟在张伟后面，抿嘴一笑，也上了车。

　　中饭是在陈瑶父母家吃的，从何英父母家出来，走了大约二十分钟，就到了陈瑶父母家。

　　陈瑶的妈妈见了张伟，很高兴，眼神格外注目，一直跟着张伟转悠，弄得张伟心里有些忐忑不安。

　　吃饭前，张伟和王炎在一起闲聊，陈瑶在厨房里忙乎，小郭没事在清理车内卫生。

　　王炎看着张伟说："哥，有一件事，我想问你。"

　　张伟坐在沙发上，冲王炎翻翻眼皮："说。"

　　王炎向前探了探身子说："我想起一件事，很久以前的一件事，那时我们还在一起同居，没分手的时候，我们刚认识没几天的时候，那天晚上，我坐在床上上网，你也上网，你上完后，兴奋地对我说你认识了一个以前曾经做过旅游的网友，东兴的网友，我当时还替你高兴，说这样太好了，可以多了解一些当地的情况，少走不少弯路……你还记得不？"

　　张伟当然记得，心里当然明白，嘴巴上却含含糊糊地对王炎说："哦……唔……

你怎么突然想起这个来了？"

王炎注视着张伟说："不为什么，我就是想问问，你和那网友现在还联系吗？"

张伟有些慌乱，点点头，又摇摇头说："嗯……啊……这个……还联系吧……"

"哦……这么久还能继续联系，难得……"王炎继续问张伟，"你们见过面了没有？"

张伟脸上有些挂不住了，说："这个事情……你问得太多了，这是我的隐私，不要再问了……"

王炎的神色很认真地说："哥，我是很认真问你的，你回答我。"

张伟看王炎的神色，停顿了一下说："嗯……没有见过面……"

王炎说："那网友对旅游是不是很在行？"

张伟点点头回答："是，干吗？"

王炎继续说："那对你后来有没有帮助呢？"

张伟点点头说："帮助很大，作用很大。"

王炎眼睛一亮，说："嗯……她现在不做旅游？"

张伟又点点头说："是的，做别的行业。"

王炎问："你们关系一定不错，是不是？"

张伟一瞪眼，说："你问这些干吗？"

王炎说："我问你是不是在网恋？回答我。"

张伟眼皮一翻，说："拒绝回答，网上交个朋友，不是很正常？你不也有网友吗？"

王炎不理张伟的反问："哥，正面回答我，你是不是在网恋，你这个网友多大年龄，叫什么名字，你们为什么不见面，你和她有没有通过电话，有没有视频过，你有没有她的照片……"

"不知道，不知道，没有，没有，统统都没有……"张伟有些坐不住了，"好了，死丫头，就这些回答……以后不要再问这个问题了，再问我也不会回答你什么的。"

说完，张伟起身逃避，出去帮小郭清理车去了。

王炎坐在沙发上，托着腮帮，眉头紧皱，陷入了沉思。

回去的路上，张伟坐在前排副驾驶位置，王炎和陈瑶坐在后排，有一搭没一搭地闲聊。

春日的阳光照射在张伟身上，暖暖的，张伟靠在车椅背上，昏昏欲睡，王炎和陈瑶聊天的声音隐隐约约传入耳朵。

王炎说："陈姐，你的QQ是设置的开机自动登录啊，昨晚我用你电脑上网，一开机，QQ自动登录了，不好意思，嘿嘿，不过，我可没看你什么聊天内容、记录的了，我直接给你退出，又登陆了我自己的QQ……"

"哦……呵呵……"陈瑶笑着，"我没在意，登录的是哪个QQ啊？"

"嗯……我想想，"王炎想了一下，"就是那个，那个什么伞——"

"散——客专用，"陈瑶瞟了一眼前排昏昏欲睡的张伟，忙接过王炎的话，"你说的是我做散客业务，和散客中心联系专用的QQ吧，对，一定是那个，我刚设置了开机自动登录……"

王炎有些不明就里，含含糊糊地点点头说："哦……我不知道，我没看出来是做散客专用的，我咋没看出来呢？没什么散客的标志啊……"

"什么要是都让你看出来那还了得，那你还不成旅游专家了？"张伟在前排不紧不慢地说了一句王炎。

"哦……小张还没睡着啊，看你闭着眼，以为你睡着了……"陈瑶笑着说了句。

"我是貌似昏睡，实则清醒，你们的谈话我都听得真真的哦，小陈同志，"张伟嘻嘻一笑，"咋？你几个QQ啊，还专门为散客业务弄了个QQ？有必要吗？我看是多此一举，我就用一个QQ，挺好的。"

陈瑶被张伟说得一愣，说："嗯……哦……我有两个QQ，都是专用的，嗯……小张的建议很对，很正确，下一步，以后……我看得接受你的建议，用一个QQ号码。"

张伟点头一笑："嗯，是的，我以前也是两个QQ，一个工作用，一个私人用，后来我嫌麻烦，合并了。"

陈瑶说："哦……公私合营，不错，小张的做法不错，我看可以考虑，值得推广。"

张伟继续说："特别是你两个QQ都不是私用的，都是工作用的，何必呢？这不是折腾吗……对了，你咋没有私人朋友的QQ呢？难道你没有工作之外的朋友聊天用的QQ吗？"

陈瑶看着张伟，眼睛眨巴了两下说："我……我的私人朋友很多都是通过工作认识的，都在我的工作QQ上……"

"哦……那你是公私合用啊……小陈同志……"张伟拉着长腔说。

陈瑶面带笑意，连连点头说："嗯……是的，小张同志……"

"小张，小陈，我听着你们怎么这么称呼也感觉很做作呢？"王炎又插进来一句，"算了，别这么酸了，我听着真别扭，还什么同志同志的，酸！"

大家又哈哈大笑。

张伟刚想和王炎逗乐子，突然电话响了，张伟忙接电话。

"请问你是宁州中天旅行社的张伟先生吗？"一个男中音在电话里对张伟说。

"哦，是的，我是张伟，不过，我现在不在中天旅游了，我从那里辞职了，"张伟纠正完对方的说法，然后说："请问你是哪里？找我有什么事情吗？"

　　陈瑶、王炎、小郭一听到张伟的话，都不由竖起了耳朵。

　　"哦，你离开中天旅行社了，不过那没有关系，我们找的是你，不是你们单位，"对方的嗓门不小，大家通过张伟的手机话筒里听得清清楚楚，"我是宁州风行服装公司破产清算小组的，我们在对破产的风行服装公司进行资产清理时，看到有欠你的一笔债务，十万元，你还记得不？"

　　"记得，"张伟说，"我和他们公司发生过一次业务，旅游团，团款是我垫付的。"

　　"哦……那就好，我们马上开始进行债务清理赔偿工作，按比例进行赔偿，"对方的嗓门依然很响亮，"你的这笔债权按照清算赔偿比例，可以偿还你八万元，请你于下周一，也就是后天，带着你的有效身份证明，来风行服装公司办公楼三楼清算组财务处领取赔偿金……"

　　"什么！"张伟一下子呆了，嗓门突然提高了分贝，激动地说，"怎么会这样？"

第十五章 | 相亲派对

张伟嗓门突然变大，吓了大家一跳，小郭和王炎一起看了看张伟，陈瑶认真注意听张伟的电话，低头默不作声，两手交叉握在一起，放在膝盖之间。

对方似乎有些不高兴说："咋样？你还想十万都还给你？那么多债务，都要还，你这个算是毛毛雨，但是都得按比例，就清算了这么多，能还你八万就不错了，别不知足……"

对方唠唠叨叨发了一通牢骚，不等张伟回答，就挂了电话。

"不是，别误会，我不是那个意思——"张伟忙给对方解释，可是对方已经挂了电话，再拨回去，忙音，看来对方的电话很繁忙。

张伟一下子陷入迷茫，怎么搞的？十万块钱已经给自己了啊，怎么又冒出个八万的赔偿呢？难道果真被顾晓华的男朋友说中了？

张伟百思不得其解，眉头紧皱。

小郭了解当时的情况，也很奇怪，问："张哥，我记得那时你说这钱还给你了啊，咋又让你去领钱啊，哈哈……这样的好事难找啊，我怎么遇不上啊，是不是人家又给你赔付滞纳金了哈……"

张伟摆摆手说："胡扯八道，这一定是搞错了，这里面一定有名堂，我再好好想想……"

王炎那时正好回家办出国手续，不知道这事，忙问小郭，小郭边开车边把事情经过说了一遍。王炎听完，点点头说："按说，这破产清算是不会弄错的，别净想那好事，天上不会掉馅饼，这事是有些奇怪哈……"

张伟说："我看周一不用去了，一定是他们搞错了，我待会给他们打个电话，说明一下，让他们好好复查一下，咱不能坑人家。"

这时，陈瑶说话了："我看，这事也未必是搞错了，别这么肯定，人家既然给你打电话，就一定是有充分的理由和证据的，八万块钱也不是小数字，就是有误差，误差也不会这么大，我想，你周一还是去一趟，也许……也许你先期收到的那十万不是风行公司偿还的呢……"

张伟听陈瑶这么一说，身体一震，陈瑶说得有道理，可是，如果不是风行公司偿还的，那会是谁给的自己这十万呢？

张伟凝神思考，怎么也想不透。决定还是周一去宁州看看情况再说。

王炎也说："嗨，哥，反正这事不是坏事，有钱总比没钱好啊，到时候你去宁州那公司去看看，问一问，不就什么都明白了？"

小郭也随声附和道："王姐说得是，到时候一去问，水落石出，什么都知道了。"

陈瑶也摇晃了几下脑袋说："嗯……就是啊，先去领了钱再说嘛，如果以后证明他们弄错了，还可以再还给他们的，这年头，咱和钱可没仇哦……我就这样，我对钞票有着无限的热爱，看到票子哗哗往里进，心里真舒服……"

张伟呵呵笑了，说："嗯……哈……也是，说得有道理，那就周一见分晓吧。"

晚饭后，张伟刚要打开电脑上网，突然电话响了，一接，是陈瑶的电话："张先生，晚上好。"

一听陈瑶的口气，就知道她心情很好。

张伟被逗乐了："嗯……好，有何见教啊，陈小姐？"

陈瑶呵呵地笑了，换了一副口吻："这会有事没有？"

张伟说："哦……正要上电脑的，也没什么事。"

"又上网聊天泡美眉是不是，聊吧，早晚得出事，"陈瑶嘻嘻笑着，"别上网了，下来，陪我散步去，我在你门口。"

张伟走到窗口伸头一看，陈瑶正站在门口对过的路灯下面，见张伟伸头，正挥手。

张伟关上电脑，跑到楼下陈瑶面前说："呵呵……路灯下的小姑娘，咋跑到这里来了？王炎呢？"

"王炎回去了，收拾家务洗衣服，我自个没事干，自个在家喝了点酒，闷得慌，就出来散步，一不小心溜达到你门口了，看看天色黑了，我怕有坏人，就顺便找个保镖陪我散步……"陈瑶笑嘻嘻地说，看着张伟说，"而且，你也不能老是蹲在电脑前面啊，饭后百步走，活到九十九……"

张伟闻到陈瑶口气的酒气，感觉她喝得并不少，笑了："好，走，散步去，我正好也想活动活动筋骨。"

二人顺着河滨绿化带边走边聊。

张伟又聊起那十万元的事情，很不可思议地道："陈瑶，你说这事邪不邪，给了十万，又来个八万，好运来啊……"

陈瑶说："有什么邪的，存在即合理，反正天上不会掉下来馅饼，这事不用多想，能问明白就问明白，问不明白就先去收了那八万，回头再慢慢弄明白。"

张伟说："总感觉心里发虚啊，老感觉那八万不是属于我的，好像占了人家便宜，我老娘经常教育我，不是自己的钱，一分都不能要，咱人穷，但是志气不穷……"

陈瑶赞赏地看了看张伟说："不错，你说得很不错，我同意，不错，我估计，那公司破产清算，弄错的几率很小的，那钱应该是属于你的，至于那十万，或许另有来头，所以我建议你先领了那八万，回头再慢慢找事情原委……想不明白就先不要想了，反正这事不是坏事。"

张伟点点头说："呵呵……我做梦都想成为大款啊，不过得让我心里踏实才好……"

陈瑶也笑了，说："张伟，我觉得你在不久的将来，会成为大款的，你具备成为大款的潜质。"

张伟嘿嘿一笑，说："这年头，我没信仰了，不像你，还信仰佛教，我现在就只剩下对钱的追求了，唉……说起来有点俗，不过我不喜欢装，我就是想发大财……或许，我该有一个信仰，没有信仰的生命总感觉是很可悲的……"

陈瑶认真地站住，看着张伟说："那你随了洒家，入我佛门吧，佛门是一片净土。"

张伟忙摆手说："善哉善哉，我现在还没那打算，我对生活还有欲望，对人生还有七情，我可不打算剃度出家……"

陈瑶轻轻冲张伟胳膊上打了一拳："你神经啊，我说入我佛门，又不是说非要出家，做个俗家弟子也是也是一样的，比如，像我……"

张伟仍然摇摇头说："不，我不喜欢佛教，我还是觉得信上帝好。"

陈瑶说："为什么?"

张伟大大咧咧地说："起码……显得洋气一点啊，信佛教太土了。"

"哈哈……"陈瑶笑起来，又用拳头敲张伟的背，"你这信仰也崇洋媚外啊……"

陈瑶的小拳头敲在身上，很舒服，张伟感觉到了陈瑶亲昵的态度，嘴上不好说什么，心里却是老大不自在，觉得陈瑶对自己好像有些异样，好像又恢复了她以前对自己的状态。

张伟没说话，加快前行的速度，这样陈瑶的拳头就落空了。

陈瑶看张伟走快了，也疾步跟上说："走这么快干吗，散步呢，慢悠悠走啊。"

张伟又慢了下来，和陈瑶保持平齐。

走到前面小路口，一个年已古稀的老人坐在路灯下面，面前放了一个破旧的缸子，在不停向路人哀求乞讨。

陈瑶没说话，从身上摸出一张百元钞票，放到老人前面的缸子里，拉了一把张伟，转身离去，背后传来老人颤颤巍巍的声音："谢谢先生，谢谢太太，好人呐……"

两人走开以后，陈瑶突然笑了："张伟，你听那老人说什么了吗？"

张伟呵呵笑了："老人家以为我们是两口子了，呵呵……"

陈瑶脸色微微一红，突然停下，挺了挺腰杆，对张伟说："你看我们俩像不像？"

"不像。"张伟不假思索地说，"怎么看都不像。"

"为什么？"陈瑶问张伟。

"一看外表就不像啊，我一看就是个贫民窟的穷小子，你呢，一看就是美女富婆，气质不同，这就不是一个层次的人，我看啊，我像你的保镖还差不多。"张伟晃晃悠悠地说。

"怎么？你觉得气质和金钱有关？穷小子和美女富婆就不可能有爱情？"陈瑶盯着张伟的眼睛。

"哦，这个事情，我以前这么想，现在不这么想了，但是，现实社会中，爱情并不是空气中的，是和金钱地位紧密联系的，真正能做到爱情超越金钱和物质的，有，肯定是有，但是，很少，也很难，"张伟说，"人是社会的人，社会是人的社会，经济基础决定上层建筑……"

"唔……"陈瑶点点头，继续往前走，"你说得有道理，爱情，同样是摆脱不了现实的束缚的，道理讲起来，大家都明白，都认同，但是，真正做起来，就难喽……"

张伟看了看陈瑶："陈瑶，你深有感触啊，哈……是不是经历过呢？"

陈瑶笑笑，看着张伟乐呵呵的样子，停下脚步，趴在河边的栏杆上，看着夜色中静静流淌的小河，半天幽幽地叹了一口气。

张伟也靠在栏杆边，看着河水，享受着夜色中春风的沐浴，静静地，没有说话。

过了一会儿，陈瑶突然梦呓般喃喃说道："爱一个人，难，恨一个人，更难，唉……爱恨成愁……问君能有几多愁，恰似这小河的水往南流啊……"

"怎么？你还想着他？"张伟没有扭头，看着河水，平静地说。

陈瑶没有回答，又轻轻叹了一口气。

"我不明白，我也想不通？"张伟又说。

"你不明白什么？想不通什么？"陈瑶扭头看着张伟。

张伟愣愣地说："他都对你那样了，你干吗还要想着他，还爱恨交织呢？"

陈瑶又扭头痴痴地看着小河水，喃喃自语："我不知道，我想恨他，却怎么也恨不起来，我想忘记他，根本无法做到，我想不爱他，却难以战胜自己，唉……爱，是难以忘记的……"

"那你去找他嘛，你们复婚，破镜重圆好了！"张伟冷冷地说。

"你说什么？"陈瑶看着张伟说，"你说得是谁啊？"

"不就是高强吗，还能是谁？"张伟说。

"啊……哈哈……"陈瑶愣了一下，突然开心地大笑起来，"你想到他了，哈哈……"

张伟被陈瑶的笑感染了，也跟着傻笑起来："呵呵……原来你是另有意中人啊，呵呵……我还以为是高强呢，不知是哪位帅哥能有这福气，能被咱们陈大美女看中啊……"

"你啊，就是你啊。"陈瑶仍然笑着，"就是张大帅哥哈……"

张伟也笑起来："陈董高抬，可惜咱没那福气哈……"

陈瑶倏地不笑了，看着张伟说："怎么？你不愿意？"

张伟一怔，勉强笑了笑："别多想，别开玩笑了，本人还是很有自知之明的，你有意中人了，很好，那绝对不是我，我也有意中人，嘻嘻，不过，也绝对不是你……"

陈瑶怔怔地看了一会儿张伟，突然又笑了："呵呵……行，你小子说话很直接，我记住你这话了。"

张伟怕陈瑶误解，忙说："别误会，我不是说你不好，我是说我不好，我咋能配得上你呢，呵呵……改天有时间能不能见见你那位帅哥啊？"

陈瑶抿抿嘴唇，点点头："行，改天方便的时候，我让你认识认识他，吓死你！"

张伟哈哈大笑："只听说有被美女迷死的，没听说有被帅哥吓死的，我胆子大着呢，没关系，来吧……"

陈瑶冲张伟胸口一拳："狂妄自大的臭小子，你等着！"

张伟嘻嘻笑了一会儿，靠着栏杆，问陈瑶："那高强最近有没有再找你？"

陈瑶说："没有，自从那次之后，就再也没出现，也没电话骚扰。"

张伟说："不可掉以轻心，凡事小心为妙，有什么事及时给我打电话……其实，我想把小郭放你身边，就是防这样的狼的。"

陈瑶看着张伟说："嗯……谢谢你……小张，你为什么对我这么好？"

张伟坦然地看着陈瑶说："因为我们是朋友，朋友之间，义不容辞。"

陈瑶明亮的眼睛在黑夜中格外有神，看了张伟片刻，又扭头看着小河水。

河边的垂柳轻轻在二人头顶拂过，城市的喧嚣在这里变得宁静，二人沉默了，各自想着心事。

一会儿，张伟突然叹了口气。

"你叹什么气？又有什么感慨了？"陈瑶趴在栏杆上，轻轻地问。

"我想起了刚才乞讨的那位老人，想起了你给他的那一百元。"张伟说。

"怎么了？"陈瑶说。

"我想起了我经历过的一个事情。"张伟说。

"哦……"陈瑶饶有兴趣地看着张伟，"说说看。"

张伟说："前年的一个夏天，我去西安，在鼓楼附近游览，经过一个小巷道的时候，在一个垃圾箱旁边，看到一个年龄很大的老头，正在垃圾箱旁边，抱着别人吃剩的西瓜皮在啃……那一刻，我心里突然很难受，我想起了我的爷爷……我没做声，掏出一百元，放在老人身边，走了……走了几步，我回头看了一眼，在我身后的一对情侣，也在老人身边停了下了，那女的也掏出一张百元钞票放在老人身边……"

陈瑶听着，表情变得肃然，点点头说："你是个好人，有良心的好人，虽然你解决不了他的根本问题，我们解决不了这些问题，但是，我们尽力了，我们用一百元买了我们的良心安慰……这个世界，毕竟好人多……"

张伟说："其实，每当我看见大街上的乞丐，我的心就紧缩，特别是看到有些妇女抱着小孩在马路边要钱，有些身强力壮的年轻人在马路边跪着乞讨，有些衣衫褴褛的老人在马路边无助地哀求……"

陈瑶静静地看着张伟说："我们是小人物，我们不能解决这些社会问题的，别杞人忧天了……你见到所有的乞讨者，包括哪些怀抱小孩、一看就是托的乞讨者，还有跪在路边的年轻人，你给不给他们钱？"

张伟："我都会给，我明知道他们口里编的是谎话，我还是会给，只要是乞丐，我见了，多少都会给的。"

陈瑶说："为什么？明知他们是托、是假的，你还要给他们？"

张伟："我并不是说我是个高尚的人，我只是觉得他们都是职业化、专业化的乞丐，他们付出了，既然付出，就应该得到回报。"

陈瑶说："你认为他们付出了什么？"

张伟说："做人的自尊和尊严，本来尊严无价的，但是在这个商品化的社会，什么都可以当做商品，尊严也可以用来换钱的，既然他付出了，我认为得到回报是应该的，这也是一种交换……"

陈瑶点点头说："你说得有道理，看得出，你是一个有社会责任感的人。"

张伟呵呵一笑，说："别这么评价我，我只是一种本能的感觉，一个小公民基本的责任感。"

陈瑶也笑了，说："可惜，这个社会，很多人连起码的最基本的责任感都没有了，仿佛行尸走肉一般生活着。"

张伟说："别人我们无法干涉，管好自己就行了，实现自身价值，获取自身利益，造福社会，回报社会，也算是尽到责任了，无愧于自己的人生了。"

陈瑶哈哈笑起来："你很实在，爽快……对了，我下周一发一个团去宁州梁祝公园，相亲派对，第一次发团，我跟着去看看，你不是正好去宁州领八万块钱吗，咱俩一起去吧。"

张伟点点头说："相亲派对，好啊，我也跟着去相亲，哈……那就同去，同去！"

陈瑶哈哈一笑："正是，同去……"

第十六章 假戏真做

两人往回走，张伟先把陈瑶送回去，然后一路慢跑，回到宿舍，急忙打开电脑上网。

伞人在线。

张伟把今天那八万块的事情和伞人说了下，让她帮助参谋一下，结果伞人分析建议地和陈瑶一样，大同小异。

张伟说："姐，那就这么办吧，周一我去看看，看这笔钱是不是意外来财。"

伞人问："嗯……你怎么去？自己开车去？"

张伟说："和陈瑶一起去，她那边有团，相亲派对，她过去看看，我们俩一起去。"

伞人说："哦……"

张伟说："对了，姐，陈瑶有意中人了，不是高强，今晚她喝了点酒，突然感慨起来，又爱又恨的，一看就是无法放下，陷入其中，掉进情网里了。"

伞人说："哦，你连这都能看出来。"

张伟说："呵呵……都是过来人了，都有这经历，咋能看不出来呢，就好像我现在掉进你的情网里一样，不能自拔哦……"

伞人说："呵呵……怎么不能自拔呢？傻熊，离了我你就不能活了？"

张伟说："能活，不过只剩下肉体了，灵魂已经死掉了，和死了没什么两样哈……"

伞人说："你其实很明白，你很明白我的心……我很理解陈瑶的，女人，有时候总是很难取舍的，有时候明明知道应该去恨，却偏偏恨不起来的，有时候想去忘记，脑子却总是挥之不去，唉……悲剧……"

张伟说："姐，我知道的，我理解的，我知道你还在爱我，就像我执著地一如既往地爱着你，我的灵魂，从来没有背叛过你的……"

伞人说："爱一个人，要灵魂和肉体都一致，肉体也不允许背叛，肉体是灵魂背叛的前奏，灵魂是肉体背叛的理由，你在为你自己开脱吗？"

张伟忙说："没有，姐，我没有的，我没有为自己开脱，我是说，你永远是我的爱人，是最亲爱的人，今后，无论我的灵魂还是肉体，都是你的，都属于你……"

伞人说："陈瑶此刻的心情恰如我啊，我对你，傻熊，其实你看穿了我的心，唉……我对你真的是爱恨交织，恨不起来，狠不下心，见不到你的日子，心里牵肠挂肚，既疼你又恨你……想忘记你，无法做到，想删除你，下不了手，想不爱你，心不由己……或许，你就是我前世的冤家……"

张伟说："姐，亲爱的姐，相信我吧，以后你的生活中将会是欢乐和阳光，我今生今世属于你，我也要你……要你今生今世属于我……"

伞人喟然长叹："傻熊，浪漫的时光好像过去了，我的心怎么也感觉浪漫不起来了，你的甜言蜜语我总是……总是喜欢听的，可是，心总感觉很干涸，很干涸……或许，爱情都是这样，都要经历一个浪漫到理性的过程，最终归结于柴米油盐酱醋茶，让习惯和责任成为爱情的最后总结。"

张伟说："姐，只要心不老，就永远不会老，生活已经很累了，让自己的心情保持一份新鲜吧，我会调剂的，会调剂好你的心情的……"

伞人说："傻熊，其实，你知道吗？我很累，我和你在一起很累，呵呵……但是，这种累，曾经让我很幸福，很快乐，很浪漫，很激情，我几乎沉湎于这种累而不能自拔，可是，现在，我才感觉真的累了，我得像演员一样，天天这样活着，你说我累不累……"

张伟说："姐，没必要，你在我面前，干吗要像演员一样？因为是网络？因为是虚拟的空间？我是感觉不到你在演戏，我感觉你好真实的，真的，你不是演员，你是真实的伞人，真实的姐。"

伞人说："哦……啊……你想到这里了……哈哈……"

张伟也跟着笑起来。

伞人说："傻熊，真的，我累了，我不想再演戏了，我得活得轻松点……"

张伟说："你啊，这累是自找的，谁也没让你演戏啊，我让你演戏了？再说，虽然是网络，我觉得你根本就不是在演戏啊，你很实在的，别庸人自扰了，自找麻烦……"

伞人说："傻熊，你真好玩。"

张伟说："嘿嘿……只要你高兴就好，你快乐，我幸福。"

伞人说："你幸福，我快乐……傻熊，我不想再折腾了，我得直接面对，我讨厌了虚拟了……虽然生活中有很多烦恼，虽然现实让人感觉如此枯燥，但是，我追求浪漫的情怀依然还在，我喜欢一份浪漫纯纯的爱情，喜欢一种新奇欣喜的格调……"

张伟说："姐，你喜欢浪漫，我带你去浪漫，我会给你浪漫，你喜欢新奇，我带你去新奇，我会给你欣喜……"

伞人问："周一陈瑶的相亲派对，小姑娘一定很多的，你是不是打算也去相一个？"

张伟说："呵呵……这都什么啊，要不，你赶快报名加入相亲派对，咱们俩也去相亲？呵呵……"

伞人说："什么？你打算在相亲派对上见我？"

张伟说："梁祝公园，千古爱情传说，浪漫、新奇，多好啊。"

伞人说："呸！张伟，你就这浪漫情调啊，不行，几百人在一起，我们在里面掺和着见面？那相亲派对就是个商业炒作，亏你竟然能想出来，为了早一天见面，把我弄那么多人面前亮相……"

张伟忙发过去一个冒汗的表情："哦……这个，我考虑不周……可是，我们什么时候才能相见呢，我等得花儿都谢了……"

伞人说："……花谢花会再开……"

张伟说："姐，你不喜欢去真锅，那好，要不，我们再换一个咖啡馆，我现在就去订房间，你这会就过来，我等你……"

伞人说："老张，你真雷人……做方案那么多创意，咋就在这方面这么笨、这么木讷呢？不是我说你，我觉得你真的是傻熊！算了，你别乱操心了，水到渠成，我也累了，我不想再这么下去了，或许，会有一个让你我都喜欢的机会，或许，在一个你我都想不到的时间、地点，你会遇见我……一切，老天都会安排好的，切勿勉强……我这一辈子都相信缘分，我坚信不疑！"

张伟说："嗯……姐，我已经错过了一次，这次，我会用生命去珍惜，去把握，去面对，去热爱……"

伞人说："……还有，我再问你一遍一个老话题。"

张伟说："问吧。"

伞人说："好，我问，当然，我问的都是假设，因为我想了解你的最新观念……"

张伟说："你真啰唆，女人，总是喜欢啰唆，快问。"

伞人说："不许说我啰唆。"

张伟说："嘿嘿……不说，你问吧。"

伞人说："假设我要真的是一个丑八怪老太婆，你会不会和我好？"

张伟说："真的是老调重弹啊，会！一定会！爱情和容貌无关，爱的是你的心！"

伞人说："嗯……我要是一个一穷二白的穷光蛋呢？那可是以后要让你养活的。"

张伟说："一样，我一样爱你，本来我就没打算你是一个小富婆，虽然我希望你是一个小富婆。"

伞人说："咦？这想法有变化啊，变化很大啊，为什么希望我是一个小富婆呢？"

张伟说："虽然爱情和金钱无关，但是有钱总比没钱好吧，钱多总不是坏事情吧，咱又不偷又不抢，自然是钱越多越好了，有钱不是罪过……"

伞人说："嗯……不错，观念转变很大嘛，这种心态是正确的。"

张伟说："是的，其实那时何英说我的时候给我触动很大，她说我是因为一种长期处于底层，因为对金钱的强烈渴望和追求，极度的自尊而产生的极度自卑心理，从而表现为仇富现象，我觉得她说得很有道理，我现在心态逐渐趋于正常了，哈哈……你要是一个亿万富婆，那岂不是更好，哈哈……"

伞人说："哈哈，不错不错，提出表扬，不过，张伟，你还别说，我手里还是有点钱的，我以前和你说过，我有一套大房子，光这套房子，起码也得一百万吧，哈……我也算是个百万富婆吧？"

张伟说："呵呵……别自我陶醉了，这年头，有房子的不稀奇，守着房子吃不上饭的更不稀奇，那些小公务员，还不都是一套、两套房子的，然后背着一屁股债务，都是房奴，一辈子都在还房贷……你一个广告公司小职员，还能上天了你……"

伞人说："嘻嘻……不管你怎么说我，你现在这种心态很好，很阳光，我很赞赏！别小看我是广告公司小职员，小老太婆，但是我会变，说不定哪天摇身一变，变个千万富婆，变个美女董事长给你瞧瞧……哈哈！"

张伟说："呵呵……好啊，那我欢喜得很呢，不过，姐，你不用费那么大力气去变，你就是我心中最美丽的女人，最珍贵的女人，你的身价，不是金钱可以度量的，你是我的无价之宝……"

伞人发过来一个哭丧的笑脸："我不用变？额……你说得不错，可是……我……唉……好无奈啊，没办法哦……"

张伟说："你说得什么啊，莫名其妙，嗯啊的，看不懂，你什么都不用变，你就是你，你就是我张伟的恋人、爱人，你就是我最珍贵的宝贝……"

伞人说："呵呵……感动中……不过，我想要是能变得更加漂亮，更加有钱，你总不会排斥吧？"

张伟说："当然，我热烈欢迎呢，我知道姐你是在给我压力和动力呢，你放心，等我的事业开创了，你就会越来越漂亮，我们就会越来越有钱，你就是名副其实的美女董事长，我呢，就是货真价实的张总啦……"

伞人说："哦……很好，你今天的回答让我很开心，我很高兴看到你的观念的大转变。"

张伟说："呵呵……思想是行动的前导，我的思想会变得越来越好的，姐，就等你发号令开始行动啦！"

伞人说："嗯……或许，我又要开始一场新的赌博了……唉……愿赌服输，我看来就是这命了……"

张伟发过去一个鼓励的表情："嗯嗯嗯，大胆往前走，不要回头，也不要往两边看，走过去吧……"

伞人说："你是巴不得我快跑，越快越好……傻熊！"

张伟心情变得快乐无比，心中一阵冲动涌上来，快速敲动键盘："姐……"

伞人说："嗯……"

张伟的心中涌出无限激情和热烈："我爱你！好爱，好爱……"

伞人说："嗯……"

然后，伞人沉默了。

张伟也沉默了。

此时无声胜有声。

经历波折，张伟终于又感觉到了巨大的快乐和幸福在猛烈冲击自己的心田和大脑，终于又体味到苦尽甘来的温暖和甜蜜，终于又让自己的身心沉浸在新一轮的爱河里，沐浴，翻腾……

第二天上午，张伟和于琴正在办公室里商讨公司的事宜，吴洁送过来一份传真，是一个通知，市旅游局发过来的。

张伟和于琴一起看，是省旅游局关于举办旅游公司总经理（董事长）培训班的一个通知，为期1周，地点，海南三亚，报到时间：下周日在海南三亚南国宾馆，正好是张伟和何英住的宾馆。培训的内容，主要是关于旅游公司的管理和营销，以及计划调度，还有一些专家的战略研讨。培训费用自理。

吴洁说，市旅游局要求抓紧填报，今天下午就得报到省局去，一个公司最多限报一人。

张伟很奇怪，问："本省的活动，跑到海南去干吗？"

于琴说："很正常啊，做旅游的，自然喜欢到环境好的地方去培训，本省的景点都跑烂了，谁想去啊。"

张伟点点头说："嗯……也是，可惜郑总在戒毒，出不来，那干脆你去好了，于姐，学习的机会难得，一定会很有收获的。"

"我？"于琴看着张伟说，"少拿我开涮了，我这段时间光戒毒还没折腾死我啊，再让我跑那么远去学习培训，再说，我这人从来不爱学习，一听学习就头疼，呵呵……去了也学不进去，浪费了名额，我看这样，你去，培训的内容正对你的工作内容，你去学！"

张伟听了心里很兴奋，出去学习，太好了，可是一想起公司的工作，面有难色，说："可是，于姐……公司的工作？"

于琴干脆利落地说："反正就一个星期，你走之前安排好，我能做的交代给我指挥，另外，你学习期间，一样可以电话指挥的，就这么定了，我们公司你去。"

张伟点点头，心里高兴极了，说："好的，谢谢于姐安排，我一定去好好学习。"

于琴呵呵一笑："咱姐弟俩你给我客气啥？都是自己人，嘻嘻……小白脸。"

张伟咧着嘴巴："学习费用我自己出吧，不要公司报销了。"

于琴说："你有病啊，你是瞧不起我还是咋的，我吸毒赌钱几十万的往外扔，你这几千块的学习费用我出不起了？你少寒碜我，去去去……"

张伟笑了笑，没再说什么。

于琴站起来，对吴洁说："小洁，给市旅游局回复，我们公司派张总去。"

吴洁笑嘻嘻地答应着出去了。

于琴又对张伟说："小白脸，其实我知道，你是好学上进之人，和我不一样，你还年轻，要抓住一切能学习的机会，多增加知识，多增长经验，总有一天，你会有你自己的一份事业，你会有出息的……"

张伟打心眼里感激于琴给自己这个学习的机会，心里暗暗庆幸，幸亏老郑戒毒去了，不然，这机会肯定不是自己的。

一会儿，于琴和于林出去购物去了，张伟兴奋不已，又很快冷静下来，开始着手考虑计划安排自己出去这一周的工作。

正在电脑上忙乎着，电脑右下角的头像一闪一闪，一打开，是陈瑶："张总，在忙乎？"

张伟说："没有，就是在考虑一些事情，你在干吗？"

陈瑶说："刚进办公室，烦死了，刚才接到旅游局电话，潘副市长一会儿又要来本公司调研，中午又得汇报接待……"

张伟一听火了："这狗日的没安好心，一定是邀请你出去吃饭你不出去，专门打着领导视察的名义来骚扰的……"

陈瑶发过来一个无奈的表情："那有什么办法？主管领导下来视察，去谁家，说明领导眼里有你，心里不欢迎，嘴巴上还要说感谢领导关怀重视，呵呵……得罪不起啊，老弟……这就叫身不由己……"

张伟心里也感觉气愤而无奈："嗯……那你小心点，别喝酒，叫徐君陪同你一起去吃饭，还有，别坐在那潘副市长旁边……"

陈瑶："嗯……我记得了，我会注意的，我听你的……"

陈瑶说话的语气竟似十分乖巧，让张伟怦然心动，不过瞬即就消失了。

张伟说："那好，你忙吧，小心点就是了。"

陈瑶："好，他们一会儿就到了……对了，下午你来我家吃饭吧，咱弄水饺吃，我有个事情要告诉你。"

张伟一听，问："哦，什么事情啊？"

陈瑶说："下午再告诉你，你下班直接过来好了，我下了，再见。"

说完，陈瑶下线了。

第十七章 逃离虎口

和张伟在 QQ 上聊完天，陈瑶在办公室里等着来调研的潘副市长一行，心里烦烦的。

这段时间，陈瑶和徐主任之间的电话成了热线了，多次接到徐主任受潘副市长指派打过来的邀请电话，或者吃饭、或者喝茶、或者陪领导，陈瑶一概婉言谢绝。

潘副市长心里打的什么鬼主意，陈瑶心里自然明了，但是，这个人是不能得罪的，这是东兴旅游的老大，得罪不起，就这么拖吧，拖久了或许他就没耐心了。

上午徐主任打电话过来说潘副市长要过来调研的时候，陈瑶忍不住有些反感，语气稍微有些硬，对徐主任说："潘副市长上周不是刚来调研过吗，怎么这周来视察了？"

"上周是陪省局领导啊，这次是潘市长亲自来调研，调查研究是政府领导的职责啊，呵呵……"徐主任说话的口气很温和，但明显是不容置疑的语气，"你抓紧做一下准备吧，准备一下汇报材料，口头或者书面都可以，市局的几个局长都陪同去，有可能，潘市长想把你们公司在市里树一个先进典型，推荐到省里去……"

徐主任的话里又带有几分利诱。

陈瑶无可奈何答应下来，问清了来的人员数量，安排徐君去给几位领导买纪念品，总不能老送腰带吧，这次每人送一套文房四宝吧，同时，又让徐君去订餐。

陈瑶不是心疼这几个钱，她心悸的是潘副市长那双眼睛。

陈瑶现在不知不觉养成了习惯，一烦闷或者空闲的时候，就想去找张伟，就想和张伟聊天。

陈瑶知道，不管自己心里承认不承认，张伟已经成为自己生命中不可或缺的一部分，不管他做错了什么事情，自己总是无法将之挥去，事后，总是对他恨不起来，心里对他，总是只有浓浓的爱意，见不到他，总觉得心里空荡荡的。

唉……冤家！前生欠了你的，你到底有什么好呢……玩世不恭？放浪不羁？高大、威猛、潇洒？抑或是理想、上进、阳光？还是几者兼有？唉……都是命中注定的啊！陈瑶心里轻轻说了一声，想起张伟傻乎乎的样子，又不禁无声地笑了起来……

陈瑶刚把汇报材料打印出几份来，和公司的宣传册一起装在文件袋里，潘副市长一行到了。

陈瑶在公司门口恭迎各位领导，请大家到会客室就座。

潘副市长爽朗地笑着，握着陈瑶的手，盯着陈瑶的脸蛋："呵呵，小陈啊，今天又来打扰你了。"

陈瑶躲开潘唔能的眼神，让潘唔能握了两下，抽回手，笑容可掬地对潘副市长和几位局长点头示意，然后说："潘市长客气了，领导能到敝公司视察，是我们假日旅游的荣幸，感谢和欢迎还来不及呢……"

说完，陈瑶给大家汇报了公司的基本情况，和最近的一些营销动态。

大家都认真听着，边翻看手里的材料。

潘副市长面带微笑，看着陈瑶，频频点头，不时插话提问。

等陈瑶汇报完，潘副市长点点头，沉吟了一下，看着旅游局的几位局长，说："嗯……不错，小陈的汇报不错，上周我陪省局领导过来，发现了这个优秀典型，你们怎么一直没有给我汇报过呢？这可是你们的失职啊……"

几位局长忙点头笑着说："是是，潘市长，我们的工作有失职。"

陈瑶忙说："潘市长，不是几位局领导失职，是我们工作没做好，又没有及时向局里汇报，失误在我们……"

"看看，小陈说得多好，多谦虚……"潘副市长大度地点点头，又转向几位局长："我看，假日的工作是做得很好的，很扎实，很有代表性，特别是在新形势下旅游工作遇到瓶颈的时候，假日在营销方面的一些新颖做法值得推广，值得学习……"

几位局长忙打开笔记本，认真记录，一边频频点头。

潘副市长谈了半个多小时，对假日旅游赞扬不已，对下一步的假日旅游业提出了几点建议，最后说："最近市里一直想在全市旅游业种推出一个典型，我看，假日旅游就很不错，建议你们市旅游局先整理一个假日旅游的基本系统材料给我看看，如果合适，我会向省局专门推荐，我们要把假日旅游树为浙江旅游的一面旗帜，树为全国旅游的一面旗帜……"

潘副市长大手一挥，发出了向全国进军的号召。

几位局长连连点头道："潘市长高屋建瓴、高瞻远瞩，极具战略眼光，我们一定抓紧抓落实。"

陈瑶忙说:"潘市长,您高抬了,我们公司和其他同行相比,还差得很远,我们没有这个资格和实力,还是不要了吧……"

潘副市长又是大手一挥,说:"小陈,说你行你就行,不行也行,我们做旅游的,不但要敢想,而且要敢做,不怕做不到,就怕想不到……"

几位局长也随声附和:"陈董事长,这可是潘副市长对假日旅游专门高看一眼,厚爱一层啊……"

陈瑶脸上带着笑,对潘副市长说:"多谢潘市长和几位领导的厚爱,几位领导放弃周末休息,下基层视察调研,这种工作精神值得我们学习。"

说完这话,陈瑶正看到潘唔能看着自己的眼神,色色的,贪婪的。

陈瑶心中不由一阵恶心,忙转过头。

中午吃饭的时候,大家都喝白酒,陈瑶推辞不会喝酒,要喝饮料。

潘副市长摆摆手,大家都不依,说以前开会的时候,陈瑶是喝白酒的,这次坚持陈瑶一定要喝白酒。

陈瑶无奈,强颜欢笑,喝了白酒,给领导和领导的随从们逐个敬酒,又被他们逐个敬回来,每次都要干掉,不觉喝了接近一斤白酒。

整个酒场过程中,陈瑶始终努力让自己保持头脑清醒,彬彬有礼地招待大家。

潘副市长单独和陈瑶喝了好几杯,喝酒时的眼神几乎要把陈瑶吃掉,舌头也不停打转,结结巴巴对陈瑶说以后陈瑶有什么事情都可以找他,他保证立马就给办理,争取把假日旅游的名气打出去,打到全国去……又埋怨陈瑶不给面子,几次邀请都不出来。

陈瑶强压住心中的厌恶,强笑着对潘唔能表示谢意,又解释说自己没见过世面,不懂应酬,不会说话,上不了场合。

潘副市长酒不醉人人自醉,几次想拍陈瑶的肩膀表示亲切的关照,都被陈瑶巧妙地躲开了,弄得潘唔能心里又急又痒又火又燥,却又什么都说不出。

好不容易打发走潘唔能一行,陈瑶疲惫不堪,身心俱疲,加上喝了不少酒,头疼得厉害,简单嘱咐了徐君几句,就回家睡了。

陈瑶醒过来,是被张伟的敲门声惊醒的,起来看看时间,下午6点了,自己邀请张伟来吃水饺的。

陈瑶忙起床开门让张伟进来。

张伟看了看陈瑶的脸色问:"怎么搞的,中午你喝酒了?"

陈瑶点点头。

"你不是说不喝的吗?"张伟说。

陈瑶苦笑一下:"人在江湖,身不由己,实在没办法了,被逼无奈啊……"

张伟在沙发上坐下,说:"你去洗把脸,整理一下,头发蓬乱,满脸疲倦,有损你陈董事长的形象哦……"

陈瑶脸色一红,急忙进卫生间洗脸梳理,一会儿才出来,对张伟说:"现在好了吗?"

"嗯……不错,现在可以,你邀请我来吃水饺,水饺呢?"张伟问陈瑶。

陈瑶说:"还没包呢,咱俩一起包吧,冰箱里有现成的馅,你最喜欢吃的羊肉馅,饺子皮也有买好的,直接包就可以。"

"现在知道简化手续了哈……"张伟笑起来,"你直接买速冻水饺,回来煮不就可以了?"

陈瑶笑笑:"嘿嘿……那岂不是太没感觉了,怎么着这也是咱自己包的水饺啊。"

张伟看看房间,问:"他们呢?"

陈瑶说:"谁们?"

张伟说:"就我们俩?"

陈瑶说:"是啊,没通知他们,今日专门单独宴请张大经理光临寒舍,一起包水饺吃,怎么?不习惯?"

张伟一愣,随即呵呵笑起来:"呵呵……受宠若惊啊,真是不敢当,呵呵……难得啊,陈瑶,你能有如此一片心意,俺领了。"

陈瑶拉了一把张伟的胳膊说:"不能光说不干啊,张总,来,咱们开始包水饺。"

二人进了厨房,边聊天边包水饺。

张伟问起陈瑶上午的事情,陈瑶把潘唔能来调研的过程详细说了一遍,最后说:"俺不指望也不稀罕给俺弄什么典型,弄什么先进,俺现在挣得钱足够花的,只要他们不来扰民就好了。"

张伟点点头道:"一定要站稳立场,陈瑶,记住,在任何时候,不管遇到任何困难,都不要迷失自己。"

这话是伞人告诫张伟的话,张伟牢记在心,此时不经意间脱口而出。

陈瑶一愣,随即笑了,两眼温柔地看着张伟说:"嗯……你放心,我一定不会迷失自己的,我还是能把握自己的……"

张伟点点头说:"我当然放心了,对你我是十分佩服的,你的毅力和坚韧,我都很相信的,在这一点上,你比我强。"

陈瑶"嗯"了一声,说:"毅力的养成,有性格天赋的成分,也有后天自我改造、自我提升的因素,其实,你这个人的本质是很优秀的,就是后天缺乏改造,嘻嘻⋯⋯"

张伟连连点头说："对，你说得很对，我绝对是后天缺乏改造，欠抽型的，我是得好好改造自己的思想，真的。"

陈瑶笑盈盈地看着张伟说："认识是进步的前提，你能意识到自己的不足，就一定能改正自己的缺点，对不对？"

张伟说："嗯⋯⋯是的，其实我最近一直在深刻反省自己，反省自己的生活态度和做事方式，我觉得自己有很多方面需要改正和提高的⋯⋯"

陈瑶包完最后一个水饺，突然对张伟说："张伟，看着我。"

"干吗？"张伟抬起头来。

陈瑶突然伸手在张伟脸上摸了一把，随即站起来，哈哈一笑："去照照镜子。"

张伟被陈瑶逗笑了，去卫生间照了照镜子，脸上一块白面。

张伟从卫生间洗完脸出来，陈瑶还在厨房忙乎，对张伟说："你坐沙发上看会儿电视吧，我弄几个菜，下酒。"

张伟坐到沙发上看电视，心里琢磨，陈瑶为什么今天单独请自己来吃饭，是不是有什么事情呢？又想起上午陈瑶说有事情要和自己说，不知道是什么事情。

陈瑶一会儿就弄了四个菜，又开了一瓶茅台酒，对张伟说："张大少，来喝酒啦。"

张伟忙站起来去了餐厅，和陈瑶面对面坐着，看着陈瑶倒酒，对陈瑶说："我少喝点就可以，我看你别喝了，中午喝了那么多。"

陈瑶笑笑说："没关系，睡了一觉，好了，今天专门陪你喝两盅，喝完再下水饺。"

张伟说："你这两天酒没断啊，昨晚自己在家也喝酒。"

陈瑶说："你看我是不是成了酒鬼了？"

张伟笑了，说："我看还不至于吧。"

陈瑶倒完酒，坐下，对张伟说："昨天不知道怎么回事，自己一个人在家里突然就想喝酒，结果一个人喝酒，越喝越闷，喝了没几杯，差点醉了。"

张伟说："也许是丫丫一走，家里一下子冷清下来，你开始有点不适应。"

陈瑶点点头说："或许有那么一点原因，所以今天就把你这个王老五征调来陪俺喝酒啦。"

张伟一笑："你请我来吃饭就为这个原因哈⋯⋯对了，你上午不是说有事情要和我说吗？"

陈瑶端起酒杯说："来，先喝了这杯酒，再说，喝完这杯酒，我就随意，你多喝点好了。"

说完，陈瑶一饮而尽。

张伟也一饮而尽。

陈瑶忙着给张伟夹菜："都是北方菜，粉皮鸡、牛肉炖土豆、孜然羊肉、老虎菜，尝尝我的手艺进步了没有。"

张伟给陈瑶和自己倒完酒，吃了几口菜说："哎——真不错啊，知我者陈瑶啊，这菜太对胃口了，舒服！爽！"

陈瑶笑嘻嘻地说："真的？别诓我哈。"

"真的，"张伟说，"骗人是小狗。"

"嘻嘻……"陈瑶开心地笑起来，又说，"你本来就是小狗……"

张伟笑了笑："说吧，啥子事情哟？"

陈瑶晃晃脑袋说："其实也没什么大事情，就是我下周要出去学习了，出去一周……"

"嗨，我当什么大事呢？"张伟说，"下周俺也出去学习培训，时间也是一周。"

"哈哈……这么巧，"陈瑶眼神一亮，"你是不是去参加那个旅游公司老总培训班的？"

"是啊，哈哈……"张伟端起酒杯，一饮而尽，"海南三亚，下周日报到，你也是那个班？"

"嘿嘿……正是正是，"陈瑶很开心，"那我们可以一起去海南了，去参加培训。"

"好啊，太好了，其实我正想问你去不去、接到没接到通知的，我正愁去那里没熟人，现在有你一起，太好了。"张伟也很很高兴。

"这是总经理、董事长培训班，我以为……我以为你们老板娘得亲自去呢，呵呵……没想到于琴会让你去，太好了……"陈瑶用喜悦的眼神看着张伟。

"我也没想到啊，其实，于琴对我真的不错，这次能让我去学习，"张伟说，"其实，于董也知道我不会在公司长期干下去的，她今天说我以后一定会有自己的事业的，但是，还是派我去学习，我很感激她的，能给我这个机会……"

"难得……"陈瑶说，"我看通知上说这次会议的地点在三亚南国宾馆。"

"是的，"张伟说，"我知道的，就是天涯海角旁边的那个宾馆，我上次去海南就是住的那个宾馆。"

"嗯……"陈瑶点点头，眼神有些迷蒙地看着张伟说，"上次我去海南也是住在那个宾馆啊……"

"对对对，是的，我进电梯，你出电梯，我当时感觉就是你，等仔细看你已经出去了……"张伟说。

"嗯……是的。"陈瑶温情地看着张伟。

"后来，临走的那天早上，我在天涯海角旁边的海边遇见了你，"张伟继续说，"那次遇见你是我第二次见到你，第一次是东湖度假村，呵呵……当时，我差点傻了哈……这世界上竟然会有这么巧的事情，竟然在天涯海角遇到素昧平生的人……"

"有缘千里来相会，天涯何处不逢君……"陈瑶缓缓说了一句，有些忍俊不住，"我一想起你当时那傻样就想乐……"

"没想到这次去海南，我们又一起去了，呵呵……故地重游啊。"张伟乐呵呵地。

"嗯……嗯……这次故地重游，说不定你还会有新的重大收获。"陈瑶说。

"是的，一定会有重大收获的，"张伟边喝酒边自我陶醉，"可以见到很多同行，可以认识很多朋友，可以学到很多新知识，可以开阔更大的眼界……"

陈瑶怔了一下，随即笑了，看着张伟，没有说话。

偌大的房间里，温馨的餐厅里，安静的空间里，张伟和陈瑶边吃边喝边聊，谈笑风生，不知不觉，时间到了夜里十点。

张伟看看空酒瓶，说："这一瓶白酒，我喝了有八两，你喝了二两，不喝了，再喝就多了，吃饭，下水饺。"

张伟说话的时候，舌头都有些发硬。

"呵呵……没感觉到，时间这么晚了。"陈瑶忙答应着去厨房下水饺。

吃过饭，酒足饭饱，张伟看看时间，站起来说："陈瑶，不早了，感谢你丰盛的晚餐，我该回去了。"

"站住！"陈瑶说。

第十八章 命中注定

"什么指示？"张伟站住，看着陈瑶说。

"等下，我穿件外套，和你一起出去，出去散步，呼吸呼吸外面的新鲜空气。"陈瑶对张伟说，"走到你办事处那地方，我再打车回来。"

张伟笑着点点头说："好吧，走。"

陈瑶穿上外套，和张伟一起走在深夜的大街上。

十点多的夜晚，大街上有些萧条，夜风徐徐吹来，空气很宁静清新，行人逐渐稀少。

张伟和陈瑶在人行道上随意走着。

张伟惦记着回去上网，走得快一点，陈瑶走在张伟后面。

陈瑶看张伟一副急匆匆忙乎乎的样子，知道他心里想的是什么，心里不禁想笑。看着这个让自己爱恨交织的男人的背影，陈瑶终于知道，自己心里已经彻底原谅他了，或许自己根本就没有真正恨过他，因为根本就恨不起来，即使在自己被伤害最厉害的时候，除了哀怨，更多的是对命运不公的伤感和默认。

她知道，自己这一生，注定是要和这个大男孩、这个小男人联系在一起，注定不能分割分离了。她知道，再长的故事，也有结束的时候，即使情节是那样让人眷恋，即使过程是那样让人怀念。演出有开始就有结束，最后摊牌的时刻，不可避免地要来到了。

虽然自己在语言和外表上还在抗拒这个男人，可是，自己心里想的是什么，自己终归最清楚，自己内心深处最脆弱的东西被这个男人的痴情和执著一点点侵占，吞噬。

虽然仍有一丝幽怨，可是，自己也知道，这只不过是黎明之前的最后一抹黑暗，放弃之前的最后一丝挣扎，这幽怨里面，却也包含了更多的伤感的爱，还有刻骨的心痛。

陈瑶不会轻易爱上一个男人，不会轻易看中一个男人，自从去年那个秋天的夜晚，自从自己被这个小男人游戏选中的号码击中，自从他来到南方，经历了这风风雨雨，经历这苦难的波折，经历这些患难与共，特别是那晚自己看了张伟QQ留言里的真情告白，知道浪子终于是彻底回头了，知道张伟心里对自己的爱是真挚的，积蓄多日的幽怨哀怨便迅速在消退。心里刚刚筑起的爱的防线逐渐在崩溃，到现在，终于崩溃的一塌糊涂，化作齑粉。

陈瑶终于决定，把自己彻底豁出去再赌一把，赌自己的明天和幸福，赌自己的爱情和命运。

陈瑶是有个性的人，一旦决定了的事情，谁也不会把她拉回去。

不管前面有多大的风雨，不管未来有多少坎坷，不管明天的路有多艰辛，她决意要和这个男人一起走下去，一起去走完未来的生命。

剩下的，就是如何结束自己导演的这场戏，当初自己抱着好奇和浪漫的情怀，开始了一场虚拟和现实的游戏，现在，自己已经在其中不能自拔，已经无法继续再演下去，自己导演的戏要自己来收场了，虽然这有点难，但必须要做。收场，一定要来点浪漫的。

陈瑶在张伟后面晃晃荡荡地走着，踢踢踏踏地迈着碎步，下定了决心，安排好了后面的计划，心里不由暗暗得意起来。

"喂，走这么快干吗？张总，"陈瑶懒懒散散地冲张伟喊道，"你这是散步啊还是竞走？"

张伟闻听停下脚步，回头看着陈瑶说："我说，你是不是没力气出来散步了，要是累了就别散步了，回去休息吧。"

陈瑶几步走过来，推了一把张伟的胸脯，说："你什么意思？我在家里呆着闷，出来透透气，你怎么能这样说话，太不像话了，刚吃完我家的水饺，出门就不认人了？"

张伟呵呵笑了："我……我这不是为你考虑嘛，我怕你累啊。"

陈瑶也呵呵笑了，柔柔地看着张伟说问："你心疼我了？"

张伟一愣，觉得陈瑶这话说得有些过分，脸一沉，转身继续走，不再说话，不过这会儿走地慢了一些。

陈瑶看张伟这样子，才猛然醒悟过来，自己无意中说话过头了，在背后嘿嘿一笑，伸了伸舌头，继续跟在张伟后面走。

"开个玩笑，咋这么认真呢？小气鬼。"陈瑶在后面开心地说道。

张伟也笑笑说："我没怎么样啊，没计较什么的，真的，你别想多了。"

陈瑶和张伟平行一起走，边走边说："这就对了，朋友嘛，开个玩笑，别动不动就拉下脸来，好难看哦……"

张伟也觉得自己有些过分，忙说："呵呵，没有，我没拉脸，我刚才是突然想起了一个事情，没有针对你的，呵呵……"

陈瑶得意地一笑："那你是不是和我在一起散步，怕遇见熟人，被人家以为咱俩是两口子，影响你的高大伟岸形象啊……"

张伟嘴巴一努："这话应该倒过来说，应该我问你。"

陈瑶问："呵呵……那你希望我怎么回答？"

张伟突然顽皮一笑，说："我希望你说，你告诉熟人，说我是你弟弟，你和你弟弟在一起散步聊天拉呱。"

陈瑶一怔，接着笑起来："嗯……你这个回答不错，你是不是希望一直做我弟弟？"

张伟说："希望啊，虽然你看起来没我大，但是你实际年龄比我大，那就是当然的姐姐了，有你这样的美女富婆姐姐，我很荣幸啊，能做你弟弟，无比自豪啊……"

陈瑶抿嘴笑笑说："少耍贫嘴，你说得啊，你是弟弟，我是姐姐，不许反悔啊。"

张伟说："当然，这东西还能说了玩的，年龄摆在那里的。"

陈瑶拉拉张伟的胳膊说："那你叫我一声。"

"陈姐。"张伟干脆利落地叫了出来，"好不好？"

"嗯……"陈瑶沉吟了一下，"不好，显得太生分了，不够亲切，好像咱俩是很陌生的朋友一样。"

"那……"张伟犹豫了一下，"那……我叫你一声……姐姐。"

"好，有进步，"陈瑶拍了两下巴掌，"兄弟，能不能再进一步，显得更自然亲切一点。"

"什么意思？"张伟看着陈瑶，嘴巴一咧，"还要怎么亲切，难道叫你亲姐姐？"

陈瑶哈哈笑了一阵，看着张伟，眼睛一闪一闪地："兄弟，你们老家姐弟间最亲切亲情自然的称呼是什么？比如丫丫王炎叫你哥……那弟弟叫姐姐怎么叫？"

"姐。"张伟说道。

"哎——"陈瑶答应着，"不错不错，你这个称呼我喜欢，感觉好自然啊，以后你就叫俺姐吧。"

张伟急了，说："我不是叫你的，我是回答你问题的，你弄错了。"

张伟心中，只有伞人才可以叫姐，别的人都不可以，对陈瑶，看在是最好朋友的份上，叫姐姐已经是很不错，很给面子了，现在陈瑶竟然把自己回答的问题当做对她的称呼，自然是急了。

陈瑶脸色一板，看着张伟说："咋？自己亲口叫出来的，还想反悔？不认账？你是不是男人啊？"

张伟心里叫苦连天，说："我确实没这么叫你，你别误解了。"

陈瑶得意地说："嘿嘿……反正我是听见你这么叫了，我也答应了，这是无法改变的事实了，我看你还是乖乖从了吧……"

张伟无可奈何，又赌气说："哼哼，你就占这一次便宜吧，以后我是不叫你姐的，就是叫姐姐，也是私下偶尔叫一次，公开场合，还是叫你陈姐，别得意……"

陈瑶又是一个粉拳打在张伟后背上，弄得张伟背上痒痒的，她说："好啊，张小弟，这可是你亲口说得，我可是记住了。"

张伟晃晃后背，嘿嘿笑笑道："是啊，陈姐，我亲口说得，你记住喽……陈姐，陈姐……"

陈瑶心中窃喜，随即不动声色地说："好你个张伟，到时候咱走着瞧。"

张伟笑笑说："呵呵……谁让你得寸进尺呢，那我让着你，让你一步，看在你是我最好朋友的份上，我叫你一声'姐姐'，可以了吧，这可是显得很亲切的称呼了，充满了浓浓的姐弟情。"

陈瑶显得有些无可奈何，说："那……好吧，你真的不能叫我'姐'吗？"

"真的不能，"张伟斩钉截铁地说，"抱歉，虽然只差了一个字，但内容大不同，在我心里代表的分量和意义截然不同哈……"

陈瑶心里乐滋滋的，冲张伟点点头，说："嗯……那好吧，既然你不愿意从我，那我就从了你吧……"

张伟感觉陈瑶这话说得些不大合适，可作为朋友间的玩笑话，又说不出什么来，只能笑笑而已。

张伟觉得陈瑶今晚说话对自己显得有些随意，显得特别亲昵，心里不禁有些惶然，不过又想到陈瑶已经有了意中人，对自己的亲昵应该理解为朋友的热情，或者是中午和晚上酒精的刺激作用。

说话间到了张伟的办事处门口，陈瑶告辞欲打车回去，深夜里等了二十多分钟却没见一辆空车。没办法，张伟说："算了，正好我也不累，酒意未散，就当多散了一会儿步，我把你送回去得了，走，往回走！"

陈瑶边往回走边说："那好吧，也只有这样了，要不你休息吧，我自己走回去。"

张伟摆摆手说："那哪里可以，这么晚，一个女孩子家，怎么能自己走回去呢？你这不是在让我丢人吗？这样做太不男人了。"

陈瑶笑笑说："那好吧，咱再散步回去，只是说不定还得麻烦你再走回来，要不我开车送你回来。"

张伟笑笑说："别折腾了，我自个回来，几个冲刺，就杀回来了，倒是你，这会累不累？"

陈瑶摇摇头，看着深邃的夜空，深深呼吸了几口空气，说："不累，春天的夜晚，真好啊，走在春天的路上，夜路，感觉好舒畅，好惬意……"

张伟看着陈瑶开心的样子，心里充满了欢乐："呵呵……看你今天好开心哈……"

陈瑶看着张伟的眼睛说："谢谢你……"

张伟说："谢我什么？"

陈瑶说："谢谢你让我开心啊……"

张伟摆摆手说："别客气，朋友之间，是应该的，和你给我的帮助比起来，我给你的帮助，微不足道。"

陈瑶笑笑，看着远处伸展的夜色，缓缓说道："其实……真正的朋友，是不能计较谁多谁少的，朋友之间，付出和奉献是可以衡量的，可是，情谊、友谊、亲情是无法衡量的，是无法区分多少的……"

张伟觉得今晚的陈瑶特别可爱，一会儿兴奋顽皮，一会儿深沉静雅，听了陈瑶的话，点点头道："你说得很对，其实，我觉得，我和你，和丫丫，和王炎之间，总有一种超越友谊的亲情，自然而然在心里回荡，这种亲情，经常会让我从心里感动不已，人生难得一知己，你和王炎都是我最知己的朋友，难得啊……"

陈瑶看了看张伟，说："王炎对你现在是一种纯正的兄妹情，特别纯的，当然，王炎又一次和我一起住的时候，把她和你的往事都说了，从你们卧铺车的邂逅到今天……王炎说得很恳切很坦然很真情，她对你真的是很好，不管是以前的那种关系还是现在的这种关系，她……总是在我面前一个劲夸你……"

张伟一怔，随即笑了："呵呵……我们是朋友，这事既然你知道了，我也不瞒你，王炎现在对我很好，我明白的，呵呵……我是把她当做和丫丫一样看待的现在……"

陈瑶看了看张伟，默默地往前走，不再说话。

把陈瑶送到楼下，张伟说："今天散步累了，时间也不早了，上去休息吧，明天几点走？"

"明天上午九点，我开车接你，旅游团的大巴由他们带队，我只随队看看就可以，咱们先去办你的事情，然后去梁祝公园看看就可以了。"陈瑶说。

"那好，你上去吧，我回去了，晚安。"张伟对陈瑶说。

看着陈瑶进了楼洞，张伟轻轻松松慢跑回了宿舍，气喘吁吁地急忙打开电脑，上网登录 QQ。

"傻熊，你怎么这么晚才来？"刚一登录，伞人就发过来一个笑脸，还有一杯茶，"喝口水，别着急。"

"嘿嘿……我今晚去陈瑶家吃水饺，吃完和陈瑶一起出来走了走，又把她送回家，就回来晚了。"张伟喘着粗气敲击键盘，又把自己下周要去海南培训的事情告诉了伞人。

"哦……去学习培训，好啊，不错，好好学……这么晚一个小男生和小女生在一起，会不会让别人看见产生误会啊……"伞人说道。

张伟说："君子坦荡荡，我心里没有鬼，不怕的，呵呵，姐，今晚陈瑶非逼我叫她'姐'，我愣是没答应，勉强叫了她一声'姐姐'，就这，也是很给她面子啦……"

伞人说："哈哈！傻熊，她比你大，你叫她一声'姐'也吃不了亏的。"

张伟说："姐，你这就不懂了，在我心里，'姐'是最亲切最亲密最亲情的称呼，只对你一个人的，这是我对你的专用称呼，对你的爱称，别的任何人都不能分享的。"

伞人说："……姐明白了，姐是知道你的心的。"

张伟说："以后，我不但要叫你姐，我还要叫你莹莹，这都是我们之间二人世界时候的昵称……这些称呼，都是带着发自我内心肺腑的爱意和疼爱，只对你的……"

伞人说："嗯……我明白的……我了解你的心的……"

张伟心里一阵冲动，说："莹莹……"

伞人说："嗯……"

张伟说："我……我爱你……"

伞人说："嗯……"

张伟说："莹莹，你原谅我了，彻底原谅我了，不再怨恨我了，是吗？"

伞人沉默了一会儿，说："嗯……其实……谈不上原谅，或许……或许在我的心里，我从来就没有恨过你……我对你……终究是恨不起来，无法去恨……我……终究是你的……我不是圣人，也不是神，我有血有肉，我有情有义，我……对你或许是真的着魔了，在你的进攻下着魔了，迷失了……"

张伟说："姐……我明白你的心了，我知道，你不恨我，你从来就没有恨过我，你始终是宽容的，你始终是疼我的，你仍然一如既往是爱我的，就像我深深地爱着你……你没有着魔，你没有迷失，我们都在用理智和理性来驾驭我们的爱情，我们，

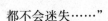

都不会迷失……"

伞人说："或许……你说得是对的……"

张伟心中激情澎湃地说："姐……"

伞人说："嗯……"

张伟说："我爱你……"

伞人说："我……我也是……"

张伟说："那么……让我们彻底回到从前吧，彻底忘掉那过去的伤和痛……让我们一起携手，去面对未来，去迎接未来，一起奋斗，为了我们的理想、事业和爱情……"

第十九章 飞来横财

伞人说："嗯……我们一起……"

张伟说："永远在一起……永远不分离……"

伞人说："嗯……永远……永远……答应我，不要再伤害我，不要去刺痛我……我……我再也经不起打击了……再来一次，会要了我的命……"

张伟心中大痛，说："莹莹，亲爱的……亲爱的人……不会了，我会用生命去呵护你，疼爱你，陪伴你，你是我永远最亲爱的人……"

伞人说："嗯……我相信你，我无法不相信你，爱一个人，首要的前提就是信任，我必须相信你……"

张伟说："莹莹，你是爱我的，是不是？"

伞人说："嗯……你知道的，你明白的，你心里最明晰。"

张伟说："莹莹，知道吗，我现在是天下最幸福的人，最快乐的人。"

伞人说："以后，你还会更幸福，更快乐……"

张伟说："嗯……以后，什么时候，是我们见面的时候吗？对了，莹莹，我们什么时候见面相亲啊？"

伞人停顿了一会儿，说："……这个……我会安排的，你别老是问了……你就安心工作，专心工作，努力学习，好好培训，我不喜欢你因为谈情说爱影响工作的，爱情，应该是事业的催化剂……很快……很快你就会见到我，在你希望得到幸福的时刻，在你憧憬快乐的时刻，或许，我会让你如愿以偿，让你在浪漫中体会甜蜜和从容……这一次，不管前面是刀山火海，我是决意要走过去了……"

张伟说："嗯……好的，姐，我听你安排，一些听你的，以后，我什么都听你的。"

伞人说："别这样说，别一味什么都顺着我，这一次听我的就好了，你是男人，顶天立地的男人，以后……以后我应该多听你的了……"

张伟热血沸腾，说："姐，你……你真好。"

伞人停顿了一下，突然换了一种口气："嘻嘻……别老是夸我，我会骄傲的，别老是发情，会让我心老是加速跳的……"

张伟也乐了："呵呵……你看，我一会儿叫你'姐'，一会儿叫你'莹莹'，你喜欢哪一个称呼呢？"

伞人说："官人随意叫好了，只要官人喜欢，奴家都喜欢……"

张伟大为开心，说："……真是个知心的小娘子喔……"

一会儿，伞人发过来一个困倦的表情："当家的，不聊了，我困了，你明天也还要忙碌，睡觉。"

张伟说："好的，睡觉，咱一起睡……"

伞人发过来一个敲击的表情："淘气鬼，你梦里去想吧……我下啦……"

久违的幸福和甜蜜充斥了张伟的大脑和心田，张伟在美好的憧憬中香甜入睡。

第二天上午九点多，张伟和陈瑶开车行驶在东兴奔宁州的高速公路上，前面，是乘坐着公司发往宁州梁祝公园参加相亲派对旅游活动的三辆大巴。

"你们公司不搞则已，一搞就是超级团队，挣老鼻子钱了。"张伟开着陈瑶的宝马，对陈瑶说。

陈瑶脱了鞋，盘腿坐在前面座位上，边喝水边看活动计划，听张伟这么说，笑了笑："呵呵……一个活动的成功，首要在于发现商机，再次在于策划创意，关键在于落实实施，我们的成功，除了我的发现和创意，关键还是我有一支来之能战，战则必胜的队伍，他们是我成功的中流砥柱，是我的坚实靠山。"

张伟点点头说："陈董，说白了，关键还是你会用人，为政之道，在于用人，为商，亦然。"

陈瑶嘻嘻一笑："兄弟，现在就我们两个人，你怎么又叫官称了，不够意思，不好玩……"

张伟摇摇头，呵呵笑笑："那好，陈姐。"

"嗯？"陈瑶看着张伟，"再叫一遍?!"

"好了，姐姐。"张伟叫了一声，然后说，"满意了吧？"

"嗯……勉强满意，凑合好了。"陈瑶笑嘻嘻地继续看计划安排表。

张伟看陈瑶在专心看东西，也就专心开车，不再打扰陈瑶。

一会儿，陈瑶给几辆车上的导游分别又打了电话，就计划安排的几个细节问题又进一步强调了一遍，特别要求一定要和对方洽接好，服务一定要周到，要注意安全。

安排完毕之后，陈瑶才放松地靠在座椅背上，对张伟说："兄弟，走，咱去领你那八万块钱去。"

张伟看看陈瑶，问："你不跟你的团去梁祝公园了？这么多人，你放心？"

"没问题，多大事，忙完你的事，我们再去那边，"陈瑶轻松地说着，双手放在脑袋后面，悠闲地看着前方，"我的人，我的兵，他们做事情，我信得过，自然放心……有一句话叫做人不用，用人不疑……"

张伟突然想起高强和高强对自己说过的话："嗯……是的，这句话很多人都知道，不过却很少有人能像你理解的这么深刻，你是真正贯彻落实下去了，很多人都是说说而已，却不能真正去做到。"

陈瑶看了张伟一眼："听你这话，好像是在指某某人吧？"

张伟知道陈瑶说的某某人是谁，点点头道："是的，他是典型的言行不一致的人。"

陈瑶的脸色变得有些不悦，说："不想谈论这个人，拜托，以后能不能别在我面前提这个人……"

张伟听出陈瑶的口气很不高兴，忙说："对不起，我大意了，以后不提他了，不提。"

陈瑶的脸色有些缓和，幽幽地说："有些人，有些事，真想吃一种药，把它全部忘掉，统统赶出记忆。"

张伟没有说话，默默地开着车，陈瑶的话正中自己的心意，自己又何尝不想忘掉过去，挥去所有的不快和伤痕呢？

过了一会儿，陈瑶又说："今天早上，我听旅游局行管科的人说，这次报名去海南学习培训的主要是杭州和宁州的旅行公司，其他地市的旅游公司老总一听说要自费，很多都没报名，东兴这边，就报了九个，因为人少，旅游局说大家自己去，局里不跟人去了，直接飞海南三亚去报名，我今天安排人员订机票，我们俩一起走吧，周日的航班，你把你身份证号码给我，我发短信给公司内勤。"

"哦，东兴去的这么少啊，"张伟掏出身份证递给陈瑶，看陈瑶发完短信，说，"宁州那边去的很多吗？"

陈瑶点点头说："听说是这样。"

张伟脑子里突然冒出高强，他的旅游公司不知是否已经转让了，如果还没转让，他会不会去参加培训学习呢？这个人，对学习还是比较重视的。

张伟心里默默地想了半天，没有再说话。

陈瑶不知是否也想到了这个问题，也变得沉默了，两眼怔怔地看着前方，仍旧盘腿坐在座位上，不再说话。

很快，到了宁州，直奔风行服装公司三楼破产清理办公室财务组。

张伟向工作人员出示身份证明，以及当时工会宋主席给自己写的发票收到条，一名财务人员很快找到了张伟的原始发票，仔细核对后，对张伟说："按照百分之八十进行偿还，你能拿回八万，来，办理一下手续……"

张伟和陈瑶对视一下，对工作人员说："师傅，不对吧，这事你核对准确了？准确无误？"

工作人员看了一眼张伟，有些不耐烦地说："要不要？不要就算了，哪来这么多废话，都像你这么嫌少，那我们还怎么偿还？配合一下好不好？"

"你——"张伟有些憋闷，正要和那工作人员理论，被陈瑶拉了拉胳膊，把后面的话吞了下去。

陈瑶捏了捏张伟的胳膊说："别争论了，先领了再说吧，人家工作是不会错的，要相信人家。"

"这位小姐说得对，"工作人员抬起头来说，"这些发票我们都是核对过三遍以上的，偿还比例是反复核算，按最高标准实行的，尽量为你们这些债权人考虑的，是绝对不会有错误的……这年头，说实在的，公司破产，老板跑了，还能讨回债来，万幸了，老弟，你知足吧……"

张伟刚要说话，陈瑶在桌子底下握住张伟的手，用力握了握，对工作人员笑着说："师傅讲的有道理，能收回一点是一点，那我们办理手续吧。"

工作人员看了看陈瑶，又看了看张伟，笑了一下："张先生，你看张太太，多通情达理，多想得开，呵呵……来，在这里签字按手印。"

张伟有些发愣，看看陈瑶，陈瑶抿嘴忍住笑意，看都不看张伟一眼。

张伟摇摇头，闷闷地办完手续，拿着八万块钱和陈瑶一起出了财务室。

刚出财务室，过来一个平头戴眼镜的年轻人，冲张伟说："你是叫张伟吧？"

张伟看看年轻人，不认识，说："是啊，你是？"

年轻人笑笑说："你叫我阿龙吧，我是阿华——顾晓华的男朋友。"

"哦……你好。"张伟和阿龙热情握手，又介绍陈瑶。

陈瑶也热情和阿龙握手。

阿龙对张伟说："钱领回来了吧？"

张伟说："是啊，可是，很奇怪，这钱很早就给我了啊，而且还是十万，打到我卡上去的。"

阿龙笑笑说："这不可能，我一直在财务工作，你的这个发票宋主席转到我们财务上之后，那时账户全部查封了，钱只能进不能出，到上周开始偿还之前，账目上的钱一分都没有支出过，这一点，是确凿无疑的……"

张伟有些懵了，看看陈瑶，陈瑶若无其事地看着远处楼下的喷水池，仿佛没听见这话。

张伟又问阿龙："那宋主席在不在？"

"不在，宋主席去南方给儿子看孩子去了，不在这里工作了，电话也换了，找不到她。"阿龙说。

"哦……"张伟有些失望，心里很是疑虑。

"我估计你这钱，很可能是你朋友或者别的什么人打到你卡上的，或者是你还有别的债权，正巧给你偿还了，反正，绝对不可能是风行公司这边偿还的。"阿龙语气肯定地说。

张伟点点头，冲阿龙笑笑："呵呵……那宋主席最近还来不来这里？"

阿龙想了想说："可能还会来，她还有一笔工资没支，个把月就会趁回家的空当过来一趟，大约二十多天前，她还过来了一次，或许过几天她还会再过来。"

张伟一听，忙掏出自己的名片递给阿龙说："阿龙，你如果再见到她，麻烦你让她和我联系一下。"

阿龙笑了笑说："我也不在这里工作了，我这次来也是来领欠的工资的，这样吧，我把你的事和财务处善后的工作人员说一下，到时候让他们见了宋主席和她说吧。"

张伟点点头，连声感谢，和阿龙再见，和陈瑶一起驱车离去，直奔梁祝公园。

"这钱是天上掉下来的，陈瑶，"张伟这次没开车，坐在前面座位上，摇头晃脑，"不可思议，出鬼了，到底是哪里来的十万块？"

陈瑶抿嘴一笑："我就说人家财务是不会有错的，都是反复核对的，至于这十万块，或许是你积善有德，哪位好人被你感动，资助你的。"

张伟摇摇头："我哪里积什么善，有什么德，这钱真的很见鬼，给我打款的人，首先得具备一个条件，就是必须知道我的银行卡号码。"

陈瑶认真地点点头说："正确。"

"而知道我银行卡号码的，除了中天旅游的财务科，就只有宋主席……"张伟继续分析，"中天旅游……宋主席……"

陈瑶边开车边又点点头道："继续说下去。"

"难道……难道是她？"张伟说。

"你是说何英，何英通过财务知道了你的银行卡密码？"陈瑶问道。

张伟点点头道："我向她借过钱，她知道我急需钱，而且，她最有可能通过财务知道我的银行卡密码，因为财务每个月都要往我卡上打工资。"

　　陈瑶点点头道："有道理。"

　　张伟很快又摇摇头说："也不对，她要是能给我打钱，我找她借钱的时候她就没有必要拒绝我，既然拒绝了我，就没有必要再偷偷摸摸给我打钱，而且，照她办事情的风格，给我付出了，是巴不得让我知道的，是不会隐瞒的……"

　　陈瑶不语，默默开车。

　　"那么，问题一定出在宋主席这边，"张伟眉头紧锁，"难道，难道是宋主席学雷锋做好事，自个儿资助我……无亲无故，无缘无故，也说不通啊……"

　　陈瑶摇摇头说："嗨，别想了，或许是你以前的客户，你的债主，正巧给你还钱，打过来了。"

　　"更不可能，"张伟说，"这个世界上，我从来没有过债主，除了风行公司之外。"

　　陈瑶转转眼珠说："嗯……或许是谁打款打错了，写错了号码，达到你账号上来了哈……"

　　"开什么玩笑，哪有这么巧的事情，名字和号码都一致的……"张伟敲敲脑袋，"看来，只有等宋主席回来和我联系，问问宋主席了。"

　　陈瑶点点头道："哦……你说的是他们工会的宋主席？"

　　"是啊，"张伟突然想起了什么，"对了，这宋主席你认识的，她也认识你的。"

　　陈瑶点点头道："嗯……是的，我以前做过风行公司的业务，和宋主席认识，打过交道，这人不错。"

　　张伟说："是的，人不错，很和善，很通情达理，还是等机会问问她吧，但愿她能知道。"

　　陈瑶说："你刚收到钱的时候没问过她？"

　　"问过，那时她也没说明白，就是有些疑惑，也没大具体多说，关键那时候我确信是风行打给我的，我也没多问她，"张伟说，"这么久过去了，或许她能知道点什么新消息。"

　　陈瑶吐了一下舌头，转了转眼珠子，没再说话。

　　张伟又继续琢磨了半天，终究也想不出个所以然，反倒把脑袋弄得混混沌沌。

　　车到梁祝公园，陈瑶拍拍张伟的胳膊说："同志，别想了，在想也没什么用，把钱放好，咱该下车去体会梁山伯与祝英台了。"

　　张伟呵呵笑笑把钱用报纸一包，塞到车座位下面，然后和陈瑶一起下车进了公园。

陈瑶这次的旅游相亲派对声势很大，公园门口和周围，巨幅标语迎风招展，"假日旅游相亲派对"几个大字格外显眼，引得来往的行人纷纷注目观看，还有一些游人和市民也加进来一起活动。

　　陈瑶和张伟在熙熙攘攘的人群中饶有兴趣地观看了一会儿相亲节目，然后陈瑶说口渴了，张伟就去了公园门口的小卖部买饮料。

　　张伟买完饮料往回走，突然从远处看到陈瑶急急忙忙往自己这边疾走，一个大个子男人紧跟在后面，边走边指手划脚说着什么。

第二十章 | 旧爱新欢

哈哈，老高，高强！张伟一看乐了，这陈瑶举办的活动声势太大，竟然把高总也吸引过来了，高总还没去东兴二次创业，还在宁州啊。

陈瑶越走越快，高强在后面跟地更急，伸手要拉陈瑶，嘴里开始大声嚷嚷。

不过，公园里人太多，音乐人声很喧闹，听不见老高在喊什么。

陈瑶看到张伟，快步跑了起来，像一个无助的孩子见到家长，一把紧紧拉住张伟的胳膊，靠在张伟身后。

高强快步跑过来，正好看见张伟，看见陈瑶挽着张伟的胳膊，不由一愣，转瞬眼睛变得通红。

张伟拍拍陈瑶的手，示意她不要怕，然后看着高强，笑呵呵地说："高总，好久不见了，你也来这里相亲？"

高强眼睛红红地盯着张伟和陈瑶，说："你——你们——"

"我——"张伟指指自己，又指指陈瑶，对高强说，"我们——咋了？高总？"

高强狠狠地看看张伟，不再理会他，转向陈瑶，说："今天，我看到你公司的活动标语，专门过来找你的……你过来，我又吃不了你，我和你说说话。"

陈瑶眼里闪过几分厌恶，说："我和你什么关系都没有了，你不要纠缠我，我干吗要和你说话。"

高强幽怨地看着陈瑶，说："你怎么就这么绝情，你就是不肯给我一个机会，你——你连句话都不想和我说！你——你太狠了！"

陈瑶不想在这么多人面前和高强纠缠，拉拉张伟的胳膊，对高强说："该说的我都说过了，我不想重复，我现在和你没有任何关系，请你自重，不要纠缠我。"

说完，陈瑶拉着张伟的胳膊就要走。

高强看到陈瑶拉着张伟的胳膊，急了，吼道："站住！不准走！"

张伟停下来，把手里的饮料递给陈瑶，笑着走到高强面前，缓缓伸出一只手，握住了高强的左手手腕，一用力，满面笑容地说："高总，怎么？来到你的地盘了，你打算请客？"

高强明明看见张伟伸手的时候是缓缓的，可是，不知怎么，在张伟的手握住自己手腕的时候，竟然没有躲避开，仿佛他突然无形中加速了。

张伟一用力，高强的骨骼一阵疼痛，用力想挣脱开，竟然无法做到。

张伟仍然是满脸和气地说："高总，今天就算了吧，我和陈董还有事，就不麻烦你了，多谢了哈……"

高强脸色涨得通红，又不敢发作，疼得龇牙咧嘴。

张伟松开高强的手腕，回身拉了一下陈瑶的胳膊，对高强说："高总，再见。"

说完，张伟和陈瑶径自去了另一边。

高强瞪着血红的眼睛看着二人走开，突然想起了什么，摸出电话……

张伟和陈瑶走到活动现场的另一边，陈瑶还处在紧张状态，手一直紧紧地抓住张伟的胳膊。

张伟轻松地拍拍陈瑶的胳膊说："陈董，别害怕，今天是你们公司搞活动的日子，大喜啊，不会有什么事的，有我在呢。"

陈瑶心神不定，脑子里老是闪现出高强绝望、嫉妒而又恶狠狠的目光，突然没了心情，对张伟说："这里不用管了，他们都会安排好的，我们走吧，我不想再待在这里了。"

说完，拉了张伟的胳膊就向外走。

张伟知道陈瑶此刻没有了游玩的心情，也就不再勉强，随同陈瑶一起出了公园，驱车进了市区。

"下一步怎么安排？"张伟坐在车上，问陈瑶。

"我的事情安排完了，下一步听你的。"陈瑶开着车，有些无精打采。

"要不，咱去看看郑总去？"张伟试探着对陈瑶说，随即又摇摇头，"不过好像只能我自己去，你进去不好，他可能不想让别人知道他吸毒被抓的事情吧。"

"你决定，"陈瑶说，"这事也就你们公司内部不知道，在圈子里知道的多了，你以为纸能包得住火？我早就从宁州其他同行口里听说了，老郑是圈子里的人，这一点自己有数的。"

"哦……"张伟笑了笑，觉得陈瑶的意思是想和自己一起去看老郑，另外，要是自己进去看老郑，把陈瑶自己晾在一边等自己，显得不大好，而且，陈瑶这会心情还不大好，也需要调剂一下，于是对陈瑶说，"要不这样，咱们先吃午饭，吃完饭出城去东湖戒毒所，看完郑总直接回东兴。"

"行，"陈瑶爽快地回答，"听你的，先吃饭，再去拜访郑老财，对了，你要不要先去把那钱存起来？"

"现在到银行，光排队就得折腾一个小时，算了，回去明天再说吧，"张伟拍拍座位下面，"在这儿呢，安全着呢。"

陈瑶瞥了一眼，说："这年头但凡开车的都习惯把包或者钱往座位下面放，小偷都知道的，你还以为多保险？"

张伟挠挠头皮，说："呵呵……保险啊，关键是你这车保险啊，嘿嘿……"

陈瑶的心情稍微好了一些，冲张伟莞尔一笑，问道："想吃什么？"

"面，吃面。"张伟脱口而出。

又是吃面！陈瑶无可奈何地说："好吧，吃面，咱去吃拉面，如何？"

"好，太好！"张伟神采飞扬，"我好几天没吃拉面了。"

陈瑶转了一个弯，在天一广场附近找了一家味千拉面馆，二人简单吃了点面，然后直奔戒毒所。

路上，陈瑶问张伟说："去看老郑，带点什么好，不能空手去啊。"

"香烟，"张伟说，"戒毒最好的缓冲剂就是香烟，我上次去给他带了几条。"

"哦，那就好，我车屁股后面还有二十条软中华，给他带几条？"陈瑶说。

"四条吧，"张伟看看陈瑶，"你一个女人家，车上放那么多香烟干吗？你抽烟？"

陈瑶摇摇头说："我抽的哪门子烟？都是放在车上备用，送礼用的，出门办事，遇见那些抽烟的男人，打点一下啦，你平时也是不抽烟的哈……"

张伟点点头说："我以前抽烟，上大学的时候学会的，很厉害呢，后来就戒了，不大抽了，偶尔抽一下。"

"你倒是有毅力，能戒掉，"陈瑶又扭头看了一眼张伟，"我看这戒烟和戒毒没什么两样，就是个轻重的问题。"

"嗯……是的，"张伟突然又想起了高强，对陈瑶说，"陈瑶，你说，这次去海南培训，那姓高的会不会也……"

"不管他，他去不去和我们有什么关系，"陈瑶的眼里闪过几分厌恶，"就没见过这么无赖的人，今天你刚离开去买饮料他就过来了，说是看到我们公司搞活动的广告了，早就在这里等我的，非要请我去他家里坐坐，见他家人，一起吃饭……真不知道他怎么能想得出来，郁闷……"

张伟看了看陈瑶，说："别郁闷了，不去想这些事就好了，你看，阳光多灿烂，空气多清新，生活多美好，阳光起来吧，陈董事长……"

陈瑶被张伟逗笑了，抿嘴笑意盈盈地看了看张伟说："嗯……不去想那些，呵呵……"

出了城，去戒毒所的路两边开始冷清起来，车子在戒毒所大门口五百多米远的一个空场停下，前面有一辆施工车挡道，过不去了，只能停这里了。

陈瑶和张伟下车，找出东西带上，又带上各自的挎包，陈瑶看看周围的田野，说："这里我还从没有来过，周围这么荒凉啊。"

"平时没事谁来这里？"张伟大大咧咧地和陈瑶说，看了看远处过来的一辆吉普车，"你看，今天来这里的人都很少，就我们这两辆车。"

陈瑶看了看说："嗯……是不是也是来看望戒毒人员的？"

"基本都是，"张伟拉了拉陈瑶的胳膊，"跟我走吧，小美女。"

陈瑶笑了，柔柔地看了张伟一眼说："我是老美女，不是小美女。"

"女人总是喜欢往年轻处叫嘛，我总不能叫你老美女吧，那样你还不骂死我啊。"张伟轻松地开起玩笑来。

陈瑶也笑了，轻轻捶了捶张伟的胳膊，说："你好坏……"

陈瑶这一声嗔骂，轻轻柔柔，听得张伟心中不禁一荡。

老郑见到陈瑶果然没有什么不好意思，反倒是眼前一亮，对张伟说："这不就是上次送你来公司的陈董事长吗？"

陈瑶大大方方伸出手，说："郑总，你好，我叫陈瑶，假日旅游。"

郑总忙和陈瑶握手，说："陈董好，早就听小张提起过，如雷贯耳，今天百闻不如一见，幸会。"

陈瑶笑笑说："张副经理经常在我面前提起郑总，对郑总的工作能力、敬业精神、勤奋执著，很是崇拜敬佩，我也早就耳闻郑总的大名了。"

陈瑶很细，提到张伟的时候专门用了"张副经理"这个称呼，郑总和张伟都体会到了陈瑶的用心。

听陈瑶这么一说，郑总很高兴，满意地看了张伟一眼，对陈瑶说："呵呵……不好意思，沾了恶习，马失前蹄，在这里和陈董正式会面，惭愧，惭愧……"

陈瑶笑笑说："没什么，浪子回头金不换，郑总能有毅力在所里戒掉毒品，倒也不失为一条汉子，出来后仍不失为一铮铮男儿！"

郑总听了这话很受鼓舞，感激地看了陈瑶一眼，说："谢谢陈董鼓励，这段时间没有断了朋友来看望，只是我无论如何也没想到陈董会来看我。"

陈瑶微微一笑，说："这都要归结于你这个张副经理啊，今天我们来宁州办理业务的，张副经理一路上唠唠叨叨，不停念叨你，说要来看你，来向你汇报最新的工作进展，没办法，哈哈，我就跟着来了，正好来拜访你。"

陈瑶真会说话，张伟心里很受用，接着把烟递给郑总说："这是陈董特意送你的。"

"谢谢陈董好意，"郑总又满意地看了一眼张伟说，"我不在公司，辛苦你了。"

"不辛苦。"张伟说道，接着就开始给郑总汇报这几天的工作情况。

陈瑶则站起来出去溜达，参观戒毒所的设施。张伟和郑总谈完话，她正好也溜达回来了。

见陈瑶进来，郑总盯着陈瑶，说："陈董，冒昧地说一句，我看你好像很面熟，第一次见你就感觉很面熟，就是想不起在哪里见过，陈董一直在东兴做旅游吗？"

陈瑶摇摇头说："我是先在东兴做旅游，后来在宁州做旅游，接着又回东兴，现在做假日旅游。"

郑总想了一下，说："宁州做旅游……宁州……哦……对了，我在一个朋友那里见过你的照片，对对，就是你，怪不得我感觉那么面熟，呵呵……"

"哪里？那个朋友？"一问完这话，陈瑶突然有些后悔，不用问，一定是他。可是，话一出口，无法收回。

"高强，高总，中天旅游的高总，"果然，郑总说，"我在他那里见过你的照片的，有一段时间了，你和老高认识？"

"嗯……"陈瑶平静地说："高强是我前夫，我是高强的前妻，我还是中天旅游的第一任董事长，老板娘。"

"哦……"郑总有些意外，"原来是这样，那……那何英？"

"何英是我的小姐妹，我们一起从小长大的。"

郑总点点头说："不好意思，陈董，我说话太冒昧了，不该提这个问题的。"

"没事，别客气，郑总，不知者不怪嘛，"陈瑶轻描淡写地说，"恭喜你啊，从中天挖了这么一个顶梁柱，这是你们公司的福气，也是你和于董的福气。"

郑总笑笑说："呵呵……陈董，不能这样说啊，小张可不是我挖的啊，是小张主动找我来的，是不是啊，小张。"

张伟看了陈瑶一眼，不明白陈瑶为什么突然这样说，对郑总点点头说："呵呵……是，是的。"

"哦……那是我误会了，"陈瑶抱歉地笑笑，"那是高强太不会用人了，守着好人才不用，等于是自掘坟墓，不珍惜人才的老板，一定不会有多大出息的，你说是不是，郑总。"

郑总一怔，一愣，随即说："对对对，陈董说得对，很有道理。"

张伟这才明白陈瑶的用意，死丫头，转了个圈原来是在教育老郑啊。

"有千里马，还要有伯乐，郑总就是我们张副经理的伯乐哈……"陈瑶半开玩笑地对郑总说。

"那是，"郑总毫不谦虚地说，"小张在我这里是要得到重用的，以后还会更加重用。"

我已经是常务副总了，在重用还能干什么？张伟心里很有数，对老郑的话表面上报以感激的笑，心里却很无所谓。

从戒毒所出来，张伟和陈瑶边往车前走边聊天。

张伟说："今天我又一次领教了你的讲话艺术了。"

陈瑶脑袋一歪，问："咋？不满意？"

"满意，太满意了，"张伟说，"你很会说话，这一点我得向你学习。"

"哼哼，你知道我的良苦用心就好，我这可都是为了你。"陈瑶得意地说道。

张伟连连作揖，说："谢谢陈董美言，这个我自然是知道的，我心里很明白的，来日一定回报。"

"又是一个来日，哼……来日是什么时候，小子？打算怎么回报？"陈瑶继续洋洋得意。

"嗯……这个，除了以身相许，别的都可以啊。"张伟调侃地说道。

"去你的，臭男人，坏蛋！"陈瑶在张伟背上肆意敲打着。

张伟觉得不大自在，男女有别，陈瑶最近好像越来越对自己无所忌讳了，和以前变化真大。

来到车跟前，陈瑶和张伟大吃一惊，车门玻璃碎了一面，车门被拉开了！

张伟和陈瑶疾步进入车里，看了一下，车内没有什么损坏，就是玻璃打碎了，幸亏两人都把包带在身上。

陈瑶迅速拨打了110和保险公司的电话，对方答应马上过来查看、核损。

打完电话，陈瑶对张伟说："看看你座位下面？"

张伟把手伸进座位下面，脸色突然大变："坏了，钱没了！"

陈瑶脸色也是一变，问："钱被盗了！？"

张伟神色沮丧，心情很坏地说："真倒霉，看了一趟郑总，车坏钱丢！"

陈瑶凝神思虑了一下，对张伟说："别着急，先报案再说吧……钱没了我们还可以再挣，别难过……这里四周没人，谁会来这里呢？刚才在我们后面来的那辆吉普车……"

陈瑶这么一说，张伟也猛然醒悟，说："有可能是那辆吉普车上的人干的，这周边没有别的车辆和人员。"

陈瑶问："你记住那车的车号了没有？"

"距离太远，看不清楚，也没注意看。"张伟摇摇头。

陈瑶眉头一皱，说："难道，我们被盯上了？窃贼专门来偷窃我们的？"

张伟摇摇头说："难说，他们怎么知道车上有钱呢？"

陈瑶想了想说："嗯……也是，也可能是歪打正着吧。"

一会儿，警察和保险公司的人都来了，勘察完现场、核损完之后，陈瑶和张伟开车到了宁州宝马服务站换车玻璃。

经过这么一折腾，陈瑶和张伟弄完车，从服务站出来的时候，天已经黑了，二人连夜开车回东兴。路上，陈瑶和张伟肚子都饿了，在中途的一个服务区停下吃饭。

服务区冷冷清清，停放的车辆很少。

两人停好车，刚下车进了服务区餐厅，后面一辆吉普车也跟着进了服务区，在陈瑶的车旁边停下。

第二十一章 背后黑手

　　服务区的餐厅里人很少，稀稀拉拉三三两两几个人在吃饭，张伟和陈瑶坐在靠近窗户的一侧，要了两份饭，边吃边聊。

　　正吃着，进来四名身体结实彪悍的男子，一看就是北方人的身板，面容冷漠，进来扫了一眼正在吃饭的张伟和陈瑶，在他们不远处坐下吃饭。

　　张伟扫视了一眼这四个人，倒也没在意，继续和陈瑶吃饭聊天。

　　陈瑶边吃边看了看窗外，说："起风了，要下雨了。"

　　张伟看了看，点点头说："下午天就阴得很厉害，天气预报说今晚有中到大雨的。"

　　正说着，外面的柳树条摇摆得更加剧烈，风开始变大了。

　　陈瑶这饭吃的有些心神不定，吃了几口就不想吃了，坐在那里看着张伟吃完。

　　"莫名其妙，车玻璃被砸，钱被偷，倒霉透顶！"陈瑶嘟哝了一句。

　　"别念叨这事了，破财免灾，或许也不一定是坏事。"张伟安慰陈瑶说。

　　"我的车不要紧，有保险公司赔，你这八万块钱可是丢得可惜。"陈瑶很心痛。

　　"嗯……丢了就丢了吧，再心疼也没办法了，再说，这钱本来就不是我的，也许，这是报应……"张伟说。

　　"胡说八道，这钱当然是你的，理所当然是你的，你懂什么？"陈瑶教训张伟。

　　"你懂？"张伟不服气，反问陈瑶。

　　"我——"陈瑶一时语塞，刚要说话，"哗……"外面下起了大雨，伴随着轰隆隆的雷声。

　　风声、雨声、雷声交织在一起，吸引了陈瑶和张伟的注意力。

　　张伟吃好了，看着窗外的风雨闪电，对陈瑶说："你在这里等着，我去把车开过来。"

　　张伟起身出门，弯腰跑向车跟前。

四个男子互相使了个眼色，有三个人站起来，出去了，剩下一个，坐到陈瑶对过的椅子上。

　　陈瑶默默地看着玻璃上流淌的雨幕，没有在意旁边这名男子。

　　张伟跑进车里，发动车子，刚转过头，车头前面突然出现了一个男子，一下子扑到车头上，接着倒了下去。

　　张伟吓了一跳，停下车来，坏了，撞人了。

　　张伟下车跑了过去，伸手去拉那人，大声说道："喂，你怎么样了？"

　　那人还躺在那里不动，张伟弯腰伸手去拉他。

　　突然，头上被人从背后重重一击，一阵眩晕，张伟倒在了地上。

　　再醒过来的时候，张伟正躺在服务区的一个避雨的角落，离车子有五十多米远的地方，头疼得厉害，旁边站着三个男子，正是在服务区吃饭的三个男人。

　　看张伟醒过来，其中一个留小胡子的掏出一把钢珠枪对着张伟说："妈的，起来。"

　　见张伟没动静，另外两个把张伟架起来，摁在墙角落里。

　　张伟浑身湿透了，晃晃脑袋说："朋友，哪一路的，背后下手，算什么英雄，有本事当面来……"

　　话没说完，张伟肚子上被小胡子猛踹了一脚："老子没闲工夫跟你斗嘴，老子就认结果，管你什么当面背后……"

　　张伟弯下腰好一阵才喘过气来，然后慢慢运气，突然猛地抬头，对着小胡子的脑袋硬碰硬地撞击上去。

　　"哎哟！"小胡子直接被撞倒在地，钢珠枪也掉了地上。

　　张伟接着两面胳膊肘同时猛力向后捣，另外那两个人也应声倒在地上。

　　张伟迅速跑向车子，刚跑出几米，一下子呆住了，陈瑶被另一个男子挟持着正走过来。

　　张伟急忙返回去捡钢珠枪，已经晚了，那三个人已经爬起来了，小胡子手里握着枪，正对着张伟的脑门，大声吼道："妈的，你信不信老子一枪穿透你脑门？"

　　张伟一火，猛地伸手抓住枪管，一用力，把枪夺了过来。

　　小胡子一愣，他没料到张伟会有这么一招，眨眼间枪口已经对着了自己的脑门。

　　"妈的，放下枪，不然我废了她。"挟持着陈瑶的男子大声喝道，手里闪亮的匕首尖正对着陈瑶的脸蛋，陈瑶浑身也湿透了，脸色因为恐惧和担心而变得煞白。

　　张伟一愣，手垂下了，小胡子趁机把枪夺过去，另外两人一拥而上，夹住张伟，拖到墙角。

　　"妈的，你再敢反抗，你这女人就马上脸上开花。"挟持陈瑶的男子用匕首的刀尖在陈瑶的眼前比划着。

张伟不再反抗，身体承受着他们三个人的轮番拳打脚踢。

张伟身体暗暗运气，极力抵抗住他们的施暴。

小胡子找来一根手腕粗的木棍，对着张伟的腰用力打去，几下之后，木棍竟然折断。

"妈的，很有耐性啊，结实，用力打。"小胡子对其他两人下命令。

陈瑶吓得变了脸色，惊惶地喊道："别打了，求求你们，别打了。"

挟持陈瑶的男子虽然用匕首在陈瑶面前吓唬，却并没有其他非礼的举动，反而语气缓和了一点："大姐，你别喊了，喊也没用的，这小子今天一定是要挨一顿暴揍的，你这么漂亮，干吗要和这样一个小兔崽子在一起，多丢你身份……"

"滚！流氓，混蛋，放开我……"陈瑶愤怒地挣扎，无奈那男子的手很有力，牢牢抓住陈瑶的胳膊，任陈瑶怎么叫骂，也不再说话。

小胡子看张伟一声不吭，抱头在保护自己，弯腰捡起断成两截的木棍，对准张伟的脑袋，狠狠打了下去……

张伟终于没再抵抗得住，直接又昏了过去。

"啊！"陈瑶吓得用力一咬那男人的手，趁他松手的空当，跑过来，摇晃张伟。

小胡子拍拍手，冲那三个人使了个眼色，示意走人，然后又对陈瑶说："大姐，这小子今天不巧撞了我们兄弟，我们是教训他怎么做人，不过，我看这小子是个灾星，建议大姐以后离他远点，不然，碎个车玻璃、破点财是小事情，要是搭上一条命，可就不值了……"

说完，四个男子上了吉普车，发动车，消失在狂风肆虐的雨夜中。

"混蛋，你们是下午的那帮混蛋！"陈瑶怒声骂道，可是，他们已经走远了。

陈瑶急忙查看张伟，用手擦干净张伟脸上的血污。

过了一会儿，张伟醒了过来，晃晃脑袋，看看陈瑶，一下子爬起来，看看四周，问："他们人呢？"

陈瑶见张伟醒过来，眼泪哗哗流了下来，和雨水掺和在一起，说："你可醒了，你没事吧？你都是为了我……"

"没事啊，"张伟站起来，扶起陈瑶，"我一直在运气抵抗呢，没伤着我内脏和骨骼，就是打得脑袋有些发晕，那几个混蛋走了？"

"走了，"陈瑶想了想，没说他们走之前说得那些话，对张伟说，"不知道是哪里的流氓无赖。"

"妈的，我也莫名其妙，我没故意撞他，好像是他主动扑到车上来的……中了这几个狗日的暗算了……"张伟扶着陈瑶往回走，"去看看车上有没有什么损失？"

二人回到车上，查点了一下，没有什么损失。

陈瑶把车前面的座位放平，让张伟平躺在座位上，打开车内的暖风，然后开车，一路疾驶，直奔东兴。

到了东兴，张伟要直接回办事处，陈瑶断然拒绝道："先去我家，我给你伤口敷药，检查下再说。"

张伟勉强笑笑说："没事，我就是皮肉受了一点伤，没大毛病。"

陈瑶坚持不允，一直把车开到家门口的车库。

张伟和陈瑶进了陈瑶家，陈瑶让张伟坐在沙发上，急忙查看张伟的伤口，一看，除了鼻孔嘴唇出血，五官部位都没有破，心里稍微安慰了一下，忙说："你先去卫生间洗一洗。"

张伟上楼去卫生间冲洗，刚脱光，陈瑶在外面敲门，说："把衣服统统扔出来。"

张伟开开一条缝，把衣服递出去，只留下内裤没有给陈瑶。

片刻陈瑶又敲门："统统拿出来，你怎么回事？"

张伟无奈，把内裤也递了出去。

"洗完澡上床躺着，一会儿我检查你背部的伤势。"陈瑶说着，从门缝里递进来一套男式睡衣，"崭新的，没穿过，洗完穿上。"

张伟心里一热，陈瑶想得真周到，奇怪，她一个女人家，家里怎么会有男式睡衣呢。

洗完澡，张伟出来进了客房，陈瑶已经在哪里了。

陈瑶也是刚洗完澡，换了一身干衣服。

"你的湿衣服都在洗衣机里，我正在给你洗，明天早上就干了，不耽误你穿，今晚你在这里住，"陈瑶关切地看着张伟，指指床上，"上去趴着，我看看你的背。"

张伟乖乖上床趴下，褪下睡衣的上衣。

陈瑶一看，不禁"呀"了一声："背上都是淤青，这群混蛋，下手太狠了……"

张伟满不在乎地说："没事，皮外伤，过几天就好了。"

陈瑶用手轻轻抚着张伟的背部，问："疼不疼？"

张伟闷声闷气地回答："不疼，痒，你别摸，弄得我难受呢……呵呵……"

"你还笑?!"陈瑶也不禁被张伟逗笑了，稍微用力，给张伟轻轻推拿背部的淤青，"都是因为我，要不是我，你也不会被他们这么打，你肯定能打过他们的。"

张伟呵呵笑笑，说："别这么说，我总不能看着他们把你的脸蛋划破啊，女人，毁了容，是一辈子的事情哦，我这点小伤算什么，就当陪练了……不过，我感觉好奇怪，这伙人好像是故意找我茬……妈的……"

陈瑶又想起小胡子临走时说得话，心里大约能估计到是怎么回事了，但没有凭证，又能怎么样呢？想了又想，不能告诉张伟，不然，以张伟的火爆脾气，说不定会出大事。

能让则让，能忍则忍吧，或许他得逞了这一次，出出气，也就会罢休了。

但是，想用威胁的办法来不让自己和所爱的人在一起，陈瑶心里一阵恶心和蔑视，做梦！办不到！

张伟一会儿翻过身，穿上睡衣说："好了，别推拿了，再推拿，我受不了了。"

陈瑶脸色一红，问："什么意思？"

"嗯……"张伟有些不好意思，"没什么意思，我这人有血有肉的，一个女人这样给我弄，我很不适应的，再说了，这会好多了，受点皮肉伤，没什么事情的，没破相，还好，不然，明天上班，大家看了会意外的。"

陈瑶笑了一下，问："身体真没事了？"

张伟在床上一个鲤鱼打挺，说："真没事了，你看！"

陈瑶放心了，起身站起来说："你休息会吧，我去把衣服晾起来。"

"我电脑呢？"张伟问陈瑶。

"客厅里，怎么？还上网？"陈瑶看着张伟。

"嗯……我有事。"张伟下床，和陈瑶一起下楼，提了电脑进了房间，急忙开机上网，登录QQ。

伞人不在线。

张伟啪啪敲击键盘，写道："姐，我回来了，一路顺风，一切顺利，八万块钱取出来了，不知道那十万是咋回事，等以后再说吧……路上遇到流氓滋事，为了不让陈瑶被破相，我让他们打了一顿，不过，也就是皮外伤，小意思，没大事。今晚我在陈瑶家住的，想走也走不了，衣服都进洗衣机了，明天穿干衣服走……你不在啊，那我也下了，明天见！吻你……"

留言结束，张伟关上电脑，半躺在床上，看看房间，唉，好久没在这房间睡觉了，这里的一切好熟悉啊。

过了一会儿，陈瑶进来了，端了一碗热乎乎的银耳汤，说："喝点热汤，暖暖内脏，英雄救美，补补身子。"

张伟笑着端过来，说："呵呵……别老是客气了，什么英雄救美啊，被人家窝窝囊囊打了一顿，捡条命回来了……对了，他们没有对你怎么样吧？"

"没有，"陈瑶说，"对我，倒是挺规矩。"

第二十一章 背后黑手

“那……他们有没有和你说什么话？”张伟说。

“哦……没有……没有说什么话。”陈瑶迟疑了一下，然后说。

“嗯……这事有点邪乎，好像是对着我来的，会不会是和下午的事情有牵扯呢？”张伟托着额头琢磨。

“别胡思乱想了，过去就过去了，咱俩都没事，就万幸了，抓紧喝汤。”陈瑶说。

张伟点点头说：“嗯……好的，我就是觉得有点不对劲，哪里不对劲，就是想不出来，我在想，这事是不是和那家伙有关系……”

陈瑶脸色一变，说：“不要提他，一提他我就烦。”

张伟忙说：“好好，不提，不提。”

喝完汤，陈瑶又让张伟脱下上衣，把背上的伤处抹了点药水，破皮的地方贴上创可贴。

弄完这些，陈瑶对张伟说：“财也破了，灾也免了，好了，没事了，睡觉吧，明天就会晴天的。”

想起那丢失的八万块，张伟心里不禁隐隐作痛，虽然是天外来财，却也是自己的钱啊，唉……他妈的，可恶的窃贼。

张伟在浑身肌肉的酸痛和破财的心痛中昏昏睡去。

第二天一大早，陈瑶敲门进来，手里拿着张伟的衣服，叠得平平整整，说：“张总，你的衣服。”

张伟接过来一看，说：“这么快就干了啊。”

陈瑶说：“没干好的，我用人工的方法给弄干了，嘻嘻……”

“哦……”张伟心中一暖。

吃过早饭，张伟告辞直奔公司，今天还有很多事情要处理。

送走张伟，陈瑶坐到沙发上，拨通了高强的电话：“高强，你干的好事！”

那边传来高强高兴的声音：“小波，你能给我打电话，我真高兴，什么指示，你尽管说。”

陈瑶说：“姓高的，你真不要脸。”

高强故作不知，问：“怎么了？小波，我没怎么啊？”

陈瑶愤怒地说：“闭嘴，小波不是你叫的，我告诉你，张小波已经死了，自从三年前的滂沱大雨的夜晚，就已经死了……”

高强说：“小波，不要这么说……你这样说，我很心痛……真的，这么长时间了，我没日没夜无时无刻不在想着你，想着我们在一起的日日夜夜……”

“闭嘴！”陈瑶激动地喊道，“少给我说这些没用的，我就当你在说胡话，痴人说梦……我问你，昨天的事情是不是你干的，是不是你指使人干的？告诉你，我已经报案了……"

高强用莫名其妙的口气问："什么事情，我不知道啊，我真的是冤枉的啊，我什么都不知道啊，你报案也和我无关啊……"

陈瑶用鄙夷的口气说："无耻！别装蒜了，或许你做得天衣无缝，警察抓不到你的把柄，但是，我心里都明白的，不要以为砸了我的车玻璃，拿走八万块钱，打伤人，就会吓倒我，告诉你，姓高的，你死了这条心吧，我永远都不会和你再有任何关系……告诉你，我和谁在一起，和你无关，这是我的自由，你无权干涉……告诉你，你再继续作恶下去，一定会有报应的……"

"什么？八万块钱?!"高强吃了一惊，"我真的不知道啊，小波，你听我说，这周日我要去海……"

话没说完，陈瑶这边已经气愤地挂断了电话。

虽然高强话没说完，但陈瑶已经听出高强这周要去海南培训的事情了。

这个无赖，他知道自己爱学习，这样培训的机会一定不会错过，所以也报名去参加培训，借机纠缠。陈瑶太了解他做事情的风格了。

第二十二章 | 醉翁之意

一想到张伟被打得伤痕累累的身体，陈瑶就剜心一般的疼；一想起张伟为了自己忍受流氓的暴打不还手，陈瑶的眼泪就忍不住往下流；一想起这一切很可能是高强在背后指使，陈瑶就恨之入骨。

可是，没有证据，抓不到现行，只能是怀疑而已。而且，陈瑶不敢让张伟知道，如果告诉了张伟，她怕张伟会找高强拼命。

在陈瑶眼里，张伟是最重要的，张伟的安全和快乐是最重要的。钱没了，就当喂狗了，可以再挣；人没了，可就真的什么都没了。

陈瑶坐在家里琢磨了一会儿高强要去海南的事情，又摸起电话，拨过去说："高强，我告诉你，这事是不是你做的，你自己心里有数，你再狡辩也没有用，到时候警察是不会给你费口舌的，别的不说，就凭这八万块钱，就够你喝一壶的，还有，去海南学习，张伟也一起去，他现在正巴不得想见你，如果你去海南是醉翁之意不在酒的话，我劝你做个聪明人，到时候别说我没提醒你！"

说完，陈瑶不待高强说话，直接挂了电话。

陈瑶指望借着这个吓唬能让高强知难而退。

看来，适当的武力震慑也是有必要的，陈瑶心里暗暗思忖。

过了片刻，高强把电话打过来了，说："小波，不用你恐吓我，我不是吓大的，少给我来这一套，我去不去海南学习是我自己的事情，你们昨天遇到什么事情我一概不知，没有证据乱往别人头上扣帽子，一样属于违法。别以为你身边有个武夫就了不得了，就腰杆硬了，我告诉你，我们俩的事情和任何人都无关，你替我警告那小子，少掺和我和你的事，否则，哪天腿断了耳朵没了，别说我没提醒过……"

高强最后的话里口气阴森森的，陈瑶不禁打了一个寒噤，说："你想怎么样？你要拿他怎么样？你敢？"

高强的声音里充满嫉妒，他说道："听你说话的口气里很护着那小子啊，他和你什么关系你这样护着他？你越这么说，我就非得做给你看看，咱们等着瞧。"

陈瑶脸涨得通红，说："高强，我和他什么关系与你无关，你要是敢伤他一个指头，我保证不放过你。"

"哈哈……"高强大笑起来，"小波，你也来威胁我啊，我什么时候伤他一个指头了？你有证据吗？倒是你亲眼看见他打我了，看见人家打我，你不管不问，站旁边看景，你——你的心难道就这么狠？"

高强最后的口气突然又变得凄怆。

"别演戏了，高强，"陈瑶的语气变得冷淡，"无论你怎么演戏都打动不了我的，我不是当年那个小丫头，被你哄得团团转，当然，我不管你在哪里开新的旅行社，我只提醒你一句：想得到我，痴心妄想！"

"你——你怎么知道我要开新旅行社的？"高强的声音变得很意外，"你消息倒是灵通啊，我是要打算去东兴开旅行社，我这，还不都是为了你……我被老郑坑惨了，我把中天卖了，我——我想在你身边，随时可以照顾你，呵护你，不让别人欺负你……"

"不要老来这一套，高先生……"陈瑶的声音变得平缓悠闲，"你这些陈词滥调，我都能倒背如流了。别想再打我的主意了，好好做自己的事情去吧。另外，奉劝你一句，如果不是真心为了学习，如果是为了骚扰我，最好不要去海南，当然，如果你决心单刀赴英雄会，也没人拦你。"

"你——你少威胁我，我——我不怕。"高强到底是心虚，说话的声音越来越小，一听就是胆怯了。

"我只是给你一个建议，没别的意思，去不去是你自己的事情，与我何干？再见！"陈瑶冷冷地说完，挂了电话。

打完电话，陈瑶长出了一口气，或许高强能被自己的话吓退，那样就太好了。

对付高强这样的，可以用武力恐吓，可是，还有一个更大的魔头，只能智取，不能来硬的。那是一个惹不起的人物。

陈瑶想起潘唔能那色迷迷的贪婪的眼神，心里不由打了个寒战，浑身起鸡皮疙瘩，又不禁一阵恶心。

对付潘唔能，张伟是帮不上任何忙的，只能靠自己去周旋了。

想起一个女子在恶狼面前的挣扎和无奈，陈瑶心里不由一阵悲哀和伤感。

陈瑶又不由厌恶起徐主任，每次不厌其烦地打自己电话，以领导的名义邀请自己去这里去那里，目的无非就是一个，就是想让自己委身于那恶狼。看起来仁慈面善的徐主任，无意中在助纣为虐。

陈瑶坐在沙发上，越想越烦躁。

公司办公室又来电话了，说是旅游局办公室徐主任来了。

陈瑶皱皱眉头，告诉办公室内勤："请徐主任去会客室，我马上过去。"

徐主任见到陈瑶，主动热情地站起来说："陈董，前几天潘市长安排的整理你们公司的先进典型材料，文字材料我整理得差不多了，今天我过来拍一部分照片。"

陈瑶连声感谢徐主任，然后说："徐主任，这先进典型不树了，行不？"

徐主任看看陈瑶，摆弄着手里的相机说："陈董，我这是来落实领导的指示，领导亲自安排的树典型，局里也很重视，你怎么抱这种态度？你这是对待领导指示的态度问题，知道不知道？"

徐主任说话的语气不大好，脸色也不大好看。

陈瑶一看，忙闭嘴不再说话。

徐主任拍完照片，陈瑶安排工作人员提了一套精装紫砂壶放到徐主任车里，徐主任走之前的表情缓和了一些，说："陈董，潘市长对你可是很重视的，高看一眼，厚爱一层啊，你自己心中要有数的，我整的这典型材料，局里审完后就报潘市长，这典型推不推，就看潘市长一句话了。这年头，这样的好机会，别的旅行社挤破头皮都争啊……好了，话我不多说了，你是明白人，我走了……"

说完，徐主任开车离去。

陈瑶用手揉揉额头，心情烦躁地回到办公室，打开电脑，登录QQ。

张伟正在线，却是忙碌状态。

要出去学习培训一周，临走之前一定有很多事情要交代安排，算了，下一周有的是时间在一起，还是别打扰他了。

陈瑶轻轻在心里叹息了一声，看着张伟的头像，心中的烦恼暂时被驱散到一边，脸上露出了温柔的笑意。

小冤家，陈瑶心里轻轻叫了一声，一股柔情从心里涌起……

过了一会儿，徐君进来了，说："陈姐，我们发往北方红色旅游的那个团回来了，效益不错，和我们合作地接的瑶北的那家旅行社今天突然通知，说他们地接价格太低，亏本，要求提高价格。"

陈瑶笑了，说："呵呵……他们不是亏本，是因为看到我们效益太高，心理失衡，要求提高价格，找平衡呢，他们要求提高多少？"

徐君看了下手里的表格说："每人增加三十元，陈姐，要不我们再换一家吧，这家太狠。"

陈瑶没有马上回答，思考了一下，问徐君："地接服务质量怎么样？"

徐君说："我问了全陪导游，服务质量是没得说，游客都非常满意。"

陈瑶说："嗯，那好，那就答应他们吧，第二批团马上就要发了，二百多人，再临时换地接社，服务质量跟不上，可是砸我们自己的牌子，大家都是做旅游的，也都不容易……告诉他们，只允许这一次，再在价格上出现反复，对不起，换地接社。"

"嗯，那好，我这就去办，"徐君点头答应着往外走，"第二批团周五出发。"

徐君出去后，陈瑶开始安排下周的工作，在走之前都要安顿好。

陈瑶拉开抽屉，拿出一份文件端详起来，文件名称是《关于在瑶蒙山区投资开发旅游及旅游产品的可行性方案》。

这是陈瑶耗费了好几个夜晚的时间琢磨出来的初步方案，然而，要真正落实到实际中，还有很长的路要走。

正看着方案，"啾啾"的声音响了一下，陈瑶一看，电脑桌面右下角头像在一闪一闪，打开一看是张伟。

"陈瑶，你在干吗？"张伟问道。

"上班啊，看你QQ一直是忙碌状态，没敢打扰你，"陈瑶回答，"你忙完了？"

"呵呵，是的，刚忙完，下周要出去，得把家里的事情安顿好啊，刚给营销部开了一个会，部署了一下域内和域外的营销工作。"张伟说。

陈瑶问："不都代理了吗？还部署什么？"

张伟说："你是故意装不懂啊还是考考我？域内的代理了，要做好督促监督管理协调，还要协助开展各种促销活动，域外的，没代理，我让他们加全国各地的QQ旅游群，去在电脑上聊天发布，承揽客户，对了，我这里旅游QQ群不多，你那多不多？"

陈瑶说："当然多了，几十个呢，你等着，我把号码都发给你。"

张伟说："太好了，得来全不费功夫。"

陈瑶给张伟发完号码，又问张伟："今天身体感觉好点吗？"

张伟："没事，好了，就是肌肉皮肤还有点疼，这帮龟孙子没伤着我的筋骨，也算他们手下留情。"

陈瑶说："那就好。"

张伟说："昨天这事我感觉很蹊跷，我怀疑……"

陈瑶说："不要乱怀疑，这年头，出什么样的事都不稀奇，别想多了，过去就过去了，倒是那八万块钱，着实让人心疼，还有你的皮肉之苦……"

张伟说："呵呵，是福不是祸，是祸躲不过，或许，上天注定这钱就不是我的。"

陈瑶心里轻轻叹了口气，但愿这帮人得了这八万，又打了一顿张伟，能出气罢休。如果这事能就此了结，八万块钱不要也罢。

陈瑶说："你晚上来我这里吃饭吧，我做好吃的给你补补身体。"

张伟说："哈！怎么突然提高待遇了？"

陈瑶说："你是功臣啊，为我甘受皮肉之苦，怎么着我也得表示下谢意吧。"

张伟说："嗯，不错，陈瑶，算你是个有良心的人，"

陈瑶说："我什么时候都是有良心的人。"

张伟说："我也是有良心的人。"

陈瑶说："嗯……我们都是，希望你的良心没有迷失到泥潭里，不能自拔。"

张伟一愣，说："什么意思？陈瑶。"

陈瑶说："没什么意思啦，随便说说而已，怎么？触动你内心的哪根神经了？"

张伟忙掩饰笑笑："呵呵……没有没有，我也是随便问问。"

陈瑶说："下午你还要忙？"

张伟说："当然，下午我要去工地，给那几个部门开会，安排布置工作，还要协调附近几个村子的民工使用问题。"

陈瑶说："我下午没事。"

张伟说："哦……你没事就没事呗，与我何干？"

陈瑶说："我想跟你到山里去散散心。"

张伟说："哦……那好吧，你这不能叫散心，叫指导工作，正好你去看看我们的漂流施工现场，提提意见。"

陈瑶这会特想见张伟，一听张伟答应了，心里很高兴，说："我这不叫指导工作，叫学习，观摩。"

张伟说："反正实质上是一回事。"

陈瑶说："呵呵……那你下午开车过来接我。"

张伟说："好的，一点钟准时在你门口恭候。"

下午一点钟，张伟开车接了陈瑶去山里。

看到张伟身体恢复得不错，陈瑶心里很宽慰。

刚出城，陈瑶接到徐主任的电话："陈董，你们公司的典型材料报到潘市长那里去了，潘市长看了很赞赏，刚才给局里来电话，提了几个方面的建议，并让你当面去汇报几个情况，潘市长这会儿正在办公室，有时间。"

陈瑶眉头一皱，说："徐主任，可是，我现在不在公司啊，我在外面有事情。"

徐主任说："我知道，我问你们公司的人了，说你刚离开公司一会儿，领导接见，还有比这更重要的事情吗？陈董，去不去，你自己看着办吧，我只负责把话传到。"

说完，徐主任挂了电话。

陈瑶眉头紧皱，思考着。

"怎么？有人找你？"张伟边开车边问。

"嗯……"陈瑶没有告诉张伟是谁找自己，怕他担心，"掉头吧，我去不了山里了，我要去市政府，有点事情，你把我送到市政府门口就行了。"

张伟看陈瑶神色有些不定，问道："怎么了？出什么事情了？"

"没……没有，"陈瑶回答，"我去市政府，领导找我有事情，问几点情况的。"

张伟看陈瑶不愿意再细说，也不便多问，调转车头，直奔市政府大门口，把陈瑶放下，然后自己去了山里。

陈瑶打听了一下，找到了潘副市长的办公室，站在门口，深深呼吸了一口，轻轻敲了一下门。

"进来。"

陈瑶推门进去说："潘市长，您找我？"

潘副市长正坐在办公室的老板椅上来回转悠，手里端着一杯茶，一看陈瑶来了，精神大振，忙直起腰说："来来来，小陈，坐，坐。"

陈瑶坐在单人沙发上，潘唔能起身关上办公室的门，走过来，坐到陈瑶对过，眼睛直勾勾地看着陈瑶俊俏的脸庞和雪白的脖颈，还有耸起的胸脯，咽了一口唾沫，说："小陈啊，你这个贵客可真是难请啊。"

陈瑶笑笑说："哪里，领导过奖，我哪里是什么贵客，一个小生意人而已，承蒙潘市长高看一眼，着实感谢，不过最近确实是事情多，忙不过来，如有得罪，还望潘市长大人大量，多多海涵。"

"嗯……没关系，我这人不会计较这些小事情的，"潘唔能挥挥手，"小陈不简单啊，一个女孩子，能做起这么出色的旅行社！今天，旅游局把你们公司的详细材料送到我这里了，我刚看完，不错！小小年纪，不简单！"

陈瑶忙说："谢谢领导夸奖，不过，我不是女孩子了，我三十多了。"

"哪里哪里，"潘唔能紧盯着陈瑶的脸，"你看起来也就二十五岁左右的样子，哪里像三十多岁的女人，小陈可真是驻颜有术啊，不仅仅长得俊美，皮肤也很嫩哦……"

潘唔能话音最后的声音充满了挑逗，还有几分淫邪。

146

第二十三章 | 长袖善舞

陈瑶感觉一阵肉麻，眉头微微一皱，说："潘市长，您今天找我来，是有事情吧？"

"哦……对对，有事情，"潘唔能伸手从桌子上拿过资料，"我看了这个资料，觉得你们公司的事迹很典型，很有推广意义，我的初步想法呢，先在市里推出这个典型，然后我找省局的有关领导打招呼，再在全省推出，下一步再考虑推向全国，让假日旅游成为全国的知名品牌旅游企业，这样，你们的公司可就赚大钱了……哈哈……"

"谢谢潘市长关照，"陈瑶神色平静，不卑不亢，"潘市长，我们公司实在是不够资格在全市全省推广，更别说在全国树典型了，再说，我这个人没有什么志向，既不想出名，也不想发大财，只要能挣点钱养家糊口就满足了……要不，您还是考虑一下，推出别的旅行社吧，东兴比假日旅游出色很多。"

"哎！小陈，你这种想法就不对了，我可是要批评你的哦……"潘唔能拿出一副领导的架势，"树立典型，不仅仅是为了你们假日旅游自己，更重要是为了全市旅游业的发展，给全市旅游企业一个学习的榜样，一个比、学、赶、超的目标，你作为东兴市旅游的一分子，应该具有这个觉悟，应该具有这份责任心，要时刻把全市旅游业的发展放在心上，当做自己的一个职责……"

潘唔能的话既高尚又慷慨，让陈瑶无言以对，只能点头。

潘唔能见陈瑶点头，心里高兴了，又说："小陈，做旅游，要有长远目标，要有敢于做大的勇气和决心，我是巴不得你们各家旅游公司都赚大钱的，你们挣得越多，我们东兴的旅游业就发展地越好，我这个分管旅游的市长就越有政绩……你说是不是？"

陈瑶又点点头说："潘市长说得有道理。"

潘唔能把脑袋往陈瑶跟前又凑了凑，说："你们年轻人，一定要有上进心，进取心，不要怕出名，不要怕当出头鸟，我是东兴市旅游的老大，我代表党和政府来管理东兴旅游，东兴旅游我说了算，我让谁出名谁就一定能出名，我让哪一家旅行社明天关门，它就绝对不会拖到后天，任何个人想和政府对抗，那是自取灭亡，下场一定是很惨的……"

潘唔能的话里柔中带刚，软中带硬，话里有话，让陈瑶心里一阵寒颤。

陈瑶低头没说话。

潘唔能见状，伸手轻轻拍了拍陈瑶的肩膀，呵呵一笑："当然，咱们小陈那是谁啊，那是咱们东兴旅游老大眼里的红人啊，什么时候都不会有麻烦的，呵呵……小陈是个聪明的女孩子，我想一定会知道该怎么做的。"

潘唔能拍完陈瑶的肩膀，手直接放在的陈瑶的肩膀上，开始试探性地揉摸陈瑶的肩膀。

陈瑶抬起头，勉强一笑，身体抖动，摆脱了潘唔能的手，说："潘市长，徐主任说您找我要谈几个情况？"

"哦，"潘唔能的手刚触摸到陈瑶的身体，就被陈瑶摆脱，他心有不甘，又凑到陈瑶面前，双眼紧盯着陈瑶的脖颈，声音充满暧昧，"其实啊，也没什么事情，我是看了你们的典型材料，很有感触，想叫你来随便聊一聊，谈谈心……你是个很不错的女孩子，很会来事，我很喜欢，没事多来谈谈心，大家多交流……"

说完，潘唔能的手又攀上了陈瑶的肩膀，伸向陈瑶的脖颈。

陈瑶一下子站起来，神色骤变，语气严肃地说："对不起，潘市长，我不是你想象的那种女人，我也不是女孩子了，如果谈工作，我会洗耳恭听您的指示，如果谈心，我想我不合适，您另找别的人吧……对不起，打扰您工作了，耽误您宝贵的时间，告辞了。"

说完，陈瑶开门离去。

潘唔能坐在那里，一下子愣了，没想到陈瑶竟然敢对自己这个东兴旅游的老大这么无礼，这么多年，还从来没有哪一个自己看中的女人敢这样对待自己！

妈的，不识抬举，老子看中的女人，从来就没有得不到的，越是带刺的玫瑰老子越喜欢，我看你到底有多大能耐，咱们骑驴看唱本，走着瞧！和我对抗，只能自取灭亡！

潘唔能气急败坏，脸上一阵冷笑。

陈瑶走出市政府大楼，匆匆往门口走去，心里充满愤怒和耻辱，眼泪在眼眶子里打转。

政府大院里人来人往，车辆穿梭，陈瑶强忍住眼泪，不想让别人看到自己哭泣的样子。

出了市政府大门，陈瑶转身到路边的大树后面，眼泪一下子涌出来，急忙掏出纸巾擦拭。

刚擦拭完眼泪，背后突然有人在拍她的肩膀，回头一看，是张伟。

"怎么了？有人欺负你了？"张伟问陈瑶。

"没，没，是我眼里刚才进了沙子，我在揉沙子呢，"陈瑶忙掩饰道，"你不是去山里了吗，怎么没去？"

"我走了一会儿，越想越觉得不大对劲，就又折返回来了，在门口等你，"张伟看着陈瑶，"真没什么事情？"

陈瑶心里一热，拉了拉张伟的手说："真的没事，走，咱们上车吧，你不是还要开会的吗，别耽误了。"

张伟将信将疑地看了看陈瑶说："那好吧，没事就好，走，咱们进山。"

路上，张伟脑子里还在想着那事，问陈瑶："是不是那潘副市长找你的？"

陈瑶点点头说："是。"

"这个狗东西，他找你一定没好事，是不是他欺负你了？"张伟问陈瑶。

"没有，你别乱想了，他找我是工作的事情，让我去汇报几个情况的，再说，在他办公室，他敢怎么样？我一定不会让他得逞的！"陈瑶说。

"工作的事情？你一个旅游公司，中间还隔了旅游局，犯得着大市长亲自过问？什么事情让他这么操心？"张伟问。

于是，陈瑶把推荐先进典型的事情和张伟说了。

"这分明是个诱饵，是个套，在钓你呢。"张伟等陈瑶说完，立马反应过来，对陈瑶说，"你可不能上当。"

陈瑶看着张伟，笑了笑："你觉得我是那种傻了巴叽的人吗，我当然知道他心里打的鬼主意，这样的领导打着工作的名义勾引女人，只不过我第一次遇到这么大的领导，而且还是旅游业的头，不过，都是一样的货色，没什么本质的区别，我会有数的……"

张伟点点头说："这种人，得罪不起，但也决不能迎奉，决不能做出卖自己尊严和人格的事情。"

陈瑶赞赏地看了一眼张伟，说："你这话说到我心里了，我也正有此意。"

张伟笑了，说："咱这叫英雄所见略同。"

到了工地，张伟在电站召开各部门负责人会议，陈瑶在附近山上散心。

春天的江南，分外翠绿，春天的白云山，分外美丽，火红的映山红在山间怒放，翠绿丛中一簇簇的鲜艳红色，将白云山点缀得分外艳丽。

张伟说了自己下周要去海南培训的事情，对各部门下周的工作进行了具体的安排，特别强调，马上就要修溪道两侧的石坡，雇佣民工，尽量从附近的村子里招募，原则上，经过哪个村地界的，就由哪个村修。

小明提出来说，有的村经过的地段很短，但是村子人却不少，如果按地界来划分，村民会不会有意见，提议均分，三个村按照溪道长度均分。

老罗马上表示反对，说那样，外村的人在本村的地界修溪道，会引来更大的争端，这可是直接关系到村民收入的事情，再说了，各村在自家地界干活，谁也说不出什么反对的理由，除非是想无理取闹。

张伟支持老罗的意见，拍板决定维持原来的办法。另外，一定要做好协调工作，协调还是以小明为主，老罗和小郭辅助，有什么事情随时给自己电话汇报，或者请示于董。

然后，张伟说："我不在公司期间，希望大家坚守岗位，履行职责，做好各自分工的工作，做任何事情，出发点都要从公司利益出发，从维护公司的声誉出发，任何危害公司集体利益的事情，都不许去想去做，否则，按照公司的规定，严格纪律，绝不宽待……我安排的工作，必须保质保量完成，不许讨价还价，如有意见，可以直接和我电话交流，但是，前提是必须服从，不得以自己意见不同而推诿、怠工，否则，哪个部门出的问题，追究哪个部门负责人的责任，直至辞退！"

张伟讲话的声音不大，但语气很果断，很有力。

开完会，小明耷拉着脸，独自在一边吸烟去了。

小郭悄悄对张伟说："小明不在公司集体宿舍住了，在那个溪道经过地段短的村子里租了一间楼房，是村长家的，空调、有线电视齐全，说是女朋友以后来玩好方便住，房租说村长会给他免掉。"

张伟一下子明白小明在会上发言的意思了，真没意思，为了省掉房租，又要拿工作做交易，去巴结村长，却不知，满足了这一个村长，却惹火了另外两个村子。

张伟点点头，对小郭说："我不在家期间，你多长两个耳朵，有什么事情及时跟我说。"

小郭点点头说："我听老罗说，其实那个村长自己也觉得这个要求不占理，但是小明拍着胸脯说他有办法让他们村多占点便宜，结果那村长被小明这么一鼓劲，就在村子里提前放风了。"

张伟好气又好笑，点点头说："我知道了，你们总归小心就是。"

出来张伟上车准备回东兴，陈瑶已经坐在车上了，手里拿着一把火红的映山红，对张伟说："好看不好看？"

张伟微微一笑，看着陈瑶说："鲜花美人，美上加美啊，真好看，花比人好看，哈哈……"

陈瑶嘻嘻一笑："你不用打击我，我不在乎的，本来这花就比人好看嘛，多美的映山红，多美的野杜鹃。"

回到东兴，张伟在陈瑶家吃的晚饭，饭后，陈瑶又让张伟脱下上衣，查看了下伤口，用药水擦拭了一遍。

然后，二人在客厅看电视、聊天。

张伟急着回去上网，心不在焉地聊了一会儿，就要起身告辞回去。

陈瑶站起来，眼神有些游离，说："你要是身体很累，就在楼上休息吧。"

"不！"张伟提起手提电脑包，语气很果断，"我现在有宿舍，怎么能老麻烦你，在你这里住呢？不打扰了，再见。"

张伟其实心里想的是，孤男寡女住在一起，万一出了什么事情，自己可就真的没脸见伞人了。

陈瑶见张伟态度如此坚决，也就不再勉强，说："那好吧，随你了。"

张伟兴冲冲回到宿舍打开电脑，上网，登录 QQ，伞人在线。

"莹莹！"张伟说。

伞人说："在！我刚来。"

张伟说："我也刚来，昨天你不在，给你留言了。"

伞人说："知道你昨晚的英雄壮举了，不错，身体没事吧？"

张伟说："没有，一点事也没有。"

伞人说："英雄救美，真是个男人。"

张伟说："其实，不算什么救美，她只是被当做了一个人质，一个控制我的人质而已。"

伞人说："嗨，反正都差不多，和你这样的男人在一起，好有安全感哦，我以前见过一个报道，女朋友遇见流氓，男的吓跑了，连屁都不敢放一个……"

张伟说："呵呵……这样的男人不但有，还不少啊，我也听说过。"

伞人说："在女人眼里，这样的男人就不是男人，也就是披了一张男人皮而已。"

张伟说："呵呵……莹莹，你最近忙不忙？"

伞人说："还好，我知道你最近一定很忙，要出远门，家里的事情是要安排周全的，提前安排好，越早越好，这样会及时发现漏洞。"

张伟说："是的，我今天下午已经提前安排了，正好利用这两天时间多观察一下。"

伞人说："那就好，你忙你的，也不用天天都跑到网上来找我，我喜欢随遇而安，不喜欢牵强地形成规则，那样，会让我和你都有压力，有精神负担。在就聊天，不在就留言，随意一些啦。"

张伟很同意："嗯，是的，不过，我估计我们也聊不长了。"

伞人说："此话怎讲?"

张伟说："我们以后见了面，有话就当面说了，还用上网吗?"

伞人说："嘻嘻……不见得吧，以后见了面，也不是二十四小时都在一起啊，也还是需要借助网络的啊……"

张伟说："嗯……也是。"

伞人说："还有，或许，你在网络上又认识了新的美女啊，嘻嘻……"

张伟说："不会的，我心中的美女只有一个，就是我的伞人姐姐，我的莹莹，我的美女，我的女神……"

伞人说："一听你嘴巴这么甜，心里就很受用，你说，我这人是不是很虚荣啊。"

张伟说："呵呵……不是虚荣，是很正常的心理状态，女人，谁不喜欢自己的男人夸啊，谁不想自己的男人天天在自己面前赞美自己啊。"

伞人说："嗯……你还挺会揣摩女人的心理，老油条……要是我们以后经常在一起，你还不会这么赞美我?"

张伟说："会，当然会，以后我们永远在一起，生生世世在一起，永不分离，我每天都会用心来赞美你，用眼神来描绘你，用语言来夸奖你，你，永远是我心目中最美丽的女人……"

伞人说："嗯……真会讲话，我喜欢，你是不是在陈瑶面前也这么会说呢?"

张伟说："没有没有，我干吗要在她面前这么说啊，她美不美和我有什么关系?我从没有在她面前这么说得，我这些话，只对你说，永远只对你说，这些话，永远只属于你……"

伞人说："哦……我很受用，傻熊小嘴巴真甜，会说话，只希望别是光靠嘴皮子糊弄洒家。"

张伟说："表里如一，言行一致，随时接受你的检阅。"

伞人说："嗯……检阅你的时候快到了，等着吧，我的傻熊。"

……

随后的几天，张伟和陈瑶都在忙碌地工作。

张伟晚上经常加班，完善几个营销方案，有时候在工地解决施工中的问题连夜开会，也不回来住，和伞人聊天的时间也少了。

周日下午两点，张伟和陈瑶一起降落在海南三亚机场。

一下飞机，热带的阳光和灼热迎面扑来，蓝蓝的天空，和谐的微风，摇曳的椰林，一幅美丽的南国图画。新鲜的空气里充满了蓬勃和活力。

"海南，我又回来了。"张伟大声喊了一句。

陈瑶也喊道："海南，鬼子杀回来啦！"

二人相视，哈哈大笑。

张伟和陈瑶打车直奔南国宾馆，在会务接待处报名登记，安排房间。

参加培训的都是各旅游公司的老总。会务上安排的是一人一个房间。

张伟和陈瑶的房间都在四楼，挨在一起。

安排完房间，张伟提起自己和陈瑶的行李，对正在东看西看的陈瑶说："走，上楼，你看什么呢？"

陈瑶收回四处打量的眼神，对张伟莞尔一笑："哦……没什么，走吧。"

张伟晃晃脑袋说："这附近就是天涯海角，没事可以经常去看看了。"

陈瑶温情地注视着张伟，嘴角露出了狡黠的笑容。

第二十四章 匿名渗透

进了房间，张伟迫不及待地打开电脑上网，登录 QQ 后，一看伞人不在，急忙给伞人留言："莹莹，我已经到了海南三亚，住的地方就是我上次来的时候住的南国宾馆，天很蓝，空气很清爽，离大海很近，晚上我去海里玩……真可惜，你要是能和我一起就好了。"

刚留完言，房间里电话响了，一个娇滴滴的女人声音："先生，您好，请问您需要特殊服务吗？"

张伟眉头一皱，怎么白天也有这玩意，这活动主办方怎么搞的，应该给酒店方打好招呼的啊，想着便没好气地说了句："谢谢，大爷我不需要，不要再往这个房间打电话了。"

说完，正要挂死，对方"扑哧"笑了起来："张大爷，您老人家贵庚啊？"

张伟也"扑哧"笑起来："是你啊，装得还挺像啊，娇滴滴的，酸忽忽的，就是时间没选对，哪有大白天打电话的？"

陈瑶在电话里哈哈大笑："在外面住酒店多了，这样的电话经常接到啊，不过，你的回答不好，小姐还会继续骚扰你，你应该这样回答：'哦，请等一下，我问一下我太太……'你这么一说，保证不会再有骚扰电话打进来了……哈哈……"

张伟也哈哈大笑："佩服，陈瑶，你真是高手。"

陈瑶笑完说："给你打电话没别的事，就是说一下下午的安排，旅途劳顿，我提议，先休息，睡到六点吃晚饭，晚上出去活动。"

张伟同意，问："晚上有什么活动？"

陈瑶说："到了这里，还有什么活动？培训明天开始，我想，晚上咱们去海里游泳啊，沐浴一下南海的波涛……"

张伟其实想自己到天涯海角那地方走一圈，然后回来上网，听陈瑶这么说，也不好回绝，就说："好的，听你的好啦。"

陈瑶说："我给宾馆商店打电话了，一会儿送游泳衣上来，你的直接送你房间里，晚饭后直接在房间换上泳衣出去好啦。"

"嗯……你想得真周到，"张伟点点头，突然想起有个事情，"陈瑶，你有没有注意到，宁州来学习的人员当中，有没有高强？"

陈瑶在电话里顿了顿，说："我没去察看，到现在为止，没有见到他，我知道他参加报名了，但是最后来没来，不清楚……管他干吗，他来不来与我何干？靠……舒舒服服来学习培训，不想被败兴！"

张伟一愣，陈瑶和以前讲话温而文雅的风格大相径庭。

"咋了？"陈瑶问张伟说。

张伟哈哈一笑："陈大美女，第一次听你说粗话哈，把我雷了一下！"

"野百合也有春天，天天做淑女，好烦哦，好想撒一回野，做个疯女人，哈哈……好不容易有这个机会出来放松，还是活得潇洒随意点好！"陈瑶笑嘻嘻地说。

"好，说得好，在理，"张伟突然对陈瑶有了一种别样风情的感觉，"那这几天你就好好撒撒欢吧。"

"也不敢太撒欢啊，熟人不少呢，到时候培训学习交流的时候，俺还得做淑女状啊，唉……欢乐的时光总是那样短暂……"陈瑶一副懒懒散散的口气，"好了，张大爷，不问你贵庚了，不给你安排特服了，歇息一会儿，晚饭的时候我叫你。"

"好。"张伟刚挂上电话，服务生敲门进来，送了一件男式游泳衣。

张伟推开窗户，正好看见窗外碧波无垠的南海，椰林摇曳的沙滩，海鸟在海面上空飞翔、追逐。

故地重游，张伟感慨万千，想起了去年那个秋天，和何英、王炎在这里的一幕一幕，想起了夜晚的椰树林，博鳌的蓝色海岸，柔软细致的沙滩，自己和何英在酒后的疯狂放纵……

时间过得真快，转眼已经好久了，张伟推开阳台的落地玻璃门，在半圆形的阳台上，感受阳光的灼热和照射，虽然已经是下午，依然很火辣。

陈瑶房间的阳台和自己挨在一起，隔了一个一米半左右高度的铁花墙。

张伟打量了一下，这花墙防君子不防小人啊，一个翻身就过去了，这宾馆怎么这样设计呢，要是有坏人咋办？

正琢磨着，陈瑶推开玻璃门出来了，穿着蓝色竖条纹的丝缎睡衣，对张伟说："干吗，张大爷，晒太阳？还是想翻墙而过？"

张伟摇摇脑袋说："我们俩的房间阳台紧挨在一起，幸亏是我住隔壁，要是住了别人，很危险哦……"

"呵呵……"陈瑶快活地笑起来，"靠……这不还有推拉门嘛，在里面一反锁，你翻过来也进不了房间……"

陈瑶显然是刚洗完澡，头发还没干，睡衣开口略微有些低，雪白的皮肤露出来，还有白嫩的裸足，让张伟有些炫目，听陈瑶"靠"了一下，觉得陈瑶充满了野性的活泼和顽皮。

两人手攀在花墙的铁栏杆上说话，倒也挺有意思，像住家的邻居。

张伟说："这次来海南，你好像很释放啊，感觉你不大像以前那个小淑女了，哈哈……"

陈瑶嘻嘻一笑："是不是觉得我充满野性？"

"没，没充满，只有一点点，"张伟实事求是地说，"或者说是一种……"

"一种什么？"陈瑶含笑看着张伟。

"别样风情啊，很有女人味道哦……"张伟半调侃地说道。

"嘻嘻……"陈瑶很开心，"你真的这样认为？"

"是的，"张伟看看大海，深呼吸了两口略带咸味的空气，"我的泳衣送过来了，你的呢？"

"送过来了。"陈瑶拉了拉睡衣的领口，回身说，"歇息一会儿，晚饭再见。"

张伟也回了房间，洗了个澡，躺在床上，愣愣地想起陈瑶来。

不知怎么，陈瑶今天的"靠"突然给了张伟一种很新鲜的刺激，一个文文静静的女人，突然变得有点顽皮和野性，竟然是如此地撩人。

张伟想起了伞人，伞人顽皮起来应该是更撩人的。

臆想间，瞌睡虫上来，张伟睡了过去。

陈瑶并没有歇息，她没有心情歇息。

陈瑶回房间后，直接穿衣下楼，去了会务报到处，查询宁州来学习培训的人员名单，看了看，没有高强。

陈瑶心里舒了一口气，终于可以安心学习培训了。

陈瑶刚想出去到海边散散心，突然后面有人叫她："陈姐。"

陈瑶回头一看，是顾晓华，忙打招呼："顾总，你也来了，什么时间到的？怎么在飞机上没见你？"

张伟和陈瑶同一班班机，从萧山起飞的，机上有不少东兴和杭州的同行。

顾晓华拉着陈瑶的手说："我是从宁州过来的，这几天一直在那边办理业务，直接过来了，我们老板对我真好，让我来参加培训学习，听主办会议的说，你还要在会上发言做报告，到时候可得好好听听。"

陈瑶笑了，说："你消息可真够灵通的，刚下飞机你就知道了，我也才刚接到会议组织方的通知，呵呵……不敢当啊，就怕误人子弟哦……"

顾晓华嘻嘻笑着说："陈姐，你别谦虚，谁不知道你假日旅游陈董的能耐啊，在你面前，妹妹甘拜下风，到时候还得多请教呢……我住四楼4108房间，你住哪里？"

陈瑶一听，说："咱俩隔壁，我4106，张伟在4104，我在你们俩之间。"

"张总也来了，"顾晓华一听很高兴，"太好了，我正愁没熟人玩，有你们俩可就舒服多了，到时候学习间隙，咱们一起出去玩啊，做个伴。"

陈瑶心里暗暗叫苦，脸上呵呵笑着说："好，好，好……一起出去玩。"心里却在想怎样安顿好顾晓华，不让她搅和自己的好事。

看顾晓华满脸兴奋的样子，陈瑶老道地拍拍顾晓华的肩膀说："刚下飞机，很累了，去房间休息吧，我出去走一走。"

顾晓华满脸喜色地进电梯上楼。

一出宾馆门口，陈瑶直接又缩了回来，这阳光太暴烈了，晒暴了皮不划算，还是不出去了。

回到房间，陈瑶毫无困意，内心充满了兴奋和憧憬，心里在盘算着计划的每一个具体步骤，想着怎么样才能让事情顺理成章而又别具风情……想着想着，不由笑出声来。

陈瑶打开电脑，着手准备主办方刚才电话通知的发言材料。

其实，材料都在自己脑子里，也就是列一个提纲的事情。

陈瑶登录工作QQ，开始整理材料。

过了一会儿，有加好友的请求。

陈瑶点击一看，名称：小如，请求加好友，备注：旅游同行。

经常有同行加自己为好友，陈瑶习以为常，随意点击了一下小如的资料：年龄，二十六岁，性别，女，地址，瑶北。

瑶北的，张伟的同乡。陈瑶一下子来了兴趣，同意加为好友，然后主动打招呼："你好，你是瑶北的旅游同行？"

小如发过来一个握手的表情符号："您好，我是瑶北天马旅游，请问您是东兴假日旅游的陈董吗？"

陈瑶也发过去一个握手的表情："是的，请问你是怎么知道我的？"

小如说："幸会，陈董，我是在全国旅行社总经理名录上查到您的，随即就加您

157

为好友。"

陈瑶说:"哦……名录上很多人啊,你怎么单独加我呢?"

小如说:"是这样,我在华东旅游报上看到你们公司开发北方红色旅游线路的新闻,越看越佩服假日旅游的气魄和勇气,更加佩服您的胆识和创意,因为很佩服您,才……特别特别想向您学习,希望得到您的指导。"

陈瑶不由笑了,自己经常被这样的同行加为好友,不过,来自张伟老家的倒还是第一个,说:"呵呵……原来是这样,过奖过奖,大家互相学习,你做什么岗位的工作啊?"

小如说:"计调,负责地接这一块。"

陈瑶说:"计调,很好啊,计调是一个旅行社的中枢,你的工作岗位很重要啊,你做的一定很不错的。"

小如说:"哪里,还希望得到陈董的指点,不吝赐教。"

陈瑶说:"我想问一下,我们开辟的那条红色旅游线路,如果你们做地接报价的话,大约多少钱能拿下来?"

小如说:"陈董,你们现在的地接是通过新世界旅游做的吧,他们给你们的价格是多少?"

陈瑶把调整后的价格报给小如:"二千二百元每人,如果你们做多少能拿下来?"

小如停了一会儿,回复道:"陈董,我们做的话,二千一百八十元每人,比他们便宜,而且,我们的服务保证一流,保证不进店,保证住宿挂三的酒店。"

陈瑶说:"哦……我们现在的价格住的还是准三的酒店,你们为什么这么便宜?还有利润可以赚吗?"

小如说:"我们是靠量取胜,只要不赔本,利润薄一点也没关系,怎么?陈董有意向到我们这边做吗?"

陈瑶说:"呵呵……我们和瑶北新世界旅游已经开始合作了,签订了今年上半年的合作协议,是不可以随便更改的……"

陈瑶其实是一个托词,在对对方不了解之前,她不想因为一点钱随意更改合作伙伴,何况,对方的服务质量没的说,上一批的游客很满意,毕竟,从长远考虑,服务是最重要的。但是,多一个朋友多一条路,多认识一个做旅游的,特别是瑶北做旅游的,对于以后的发展,不无好处,起码可以随时知道当地的旅游资源和信息。

小如发过来一个笑脸,说:"理解陈董,陈董真是有情有义之人。"

陈瑶说:"小如,你的名字真好听,我应该怎么正确称呼你呢?"

小如说:"陈董,您就叫我小如好了,我的名字就叫小如。"

陈瑶说："好的，小如，这名字叫着亲切，干脆你也别叫我陈董了，太疏远，我比你大，你就叫我陈姐好了。"

小如说："好呀，那我就高攀了，陈姐好！嘻嘻……"

陈瑶说："小如好，呵呵……你是瑶北人吗？"

小如说："是啊，土生土长瑶北人。"

陈瑶说："我去过你们瑶北两次，你们那地方真的很不错，红色的热土，纯朴的民风，优美的瑶蒙自然风光，很具有旅游开发潜力。"

小如说："陈姐，你对俺们这地方这么了解啊。"

陈瑶说："是啊，我今年春节还是在你们那乡下过的，嘻嘻……"

小如说："哦……陈姐莫非有亲戚在俺们瑶北？"

陈瑶说："额……是啊，我……我男朋友家就是在你们瑶北的，我春节就是在他家过的。"

小如说："哦……陈姐原来是瑶北的媳妇，怪不得感觉这么亲切，看了名录，你的名字叫陈瑶，名字也和瑶北很有缘啊，都有一个'瑶'字，看来，这都是命中注定，缘分啊……"

陈瑶一阵高兴，仿佛又感觉到张伟家父老乡亲的淳朴和亲切，说："我男朋友家的地名真的和我很有缘，瑶水县新瑶镇张瑶村，瑶蒙山区，瑶山脚下，瑶水河畔，瑶水河就从他家门前流过……"

小如说："真的？这么多巧合？"

陈瑶说："是啊，我开始也不相信，后来去了才知道，很惊讶哦……"

小如说："姐姐，你真幸福……你男朋友……一定很优秀吧。"

陈瑶心里又是一阵暖意，说："是啊，很优秀的一个男人，你们山东人，山东男人都是很优秀的，当然，小妹是山东的女人，也一定是特别出色的哦。"

小如停顿了片刻，说："谢谢姐姐夸奖，很荣幸能认识姐姐这样出类拔萃的老板。"

陈瑶说："小妹别这样说，我也很高兴能认识来自瑶北的旅游同行，呵呵，爱屋及乌，一看到你是瑶北人，心里就感觉特别舒坦、特别亲热，呵呵……"

小如说："那以后有事情请教姐姐，还望陈姐不嫌麻烦。"

陈瑶说："大家都是同行，天下旅游是一家，咱瑶北和东兴又是亲家，别分什么彼此啦，哈……"

小如说："亲家……哦……呵呵……是的，是亲家……那好，今天就不麻烦姐姐了，以后有时间再聊。"

陈瑶说："好的，别客气，以后有事尽管说，我能帮的一定帮，咱是老乡啊，呵啊……"

今天认识了一个张伟的小老乡，还是同行，陈瑶心里很舒坦，晚饭时和张伟兴致勃勃地说："张大爷，今天我加了一个 QQ 好友，你们瑶北天马旅行社的，做计调的小姑娘，你老乡。"

张伟刚和顾晓华说完自己那十万块钱的事情，听陈瑶一说，抬起头来看着陈瑶问："天马旅行社？我怎么没听说过有这么一家旅行社？"

陈瑶说："现在旅行社多如牛毛，新注册的旅行社很多的，你离家这么久了，不知道有什么奇怪。"

张伟挠挠头皮说："是，有道理，怎么样？我老乡是不是美女？"

"哈哈……"陈瑶和顾晓华都笑起来，陈瑶说："你说呢？你们山东出大汉，可没听说你们山东出美女啊，美女都在四川重庆哦……不过，你那小老乡讲话挺好的，很甜，很亲切，很热乎……"

张伟点点头说："那是，俺们瑶北人对人都很热情的，都是个顶个淳朴善良的良民，回头你把那小姑娘的 QQ 号码给我，我加她，没事的时候和老家的美女聊天，也不失为一大快事。"

陈瑶一怔，没说话，忙低头吃饭。

第二十五章 | **我在君心**

"喂，我和你说话哪，你没听见？"张伟冲陈瑶说道。

"哦……"陈瑶抬起头，冲张伟甜甜一笑，"张大爷，你刚才说要你老乡的QQ号码？"

"是啊。"

"好，回头，回头我给你。"陈瑶狡猾地笑笑，说完又低头吃饭，不再说话。

顾晓华看着陈瑶的神态，若有所思。

晚饭后，三人相约回房间换泳衣，去海边游泳。

二十分钟后，三人外面穿着宾馆的白色睡衣，走出宾馆，直奔正对的海滩。

夜幕降临，海滩上高高的射灯亮了，照射在银白的沙滩上，一直蔓延到无边的黑色的波涛中……

温热的海风吹过，带来湿咸的清鲜空气，赤脚走在白天阳光灼射后的软软柔柔的沙滩上，耳畔传来海鸟的啼叫，还有椰树林被风吹过发出的飒飒声，一切，都那么充满风情，都那么让人心醉。

顾晓华见到久违的大海，一声尖叫，甩掉睡袍，飞快地直奔海浪的怀抱。

张伟抱着游泳圈和陈瑶欢快地走在沙滩上，紧跟其后。

游泳圈是给陈瑶用的。脱掉睡衣，陈瑶穿着淡蓝色泳衣，亭亭玉立，线条分明，凹凸有致，皮肤白皙。

这是张伟第一次真正近距离观察到陈瑶的身体，虽然夜晚的灯光没有白天清晰，但是，那昏黄的光线恰如其分地让陈瑶的身体披上了一层圣洁的光晕。

张伟呼吸有些急促，心跳有些加速，眼光有些发直……

陈瑶脸色有些发烫，心情有些兴奋，手足有些无措，吞咽有些频繁……

张伟也脱掉睡衣，两只胳膊一用力，对陈瑶开玩笑地说："看我，像不像健美运动员？"

陈瑶抱起游泳圈，弯腰抓了一把细沙扔到张伟身上，边扭身往海里跑边哈哈大笑："我看你像山上下来的大狗熊，哈哈……"

张伟哈哈大笑，也跟在后面涌进温热的海水里面。

那边，顾晓华正在深水里来回穿梭。

顾晓华的皮肤稍黑，身材倒也不错，但和陈瑶在一起，就差了一大截子。

陈瑶套在游泳圈里，高兴地大呼小叫，冲张伟喊："过来，把我往里推。"

张伟游过去，攀住游泳圈，推着陈瑶往深水里游。

陈瑶开心地往张伟头上撩海水，说："张大爷，你游泳技术挺好的哈，我看你像那浪里白条…"

张伟嘻嘻笑着让陈瑶在游泳圈里玩，自己在周围畅快游泳，一会儿出现在陈瑶前面，一会儿又在背后猛地冒出头来。

陈瑶舒服地蜷起身子，弯腰躺在游泳圈里，不时伸手撩水弄张伟，突然一不小心从泳圈里歪下来，直接掉进海水里。

陈瑶刚"啊"地惊呼一声，坠入海水里的身体已经被张伟稳稳接住，托着身体半露出水面，陈瑶不由伸出胳膊紧紧搂住张伟的脖子，身体紧紧靠到张伟的身体上。

张伟托着陈瑶游到浅水，抱着陈瑶走上沙滩问："没事吧？"

陈瑶没说话，明亮的眼睛正看着张伟，黑夜中发出激情的火焰，搂着张伟的胳膊一直没有松开。

张伟心猛地一跳，忙放下陈瑶说："没事就好。"说完，张伟又游进海里把游泳圈拉回来。

陈瑶坐在沙滩上，看着走回来的张伟，嘻嘻一笑："英雄，你又救了俺一次，俺得如何报答你呢？"

张伟没有回答陈瑶的话，在陈瑶旁边坐下，说："哎呀，这沙热乎乎的，真舒服。"

陈瑶拍拍张伟的肩膀说："大爷，你躺下。"

张伟正在回味刚才抱着陈瑶上岸的感觉，心跳地正狂热，听陈瑶这么一说，忙问："干吗？"

陈瑶抓起一把细沙在张伟的肩膀慢慢往下洒，柔声说道："报答你救命之恩啊。"

张伟心猛地剧烈跳动，转动脑袋看看周围，问："报答？咋个报答法？"

陈瑶用手推张伟胸脯，说："你先躺下嘛，听话！"

张伟眼一闭，躺了下去。

"感觉如何？"耳畔传来轻柔的细语。

"背部好舒服，温热，沙子的热度……"张伟惬意地闭着眼睛，享受着沙滩的余热。

"好，这或许对你背部的伤有好处，就这么躺着，别动……"耳边又传来陈瑶的甜美声音，"我让你全身心都享受沙子的热度……"

张伟在陈瑶温软的声音里享受着沙疗的舒畅，浑身都在放松，忽然感觉一股细细的温暖的沙子从天而降，飘飘洒洒落在自己身体上，睁眼一看，陈瑶正跪在自己脑袋旁边，双手捧起沙子，往自己身体洒落。

这种感觉像是羽毛轻抚身体，又像是蚂蚁在身上游动，还像是一双温柔的小手在身体上轻轻抚摸……

张伟仰面躺着，看着陈瑶缓缓的动作，看着陈瑶温情的眼神，看着陈瑶俊美的脸庞，看着陈瑶雪白的肌肤，看着陈瑶离自己眼睛和鼻孔如此之近的身体，不禁心驰荡漾。

陈瑶的身体虽然在海水中沐浴过，但仍有一股淡淡的香味袭来……这不是香水的味道，这是陈瑶的体香，身体的香味。

张伟紧紧咬了一下嘴唇，强压心火，转移视线，闭上眼，默默感受陈瑶的细心呵护。

"小鸡喜欢吃沙子，不是天生爱淘气，只因小鸡不长牙，无法嚼碎菜和米……吞下沙子在胃里，沙子就像磨碎机，磨碎菜米好消化，变成营养养身体……"陈瑶边往张伟身体上洒沙子，边低声唱起了一首童谣。

张伟听着陈瑶的呢喃声，充满了回忆和眷恋，心中一种感动的情结涌出来，柔情蜜意在心田环绕。

张伟的脑海里迷迷糊糊涌出了伞人：莹莹，此刻你在干吗呢？如果我们能一起在这样的夜晚这样的海边这样的海滩，该有多好啊。

很快，张伟的整个身体除了脑袋，都被陈瑶掩埋在了沙子里。

陈瑶低头看着张伟说："大爷，感觉舒服不？"

张伟睁开眼睛，正好对着陈瑶乌黑发亮的眼睛，还有近在咫尺的嘴唇和鼻孔，甚至呼吸到了陈瑶的呼吸，不禁吞咽了一下唾液，干声说道："舒服。"

陈瑶柔声道："大爷，喜欢俺对你的报答吗？"

"喜欢。"张伟说。

美女的脸蛋消失了，张伟的眼前出现了璀璨的夜空，繁星闪烁。

陈瑶也在沙滩上躺下，和张伟成一直线，脑袋顶着张伟的脑袋，睁眼看着无边无际深邃的夜空。

周围一片寂静，只有海水冲击海岸的涛声，还有远处游人的嬉笑声。

顾晓华知趣地在附近溜达，没有过来打扰。

张伟又想起了上一次三亚的夜空，自己和何英在沙滩上，那次，自己艰难地拒绝了何英，跌跌撞撞回到了宾馆，在电梯里和陈瑶擦肩而过。

张伟不由地想，如果当时和自己一起躺在沙滩上的是陈瑶而不是何英，自己还能顶得住诱惑吗？现在陈瑶和自己正躺在沙滩上，如果陈瑶向自己主动投怀送抱，自己能拒绝得了吗？

张伟的心里激烈翻腾，最终得出一个答案：一定能，必须能！

自己决不能做一个只会用下半身思考的动物，自己必须对得住伞人和自己的这份真挚的爱情。爱情，决不能掺杂进肉欲的放纵。只有当灵魂升华，肉体才会有真正的体味和享受，性爱才会是真正的情感和爱意的交流。性和爱，是永远不可分割的，没有爱，就没有真正的性！剥离了爱情的性，只能是动物的原始本能和肉体的机械放纵，只能是对真爱的亵渎……

回想自己南漂以来的经历，回想自己认识伞人以来的过程，张伟不禁深深后悔于自己和何英的事，深深羞愧于自己和王炎的鲁莽、幼稚，深深自责于自己的浅薄、放纵和不羁……同时，深深歉疚于伞人，内心深处对伞人充满了无尽的歉意，直至让自己心痛、抽搐……

"大爷，你在想什么？"陈瑶喃喃低语。

"我——我在想，这里的夜空为什么这么美丽，我终于明白了什么叫璀璨星空……"张伟回过神来，看着天空划过的一颗流星，"这种美丽，让我心悸，这是一种美丽地让人心痛的图画。"

"是的，多美丽的夜空，多美丽的星星……"陈瑶梦呓般地哼起来，"问天上的星星，什么地方？才有快乐没有悲伤？但星星却沉默没有回答？只用眼睛眨呀眨？……原来星星和我一样？在寻找避风的港湾？乞求一份温暖感受，让心不再流浪？……"

歌词优美动听，曲调婉转悠长，舒缓悠远，张伟听了怦然心动。

陈瑶一遍遍地唱着，张伟静静地听着，想起了遥远的伞人，想起了更远的丫丫，想起了北方的父母，想起了过去的那些人，那些事，心不由热起来，眼角慢慢湿润起来……

许久，二人就这么躺着，静静地，看着夜空，听着海的声音。

张伟被陈瑶带入了一个浪漫而静谧的境地，久久沉浸在那种氛围里不能自拔，让自己放肆在感动的边缘，任思绪飘落……

良久，张伟突然冒出一句话："我想去看看天涯海角。"

"嗯……"陈瑶回应道，"我也想去，想去天涯海角，那是我每次来都要去的地方。"

"那我们现在去吧，我现在就想去。"张伟说。

陈瑶轻轻一笑："傻瓜，那边现在黑咕隆咚的什么都没有，你去干吗？装孤魂野鬼？明天吧，明天早上，我们起床去看日出，去天涯海角看日出，去迎接崭新的一天，迎接崭新的阳光……"

"好，"张伟答应道，"那我们几点起床？"

"随你，各人起各人的，自己过去，看谁先到，"陈瑶又是一阵呢喃，"天涯何处不逢君，天涯何处又逢君……或许，明天的日出会让你很难忘……"

张伟说："好，听你的，但愿是一个难忘的日出。"

陈瑶爬起来，又跪在张伟的脑袋旁边，用手轻轻拂去张伟身上的沙子，一点一点，边说："大爷，沙疗结束了，您老人家该去冲洗一下了。"

拂到最后的沙子时，陈瑶的手在张伟皮肤上轻轻拂过，柔嫩热滑。

张伟不敢让自己多体会，爬起来冲进大海……

陈瑶坐在沙滩上，任海风吹拂着自己的身体，看着水里的张伟，含情脉脉……

一会儿，顾晓华轻轻走过来，坐在陈瑶身边，默默看了一会儿，突然说："陈姐，张总人不错。"

"嗯……"陈瑶轻轻应道。

"属于那种让女人看了就不会忘记的男人。"顾晓华又说，看着陈瑶的脸。

"嗯……"陈瑶出神地看着水里的张伟。

"也是你喜欢的那种男人。"顾晓华继续说。

"嗯……"陈瑶继续回应。

顾晓华盯住陈瑶，说："陈姐，我看出来了，你喜欢张总，你们俩真的很合适，天生的一对！"

"哦……啊……"陈瑶猛然醒悟过来，看着顾晓华，"晓华，你刚才说什么？"

顾晓华嘻嘻一笑，说："陈姐，你太入神太投入了，连我说什么都没注意听哈……在看什么，在想什么呢？"

陈瑶脸一红，嘴角露出掩饰不住的笑意："鬼丫头，你说呢？"

顾晓华顽皮一笑，说："我说啊，你在发春，哈哈……"

顾晓华边说边爬起来往回跑："不打扰你们俩的好事了，回去休息啦……"

陈瑶摇摇头，笑了笑，继续托着腮帮看着在海水里翻腾的张伟。

一直等到张伟游累了上岸，陈瑶才站起来，穿上睡衣，把张伟的睡衣递过去说："累了吧，穿上睡衣，回去休息吧。"

张伟恋恋不舍地看着大海，说："哎——真是不舍得啊，海水太好了，南海，真好。"

陈瑶抿嘴笑笑："没关系，还有一周时间呢，晚上都可以来这里玩的，我每天晚上都陪你过来玩，做沙疗，对你身体的伤有好处。"

张伟觉得心里不大自在，陈瑶的话太近乎了，感觉和陈瑶的关系有些说不清道不明，特别是顾晓华又提前回去了。

回到房间冲洗完毕，张伟舒舒服服地打开电脑，上网，登录QQ。

伞人在线。

"莹莹，亲爱的，我来了。"张伟发过去一个企鹅翻腾奔跑的表情。

伞人说："哈哈，慢点跑，别摔着，大当家的！"

张伟说："呵呵……莹莹，我在三亚了，刚从海边游泳回来。"

伞人说："看到你给我的留言了，去海边开心吗？"

张伟说："开心，很舒服，陈瑶帮我做沙疗了，虽然不是白天的沙子，仍然很温暖，很舒服。"

伞人说："哦，沙子舒服还是美女舒服？"

张伟说："当然是沙子舒服啦，你乱想什么啊，我可什么也没做，我心里一直好想你，好想让你和我一起在沙滩上看星星……"

伞人说："嗯……傻熊，只要你心里有我，只要你心里偶尔能想起我，我就很知足了……我很容易满足的，我很好打发的，是不是？"

张伟说："莹莹，亲爱的，我不是偶尔想起你，我会一直想着，天涯海角都想着你……对了，明天一大早，我们去天涯海角看日出。"

伞人问："你们？几个人？"

张伟说："我和陈瑶。"

伞人说："好浪漫啊，阳光、沙滩、海浪、椰林、美女……好羡慕哦……"

张伟说："你不喜欢我和她一起去？那我就不去了。"

伞人说："别，有个伴总比自己一个人好，去吧，去那里好好想想我，我就能感知到。"

张伟说："嗯……我会在那里祈祷我们的爱，祈祷我们的未来，祈祷我们的幸福……"

伞人说："嗯……我的……小男人，去吧，我会用心去感受你的这份情意，用身心去感受你的爱，明天，当黎明破晓的时候，我会在你身边，如影随形，紧紧跟着你，感觉你的火热和痴情……"

张伟说："好的，亲爱的，我会让你感觉到的，我会让你和我一起看日出，听海涛，看天水一色……我会用心把我心里的感受传递给你，穿越万水千山……"

伞人说："我的爱人……你真好……明天，注定是一个难忘的日子，用心去铭刻，用心去记忆吧……"

张伟说："莹莹……我的爱，不仅仅是明天，只要拥有你，每一个朝阳升起的日子都是那样让我难忘，每一个日出都是那样让我眷恋，我会用心的，会用心去体味你、品味你……"

伞人说："小男人……我是你的，我只是你的，我愿意让你来体味，来品味我，用你的心……"

张伟说："莹莹，我不是小男人，我是大男人，我要做你的大男人。"

伞人说："你是我现实生活中的大男人，顶天立地的大男人，可是，在我的感情生活里，你是我的小男人，我心中永远疼爱的小男人……"

张伟说："以后，我要你做我的小女人，我会好好爱你，好好疼你，呵护你，保护你……"

伞人说："嗯……我愿意做你的小女人，很快，我就是你的小女人……"

张伟说："姐，我好幸福！"

伞人说："哥哥……"

张伟的心狂热地跳动起来，说："你……你终于叫我哥哥了……我……"

伞人说："哥哥……我爱你……我是如此刻骨地爱着你，我的生命中，只能有你……在我的全部心田里，你是我的唯一……"

张伟快要疯狂了，说："莹莹，我爱死你了……我真的好幸福啊，我是全世界最幸福的男人……"

伞人说："哥哥……我会让你幸福，我会让你成为全世界最幸福的男人，只要你愿意，我的世界全部属于你……"

张伟说："姐，我愿意，我愿意……只要你愿意，我的世界也全部是你的……"

伞人说："哥哥……我的心跳的厉害，像要跳出来……"

张伟说："莹莹，我也是，一样一样的。"

伞人说："哥哥……幸福就要来临了。"

张伟一阵狂喜，说："莹莹，宝贝，你是说我们很快就要见面了？"

伞人说："是的……很快，很快……明天即将来临……"

张伟说："好啊，明天即将来临，明天会更好，美好的明天在召唤我们……终于等到了，我培训结束一回去，我们马上就见面，好吗？"

伞人说："傻熊哥哥……只要你喜欢……都听你的，什么都听你的……"

张伟说："宝贝，你真好……真温柔、乖巧，我喜欢你这样……"

伞人说："哥哥……"

张伟说："嗯……姐，你说。"

伞人说："我要你答应我一件事情，你必须要答应我。"

张伟说："别说一件，就是一万件，一亿件，我都答应你，你尽管说。"

伞人说："我们……我们见面的时候，你……你见了我，不许跑。"

张伟说："傻丫头，我见了你亲热还来不及，干吗要跑呢？我不会跑的，我会把你抱在怀里，好好抱抱你……"

伞人说："你说的，不许反悔。"

张伟说："当然，一定，绝不反悔。"

说完这话，张伟心里又有些犯嘀咕，莹莹干吗怕自己见了她跑啊，是不是莹莹真的是黄脸婆啊？

伞人说："嗯……那一定要遵守诺言哦……"

张伟说："你放心，莹莹，你就是真的是黄脸婆，我也一样爱你的，我爱的是你的内心，不是你的外表，更不是你的钱财……"

伞人说："嗯……哥哥，我相信你……不过，我得告诉你，提前给你打个预防针，我……我不丑的，而且，而且——据群众反应，还比较漂亮，属于美女系列……"

张伟高兴起来，说："啊哈……太好了，讨个美女做老婆，表里如一，多幸福哈……"

伞人说："还有，我——"

张伟问："你什么？说吧，亲爱的。"

伞人说："我——我不是很穷，我属于这个社会的富裕阶层，手里有不少票票的。"

张伟说："好啊，我已经没有自卑、仇富观念了，有钱总比没钱好，你要是个千万富婆、亿万富婆那才好呢，我这个老公也就跟着享福啦……"

伞人说："嘻嘻……我还没叫你，你就自称老公了。"

张伟说："嘿嘿，乖，莹莹，叫一声'老公'。"

伞人说："不，不叫。"

张伟一愣，说："为嘛？你还有别的心思？鬼丫头。"

伞人说："我——我想等到……当面叫你……"

张伟开心地笑起来："啊哈……好啊，我等着……我也要当面叫你老婆……"

伞人说："傻熊，看到你这么开心，我好幸福。"

张伟问："你开心吗？"

伞人说："开心。"

张伟说："那我也很幸福。"

伞人说："嗯……记住，明天一定要去天涯海角看日出，我会跟着你，和你一起呼吸、跳动……"

张伟说："嗯……姐，心会跟爱一起走，说好不回头……明天我会带着你的心一起，我们两颗心一起跳动，一起去看日出……"

伞人说："好哥哥……傻哥哥……你喜欢激情和浪漫吗？"

张伟说："喜欢，我喜欢浪漫和激情。"

伞人说："嗯……哥哥……我会给你激情，我会给你浪漫，我会让你刻骨铭心，让你永生难忘……在幸福降临的时刻，我——我希望——我希望你能抱着我，让我依偎在你宽阔的胸膛，倾听你有力的心跳……"

张伟说："我会抱着你，我要抱着你，我会让你去体会激情和浪漫，我会让我们的爱在浪漫和激情中升华……"

伞人说："那……哥哥，休息吧，时间不早了，明天你还要早起床，带我去看日出，好梦……"

张伟说："嗯……好的，今晚，不，见到你之前的所有晚上，我都会在梦里和你在一起，梦见你……"

伞人说："哥哥……晚安……"

张伟说："晚安……莹莹。"

这一晚的张伟无疑是幸福的，在狂喜和激动中久久难以入眠，睡一会儿就醒过来看看时间，急切等待着起床去看日出，带着莹莹的一颗火热滚烫的心去看日出，去让天涯海角见证自己这段海枯石烂的爱情。

五点三十分，张伟悄悄爬起来，穿好衣服，洗漱完毕，蹑手蹑脚上了阳台，一看，陈瑶房间里黑着灯，毫无动静，一定还没有起床。

张伟嘿嘿一阵笑，自己先出发，陈瑶赶不上自己的。

张伟悄悄溜出了宾馆，出门向左，沿着海边的椰林，直奔天涯海角。

天色还早，夜幕沉沉，黎明前的最后一丝黑暗还在徘徊着不肯离去，天空灰蒙蒙的，周围弥漫着凉丝丝的雾气。黎明前的大海分外温柔，海浪轻轻冲击着沙滩，一阵海风吹来，撩起张伟的黑发。

张伟一阵小跑，在椰林中穿行，很快就看到了天涯海角的巨大石刻。

天涯海角，我来了，我又来了，带着莹莹一起来了！张伟心潮澎湃，站立在石刻旁边的岩石上，就是上次陈瑶站立的那块岩石上，凝望着天涯海角，回想起昨夜莹莹的叮咛，一阵激情勃发，一阵浪漫的情怀喷涌……

莹莹，亲爱的，此刻，我就和你一起，带着你的一颗心，和我一起看日出，让我们共同来感受这份火热和激情吧。张伟心中一阵狂乱的幸福。

海浪拍击着岩石，朵朵浪花亲吻到张伟的脚上，带给张伟一阵温馨。

张伟眺望着无尽的海边，眺望着海天相接的地方。

不知过了多长时间，天空在慢慢放亮。放眼望去，东方天际微微露出橙黄色，随着时间的推移，橙黄色不断扩散，并越来越浓，水天相接处成为紫色。渐渐地，太阳探出前额，红红的额头，一点儿一点儿地从海面升起，慢慢地，一纵一纵地，使劲向上升着……

张伟屏住呼吸，伫立在海浪拍打的岩石上，看着朝霞在远处的天际弥漫……最后，太阳如释重负般地跳出海面，红彤彤的，仿佛是一块光焰夺目的玛瑙盘，缓缓地向上移动。红日周围，霞光尽染无余，那轻舒漫卷的云朵，好似身着红装的少女，正在翩翩起舞。

张伟被这壮丽的自然景观感动了，沉浸在感叹和激动之中，久久不能释怀，心中一遍一遍狂热地呼喊：莹莹，你看到了吗，你看到了没有，你一定是看到了，我们一起看到了，多么壮观的日出，多么绚丽的景观，只有我和你，我们在一起欣赏，这个世界，此刻只有我和你……我们，我们永远在一起……天涯海角见证了我们的爱，我们日出东方、永不磨灭的爱……

张伟被巨大的幸福环绕和包围，像一根木桩，矗立在岩石上，那块陈瑶曾经站立凝望大海的岩石上。

张伟心如潮涌，对伞人无尽的爱意一浪高过一浪，汹涌澎湃，席卷而来……历尽沧桑的温柔，陪你度过一生够不够？

天涯海角不算远，我会飞向你窗口……

张伟突然想起了这句歌词，感触颇深。

张伟的脸颊上，两行热泪静静滑落……

这是幸福的泪，这是爱情的花朵，这是收获的泪……

……

"哥哥……"突然，一个轻轻柔柔的声音从张伟身后娓娓传来。

张伟浑身一震，转过头去。

第二十六章 | 最远的爱

陈瑶不知什么时候站在了自己身后，穿了一件蓝色碎花的连衣裙，正是去年张伟在三亚第一次见陈瑶时她穿的那件，就连头发也是那次一样的发式。

陈瑶两手放在小腹前面，搅和在一起，两眼睁得大大的，水灵灵的，看着张伟。

张伟心中猛地一震，陈瑶干吗要叫自己哥哥，这是为什么？

张伟转过身，怔怔地看着陈瑶问："陈瑶，你叫谁呢？"

"哥哥……"陈瑶明亮的眼睛看着张伟，声音颤抖。

张伟的头一下子有些发炸，说："陈……陈瑶，你什么意思？！"

"傻熊哥哥……"陈瑶不回答，继续叫着，胸口起伏越来越激烈。

张伟直勾勾盯着陈瑶，脑袋里的血直往上涌，嘶声说道："你……陈瑶……你……在干什么？"

陈瑶紧紧抿着嘴唇，强压住内心的激动，说："傻熊哥哥……你不是要带我来看日出吗？"

"你——你——"张伟手指微微抬起，哆哆嗦嗦，指着陈瑶，"你——你怎么知道的？你——你——你是谁？"

"是你亲自告诉我的啊，你昨晚不是说，今天早上要带我来看日出吗？我——我是我啊，傻熊。"陈瑶压抑不住自己内心的激动。

张伟心里突然翻江倒海一般汹涌，脑海里突然猛地开始崩裂，看着陈瑶，不由退后一步，走下岩石，在沙滩上摇晃了几下，站住，瞪着陈瑶，哑声说道："你——你到底是谁？"

"我是伞人！我是莹莹！我是姐，我是陈瑶，我是张小波……"陈瑶一口气说完。

"什么！"张伟大脑迅速在崩溃，猛地喊道："这不可能？你——你撒谎！"

"世间万物，凡事皆有可能！"陈瑶走近张伟，眼睛里水汪汪的，"哥哥，我不叫瑶瑶，我叫莹莹，我就是伞人，就是你撒色子撒出来的女网友伞人，就是一直被你叫姐姐的伞人，就是被你'网上一个我，网上一个你'吸引过来的伞人，就是鼓励你南下漂泊的伞人，就是在现实和虚拟之间一直和你交往的伞人——陈瑶——张小波！"

陈瑶说完，热泪终于流淌下来。

陈瑶没有擦拭，或许，在等待张伟来擦拭。

"啊——！"张伟猛地摇晃着脑袋，看着陈瑶，"这不可能！天底下就没有这么巧的事，天底下就不会发生这么巧的事，你在撒谎！你在骗我！你……"

张伟无法承受这突如其来的事实，狂烈地摇头，语无伦次地喊叫，大脑终于崩溃了，疯狂地转身，沿着海滩狂奔而去。

"站住！"张伟身后传来陈瑶提高嗓门的声音，"你答应我，见了我不跑的！"

陈瑶的声音仿佛具有某种震慑力，张伟在奔出十多米后，猛地像根木桩般钉在了沙滩上，呆若木鸡。

陈瑶缓缓从后面走过来，边走边说："哥哥……你答应过我，见了我不跑的，你答应过我，见了你的意中人不跑的……我答应过你，会让你见你的意中人……哥哥……我的意中人，就是你啊……"

说话间，陈瑶已经走近张伟，从背后拦腰抱住了张伟，脸颊贴在张伟的后背，幽幽地说："你征服了我，你让我陷了进来，你让我不能自拔，你让我从虚拟走到了现实，你在虚拟的网络上融化了我心里的全部坚冰，你在现实中温暖复苏了我冰冷死去的心……你——让我深深爱上你，你——让我在爱的泥沼里迷失了自己，你——带我走出阴霾，见到阳光……哥哥……我说过，我一直在你身边，我一直和你在一起……"

张伟分明感到，自己的后背已经潮湿，温温的，那是陈瑶欢欣的泪水。

张伟愣愣地缓缓转过身，拉着陈瑶的手，紧握着，直挺挺地站着，眼神充满迷惘和惊异："陈瑶，你——你真的是伞人?!"

陈瑶不顾满脸的泪痕，看着张伟，使劲点点头，说："傻熊，是的，我就是伞人，我就是你姐。"

张伟仰天长啸："啊——这太不可思议了，这太刺激了！"

说完，张伟又猛地盯着陈瑶，一遍一遍地说："这太不可思议了……我怎么一直没感觉到呢?"

陈瑶任张伟握着自己的小手，说："这叫当局者迷，其实，你稍稍用心去考虑，稍稍用心去琢磨，你就能发现我和伞人有很多雷同之处，不然，我怎么叫你傻熊?"

张伟仿佛恍然隔世，还是不能回过味来，心里整个翻了个过儿，一切都乱了，傻傻地看着陈瑶。

陈瑶抬手摸着张伟的脸，说："傻熊，笑一笑?"

张伟木然咧嘴，说是笑，仿佛像哭。

陈瑶看着张伟，说："傻了?"

张伟点点头。

陈瑶拍拍张伟的脸颊问："是不是很刺激？是不是很浪漫？是不是很激情?"

张伟嘴巴半张，看着陈瑶，点点头："太过分了，太浪漫了，太刺激了……"

陈瑶脉脉含情地看着张伟说："哥哥，昨天晚上你还答应我一件事情的，你还没兑现。"

"昨天，"张伟此刻的心里不知是狂喜还是懵了，呆头呆脑看着陈瑶，"昨晚？什么事情?"

陈瑶猛地扑到张伟怀里，脑袋抵着张伟的胸口，低语道："你昨晚答应，见了我抱我的……"

陈瑶柔软的身体紧紧贴着张伟的身体，浑身的热量温暖着张伟的身体，张伟不禁惊异于陈瑶的主动和热烈，这是以前从没有见过的。

张伟浑身像电流穿过，像在做梦，像从另一个星球归来，浑身血液快速奔流，心跳剧烈，像要跳出来，脑海里突然涌出一阵狂喜，一阵激情，一阵猛烈的冲动，不由自主伸手搂住了陈瑶的身体，嘴里喃喃道："这——这是真的吗？这一切，都是真的吗?"

"是真的，这一切都是真的，哥哥……我们终于在一起……"陈瑶偎依在张伟怀里，紧紧地，呢喃低语。

"真的？这都是真的？我不是在做梦吧？我不是做梦吧……"张伟的下巴抵在陈瑶的头发上，紧紧搂住陈瑶的身体，"你真的是莹莹？你真的是伞人？你真的是姐？真的吗?"

"是的，这一切都是真的，哥哥……"陈瑶搂住张伟的腰，"我就是你生命中的伞人姐姐，你就是我的傻熊弟弟，我依托终身的小男人。"

张伟仿佛终于回到了现实，松开陈瑶，扶着陈瑶的双肩，低头看着陈瑶的脸，久久注视，半晌说："姐……"

"弟弟……"陈瑶叫了一声，幸福的泪水又流了出来。

张伟伸手轻轻擦拭陈瑶的脸庞，说："莹莹……"

"哥哥……"陈瑶又扑到了张伟的怀里，更加紧密地和张伟贴在一起，紧紧搂住张伟的腰。

张伟长长出了一口气，接受了这个现实，终于醒悟过来，终于开始认可自己从虚拟到现实的转变，心里顿时被全部的兴奋和喜悦所充斥，大脑被高度的激情和狂喜所填满，大大地张开臂膀，将陈瑶环绕在自己的怀抱，轻轻抚摸着陈瑶的头发，嘴巴贴近陈瑶的耳畔说："亲爱的，莹莹，我的爱……原来，最远的爱就是最近的你……"

张伟的眼泪又一次流出来，滚滚而出，滴在陈瑶的脸颊和头发上。

"哥哥……"陈瑶抬起头，伸手轻抚张伟脸颊上的泪水，"这里，是我们第一次正式相见的地方，几个月前，在这里，我第一次倾听到了你的声音……"

"是的，今天，我们又一次在这里相见，却是来圆我们的一个梦，一个地久天长、海枯石烂的梦，一个从虚拟里诞生，在现实里成长的梦……"张伟用热切的目光看着陈瑶。

陈瑶用手轻轻掩盖着张伟的嘴唇，抬头看着张伟，目光里充满了欣慰和温情，说："哥哥……这不是梦，是心愿，我们来这里，是来实现我们的心愿，我们共同的心愿，在这里，让天涯海角来见证、来验证我们的爱！我们的爱，就像这流传千古的美丽的爱情故事，永永远远……"

张伟感动地再一次将陈瑶拥入怀里，抚摸着陈瑶的肩膀，说："莹莹，梦幻成真……梦幻终于成真了……"

在南海之滨，在天涯海角，在椰树林旁，在美丽的朝霞掩映下，涛声做伴，张伟和陈瑶久久拥抱在一起……

许久，两人才分开，互相脉脉含情地注视着，仿佛要看到对方的心里去……

张伟笑了，笑得很轻松，很灿烂。

陈瑶笑了，笑得很开心，很欣慰。

"我爱你，莹莹。"张伟说。

"我也爱你，傻熊哥哥。"陈瑶说。

两人又笑了，互相看着对方，手拉着手。

"哥哥，时间不早了，我们该回去吃早饭了，一会儿要开始开会，下午我要做一个经验交流报告。"陈瑶拉拉张伟的胳膊。

"嗯，好的，我们往回走。"张伟说。

两人像一对热恋的情人，甜蜜地手拉手，沿着海边的椰树林，往回走，边走边柔声细语。

"你让我做了一个长长的梦。"张伟感慨万千。

"你在梦里融化了我。"陈瑶挎着张伟的胳膊。

"我在梦里伤害了你，亲爱的。"张伟说。

"我最终还是被你彻底融化，哥哥。"陈瑶说。

"以后我只会疼爱你，呵护你。"张伟说。

"以后我做好好伺候你，爱你。"陈瑶说。

张伟停住，又扳过陈瑶的身体问："我还是感觉像是在做梦，你真的是伞人？"

陈瑶捏住张伟的腮帮问："疼不疼？"

张伟说："不疼。"

陈瑶用力，问："疼不疼？"

"这回疼了。"

"好，"陈瑶松开手，"当家的，这不是做梦，是真的，明白了？"

张伟点点头说："嗯……明白了，那我再抱抱你。"

陈瑶莞尔一笑："傻样，傻熊。"

张伟张开胳膊，陈瑶投了进去……

周围很安静，阳光透过椰树林的叶子，洒落进来，照射在二人身上。

过了一会儿，陈瑶挣脱出来，理了理头发，把手放进张伟的手心说："好了，当家的，抓紧回去吃饭了，用早膳了。"

两人一直走到宾馆附近才分开手。

顾晓华已经吃过饭，正在宾馆门口，看到张伟和陈瑶往回走，两人满面春风，心里一乐，冲陈瑶喊道："一大早你们俩就出去幽会啊。"

张伟和陈瑶相视一笑，陈瑶对顾晓华说："我在泡哥哥呢，这不，刚泡完。"

张伟呵呵地开心笑着。

顾晓华抿嘴笑笑，冲张伟说："张哥哥好幸福哦，被这么好的美女泡上，唉……我看看，这几天能不能也找一个哥哥去泡泡……"

陈瑶指了指不远处正在散步的一个老外说："喂，晓华，那里有一个，进口的，你去泡吧。"

张伟和顾晓华哈哈大笑，顾晓华说："算了，进口的不好，还是国产的好，俺还是专心泡俺家阿龙吧，哈哈……"

陈瑶拉拉张伟的胳膊，对顾晓华说："不和你说话了，俺们要吃饭去了。"

早上八点半，培训班开课。参加培训的三百多人，来自浙江和海南两省的旅游公司，讲课的都是大学旅游系的教授，还有国内知名的旅游专家。培训安排是上午授课，下午分组交流或者请专家作报告，第一天下午就是陈瑶作报告。

听课的时候，陈瑶和张伟挨在一起坐，陈瑶听讲很专心，认真做笔记。

张伟整个一上午就没听进去，脑海里从头过滤，从自己撒色子认识伞人，到自己见到陈瑶，到和陈瑶一起去北方过年，一直到现在，整个过程全部仔仔细细想了一遍，凝神了一个上午，终于恍然大悟，终于明白早上的确不是一个梦，终于知道，自己身边正在认真听课的美女，就是自己朝思暮想的伞人姐姐，就是自己的梦中情人，就是自己最爱的女人。

张伟脑筋终于转了过来，全身心弥漫笼罩在幸福和喜悦当中，回味起早上和陈瑶的亲密呢喃，不禁心跳加速，又浮想联翩……

"哗……"掌声响起来，上午的授课结束了，老师宣布下课，大家一起鼓掌致谢。

张伟也用力地鼓掌，咧开嘴巴傻呵呵地笑着。

陈瑶看着张伟，问："当家的，你笑什么？"

"开心呀……讲得真好……"张伟用力地拍着巴掌。

陈瑶看了张伟的笔记本一眼，说："你一个上午就没听课，开什么心？还这么傻乎乎鼓掌，傻熊一样。"

张伟合上笔记本说："我用脑子记的，你懂什么，女人家。"

陈瑶笑嘻嘻地看着张伟说："呵呵……我知道你脑子又飞了，幸亏我记得很详细，回头你可以看的。"

张伟呵呵笑着说："咱两口子谁跟谁啊，你记好了就可以，呵呵……"

陈瑶拍了拍张伟的胳膊说："哥哥……下午我作报告，你可要好好听哈……"

张伟微笑着看着陈瑶说："我的女人作报告，我一定要好好听……"

陈瑶高兴地笑了，站起来说："吃饭去。"

下午是交流和报告时间，先听报告，陈瑶来做。

张伟怀着激动、自豪、甜蜜的心情，目不转睛地看着讲台上侃侃而谈、温文而雅、举止大方、雍容华贵的陈瑶，幸福和感动环绕全身。

陈瑶演讲的主题是关于如何在创新中求发展，内容很多都是最近假日旅游的实践活动，很多观点都是和张伟共同研讨总结出来的新观点，其中，陈瑶还特别提到了自己和张伟一起在北方过年期间的所见所闻，以及开辟北方瑶蒙山红色旅游线的成功实践，而且，还重点推介了龙发旅游区域代理的成功操作，特别强调这是吸收、创新、敢于实践的结果。

陈瑶的报告内容翔实，论据充分，重点明确，主题鲜明，不时被大家的掌声所打断。张伟更是开心地鼓掌，心里乐开了花。

这个众人景仰、高贵教养、魅力迷人、气质超群的美丽女人，竟然是自己的亲密爱人，这让张伟顿感自豪和激动。

第二十七章 沉醉迷离

陈瑶最后说："各位老总，目前金融危机带给旅游业的影响还没有过去，但是，只要我们大家坚定信心，转变发展思路，积极吸纳好的成功做法，勇于创新，我们就一定会渡过难关……爱情上有一句话：'沧桑过后是温柔'，用在我们的事业上，就是'沧桑过后是阳光'……相信我们的旅游业一定会杀出重围，一定会像这春天一样，勃发出无限生机和活力……"

大家一起站起来鼓掌，陈瑶鞠躬退下。

晚饭后，张伟和陈瑶没有去海边游泳。张伟提议一起出去散步，于是，二人在海边的椰林中漫步穿行。

椰林里很安静，只有树叶的飒飒声和草丛中不知名小虫的叫声，远处传来游人的嬉闹声。

二人静静地随意走着。

"下午我讲得好不好？"陈瑶挽着张伟的胳膊，问张伟。

"废话，当然好了，"张伟嘻嘻笑着，"你这么问我，是不是想让我再夸奖你一遍？"

"嘻嘻……坏蛋，你就不能不说出来，心里明白就好了……坏哥哥……"陈瑶用力摇晃了一下张伟的胳膊，语气亲昵地说道。

张伟心中一荡，扭头看看周围，没人，夜色笼罩下的椰林空气清新，气氛分外暧昧，不由站住，一把把陈瑶搂进怀里……

"哥哥……"陈瑶温顺地拥进张伟的怀抱，声音微微颤抖，抬头注视着张伟。

月亮升起来，悬挂在浩渺的星空，月光下，陈瑶的目光明亮闪烁，面容娇媚俊俏，小鸟依人。

椰林婆娑，微风阵阵，小虫奏鸣曲低吟演唱，静谧的椰林中春意浓浓。张伟低头，火辣辣的目光注视着陈瑶，注视着陈瑶脉脉含情的眼神，注视着陈瑶娇嫩可人的脸庞，还有红润性感的唇。张伟感到了陈瑶呼吸的加快，还有紧贴住自己身体的胸部的起伏在逐渐剧烈。张伟呼吸着陈瑶的呼吸，呼吸着陈瑶的体香，心中涌起无限爱意。陈瑶闭上了眼睛，睫毛在微微颤抖。张伟心里一阵痉挛，慢慢低头，注视着月光下皎洁的陈瑶，慢慢吻向陈瑶的唇。终于，张伟的唇覆在了陈瑶的唇上，软软的，滚烫的，湿润的。

陈瑶浑身一颤，更紧地搂住张伟，柔顺地迎合着张伟火热的唇。

"宝贝……"张伟低头深情地看着陈瑶。

陈瑶搂住张伟的脖子，同样深情地仰视着张伟。

良久，两人的唇再一次默默结合在一起，揉捏在一起，互相找寻着对方的热烈和炽热……

树林里静静地，小虫也停止了鸣叫，天上的星星眼睛一眨一眨，默默注视着椰林中的幸福和温馨。良久，张伟和陈瑶内心的激情终于暂时平息了下来，搂抱在一起，走出了椰树林，沿着海边漫步。

夜色皎洁，月光下的大海显得分外美丽、温柔、安静。

张伟搂着陈瑶的肩膀，陈瑶把手放在张伟的手里，偎依在张伟身边，二人沿着海边的沙滩，在若有若无的浅浅的水里随意走着。

"瑶。"张伟说道。

"嗯……"陈瑶答应着。

"喜欢我这样称呼你吗？"张伟低头亲了一下陈瑶的头发。

"喜欢……"陈瑶把头轻轻靠在张伟的肩膀上，幽幽地说："你称呼我什么，我都喜欢，只要你喜欢，我就喜欢……"

张伟拍拍陈瑶的脸蛋，说："丫头，你真乖，看不出，一个叱咤风云的传奇女富婆，竟似这般温柔，这般小鸟依人……"

陈瑶微微一笑，说："哥哥，我的温柔只对你，我的温柔只给你，我……我……不管我在外面多么三八，不管我在外面多么恶煞，在你身边，我永远是你的小鸟，你的羔羊……"

张伟心理得到了极大的满足，有女如此，还是美女，夫复何求？不禁喟然一叹："姐，真的像是一场梦啊……你这个广告公司黄脸婆小职员竟然摇身一变成了千万美女富婆，我就一直奇怪，一个小职员，竟然会有如此之高的管理能力和知识水平，完全可以做一个企业家，一个女老板的。"

陈瑶抿嘴笑笑，说："哥哥，你不是要让我做董事长，你做总经理的吗？嘻嘻……我现在是董事长了，你也是常务副总经理了，可惜，不是一个公司的……"

张伟摆摆手说："哎呀……别笑话我了，你这家伙，一直戏弄我，把我糊弄晕了，我哪里知道伞人原来竟然是你啊？"

陈瑶忍不住又笑，摇晃着张伟的身体说："哥哥，好不好玩？刺激不刺激？浪漫不浪漫？"

张伟挠挠头皮说："好玩，刺激，浪漫，就是差点弄出事来，呵呵……幸亏我思想好，没在之前把何英……否则，伞人还不知怎么看我呢？"

陈瑶一怔，站住看着张伟，问："哥哥……那你为什么要和她那样呢？"

张伟一愣，脸色不悦地说："莹莹，都是过去的事情，不要提了，好不好，你觉得提起来很过瘾？刺激？让我回答了满足？"

陈瑶低头不语，又拉着张伟的手说："那好，不说这个了，哥哥，你别生气，我就是随意说出来的。"

张伟觉得自己刚才有点过了，揽过陈瑶的肩膀说："莹莹，过去的事情，我不愿意再回首，不堪回首……其实……其实即使我和她那样的时候，脑子里想的都是你，都是当做是你来……"

陈瑶抬头默默看了一会儿张伟，又扭头看着月光下银白的大海，没有说话。

"不说这个了，"张伟在陈瑶后面环抱着陈瑶，下巴抵在陈瑶的肩膀，嘴唇在陈瑶的耳畔和脖颈滑动，吮吸着陈瑶的芳香，边在陈瑶耳边说，"这是我们的世界，也是我们的空间，以后，我们永远在一起，我们的世界里，永远只有我和你……"

陈瑶闭上眼睛，微微仰头，迎合着张伟，嘴里喃喃道："哥哥……对不起，我不该扫兴，扫你的兴……以后，以后我不会再提这个事情了……"

张伟轻轻吸着陈瑶呼出的空气，亲吻着陈瑶的唇，说："亲爱的，往前看，我知道，我曾经深深地伤害了你，我对不起你，我会引以为戒，我绝对不会再做那样的傻事……这不怪你，都怪我，是我自己迷失了自己……"

陈瑶莞尔一笑，把张伟的手指放在自己唇边，轻轻亲吻："哥哥……我也要迷失了，我要迷失在你的怀抱里了……你的怀抱让我陶醉，让我流连，让我乐不思蜀……"

张伟用力嗅着陈瑶的身体，说："莹莹，好喜欢你身体的味道，好香好香……我醉了……好喜欢你的体香……"

"嗯……我身体很香的……自然散发出来的香味……"陈瑶温柔地说道。

"我的身体也有香味。"张伟的脸庞紧贴着陈瑶的脸颊。

"真的？我怎么没闻到？"陈瑶说，"我再闻闻……"

张伟翻转陈瑶的身体，把陈瑶搂在怀里，让陈瑶的脸贴在自己的胸口："闻吧，望闻问切，随你便。"

陈瑶用力嗅了两下，推开张伟说："不对啊，怎么一股动物的味道。"

张伟说："人不就是动物吗？有什么好奇怪的？"

陈瑶把手伸进张伟胳肢窝里，用力挠了两下，哈哈大笑："好像是狗熊的味道啊，哈哈……傻熊……"

张伟弯腰一下子把陈瑶抱起来："哈哈……傻熊抱媳妇……"

陈瑶紧紧搂着张伟的脖子，在张伟耳边亲了一下，亲昵地说："傻熊，小心点，别把媳妇摔着……"

张伟嘿嘿一笑，问："莹莹，饿不饿？"

陈瑶看着张伟说："你呢？"

"有点，我们去吃夜宵好不好？"

"好，"陈瑶从张伟怀里下来，整理了一下被张伟弄乱的头发和衣服，"我们去附近的夜市吃烧烤，喝啤酒，好不好？"

"知我者，莹莹也，"张伟高兴地拉着陈瑶的手，"我最喜欢这样的夜宵了，走，去喝啤酒。"

"烧烤是垃圾食品，以后不准多吃，偶尔为之可以，记住了没有？"陈瑶边整理张伟的衣领，又用手梳理了一下张伟的头发，对张伟说。

"记住了，以后少吃，只和你在一起，你允许的时候吃。"张伟顺从地回答。

"听话是好同志，"陈瑶挽起张伟的胳膊，"走，哥哥，喝啤酒，吃烧烤，潇洒一回去。"

夜市就在南国宾馆不远处，各种南北风味的小吃很多，虽然已经是午夜时分，人依然很旺盛，吃客川流不息。

张伟和陈瑶找了一个小摊，要了两大杯扎啤，烤了一大把羊肉串，两人举起大大的扎啤酒杯说："来，喝！"

张伟觉得有些热，把上衣一脱，光着膀子，大口吃肉，大口喝酒，兴致勃勃。

陈瑶笑眯眯地看着张伟说："当家的，看你这模样，很像个小混混，哪里像一个公司的老总啊。"

张伟一怔，猛然想起去年在博鳌住宿，和何英一起出去喝酒吃烧烤的情景，那时，何英也说自己像小混混，此情此景，与去年何其相似，只是换了一个人。

张伟不禁神色有些黯然，停顿了一下，又继续喝酒。

陈瑶看张伟的神色，问："咋了？当家的？"

张伟忙回过身来，哈哈一笑："没什么啊，你看我像小混混，那你呢，就是女混混啦!"

陈瑶哈哈一笑，看了看周围，把脚往旁边一张凳子上一搭，冲小摊主喊道："老板，再给哥们来两杯啤酒!"

"哎——来了，"小摊主忙又端过来两大杯扎啤，殷勤地说道，"大姐，您的啤酒来了。"

张伟看着陈瑶装模作样的神态，哈哈大笑："大姐，您老是哪条道上的?"

"俺是黑道上的，"陈瑶模仿电影里黑道大姐的口气，"听说没，最近江湖上出现了一个叫傻熊的超级杀手，那是我马仔……哈哈……"

陈瑶没说完，自己先开心地笑起来。

张伟和陈瑶每人喝了三大杯扎啤，酒兴浓郁，两人搂抱在一起，摇摇晃晃回到酒店。

到了陈瑶房间门口，陈瑶打开门，回身对张伟说："哥哥……我去洗个澡。"

张伟拍了拍陈瑶的脸蛋说："哥也去洗澡。"

说完，张伟回身要走。

"哥哥……"陈瑶拉住张伟，目光温柔，"待会我去阳台等你，我想和你说话。"

"好的，"张伟低头吻了一下陈瑶的额头，"待会阳台见。"

阳台上灯光昏暗，深夜里十分寂静，海风吹来，十分舒适。

陈瑶看着张伟的身体："傻熊，你好结实，像健美运动员。"

张伟看着陈瑶睡衣下若隐若现的身体："莹莹，你好美丽，像出水芙蓉般娇嫩。"

陈瑶隔着铁栏杆拉着张伟的手："哥哥……这里是一道墙。"

张伟抚摸着陈瑶的头发和肩膀："姐，这道墙很矮，我一抬腿就能过去。"

陈瑶看着张伟说："傻熊，你真的能过来?"

张伟伸头亲了亲陈瑶的头发："莹莹，如果你愿意，哥就能过去。"

张伟一翻身，到了陈瑶的阳台，站在陈瑶面前："莹莹，哥过来了。"

陈瑶用拳头轻轻捶着张伟的胸口："哥，我知道你能过来，我不反对你过来……"

张伟揽过陈瑶的肩膀："哥过来和你一起看月亮。"

陈瑶偎依在张伟身旁，抬头看着夜空中的弯月，低声说："哥，月亮在看我们……她害羞了，要藏到云朵里面去。"

张伟又低头吻着陈瑶的额头、眼睛、鼻子、耳朵，呼吸开始急促："姐，月亮……月亮……为什么会害羞……"

陈瑶闭上眼睛，半躺在张伟怀里，半低语半呻吟，胸口激烈起伏……

陈瑶迷蒙地看着张伟说："哥哥……我爱你……今晚，我的心，我的身，都是你的……我的灵魂，我的肉体，都会和你交融……"

张伟躺在陈瑶身边，俯身看着陈瑶，月光下的陈瑶是那样楚楚动人，皮肤是那样白嫩娇柔，眼睛是那样温柔妩媚，脸庞是那样俊美可人……

张伟醉了，轻轻地对陈瑶说："姐，终于……我们终于在一起，我们终于走到了一起……"

陈瑶伸手抚摸着张伟的脸庞，眼神里充满了欣慰和渴望："哥哥……爱终于成全了我们，爱终于让我们在一起……我们的爱，终于将在灵魂的净化和融合中得到升华……"

张伟轻轻吻着陈瑶柔嫩的脖颈，吻着陈瑶的耳廓，吮吸着陈瑶的耳垂，轻声说："伞人姐姐，我爱你……"

张伟轻轻翻身，把陈瑶压在身下，火热的目光看着陈瑶："姐，我爱你，我爱死你了，我一生一世都爱你……"

陈瑶舒展开柔软的身体，让张伟覆盖住自己，在张伟耳边轻轻亲吻："哥哥……今晚，我是你的……以后，每一个夜晚和白天，我都是你的……你是我永远的老公……"

"莹莹，我是你的，永远是你的老公，你，永远是我的老婆……"张伟的身体轻轻摩擦着陈瑶的身体……

当爱情在欲望中得到升华，当欲望在甜蜜中得到怂恿，当灵魂和肉体开始融合，激情和火热开始将冰山变成了水流和蒸汽，干柴在烈火中开始燃烧，干旱的土地开始吮吸甘甜的水滴……

灵与肉的交流，性和爱的交融，情与欲的交织……

如洗的月光照在南国海滨的大地上，星星的眼睛眨呀眨，露出会心的微笑……一会儿，月亮又害羞地躲进了云层……许久，室内的燥热开始消退，暧昧开始清醒，喧闹开始平静……

张伟伏在陈瑶背上，陈瑶趴在床上，两人像睡着了一样，一动不动，只有耳畔传来逐渐平息慢慢均匀的呼吸声。

陈瑶睡到下午五点的时候被手机电话弄醒了，一看是徐君打来的："陈姐，刚才公司里来了一个小伙子，送过来一个大信封，封得很严实，里面沉甸甸的，像是钱，那小伙子说是受人委托，送给你的，放在我这里就走了……"

"哦……"陈瑶坐起来，靠在床头，对徐君说："他有没有说是受谁的委托？"

"没说。"徐君说。

"你打开信封，看看里面的东西。"陈瑶说。

徐君窸窸窣窣了一会儿，然后说："陈姐，里面是八万块钱，别的什么都没有。"

"哦……"陈瑶暗自思忖了一下，对徐君说，"好的，我知道了，你先给我代收着。"

"好的。"

"对了，最近和丫丫还保持联系吗？"陈瑶又问徐君。

"保持的，"徐君喜滋滋地说，"丫丫学习很辛苦，比较忙，偶尔和我在网上，我们视频聊天，她现在已经适应了那里的环境了，工作生活都很稳定，说很想念你和张总，等几天抽时间和你们视频聊天呢！"

陈瑶笑了，说："呵呵……好的，等我们回去和丫丫视频聊天，对了，这次回去，我们会给你们大家一个惊喜……"

徐君笑呵呵地问："什么惊喜？提前预告一下。"

"嘻嘻……回去你们就知道了，"陈瑶呵呵笑着，"本周日回去，你到时候通知王炎两口子到俺家，给俺们接风。"

"好的，一定通知。"徐君说。

放下电话，陈瑶接收到一条短信，打开一看："八万块钱的事我真的不知道，纯属误会，已经安排专人送回，请安排查收……我是很听你话的，你不喜欢我去海南，我就没去，在海南好好休息好好玩，你的快乐就是我的幸福。——永远爱你的强。"

陈瑶皱皱眉头，删除了短信，心中不由涌出几分烦恼，靠在床头，怔怔沉思起来。

正发愣间，房门开了，张伟下课回来了。

"你醒了，"张伟看着陈瑶，"才睡了几个小时啊，多休息一会儿吧。"

陈瑶笑笑，靠在床头看着张伟，伸出胳膊，"老公，抱抱。"

张伟嘻嘻一笑，过去把陈瑶抱在怀里，拍拍肩膀说："陈董事长，你好会撒娇哦。"

等张伟坐下，陈瑶看着张伟说："张总，我有事情和你汇报。"

张伟看着陈瑶说："你说，陈董事长。"

陈瑶转了转眼珠子说："老公，咱们在宁州的案子破了，那钱被追回来了，警察已经送到公司里了，徐君代收的八万，完璧归赵，不，是完璧归张。"

张伟不动声色，不由伸手摸了一下口袋里的手机，说："哦，好啊，这么快就破案了，真快。"

陈瑶看着张伟说："傻熊，你不高兴？"

张伟一笑："高兴，当然高兴，没有理由不高兴啊。"

陈瑶笑了笑，翻身下床说："那我们出去吃饭吧，我不想吃会议上的饭菜，难吃，咱们出去吃大餐去，给你补补身子。"

"呵呵……"张伟笑着站起身，"好的，不光我需要补身子，我看你也需要补补吧？"

"坏蛋，你差点要了我的老命，我今天早上起床差点不能走路了。"陈瑶脸色红红地对张伟说，"幸亏睡了一下午，休息过来了。"

"现在知道俺的厉害了吧？"张伟有些得意，"想不要命的时候就找我啊，哈哈……"

陈瑶突然对着张伟坏坏的笑，笑得张伟有些发毛，问："干吗这样看着我笑？什么事啊？"

"老公，我现在又不想活了，你再来要我的命吧……"陈瑶龇牙咧嘴。

"乖乖，你放我一马吧，"张伟一捂下身，夸张地跑到阳台上，"不要竭泽而渔啊，要放水养鱼哦……"

陈瑶哈哈大笑，进了洗手间。

张伟看陈瑶进了洗手间，掏出手机打开短信收件箱，又看了一遍下课时收到的短信："张总，海南学习顺利否？陈瑶在宁州丢失的八万块钱，我已经帮助找到安排人送回，另外，听说你遭遇武斗事件，身体无恙否？出来打工，混生活不容易，奉劝你还是安分守己，有点自知之明。毕竟，天鹅肉不是留给癞蛤蟆吃的，别最后弄到客死他乡，尸首无存，何以面对父母？仅此建议。——你的前老板高强。"

张伟抿抿嘴唇，看了看卫生间的门，将短信删除。

然后，张伟站在阳台上，扶着栏杆，看着落日的余晖，陷入了沉思。

第二十八章 | 阴晴未定

一会儿工夫，陈瑶洗漱完毕出来，张伟忙转过身，笑嘻嘻地走进房间，帮助陈瑶更衣穿戴，两人亲热地手拉手出去吃饭。

两人去了附近的一家海鲜酒楼，大吃了一顿海鲜，喝了一瓶白酒，回来后又一起去海里游泳。

夜幕中的海水有些温热，张伟和陈瑶在海水里嬉戏，陈瑶在张伟的辅导下学习游泳。

陈瑶咬了咬张伟的耳垂说："老公……今天我是世界上最幸福的女人。"

张伟拨弄着陈瑶的头发说："莹莹，以后你天天都是世界上最幸福的女人。"

陈瑶点点头说："我相信你，我爱你，永远爱你，我永远只做你的女人，只做你一个人的女人……"

张伟欣慰地笑了，脑子里突然想起了高强的那个短信。

张伟心里突然有些不快，不过很快就压了下去，把陈瑶拥起来，拍拍身上的沙子，披上睡衣，说："宝贝……我们回去吧。"

回宾馆的路上，陈瑶对张伟说："我告诉徐君，我们周日回去，让他约了王炎两口子一起过来聚餐，你说好不好？"

张伟一拍陈瑶的屁股，说："你都告诉了，再问我好不好，先斩后奏啊，我还能说不好吗？"

陈瑶嘻嘻一笑，摇晃着张伟的胳膊，说："人家是知道你一定喜欢的，所以才直接安排了，知道你一定会答应的……"

张伟笑着说："好好好，当然好，老婆安排的，能不好吗？在哪里聚餐？"

"咱家啊。"陈瑶说。

"咱家？"张伟重复了一遍，心里一阵暖流，"在咱家，好啊，好！不过，我想叫上小郭和吴洁两口子，你看怎么样？"

"当然可以，我开始没安排徐君通知他们俩，是顾虑你，既然你同意，我当然没问题了。"

"顾虑我？顾虑我什么？"张伟看了看陈瑶。

"我在想，这个时候，我们的关系在你们公司传开，对你好不好？我怕你有什么顾虑……"陈瑶说。

"嗨！"张伟一摇晃脑袋，"什么顾虑？哪里来的顾虑？我们是正大光明谈恋爱，又不是干什么见不得人的事，怕什么？传开就传开呗，我恨不得让全世界的人都知道，这个小美人是我的女人……"

陈瑶开心地笑了："哥哥，你不打算来咱家公司做吗？"

张伟一愣："咱家公司？"

陈瑶说："对呀，这公司以后就是咱俩的了，就是咱家的了。"

张伟有些不大适应，踌躇了一下，说："这个事情再议，我目前是不可能离开龙发的，正当用人为难之际，我怎么能离开呢？再说……我一直想自己组建一个公司，想……"

"呵呵……知道了，知道你就会这么说的，"陈瑶宽容地笑笑，"这个事情上，我不会强求你的，走一步看一步吧，我还是理解你的……"

张伟大为宽心，搂过陈瑶的肩膀，亲了亲陈瑶的脸颊："理解万岁，谢谢老婆。"

两人一起回到张伟房间，陈瑶说："哥哥，过会我去把我的房间退掉，咱们住你这个房间好了，我去把我行李拿过来。"

陈瑶莞尔一笑回了自己房间，一会儿提了行李过来，又去服务台退了房间，重新回到张伟房间。

张伟打开电脑，对陈瑶说："来，伞人姐姐，上线啦。"

陈瑶"扑哧"笑起来，爬过来坐在张伟身旁，一起看着电脑："把我的和你的QQ都登录上线，看看咱俩的聊天记录。"

张伟登录QQ，陈瑶也在张伟的电脑上登录了伞人，两人搂抱在一起，开心地看着从认识以来的聊天记录，边看边温馨回忆过去的点点滴滴……

陈瑶坐在张伟腿上，握着鼠标，一页一页翻看，一会儿幽幽地说："那次，你要是不去普陀山找我，我说不定就真的不想回来了，就真的出家了……"

"那尼姑不是不接受你吗？"

"那都是次要的，主要是你的出现击垮了我的决心，不然，我要是想出家，没有人能拦得住我，这里不收留，我到别处去，哪里都可以，五台山、峨眉山……"

张伟吓了一跳，捂住陈瑶的嘴巴："乖乖，别说了，以后可别想这事了，咱两口子好好过日子。"

陈瑶撅起嘴巴看着张伟说："你以后要是负我，我就真去出家，找一个你找不到的地方出家……"

"不会的，"张伟抱着陈瑶摇晃着，"自此后，两相依，终不负，了此生，放心吧，亲爱的。"

陈瑶开心地笑着："老公，我很久很久没有像今天这么开心过了……"

张伟呵呵笑着："你要是出了家，还会这么快乐吗？再说，你这么色色，出家合适吗？那周围的和尚还怎么安心修行？"

陈瑶照张伟脑袋拍了一下子，一边拧张伟的耳朵，掏张伟的胳肢窝："坏蛋，你才色呢。你就是个种马、公牛……"

两人说笑着倒在床上闹成一团，好一会儿才停下来。

然后，二人又坐在电脑前，陈瑶退出伞人的QQ，登录自己的工作QQ，对张伟说："哥哥，我给你看看你的老乡同行。"

"好的，我加她，给我号码。"张伟边说边记下小如的QQ号码，查找到之后，点击加她为好友。

很快，小如接受加为好友。

张伟很有兴致地说："来，老婆，咱们一起和她聊会天，看看我这小老乡咋样？"

陈瑶攀着张伟的肩膀，拨弄着张伟的耳朵说："我和她聊了一次，感觉挺好的小姑娘，很纯真、直率、纯朴，你和她聊会吧，我用我电脑，我整理下今天的上课资料，记住，别勾引人家小姑娘哦……"

"嗨！要不你来监督？我有了你，哪个女人都别想进我的眼眶子里了。"张伟乐呵呵地说。

陈瑶笑眯眯地去打开自己的电脑，说："我是相信你的，大当家的，把我的QQ退出来，麻烦您老人家。"

说完，陈瑶盘腿在床上上网，张伟坐在写字台前和小如聊天。

张伟首先发过去一个握手的表情："你好，老乡，我是假日旅游陈瑶的男朋友，听她说你是瑶北人，专门加你认老乡来了。"

对方过了一会儿才回复，发过来一个握手的表情："你好，你是陈董事长的男朋友？您叫？"

张伟说："俺叫张伟，夜来（昨天）往上（晚上）听陈瑶说起你这个老乡，特意来认识一下，俺也是做旅游的。"

为了表示亲切，张伟专门用了瑶北方言。

小如说："夜来？往上？什么意思啊？你打错字了？"

张伟有些发晕，问："你看不懂？"

小如显然是有些疑惑："不明白。"

张伟问："你家哪里的？"

小如停顿了片刻回答："瑶北。"

张伟说："瑶北？瑶北人能看不懂这两句瑶北方言？"

小如停顿了一下说："哦……俺老家是瑶北市区的，我从小在济南长大，大学毕业后回的瑶北，俺不熟悉这里的方言的。"

张伟明白了，说："呵呵，我妹妹也是从小在济南长大的，也不熟悉这些方言呢。"

小如说："认识你很高兴，陈姐的男朋友，你也做旅游？"

张伟说："是啊，我是做景区营销的，陈瑶做旅行社管理。"

小如发过来一个羡慕的表情："你们两口子真幸福，你们还没有结婚？"

张伟说："是的，俺们是正在热恋中，哈哈……小如，你的名字很好听啊，在天马旅游做计调？"

小如说："是啊，多多指教。"

张伟说："好说好说，天马旅游？我以前咋没听说过呢？"

小如说："刚成立的，你以前在瑶北工作过？"

张伟说："是的，工作过好多年，去年才到南方来南漂，我在瑶北也是做景区营销的，那个地下大峡谷，知道不，就是我一手推出的。"

小如发了个举手作揖的表情："如雷贯耳，知道地下大峡谷，那里的人经常提起说以前有一个营销经理张经理，说他做营销如何如何厉害，敢情就是你呀！"

张伟忍不住哈哈大笑，陈瑶看了看张伟问："看你乐的，聊什么呢？"

张伟扭头对陈瑶说："那小如刚做旅游就知道我的鼎鼎大名，我在瑶北还是有一定知名度的！"

陈瑶边查资料边笑了："当家的那是一个厉害啊，咱佩服！"

张伟忙着给小如回复："哈哈，正是在下，小如姑娘多多指教。"

小如问："哪里哪里，拜见前辈，还得您和陈姐多指教。"

张伟说："做计调，我是不懂的，这你多问问陈瑶吧。"

小如问："你和陈姐在一起真幸福，认识很久了吧？"

张伟说："唔……这个，啊，哈……可以说很久，也可以说刚认识，哈哈……"

小如问："那……这是为什么？"

张伟说："嗯……这个，你还小，说了也不懂，小孩子，不要问这么多为什么。"

小如说："呸！你才小孩子呢，俺都是大人了，你欺负俺，不和你聊了，回头找陈姐告你状。"

张伟乐了："你陈姐姐正在我旁边上网呢，你告状去啊。"

小如问："……真的？"

张伟说："当然，你等等，我让她来和你聊天。"

说完，张伟对陈瑶说："这小屁孩要和你聊天呢，找你告我状呢。"

陈瑶忍俊不住，过来看了看聊天记录，对张伟说："你说人家小屁孩，人家当然要不乐意了，这女孩子我觉得很内秀，很有心数。"

说完，陈瑶过去和小如聊天说话："小如，我是陈瑶，刚才那张伟欺负你，我批评他了……"

小如说："姐姐，你果然在啊，你和你男朋友在一起啊，真好。"

陈瑶说："呵呵……我们一起在海南参加培训的，住在一个房间里的。"

小如说："姐姐好幸福哦，你男朋友一定很帅吧？"

陈瑶说："哪里，又胖又矮又丑，我正准备让他下岗呢……哈哈！"

小如说："啊？真的？"

陈瑶忙对小如说："呵呵……逗你的，我男朋友啊，那是天下第一帅哥，正宗的山东大汉……真男人……"

小如沉默了片刻："哦……"

张伟乐悠悠地低头亲了亲陈瑶，说："嗯……不错，这才是好老婆……"

陈瑶对张伟说："这个小如，我和她聊天，有种一见如故的感觉，呵呵……"

张伟抬起头说："因为是俺们家乡人，所以见了特别亲呗。"

陈瑶眨眨眼睛，注视着聊天窗口，沉默片刻："哦，也许……"

折腾了一天，两人都累了，和小如再见，关机上床睡觉。

张伟张开怀抱，把陈瑶搂过来："乖乖，睡觉觉……"

陈瑶偎依在张伟怀里，枕着张伟的胳膊，安然入睡。

随后的几天，张伟和陈瑶就像是小夫妻一样，出入成双，形影不离，一起上课，下课一起吃饭，一起去海里游泳，在海边散步，晚上一起同床共枕。

一旦捅破了那层纸，两人之间顿时变得亲密起来，无论是肉体还是精神，两颗心也在逐渐适应起来，从激烈到浪漫到理性，越靠越近。

幸福和浪漫一直环绕着张伟和陈瑶，两人在一起散步、聊天，除了倾诉感情、交流心情，也经常会交流当天学习培训的情况，结合公司的实际情况，探讨旅游管理中的一些心得和问题，不知不觉中感觉学到了不少东西，自身能力又有了提高。

当然，两人在一起，谈论更多的是关于未来，关于明天，关于已经开始的幸福。

陈瑶知晓了张伟决意不会暂时离开龙发的意思，也就不再勉强张伟，她能理解张伟自己想创业的想法，毕竟，男人都是有自尊心的。

但是，从陈瑶个人角度出发，她十分渴望张伟能和自己一起打拼，一起奋斗，张伟能接过假日的担子，自己呢，想在家过几天清闲日子，想过几天小家碧玉的日子，结婚生子，相夫教子。想起自己流产的那个孩子，陈瑶心里隐隐作痛，她是多么希望自己能像正常人一样，有自己的丈夫、孩子和家庭，每每看到带着孩子的母亲，陈瑶心里总充满了无限的羡慕，每当看到孩子拉着爸爸妈妈的手在外面撒娇、玩耍，陈瑶常会不由痴痴地神往，无限向往……

如今，这个梦终于快要实现了，自己终于能够和心爱的人一起了，自己终于很快就可以拥有一个美满幸福的家庭了。

陈瑶挎着张伟的胳膊，靠着张伟坚实的臂膀，心里感到了从容和淡定，还有从没有过的喜悦和欣慰。

当然，两人也谈到了何英。对于何英，两人都知道，这是一个无法回避也回避不了的话题，毕竟，何英在他们二人之间的痕迹太深刻了，无法抹去。

对于何英，陈瑶和张伟有一个共识，那就是何英不是坏人，何英对他们是没有恶意的，一个女人，追求自己爱的人和幸福，这本身没有错，错就错在何英在不恰当的时间不恰当的地点，选择了不恰当的对象。

陈瑶告诉张伟，在何英不在的日子里，他们二人每个月至少要去看何英的父母一次。

"何英应该是我们的朋友，不管过去我们之间发生过什么。"陈瑶挽着张伟的胳膊，两人在海边静静地走着。

张伟为陈瑶的胸怀所打动，点点头，看着陈瑶说："莹莹，真的，我很佩服你的心胸。"

陈瑶笑笑说："傻熊，我不是可以要让自己胸怀宽广，是心里不由自主产生的想法而已，别把我想得那么高尚。"

"素质！这正是你优秀的地方所在。"张伟赞赏地看着陈瑶。

陈瑶看着张伟，莞尔一笑："老公，我好喜欢你夸我，比任何人夸我都喜欢……"

张伟拧了拧陈瑶的鼻梁说："那好，我的乖乖老婆，以后我天天夸你。"

陈瑶雀跃道："老公，那样你会把我宠坏的。"

张伟哈哈大笑："那就看你能坏到什么程度，看你最坏能有多坏，能比得过我不，我可是喜欢对你做坏事的哦……"

陈瑶脸色微微一红，摇晃着张伟的胳膊："坏蛋，你又想到哪里去了……"

张伟突然一拉陈瑶的胳膊说："老婆，抓紧回房间。"

陈瑶吓了一跳，问："怎么了？干吗？"

张伟悄悄低头在陈瑶耳边耳语："抓紧回去做坏事，我不行了。"

陈瑶脸色绯红，抿嘴笑起来："坏蛋哥哥……你又想了……"

两人轻快地走回宾馆。

每一个白天，是张伟和陈瑶紧张而快乐学习的时间，每一个夜晚，是张伟和陈瑶纵情欢愉的时候，房间的床上、写字台、地毯、沙发、卫生间、阳台……到处都留下了二人快乐的痕迹。

聪明的顾晓华不再去打扰破坏他们的好心情，除了吃饭时候和他们一起，其他时间尽量不干扰他们的好事，甚至订机票都没有和张伟他们订同一个班机。

转眼学习结束，张伟和陈瑶乘坐周日的航班，下午四点钟，准时降落在杭州萧山机场。

王炎和哈尔森专门开车来机场迎接，当然陈瑶在告诉王炎来接机的时候，没有告诉王炎自己和张伟的事情，她想让大家惊喜一下。

哈尔森昨天才从德国返回，告诉张伟丫丫在德国很顺利，学习生活都很好，不用担心。

陈瑶想起徐君安排的和丫丫视频聊天的事情，看了看张伟，满面笑容。

车上，王炎看着陈瑶说："陈姐，几天不见，神采奕奕，像变了一个人，气色这么好啊，是不是在南海遇见观音菩萨了？"

陈瑶和张伟坐在后排，陈瑶斜看了一眼张伟，笑嘻嘻地对王炎说："是啊，在天涯海角，观音菩萨给了我一味灵丹妙药，让我青春永驻，哈哈……"

张伟呵呵笑着，不说话。

王炎也忍不住跟着笑起来："什么灵丹妙药？说说看？"

陈瑶摆摆手说："等晚上吃饭的时候，我一起告诉你们，哈哈……对了，他们呢？"

王炎笑嘻嘻地说："徐君早就开门去你家了，用你走之前留给我的钥匙，小郭和小洁两口子也去了，正在忙乎做饭菜，给你们二位接风呢。"

到了陈瑶家门口，大家下车上楼，张伟走在后面，突然接到一个电话："张经理，你好，我是风行服装公司工会的宋主席，你宋大姐，还记得吗？"

张伟停住脚步，示意回头看自己的陈瑶和王炎他们先上楼，热情地对着电话说："宋姐，你好，记得啊，我正要向找您咨询一个事情呢。"

宋主席说："你的事情我知道了，我今天回公司领工资，正好遇见阿龙也在这里办事情，得知你找我询问那十万块钱的事情，我前后认真想了一下，我们公司是绝对不可能给你打那十万的，这次给你赔偿八万是对的，这八万就是属于你的。"

张伟说："哦……宋姐，您再仔细想一想，还有谁会有可能知道我的银行卡号码？"

宋主席在电话那边想了一下，突然说："对了，我想起一个人，好久不见，突然约我吃饭，找我聊天叙旧，无意中询问起你的事情，我顺便把你发给我的短信给她看了，里面包括银行卡号码的短信……"

这个人无疑就是自己冥冥之中鼎力相助的恩人了，张伟一阵兴奋，问："宋姐，您快说，她是谁？"

第二十九章 各就各位

陈瑶上楼放下东西，半天不见张伟上来，就又下楼去接张伟，帮他提东西，走到三楼，迎面见张伟在爬楼梯，忙接过一个包说："当家的，奴家来接你啦，打什么电话，这么久啊。"

张伟看看陈瑶，眼神捉摸不定，一会儿笑了笑，没说话。

陈瑶碰碰张伟的肩膀问："干吗不说话？问你呢？"

张伟微微一笑，决定还是不和陈瑶提刚才和宋主席电话里说的事情，忙说："哦……我一个客户给我打电话的，工作的事情，他们都来了吗？"

陈瑶呵呵笑着说："都来了，正做菜呢，徐君是大厨，小郭和小洁做帮手。"

张伟点点头说："不错，我们正好吃现成的。"

陈瑶边上楼梯边说："老公，现在这里就是咱家了，临时的家，等我们结婚的时候，再另外买好一点的房子，重新布置，组建正式的家，好不好？"

靠女人来养，别扭！张伟皱皱眉头，但随即装作若无其事地点了点头。

酒桌上，大家举杯共同欢迎陈瑶和张伟学习归来，陈瑶满面笑容，开怀畅饮。

酒过三巡，陈瑶拍了拍巴掌说："各位，下面该俺们敬酒了，感谢大家了。"

大家静下来，乐呵呵地看着陈瑶和张伟。

张伟举起酒杯，看看陈瑶，一挤眼睛，说："你继续。"

陈瑶举起酒杯，笑容可掬地说："俺当家的说了，让俺提酒，那俺就先提酒……"

"等等，等等，"王炎冲陈瑶直摆手，"陈姐，话说明白一点，你刚才说什么？你当家的，什么意思？"

陈瑶哈哈大笑，搂着张伟的肩膀说："你不是在路上问俺这几天为何容光焕发吗，俺不是说南海观音菩萨在天涯海角给了俺神丹妙药吗，哈哈……这神丹妙药就是，观音菩萨给了俺一个当家的啊……就是这老张先生啊……哈哈……"

"哈哈……"大家炸营了，纷纷满面喜色，王炎更是欣喜若狂，一下子蹦起来，跑到张伟和陈瑶中间，一手揽着一个，"啊哈……我就知道，我就知道你们……我就知道你们一定能……"

说话间，王炎喜极而泣，呜咽起来。

哈尔森忙过来搂过王炎说："炎，应该高兴啊，你怎么哭啦……"

王炎擦擦眼睛，推开哈尔森说："我……我这是为我哥我姐高兴呢……我太高兴了……我哥我姐都太不容易了……"

陈瑶的眼睛亮晶晶的，咬住嘴唇，微笑着。

张伟的眼睛有些发湿，轻轻伸手拍拍王炎的手。

大家都感动地看着他们，小洁在悄悄抹眼泪。

王炎坐回去，举起酒杯说："哥，姐，我们大家都祝福你们，都真诚地祝福你们，我早就看出来了，你们是天生的一对，我知道，你们前生就是一对……"

哈尔森揽过王炎的肩膀，举起酒杯说："来，各位朋友，让我们大家一起祝福他们，祝他们百年好合，早生贵子……"

"哈哈……"大家被哈尔森逗笑了，王炎一打哈尔森的手，"洋鬼子，你从哪里学的这些词，净胡掰掰什么，这都哪跟哪啊？还没拜堂呢。"

陈瑶趁势擦了一下眼角说："来，兄弟姊妹们，我和俺当家的敬大家一杯酒。"

张伟呵呵笑笑，也说："来，俺屋里的说话了，大家一起干杯。"

大家一干而尽。

王炎看着张伟和陈瑶，终于稍微平静了一下，笑嘻嘻地看着陈瑶说："陈姐，以后，你就是我嫂子了。"

小郭连忙附和："对，王姐说得对，陈姐以后就是俺嫂子，是俺亲嫂子。"

徐君挠挠头皮问："那……那我呢，那张哥以后是我……是我姐夫？"

张伟看着徐君，脸色假意一板问："小子，你就没别的想法了？"

徐君不解，惶然而语："张姐夫，您的意思是……"

陈瑶一拍徐君后脑勺，说："傻蛋，你张姐夫以后想做你大舅哥啦……反应迟钝，罚酒一杯！"

徐君恍然大悟，喜不自禁，忙站起端酒给张伟敬酒："如此，多谢张……张哥啦。"

大家哈哈大笑，开心之极，房间里充满了欢声笑语，喜气洋洋。

徐君看看时间，一会儿说："今晚还有一个重头戏，再过三十分钟，丫丫同志将会在德意志和大家视频聊天，让我们静静地期待那一刻……"

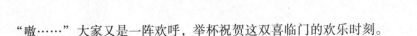
"嗷……"大家又是一阵欢呼，举杯祝贺这双喜临门的欢乐时刻。

王炎高兴地说："丫丫要是知道他哥把陈姐搞定了，得乐死，她早就希望这样啦。"

陈瑶看看张伟说："当家的，看来某些人巴不得你搞定我，看来我们是众望所归、正中别人下怀啊……"

张伟呵呵笑笑："就怕被人算计着，你是早晚跑不掉的，俺两个妹妹早就开始算计你啦。"

大家又是一阵欢笑。

饭后，大家一起聚在电脑前，徐君调试好电脑，一会儿，出现了丫丫的视频图像。

看见大家聚在一起，丫丫很兴奋，高兴地在那边叫："哥哥，我是丫丫，大家好！"

张伟笑着揽过陈瑶说："丫丫，哥给你找了个嫂子，你看中意不？"

丫丫兴奋地在那边手舞足蹈："啊哈哈……真的啊，哈哈，陈瑶嫂子，好啊……哥，你什么时候把她搞定的？我怎么一直不知道？"

大家都笑了，陈瑶更是笑得浑身颤抖。

张伟乐呵呵地说："搞了很久了，好几个月了，我来南方的时候开始搞的，直到最近才搞定。"

陈瑶笑着打张伟的肩膀。

王炎眨巴眨巴眼睛，若有所思，笑意盈盈。

"哇噻！我竟然一点也没有看出来，你好厉害，把我瞒得这么严实，很好，"丫丫高兴地说，"哥，好好看好喽，别跑了，咱娘说过，这女人啊，要是比男人强，容易看不住，你小心点哈……"

张伟一搂陈瑶的脖子说："跑不了，拴在哥的手里呢。"

陈瑶乐呵呵地对丫丫说："丫丫，你是不是很得意啊？"

丫丫说："不是得意，是满意啊，你们俩搞地下活动，竟然瞒我这么久，厉害，姐，等以后我就叫你嫂子啦……"

然后大家回客厅说话，张伟又独自和丫丫说了一会儿话。

丫丫兴奋地对张伟说："哥，要是告诉了咱娘，咱娘不知道多高兴呢，咱娘可喜欢陈姐了，做梦都想找这样的儿媳妇。"

张伟连连点头，又仔细问了问丫丫学习生活的情况，嘱咐丫丫要利用这难得的机会，好好学习。

等张伟和丫丫聊完天，回到客厅，大家都告辞了，陈瑶刚整理打扫完餐厅，正躺在沙发上看电视。

张伟走过去，坐在陈瑶的脑袋旁边，陈瑶顺势抬头，将头枕在张伟的大腿上："老公，和我未来的小姑子讲完话了？"

张伟抚摸着陈瑶的脸说："是啊，呵呵，今天丫丫好高兴啊，因为她终于要有嫂子了。"

陈瑶摸着张伟的手说："呵呵……不光丫丫，今天大家都很高兴啊，我看了好感动，有朋友如斯，足矣，而且还是我们两人共同的朋友。"

张伟点点头说："是的，有一种朋友，叫做感动……"

陈瑶转过头，仰视着张伟说："嗯……有一种朋友，叫做爱人……"

"亲爱的，你看，这是什么？"陈瑶对张伟说。

张伟睁开眼睛一看，说："咦，这不是你那次拿出来的江诗丹顿情侣表吗？"

陈瑶点点头，拿出大的那块手表，戴在张伟左手腕上，又将那块小的戴在自己左手腕上说："亲爱的，这是我们的定情物，我们一大一小，你是老大，我是老小，你是大老爷，我是小丫鬟，随时伺候你、服侍你……"

张伟感动地看着陈瑶说："莹莹，谢谢你，谢谢你对我的爱……这块表，将会和我的心一起跳动，将会终生伴随我……我会永远永远记住你的爱，将你的爱刻进我的心里……"

陈瑶又温柔地将表摘下，放在床头柜上说："亲爱的，睡觉的时候不要戴，会不舒服的……在自己家里，感觉好释放、好舒心、好温馨……"

说着，陈瑶温柔地贴近张伟说："哥哥，我们的家好不好？"

张伟搂过陈瑶说："好，很好。"

陈瑶轻轻说："这是我们的世界，这个世界里只有我们，不用担心任何人进来打扰，也不用担心影响任何人，我们的天地……我们的地盘……"

张伟抚摸着陈瑶的头发说："是的，亲爱的，我们的天地……"

陈瑶说："哥哥，等我们结婚的时候，我们会有更好的房子，我们要住在山顶的豪华别墅里，我要让哥哥过上王子一般的生活……"

张伟皱皱眉头，浑身有点僵硬，没有说话。

陈瑶没有动，仿佛觉察到了张伟的一丝不快，急忙改口，用讨好的语气说："当然，我知道哥哥一定会能够挣更多的钱，去购置我们的新房，哥哥一定会让我过上公主一般的生活……"

张伟心头舒缓，继续抚摸陈瑶的头发。

陈瑶拉过张伟的手说："哥哥，我就是这样一个人，要么我不爱，不爱，就不会有任何的感情付出，不会去做违背感情的任何事情；但是，如果爱了，既然爱了，我就会用尽全部身心去爱，投入去爱，毫无保留地去爱……既然奴家已经决意爱你，就会用一切来为你奉献，让你开心，就会奉献奴家的全部，来浇灌我们爱情的花朵，让她盛开得无比鲜艳……"

张伟点点头说："莹莹，我明白你的意思了，我知晓你的真心的，你真的很好……"

静谧的夜，上弦月静静地照在幸福的人儿身上，空气中传来他们均匀的呼吸声……

第二天早上，张伟睁开眼睛，旁边不见陈瑶，厨房里传来叮叮当当的声音，一会儿陈瑶进来了，说："相公，七点了，您该起床用早膳了，奴家已经准备好了。"

张伟揽过陈瑶，亲亲陈瑶的脸颊说："小娘子，辛苦了。"

陈瑶边伺候张伟穿衣服，边笑嘻嘻地对张伟说："哥哥……新的一天开始了，繁忙的工作也要开始了，吃饱了，喝足了，好好工作吧。"

张伟听话地点点头道："嗯……这一周，公司里一定有很多事情等着我去处理。"

洗漱完毕，两人开始在餐厅吃早饭，陈瑶给张伟端过来一杯热牛奶，一个煎蛋，一份糕点，一碗豆汁，然后说："吃吧，你吃完先去上班，我收拾完家务再去公司，咱是老板，什么时候去都行，你是老总，属于老板管理，得按时上班，不能迟到，呵呵……这就是差距……小伙子，好好努力啊，早日做老板。"

张伟呵呵一笑："姐，你不用刺激我，我会努力的，我一定要做出自己的一份事业，我一定要证明自己能行，你虽然有足够的钱保证我们的生活，但是我还是想证明自己，让自己有足够的心理资本和物质来和你一起生活，这样，我心里也会觉得平衡一些，也会正确评价自己的价值和能力，你说，对不对？"

陈瑶点点头道："傻熊，我理解你的想法，每一个男人都想证明自己的，这很对，我支持你，虽然我很想让你早日加盟我们家的假日旅游，但是，我知道你的性格，知道你的志向，知道你的理想，我不着急，我们来日方长，让你这个小马驹子出去闯一闯，也不无好处。"

张伟很高兴地说："知我者，莹莹也，姐，我这不是自卑也不是仇富，你能理解我，我真的好高兴，我想，要是等到我们结婚的时候，不用你花一分钱，那我就成功了。"

陈瑶狡黠一笑："嘻嘻……我要住豪华别墅，那你的钱要是不够，咋办？"

"嘿嘿……那还能咋办，顶多就说明我还不够成功呗，不够的钱，就吃你这个富

197

婆啦……"张伟嘿嘿一笑。

"不错，"陈瑶一拍巴掌，"张总，很不错，你的心态很端正，我很高兴，陈董事长很赞赏，小伙子，加油好好干，争取别吃我的公粮……放开手脚干，别有思想包袱，俺是你坚实的大后方……"

张伟得意地一咧嘴："有大后方，反正我要不了饭了，我还怕啥，等着吧，陈董，今年一定让你见识见识咱老张挣钱的能力。"

陈瑶满脸喜色地说："好啊，张副总经理，俺就眼巴巴等着做你公司的老板娘了，到时候俺是两个公司的董事长……"

"呵呵……或许，你到时候还是一个公司的董事长。"

"哦……对对对，到时候咱就把公司合在一起，合二为一了，我还是一个公司的董事长，还是老公聪明，佩服！"陈瑶笑嘻嘻地伸出大拇指。

"哈哈……都还是在计划中的海市蜃楼，就在这里空想吧，还得一步一步走啊，还不知现实中走到哪一步，立足现实，扎实做事，才是最重要的。"张伟吃饱了，站起来拿起公文包，准备去公司。

"等等，"陈瑶拿出一个大纸袋，"傻熊，你的八万块，警察送到公司，徐君昨天带过来的，你带着，去银行存上吧。"

张伟停住脚步，回头看了看大纸袋，又看了看陈瑶的神色，心里想如果自己要是说出事情的真相，陈瑶一定不会要这八万块钱的，斟酌了一下，意味深长地说："姐，这钱本来就是不我的，在我没有找到给我打十万块钱的恩人之前，还是先放在你这里吧，再说了，我们之间还分什么彼此呢？"

陈瑶犹豫了一下，看着张伟的神态，想捕捉到什么信息，然而，从张伟傻乎乎的脸上什么也看不出，于是抿嘴一笑："傻熊，好吧，我先代你保管，随时用，随时和我说。"

张伟点点头说："姐，那我上班去了。"

陈瑶送张伟的门口，把房门钥匙放到张伟包里，又给张伟整理了一下衣领和袖口，然后踮起脚，搂住张伟的脖子说："老公上班辛苦，祝老公有一个愉快的工作日。"

张伟低头吻住陈瑶的唇，一会儿两人分开，张伟挥挥手说："姐，我走了，再见！"

陈瑶目送张伟走下楼梯，才关门回到房内，看着手里的八万块钱的纸袋，想了一会儿，摇了摇头，不由又笑了起来。

张伟刚进公司办事处办公室，就接到小郭的电话："张哥，不好了，护坎的民工在闹事。"

张伟一听，忙对小郭说："别慌，慢慢说，怎么回事？"

小郭缓了口气，说："因为你没有采纳小明的方案，小明暗地里煽动地段少的那个村的人今天上午开始怠工，故意破坏已经修好的坎，增加工作量，昨天刚修好的坎，今天全部被拆了，得重新返工……"

张伟一听就火了，想了想，压住火气，对小郭说："知道了，你什么也不要管，只管做你自己的工作，装作什么也不知道。"

放下电话，张伟走进于琴办公室，叫上于琴，一起去工地。

路上，张伟把事情经过告诉了于琴。

到了现场，于琴一看，立马就炸了，这可是自己的钱啊，就这么流淌出去了。

于琴找了一个熟悉的民工，在没人处嘀咕了半天，然后脸色铁青，二话不说，上车就和张伟一起回了东兴。

回到办公室，于琴余怒未消，对张伟说："张总，你看这事咋办是好？事情已经很清楚了，小明他妈的就为了省点鸟房租费，就拿我的工程和金钱做交易，你说，怎么办？"

张伟冷静地看着于琴说："于董，这事我去海南前专门安排嘱咐过，也警示过小明，但是小明把我的话当耳旁风，根本就不在乎，为什么不在乎我这个常务副总？就因为他一是本地人，歧视外地人，二是因为他是你弟弟的好朋友，觉得关系硬，不怕被开除，他现在这么做，一是在损害集体的利益，二是在蔑视我这个小小常务副总，这样下去，工作会更加不好开展，会更加不好管理，至于该如何处理，应该由你定夺。"

于琴有些烦恼地说："他不仅仅是我弟弟的好朋友，他还对我弟弟有救命之恩，小时候我弟弟掉水塘里，是他救出来的，不然，他敢这么牛？他就赌我不会忘恩负义……妈的！"

张伟不语。

于琴看了看张伟的脸色，不禁有些踌躇。

张伟迟疑了一下，下了决心，把小明上次的事和于琴说了一遍。

于琴听完，脸色发白，毫不犹豫摸起电话打给自己的弟弟说："你，不要问我原因，你现在直接通知小明，如果不想难看，让他今天下午马上递交一份辞职书给我，然后，到玲玲那里结账走人，我下午去电站等他。"

于琴的弟弟还想说什么，被于琴果断拦住："都是你交的好朋友，因为救过你，天天居功自傲，没完没了了，不要问我任何原因，小明心里清清楚楚，我不想说了，照办就是，少啰唆，我烦，别问我！"

说完，于琴扣死了电话。

过了一会儿，于琴又给玲玲打了个电话："下午小明要辞职，你那里额外准备两万块钱，就说是我个人的意思，就这样办吧。"

打完电话，于琴稍微休息了一下，然后看着张伟说："你放心，任何敢和你对抗的人，就等于是和我对抗，坚决扫除，坚决枪打出头鸟，我坚决做你的坚强后盾。"

说完，于琴笑了笑，拍了拍张伟的肩膀。

张伟微微笑笑说："谢谢于董的理解和支持。"

于琴看着张伟说："小白脸，一周没见，你精神很好啊，气色也好，很爽啊，是不是在海南遇到什么美女啦，有什么喜事啦？"

张伟笑笑，没有回答，站起来说："于姐，你的精神也很好啊，是不是有什么喜事呢？"

于琴笑嘻嘻地也站起来说："我的喜事啊，就是你学习回来，我心里踏实了，你不在，我六神无主，很多事情都不知道如何处理，你一回来，我可就轻松了，放心了……"

说完，把厚厚一沓资料递给张伟说："唉，这都是这些日子压在我手里的业务，我都没处理，移交给你啦，哈哈……我出去做头发去。"

说完，于琴开车出去了。

张伟笑了笑，回到自己办公室，开始集中精力处理这些日子积攒的业务，午饭都是在办公室叫的外卖。

陈瑶十一点才去办公室，和张伟在 QQ 上简单打了个招呼，也开始忙碌自己的事情。

张伟忙到下午五点，才算把这些积攒的业务基本处理完，刚松了口气，想和陈瑶打个招呼，却见屏幕右下角头像在闪，打开一看，是小如。

"张总你好，中午和陈姐聊天，知道你们是做漂流的，请问你们的漂流几月份开业？"小如问张伟。

张伟漫不经心地说："五月一日，干吗？"

小如说："哦……那就是说还有不到一个月时间，是这样，我们五月份开始，有很多发到南方去旅游的团队，主要是到浙江的，我们在做线路的时候，想把你们的白云山第一漂做进去，这样，我们的客人就会到你们这里来漂流……"

张伟一听，精神一振，大为高兴地说："好啊，小老乡，不错，到底好是老乡感情深厚，亲不亲，故乡人啊。"

小如说："俗，真俗，一听有业务，就这么热情，刚才还对我爱理不理的。"

张伟说："哪里哪里，多多包涵，嘿嘿……"

小如说："我现在也是你的客户，以后对我不许怠慢，听见没有？"

张伟说："哈哈，好好好，一定一定。"

小如说："这还差不多，你把你们公司的相关资料发给我，特别是景区简介、价格、漂流时间、路线等等。"

张伟连忙照办。

下班后，张伟急匆匆赶到陈瑶住处，一进门就闻到辣子鸡的香味，陈瑶正在厨房里忙活着做晚饭。

这种感觉真好，就像回到了自己老家。

在外漂泊了这么久，第一次有一种家的归属感，一种稳定和温馨的家的感觉。

张伟心中隐隐闪出一种感动。

张伟站在陈瑶身后，拦腰抱住陈瑶的腰，低头吻住陈瑶的头发说："姐，有家的感觉真好！我好像回家了。"

陈瑶温柔地笑笑："傻熊，以后，这就是你的家，是我们共同的家，你得慢慢适应这个！"

张伟点点头，又说："姐，今天那个小如老乡找我了。"

"哦，"陈瑶停住正在炒菜的手，看着张伟，"她找你了？"

张伟于是把小如找自己的事情说了一遍，特别强调小如是从陈瑶那里知道自己做的是漂流项目。

"哦……她说是我告诉她你是做漂流的？"陈瑶听张伟说完，咬咬嘴唇，问张伟。

"是啊，我又没和她说过我是做漂流的，只说是做景区营销的。"张伟说。

陈瑶想了想，笑了笑，对张伟说："呵呵……这是好事情，很好啊……厨房里烟味大，你先去客厅看电视，我一会儿就好了。"

等张伟去了客厅，陈瑶边炒菜边琢磨，她清楚地记得自己到现在为止，并没有和小如谈起张伟做漂流的事情，张伟特别强调说是自己告诉小如的，是为了怕自己多心？还是……

陈瑶不由陷入了沉思。

第三十章 第一桶金

晚餐很精致，陈瑶炒的都是纯正的北方菜，还都是张伟喜欢吃的。

菜弄好，开了一瓶白酒，小两口热热乎乎坐在一起，斟酒、吃菜，把酒临风，谈笑风生，心中自是一种甜蜜和温馨。

陈瑶边和张伟喝酒边聊天："当家的，以后你就别在公司里住了，回头去把你那熊窝里的衣服收拾一下，放这里来。"

张伟点点头说："嗯，知道了，咱这是未婚同居，违法啊，哈……"

陈瑶哈哈一笑说："咱这叫试婚，试婚，知道吗？两个人没领证之前，先一起像夫妻那样生活、磨合，这就是试婚。"

张伟又点点头道："我知道，其实这倒也不错，很多矛盾消灭在婚前，如果有矛盾，也免了手续之烦恼。"

"你说我们的试婚会不会有矛盾？"陈瑶认真地看着张伟说。

"当然会有，两个人，来自不同的成长环境，有着不同的秉性，不可能一开始就完全融洽，没有矛盾是不正常的，有矛盾情理之中，既然是试婚，既然是过日子，就要敞开胸怀，真实坦诚地生活，对问题不要回避不要遮掩。婚前解决了，婚后舒坦了。"张伟边吃菜边对陈瑶说。

"当家的言之有理，甚对，甚对！正合吾意，爱情走向了婚姻，浪漫就开始变成理性，只有理性的爱情才会永葆浪漫的气息，才会让婚姻充满鲜活的养分。"陈瑶看着张伟。

张伟举起杯说："莹莹，为我们的爱，为我们的青春，为我们的未来，干杯！"

陈瑶举杯响应："哥哥，万水千山，千山万水，从此不分离，无论多大的艰难和困苦，我们一起去面对……"

张伟感动地看着陈瑶，眼里充满了满足和幸福，说："永不分离！"

第二天一早，于琴就叫上张伟去公司，路上，于琴对张伟说："小明昨天走了，今天我们召开公司中层会议，到时候我在会上先不发言，你使劲煽，压压阵，想说啥说啥，警告警告某些皇亲国戚。"

张伟对于琴说："昨天小明没闹什么事情吧？"

"没有，他自己做的事情自己有数，再说，我又额外多给了他两万，也该知足了，也算对得住他，他很有自知之明的，领了钱，就走了。"于琴靠在爱车椅背上，叹了口气，"其实，我最不喜欢亲戚朋友来我这里做事情，但是，没办法，人家开了口，都是亲近关系，不好拒绝的，最愁的就是对这些人的管理，抹不开脸。"

张伟开着车，笑了笑说："抹不开脸，那你就用钱往里砸啊，反正你有的是钱。"

"我的钱赚得不容易啊，你以为是天上掉下来的？"于琴看了张伟一眼，"其实，老郑也不喜欢我这么多亲戚朋友在这里，我想了，借着小明这事，杀一儆百。"

张伟点点头。

"对了，上个月的业务提成计算出来了，本来是营业后才会有业务提成，哪里想到你提前给俺挣到钱了，提前进票票了，哈哈……"于琴开心地看着张伟，"按照公司考核规定，你们营销部那边是兑现十万经费，你个人是兑现五十万奖励。

"啊！这么多？"张伟又惊又喜，"我以为要到漂流结束一起算呢？"

"这是月结算，到漂流季节结束，还有另外的奖励，呵呵……多乎哉？光这次代理，按照你为公司赚的钱，五十万奖励是恰当的，不多的，"于琴笑眯眯地对张伟说，"估计今天玲玲就打到你卡上去了，到时候你到玲玲那边履行一下手续。"

"啊哈……"张伟开心地点点头，"我们今年还会赚更多的钱的，我在努力开拓域外这一块的团队。"

"我们赚得越多，你个人赚的就越多，张总，你的收入是上不封顶的，呵呵，你的职务这一块还有另外的奖励，这个月，加上工资，你大概能收入接近五十五万哈……"

"要是每个月都这么多，多好啊。"张伟喜滋滋地说。

张伟当然知道这只是一个美好的愿望而已，这个月奖金多，那是因为全年的代理金集中收缴了。

"等你以后自己做了老板，说不定每个月不止这些呢，哈哈……到时候，我们见了你，可得称呼你张老板啦。"于琴半开玩笑地对张伟说："趁着你还在俺公司干，多为俺赚钱钱吧。"

"于姐，我自当会尽力而为的，我是把公司的事情当做自己的事情来做的。"张伟说。

"我当然看出来了，我是百分百信任你的，我看你不光经营有一手，管理也确实有一手，下面这些员工，除了个别的，对你都很尊敬，很听你使唤的，呵呵……"

张伟笑笑说："这还不都是你于姐支持的结果，我再大的能耐，还不都是在你的手掌心里面？"

于琴听了这话很受用："姐姐我是会把你放在手掌心里好好呵护的，我会做你的坚强后盾。"

很快到了电站，召开公司中层管理人员会议。

于琴主持会议，先听取各部门负责人工作情况汇报，然后张伟部署下一阶段的工作。

工作安排完毕，于琴改变了话题："今天除了安排下一阶段的工作，还有一些关于工作纪律等方面的事情，张总有些话要和大家说一下。"

说完，于琴冲张伟示意。

张伟合上笔记本，端起水杯喝了一口，然后就工作纪律方面的问题强调了一通，最后说："大家都在一个公司里工作，我这人说话直，不喜欢拐弯抹角，小明昨天离开了公司，原因呢，大家可能也基本知道一些，我今天最后想说得一句话就是，不管是谁，不管你有多特殊的关系，工作之外我管不着，工作之内，必须服从，一级服从一级，不服从，对不起，那就只有两个选择，要么你走，要么我走！不过，目前来说，我好像还不会走，那就只能你走。"

张伟说完，于琴只说了一句："张总说的，我全部同意，在我公司里为我着想，那是天经地义，损害我的利益，别怪我翻脸不认人。"

于琴的话里既包含了对张伟的绝对支持，又充满了杀气，具有相当的震慑力。

开完会，张伟去玲玲那边履行了财务手续，玲玲说钱已经打到张伟的卡上了，五十五万六千元。十万营销部的经费已经划拨到营销部户头，张伟可以在营销部内部进行自行支配和分配，无须董事长签字。

张伟怀着激动惊喜的心情回到东兴，营销部的人员这个月奖金都不低，大家都很高兴。

张伟将小如的QQ号码写下来交给林，安排于林具体和小如联系团队地接的事情。如果域外的团队做好了，将是一笔很可观的收入。张伟一是想锻炼一下于林，二是想给于林一个展现的机会。

忙完工作，张伟抽空出门，在附近找了个ATM机查了下银行卡，果然钱已经进了账户。看着账户上接近六十万的资金，张伟心中狂喜不已，这是自己工作以来见到的最大一笔收入，有这笔钱做资本，自己的理想很快就可以付诸实施。

张伟紧紧握住拳头，在空中使劲挥舞了两下，好好干，继续努力，拉更多的客户，给公司挣更多的钱，自己自然也能赚更多的奖金。

喜不自禁的张伟给陈瑶发了个短信报喜："姐，今天我发钱了，连工资带奖金，接近五十六万，我发财了，哈哈……"

一会儿张伟收到陈瑶的回复："哇！这么多啊！当家的，祝贺你，这是你应得的回报，是心血和智慧辛苦付出回报，一分耕耘一分收获，你收获的季节终于到了，别骄傲，加油！"

张伟回复："姐，我不会骄傲，我要使劲努力干，要挣更多的钱。"

陈瑶回复："你真棒！当家的，我相信你一定能行，好好干吧，我下半辈子可就靠你啦！嘻嘻……"

张伟乐滋滋地往回走："必须的！没问题！"

陈瑶今天一上班就开始忙碌，发往瑶北的那个红色旅游团又出了点问题，对方的地接社又提出要加钱。

陈瑶有些烦了，对徐君说："你和对方斡旋，好歹把这个团做完，咱们就不和他们打交道了，我就不信，离了他们还不能做了？"

徐君也很生气，对陈瑶说："陈董，他们太过分了，怎么也喂不饱了……不过，我们下周还有一个团去瑶北的，五一期间更多，现在就报名了四个大团了，六百多人……得抓紧找替补的旅行社。"

陈瑶沉吟了一下，把小如的QQ号码写下来递给徐君："这是瑶北天马旅游一个计调的QQ号码，我刚认识不久，过会你和她联系，谈具体业务，我先和她打个招呼，他们的价格比较低，但重要的是服务质量，你仔细和她谈谈，如果可以，下周的那个团就交给天马，看看他们的实力和质量，行的话，就换这家。"

徐君点点头出去了。

陈瑶先与小如联系："小如妹妹，你好。"

"陈董好，姐姐好，有何吩咐。"

陈瑶说："我安排我们公司的徐总一会儿和你联系红色旅游线路的事情，如果合适，就交给你们来做。"

小如说："好呀，姐姐，你们和那边的新世界不是有半年合同的吗？"

陈瑶说："呵呵……他们先违反合同，我们自然也不用遵守，北方红色旅游线路是我今年要重点打造的项目，如果大家觉得合适，合作愉快，也可以长期合作，我们很快就要有大批的团队北上，整个浙江，只有我们独家经营这条瑶北红色旅游线。"

小如说："好呀，姐姐，你放心，不管是价格、服务质量，还是食宿，保证优于新世界旅游，如果达不到，你就不用认我这个妹妹了。"

陈瑶说："好的，我相信小如妹妹一定会是我最好的妹妹，待会徐总就加你QQ，具体业务你们细聊，你先把接待计划和线路报给徐总。"

小如说："得令……对了，姐姐，你们的人北上，我的人可很快就要南下，昨天我和你家男人联系了，我们很快就要有大批游客团队南下浙江，很多游客都想漂流，我做计划的时候把那个漂流加进去了，刚刚龙发旅游一个叫于林的加了我QQ，正在和我联系具体事宜。"

陈瑶很高兴地说："好啊，我们的联系越来越紧密了，有钱大家一起赚，咱们可以结成长期战略合作伙伴关系。"

陈瑶很想问问小如是怎么知道张伟是做漂流的，想了想，没问。

小如说："是的，咱们一南一北，遥相呼应，呵呵……你们是老板，发大财，俺是打工的，挣提成，发小财。"

陈瑶说："小如你这么精明能干，你们老板一定会重用你的。"

小如说："呵呵……姐姐，不聊了，你们徐总加我了，我和他谈一谈。"

陈瑶说："好的，祝你们谈得顺利。"

刚和小如聊完，张伟的报喜短信到了。陈瑶一看，满心欢喜，钱多少并不重要，重要的是自己的小男人在一步步走向成功和成熟。其实，按照现在旅游行业内部的规则，一般业务提成都达到毛利润的百分之五十多，张伟为龙发提前赚进来这么多，拿五十万并不多，也就是按照百分之三十左右给予的提成。

这年头，漂流的利润几乎是百分之三百。不过，只要张伟高兴，钱不是重要的，有总比没有强，而且五十万也不是小数字。还有，根据张伟的营销状况，这五十万可能也就是今年最大的一笔收入了，等于是把全年奖金提前收入了，后期的营销额是不可能超过一次性代理金额的。

陈瑶急忙给张伟回复短信，大大夸赞了小男人一番。

有了这笔钱，张伟想独立创业的愿望几乎就可以实现了。陈瑶坐在老板椅上摇晃着，心里忍不住的笑意，看来，这匹小马驹注定是要自己出去闯荡一番了，这个事情是不好阻拦的。也好，外面的世界很大，自己独立做点事情，不管成功与否，起码是个锻炼，即使钱花光了，还有自己这个大本营。

不过，陈瑶觉得，张伟现在进步很快，已经具备了独自创业的能力和素质。虽然自己是那么渴望他来接手自己的公司和基业，自己好舒舒服服享受几天太平安闲日子，但是，只要张伟高兴开心，自己再劳累一段时间也无妨。

冤家，我就从了你吧，你去闯吧，我让你飞，自由自在地展翅翱翔……陈瑶托着腮帮，入神地想着，心里充满了欢乐。

正想着，电脑桌面右下角有头像在闪，点击一看，是徐主任的："陈董，在不在？"

陈瑶忙回答："徐主任，你好，有什么指示？"

东兴市旅游QQ群里，徐主任是群主，各家旅游公司的老总都在这里，徐主任通过QQ找自己陈瑶是很容易。

徐主任说："陈董客气，你是大老板，咱是办事的，哪里敢有指示，上次潘副市长去你们公司视察的时候，我拍了一些资料图片，给潘副市长送去了一部分，你要不要？"

陈瑶说："要啊，徐主任摄影技术是没得说的，俺们正好留着做资料啊。"

徐主任把照片发了过来，陈瑶看了看，问徐主任："徐主任，怎么还有我的特写啊？呵呵……"

徐主任说："你这么好看的大美女，不给你拍点特写，那不可惜了，呵呵……好看不？"

陈瑶说："拍的比本人好看，谢谢徐主任。改天来公司指导工作，请你吃饭。"

徐主任说："客气了，对了，你们公司的典型材料，潘副市长还没有批复下来，也不知道什么情况了，你要不要去找潘副市长走走关系，能弄上先进典型，对你们公司的发展可是大大的好！"

陈瑶皱皱眉头说："谢谢徐主任关心，不用了，俺本草民，无意高攀，能挣点钱吃饱饭足矣，不想做那么大，其实，这典型不给我们更好。"

徐主任说："唉……陈董，我说你什么好呢……你们公司现在可是市领导重点关注的单位了，还有你的人……"

陈瑶说："可是，我们不想出名，也不想让市领导关注，我的人，更不需要市领导关照，你方便的时候把我的意思转告给市领导吧。"

徐主任说："呵呵……我可不敢，你还是自己去转告吧，我可不想没事找事。"

陈瑶说："呵呵……不说这些了，徐主任，前几天我托他们从新疆弄了一块和田玉，质色不错，知道你喜欢这玩意，待会我安排人送给你，权当表示谢意。"

徐主任说："陈董客气，呵呵……多谢多谢。"

陈瑶说："徐主任老大哥别客气，以后工作上有什么事情，您还得多关照小妹。"

和徐主任聊完天，陈瑶从抽屉里摸出一个礼品盒，用报纸包起来，叫来办公室内勤，让去旅游局办公室送给徐主任。

办公室内勤上来的时候，带来一个精美的请柬，说是刚刚有人送过来，给陈瑶的。

陈瑶打开一看，东兴大地旅行社开业大吉，恭请假日旅游陈董事长大驾光临，时间是本周日上午十点，邀请人是大地旅行社有限责任公司董事长兼总经理：高强。

终于来了！到时去不去呢？陈瑶把请柬往桌子上一放，眉头一皱，双手交叉放在胸前，思忖起来。

晚上下班回家做饭，刚做好，张伟也回来了，两人边吃饭边交谈。

"姐，高强的大地旅游要开张了，就在我们公司附近不远的地方，这个周日开业，请柬送到我们公司了。于琴不去，让我代表公司去。"张伟边吃饭边对陈瑶说："你接到请柬没有？"

陈瑶边给张伟夹菜边说："接到了，今天下午接到的。"

"你说我去不去？你去不去？"张伟问陈瑶。

陈瑶放下饭碗，眼睛眨巴了一会儿，看着张伟："当家的，我想听听你的意见。"

张伟端起水杯喝了口水说："我觉得应该去，都是同行，既然人家邀请了，咱就得去，个人恩怨不能掺和到公司之间……"

陈瑶点点头道："对，你和我想到一起去了，他不邀请，我们不会去，既然他邀请了，不管他是什么动机我们都要去，正大光明地去，不但要去，而且还要备一份厚礼，希望大家能相逢一笑泯恩仇，化干戈为玉帛……"

"我们公司于琴安排了，说到时候送个红包，一万块。"张伟说，"你给他什么厚礼？"

"我也打算送个红包，十万！"陈瑶说。

"你疯了？干吗给他这么多？"张伟吃了一惊，又有些不高兴，"你和他什么关系都没有了，就是念旧情，也不用给这么多啊？就因为他是你前夫？"

陈瑶没有责怪张伟的无礼和指责，宽容地笑了笑说："亲爱的，在我眼里，你是最重要的，再多的钱也比不上你一根头发，如果能换得你的平安快乐，换得我们的幸福开心，我宁愿花上更多的钱……"

张伟没有仔细体会陈瑶话里的意思，心里有些不快，闷头吃饭，说："我不管了，钱是你的，你钱多，就向外送吧，反正我是不喜欢你送他那么重的礼。"

陈瑶温柔地看着张伟说："当家的，以后或许你会理解、明白，总之，我这么做，是有我的道理的，你相信我好了。"

张伟撇了撇嘴说："嗯，你是大姐大，说了算，反正总是有理的，我就怕高强这王八羔子还会打坏主意。"

陈瑶笑了，说："世事我皆努力，成败不必在我，别把人都想得太坏了，冤家宜解不宜结，我们尽力就是了，希望会有一个好的结果，希望他能理解我们的一片好心。"

张伟不服气地说："你应该了解高强的为人，你拿这钱就等于是喂狗。"

陈瑶说："如果狗吃了，不再咬人，也是值得的。"

张伟一时无语，半天说道："我讲理讲不过你，不说了，吃饭，希望你是正确的。"

"只要有一线希望，就去努力，希望大家都能彼此和睦相处。"陈瑶笑了笑，也低头吃饭。

吃过饭，二人坐在客厅，张伟摸出一张银行卡递给陈瑶说："姐，这是我今天新办的卡，把我的五十万奖金转存到这里了，我带在身上不方便，你给我保存着，如果你需要钱，也可以从这里提，密码是我的生日后面六位数倒过来……"

陈瑶笑着接过来说："也好，我给你放好，你身上的钱还够用吗？"

张伟拍拍口袋说："工资卡在这里，上面还有六万多，足够用的，我平时又没有什么花销。"

陈瑶点点头说："当家的，这钱挣得很不容易啊，这其实就是你全年收入的提前兑现，后面的营销收入，是不可能再突破代理金额了，是不是？"

张伟点点头说："是的，等于是全年的业绩在上个月爆发了，呵呵……后面的收入还会有，但不可能会这么多，还有，别的额外奖励就看于琴的了。"

陈瑶靠在张伟身边，轻轻给张伟揉着肩膀说："嗯……老公，这就是你的第一笔创业基金了，我给你保管好，等你想创业的时候，就用它……"

看着陈瑶小鸟依人的样子，张伟心中一热，一把把陈瑶搂到怀里……

然后，两人手拉手出去，到河边的绿地公园散步。

"今天我和小如联系了，我们的瑶北红色旅游准备让他们天马做地接。"陈瑶挽着张伟的胳膊，两人在河边随意地走着。

"我也安排人和她联系了，我们准备做她的团队来我们这里漂流的地接。"张伟乐呵呵地说。

"这事小如和我说了，"陈瑶轻轻摇晃着张伟的胳膊，"我觉得你这个老乡很能干。"

"是的，很敬业，今天下午于林把小如传给她的浙江旅游线路行程和报价单拿给我看，我吃了一惊，这个北方老乡竟然对浙江的旅游行情和旅游景点十分熟悉，造价、行程一看就很老道，只有熟手才能做出来。"张伟对陈瑶说。

"做旅游计调的必须得对目的地的行情和景点很熟悉，呵呵……这不奇怪。"陈瑶笑呵呵地说。

张伟没有回答，好像在思考什么。

"你在想什么？"陈瑶摇晃着张伟的胳膊，扭头看着张伟。

"哦……没什么。"张伟揽过陈瑶的肩膀，"走，我们去小桥上走一走。"

二人刚走上小桥，迎面遇见于琴在散步，正迎头碰上。

"哈……你们？"于琴一见他们，大呼小叫起来。

张伟笑嘻嘻地把陈瑶搂在怀里说："于姐，陈董现在已经被我拿下，是我正宗的女朋友了。"

陈瑶笑嘻嘻地看着于琴，点点头。

于琴高兴地拉着陈瑶的手说："好啊，太好了，祝贺你们，祝福你们，其实，我早就感觉你们俩挺般配的，呵呵……什么时候喝你们的喜酒啊？"

张伟和陈瑶相视而笑，陈瑶对于琴说："还早呢，俺当家的说，要等你们的漂流大获全胜，等龙发大发起来，再请大家喝喜酒。"

于琴其实刚才心里很担心这个问题，现在听陈瑶这么一说："好好好，张总可一定别离开龙发啊，起码今年别离开……"

陈瑶笑着对于琴说："于董，你放心，我保证不会挖龙发的墙角，除非你辞退他，或者你撵他，否则他今年之内是不会离开龙发的。"

于琴高兴地点头说："谢谢陈董支持，张总是我的心腹爱将，他不走，我求之不得嘛，呵呵……我知道张总是早晚要自己创业的……"

张伟笑笑说："于姐，你放心，起码今年之内，只要你和郑总不撵我，我就一定会在龙发干下去，我会把这个漂流做成功的！"

"好！仗义！"于琴冲张伟竖起大拇指，开心地笑起来，又对他们说，"你们散步吧，我不打扰你们了。"

然后，大家分手。

"于琴今天终于放心了。"陈瑶看着于琴离去的背影，对张伟说。

"放心什么？"张伟问陈瑶。

"放心我不挖人了，呵呵……"陈瑶轻轻地笑起来，"我今天亲口给她做了保证，她可以把心放到肚子里了，不过，咱留在那里的前提是开心快乐，如果做得不开心，如果她处处给你穿小鞋，咱当然不会在那里干！我可不能让我的男人受那委屈！"

张伟点点头说："嗯……应该不会的！"

陈瑶挽起张伟的胳膊说："走，哥哥，去草地上坐一会儿去，不谈这个了，你看，春天的夜晚多么温暖，春风多么柔和……"

第二天下午，徐君告诉陈瑶，和瑶北天马旅行社接洽好了，从对方的反馈情况看，一切都很合理，食宿标准不错，接待流程很完善，而且，价格比新世界低了接近一百八十元，比较理想。

　　陈瑶告诉徐君，下周的团先发一个团去看看，如何合适，就确定这一家。

　　转眼到了周日，是高强的大地旅行社开业的日子。

　　张伟和陈瑶没有同行，分开去。

　　"这个时候，这种人，还是尽量少刺激他的好。"张伟对陈瑶说。

　　"当家的言之有理，不过，咱们还在不在那里吃午饭呢?"陈瑶说。

　　"到时候看情况而定，最好是参加完仪式就走，如果走不了，就在那里吃饭，咱们坐一桌，今天同行很多的。"张伟说。

　　"嗯……你先去吧，我待会去公司，带着徐君一起去。"陈瑶说。

　　张伟来到大地旅行社门口的时候，门前披红挂彩，热闹非常，东兴的旅游同行来了很多，高强正满面春风、笑容可掬地站在门口接待客人。

　　张伟看见高强的时候，高强也正好看见张伟。

　　张伟笑嘻嘻地向高强走过去。

第三十一章 人在人上

从高强见到张伟的表情上可以看出，高强对张伟的出现很感意外。

张伟此刻出现在这里，自然是代表龙发旅游来的。

高强发了请柬给龙发旅游，邀请的是于琴或者老郑，老郑把自己套在里面，好不容易才出来，有苦说不出，这次到了东兴，终于脱离老郑的控制，自然要邀请他来看看，朋友归朋友，同行归同行，该发的请柬自然还是要发的。只是，没想到老郑和于琴竟然这么不给面子，自己不来，还派了这个兔崽子过来。

今日开业大吉，来的都是客，自然要笑脸相迎，高强迅速恢复了和气的笑容，满面笑容迎上去和张伟握手说："欢迎，张经理。"

张伟握着高强的手，毕恭毕敬地说："高总好，郑总在外地出差回不来，于董今天身体不舒服，委托我代表公司来祝贺贵社开业大吉。"

张伟说完，将红包送上。

高强接过一万元的红包，心里很高兴，这礼物还算不错，足以证明老郑对自己还是放在眼里的。虽然从某种意义上说，老郑整了自己，让自己损失了许许多多的一万元，但那毕竟是生意场上的争斗，何况自己也是主动掉进去的，打掉牙往肚里咽，没办法。

"谢谢郑总，谢谢于董，"高强看着张伟，"张经理，我真的没想到今天你会来。"

张伟笑嘻嘻地看着高强说："高总，大家都是同行，你还是我的第一任老板，我的老领导。你的新公司开张，我也替你高兴，真心祝你的大地旅游植根于丰沃的东兴大地，结出累累果实，祝你发大财！"

高强拍拍张伟的肩膀说："兄弟，过去的事情就不提了，希望我们以后能做个朋友，更希望兄弟你平安顺利，身体无恙，事业有成。"

张伟看着高强的眼睛说："谢谢高大哥，有你的祝福，我一定会平安的，也一定会顺利的，我也希望你生活愉快，出入平安，身体健康，早日成家。"

高强脸色微微一变，随即又笑了笑，大喜的日子，不能被这小子坏了心情，随即换了个话题："对了，好久没见郑总了，老郑这段时间都在忙什么呢？"

原来高强还不知道老郑的事情，张伟若无其事地说："老板忙什么咱怎么能知道呢，郑总三天两头出差，一周在公司能待一两天就不错了，至于忙什么，不知道。"

"哦……"高强很留意张伟的话，忙问，"郑总一般都是往哪里出差呢？"

张伟看着高强的表情，想起那天高强说的事情，心里暗暗发笑，说："最近好像一直在飞广东。"

"广东？！"高强一震："他飞广东干吗？"

"不知道，"张伟装作不想说的样子，"可能是在做什么开发项目吧。"

高强一愣，随即装作若无其事，点点头道："哦……"

"高总，开业仪式几点进行？"张伟看把高强忽悠得差不多了，问了高强一句。

高强没有回答，眼睛越过张伟的肩膀，突然面露喜色，直奔过去。

张伟回头一看，原来是高强看见陈瑶了。

陈瑶正向自己的方向走来。

高强忙过去，冲陈瑶满脸堆笑，神情明显有些激动地说："小波……你来了……我真高兴，你能来。"

陈瑶微微一笑，边往张伟这边走边冲高强说："高总，祝你新公司开张，祝你发财，开业大吉，我来也没什么好带的，备了一份薄礼，徐总送到签到处去了。"

"客气客气，你来就好了，我就很荣幸了，还带什么礼物？"高强高兴地直搓手，跟在陈瑶后面，走到张伟旁边。

陈瑶冲张伟点点头，笑笑，没说话。

一会儿徐君过来了，对高强说："高总好，我们陈董给贵公司送了十万元，做为贺礼，我已经送到签到处了。"

高强显然有些出乎意料，看着陈瑶说："这……这太……"

陈瑶安排徐君去拿两瓶饮料，自己则站在张伟一侧，看着高强，平静地笑了笑说："高总，大家都是做旅游的，都想做点事情，也都不容易，你新公司成立，我别的也没法帮你，唯一能做的也就是这个了。我知道你前段时间经济比较紧张，所以略备薄礼，希望不要嫌少，更希望大家以后能相安无事，和平相处，能做朋友最好，不能做朋友，也不要成为仇人。"

高强略微有些尴尬，看看陈瑶，又看看张伟说："这……小波，这些话，我们单独说好了。"

高强的意思很明显，我们俩是自己人，这张伟是外人，不要当他的面说二人之间的话。

　　陈瑶笑了笑说："不用，张伟不是外人，他和你也很熟悉，你们俩也交过手，事情他都知道，没必要回避。而且，我希望大家能和和睦睦，更希望你们俩化干戈为玉帛，相逢一笑泯恩仇。"

　　高强看看张伟，勉强笑笑说："这个，我和小张本来也没什么大不了的事，我们俩之间没事了，没事了。"

　　张伟也笑笑说："是的，高总，只要你没事，我就没事，你要有事，我可能还得有事，呵呵……"

　　高强听张伟的话里有话，不过也来不及计较，眼睛只盯着陈瑶说："小波……我……我们……"

　　陈瑶直截了当地说："我今天是以同行的名义来祝贺的，没有什么我、我们，我们之间就是同行，明白一点，高总……好了，你去忙你的吧，我们自己转悠转悠，参观参观贵公司。"

　　高强转头看了看络绎不绝的客人，也确实没空在这里磨蹭了，只得快快而去，回头又对张伟和陈瑶说："中午在南苑大饭店吃饭，一定要参加啊。"

　　陈瑶和张伟没说话，微微笑了笑。

　　张伟看着高强的身影，对陈瑶说："其实，我觉得长痛不如短痛，我们俩的事情，他早晚要知道，还不如这会就告诉他，让他死了这条心。"

　　陈瑶看着张伟笑了笑说："他早就已经怀疑我们的关系了，只是没有确定，不过，我不想当面这么刺激他，万不得已不这样做，让他以后慢慢自然知道，或许会好一点……给他留点面子吧，你是人家的下属，把人家的两个老婆都上了，你还要咋样？"

　　张伟脸上表情有些尴尬，说："死丫头，你哪壶不开提哪壶，怎么这样说话呢，真难听。"

　　陈瑶看着张伟一撇嘴，说："难道这不是事实？你别担心我提何英就吃醋，过去的事情了，我不会翻旧案的，我只是觉得你小张同志好像是高强的专门克星，他总共就两任老婆，都和你有瓜葛，做人要低调，与人为善，能给人家留点退路就不要逼得人家无路可走，你已经得到我了，我已经是你的人了，干吗还非得要这么强烈刺激他呢？还是让他从其他渠道知道比较好……"

　　张伟点点头道："嗯……老婆所言极是。"

　　说话间，一辆黑色的雅阁开过来，车上走下来潘唔能，后面一辆车跟着停下，东兴市旅游局的全体领导班子成员一同而来，还有徐主任。

214

高强忙着握手欢迎，请潘唔能去贵宾室小坐。

潘唔能下车后扫视了一圈，正好看见陈瑶，眼睛一亮，径直走过来说："小陈，你也来了。"

陈瑶一看不能躲避，也就点头笑笑："潘市长好。"

陈瑶和潘唔能说话的时候，手背在身后，没有任何要和潘唔能握手的意思。

潘唔能也很明白，看这阵势，周围人又多，自然不想找难看。

潘唔能站到张伟和陈瑶面前，看看张伟说："咦，小伙子好面熟……"

张伟看着潘唔能，不卑不亢地说："潘市长好，我是龙发旅游做营销的小张，您坐过我开的车，和于董一起，难道您忘记了？"

潘唔能一下子想起来了，顿时表情有些紧张，看看张伟，又看看陈瑶，干笑一下说："哦……呵呵……想起来了，想起来了，那你们聊吧，我去里面看看。"

高强看潘唔能和张伟、陈瑶说话，有些意外，没想到潘唔能会认识他们。

潘唔能恋恋不舍地看了陈瑶一眼，转身进了贵宾室。

等他们走后，陈瑶对张伟说："哥哥，中午我们不在这里吃饭了，参加完仪式我们就走吧。"

张伟点点头说："我看见这潘唔能就恶心，在这里吃饭也吃不下去。"

陈瑶笑笑说："我开车来的，待会儿中午我们一起去乡下吧，先去何英家看看她父母，然后去我妈妈家，在我妈妈家吃饭。"

张伟又点点头说："一切听从老婆安排。"

十点五十八分，开业仪式正式举行，潘唔能和市旅游局的几位局长亲自剪彩。顿时，鼓乐喧天，鞭炮齐鸣，东兴大地旅行社有限责任公司隆重成立。

开业仪式结束后，陈瑶和张伟徐君就上车往回走，先到公司把徐君放下，然后张伟开车，直奔澄潭陈瑶的妈妈家。

车还没出城，陈瑶接到徐主任的电话："陈董，你在哪里？怎么没看见你？潘副市长说要你到他那桌和局领导一起吃饭。"

陈瑶客气地说道："徐主任，别客气，请转告潘副市长，多谢了，我不喜欢参加酒场，更不敢和大领导一起吃饭，我到乡下我妈妈家去了，和老人一起吃饭。"

徐主任有些无奈地说："那……你已经走了？"

"是的，我已经出城了，再见。"

陈瑶放下电话，刚要和张伟说话，高强的电话又来了："小波，你……你走了？怎么不来南苑吃饭呢？潘市长可是点名要你到他那桌吃饭，和这么多领导一起吃饭，结识他们，对你以后的发展肯定是有好处的。"

"我还有事，谢谢你的好意，我已经走了，祝贺你今天顺利开业，祝你生意兴隆！"

"你和张伟一起走的？我怎么也没在南苑看到张伟呢？"

"是的，我们一起走的。"

高强有些气急败坏地说："你……你们……"

"我……我们和你有什么关系？顶多大家是同行，我奉劝你，好好做自己的生意，不要做什么梦，我今天给你封上厚礼，就是不想大家反目成仇，我的事情更不需要你操心，好自为之吧。"陈瑶说话的口气很硬。

"小波……你不能这样对我，我知道，你心里还是有我的，我心里更是有你的，我们再回到从前，再破镜重圆，好吗？我求求你了……"高强电话里的声音充满乞求。

"我再一次告诉你，这——不——可——能！再见！以后不要再打扰我！"陈瑶不想啰唆，更不想给高强留任何幻想的余地，说完，直截了当挂了电话。

陈瑶打完电话，把电话往驾驶台前一扔，身体往后面一靠，没说话。

张伟边开车边看了一眼陈瑶，像是对陈瑶又像是自言自语地说："看来，我和这高总之间，还是要再来几场运动战哦……"

陈瑶一下子坐起来，看着张伟说："这事以后你不要参与，我来处理。"

张伟直接拦回来说："不可能，你的事就是我的事，我当然要参与，高强要是再敢纠缠骚扰你，我直接废了他。"

陈瑶急了，忙说："这事我会处理好的，你不要掺和，起码在我没让参与的情况下，你不要插手……"

听到陈瑶乞求的口气，张伟有些郁闷，无可奈何点点头说："好吧，我答应你不随便动手，但是前提是没有人欺负你。"

看完何英的父母，张伟和陈瑶去了陈瑶妈妈家。

陈瑶的妈妈见了张伟很热情，说着张伟听不懂的东兴乡下话。

张伟听不懂，也无法回答，就一个劲咧着嘴巴傻笑。

陈瑶妈妈忙着做菜，陈瑶边和妈妈用方言交谈边帮妈妈做菜。

张伟这次听明白了，陈瑶妈妈叫陈瑶"瑶瑶——莹莹"，原来是谐音啊。

一会儿陈瑶进了客厅，对正在欣赏挂在墙上的相框的张伟说："哥哥，我把我们的事情和咱妈说了。"

"哦，妈妈怎么说的？"张伟看着陈瑶，急忙问。

"妈妈很高兴啊，高兴地合不拢嘴啊……"陈瑶看着张伟笑盈盈的。

张伟放下心来，说："好好好，那就好，那我就放心啦。"

吃饭的时候，陈瑶妈妈用喜爱的眼光看着张伟，一会儿又说个不停。张伟听不懂，急忙对陈瑶说："快翻译。"

陈瑶笑嘻嘻地说："我妈说，让你好好疼我，凡事让着我，不要累着我……"

张伟急忙用普通话对陈瑶妈妈保证，一定会好好疼陈瑶，一定会好好照顾陈瑶，让妈妈放宽心。

陈瑶妈妈高兴地连连点头。

饭后，陈瑶妈妈去给陈瑶的继父送饭。叔叔在家闲不住，在后山开了一块地，种菜的。

家里只有陈瑶和张伟二人。

陈瑶拉着张伟进了布置得非常整洁干净的卧室，关上房门，坐在床上，对张伟说："哥哥，这是我的卧室，是我很早之前就住的卧室，我回妈妈家就住这里，我不回来的时候，妈妈都打扫得干干净净，我们在这里午休一会儿吧……"

张伟看着墙上挂着陈瑶学生时代的一些照片，还有陈瑶的很多课本和教材，饶有兴趣地看了一会儿，从中捕捉陈瑶少年时代的踪迹。

两人相拥而睡。

睡到下午三点，两人起床，陈瑶带着张伟步行上了后山，把自己小时候玩耍、学习、劳动的地方指给张伟，又讲起自己小时候的很多趣事，张伟听得入了迷。

二人在山上玩到晚饭时分才下来回家吃晚饭。

晚饭后，二人开车回东兴，走在路上，陈瑶接到一个短信，是旅游局办公室徐主任发过来的："陈董，今天潘市长因为你不给面子的事情，很恼火，没有在南苑吃午饭，一甩手走了，弄得局里的几个领导很尴尬，一把手局长很生气，弄得高总更是下不来台，唉……这事弄得很不好，几位局长对你颇有微辞，你自己以后注意点，仅此提醒，别无他意。"

陈瑶皱皱眉头，给徐主任回复："谢谢你，徐主任，这事我没有办法，与我无关，如果几位局领导硬要把账算到我头上，我无话可说，还望局领导多多包涵理解，更期望局长大人大量，公私分明，勿与小民为难。"

一会儿徐主任回复："陈董，有些事情真的是难说难道的，大家都有苦衷，我理解你，我会尽量帮你的，你自己也要多努力，就这样吧，再见！"

看完短信，陈瑶长叹一声，靠在座椅后背上。

"怎么了？"张伟看看夜色中陈瑶忽明忽暗的脸，"有事吗？"

"没事，"陈瑶笑笑，看着张伟，"你好好开车，我没事的。"

"没事你叹什么气？"张伟边开车边说，"老气横秋的。"

和陈瑶在一起，张伟的心中总是幸福的，脑海里充满对未来的憧憬和期待。

第三十二章 | 郊区别墅

周一一上班，陈瑶就忙乎发往瑶北的那个红色旅游团。虽然说只有一个团，但也有一百多人，而且，换了新的地接社，所以陈瑶对全陪导游千叮咛万嘱咐，一定要和对方接洽好，一定要注意细节，有事情随时和自己联系。

陈瑶亲自为这批游客送行，直到目送他们的车队离开才回到办公室，上网找小如。

"妹妹，我的团今天发出去了，一百多人，下午到瑶北机场，你可一定要给我安排好啊。"陈瑶对天马旅行社心里没有底，有些忐忑，在QQ上又嘱托小如。

小如说："陈董你放心，我专门给我们导游部的吩咐了，导游部的经理亲自出马，一个副总也跟着忙乎，绝对保证质量。"

陈瑶稍稍放下心来，说："那好，那就好，拜托妹妹了，等这次成功了，我以后的团全都给你做。"

小如说："好啊，谢谢姐姐，你们以后来瑶北红色旅游的人还挺多吗？"

陈瑶说："是的，天越暖和人越多，现在这条线是我独家经营，是我们旅行社的主打品牌线路，我下一步要用很多精力来打造完善这条线路的，你有什么好的景点和线路也给我推荐推荐，融合到里面去。"

小如说："好的，姐姐吩咐，义不容辞，我会认真考虑这个事情的。"

陈瑶说："你熟悉当地的旅游市场，有好的建议和我说，或者和徐总说，都可以的。"

小如说："一定一定。对了，我和你男朋友的公司谈的业务也很顺利，五一后，我很快就要往浙江发团，人数不少的，到时候都要来漂流的。"

陈瑶很高兴地说："呵呵……张伟的工作你多支持啊，他刚做了副总，主持工作，支持他，就是支持我，我先代他感谢你的支持哈……"

小如说："姐姐客气了，好羡慕你们，你们感情真好啊，幸福的一对……"

陈瑶说："呵呵……他啊，就是个大男孩，还需要摔打，不过是个成长很快、很优秀的男孩子……"

小如说："姐姐你一定很爱张总吧？"

陈瑶说："嗯……是的，很爱很爱……"

小如说："真好啊，看到你们俩这么幸福，我……我真的好高兴……"

陈瑶说："谢谢妹妹，你有男朋友了吗？"

小如说："哦……没呢，王老五一个。"

陈瑶说："妹妹一定很漂亮吧，条件高，才找不到合适的男朋友。"

小如说："呵呵……哪里啊，丑死了，哪里有姐姐漂亮啊。"

陈瑶说："嗯？你没见过我，怎么知道我漂亮不漂亮？"

小如说："哦，呵呵，我在总经理名录里见过你的标准照片，你可真是个美人胚子。"

陈瑶说："哦……那，妹妹，我能看看你的照片吗？看看妹妹到底有多美？"

小如说："嗯……那你稍等下。"

过了一会儿，小如截图发过来一张照片，一个青春美丽的活泼女孩，长发披肩，充满活力。

陈瑶看了一会儿，凝神思忖了一下，回复道："哦……妹妹好漂亮，怪不得找不到合适的男朋友，改天姐姐见到有合适的，给你介绍一个。"

小如说："谢谢姐姐。"

陈瑶说："你想找什么样的男朋友？说说标准，我好给你物色。"

小如迅速回复，好像不假思索："就张伟那样的。"

陈瑶吃了一惊，问："你说什么？你见过张伟？你知道张伟什么样子？"

小如停顿了一下，接着说："没……没有啊。"

"那你怎么说找俺家张伟这样的？"陈瑶说。

小如说："哦……这个……呵呵……我想啊，姐姐喜欢的男人我一定也喜欢，姐姐能看中的男人，一定是优秀的男人，优秀的男人我自然是喜欢的……"

陈瑶看了一会儿这两句话，皱皱眉头，没有回答。

恋爱期间的女人，心总是很敏感的，陈瑶也不例外。

陈瑶又和小如闲扯了两句，结束了聊天，倒了一杯咖啡，端在手里，在老板椅上晃悠着，琢磨起去瑶北投资旅游的事情。

陈瑶的脑子里有一个通盘的旅游开发计划，当地廉价的劳动力和优惠的招商政策，无疑是投资开发的好机会。只是她本来计划和张伟一起去开发，现在张伟执意不肯离开龙发，看来这计划就要先搁置一下了。没有张伟同行，陈瑶一点兴趣都提不起来。

想到张伟给自己的银行卡，里面有五十万的资金，又想起那八万元，陈瑶笑起来，打电话叫会计上来，把银行卡递给会计，吩咐往这卡上存八万块钱。

公司门口就是银行，会计很快就办好上楼，把银行卡交给陈瑶。

陈瑶把银行卡放在手里把玩着，暗暗琢磨张伟用这钱做什么生意好，开旅行社，陈瑶是不赞同的，现在旅行社太多了，竞争日趋激烈，辛辛苦苦一年到头，根本赚不了多少钱的。特别是新开的，手里没有老客户，从白热化的市场份额里分一杯残羹，难上加难。自己要不是有其他项目支撑，光靠开旅行社，是无论如何也买不起昂贵的山顶别墅和宝马轿车的。但是，旅行社的投资小，见效快，风险小，容易操作。

陈瑶不由自主又琢磨起自己去北方投资开发的事情，这二者能不能有效结合一下呢？

陈瑶决定，最近抽时间和张伟回瑶北一趟，看张伟的时间能不能抽出来。

正悠闲琢磨着，财务部负责人姚经理推门进来，慌里慌张的说：“陈董，不好了，下面来了一帮地税局的，要搬财务部的电脑主机。”

陈瑶一下子直起腰来，冷静地看着姚经理说：“小姚，别慌，慢慢说，怎么回事？”

姚经理说：“税务稽查局的，说是接到举报，我们有逃税漏税嫌疑，要调账本，搬电脑主机进行稽查，下面来了五个税务人员，土匪一样，正要搬机子呢。”

陈瑶站起来说：“我们做的账是不是都严格按照以前的规定流程做的？没有什么违反的吧？”

“没有，我们是绝对没有逃税行为的，我敢打包票，不知道是哪家旅行社看我们生意好，故意捣鼓我们，破坏我们的经营，我们是不怕查的，可是他们这么一搅和，搬走电脑主机，影响我们的正常工作。”姚经理很气愤而又无奈。

“那就好，身正不怕影斜，随他们去好了，”陈瑶又坐下来，“我不下去了，不想见这帮人。”

话音刚落，一个穿税务制服的人进来说：“你好，你是陈董事长吧？我是税务稽查局三科的。”

既然人家进来了，那就要接待，陈瑶站起来说：“哦……欢迎，有何见教？”

“我们接到群众举报，说你们公司在团队业务中有虚报和多报成本费用的行为，按照领导的指示，来进行核查，希望你们给予配合。”说完，递上稽查通知和查封账本的通知。

按照国家有关规定，无论是国内游还是国际游，也不管是散客游还是组团游，纳税标准只有一个，即以全部收入减去为旅游者支付其他单位的食、宿和交通费用。几乎所有的旅行社都采取多报销景点门票、食宿费用等方式来逃税。但是陈瑶从一开始就对这一块卡得很死，吩咐财务不要这样做。所以此刻，陈瑶的心里是坦然的。

"哦……我们的事情还惊动了领导，请问是惊动了那一级领导啊？"陈瑶边看通知边问税务人员。

"你们偷税漏税的事情是市里有关领导批示下来的，我们是按照局领导的指示来的，依法办事，按规定进行稽查，"对方从多年的税务稽查经验里知道，没有一个企业不偷税漏税的，查一个准一个，但看到这么美丽的女人，不禁有了恻隐之心，"当然，陈董要是上面有人，还是抓紧去找人通融一下的好，越早越好，这年头，只要上面有人，只要你们灵活，我们也是很灵活的……"

"不用，"陈瑶心里基本明白是怎么回事了，一下子来了犟劲，语气强硬道，"谢谢您的提醒，我们一贯遵纪守法经营，从不偷税漏税，你们该怎么查就怎么查，该怎么搬电脑主机就怎么搬，我谁也不找，我就不信，没有的事能查出有事来！"

对方显然没有料到这个美女老板会如此，一点都不买账，不由讪讪回应了一句，然后退出。

陈瑶强压住火气，对姚经理说："你跟着下去，填写好搬动物件接收表格，配合好他们的调查，我们站得直行得正，不怕的。"

姚经理答应着出去了。

陈瑶抿抿嘴唇，重新坐下，在写字台的白纸上用粗铅笔重重写下了"潘唔能"三个字，然后用笔在上面重重划了几道，脸上露出鄙夷的表情，嘴里说出两个字："垃圾！"

陈瑶此刻心里突然很想见到张伟，点击张伟的QQ头像，说："老公，你在吗……"

张伟今天上午很忙碌，一大早就去山里召开全体人员动员大会，漂流开业20天倒计时正式开始，要求各部门都将各自的工作计划按日期进行倒推安排，制定倒计时工作计划表。同时，张伟又做了战前动员，号召大家各司其职，各负其责，立即行动起来，进入临战状态，保质保量完成漂流开业前的准备工作。

开完会，于琴又和张伟对漂流的各个部位详细查看了一下进度。

回到办事处刚打开电脑，就看到陈瑶正在找自己。

"姐，我在啊，我刚从山里回来，呵呵……刚回来正好你找我，真巧。"张伟忙回复陈瑶。

"哦……你在啊，我以为你不一定在，看你头像是灰白的……"陈瑶说。

"我设置了隐身状态，现在找我拉广告拉赞助的太多了，不得已啊。"张伟说。

陈瑶说："哦……呵呵……你现在很吃香啊，大忙人！"

张伟问："姐，你找我有事吗？"

"没事，我就是想和你说下话。"见到张伟，陈瑶本来烦躁的心里突然感觉清爽了许多，火气消失了。

"哦……那就好，姐，我还得继续忙，不能和你继续说话，待会儿聊，好吗？"张伟脑子里记挂着好几件需要马上去做的工作。

"嗯……好的，你忙，我不打扰你，晚上记得下班按时回家吃饭，我下班前去超市买大螃蟹，蒸螃蟹给你吃。"陈瑶说。

"好的，姐，那我先忙了，再见。"张伟匆忙关掉对话窗口，开始制定开幕式各项流程。

正忙着，于林拿进来两个盒饭："张总，我姐让我给你买的盒饭，这是你的，吃午饭了。"

张伟正好也饿了，接过盒饭，看着于林。于林这段时间特别乖，工作很认真，学习很勤奋，也不随便耍小孩子脾气，安排的事情都完成得很完美。

一个漂亮的女孩子，如果再很听话，那一定是讨人喜欢的。

张伟指指对面的沙发说："于林，坐，一起吃。"

两人边吃盒饭边聊天。

张伟看着于林说："于林，你最近进步很大，大家都夸你呢。"

于林看了一眼张伟，说："大家夸我，我可没听到你夸过我？"

张伟笑笑说："傻孩子，我这不是在夸你吗？那个瑶北天马的团队的事情怎么样了？"

"基本全部谈妥了，这个天马旅行社很厉害啊，能搞这么多到浙江旅游的团队，光我们开业当天就有三百人来漂流，之后一个月，几乎每周都要有接近五百人，太牛了！"于林大大咧咧地说。

张伟闻听很兴奋地说："乖乖，这可是笔大买卖，一定要搞好接待工作，到时候哪个环节不顺利，你直接找我，我来安排，这个旅行社的具体联系责任人就是你了，你别的不用管了，做好这个就是胜利！"

"那个叫小如的和你很熟悉吧？"于林又问张伟。

"一般，我老乡而已，怎么了？"

"哦……我听她说话的口气，好像和你很熟悉的样子，"于林边吃边说，"她好像对你的个人生活很感兴趣哦，不停问你现在工作怎样？收入高不高？过得好不好？哈哈……我告诉他你刚发了五十多万奖金，把她吃惊坏了，傻笑个不停……"

张伟嘿嘿一笑："女人哪，就是喜欢问这些事情，就是喜欢谈论这些事情……你还告诉她什么了？"

"我还告诉她你刚找了一个天仙老婆。"于林继续说，"她好像很羡慕啊……羡慕那天仙女。"

张伟翻了翻眼皮说："鬼丫头，你怎么知道我有老婆的？"

"于董事长和我同居的时候告诉我的。"于林笑嘻嘻地说。

张伟笑了，问："你没有难受吧？"

于林收敛了笑容："没有难受，不过也不是多么好受，唉……没办法，咱和你不是一条道上的人，再说，我听我姐说了，你那女人是超级美女，又是富婆，我自然是无法比的，我啊，现在只能和那小如姐姐一样，羡慕那天仙美女陈姐姐喽……"

张伟有些奇怪地问："那小如干吗羡慕天仙女呢，她又没见过我？"

"这都是我的功劳啊，我没事的时候和她聊天，把你夸成一朵花啦。"于林说。

张伟哈哈大笑："你在免费给我做形象广告啊。"

下午，张伟拿了漂流开幕式的方案和于琴商议，于琴的意思和张伟基本吻合，开漂仪式不大搞，但是也不能太小，就请市里的一些领导参加，省里的和其他周边景区的不再邀请。

"就是市里的我看也不要太高规格，能压缩尽量压缩，节省费用，咱们不是公家单位，不图什么形式和规格，咱要的是实际的效益。"张伟对于琴说。

"正合我意，老郑前天也是这个意思，"于琴高兴地说，"我的意思是，市领导就请潘唔能算了，顶多再叫上人大、政协的两个副主任、副主席做陪衬，然后是相关部门负责人，还有市区、旅行社和景区的负责人，别的一概免掉，到时候游客是主角。"

张伟同意，说："可以，开幕式那天游客会很多，光我这边掌握的团队就有二十多个，两千多人，加上大量的散客，还有周边村庄的村民，估计至少有五千多人，我们目前的接待能力基本也就是这个数量。"

于琴点点头说："我安排人送邀请函，另外，潘市长这边要专门去请，提前打招呼，还有旅游局这边……这样吧，我先给潘市长打个电话，听听他的意见。"

张伟想了想，也只能这样，潘唔能是分管旅游的副市长，这漂流开幕式是无论如何也要邀请他参加的。

于琴出去给潘副市长打电话，一会儿回来说："潘市长说他先和旅游局的领导沟通一下，一会儿给我回话。"

张伟点点头，看着于琴问："于姐，最近你没见潘市长？"

"没大见，我忙着戒毒，他忙着吸毒找女人，还有繁忙的工作，哪里有空打点我了，妈的，老娘正好清净。"于琴骂了一句。

张伟看着于琴戒毒后日益丰满白嫩的身体，说："于姐，你现在容光焕发，越来越美丽，丰满了，也更加漂亮了。"

于琴莞尔一笑："是啊，我周围的朋友都这么说我，呵呵……幸亏把这毒戒了，最难熬的时期过去了，再坚持一个月，基本就大功告成了。"

张伟点点头问："于姐，郑总那边也差不多了吧？我想，这开幕式，最好郑总能出来参加……"

于琴点点头说："嗯……我回头去戒毒所问问，通融一下，看老郑能不能提前出来，如果能出来，就让老郑参加开幕式。"

过了一会儿，于琴叫上张伟一起去旅游局。

到了旅游局局长办公室，张伟把开漂仪式方案递给局长，大家讨论了一会儿，然后局长说大家一起去潘市长那边，向潘市长汇报。

三个人，加上徐主任，共四个人，一起去了潘市长办公室。

潘唔能正在办公室看电脑，见他们进来，眼睛首先落在了于琴身上，说："哟，于董，这么一段时间不见，怎么变了个人啊，出落得这么漂亮了。"

大家都笑了，于琴分明感觉到潘唔能色色的眼光在自己的胸脯和小腿上扫描，习以为常地笑笑："大市长日理万机，哪有时间搭理咱小民啊，这不，专程来给您汇报工作了。"

说完，于琴示意张伟把方案递交给潘唔能。

潘唔能看了一眼张伟，盯着张伟的脸持续了两秒钟，然后接过方案。

"方案做得不错，"潘唔能认真看了一会儿，拿起笔在几个地方修改了一下，抬眼对局长说，"再稍微修改一下，按这个落实就可以，不过，具体议程要当天才能决定，我得给市长打个招呼，如果市长参加，我主持活动，如果市长不参见，我去讲话，那就你主持。"

"好的，"局长点点头，"那就按您的意思办。"

潘市长看了看大家说："到晚饭时间了，一起喝酒去，到开元大酒店，吃你们旅游局。"

局长忙安排徐主任去联系房间，高兴地对潘唔能说："潘市长能吃我们，是我们的光荣，也是对我们旅游局的高看。"

"我分管旅游，不吃你们吃谁？哈哈……"潘唔能哈哈一笑，看看自己办公室里间的门，看看于琴，又看看大家，"你们先下楼等我吧，我和小于单独说点事。"

于是，大家下楼到院子里等候。张伟心里有些着急，晚上不能回去吃大螃蟹了，急忙给陈瑶发短信："姐，我晚上有酒场，晚饭不能回去吃了。"

一会儿陈瑶回复："哦……你去忙你的，我蒸好等你回来再吃夜宵。"

张伟看着市政府办公楼里的人越来越少，都下班了，潘唔能和于琴还没出来。

又等了半个多小时，两人才下楼出来，于琴的脸色红扑扑的，头发有些蓬乱，嘴唇上的口红也没有了。

张伟看看潘唔能，神色自若，好像什么也没有发生，看看于琴，眼神水灵灵的，脸色绯红，一看就知道发生了什么事情。

局长和徐主任好像司空见惯，大家上车，直奔开元大酒店。

潘唔能今晚兴致很好，又打电话叫了个美女过来一起吃饭，那美女大约二十多岁的样子，潘唔能介绍说是东兴学院旅游系的学生，大四了，马上要毕业。

潘唔能一边一个美女，大家举杯畅饮，觥筹交错，张伟借口开车，没有喝酒，默默在旁边给大家倒酒。

那美女大学生和潘唔能好像已经很熟悉，谈笑风生，举止亲昵，说话娇滴滴的。

潘唔能指着大学生美女对局长说："这小妹不光人长得好，素质也高，党员，学生干部，你们局旅游集散中心那边不是还空一个事业编制吗？我看可以安排。"

局长连忙答应："行，您说了，照办。"

美女脸上露出妩媚讨好的笑容，连忙给潘唔能敬酒。

张伟看了，心里突然感觉很难受，漠然只顾自己吃菜。

在潘唔能的指令下，美女大学生和于琴都喝了不少白酒，脸色红晕，于琴看着那美女大学生，眼神充满敌视。

潘唔能一会儿摸着美女大学生的手，一会儿扶着于琴的肩膀，乐不可支，手舞足蹈，全然没有了在办公室里的威严和端庄。

局长一会儿看着张伟问："这个漂流方案是你弄的?"

张伟刚要说话，于琴接过话茬儿："是啊，这是我们的常务副总，文笔很好，我们公司的所有方案都是他弄的，前几天的代理竞拍也是他的策划。"

局长和徐主任一起看着张伟，面带赏识的笑，局长说："小伙子，不简单啊，你这代理竞拍开创了旅游营销的先河，是个很好的范例，不错，我正想整理一个这方面的材料，作为典型推广呢。"

张伟忙谦虚地说:"哪里,您夸奖了,我们是在尝试,也是在摸索经验,还不成熟。"

徐主任说:"张总,你们的尝试很成功,局长一直很关注你们的这个尝试,旅游的主体就是营销,我们一直在关注的也是营销。"

潘唔能手握着美女大学生的手,肆无忌惮地揉捏着,边看着张伟问:"你叫什么名字?"

"张伟。"

"哦,"潘唔能点点头,"小伙子好好干,好好听你们于董的话……对了,老郑呢,好久不见了。"潘唔能的脑袋又转向于琴。

于琴看潘唔能旁若无人的和女大学生调情,心里有些不快,不过也不敢发作,毕竟自己在潘唔能眼里,跟这女大学生一样,也不过是一个玩物而已,吃这醋实在是可笑。想到这里,于琴不禁释然,对潘唔能说:"他最近在南方考察,一直没能回来。"

"哦……看来你们又要有新动作了,要发大财了。"潘唔能的手在桌子下面伸向于琴的大腿根部……

于琴不敢回避,任由他的手抚摸着,揉捏着,笑了笑:"哪里发什么大财,还不是您罩着的,还不是得依托您啊。"

潘唔能的脸转向局长和徐主任,说:"看咱们于董,多会说话。"

局长和徐主任装作什么也没看见,点头附和着:"是啊,于董是宁州过来的,宁州比东兴发达,当然见识广。"

吃过饭,潘唔能和于琴低语了几句,于琴直接对张伟说:"你先回去吧,我和潘市长要谈点事情。"

张伟当然知道于琴和潘唔能要谈什么事情,于琴这段时间保养得这么好,水灵灵的,潘唔能当然是不会放过她的。

张伟没说什么,开车离去,直接回到陈瑶那里。

张伟今晚几乎没吃什么东西,留着肚子回家吃大螃蟹。

潘唔能直接带着于琴和那美女大学生去了自己的郊区别墅。

第三十三章 | 姐妹情深

张伟回到家的时候，陈瑶正坐在饭桌前托腮沉思，螃蟹已经蒸好，正在锅里闷着，她自己不想吃，就痴痴地坐在饭桌前等张伟。

张伟一进门，看到陈瑶坐在饭桌前，问："你还没吃完饭？"

"我没吃啊，等你回来再吃。"陈瑶看到张伟，脸上很开心。

"傻瓜，我不是说了，在外面吃，吃晚饭不用等我。"张伟有些心疼，"这么晚了还不吃饭，你不饿啊？"

"我知道的，我是想等你回来吃夜宵的时候再吃饭啊，我不饿的，下班的时候吃了点心了。"陈瑶站起来，去厨房把螃蟹端进来，又把其他的饭菜端过来，"你要不要再吃一点饭？"

"要的，"张伟坐下来，"我肚子里还有很多空，我晚上基本没吃，就留肚子回家来吃呢。"

陈瑶温柔地笑了，问："傻熊，干吗不吃啊？"

"外面的饭菜再好，也不如我老婆做的饭菜好吃，宁可不吃外面的山珍海味，也要回家吃老婆的萝卜青菜。"张伟大口吃着螃蟹，笑呵呵地对陈瑶说。

陈瑶看着张伟吃得高兴，很开心，自己也盛了米饭开始吃，说："哥哥，你身上没有酒气，今晚你没喝酒？"

"是的，没喝酒。"

"不错，提出表扬，以后开车的时候不要喝酒。"陈瑶说。

"我看咱俩都立个规矩，只要喝酒，就不开车，要是开车，就不喝酒，好不好。"张伟看着陈瑶。

"好，听哥哥的，来，拉勾。"陈瑶伸出小拇指。

拉完勾，陈瑶边吃饭边随意问道："今晚和谁吃饭的？"

"潘唔能，还有旅游局的局长、徐主任、于琴，还有一个很漂亮的女大学生，潘唔能的马子。"张伟说。

"哦……这潘唔能真不是个东西，又在坑害良家女子……"陈瑶脸上露出厌恶的表情。

"也不能这样说，各取所需吧，潘唔能把这女孩子安排到旅游局工作，给弄个事业编制……"张伟说。

"今晚吃的什么饭？什么缘由？"陈瑶又问。

张伟边吃边把今天漂流开业方案的事情说了一遍。

这时，于琴打过来电话说："小张，你在哪？"

"我在陈瑶这边，于董，你有事？"张伟边说话边看了一眼陈瑶。

"陈瑶和你在一起吗？"于琴问张伟。

"在一起，我们在吃东西，"张伟说，"要不要让她听电话？"

"不用，"电话里传来于琴疲惫的声音，"我……我想去你们那里坐一会儿，方便吗？"

"哦，你想过来坐一会儿……"张伟故意重复了一遍，边看着陈瑶，得到陈瑶的点头示意后，对于琴说，"好啊，于董，欢迎，我告诉你地方。"

张伟接着把详细地址告诉了于琴，放下电话，看着陈瑶说："真奇怪，于琴出来了，没和潘唔能在一起。"

陈瑶微笑着看着张伟说："呵呵……对了，待会于琴过来，请她一起吃点东西吧。"

张伟点点头说："好，今晚于琴光喝酒了，没大吃什么东西。"

陈瑶站起来说："那我重新收拾下桌子，把菜重新整理一下，热热。"

张伟帮陈瑶把菜端到厨房，说："于琴这么晚来我们这里干吗？"

"或许是心里郁闷，或许是想找个人聊天，总之，来的都是客，更何况，这次来的是我老公的老板娘，更要好好招待啊。"陈瑶笑嘻嘻地说。

张伟开心地笑了，从后面环抱住陈瑶的腰，轻轻吻了吻陈瑶的脖颈和耳廓，在陈瑶耳边轻轻说了一句："老婆，我爱你……"

"嗯……"陈瑶向后仰头，靠在张伟的怀里，闭上眼，陶醉了一下，"老公，我也爱你……"

正沉浸在温情之中，敲门声响了，陈瑶忙去开门，把于琴迎进来，说："于董，欢迎光临寒舍，来，请坐。"

于琴气喘吁吁，脸色绯红，看着张伟和陈瑶，微微笑笑，说："你们在吃什么好东西呢？还有没有？"

陈瑶忙拉着于琴来餐厅，张伟拉开椅子，说："于姐，知道你晚上没吃饱，莹莹弄了几个菜，一会儿一起吃。"

陈瑶笑笑说："稍等，我马上就好。"

于琴看着张伟说："怪不得你晚上不吃东西，原来是留着肚子回家吃哈……"

张伟呵呵一笑："于姐，你坐下，我去端菜。"

很快菜热好了，于琴看着陈瑶问："陈董，有酒没有？我想喝酒。"

陈瑶一愣，随即说："有，白的红的？"

"白的，高度的。"

"好，那咱喝茅台，我也喜欢喝高度的。"陈瑶说着去拿酒。

张伟看着于琴问："于姐，今天晚上你喝了不少，还要喝？"

"咋？来你家了，请不起酒？"于琴看着张伟。

"当家的不会说话，于董你多包涵。"陈瑶拿来酒，打开倒上。

于琴举起酒杯问："陈董，你大还是我大？"

陈瑶看着于琴说："我今年周岁三十二，生日是下半年。"

于琴一碰酒杯说："好，我上半年，你是妹妹，来，妹妹，干一杯。"

说完，于琴一饮而尽。

陈瑶看于琴的神色，好像心情不大好，也就随着干杯，说道："欢迎姐姐来俺家做客。"

张伟也随着干杯。

于琴的酒量其实很一般，加上晚上被潘唔能灌了不少白酒，几杯茅台下肚，脸更红了，说话也开始不着调："陈瑶妹妹，你觉得我这人咋样？"

"很好啊，于姐姐很好啊，长得好，人品好。"陈瑶说。

"不……不……你不懂，你不知道……"于琴摇摆着手说："我……我不好，我这人很颓废，很糜烂……我以前，以前是干夜总会的……"

陈瑶看于琴的表情充满痛苦，内心似乎很压抑，忙倒了一杯水放在于琴面前说："喝点水，慢慢说。"

于琴看着张伟说："小白脸，你说，我对你好不好？"

"好，很好，非常好。"张伟回答。

"其实……其实你知道我的劣迹……我的不光彩行为你都知道的……"于琴醉醺醺地看着张伟，突然用手撑着额头，眼泪唰就下来，"唉……做女人……好难啊……"

陈瑶急忙拿过面巾纸，给于琴擦眼泪，边说："于姐，别哭，有什么伤心事，咱姊妹俩聊聊……"

于琴没有回答，一直无声地哗哗流泪，肩膀抽搐着，好半天才停止。

然后，于琴看着陈瑶说："不好意思，这么晚来打扰你们两口子，我这会感觉好多了。"

"没关系，我们是朋友，"陈瑶边给于琴递面巾纸边说，"其实，有什么事情，说出来或者哭一哭，就好了，人啊，没有过不去的火焰山。"

"朋友？对，我们是朋友！"于琴重复了一遍，看看张伟，"帅哥，我想和你老婆单独说说话，行不行？"

"行，当然行啊。"张伟站起来，"正好我想出去走走。"

"当家的，你出去买点水果回来，我想吃水果。"陈瑶说。

张伟答应着出了门。

于琴看着陈瑶问："今晚的事情张伟和你说了没有？"

陈瑶斟酌了一下说："他告诉我说要和领导吃饭，说吃完饭你和潘唔能一起走了，别的没说。"

于琴凄然一笑："其实，我和潘唔能那点事，你也知道，是不是？"

陈瑶点点头说："是的。"

陈瑶知道，如果说不知道，于琴一定不会相信的。

于琴点了点头说："唉……妹妹，我是自己惹火烧身，现在想摆脱都难，除非我不做这个漂流了，走得远远的，我这样的女人，从夜总会里混过，也没什么人会把我当正经女人的……"

陈瑶安慰于琴道："于姐，别自暴自弃，我一直觉得你这个人品质不错，本质是好的，人都有走弯路的时候，知道错了，改正就好了，我听我们家张伟说过你戒毒的事情，我很佩服你的毅力，你难道没有发现，你现在的气色是多么好，你是多么漂亮迷人……"

于琴看着陈瑶问："妹妹，你说，我还能做一个好人吗？人家还会把我当做好人吗？"

"能，会，"陈瑶肯定地点点头，"迷途知返，浪子回头金不换，你和你们家老郑我觉得都不错，不仅仅是因为对我们家张伟好我才这么说，我觉得你们两口子是好人，真的，不管你们曾经做了什么事情。"

于琴感动地抓住陈瑶的手说："谢谢妹妹，谢谢你对我的期望和鼓励，唉……其实，我们女人，难啊……这个社会，是男人的天下，是豺狼的天下，有时候，女人真的很无力，真的是羔羊，任人宰割……"

"别这么说，只要我们自尊自爱，洁身自好，不随波逐流，不趋炎附势，不为利益所诱惑，不为欲望所勾引，没有人会把我们怎么样，你的失误在于你一开始就摆不正位置，把利益放在了第一位，把走捷径放在了优先位置，所以才……"陈瑶轻轻拍着于琴的手背，轻轻地说。

于琴点点头道："嗯……我以前和他搅和在一起，没什么感觉，现在和他一起，突然感觉自己很丑陋、很恶心……"

"这说明你现在变好了，迷途知返了，"陈瑶看着于琴，"你戒毒后大脑就会慢慢清醒，就会慢慢找回原来的自己……"

于琴笑了，说："谢谢你，妹妹，姐以后一定要做一个好人，做一个对得起自己良心的人。"

陈瑶举起酒杯说："来，妹妹敬姐姐一杯，还望姐姐多关照张伟。"

于琴笑了笑说："这家伙还需要关照？我现在是需要他关照我的公司啊，老郑一进去，没有他，公司哪有今天？呵呵……"

"那也是你大力支持的结果，他经常和我说起你对他的鼎力支持，他能有一点成绩，和你的坚定支持是分不开的。"陈瑶微笑着看着于琴。

于琴神态好多了，边吃菜边对陈瑶说："真不好意思，我前几天去看老郑才知道原来你是高强的……唉，我还一个劲在你面前提何英，太抱歉了……"

"没关系的，都是过去的事情了，我没离开宁州的时候也不认识你们，不知者不怪，再说，我一直把何英当朋友看的，从没有把她当仇人，不管她如何看我，其实，何英人不坏……"陈瑶缓缓地说。

于琴点点头，看着陈瑶说："妹妹，你的心真好，心胸真宽广，我向你学习。"

"姐姐夸奖，呵呵……"陈瑶笑起来，"我们互相学习……对了，小家伙出去散步买水果怎么还没回来？我打电话问问。"

刚要打电话，张伟提着水果进门了。

于琴看着张伟，问："小白脸，我把你的美女占用了半个小时，有没有意见？"

张伟看看陈瑶，笑笑说："没意见，你占用好了。"

陈瑶温柔地看着张伟说："来，吃饭。"

饭后，陈瑶挽留于琴住下，于琴推辞要回去，边笑着说："我住这里会打扰你们，咱还是知趣的好，回去喽……"

陈瑶也不再挽留，让张伟开车把于琴送回去。

等张伟回来的时候，陈瑶已经收拾完了餐桌，打扫完了卫生，正要去洗澡。

张伟躺在沙发上，舒舒服服看电视，陈瑶坐在沙发那头，把张伟的脚放在自己膝盖上，找出一套指甲剪，细心地给张伟修脚指甲。

张伟边拿遥控器换台，边问陈瑶："于琴和你说什么私密话了，还要我出去？"

陈瑶边低头给张伟剪脚指甲边说："没什么私密话，都是我们女人之间的事情，怎么？汇报给你听听。"

"别，不用，你们女人的事情，我知道干吗？"张伟摆摆手。

陈瑶温存地笑着，细心为张伟修剪，修剪完，又仔细打磨，然后才拍了拍脚背说："当家的，好了。"

张伟坐起来，对陈瑶说："姐，你躺好，把脚给我，我给你修剪修剪。"

陈瑶乖乖躺下来，把脚放到张伟腿上，张伟拿过修剪工具，认真给陈瑶修剪。

陈瑶的脚很白很嫩很漂亮，张伟轻柔地为陈瑶边修剪边揉捏，陈瑶闭上眼睛，舒服地享受着……

修剪完，张伟又给陈瑶按摩全身，从脚开始，直到头部。

张伟按摩的穴位很准确，手法略微放轻，陈瑶连连赞叹："哥哥……你真是高手，按得太准了，等以后咱不做旅游了，咱去开一家推拿按摩店吧，你按摩，我收钱……"

张伟呵呵笑着在陈瑶的屁股上拍了两下："那我是不是要戴上墨镜呢？"

陈瑶"扑哧"笑起来："你还记得我那次的话啊，哈哈……"

张伟边给陈瑶按摩肩周边说："老婆的话永世难忘，嘿嘿……以后，我有空多给你推拿，整天用电脑开车，颈椎和肩周都很容易发炎的……"

陈瑶说："嗯……好哥哥……"

推拿完，陈瑶翻身，伸开双臂说："哥哥……抱抱莹莹！"

张伟弯腰一用力，将陈瑶抱起来，随手关掉电视，走进卧室，放到床上："姐，今晚你一定会睡得很香，我的按摩手法是第一流的。"

陈瑶幸福地开心笑着说："和你在一起，我每天都睡得很香，很香……"

张伟在陈瑶的怀抱里沉沉睡去，表情放松，嘴角紧抿，呼吸均匀，像一个孩子。

陈瑶靠在床头，看着月光下小男人年轻而又成熟的脸，里面分明还有一丝稚气和天真，心里充满了欣慰和感动，幸福的感觉在全身环绕。

寂静的夜里，只有自己和他一起，刚刚在一起品味了爱情绽放出的激情和热烈。

陈瑶轻轻动了一下，将张伟的脑袋轻轻放在枕头上，给张伟盖好被角，然后，轻轻穿好睡衣，下床，缓缓而行，出了卧室，穿过客厅，上了阁楼，进了佛堂。

陈瑶没有开灯，跪在佛龛前，借着如洗的月光，点上香火，低头合掌，嘴里轻声呢喃道："佛祖在上，感谢佛祖赐予我的生命和阳光，感谢佛祖让我在凡尘超度余生，感谢佛祖给予我生活的新希望……佛祖保佑我，保佑我和我的心上人，安然生活，平稳生活，过平凡而安静的日子，不要罪恶和邪恶来侵入我们，让坏人恶人远离我们，保佑我们平平安安过一生，改日，我会和我的心上人一起专程渡海东去，烧香拜佛，感谢佛祖……善哉，阿弥陀佛……"

夜深了，喧闹的城市安静下来，四周万籁俱寂，只有夜空中的一弯月亮，余晖穿过窗棂，静静地洒在跪地不动、低头喃喃细语的陈瑶身上……

第三十四章 借题发挥

离漂流正式开漂的日子越来越近，张伟这些日子丝毫不敢懈怠，各项工程已经接近尾声，大的项目已经竣工，漂道即将试漂，之后进行改进，农家乐饭店马上开始试营业，职工工作餐也在饭店里吃。

漂流运营流程在张伟脑子里不停地反复回映，从放水、放艇、安全护卫、收艇、售票、验票、救生设备发放，每一个环节和流程都反复斟酌，具体责任到人，生怕有一点疏漏。

营销这一块，因为宣传攻势到位，广告效果反应火爆，每日电话咨询的散客和团队络绎不绝，小洁成了专职电话接听员，忙得不亦乐乎。

根据对代理商的调度，域内团队数量不少，开业当天将达到四十个，三千多人，域外的团队游客目前已经联系的就有三十多，其中光瑶北天马预约的就已经达到了十二个，七百多人。张伟不禁赞叹瑶北天马旅游的工作业绩，这么短期内能发这么多团到南方，对自己那个经济发展水平一般化的老家来说，确实不简单。

对外抓营销，对内抓运营，成为张伟这些日子的主要工作内容。

于琴呢，营销的事情帮不上忙，就协助张伟抓后勤和行政，干杂活，也是很忙碌。

有时候因为连夜开会布置任务或者工程加夜班，张伟和于琴都吃住在工地上，陈瑶有时候心疼张伟，会开车去给张伟送去自己亲自做的汤和饭。

整个漂流准备工作按计划在稳步推进，有条不紊，井然有序。

于琴那天没有留下，惹恼了潘唔能，为了弥补过失，第二天亲自安排玲玲给潘唔能送去了十万元"零花钱"，算是赔礼道歉。

于琴不想得罪这个东兴旅游的实权人物，一点也不敢得罪，自己的"钱途"都在他手里攥着呢。

潘唔能当然也不想失去于琴这棵摇钱树。这女人以前除了供自己发泄之外，还能源源不断提供"零花钱"给自己。虽然自己现在已经有了新的女人，基本不再需要于琴来伺候，但财源是不能断的。因此，在笑纳了于琴的"零花钱"之后，也就不再追究那事，对漂流开业前的各项筹备工作还装模作样表示关心，打电话询问了于琴两次，又嘱咐旅游局领导要抓好。

于琴小心翼翼地周旋在潘唔能左右，为了防止潘唔能再来骚扰自己，于琴灵机一动，把功夫下在潘唔能的黄脸婆老婆王英身上，没事就约王英出来喝茶，听王英趾高气扬地炫耀老公的权势或者倾诉独守空房的寂寞，或者陪王英去购物，隔三差五买点小礼物送给她。

这一招很管用，潘唔能虽然在外面胡作非为，在家里却不敢得罪老婆，因为自己的发迹就是得益于自己的政治婚姻。没有老丈人当初的提拔，就没有今天的潘副市长。

于琴经常和王英在一起，两人无话不谈，关系亲热融洽，潘唔能偶尔想找于琴发泄一下欲火，一打电话听于琴说和自己的老婆在一起，吓得连忙挂机，不敢再打电话给于琴，生怕被老婆抓了现行。

于琴为自己的得逞暗暗高兴，心里又一直还记挂着陈瑶，打算如法炮制，琢磨着找个时间约陈瑶出来认识王英，交个朋友。如果潘唔能知道陈瑶经常和自己的老婆在一起，或许就会死了这条心。

这叫卤水点豆腐——一物降一物，于琴心里暗自得意。

于琴对陈瑶有着一种说不出的亲切和好感，在她面前常感到自惭形秽，又感到充满人生的理想和希望，总想尽最大的努力帮助陈瑶，决不能让潘唔能的卑鄙目的得逞。

于琴理解陈瑶不想让张伟知道的想法。张伟血气方刚，做事情容易冲动，万一愤怒之下做出傻事，会毁掉自己的一生。于琴知道陈瑶是如此深沉地爱着张伟，呵护着张伟，因此在张伟面前说话很小心，绝不泄露潘唔能对陈瑶有觊觎的任何蛛丝马迹。

每每看到张伟和陈瑶恩爱亲热的样子，于琴心里就生出无限羡慕，又很感动。伟大的爱，往往寓于平凡和安静之中。

于琴不知道老郑暗算老高的事情，没事的时候常到老高新开张的大地旅行社去坐坐，聊天拉家常。因为知道了陈瑶之前的身份，于琴从不在老高面前提起张伟和陈瑶，只谈老朋友感情。

老高多次在于琴面前拐弯抹角问起老郑最近的动向，于琴总是不露声色扯开话题，这让老高不由得认为张伟那天说的话更加可信，更确定认为老郑一定在广东忙乎那个度假村开发项目，更加确信是老郑整了自己，在利用自己之前的投资和打下的基础搞开发。老高甚至萌发了改天悄悄飞广东去抓老郑现行的想法。

于琴其实有些奇怪，老郑吸毒进戒毒所的事情在宁州的圈子里并非秘密，老高竟然不知道。既然他不知道，自己当然不想告诉他，又不是什么光彩的事情。

陈瑶这段时间事情比较忙，里外忙，公私都忙。

旅游旺季逐渐来临，发团和地接量都显著增加，特别是发团，除了老的线路之外，瑶北红色旅游线超级火爆，报名的散客和组团单位每日络绎不绝。从第一批由瑶北天马地接的团反馈回来的情况，对方的接待和服务绝对过硬，可以信赖，于是后面的团队就全部由天马旅游来地接。

徐君又安排了计调部的一个专门人员和小如对接联系，专门负责红色旅游线的计划调度。

高强自从新公司开业，就没有停止对陈瑶的骚扰。

现在，高强改变了战术，采取温柔进攻法，每日一大早会给陈瑶一个短信："早上好"；中午呢，就是："很忙吧？注意休息"之类的；晚上是："辛苦了，早休息"等等，不厌其烦，不温不火。时不时还弄一首爱情小诗发过来，无非就是爱啊，思念啊之类，弄得陈瑶哭笑不得，有火发不出。

陈瑶知道高强在搞迂回新手段，一律不加理睬，也不让张伟知道，短信来了就删，从不回复。

其实，陈瑶现在最担心的不是自己，而是张伟的安危，陈瑶宁可自己受点委屈也不愿意张伟出事。陈瑶知道，一旦把高强逼急了，他会狗急跳墙，会铤而走险，上次宁州遇险只是个前奏或者警告。

陈瑶现在最希望的就是，在不强烈刺激高强的前提下，让高强接受这个现实，自动对自己失去兴趣，放弃退出。

还有一个让陈瑶烦心的事情，就是地税局查账搬走了公司的账本和财务电脑主机，十多天了，一直没有回复结果，严重影响了公司财务的正常工作。陈瑶派人去地税稽查局催问，对方说在查，还没结束，一直这样推诿。

陈瑶知道这其中定有道道，决定亲自去问个究竟。

这天上午，陈瑶亲自带着财务部姚经理去地税稽查局三科，询问查账的事情。

科长就是那天进陈瑶办公室的那个中年人，看陈瑶来了，爱理不理，说："账还没查完，回去等信。"

"那么，我想知道，大概多久能查完呢？"陈瑶强压住火气，委婉地问科长，"没有电脑主机，我们财务无法进行正常工作。"

"什么时候能完？我的工作还要听你安排？给你汇报？"科长一翻眼皮，点着一根烟，冲陈瑶喷出一口烟雾，一副玩世不恭的样子。

陈瑶摆摆手，拨开烟雾，说："不是这个意思，我只是问问，如果你们需要继续详细查询，那么，能不能把相关资料复制下来，让我们把电脑主机搬回去，里面有我们的财务运作系统，没有这个系统，我们的财务无法进行运作。"

"不行，你们的工作关我鸟事？"科长斩钉截铁地说，"没查完账，不出结果，电脑主机不能搬。"

"你们什么时候是个头？十多天了，一个小旅行社的账目，还能没完没了？"陈瑶火了，"你们到底要什么结果？你们需要什么样的结果？"

"什么时候是个头，我说了算，你说了不算！要什么结果，我查出什么结果就是什么结果！我说是什么结果就是什么结果！"科长也提高了嗓门。

"我们一贯遵守法纪，从不违规操作，你查了这么多天，没有查出结果，就要故意刁难我们，为难我们，你们这是国家执法部门的服务意识吗？"陈瑶理直气壮地说。

"我就是刁难你，你能怎么着？看不出，你还挺硬，不服气？告诉你，你这账是上头指示的，没有上头的指令，没有完。"科长看着陈瑶，话里有话，"如果你能找到你们分管旅游的市领导通融一下，事情是很好解决的。"

"少来这一套！我没过错，我干吗要找分管市领导？如果我有违法行为，你们尽可以刁难我，如果我没有违法行为，你抓不到我把柄，你故意刁难我，我不怕！大领导我得罪不起，你这样的执法部门，我不在乎！我按章纳税，守法公民，你执法部门执法不公，刁难纳税户！一，我会去告你们，直接告到省地税局，直到国家税务总局；二，我要向新闻媒体反应，本地的你们关系好，不敢曝光，我找浙江卫视小强热线，我找钱江晚报、都市快报，我找更多省里的媒体，那不是你们的势力范围，我就不信你们能一手遮天！我就不信没有说理的地方！"陈瑶毫不示弱，铿锵有力地说完这话，扭头就走。

科长脸色一下子变得有些惶惶不安，急忙摸起电话。

陈瑶回到办公室，心里郁愤难平，打开电脑，开始写申诉材料，准备写好后直接寄给省地税局和省级新闻单位。

不做亏心事，不怕鬼叫门。陈瑶心里很有底气，因为她知道自己手里没有把柄让对方攥着，浙江的钱江晚报和都市快报都是很敢于直言的，对这样的事情，一定会曝光的。

陈瑶在写材料的时候，刻意避开了市领导指示这一点，她不想把事情搞大。刚写完申诉材料，办公室的门就被推开，张伟来了。

张伟提着买来的盒饭说："姐，我这会儿正好没事，买了午饭，咱一起吃。"

陈瑶一阵高兴，把打印好的材料反过来往桌面上一放，站起来走到沙发前，看着张伟，笑呵呵地说："傻熊，知道关心人了，你咋知道我还没吃午饭呢？"

张伟看了看陈瑶翻过来白纸的动作，觉得有些反常，不过也没多想，傻呵呵地笑着在沙发上坐下，边打开买来的饭菜说："猜的，刚十一点半，我猜你可能没吃，因为我也没吃，这叫心有灵犀……"

陈瑶开心地挨着张伟坐在沙发上，搂着张伟的肩膀，在张伟脸颊上亲了一口："好乖的小男人，奖励你一口。"

陈瑶刚伸手要吃饭，张伟轻轻拍了拍陈瑶的手背说："好孩子饭前都要洗手的，我刚洗完，你还没洗。"

陈瑶笑嘻嘻地站起来出门去洗手，张伟也跟着站起来，走到老板桌前，随意拿起陈瑶刚才翻过来的材料观看……

陈瑶洗完手进来的时候，张伟正坐在沙发上等候陈瑶吃饭。

两人边吃边聊天。

"姐，最近公司没什么事情吧？顺利不顺利？"张伟问。

"挺好的啊，挺顺利的，"陈瑶边吃饭边看了一眼张伟，"傻熊，怎么想起问这个话题？"

"我就是随便问问，"张伟闷声吃饭，有些不悦，"我不喜欢你有事情瞒着我。"

陈瑶不由扫了一眼放在办公桌上的申诉材料，轻声说："哥哥……咋了？怎么不高兴了？我没什么事情瞒着你啊……别不高兴啊……"

陈瑶轻轻晃动着张伟的膝盖。

张伟指了指办公桌说："出了这么大事情，你还说没事？我问你还不告诉我。"

"哦……"陈瑶笑起来，"你刚才看到了？呵呵……这个事情没关系的，就是税务局的正常例行检查，拖拉了，我去催了几次没效果，我打算去申诉的。这属于正常的事情，不是大问题。"

张伟将信将疑地问："是不是什么人在故意背后捣鬼？"

陈瑶摇摇头说："正常税务稽查，哪里有什么人在背后捣鬼，我又不得罪人，人家捣鼓我干吗？"

张伟摆摆手说："姐，不能这么说，同行是冤家，同行背后捣鼓同行的多了，另外，这地税稽查的为什么查这么久不结案？我觉得是不是他故意在整我们？"

陈瑶依旧微笑着说："这属于公务部门办事不力，老爷作风，办事效率低下，办事态度恶劣，别想多了，我呢，就去投诉他们的这种恶劣工作作风，也是正常申诉。"

张伟皱皱眉头说："是不是他们想要吃东西，你没给他们表示表示？这年头，都要打点的。"

陈瑶摇摇头说："我站得直行得正，从不偷税漏税，干吗要给他们打点？当然，平时逢年过节，例行的打点是不可少的……"

张伟生气地拍了一下茶几桌面说："妈的，明明是敲竹杠，下午我和你一起去地税局评理，穿着国家的制服，吃着纳税人的供养，却反过来难为纳税人，这就是国家公务员的作风？"

陈瑶忙摇着张伟的胳膊说："我上午已经去过了，话已经说透了，你不要去，再去和他们吵没什么用的，除了出口气，只会让事情更加糟糕，对解决问题起不到什么更好的作用，对付这种不作为的基层执法部门，我看还是借助舆论和上级机关的力量比较好……"

张伟听陈瑶说得有理，自己也想不出什么更好的办法，也就不再说什么，低头闷闷吃饭。

陈瑶吃过饭，看张伟闷闷不乐的样子，边给张伟倒了一杯水，边对张伟说："哥哥……高兴一点嘛，别这样嘛，这事情没什么大不了的，我会解决的……"

张伟不想让陈瑶为此不悦，于是抬起头笑了笑。

陈瑶趁势坐过来，挎着张伟的胳膊，挨着张伟的肩膀说："哥哥……我想起一件事情……"

"什么事情？"张伟看着陈瑶，伸手轻轻抚摸着陈瑶的头发。陈瑶的头发保养得很好，每一根都那么质地发亮，自然飘逸。

"我想，等你有时间，咱们一起回你老家一趟，一是看看你父母，二呢，考察一下旅游方面的事情……"

张伟一听来了精神，说："好啊，这回去可就是正儿八经的媳妇了，不用像春节那样弄个假冒媳妇糊弄老娘了……"

陈瑶乐呵呵地笑起来，将头靠在张伟肩头上说："可是，人家还没有过门呢……没过门之前，按你们那里的风俗，是不是要先定亲啊？"

"是啊，要先定亲的，双方老人坐在一起，商议好，就把亲事定下来了，"张伟乐呵呵地说，"等下半年我忙完，把我父母接过来，和你妈妈和叔叔见见面，大家商议下就好了。"

陈瑶点点头说："嗯，好的，这次回去可以先给你父母说一下，打个招呼。"

张伟又有些犯愁说："不过，近一段时间我很难有空啊，漂流即将开业，我整天忙得焦头烂额，真的是日理万机了。"

陈瑶温柔地对张伟说："没有关系啦，我的时间好安排，自己说了算，等你忙完开业再说好了。"

"嗯……等老郑出来，我就解放了，不用天天管这么多了，就有空闲时间了……"张伟拍拍陈瑶的手背。

"嗯……等老郑出来……"陈瑶慢慢重复了一遍，若有所思，"等他出来……或许你就真的是空闲了……"

"或者，如果我实在抽不出时间，你可以先回去一趟，一是代我看看父母，二是考察旅游事项，不要因为我耽误了大事……"张伟轻轻握着陈瑶的手。

"嗯……等等再说吧，不着急，我是先给你汇报一下的，省得到时候你觉得突然，先给你通通气……"陈瑶柔顺地看着张伟。

张伟突然又想起一个问题，轻轻笑起来。

"笑什么？哥哥。"陈瑶倒完水，回来坐下，攀着张伟的肩膀。

"我在想啊，我父母和你妈妈叔叔见面的时候，这个语言沟通是问题啊，都是一个国家的人，但是，还得需要你在中间做翻译，哈哈……"张伟不由又笑起来。

陈瑶也笑起来，说："可见推广普通话是何等重要了。"

张伟又说："等我们回瑶北的时候，提前和那小如联系一下，请她吃顿饭，她最近可能要往我这边发很多团，现在她是我的大客户了，在帮我们赚钱呢，这女孩可真不简单，从瑶北这么落后的地方，能组起这么多长线团。"

"不用我们请她，应该是她请我们，"陈瑶呵呵笑着，"别忘了，我还是她的客户呢，我现在发瑶北红色旅游的团队，地接都给天马旅游了，他们地接的质量很棒……这叫你中有我，我中有你……"

张伟吃好饭，喝好水，站起来说："丫头，我要去忙了，拜拜。"

陈瑶站起来，搂住张伟的脖子，踮起脚说："老公，吻别……"

张伟搂住陈瑶，两人深深接了一个吻，然后说："姐，我走了。"

张伟走后，陈瑶打扫了一下卫生，坐到办公桌前，拿起那份申诉材料沉思了一会儿，把财务部姚经理叫上来，对她说："小姚，地税稽查有没有什么动静？"

"没有，陈董，"姚经理说，"要不我再去跑一趟？"

"嗯……"陈瑶找了个信封，把一份材料装进去，封好口，递给姚经理，"辛苦你再去跑一趟，去之后，你直接找那科长，你这样说，说我们陈董整理了一个汇报材料，准备上报，请他审查一下，看看事实有没有出入，如果没有什么出入，我们准备上报省地税局和省级有关新闻单位。"

陈瑶刚才又斟酌了一下，还是决定再缓和一下矛盾，争取将问题解决在最小的范围内，能不扩大矛盾就不扩大。自己仁至义尽，如果他们不作为，再捅到新闻单位，也算是有个交代。

姚经理点点头，接过信封，去了地税局。

陈瑶用手轻轻揉揉额头，放松一下大脑，调理一下头绪，然后打开电脑，找出自己和张伟过年期间在张伟老家拍的照片，边浏览边陷入对往事的甜蜜回忆，一会儿找了一幅张伟站在山顶，伸开双臂，仰天大笑的图片，设置为桌面。

看着张伟开心大笑的神态，里面包含着些许的率真和可爱，还有发自内心的开心和快乐，陈瑶忍不住轻声笑起来："傻熊哥哥……"

一会儿姚经理回来了，向陈瑶汇报："陈董，信给那科长了，按你的吩咐把话捎到了。"

"哦，他什么反应？"陈瑶看着姚经理。

"打开看了半天，什么也没说，不过脸上的表情不大自在，一会儿收起信封出去了。"姚经理说。

陈瑶点点头道："嗯……好，我知道了，你下去吧，辛苦了。"

姚经理站那里没动，欲言又止。

"还有什么事情？小姚。"陈瑶看着姚经理。

"陈董，今天下午我出去，听到一个消息，不知道该说不该说。"姚经理说。

"小姚，咱姊妹情同手足，有什么不好说的？"陈瑶笑了，"说吧。"

"是这样的，陈董，我下午在地税局等那科长的时候，一个同情我们的办事员悄悄对我说：'你们分管旅游的市领导是地税稽查局局长的把兄弟，关系特铁，你们看找找那市领导，一定能帮上忙的。'这话我听了不知真假，不过我想得和你说，说不定对我们有帮助。"姚经理认真地看着陈瑶。

霎时，陈瑶心里全部明白了，事情真相大白，一定是潘唔能指使自己的把兄弟来为难自己的，背后的黑手是潘唔能。而潘唔能的目的无非就是想让自己去有求于他，然后他顺势霸占自己。

陈瑶顿感一阵寒意。

但陈瑶没有畏惧，心地坦然，因为自己没有偷税漏税行为，抓不到把柄他们是没有办法的，而且，违规拖拉，扣押物品不放，迟迟不出结果，反倒让自己抓了把柄。

陈瑶想了想，笑着对姚经理说："好，你提供的消息很重要，谢谢你小姚，我回头再考虑一下。"

　　姚经理走后，陈瑶看着电脑桌面上张伟的照片入神，从张伟那纯朴直率的眼神和开心灿烂的笑容里，汲取到了无穷的力量。

　　陈瑶心里默默地对张伟说："哥哥……你是我生活的勇气和生命的源泉，有你在我身边，我无所畏惧，我充满朝气，我会永远爱你，无论什么时候，无论有何艰难险阻……我会永远忠于你，无论是肉体还是精神……"

　　然后，陈瑶坚定地给自己打气："绝不屈服，坚持韧性的战斗。"

　　张伟从陈瑶公司出来，开车直奔山里工地。路上，张伟的心情沉重，眼角有些发酸。

　　张伟右手狠狠砸在方向盘上，痛恨自己的无能和无力，痛恨自己不能替陈瑶分忧解难。

　　张伟看了陈瑶的申诉材料，心里马上知道这是蓄意刁难，一定是有人在背后捣鬼，虽然他不知道是什么人，是谁在捣鬼，但是从平白无故被刁难就可以判断出这是一起人为刁难事件。

　　当着陈瑶的面，张伟强压住内心的愤懑和怒火，他知道陈瑶看见自己的愤怒会不安和担忧，知道她怕自己会冲动，所以，张伟在陈瑶面前一直表现得很听话和理智。

　　如果不是听了陈瑶随后的分析，张伟是一定会去找那狗日的科长算账的，一定会去问个究竟，到底是谁在指示。

　　一想到陈瑶被人欺负，张伟的心里就一阵阵绞痛，他为自己没有足够的能量呵护自己的女人而羞愧和不安。他知道，自己人生地不熟，在此地没有社会资源和上层关系，很多事情只靠武力和拳头是解决不了的。正像陈瑶告诫自己的，一个人的力量去和一种权力、一级组织对抗，属于鸡蛋碰石头，是很无力的。

　　张伟现在时刻警戒着两个人，潘唔能和高强。虽然他在陈瑶面前一般不再提起他们，但张伟心里时刻提防着，暗地一直没有放松警惕。他不知道他们会使什么新花招，但是他从心里一直把他们列为最危险的敌人，暗中一直虎视着他们。

　　为了自己爱人的快乐和无忧，为了陈瑶的安全和无恙，张伟时刻警惕着，又尽量不让陈瑶担忧。在张伟的心中，陈瑶就是自己的生命，甚至，比自己的生命更重要。

　　张伟知道自己在某些事情上无力作为，知道有些事情靠武力是无法解决的，这让他感到很郁闷，心里很无奈而又心痛。其实，今天这个事情，他是从心里赞同陈瑶的解决办法的，觉得这很灵活而又具有杀伤力。但是，张伟担心的是这个办法可以解决目前的问题，但不会制约和杀伤背后捣乱的人，那就会使坏者此计不成再施一计，没完没了。

要想从根本上解决问题，必须揪出背后指使人，而又不能牵扯到陈瑶，张伟脑子里慢慢琢磨起办法来。

张伟慢悠悠地往前开着车，突然在前面空场处打了一个圈，掉头直奔东兴，直奔市地税局。

一会儿，张伟就出现在东兴市地税稽查局三科科长办公室。

科长刚从地税稽查局局长办公室汇报完事情出来，看见张伟推门而入，眼皮翻了翻："干吗的？什么事？"

张伟笑容可掬，先掏出名片递上，说："科长您好，我是东兴龙发旅游公司的，我们公司属于从宁州来东兴搞开发的，初来乍到，特来拜拜码头，请多关照。"

科长拿起名片看了看，瞬间变得客气起来，说："哦……张伟，常务副总经理，哈哈……知道你们这个公司，搞漂流的，宁州来的老板开发的，欢迎啊，欢迎你们来东兴投资兴业，发大财！"

"谢谢科长，我们人生地不熟，来这里做景区开发，还免不了您多关照，"张伟趁热打铁，掏出一个信封塞到科长的抽屉里，"希望科长以后有空多到公司指导工作，更希望科长以后对公司的事情多多照顾。"

科长微微一笑，打开信封，一看，是一张五千元的购物卡，心里很高兴。

作为地税稽查，一般来找他的都是被查后讲情的，像这样还没发生工作关系就主动上门来拜码头的还不多见，心里不由暗暗赞叹，到底是宁州大地方来的，会办事，未雨绸缪，工作做在前面，先建立感情，为以后的工作打下良好的基础。

科长掏出钥匙，打开办公桌的另一个抽屉，里面放着十几张同样的购物卡，都是东兴商城的，大多数是面值五千元的。科长把卡往那些卡片中悠然一插，心里暗自一乐，嘿嘿，又多了一张。

科长关上抽屉，态度变得热情起来，说："张总客气了，大家以后互相关照，张总这么年轻，一看就属于年轻有为的领袖型人物，难得啊，人才！"

张伟眼角扫到了科长的抽屉，看到了那些排列整齐的卡片，放下心来，这张卡是于琴前段时间送礼剩下的，前几天张伟拿着卡一次性去商城购买了四千九百九十元的办公用品，里面只剩十元了。

龟儿子，这些卡片混在一起，到时候你是不知道哪张是老子送的了，你就拿这张卡去消费吧。张伟心里一阵快意，脸上的表情更加生动，也更加开心，说："科长您客气了，您才是人才啊，我们再能干，还不是一样得您关照，我们怎么也跳不出您的手掌心……"

反正吹牛皮不花钱，张伟和科长两人互相热情吹捧，感情迅速升温，越拉越热乎，到了下班时间，张伟和科长两人相约一起去喝酒。科长坚持请客，打电话给一家海鲜酒楼的老板："我和一位朋友要去吃饭，给我准备一个单间，上最好的海鲜和白酒……"

三十分钟后，张伟和科长在海鲜酒楼的单间里觥筹交错，把酒论兄弟，开怀畅饮。

一瓶白酒见底，张伟依然清醒，科长已经醉意熏熏了。

张伟对科长说："今天让老兄破费，真不好意思。"

科长摇晃着脑袋，摆摆手说："张总，别客气，我们都是兄弟嘛，再说，我这顿酒菜，也是不用花钱的，这酒楼老板上个月被我查到漏税，要罚十万的，后来给他全部免了……呵呵……他欠我的大了……来他这吃饭，是给他面子……"

张伟一竖大拇指说："厉害，老兄真厉害，权力就是大。"

科长摇摇头说："呵呵……还可以吧，不过，我们也只是在经商的面前权力大，还得是那些偷税漏税的不法经商户，遇上照章纳税的，就他妈的完蛋了，人家不鸟咱……"

张伟问："哦……还真有不偷税漏税，不鸟税务机关的?"

科长说："有啊，他妈的，今天就遇到一起……就是什么什么假日旅游，和你们同行，查了十多天，愣是没找到毛病，现在不偷税漏税的真他妈少见，最讨厌这样的经营户了，弄得我骑虎难下，这假日旅游的董事长态度还很强硬，下午找人给我捎来一封申诉材料，要告我，要给我曝光，操……"

科长说完，又是一杯白酒。

张伟继续给科长倒酒，边倒边说："你们去查他们是属于例行检查啊，还是群众举报?怎么会没有一点毛病呢?"

科长点着一棵烟，看着张伟，暧昧地笑起来："既不是例行检查也不是群众举报，当然，给他们下通知是说群众举报，不然，没个理由怎么可以。"

张伟也呵呵笑起来，问："哦……好奇怪，那是属于什么情况?"

科长凑近张伟的脸说："领导指示，局长下的命令，说去查一下假日的账目，我们也不知道什么具体原因，可能是这家公司不知什么事情得罪了局长的大哥吧，局长让我暗示这公司的老板娘去求他大哥打招呼讲情……"

张伟眉头一皱，装作很好奇的样子问："局长的大哥？"

科长压低了嗓门说："是啊，我们局长牛得很，他大哥是咱们市里分管旅游的副市长，两人是结拜兄弟……"

张伟心中一震，一阵怒火冲上心头，果然是这狗日的在捣鼓事！张伟脸上不动声色，笑了笑。

科长酒多话多："没想到愣是没查出问题来，局长就让扣着电脑和账本不放，结果这公司的老板娘，那个美女，今天上午来把我呛了一顿，不鸟我，下午又送了申诉材料，我有些发毛，给了局长，局长也坚持不住了，这万一要是省局查下来，再被新闻单位曝光，事情就大了……我们局正在争创全省系统文明单位，不能因为这事砸锅啊，局长安排我明天通知他们把东西领回去，这事就算了……唉……没想到这次竟然遇到这么一茬，无功而返……"

"那你们局长和他大哥也不好交代啊。"张伟心里一块石头落地，不由暗暗佩服陈瑶下午的办法高明，又装作若无其事的样子，边说边吃菜。

"这事咱就不管了，局长说他会给上面解释好的，咱是小兵，听领导的指挥，叫咱干吗就干吗……这官场，还不就是这么一回事，都是工具……"科长喝多了，舌头根子直发硬。

喝完酒，科长和张伟热情告别，驾车离去。

今天花了十块钱，弄清了事情真相，还赚了一顿海鲜，值！

张伟心里骂骂咧咧打开车门，刚要开车，突然想起和陈瑶的约法三章，于是给陈瑶打电话："姐，我喝酒了，不能开车，你打车过来替我开车……"

陈瑶一会儿过来开车，边走边表扬张伟："不错，酒后不开车，遵守得很好，提出严重表扬，再接再励……"

张伟呵呵笑着问："姐，今天下午那事处理得咋样了？"

"还没消息，等明天看看吧，再不回话，我就把材料寄到省地税局和省里的新闻单位……"陈瑶边开车边说。

"哦……那就等明天看看再说吧，我觉得你的办法还是不错的，应该会有效果。"张伟回应着陈瑶的话，心里想起了潘唔能。

"怎么？想通我下午的话了？"陈瑶微笑着看了看张伟，"哥哥，我下午总结了，这叫韧性的战斗，对付这些人，就得用这种办法，一定要学会动脑子，不能蛮干……"

"嗯……韧性的战斗，动脑子，不能蛮干……姐姐所言极是，弟弟谨记！"张伟认真地回答，心里又想起了高强。

第三十五章 突然离去

第二天陈瑶刚到办公室，姚经理推门进来，说："陈董，地税局三科的刚才来电话，让我们去把账本和电脑主机领回来，说稽查结束了。"

陈瑶不动声色点点头，问"他们没说稽查结果如何吗?"

"我问了，他们说根据上面领导指示，本着从宽的原则，小事化了了，让我们以后规范经营，按章纳税……"姚经理对陈瑶说，"他们这是明摆着诬陷我们，好像我们有不轨行为，真气人……"

陈瑶宽容地笑了笑说："只要我们的目的达到就可以了，不要和他们打嘴皮子架了，毕竟，这些人是不能太得罪的，他们要想给我们穿小鞋，太容易了，稍有不慎……对了，三科有多少人?"

姚经理仔细想了下回答："除了科长……还有五个男的，两个女的，总共八个人。"

"嗯……冤家宜解不宜结，"陈瑶沉吟了一下，对姚经理说，"你去东兴商城买一些购物卡，领东西的时候，给他们送过去，吵归吵，闹归闹，以后还得打交道……"

姚经理点点头问："那按什么标准?"

"科长买五千的，其他人买两千的。"陈瑶说。

姚经理答应着去了。

等姚经理出去，陈瑶微微舒了一口气，一件心事算是暂时了结了，虽然不知道后面会怎样。

陈瑶登录QQ，看到小如也在，打了个招呼："小如妹妹好，我们最近合作得不错嘛，我男朋友那边也搞得很好啊，呵呵……"

一会儿小如说话："姐姐好，呵呵……我们现在是三角关系啊，你是我的上帝，我又是张伟的上帝，我和你们两口子可是同时发生关系，嘻嘻……不过是工作关系，别想多了。"

陈瑶笑了，说："小妹真幽默，我听我们公司的徐总说了，你们的服务质量顶呱呱，呵呵……感谢对我们的支持，希望我们长期合作下去。"

小如说："应该的，我们地接绝对保证质量……对了，我很快就有不少团来浙江，漂流是其中一站，主要的一站，我还得拜托你男朋友那边多多照应好我的客人啦……他现在安排和我对接的那个小姑娘于林，经验好像不是很丰富……"

陈瑶说："嗯……好的，小妹，我会提醒张伟的，一定让他们做好地接工作。"

小如说："呵呵……那就多谢姐姐，你们两口子做同行，真好啊，你男朋友一定很优秀，做管理很棒的。"

陈瑶说："呵呵……还好，经验不足，阅历浅一点，但很上进，很好学，基本素质很好，慢慢成长吧……"

小如问："什么时候喝你们的喜酒呢?"

陈瑶说："嗯……如果不出什么意外，应该在今年春节期间吧……我们商定春节期间去瑶北他老家举行婚礼的，到时一定邀请你参加啊……对了，我和张伟最近有可能回瑶北一趟……"

小如说："好啊，到时候来了我请客，请你们俩……"

陈瑶说："谢谢妹妹，到时候看行程安排吧，我们可能不会在瑶北城里待，只是路过，主要是到瑶水和乡下去察看一些旅游项目。"

小如说："哦……你准备在瑶水那边投资旅游开发项目? 好啊，这瑶水县可是个旅游资源大县……我在瑶北当地，很方便，姐姐如果有什么需要我帮忙的，尽管说，小妹义不容辞……"

陈瑶很高兴地说："好啊，谢谢妹妹，说不定到时候真要请你帮忙，毕竟，我们在这边很远，有些事情不大方便……只是要给你添麻烦。"

小如说："嘻嘻……我和你们一见如故，前生有缘，今生有份，别见外，朋友之间，应该的，你们在外不容易，这边家里有什么事情，直接和我说好了，我会尽量帮忙的。"

陈瑶很感动，有朋友如斯，足矣，于是说："小如，你真是个不错的朋友，能认识你，也是我和张伟的福气，我们看来是真的很有缘分，如果方便，你跟团来浙江玩吧，住在我这里，我好好陪陪你……"

小如说："呵呵……我忙不开啊，做计调的，天天都在办公室里，天天都在电脑前忙乎，哪里有时间呵，谢谢姐姐的好意，心意我领了。"

陈瑶说："从下周开始，我们发往瑶北的红色旅游团数量要激增，持续一定时间，你那边就要多辛苦了。"

小如说："不辛苦，应该的，大家都赚钱嘛，我们这边是一个副总亲自靠上抓的，导游部经理亲自带团，我呢，和你们的一个计调人员时刻保持联系，和徐总经常保持联系。"

陈瑶说："呵呵……那就好，我们徐总对你很赞赏的，说你办事很老成，对业务很熟练，不仅仅是计调，其他业务也都很熟悉……可惜……"

小如问："可惜什么？"

陈瑶说："……可惜我们徐总有女朋友了，女朋友是我未来的小姑子，不然倒可以给你介绍一下，呵呵……"

小如说："哦……呵呵……张伟妹妹的男朋友……真不错……挺好的。"

陈瑶说："妹妹这么漂亮这么聪明，一定会找到很好的男朋友的……对了，听张伟说你好像对浙江的景点很熟悉的，经常来玩吗？"

小如说："哦……我以前做全陪导游，经常带团去浙江，所以……所以对那边很熟悉……再说了，做计调的，对目的地的景点当然要熟悉的啊……"

陈瑶说："哦……对对，呵呵，你来过东兴吗？"

小如停顿了一下说："以前经常去的，很熟悉东兴。"

陈瑶说："哦……很熟悉……"

小如说："是啊，经常带团去东兴，鲁迅故居、乌篷船、孔乙己茴香豆、咸亨酒店……很令人怀念。"

陈瑶问："知道东兴大厦吗？"

小如说："知道。"

陈瑶说："我的公司就在东兴大厦对过，假日旅游，呵呵……很好找的，再来东兴，一定过来做客。"

小如说："一定，一定……"

快到中午，姚经理把东西都拉回来，事情办妥了，来给陈瑶汇报："陈董，一切顺利，科长见了东西，态度也好多了，一个劲说身不由己，多多包涵，三科的办事员们也都很客气，很配合，东西全部带回来了。"

陈瑶点点头道："把你们财务的人员都叫过来，我给你们开个会。"

陈瑶对财务部的人员再一次叮嘱道："一定要严格财务纪律，严格按章纳税，不该报销的发票，绝对不能报销，不能因小失大，不能因为个人的一点利益损害了大家的整体利益，损害了公司的利益，同时，财务部和计调、导游、业务几个部要进一步协调理顺关系，坐到账目明晰，经得起任何人的检查和核对。这一次虽然没有查出什么问题，但是，不能放松，不能松懈，警钟长鸣……"

大家认真听着，连连点头。

陈瑶继续说："这次没有查出问题，是大家严格遵守公司规章制度的结果，是姚经理领导有方，下个月，姚经理加发奖金一千元，其他人五百元，以资鼓励。"

大家都很高兴，不由鼓掌感谢。

刚开完会，陈瑶接到王炎的手机短信："张大嫂子，我马上从深圳飞杭州萧山，老哈昨天上午飞德国了，竟然没告诉我，我问了公司同事才知道的，你两小时后去机场接我，好吗？"

陈瑶微微一笑，王炎被公司派去深圳出差十多天了，今天终于要回来了。王炎一走，自己和张伟这几天事情也多，和哈尔森联系得少，就是前天晚上哈尔森突然造访，在家里吃了顿饭，喝了不少酒，还是张伟开车把他送回去的。这两天一直没消息，原来昨天回德国了。

陈瑶想起哈尔森前天晚上在家里喝酒时显得有些伤感，喝了不少，张伟还取笑他是不是想王炎了。哈尔森没有回答张伟的话题，倒是一个劲回顾他们几个人之间的友谊和往事，唠叨了很久，又夸王炎是如何如何好。

陈瑶觉得哈尔森其实是一个内在感情很丰富的人，只是平时不大外露。

"好的，小姑子，我一会儿就去机场。"陈瑶回复。

张伟今天一直在忙着安排开漂前的各项事宜，漂流艇、救生衣、漂流服都已经到位，午饭后，气候温暖，各岗位人员全部到位，进行一次试漂预演。

为了保证能检查出存在的问题，张伟和小郭一个皮艇，其他人自由组合，大家在起点集合，试漂。

起点的竹子房屋和检票长廊全部搭建完毕，整个建筑由竹子搭建而成，郁郁葱葱，和周围的环境十分协调，显得很原生态。

老罗他们已经先期到了水库放水处，一会儿，水量大起来，水流湍急，溪道里发出阵阵涛声。

于琴胆子小，不敢漂，就替大家拿着手机、钥匙等物品。

检查完安全装备，穿好救生衣，张伟安排大家一次开漂，提醒大家留意沿途哪些地方有安全隐患，哪些地方流速过缓，以便修正。

于琴开车先去终点等候，张伟和小郭最后出发，顺流而下。

张伟也是第一次体验南方的皮筏漂流，感觉真的是很刺激，水流很急，浪花激溅，时而平缓，时而飞速而下，令人心惊肉跳，身上很快被水全部打湿。

漂到终点，用了接近两个小时。

然后，张伟召集大家开会，听取大家对漂流情况的反馈，又对其中出现的一些需要改进的问题集中进行研究，修改措施。

等张伟忙完，已经是下午五点了，和于琴一起刚要开车往回走，接到了陈瑶的手机短信："哥哥，王炎出差归来，我刚接她回到咱家，晚上你回来吃饭吗？"

张伟回复："好的，姐，我一会儿就到家。"

张伟今天一直没有问陈瑶地税局查扣东西的事情，因为他知道这事今天一定是解决了，无须再问。

陈瑶一直等着张伟来问这事，却迟迟没有听到，心里不禁有些意外，这小家伙怎么不问这事呢？好奇怪。肯定不是不关心，而是有别的原因。

陈瑶又对张伟说："哥哥，回来的路上方便的话买点水果，家里没有水果了。"

"好的，没问题。"张伟回复。

张伟好些天没见王炎了，哈尔森也就是前天见了一面，这段时间实在是太忙了，听说王炎出差回来了，才想起王炎到深圳出差去了。

在张伟眼里，王炎现在和丫丫一样，都是自己的妹妹，张伟心中对王炎是纯真的兄妹亲情。每每想起自己和王炎从相识到今天的际遇，张伟心中颇为感慨，觉得人生真的是一场梦。现实中从来不相识的人，在一起也可以发生这么多事情。王炎有自己的追求和理想，有自己的人生观和价值观，而这都是张伟所不能给予的，但哈尔森能满足王炎，能让王炎在找到自己合适伴侣的同时实现梦想。

经济基础决定上层建筑，难道，爱情也是这样？张伟颇有些想不通。

张伟现在只希望王炎能和哈尔森好好在一起，希望这起跨国恋情能结出丰硕的果实，希望王炎能找到真正的幸福。

以后，自己会像疼丫丫一样疼王炎，张伟心里经常这样想。

前段时间，王炎就和哈尔森一起计划着结婚的事情，时间初步定在六月一日，也就是一个多月以后。哈尔森最向往的是能有一个中国式的婚礼，王炎呢，则喜欢在教堂里举办，两人为此争执了好几次了。但不管是哪种婚礼，两人有两点是达成了共识，一是在瑶北举办婚礼，二是将哈尔森的中国妈妈接回国内居住，和他们住在一起，安度晚年。

陈瑶前几天晚上悄悄告诉张伟，她已经准备好了送给王炎和哈尔森的结婚礼物，至于是什么礼物，陈瑶神秘地笑笑，没有说。

张伟傻乎乎地问陈瑶，自己应该准备什么礼物，陈瑶削了一下张伟的鼻梁，说傻哥哥不用准备，这礼物是他们两个人的心意。

一想到王炎和哈尔森即将幸福结合，张伟心里就暖洋洋的。

张伟在路上买好水果，进家门把水果往地上一放，拍拍手，冲正躺在沙发上翘着二郎腿边看电视边吃点心的王炎喊道："乖乖丫头，过来，哥哥抱抱！哈哈……我看看，晒黑了没有！"

王炎冲张伟嘿嘿一笑："哥，你回来了，快过来，给我揉揉肩膀，我这脖子肩膀好酸啊……"

张伟坐过去，伸手捏住王炎的脖子，边揉捏边说："死丫头，这么久也不和我联系。"

王炎舒服地趴在沙发上，哼哼唧唧地说："我出差事情多，忙着呢，你干吗不给我打电话？还说我……"

张伟呵呵笑笑："我也忙啊……陈瑶呢？"

"俺嫂子在厨房做好吃的给俺吃，嘿嘿……今天可以好好打牙祭了，好久没在你家吃饭了。"王炎乐滋滋地说。

张伟又继续给王炎揉肩膀，问："哈尔森呢？这鸟人前天在这里喝醉了，柔肠万转的，想你想得不行了，今天怎么没来？"

"他昨天上午回国了，我也是今天上午才知道，这洋鬼子做事情不懂礼数，也不知道给我汇报一下，我问了办公室的内勤才知道，今天打他电话，怎么也不通，可能又没电了，或者又在天上飞……"王炎絮絮叨叨地说着。

"哦……我还不知道他回国了，怎么样？结婚的事情筹备得怎么样了？"张伟问王炎。

"结婚很简单，就是一个仪式的问题，下个月领证，六月一日举办婚礼，他非要举办中国式婚礼，唉……我想了想，既然他如此热爱中国文化，那就从了他吧，其实，我是很向往在教堂里举办婚礼的……"王炎有些神往地嘟哝着。

"嗨！在中国，你是主，他是客，就从了他吧。"张伟说。

"是的，不从不行啊，他打算结婚后就在中国定居，还计划要加入中国国籍，唉……本来是打算找个洋鬼子跟着出国的，没曾想反倒招了个上门女婿，还是在这一亩三分地里转悠……"王炎心有不甘。

"丫头，这外国的月亮不一定比中国圆，或许，你在国内发展会更好一些，目前国外的形势也不乐观……"张伟拍拍王炎的脑袋，"或许，你的梦想和理想，在国内会实现得更加完美……"

王炎回头看了一下张伟说："哥，你们到底是两口子，说话都一个口气，今天我在回来的车上，姐也是这么和我说得，嘿嘿……我也想通了，是这个理儿，目前纵观国际经济形势，风景这边独好……"

"嗯……想通了就好，"张伟拍拍王炎，站起来，"我看看陈瑶饭做好了没有。"

正说着，陈瑶在餐厅里喊："当家的和当家的妹妹，过来用膳啦……"

陈瑶做了几个北方小菜，其中有王炎最喜欢吃的牛肉土豆，张伟最喜欢吃的孜然羊肉。

张伟开了一瓶红酒，举杯对王炎说："丫头，来，好久不见，十分想念，喝一杯红酒，暖暖你那幼小的心灵……"

陈瑶笑意盈盈地看了一眼张伟说："当家的，吃完晚饭和丫丫聊天吧，今天是上次预约的日子。"

张伟呵呵笑着点点头说："好的，看看那个丫头怎么样了。"

王炎不理会他们，只顾自己大口吃喝，不住赞扬："好，不错，好吃，很好……"

张伟看看王炎，有些发愁的样子对陈瑶说："看看……这都快做媳妇的人了，就知道吃……唉……长不大的孩子……"

陈瑶开心地看着张伟说："有时候女人永远长不大，有时候女人在男人面前不愿意长大……"

张伟嘻嘻笑着说："这哈尔森还好一点，像个大男人……"

每人喝了一杯红酒，大家吃饭。

吃过饭，陈瑶收拾完餐桌，大家一起坐在电脑前和丫丫视频聊天。

丫丫见到大家很高兴，问王炎："王炎，听说你快结婚了，咋没见你那位呢?"

王炎一怔，说："他昨天回国了，你没见?"

丫丫一愣："没有啊，我住在他妈妈家，没见他回来啊，可能是还没到，或者先到公司总部去了吧……"

王炎想了想，点点头道："嗯……也是，这个工作狂，我出差前就一个多星期没回家，一直住在公司。"

"丫丫，还有多久回来?"陈瑶问丫丫。

"嫂子……嘻嘻……"丫丫笑着，"快了，下个月回去，王炎结婚前回去，好想你们啊，好想祖国啊……"

王炎说："德国多好啊，那么富裕、那么文明……比咱们国家强多了……"

丫丫认真地说："王炎，这你就不懂了，这里再好，不是我们的，不是我家，我的根在中国，我们的根都在中国，终究是要落叶归根的，终究是要回去的……"

"丫丫，说得好! 很有境界!"张伟夸赞道。

"呵呵……这话是张妈妈经常教育我的，张妈妈很思念祖国，做梦都想回国……"丫丫说。

"快了……等王炎和哈尔森结婚的时候就接她回国……"陈瑶喃喃地说。

过了一会儿，丫丫扭捏了一下，问："徐君最近还好吧?"

"好，很好，就是很忙。"陈瑶乐呵呵地看着丫丫说，"丫丫，想徐君了? 改天我让他和你联系。"

丫丫脸红了一下，说："嘻嘻……不用了，反正我也快回去了。"

张伟看着丫丫，说："丫丫，等你回来，哥带你回家看看娘。"

"好啊!"丫丫高兴地说。

陈瑶看了张伟一眼，问："怎么? 计划等丫丫回来一起回老家?"

张伟看着陈瑶说："是啊，刚才突然起意的，呵呵，没和你商量。"

陈瑶温柔地看着张伟说："这事你做主，你是当家的嘛，我就从了你啦……"

晚上，陈瑶和张伟挽留王炎住在自己家里，王炎执意要回去。

"你们热火朝天的，我还是知趣一点的好。"王炎临走前笑嘻嘻地说。

王炎走后，张伟才开始装作刚想起的样子问陈瑶地税局稽查的事情，陈瑶把经过详细说了一遍，张伟听完，躺在沙发上晃悠着小腿，说："很好，事情解决了，还是老婆'韧性的战斗'策略好!"

陈瑶笑嘻嘻地坐在张伟旁边，给张伟揉着太阳穴，说："哥哥，今天工作很累吧?"

"不累，今天我们试漂了，真刺激，我和小郭一起漂的……"张伟眉飞色舞地描述起漂流的经过。

陈瑶微笑地耐心听着，饶有兴趣。

张伟正说得带劲，电话突然响了，王炎打过来的，说："哥，你快来，出事了!"

电话里传来王炎带着哭腔惊慌的声音。

张伟还从来没有听见王炎这么惊慌失措过，心里大吃一惊，脸上不动声色，沉声说道："王炎，别惊慌，什么事，慢慢说。"

陈瑶一听，神色紧张，忙把耳朵凑到张伟电话旁，凝神静听。

"你们快来啊，出事了，我在家里……"王炎说不出什么，直接哭了。

张伟和陈瑶对看了一眼，觉得一定是出了什么比较严重的事情，否则王炎不会这种表现，来不及细问，张伟忙对王炎说："我和陈瑶马上就去，别慌啊。"

"嗯……那你们快点啊……"王炎说。

张伟和陈瑶匆忙下楼，开车直奔王炎家。

路上，陈瑶紧张地看着张伟问："你说王炎会出什么事情呢?"

张伟神色严肃，扭头看了看陈瑶，伸手轻轻拍拍陈瑶的手背说："姐，别紧张，冷静点，去了就知道什么事情了，再大的事也没天塌下来大，天是塌不下来的……"

陈瑶心里稍微安慰了一下，提醒张伟说："哥哥，开慢点，别闯红灯。"

很快，张伟和陈瑶到了王炎家，一座砖红色的仿古欧式别墅，这是哈尔森租的房子。

房间里灯光昏暗，王炎坐在沙发上神色沮丧，头发凌乱，满脸泪痕，手里捏着一张纸。

看到张伟和陈瑶过来，王炎一下子扑到张伟怀里，"哇"地大哭起来："哥，哈尔森走了，不回来了，再也不回来了……"

"什么?!"张伟和陈瑶大吃一惊!

陈瑶二话没说，一把拿过王炎手里的那张纸，和张伟一起凑在灯光下观看。

第三十六章 以恶制恶

一张十六开的白纸上，用粗铅笔重重地写着歪歪扭扭的汉字："炎，亲爱的，我辞职了，我走了，不再回来了……请原谅我的离去，我知道，我不会让你的未来幸福，不会给你的将来带来欢乐，为了你的明天，我决计离去……请转告朋友们，不要恨我不辞而别，不要问我去了哪里，更不要找我，感谢你曾经带给我的欢乐时光，感谢大家曾经带给我的真挚和友谊，我会永远铭刻在心中……这座房子我已经买下，用你的名义，本来打算作为我们的婚房的，可是……现在，这别墅属于你了，另外，书房抽屉里，我给你留下了足够你一生享用的欧元……炎，答应我，忘记我，永远将我从记忆中抹去，好好保重自己，找到一个比我优秀的男人，祝你永远幸福，你的幸福就是我的欣慰……在你出差的时间里，我已经办好了辞职和交接手续，离去之前，我去看了陈瑶和张伟，他们都是不错的好人，是我的好朋友，永远的好朋友，祝福他们……我热爱中国，热爱你们，再见，朋友们……"

"为什么?! 为什么……"张伟揽着王炎，拍着王炎的肩膀，嘴里喃喃地一遍遍自语。

王炎扑在张伟怀里，哭得撕心裂肺，上气不接下气。

陈瑶拿着留言，又反反复复看了几遍，眉头紧皱，凝神思考，边用手轻抚王炎的后背。

张伟看着这座冷寂的豪华别墅，感觉心里一阵凉意，把王炎架起来，对陈瑶说："走，先回咱家，回去慢慢说。"

陈瑶开车，张伟坐在车后面，轻轻搂着王炎，让王炎哭个够。

回到陈瑶住处，张伟把王炎扶着坐在沙发上，倒上一杯热水，陈瑶去弄了热毛巾给王炎擦脸。

王炎基本不哭了，只是还在抽搐，泪眼朦胧地看着张伟问："哥，你说这事咋的了？到底是咋的了？好好的，好好的人，怎么说走就走了……还……还再也不回来了……"

王炎说完，眼泪又忍不住流下来。

"是不是哈尔森又找了别的女人了，所以不辞而别，但是，又觉得愧对你，就把房子和……"张伟慢悠悠地说道。

"可是，可是我没有任何觉察啊，他对我一直是很关心很体贴的，没有任何迹象啊……"王炎看着张伟，抹着眼角的泪水。

"傻丫头，什么事情要是等你觉察出来，黄花菜都凉了……"张伟摇摇头，"多大事，别哭了，要是他找了别的女人，你也不值得为他哭，这样见异思迁的男人，不值得你去爱……"

"当家的，别乱说，没有证据，不要乱猜测。"陈瑶冲张伟使了个眼色。

陈瑶坐到王炎的身边，搂着王炎的肩膀说："王炎，别哭，这事，我觉得有些蹊跷，太突然，太离奇，冷静下来，我们再慢慢分析，别难过了，有哥和姐在这里陪你呢……"

王炎慢慢平静清醒下来说："他走之前来你们这里吃过一次饭？"

"是的，"陈瑶边回想边说，"喝了不少酒，神情很伤感，你哥还逗他，说是不是想你了……"

"喝酒……伤感……"王炎皱皱眉头，"我出差之前，他一直情绪不错的，怎么会突然这样，难道是这些日子发生了什么事情？发生了什么突然的变故？"

王炎打死也不愿意承认哈尔森另外有了女人，宁愿相信是别的什么原因导致他突然离去。

张伟看着王炎和陈瑶，慢慢回忆这几天哈尔森的事情："陈瑶你明天陪王炎去她公司，一是请假休息几天，二是问问哈尔森辞职的原因，看看能不能打探到他的去向或者原因。"

陈瑶点点头说："嗯，好，王炎你申请休年假吧，先不要上班了，休息一下，咱们慢慢打探消息……"

王炎神情悲怆地说："我……他走了，我也不想在那里干了，我……我也辞职算了！"

"不要这样，别冲动，"张伟看着王炎，"听哥和你姐的话，先申请休年假，在这里住，不要回那房子去住了，一个人，空荡荡的，冷清……以后，白天呢，陪你姐一起上班，晚上你姐和你一起住，总会找到原因的，我就不信他能在这个世界上消失……"

陈瑶闻听张伟的话，身体猛然打了一个寒战。

王炎表情异常痛苦，又开始一遍遍念叨："丫丫今晚说了，他没有回去，那么他去哪里了？为什么突然辞职？到底是为什么？为什么好好地突然离去……"

张伟没有说话，对陈瑶说："你扶她进卧室躺一会儿吧。"

当晚，王炎和陈瑶住在一起，张伟搬到另一间客房去住。

第二天一大早，陈瑶就悄悄起床弄好了早饭，喊醒张伟，让张伟先吃了上班。

张伟看着陈瑶疲倦的眼神，关切地问："你们俩是不是昨晚都没睡好？"

陈瑶边给张伟剥鸡蛋壳边点点头说："嗯……出了这事，王炎肯定睡不着，一夜来回翻身，弄得我也没睡着……直到天快亮了她才睡着。"

张伟点点头说："过会你也睡一会儿，等到十点再去她单位也不迟。"

陈瑶点点头说："哥，你放心吧，我知道该怎么做的，今天我专程陪她，你尽管放心好了。"

"你做事情我自然是放心的，只是要辛苦你了。"张伟又看了看陈瑶布满血丝的眼睛。

"说什么呢？一家人说两家话。"陈瑶轻轻地笑笑，"你安心上你的班，我今天抽空再和丫丫那边联系一下，打探着哈尔森的消息。"

"你说是不是真的是哈尔森找了别的女人，把王炎抛弃了，又觉得良心过不去，留给王炎一大笔财产？"张伟问陈瑶。

"这个……现在不好确定，人心难测，但是，我从哈尔森的表现看，总感觉这事好像另有隐情，不是简单的有别的女人的原因……"陈瑶抿抿嘴唇，"希望今天可以解开这个谜……"

"不管出现什么情况，王炎一定不能垮掉，一定要看护好她，"张伟吃好饭，穿好衣服，拿起公文包，将陈瑶拥在怀里，轻轻地亲了亲陈瑶的耳唇，"亲爱的，好好照顾咱妹妹，我上班去了。"

陈瑶搂着张伟的脖子，蔚然一笑，说："哥哥，安心上班，莫要多虑，天是塌不下来的，咱妹妹你就放心交给我吧……"

张伟走后，陈瑶悄悄去了张伟睡觉的房间，钻进张伟的被窝，闻着熟悉的男人气息，闭上了眼睛。

睡到十点多，陈瑶起床，叫醒王炎，吃了早餐，收拾完毕，一起去了王炎公司。

在王炎公司，没有什么收获，没有人知道哈尔森辞职的具体原因，包括新来的总裁也只是知道他突然辞职了。外企高管辞职是再普通不过的事情，大家司空见惯，没有人觉得多么震惊，只是下意识地知道又换了一个新总裁而已。同时，外企的工作性质和工作环境，决定了大家只关心自己的工作和前程，没有人喜欢打听别人的隐私，没有人乐于听别人的琐屑之事。

失望而归，陈瑶和王炎在回来的路上都很闷闷不乐，王炎又开始抹眼泪，说："姐，你说，这哈尔森为什么会突然辞职，干得好好的，一帆风顺，咋说辞职就辞职了，事先没有一点征兆，这到底是为什么啊？"

陈瑶也有些想不明白，其实，也不是她想不明白，只是有一个想法，她不愿意和不敢去想，昨晚张伟的一句话让她一夜没有睡好，但她不能在这个时候和王炎说这些，所以努力笑了笑，安慰王炎道："王炎，不要多想了，事情已经发生了，面对现实，冷静对待，静观其变，先走一步看一步。"

王炎擦干了眼泪，沉思着，没有说话。

下午，王炎在陈瑶办公室坐了一会儿，说出去走一走，陈瑶点头答应，嘱咐她下班前回来，一起吃晚饭。

王炎刚出去，办公室的门被推开，一个身影高大的男人进来。

陈瑶一看，高强来了。

陈瑶心中一动，随即不动声色地说："高总，不，高董来了，欢迎，请坐。"

高强手里捧着一大束鲜花，满面春风地说："小波怎么这么客气了，呶，送你的。"

陈瑶坐在那里没有起来，也没有接鲜花，脸上露出一丝淡淡的笑，问："怎么？开了家花店，来推销产品的？"

高强脸上露出讪讪地笑，把鲜花放到茶几上，自己在沙发上坐下，看着陈瑶，问："最近忙不忙？"

"还好，你那大地旅游客户布满大地了吗？"陈瑶说。

"呵呵……哪里啊，刚开业，以前的老客户都还没联络上，生意清淡得很，不然，怎么有时间来看你呢？"高强深情地看着陈瑶。

"不要这么说，你忙不忙和看我都没有关系，如果作为同行交流拜访，欢迎，如果另有企图，我很忙，没时间闲扯淡。"陈瑶说话很不客气。

高强宽容地笑了笑说："你这个脾气啊，还是没有改，呵呵……和以前一模一样，还是那么倔强，呵呵……对了，那天开业你也看到了，潘市长参加了剪彩仪式，我现在和他挂上了，关系很铁，这可是咱东兴旅游的老大，以后你这边要是有什么麻烦，告诉我，我直接给他打个招呼，能省很多事的。"

"不用，多谢好意，我这小店小生意用不着那么大的官来操心，"陈瑶用讽刺的口气对高强说，"高董，用了几个女人，多少钱把潘市长攻下来的？很有能耐嘛！"

"这……"高强有些尴尬，"小波，别这么说，现在的社会不都是这样吗？领导有爱好，咱就得投其所好啊，呵呵……我这可是真心为你好……"

"我说了，不用，你今天来还有什么事情吗？没有事的话，我要工作了。"陈瑶明显是在下逐客令。

高强有些急了，说："还有事。"

"什么事？请讲，高董。"陈瑶不耐烦地说。

"这个……我最近听到外面有人说，你和……你和那个……那个张伟有那关系，我不相信，我觉得是他们在造谣，这……这是不是真的？"高强慢吞吞终于说出了今天来的目的。

"是，又怎么样？不是，又怎么样？这是我的个人私事，和你有什么关系？"陈瑶理直气壮地说。

"当然和我有关系，你是我老婆，我当然要问。"高强急了。

"混蛋！无赖！"陈瑶涨红了脸，"谁是你老婆？你搞明白一点。"

"最起码你曾经是我老婆，"高强的脸涨得发紫，"而且，我现在还仍然爱着你，我要求复婚，你不能再找别的男人。"

"你给我滚出去！"陈瑶站起来，"我不是你的任何人，即使曾经我们有过夫妻关系，现在也已经荡然无存，我是独立自主的人，我有权力安排我自己的人生，你没有权力干涉我，我和谁交朋友，和谁做夫妻，这是我的个人自由。"

高强有些恼羞成怒，说："我就不明白，那个小兔崽子到底哪里比我强？他狗屁不懂，狂妄自大，穷鬼一个，你干吗就要看重他？"

"或许他没有你英俊潇洒，或许他没有你成熟倜傥，或许他没有你有钱有关系，或许他没有你有资历阅历，但是，有一点他比你强，他比你人品好！这一点，就足够了，就比你强百倍！"陈瑶嗓门也提高了。

"你！"高强一拍茶几桌面，"你真不知羞耻，你——你真不要脸！我告诉你，不许你找任何别的男人，你必须和我复婚，没有第二条路可走！"

陈瑶气地脸色发青，一指门口喊道："流氓！无赖！滚出去！滚！"

"滚?！凭什么？"高强坐下，一翘二郎腿，"这是我老婆的办公室，我老婆的公司，老子想来就来，想走就走，我说了算！不光在这里，我晚上还打算和老婆一起回家吃饭！"

"你！混蛋！无耻！"陈瑶气得浑身发抖，"你再不走，我就报警！"

"好啊，报警去啊，"高强满不在乎，"打电话报警吧，我在这里，一没有抢劫，二没有打人，三没有扰乱治安秩序，警察能把我怎么样？报吧，报吧，我看警察会不会来管两个老公老母的事情……"

陈瑶脸色发白，浑身颤抖，讲话都不成句了："你……你……"

"我……我什么我，我看你是敬酒不吃吃罚酒，好好对你，你不识趣，非得让我翻脸，告诉你，以后不准再和那小白脸掺和，老老实实和我交往，等时机合适了，尽快复婚，好好过日子，然后再要个孩子……"高强有些洋洋得意，"你也老大不小了，那小白脸比你小，他不会对你长久的，只不过是在玩弄你罢了，等过几年，你人老珠黄，一脚就把你踹了，到时候你人财两空，没人要，你就可怜了，现眼了，还是趁早迷途知返，跟我复婚，咱把两家公司合在一起，好好做旅游，多好……"

高强说完站起来，脸上的表情有些暧昧，一步步向陈瑶凑过去，眼神里流露出不可压抑的欲火："小波……亲爱的，我可是一直在思念你，怀念我们以前的快乐时光……"

"你……你滚开，不要过来。"陈瑶有些惊慌，叫道，"你再过来，我就喊人啦！"

"喊吧！我看谁来管，你是我老婆，我是你老公，两口子亲热实属正常，咋了？"高强步步紧逼。

正在这时，徐君听到陈瑶房间里的声音，推门进来，冲向高强，一拳打向高强的腰部："混蛋，滚出去，臭流氓！"

高强一疼，恼羞成怒，回身一脚把徐君踹在地上，骂道："兔崽子，我和我老婆的事情，你少管闲事，你给我滚出去。"

说完，高强又一脚踢在徐君脸上，登时，徐君的脸上都是鲜血。

高强还不罢休，弯腰低头把徐君胸口抓起，正欲挥拳打向徐君，猛然觉得自己脖子一紧，仿佛被一把铁钳卡住，浑身登时没了力气。

高强扭脸一看，登时胆丧，张伟来了！

高强无论如何也想不通，为什么每次张伟出现在这里都这么巧，为什么总要在自己最得意的时候张伟出现，这个兔崽子看来真的是自己的克星。

张伟也没有想到高强今天会来这里，他从山里忙完第二次试漂，对需要修改的地方又一次进行了核查，然后就开车回办事处。经过陈瑶公司的时候，下意识一扫，正好看到高强的车停在门口，二话没说，停车就直奔陈瑶办公室，正好遇见这一幕。

看到自己的女人被惊吓得花容失色，看到自己未来的妹夫被打得满脸是血，张伟的心疼转化为高昂的怒火，怒气如长虹一般，不可遏制，火山一般爆发了。

张伟一手死死卡住高强的脖子，一手将办公室的门反锁，狠狠地咬着牙，将高强拖到茶几旁的空地上，一个螳螂腿，将高强打倒在地。

陈瑶急忙过去扶起徐君，给他擦拭鲜血。

高强一声大叫，一拳捣向张伟腹部，张伟一运气，一吸一沉，高强的拳头突然感觉好像打在棉花上，软绵无力。接着，高强又一拳打向张伟的裆部，正中张伟的命根。

张伟一阵揪心的痛，一声闷叫，半跪在地，吓得陈瑶和徐君惊呼起来。

张伟强忍疼痛，回身用胳膊肘猛击高强胸口，高强登时倒在地上。

张伟一声怒吼，抓起茶几上的鲜花，把花瓣往高强嘴里猛塞，塞得满满地，高强说不出话，发不出声。

张伟闷不做声，挥拳对准高强的腹部猛击，一连打了三拳，高强登时变成了一只大虾，蜷伏在地上，脸色发紫。

张伟用脚将高强身体拨正，对着高强的脸部就是一个直拳，"咔嚓"高强立时满脸喷血，鼻梁骨断了。

张伟还不罢休，一脚踩在高强的小胳膊上，在手腕处稍微一用力，高强疼得满地打滚，眼里满是乞求求饶的神色。

张伟恨得咬牙切齿，正欲断了他一只手腕，陈瑶忙过来拉住张伟，说"你这样会出人命的，别打他了，让他走吧。"

张伟揉着自己的下部，慢慢缓过气来，仍踩住高强的胳膊不放。

陈瑶关切地看着张伟，问"没事吧?"

张伟点点头说："没事!"

陈瑶放下心来。

张伟松开高强的胳膊，踩住高强的侧脸，一用力，高强杀猪一般闷叫起来："呜……唔……"

张伟用脚在高强脸上猛搓，狠狠地说："老子叫你死不改悔! 说，上次宁州砸车偷钱，还有服务区那事，是不是你指使的?"

高强不说话，张伟一用力，高强又闷叫起来，连连点头。

"你妈，给你脸你不要脸! 你开业陈瑶还给你封了十万块钱的礼，都喂了你这个狗日的了! 老子知道你认识黑社会，老子接到了你要老子命的威胁短信，你以为我被吓怕了?! 我告诉你，高强，陈瑶是我的女人，我爱她，她也爱我，我不容许她受到一丁点伤害，从今天起，如果再让我发现你骚扰陈瑶，我就挑了你的筋骨，断了你的命脉，要了你的狗命! 你上次写的保证书，你还记得不?"

高强又闷叫着点头。

陈瑶这才知道，原来张伟早就接到了高强的索命短信。

张伟从高强嘴里掏出花瓣，说："你狗日的咋就恶性不改呢？难道你还想强抢民女不成？陈瑶和你离婚了，你干吗老是骚扰？感情能勉强吗？今天我非得给你长长记性！"张伟说着说着，心里又来了火，对着高强的脑袋就是一脚，高强一声哼叫，立刻昏了过去。

张伟抬头问陈瑶："你这里有没有大麻袋？"

"不知道，可能仓库里有，干吗？"陈瑶问张伟。

"下去找个大麻袋，我把他装起来，拉到郊外去活埋了！"张伟说。

陈瑶吓了一跳，忙说："老天，你要死了，可使不得，你打他一顿出气也就算了，咱可不能要他的命！要了他的命，也就等于要了你的命了……"

张伟"扑哧"笑起来："你以为我真想要他的命啊，我还不至于那么鲁莽，我刚才说要他狗命，不过是气话，不过，挑了他的筋，还是可以的。"

"那也不行，你这样也等于是犯罪，我不同意。"陈瑶对张伟说，"他一条命抵不上你一根头发，我不让你违法。"

张伟指指地上死狗一般的高强说："找个麻袋，我把他装起来，送他回去，他这样怎么出去？浑身是血……"

陈瑶让徐君去仓库找麻袋，接着忙问："把他打成这样，他以后再找人报复怎么办啊？"

张伟大大咧咧地说："多大鸟事，大不了他回头找几个人砍了我，还不知道谁胜谁负呢？今天我非制服他不可，我有办法。"

陈瑶看着张伟问："你有什么办法？"

张伟抿嘴一笑道："你安心上班，我回头办完了回家吃饭，再告诉你。"

一会儿徐君找了麻袋，张伟从高强口袋里找出高强的车钥匙，又拿了几张纸和一支笔，然后把高强装进麻袋，从公司后门出去，打开高强的车，将高强扔进后座。

张伟发动高强的车，对陈瑶说："你们回去，等候革命胜利的消息吧。"

张伟直接开车拉着高强去了郊外，在一条人迹罕至的树林里停下，附近有一条小河。

高强已经醒了，在后面吱吱呜呜地叫。

张伟拉开车门，将麻袋拖到地上，对高强说："高强，今天就是你的末日，明年今天就是你的祭日……"

高强听到周围一片寂静，知道是到了郊外，吓得魂飞胆丧，在麻袋里连连求饶："兄弟，你放了我，我再也不敢了！我家里还有八十老母，饶了我吧……"

张伟打开麻袋，放出高强说："饶了你？回头你要是再让你的黑社会来砍我怎么办？我好怕怕……我家里还有六十老母呢。"

高强趴在地上，不管脸部的疼痛和满脸的鲜血，磕头如捣蒜，说："兄弟，我再也不敢了，我绝对不再找黑社会找你了，再这样办，我一辈子不得超生……"

张伟盘腿坐在地上说："我凭什么相信你？你他妈的说话不算数，老是违反诺言，不守信用。"

高强说："这回一定算，一定算。"

张伟看着高强说："你相信不相信老子敢找个地方挖个坑把你活埋了？"

高强吓得趴在地上说："相信，相信，兄弟，你饶了我一条狗命吧，我再也不敢了……"

"狗屁，老子要是要了你的命，我不就成杀人犯了，"张伟晃悠着身体，"所以，我不会活埋你，不过，我倒是可以挑断你一条筋……"

高强本来松了口气，一听张伟后面的话，又吓坏了，说："不要啊，兄弟，求求你，饶了我。"

张伟说："叫你为人不仁，陈瑶对你是仁至义尽，你不但不感恩，反而恩将仇报，纠缠不休，留你这样的人渣，我看也没什么用。不要你的命，挑你一条筋，是给你一个重新做人的机会，不然，你是不会接受教训的……"

"我一定改，一定不再骚扰陈瑶了，求求你，饶了我吧。"高强看看周围，没有一个人影，荒郊野外，自己要真是被这小子一发狠弄死了，那可就冤死了，一想起来不由惊怕不已，痛哭流涕。

"我问你，陈瑶和我是什么关系？"张伟鄙夷地看着高强。

"你们，是爱人关系，爱人关系！"高强一连声地说。

"你和陈瑶呢？"张伟继续问。

"我和小波……不，陈瑶，是……是同行，没有别的关系，没有……"高强说。

"放你妈的屁！"张伟一声怒喝。

"这？"高强一时不知所措，看着张伟。

"你们是前夫和前妻的关系，曾经是夫妻关系，现在是陌路人关系，知道不知道？"

"哦，对对对，是是是！"高强连声附和。

"那好，看你态度比较好，今天不挑你手筋，"张伟把纸和笔扔给高强，说，"把你刚才说的写下来。"

高强老老实实趴在地上，找了块木板垫着，写了起来，写好后签上名字递给张伟。

"陈瑶和我曾经是夫妻，现在是陌路人，陈瑶和张伟是爱人关系，特此声明。声明人：高强。"张伟念了一遍，满意地抓过高强的一个手指，在高强的脸上一蘸，摁了一个血手印。

　　收起这张纸，张伟又扔过去一张纸说："还没完，把你上次在宁州指使人砸车偷钱还有服务区打我的事，详详细细，完完整整地全部写清楚，时间、地点、过程，不许遗漏。"

　　"那……那钱我已经还给陈瑶了……"高强不想写，狡辩道。

　　张伟一脚踹过去，高强登时又晕了，过了十多分钟才醒过来，一看，张伟把自己车后备箱里的军用铁锹找出来，正弯腰在旁边挖坑，已经挖了半米深了。

　　高强一看张伟那恶狠狠的眼神，吓坏了，急忙爬过去，开始写，边说："我写，我写，别挖了……"

　　张伟停下来，阴森森地说："不给你废话，惹烦了我，我豁出去犯法，也得埋了你……"

　　张伟说这话的时候，心里老想笑。

　　高强忙不迭地写，嘴里说："我写，我写，你别挖。"

　　"嗯……"张伟在旁边的石头上坐下来休息一下，"那好，写得详细点，争取一遍过关，不然，我不给你废话，直接埋了你。"

　　高强浑身哆嗦，写了一个多小时，才写完，写了满满两大张纸。

　　写完，签名，自己主动摁上血手印，递给张伟。

　　张伟接过来，先不看，对高强说："起来，到河边，洗洗身上脸上的血。"

　　等高强去了河边，张伟把高强写的看了一遍，写得很详细，很具体。

　　张伟满意地装起来，等高强回来，对高强说："你写的这个我正好去交给公安局，直接就抓你，我看判个几年蛮够了。"

　　高强吓地又噗通跪下说："兄弟，你饶了我，我家里还有八十……"

　　"老母！操！"张伟接过话来，"站起来，别给老子折寿。"

　　高强规规矩矩站起来，不敢乱动。

　　张伟说："上车，开车。"

　　高强忙上车，发动车，张伟坐在副驾驶位置上，说："开车，回东兴。"

　　高强鼻梁被张伟打折了，整个塌陷下去，显得很滑稽，疼痛不已，又不敢说什么，老老实实开车往回走。

　　"高强，我警告你，今天我放你一马，你写的这个东西，我暂时保存起来，不交给警察，如果，今后你再有什么惹老子发火的事，再敢让什么黑社会找老子索命，

第
三
十
六
章

以
恶
制
恶

我就安排人立刻把这个交到宁州公安局，你就回宁州蹲大牢去吧！你这是典型的黑社会行为，指使人行凶、偷盗、砸车！现在全国打黑，我看你就进去算了……"张伟在车上慢悠悠地对高强说。

"兄弟，我绝对不敢了，你放心，"高强开着车，"我服了你了，我服了，我绝对不再招惹你了……"

"妈的，我不听你说，我看你行动，你说话连放屁都不如！"张伟又骂了高强一句。

高强乖乖不敢回答，直接将车开到东兴大厦门口。

张伟下车，冲高强摆摆手说："谢谢高总，你去医院包扎去吧，你看你，怎么搞的嘛，像个演小丑的，鼻梁塌了是需要做手术的，去吧，开车小心点……我不送了哈……"

高强悲愤难抑，羞耻难当，却又不敢说什么，现在自己的把柄在张伟手里攥着，就像一颗定时炸弹，随时都会爆炸。

高强现在对张伟和陈瑶充满了无比的怨恨，恨之入骨，却很无奈，只能在心里诅咒怒骂，却无论如何也不敢再涌起招惹陈瑶的念头，怨毒地看着正在横穿马路的张伟和假日旅游一眼，愤恨不已地开车离去。

张伟回到家中，眉飞色舞地把经过向陈瑶和徐君王炎描述了一遍，听得徐君痛快不已，连连叫好。

陈瑶长长舒了一口气，看着张伟说："你这个办法倒是不错，抓住了他的死穴，能制约住他，你终于学会用智慧去斗争了。"

"姐，这就是你说的韧性战斗吧。"张伟笑嘻嘻地对陈瑶说。

陈瑶笑了笑说："好了，这事就算过去了，不要再提了，大家吃饭。"

徐君已经知道了王炎的事情，吃饭时也不断轻轻安慰着王炎。

张伟边吃饭边听陈瑶说起上午去王炎公司的事情，一时也理不出什么头绪来。

吃过饭，王炎静静地对大家说："我下午去公司辞职了，我定了去德国慕尼黑的机票，后天就走，上海浦东机场。"

"啊?!"大家都感觉有些突然。

"为什么要辞职？"张伟问道。

"哥，哈尔森辞职了，我留在那里还有什么意思？还有什么意义？反而只会让我不断回忆起从前，让我心里随时充满痛苦……"王炎疲惫地叹息一声，"他走了，我也走，都走吧……"

张伟无语。

"那你去德国干吗？你能找到他吗？"陈瑶问王炎。

"我下午又去公司问了，他的确是回了德国，既然没有回他妈妈家，那么，他很可能去了一个地方。"王炎说。

"哪里？"陈瑶问到。

"德累斯顿。"王炎说。

"德累斯顿？"张伟和陈瑶不禁同声重复了一遍。

张伟知道德累斯顿是德国的一座小城，二战时曾经被盟军炸成了废墟，现在又重新建设起来，很美的一座小城市。

"是的，德累斯顿，"王炎说，"哈尔森经常给我提起这个城市，他非常喜欢那里的风光，在那里，他有自己购买的一栋房子，依山傍水，风景旖旎，每年休假时都要去住上一段时间，我想，他或许会去了那里？除了他妈妈家之外，这是唯一他可能去的地方了……我去那里后，找警察局协助，去找找看……"

"那万一要不在那里呢？"张伟又问。

"那我就继续找，翻遍德国我也要找到他，我一定要知道，他为什么不辞而别……我不相信他是因为不爱我才走的。我不相信他外面会有别的女人，他一定有无法说出的苦衷，他一定是还爱我的……"王炎语气坚定而执著。

大家不禁动容。

"后天，我和你哥去上海送你，丫丫那边，你也随时多来联系……"半晌，陈瑶幽幽地说。

张伟把王炎搂过来说："丫头，此去千万里，漂洋过海，万水千山，不管找到找不到，一定要经常和哥联系，找不到，就回来，哥和姐还等着你。"

王炎扑在张伟怀里，泪眼朦胧，说："哥，你放心，我是大人了，我知道该怎么去做的。"

说完，王炎掏出一把钥匙递给张伟说："哥，这是那房子的钥匙，你抽空和姐去收拾一下吧，哈尔森是爱整洁的人……那钱，他给我留下一张卡，我今天去中国银行查询了，一百二十万欧元，几乎是他这些年所有的积蓄了……他几乎是空手走的……我不要钱，我要人，我要他的人……"

王炎又扑到张伟怀里哭起来。

陈瑶看着王炎，琢磨着王炎刚才的话，凝神思考……

转眼到了后天，张伟和陈瑶一起开车去上海浦东机场送王炎，晚上八点二十分的航班。

第三十七章 | 搜遍全城

路上，张伟开车，陈瑶和王炎坐在后排。

陈瑶不停嘱咐王炎："到了那边多和我们联系。"

王炎说："嗯……"

"到慕尼黑去找下丫丫，去不了也要和丫丫保持联系，丫丫的地址你记下了吗？"

"嗯……记下了。"

"能找到固然好，找不到，就抓紧回来，别自己孤苦伶仃地漂在外面。"陈瑶揽着王炎的肩膀，有些伤感。

王炎点点头说："姐，我知道，我不在家，你和哥你们好好的啊，有事互相商议着来，别吵架……"

"我们没事的，"陈瑶瞥了一眼在前面开车的张伟，"你哥现在很疼我，不会和我吵架的，我们你尽管放心，你哥其实最放心不下你……"

王炎看着张伟的脸部侧面说："哥，好好保护姐，等过年我就可以叫嫂子了，我会参加你们的婚礼的，还有哈尔森……"

张伟点点头说："丫头，等过年，哥带你一起回家，回咱老家……记住，你一定要回来，不管找到找不到。"

王炎说："哥，我一定能找到，只要他在德国，我就是翻遍德国也要找到他，我一定要当面问问他，为什么爱我又要离开我……我知道，他一定是还爱我的，他一定没有外心的，我太了解他了，他其实是一个很有爱心，很善良，很纯真的大男孩……"

张伟此刻心中突然生出几分寂寞和苍凉，还有一些沧桑，一种亲人离别的情愁涌出心间，对王炎的些许牵挂开始萦绕在心田。

到了机场，送王炎到了安检门，张伟和陈瑶站在安检门外，和王炎拥抱而别。

267

王炎神情坚毅，语气很坚强地说："哥，姐，等我好消息吧。"

张伟搂着王炎，拍着王炎的肩膀说："哥和你嫂子等你回来，记得常联系。"

陈瑶挽着张伟的胳膊，两人目送王炎的身影消失在川流不息的旅客之中，良久，才出了机场。

出了机场，两人在车上沉默了一会儿，陈瑶舒了口气，说："哥，今晚我们住哪里？"

张伟看着陈瑶的表情，安慰道："别这么沉闷，王炎去找哈尔森，是好事，我们要相信她会成功，祝福她，开心一点……"

陈瑶莞尔一笑："好的，问你呢？今晚住哪里？"

张伟看着外面灯火灿烂的城市说："我上海来得不多，这回是真正进城了，不熟悉，你看着办。"

"好，那咱去金茂住。"陈瑶指挥张伟开车，直奔位于陆家嘴金融区的金茂大厦，入住金茂君悦大酒店，豪华单人间，七十七层。

进了房间，张伟和陈瑶临窗而立，俯瞰夜上海，眺望夜色中的黄浦江，别有一番心情。

陈瑶偎依在张伟怀里，倾听着张伟心跳的声音，一会儿幽幽地说："哥哥，上海好不好？"

"好，"张伟抚摸着陈瑶丰腴的身体，"上海真的是很好，中国的经济中心。"

"喜欢上海吗？"陈瑶伸手轻轻抚摸张伟的嘴唇。

张伟稍微低头，含住陈瑶的手指，轻轻吮吸着，说："喜欢……"

张伟环抱着陈瑶，低头亲了一下陈瑶的额头，说："上海再好也不是我的，你却是我的……"

陈瑶点点头说："嗯……哥哥，我只是你的，我只做你的女人……"

陈瑶转过身，拉着张伟上床躺下，趴在张伟胸前说："哥哥，你越来越有智慧了。"

张伟拨弄着陈瑶的头发，问："怎么说？"

陈瑶抚摸着张伟的身体，说："你今天下午啊……"

"哦……"张伟笑笑，"我今天真是恨死了，真想揍死他，不过，后来我想起你经常对我的教导，要学会用脑子思考，我就琢磨了一下，得想办法找准他的死穴，这么一想，我就想到那次宁州的事情了，我就……呵呵……"

"呵呵……这个人，虽然长得像个大男人，但其实胆小如鼠，软的欺硬的怕，比较典型的脓包男人，有这把柄攥在我们手里，估计他会老实了，起码不敢明着再找麻烦了……"陈瑶说。

"嗯……"张伟抚摸着陈瑶的头发，"这是一颗定时炸弹，只要他不老实，我就引爆……你就是我生命的全部，我不容许任何人伤害你……"

第二天，陈瑶和张伟早早起床。

张伟给于琴已经打了招呼，请了一天假。

两人吃过早饭，一起去逛了外滩，看了十里洋行，之后，张伟跟着陈瑶，逛南京路、淮海路。

陈瑶给张伟买了几身衣服，有西装，也有休闲装、运动装，还有皮鞋、旅游鞋，都是世界名牌，价格很昂贵，一个上午下来，陈瑶卡里刷出去八万块。

"太破费了，"张伟心里有些不安，一再提醒陈瑶，"别买了，太贵了。"

陈瑶执意不肯，说："不行，我要把你打扮得风光光，潇潇洒洒的，人靠衣服马靠鞍……俺的男人，俺花钱再多，俺也愿意。"

张伟没办法，也就跟在陈瑶后面，提着大包小包。

直到中午，陈瑶觉得肚子饿了，才罢休。

两人走到淮海路，陈瑶一指前面说："哥，你看，那是什么？"

"台湾真锅咖啡……哈哈，这里也有真锅咖啡……"张伟笑道。

"咱去那里吃午饭，东兴的真锅没吃上，就在上海吃吧，也算是个弥补……"陈瑶说。

"东兴的真锅，咱去吃回来？"张伟说，"214房间，弥补情人节的缺憾……"

"不！"陈瑶的语气很坚决地说，"失去的永不再来，谁让你错过了？错过，就不会再回来了，我是坚决不和你再去那房间吃饭的，给你一个永远的教训……"

张伟神情一怔，心中一凛。

饭后，二人开车往回赶。傍晚时分回到东兴，先去了王炎的房子。陈瑶说正好抽空把房间卫生打扫一下。

房间里显得有些凌乱，看来哈尔森走的时候没有来得及认真打扫。陈瑶和张伟分头打扫，张伟打扫厨房、餐厅和客厅，陈瑶收拾卧室、书房和阳台。

人去楼空，别墅里显得很是空荡，张伟边收拾边涌起一股悲凉和寂寥。自从自己和陈瑶一起，一直没有这种感觉，不知为何，从这两天开始，心中常常有这种苍凉感。

张伟收拾得快，一会儿过来帮陈瑶收拾卧室，将地上随意堆积的一堆衣服和枕巾收集起来，扔进洗衣机里，突然就停住了，对陈瑶说："姐，你过来看看。"

陈瑶忙过来，一看，问："咦，怎么搞的，这枕巾上怎么血迹斑斑？"

张伟又拉过被套的头上说："姐，看这里？"

陈瑶皱起眉头看了半天，说："怎么会这样？难道……难道……"

"难道什么？"张伟问道。

"没什么……时间不早了，抓紧整理吧。"陈瑶不敢往下想，也不敢往下说，低头继续整理床铺。

拉开床头柜，陈瑶看到一本书：《医学百科》。

陈瑶身体摇晃了一下，头有些眩晕，将书放进自己包里。

打扫完卫生，洗好东西，已经是深夜十二点，张伟和陈瑶拖着疲惫的身躯回到家中，草草洗漱，上床睡觉。

张伟很快就发出了均匀的鼾声，一只手还放在陈瑶的胸口。

这是张伟这些日子睡觉的习惯，不摸着陈瑶的身体睡得不香。

陈瑶没有睡着，待张伟进入梦乡后悄悄爬起来，摸出了那本《医学百科》来到书房，打开书房的台灯，开始翻阅。

陈瑶快速翻看目录，快速一页一页翻过，突然在其中一页停住，那一页，用铅笔画满了记号。

陈瑶反复地看着这一页，久久不动，一会儿，合上书本，浑身颤抖，身体抽搐，无声地哭泣起来……

正哭着，一只宽厚的大手抚摸着自己的肩膀，张伟在身后说："姐，你怎么了？"

张伟起床上卫生间，一摸身旁空了，发现了哭泣的陈瑶。

"老公……"陈瑶一个转身扑进张伟怀里，抓住张伟的胳膊，浑身发颤，上气不接下气，"哈尔森……他……他……"

张伟一眼看见了那本书，心中一惊，扳正陈瑶的身体，捧着陈瑶的脸蛋问："怎么了？哈尔森怎么了？你是不是怀疑他得什么病了？"

"嗯……"陈瑶点点头，回身打开那本书，翻到那一页，指给张伟看，边说，"这书是在哈尔森的床头柜里发现的……我觉得枕巾和被头的血渍不正常，就特意把这本书带回来，一看，果然……"

"啊！竟然会这样！难道哈尔森得了这种绝症！"张伟大为震惊，"你干吗不告诉我，自己偷偷跑到书房里查看？"

"我不敢确定，只是猜测，"陈瑶对张伟说，"但是，我总觉得这种可能性是有的，哈尔森得了绝症，不愿意再拖累王炎，不愿意再拖累我们，不愿意让周围所有的人替他担心，所以辞职悄悄离去，远走德国，不知所向……当然，这只是我的推理，但愿不是……"

张伟点点头说："姐，你的分析是有道理的，我们应该抓紧告诉王炎，这对王炎寻找哈尔森是一个很好的线索……"

陈瑶点点头说："嗯……哥，明天我就和王炎联系，我们一定要想办法找到哈尔森，如果真的是我所猜测的那样，我们一定要想尽一切办法，挽救他的生命，哪怕花再多的钱……"

陈瑶的语气一如既往地坚定和执著。

张伟感动地抚摸着陈瑶的脸说："姐，你真是一个活菩萨。"

陈瑶微笑着看着张伟说："哥，任何时候，不管有多少艰难险阻，都要保持乐观的态度，都要有信心去战胜困难……我不是活菩萨，我拯救不了天下的苍生，我只是在尽一个朋友的心意……"

张伟也微笑了，说："姐，我会记住你的话，我会时刻保持乐观……"

陈瑶站起来，投进张伟怀里，说："哥，乐观是一种人生的态度，一种坚强的信念，困难面前不低头，挫折面前不气馁，希望和光明会永远是我们的……"

张伟点点头，弯腰将陈瑶抱起，走向卧室，说："姐，希望和光明会是我们的……"

走在德国德累斯顿安静的大街上，王炎顿时感到了这座小城的宁静和安详，和江南的东兴相比，这里春天的脚步姗姗来迟，路边的迎春花正在吐露出嫩黄的骨朵。

乍暖还寒，王炎紧了紧风衣的领口，来不及领略异国美丽的风景，直奔当地警察局。

警察局里，一位和气的大胡子警察耐心听完这位东方美丽女孩用流利的德语进行的陈述和要求，边认真记录下来，接着，在电脑里录入、查询。一会儿，他看着王炎，耸耸肩膀，摊开双手说："美丽的姑娘，对不起，我的电脑里没有这个人的资料，他不是这里的常住户口，我没有办法查到。"

王炎一下子傻眼了，问："那……暂时来这里住的人口你们有登记吗?"

"你说的那位哈尔森先生，大概来这里多久了?"大胡子警察很想帮助这个美丽的东方女孩。

王炎想了一下，说："大概一周。"

"哦……时间太短，对不起，我们没有登记，没有办理暂住人口登记。"大胡子警察思忖了一下，"女士，请问，你知道他住在哪里吗?"

"我……不知道，"王炎摇摇头，突然又想起什么，摸出一张哈尔森在自己的房子前的照片，"您看，就是这里，背后是一个湖，还有一座山，旁边是茂密的针叶林……"

大胡子警察看了看，拿着照片站起来，对王炎说："美丽的姑娘，请您稍等，我拿不准这是什么地方，我去问问我的其他同事，或许他们能提供一些有利的信息……"

"多谢您的热情和周到。"王炎忙感谢大胡子警察。

"我们的职责，为您服务是我的荣幸。"大胡子警察拿着照片去了其他办公室。

王炎忐忑不安地等待着。

好一会儿，大胡子警察面带笑容出来说："幸运的姑娘，我们找到了这个地方，这是城郊的一座小别墅，在塔里湖旁边，地址我给您写在照片背面了……"

王炎激动地站起来，一时不知道说什么好，只好说："谢谢……"

大胡子警察和王炎热情地握手，面带微笑地说："美丽的东方姑娘，祝你很快找到你的心上人，祝福你们……"

异国他乡，王炎被大胡子警察所感动，脑子里突然冒出八个字：严格执法，热情服务。

又想起一句话：为人民服务。

告别可爱的警察叔叔，王炎打车直奔塔湖旁边，按照地址很快找到了那幢别墅——湖边依山建造的一座木头结构的精巧别致楼房，颇具中世纪建筑风格。

房子周围很安静，周边种满了鲜花，外层背后是郁郁葱葱的针叶林，湖光山色，自成一体。

王炎又掏出照片看了看，和照片上的一模一样。

就是这里了，王炎缓步走上台阶，伸手按响了门铃。

门铃响了很久，却没有任何动静。

继续摁，仍然没有人来开门。

王炎的心随着门铃的持续声音越来越低沉，希望越来越渺茫。

半小时后，王炎失望地停止了按门铃，失神地看着路边稀疏走过的行人和车辆，清一色的金发碧眼，看不到一张熟悉的黄面孔。

王炎踟蹰地走在异国陌生的马路上，天色已晚，找了靠近这房子的一家小旅馆住下来，埋头睡去。

早上醒来，泪满脸庞，泪痕已干。王炎打开窗户，呼吸着新鲜的空气，正看到房子的正门，依然紧闭。

房间的水龙头坏了，王炎洗漱完毕，固执地又来到门口，固执地按门铃，依然没有任何动静。

王炎绝望地在门前的台阶上坐下来，把头埋在两腿间，无声地落泪。

正在这时，王炎接到了陈瑶的电话，告知了昨晚发现的事情，陈瑶建议王炎去附近的医院去看一看。

王炎头直发懵，老天，难道真的是得了这种绝症吗？难道哈尔森是因为得了绝症才离开自己的吗？哈尔森现在能在哪一家医院呢？

我一定要找到你，我一定要陪伴在你身旁，不管出了什么事，不管你得了什么病！王炎心里一遍遍地念着，眼泪再一次流出来。

王炎直奔一家书店，买了一本德国全国医疗系统的号码簿，回到旅馆，按照上面的电话，先从那些规模大的医院开始，一家一家询问，询问有没有一个叫哈尔森的在那里住院。打了一天电话，查询了七百多家医院，得到的结果都是没有。

看看暮色黄昏，王炎心里越来越冷，无力地坐在床上，眼泪已经流干了，欲哭无泪！

王炎突然想起德累斯顿本地的医院还没有询问，急忙找到号码，拨过去，说明情况。

对方在电脑上查询了半天，告诉王炎："我们医院前几天是来过一位叫做哈尔森的男性病人，他患的就是您说的那种病……"

"真的?!"王炎激动地叫起来，热泪滚滚，"他真的是得了这种病？他现在在哪里？"

"很抱歉，他来这里只是做了一个检查，在确诊病情后，突然离开了，我们也在找这位病人，我们希望能挽救他的生命，至少能延长他的生命，如果您有他的消息，请通知我们……"对方很客气地对王炎说。

王炎手里的电话掉在了床上，耳朵嗡嗡地响，已经听不清楚对方在电话里讲什么了。

王炎无力的眼神看着远处高耸的教堂楼顶，巨大的十字在夕阳的映衬下，格外苍茫。

上帝啊，万能的主，为什么要这样对我，为什么要这样残酷对待你的奴仆……王炎心里在流血，脸色越来越苍白……

王炎一天没吃没喝，也不想吃喝，蜷缩在小旅馆的角落里，一动不动。

一会儿房东过来敲门，说别的房间腾出来了，很抱歉水龙头坏了，影响王炎的住宿，答应把房价打个八折，然后帮助王炎搬到了新的房间。

新客房在走廊的尽头，拐了一个弯。

王炎等房东走后，拉开窗户，正好看到哈尔森木房子的侧面，发现房子后面靠近湖边的地方原来还有一个后院。

暮色中，院落里显得很冷寂。

王炎凝视着院落，打量着院子里的布局和摆设，心里无限悲凉。

突然，王炎的视线停住了，在院子临近湖边的一张藤椅上，分明坐着一个人，背影虽然在黄昏中显得模糊，但是依然能看清楚是一个男人的背影。

那背影在夕阳的余晖里，显得是那么孤单、寂寞……

我的爱，我的人，我的哈尔森……王炎的头一下子充血，身体摇晃了几下。

一定是他一直在院子里坐着，才没有听见自己按门铃的声音。

王炎激动地不能自已，猛地拉开门，冲下楼梯，跌跌撞撞，直奔那房子的后院。

后院没有围墙，是低矮的灌木丛修葺的绿化带。

"哈尔森——哈尔森——"王炎冲到围墙外，边跑边喊，接近背影。

男人的身影猛然抖动了一下，慢慢转过脸来。

第三十八章 水落石出

王炎冲到篱墙边，看到转过来的那张脸，猛然一下子呆住了。

这是自己的哈尔森吗？虽然英俊的面容依然整洁，金黄色的头发依然洒脱，可是，那眼神里透出的憔悴，那嘴唇显示出的干裂，那脸庞露出的消瘦，还有那很少见到的紧缩的眉头，无不显示出哈尔森这段时间以来所遭受的折磨和挫折。

短短几天时间，一个好好的人，一个阳光青春的人，为什么变成这样？

王炎隔着篱墙，呆呆地站在那里，眼泪忍不住又流下来。

哈尔森看到王炎突然出现在这里，浑身一震，心里一抖，也呆住了。

哈尔森无论如何也不会想到王炎会突然从万里之外的中国来到这个德国东部、易北河畔的德累斯顿。

王炎去深圳出差刚一天，哈尔森的鼻腔突然大出血，去医院检查得知患了绝症，哈尔森的心理直接崩溃，所有的对美好未来的企划，对幸福生活的向往，对理想事业的追求，顷刻都化为泡影。

而在所有未实现的梦想当中，王炎无疑是最重要的，还有他的中国妈妈。在这个世界上，她们是自己唯一的亲人了。

哈尔森很快从崩溃中恢复过来，冷静而坚强地接受了这个现实，一边打辞职报告交接工作，一边决定了自己今后的去向。

为了自己的亲人，为了自己的爱人，为了她们的欢乐，为了她们的幸福，哈尔森选择了离开和逃避，他决计在这个易北河畔、塔湖之边的小房子里，静静等待命运之神对自己的召唤。

哈尔森查阅了资料，知道自己患的病属于绝症，除非出现奇迹，否则，就只有等待死神的光顾。

死亡来临之际，哈尔森将自己这些年的积蓄分成两半，一半留给王炎，一半留给妈妈，然后，直接回了德累斯顿的这所房子。

在德累斯顿的医院再次进行了检查，确诊自己在这个世界上还有为数不多的时间之后，哈尔森放弃了治疗，决意让自己生命最后的日子在思念、怀念和回想中度过，让自己的灵魂随同已经升入天国的父母，在未知的空间里会合。

于是，哈尔森每日就坐在河边的竹椅上缅怀过去，怀念起在中国的美好岁月，那些事，那些人，王炎、陈瑶、张伟、丫丫、徐君……

能在回忆中找寻幸福，能在回忆中得到安慰，哈尔森一边忍受着病痛的折磨，一边享受着心灵的慰藉。

哈尔森无限热爱自己刚刚离开的美丽东方国度，多么伟大的民族，多么绚烂的国土，多么淳朴的人民，是自己的中国母亲给了自己新的生命，挽救了自己，让自己在这个世界上享受了生命的阳光和快乐；是自己的中国爱人焕发了自己的青春，美丽东方女孩的纯真和凝重，洁净了自己的心灵，让自己享受到了爱情的甜蜜和人生的开心；是自己善良热情的中国朋友，陈瑶、张伟、丫丫、徐君……让自己的生活不再寂寞，生活里充满欢笑，心中充满温暖和力量……可是，这一切，都即将结束，都将随同自己的生命的终结，成为美好的记忆。

哈尔森一边忍受着病魔肆意吞噬自己生命细胞的痛苦，一边努力回忆起过去的美好快乐时光，让自己的幸福在满足中渐渐消耗、逝去……

坐在摇曳的竹椅上，面对微澜的塔湖之水，迎着落日夕阳的余晖，看着天边即将消失的最后一抹红霞，哈尔森想起了自己的父母，想起了在天空中灰飞烟灭的灵魂和肉体，自己即将很快和他们融合，即将很快去天堂里和他们相见……

摇晃着最后的青春和活力，倾听着身边小鸟的歌唱，看着天空中东去的彩云，哈尔森想起了王炎，想起了即将成为自己妻子的美丽东方姑娘，想起了东方文化熏陶出来的温柔和贤淑，自己将永远和她离别，将会在天国里默默注视、默默呵护着这个善良的中国女孩……

自己的离去，一定是让她悲伤了，可是，相比以后对她的更大伤害，自己别无选择，只能这样。

爱一个人，就要让她幸福，让她快乐。

哈尔森注视着静静流淌，最后注入易北河的塔湖之水，心中充满了对王炎的思念和挂念，充满了对生命的眷恋……

就在此时，哈尔森听到了王炎的呼唤，听到了仿佛来自心灵深处的呼唤，这呼唤是那样深情、那样亲切，那样熟悉，却又那样的让人撕心裂肺……

哈尔森恍如梦中，感觉这声音如此遥远，又如此贴近，不禁循声回过头来，竟看到了泪流满面的王炎。

哈尔森呆住了，泪水霎时充盈了自己的眼眶，心中一股湿湿的潮水往上喷涌。

"炎……"哈尔森摇摇晃晃站起来，走向王炎，隔着篱墙，表情诧异而又激动，"你……你怎么来了？你……你是怎么找到这里来的？"

王炎抬腿跨过篱墙，猛地扑到哈尔森怀里，抓住哈尔森的胳膊，头抵住哈尔森的胸口，放声痛哭。

哈尔森紧紧搂住王炎，两人几日不见，却仿佛相隔阴阳，许久未见而重逢的激动和感动情怀萦绕在心怀，顷刻爆发。

哈尔森的泪水终于流下来，纵情恣意，倾盆而下。

两人相拥痛哭流涕，这痛苦里，充满了思念、牵挂、欣喜、眷恋、悲怆、痛苦……

良久，两人安静下来。

王炎抬起头，看着哈尔森，平静地说："你跑不掉的，你无论走到哪里，我都要找到你，我一定能找到你……"

边说话，王炎边搀扶哈尔森在竹椅上坐下，自己半蹲在哈尔森身边，紧紧握住哈尔森的双手，生怕他再度消失。

"对不起，炎，我伤害了你，我不辞而别，可是，我没有办法，我只能这样去做，我们没有未来，也同样不会有幸福。你还年轻，我不能害了你，我不能伤害你的青春和幸福，我必须离开，我只有离开……"哈尔森缓缓地说。

"可是，我依然能找到你，你逃不掉，你无法逃掉，走到天边我也要找到你……"王炎说。

"找到我，我也不会再给你幸福，你……你还是走吧，不要再找我，我不想伤害你，真的，和我在一起，你不会有开心和快乐……"哈尔森硬着心肠，心里再度充满了痛苦和不舍。

"我不会走，我好不容易找到你，我死也不会走，你是人是鬼我都要跟着你，你以为你逃避会让我幸福？会让我开心和快乐？"王炎注视着哈尔森，"没有你，我就失去了全部的生命意义，没有你，我丧失了所有的快乐，没有你，我找不到明天的信心和希望，你就是我的方向，你就是我的明天，我的爱情的终结和港湾……"

哈尔森感动地看着王炎，他再度感受到了东方女性的美丽和纯情。

王炎继续说："不管你在哪里，我都要追随着你，不管你的生命还能延续多久，我都会陪伴你，我永远是你的爱人，是你的妻子，你，是我永远的丈夫，我来找你，不仅仅是要陪伴你，照料你，我还要和你一起，走进婚礼的殿堂，去做我们想做的事情，去感知我们计划中的幸福和甜蜜……"

哈尔森摇摇头，紧紧抓住王炎的手说："炎，谢谢你，你让我在生命的最后岁月里依然是那么幸福，依然是那么欣慰，谢谢你……真的……有你，我真的很幸福……"

王炎抬起手，抚摸着哈尔森消瘦的脸庞，轻声说道："无论多大的困难和挫折，我们一起来面对吧。生命只有一次，爱却能够长久，不要轻言放弃。一息尚存须努力，我和你在一起，我们一起去战胜病魔，一起去创造生命的奇迹……亲爱的，扬起生命的风帆吧，和我一起……"

哈尔森沉默不语，一会儿又摇摇头说："炎，我真的不想拖累你，真的不想连累大家，真的不想让自己成为大家的累赘，我……"

王炎捂住哈尔森的嘴巴，温柔而坚强地笑着说："哈尔森，别说了，既然我来了，我就再也不会让你离开我，我会一直和你在一起，一生一世和你在一起，记住，哈尔森，我是你的妻子，虽然没有法律上的手续，但是，我已经是你的妻子，我始终会是你的妻子……记住，哈尔森，我爱你……"

哈尔森感动地搂住王炎的身体，说："炎……"

王炎依偎在哈尔森怀里，一会儿抬起头说："哈尔森，不要让亲人们为你担忧，不要让朋友们为你牵挂，走吧，跟我走……"

哈尔森迷茫地看着王炎，问："去哪里？"

王炎微笑着说："去房间里啊，傻瓜，天黑了，要吃晚饭了，我去做中国菜给你吃……"

哈尔森站起来，乖乖跟在王炎后面，一会儿又问王炎："那以后去哪里？"

"先去慕尼黑，去看你的中国妈妈，我的婆婆，儿媳妇见婆婆，呵呵……"王炎牵着哈尔森的手，"你这么杳无消息，妈妈一定很着急。"

吃过晚饭，服侍哈尔森睡下，王炎悄悄走到院子，拨通了陈瑶的电话，告知了详情。

电话那边，传来陈瑶轻轻的抽泣声。一会儿，陈瑶说："妹妹，我今天找人打听了，这病可以采用中西医结合的方法进行治疗，西医为主，中医为辅。东兴市医院一位老主治医师有多年的临床经验，他告诉我，这个病采用西医疗法很难治愈，但中西医结合，却并非不可治愈，中医治疗效果很显著……"

王炎很激动，说："姐，太好了，我尽快带他回国，抓紧治疗，一定要把他的病治好。"

"另外，这位医生还告诉我，良好的情绪可以提高人体对癌细胞的抵抗能力，这是任何药物都不能替代的，保持乐观的情绪，良好的精神状态，积极配合治疗，对自身康复至关重要……"陈瑶在电话里叮咛，"你一定要让他的心情好起来，要让他的精神好起来……"

"姐，你放心，我会的，我会用爱来激励他鼓励他，树立起和病魔抗争的决心和信心，我一定会让他的精神振作起来……"王炎坚定而自信地说。

"那好，我和你哥在家里等你们归来的好消息……无论什么时候回来，无论在国内哪个机场降落，我和你哥都会去接你们……"陈瑶说。

第二天，王炎和哈尔森收拾好行李，离开德累斯顿，直奔慕尼黑，来到哈尔森的中国妈妈家。

陈瑶已经事先告诉了丫丫，并一再提醒不要在哈尔森面前有什么低沉情绪，一定要开心快乐。

张妈妈，一位慈祥和善的中国妇女，七十多岁，头发银白，精神矍铄，她并不知晓哈尔森得病的事情，更不知道自己的账户上多出了近百万欧元。

见到哈尔森和王炎，丫丫强忍心中的难过，装出一副欢天喜地的样子，忙前忙后。

张妈妈见到来自祖国的儿媳妇，自是喜不自禁。这位倔强而自强的知识女性自从自己的丈夫和唯一的儿子在"文革"中被"红卫兵"打死后，就一直没有再婚。

上世纪八十年代初，她离开了中国，在德国一所大学教授汉语言文学，直到退休。二十多年来，她没有回过中国，心中常充满对国家的思念和眷恋，年龄越大，落叶归根的想法就越迫切。

王炎和哈尔森的到来，让这个平静的家里热闹起来。张妈妈在丫丫的帮助下做了满满一大桌中国菜，大家其乐融融，一起吃饭。

王炎的到来，让哈尔森的精神明显好了很多，边吃饭边对张妈妈说："妈妈，丫丫在这里和您做伴，您不寂寞了吧？"

"好啊，呵呵……丫丫可乖了，没事就陪我聊天，给我捶背捶腰，我乐呵着呢。"张妈妈乐呵呵地说。

丫丫做了个鬼脸，看着哈尔森，又看看王炎，想说什么却没有说出来，又埋头吃饭。

张妈妈慈爱地看着王炎说："闺女，多好的闺女啊，呵呵……我做梦都想让我这德国儿子娶一个中国媳妇，这个梦终于实现了……我死也瞑目了……"

张妈妈说着开始抹起了眼泪。

王炎忙给张妈妈夹菜，边安慰说："张妈妈，您应该高兴啊，干吗哭呢？"

"我这是高兴啊，傻孩子。"张妈妈欣慰地笑着，又看着王炎和哈尔森，"你们准备什么时候结婚呢？"

哈尔森一怔，没有说话，只是笑笑。

"六月一日，张妈妈，还有一个多月我们就结婚，到时候计划接您回国，参加我们的婚礼……"王炎说。

"好，好……"张妈妈高兴地点头，"我早就想回国了，唉……人老了，落叶归根，外面再好，不是我家，我的根在中国……"

"以后，我们就是一家人，就可以快乐地在一起生活了……"王炎笑着说，看了看哈尔森。

"对对对，我们就是一家人，"张妈妈高兴地点点头，"以后啊，你也不用叫我张妈妈了，就叫我妈妈了，呵呵……以后，我这身体结实着呢，还等着看孙子呢……"

王炎脸色一红，开心地笑了。

丫丫也笑起来，眼睛湿湿的。

哈尔森微笑着看着张妈妈，没有说话。

丫丫记着陈瑶的话，惦念哈尔森的病情，一会儿问王炎："你们什么时候回国？"

"越快越好，明天我就去订机票。"王炎回答。

"我和你们一起回去，"丫丫说，"培训的课程已经结束了，剩下的时间安排是在德国各地考察游览，我不参加了，提前回去，和你们一起。"

王炎和哈尔森点头同意道："这样也好。"

"好不容易来一趟，为什么这么急着回去呢？"张妈妈有些不解，"多玩一玩再走也不迟嘛。"

"张妈妈，哈尔森和我的工作忙，不能多呆的，回头我们还要再回来，接您回国。"王炎说。

"还要什么回头？"张妈妈一挥手，"你们都走了，我一个人在这里干吗？干脆一起走，我和你们这次一起回去，反正我在这里无牵无挂，没什么好留恋的……"

丫丫拍着手说："好啊，张妈妈，咱们一起回国。"

王炎和哈尔森对视了一眼，王炎很快笑着说："好啊，太好了，我明天就安排回去的事情。"

说办就办，王炎很快就办妥了回国的手续，买好了四个人的机票，从汉堡起飞，定于第三天的下午四点三十分到达上海浦东国际机场。

王炎提前通知了陈瑶，陈瑶和张伟还有徐君带着专门租的一辆豪华面包车去机场迎接。

当丫丫搀扶着张妈妈，王炎挽着哈尔森的胳膊走出机场通道的时候，等候在出口的陈瑶和张伟激动地迎上前，大家抱成一团，哭成一团，笑成一团。

张伟紧紧拥抱着哈尔森，好一会儿才松开，然后拍着哈尔森的肩膀，紧握拳头，咬咬嘴唇说："哈尔森，坚强起来，你一定会胜利的，有我们在，你一定不会寂寞，你一定能赢。"

哈尔森握紧拳头，挥舞了一下，说："兄弟，谢谢你，有你们做我的朋友，我很幸福，我很幸运！"

陈瑶走过来，看着哈尔森说："哈尔森，你和张伟是兄弟，我相信，你也一定会像他一样的坚强和自信，因为有爱，因为有真情，这世界，生命一样能够创造奇迹，生活，永远会因为爱的火花绚烂多彩！"

哈尔森将张伟和陈瑶一边一个拥抱在一起，感动地说："我会的，我一定会的……"

三人紧紧拥抱在一起，陈瑶哽咽了，只说了一句："哈尔森，加油！"就再也说不出话来。

王炎走过来，拍拍他们三个人，笑呵呵地说："大家都应该高兴，我们又在一起了，多好啊。"

"对对，应该高兴，"陈瑶抱抱王炎，"丫头，辛苦了，此去万里之遥寻夫，恍如大海捞针，竟然被你捞到了……缘分哪！这人啊，有缘分，你躲都躲不掉，没缘分，你抓都抓不着……"

丫丫过来，抱着张伟直蹦，说："哥，你看我长高了没有，你看看……"

张伟疼爱地拧拧丫丫的腮帮，说："丫丫没长高，好像胖了呀……"

说完，张伟转向徐君，问："你说呢，徐总？"

徐君这会一直忙着收拾行李，看看丫丫，嘿嘿笑着说："回来真好，又可以天天见面了。"

丫丫被张伟捏得腮帮有些疼，挣脱开，过来帮徐君收拾行李，一边亲昵地说着话。

大家欢天喜地，说说笑笑出了机场，上车直奔东兴，直奔哈尔森的别墅。

路上，张妈妈贪婪地看着车外的风景，激动不已："变化真大，还是家好啊……"

别墅里已经收拾得非常干净，冰箱里放满了各种食物，都是陈瑶和张伟提前采购的。

进了房间，张妈妈很高兴，东看看，西看看，说："很好，家的感觉，温暖的家……"

张伟和哈尔森还有张妈妈一起聊天，徐君和丫丫跑进了书房里嘀咕，陈瑶下厨房，亲自做菜，王炎做下手。

陈瑶边忙乎边对王炎说："东兴市人民医院那边我已经联系好了，明天就去，最好的医生，最好的医疗条件，最好的医疗环境，到时，组织专家会诊，拿出最好的治疗方案……"

王炎点点头说："反正我和哈尔森都已经辞职了，我去医院陪他，只是，张妈妈这边，自己一个人在家里……"

"没关系，我已经安排好了，丫丫在这边住，陪着张妈妈，哈尔森住院的事情，不要让她知道，就说工作忙，一般回不来……"陈瑶说。

王炎同意："那好……"

陈瑶一会儿从身上摸出一张卡递给王炎，说："这次治疗估计要花很多钱，你是我们的妹妹，我和你哥是一定要尽一份心意的，这是八十万，卡上名字是我的，密码在卡上写着，你先用着，不够，再和姐说……"

王炎不要，推回去说："姐，我这边钱不少，够了，不用的。"

陈瑶坚决推回去说："拿着，我知道你手里现在有钱，但是，这是我们的心意，不收，我和你哥心里都不好受……"

王炎没有再推辞，将卡收下，说："那好吧，谢谢你们！用不着再还给你们……"

陈瑶笑笑，说："鬼丫头，都是一家人，见什么外？你要是敢还就别怪我以后不认你这个小姑子……还有，以后别耷拉着脸，乐观起来，高兴起来，振作起来……"

王炎呵呵笑了，说："好的，那就不谢啦，嫂子！"

很快，满满一桌菜做好了，大家入席就座，以水代酒，热热闹闹，边吃边聊。

饭后，陈瑶和张伟商议好，和丫丫谈完，安排丫丫在哈尔森家里住下，陪张妈妈。

丫丫回来后要休息一段时间再去公司，陈瑶又安排徐君明天开车过来和丫丫陪张妈妈去游览东兴市容市貌，游览东兴的名胜古迹。

第二天，张伟开车，和陈瑶一起，陪同哈尔森和王炎去了东兴市人民医院，见到了主治医师，先进行了一遍彻底检查，然后办理住院手续。

"我们会召集有关中西医人员，研究出一个最稳妥的治疗方案。"主治医师对他们说。

安顿好哈尔森和王炎，张伟和陈瑶又去了主治医师的办公室，陈瑶拿出一个大信封，里面放了一万元，塞到主治医师的抽屉里。

　　医师客气了几句收下了，随后说话的态度更加热情："你们放心，我们一定会采用最好的医疗方案来进行治疗，我们的所有人员都会靠上去……不管结果如何，我们一定会尽最大的能力……"

　　张伟和陈瑶连连致谢："劳您费心……"

　　忙完这些，张伟和陈瑶回到车上，长长舒了一口气。

　　"生命在于拯救。"张伟冒出一句。

　　"爱会拯救生命！"陈瑶看着张伟，意味深长地说。

第三十九章 将计就计

高强在办公室里无聊地坐着，手里拿着一支圆珠笔来回转悠。

被张伟打塌陷的鼻梁已经修正，医生说是轻伤，无甚大碍，只是不敢大笑，一笑就疼。

不过，高强这几天也一直没有大笑，因为实在是没有能让他开心的事情。

公司开张这段时间，业务量基本是零蛋，偶尔一天来几个散客，团队游客一个没有，地接呢，零蛋。

以前自己的老客户，早就被人家瓜分了，其中很多到了假日旅游的帐下。公司里人员很少，一个计调，一个会计，一个导游，一个业务，加上自己就五个人，就这五个人还基本都在办公室里闲着看报纸喝茶，没事情可做。

想起自己往日中天旅游门庭若市、队伍兵强马壮的热闹场景，高强心里感觉很悲凉，一个新公司，想在东兴竞争激烈的旅游市场里分得一块蛋糕，难啊！

还不只是生意上的清寡让高强不开心，只要自己努力慢慢开拓，生意还是会有起色的，最起码不会吃不上饭。让高强最心痛的是，自己的女人竟然成了张伟的。这个事实让高强一想起来心里就钻心一般的疼痛，对张伟心里充满了刻骨的仇恨。

古人云，杀父之仇不共戴天，夺妻之恨水火不容，此仇不报，何为男人？这个张伟，和何英那时就不清不白，自己一直怀疑他和何英有一腿，只是没抓住把柄，不过，何英也不是自己钟爱的女人，有那事也就算了，可是，陈瑶，这个自己心中唯一真爱的女人，竟然也落入了这张伟的手掌！

一想起张伟先后夺取了自己的两个女人，高强就恨得咬牙切齿，恨不得将张伟碎尸万段！

同时，高强心里充满了对陈瑶的爱恨交织。这个薄情寡义的女人，自己对她那么好，她却偏偏看上了这么一个土包子、穷小子，枉费自己一片心血。而且，还和那个小白脸联合起来对付自己。一夜夫妻百夜恩，这女人的脸说变就变，和小男人狼狈为奸，那天差点让自己成为荒郊野鬼。

"啪！"高强狠狠一用力，手里的圆珠笔断为两截。

投鼠忌器，高强虽然如此之恨，却不敢再去有所动作。张伟手里有自己写的那张纸，这个攥在张伟手里的把柄，让高强忌惮不已。一旦稍有不慎，张伟就会用这个把自己送入看守所，送入监狱。这个案子可是在宁州警方立了案的，一想起看守所里犯人之间的残酷虐待，高强就不寒而栗，太可怕了！

高强身材不小，胆子却不大，怕挨揍！

君子报仇，十年不晚，总有一天，我要报仇！男人的自尊心使高强无法咽下这口气，心里恨恨地下着决心。

下楼看了看，门头上一个顾客也没有，自己几个工作人员在那里闲聊，看到自己下来，连忙装作忙碌的样子埋头看资料。

高强看了看外面马路上川流不息的人群，心里骂了一句："妈的，就是进来一个咨询的、投诉的也好啊，竟然就这么绝，一个人不见。"

高强环顾了一下室内，心里烦躁不安，又上楼进了自己办公室，抬头看着墙上挂着的一幅大照片，那是潘副市长来公司开业剪彩的照片。能够得到东兴市级领导的关照和厚爱，无疑是外来投资者的最高荣耀，特别这个人还是东兴旅游的老大，实权派。

唉，这么大的领导来剪彩，也没能给自己带来财运。虽然潘晤能一直答应给自己介绍几个市里的大企业集团，但远水解不了近渴……高强心里不由叹了口气。想想当年中天的红火和顺畅，看来自己以后的福星还得是张小波啊。当然，这潘副市长是离不开的，自己好不容易高价从五星级酒店找了两个女郎才把他搞定，这钱可不能白花。

高强无聊地拿起一张报纸来看，正在这时听到有人敲门。

高强放下报纸一看，大吃一惊，竟然是陈瑶过来了。

陈瑶站在门口问："高董，可以进来吗？"

高强有些畏惧，看看陈瑶背后，确信是陈瑶一个人，疑惑而又发怵地说："请进。"

陈瑶进来，没有坐，站在高强前面说："高董，过去的那些事我不想说什么，我知道张伟挟制你写了一个材料，但我不知道你给张伟发的索命短信。我明跟你说了吧，张伟为了我，什么都能做出来，甚至可以豁出自己的命。你这是自作自受，自找苦头，你说是不是？宁州那事我早就知道是你指使人干的，我本想压下来，过去了就算了，不想去举报折腾，大家彼此都留条后路。没想到你死缠烂打，又往枪口上撞，被张伟折腾得不轻，还写了交代材料，被他攥住了把柄，你这是活该，报应……看看你这门庭，看看你这营业厅，你的精力都放到哪里去了？让同行看了都笑话……"

高强有气无力地看着这个自己又爱又恨的女人，不敢有任何肆意的妄为，等陈瑶说完，怯怯地说了句："你今天来，就是想看我笑话的？"

"当然不是，我们是同行，过去曾经是朋友，看在过去的份上，我也不想你太惨，"陈瑶说着拿出一个信封，"这是你过去在宁州的客户名单，其中很大一部分是我的客户，我已经安排人向他们推荐你们公司了……当然，剩下的工作就看你们的服务质量了……我今天来，就是要把你的老客户还给你，别无他意，祝你生意兴隆……再见！"

说完，陈瑶放下信封，转身就要走。

"等等……"高强忙说。

"干吗？又有什么事？"陈瑶站住。

"你……你……"高强支支吾吾地说，"我就是想知道，你……你真的爱……爱他……"

"是的，"陈瑶平静地看着高强，"我和张伟今年春节就会结婚，我爱他，他爱我……你还有什么想知道的？"

高强的心猛地悸动了几下，颓废地靠在椅背上，说："没有了，你走吧。"

陈瑶默默地看了高强一眼，说："祝你早日成家，祝你有幸福的生活，再见！"

说完，陈瑶离去。

高强怔怔地看着陈瑶离去，突然低着头，狠狠地抓住自己的头发，用力撕扯着，发出一阵绝望而痛苦的嚎叫。

陈瑶从高强公司出来，心里稍稍安稳了一点，虽然她知道张伟抓住了高强的把柄，但还是不想逼人太甚，看到高强冷落的门庭，不由动了恻隐之心，吩咐计调把以前的老客户名单打出来，勾出高强以前曾经熟悉的客户名单及详细资料，重新打印了一份，送给高强。

看到同行的生意如此落魄，陈瑶觉得有必要帮一把，不管这个人是自己的仇人还是朋友。

今天是周五，明天休息。陈瑶把车开到张伟的公司门口，停在对过马路边给张伟打电话："张总好，我是陈董！"

张伟刚忙完一天的工作，正在揉太阳穴，接到陈瑶的电话，很高兴地说："陈董好，我是张副总，有何见教？"

"不敢见教，想和你约会，共进晚餐，有时间否？"陈瑶笑嘻嘻地说，"偶想腐蚀年轻干部……"

"嘿嘿，施美人计，"张伟开心地笑着，"那我就将计就计从了你吧，你在哪里？"

"在你下面，街对过。"陈瑶按了按车喇叭。

张伟站起来，走到窗户边，看到了陈瑶的车，说："好的，我这就下去。"

张伟收拾好东西刚要出门，正好遇见于琴。

于琴对张伟说："小白脸，明天休息，忙不忙？"

"当然忙，我现在没有周六周末了，什么指示？于董。"张伟对于琴说。

"看你忙乎乎地，是不是要去和美女约会啊？"于琴笑嘻嘻地说。

"是啊，我屋里的，在楼下等我去吃晚饭呢，"张伟乐呵呵地说，"要不，一起去？"

"别，"于琴摆摆手，"不打扰你们一对小鸳鸯的好事，咱可不想做灯泡，识趣点的好……我想，明天你是不是抽出半天时间，我们一起去一趟宁州……"

"干吗？"张伟问于琴。

"去接老郑，"于琴说，"我问了戒毒所，老郑戒毒很成功，已经好了，基本恢复了健康，可以出来了，我想，去接他出来……"

"好啊，郑总出来正好参加开漂仪式，"张伟很高兴，"行，明天咱一起去，什么时候走，我听你安排。"

"好的，明天上午我们一起去，"于琴拍拍张伟的肩膀，"去吧，去欢度周末吧……"

张伟跑到楼下，钻进陈瑶车里，陈瑶发动车，起步前行。

"姐，去哪里吃饭？"张伟气喘吁吁地问陈瑶。

"先去医院接王炎和哈尔森，然后一起去他们家吃饭，周末了，家人聚会，陪陪张妈妈……"

"嗯，好，"张伟点点头，"丫丫和徐君呢？"

"徐君直接过去了，丫丫这几天一直陪着张妈妈游览东兴，一老一小融洽着呢……"陈瑶说。

"哈尔森那边什么情况了？"张伟这几天一直忙碌开漂的事情，吃住在山里，没有回来，也没来得及过问这事。

"治疗方案拿出来了，中西结合，西医为主，中医为辅，需要骨髓移植，但是哈尔森的型号很特殊，找不到合适的骨髓，目前已经通过国际骨髓中心面向全球征集合适的骨髓……"陈瑶边开车边说。

"哦……这么严重，动用全球连线……"张伟思忖着问，"化疗做了没有？"

"没有，这几天先住院观察，全面检测身体各项指标，专门有中医专家坐诊。另外，有专人在教授哈尔森练习气功，希望能进一步增强哈尔森的身体素质，贯通气血，清理头脑……"陈瑶微微笑着，"我今天上午去看他们的时候，王炎和哈尔森都在练习气功呢，一招一式的，还挺像样，呵呵……"

"那主治医师没说别的？"张伟又问，心里宽慰了一些。

"别的没大说，要进一步检查和治疗才知道，不过说哈尔森的心情和精神状态很好，这一点对于病情的治疗和恢复特别重要，"陈瑶扭头看了一眼张伟，笑着说，"咱家妹妹可是发挥了不可替代的重要作用，爱情的滋润啊……"

"呵呵……爱的力量是无穷的，爱可以战胜一切病魔……"张伟有些开心。

"哥哥，有个事情我先斩后奏了，我得和你汇报，"陈瑶停顿了片刻，接着说，"哈尔森的病可能要花很多钱，我那天以我们两口子的名义送了八十万给王炎，希望能助他们一臂之力……"

"哦……"张伟看着陈瑶，"我卡上只有五十万啊，不够哦……"

"没用你的奖金，"陈瑶说，"那是你的创业基金，不能动，我从公司里支出来的，是公司的钱……"

"公司的钱和你的钱有什么区别？你少给我偷换概念，"张伟看着陈瑶，"这钱应该用我的，大不了我晚几年创业……"

"不行！"陈瑶的口气很坚决，随即又微笑起来，"这钱就是得先用我的，大不了你如果觉得过意不去，等以后挣了钱再还我，一人四十万……嘻嘻……"

张伟点头，感动地看着陈瑶说："你可是把王炎当做亲人了……谢谢你，老婆。"

"王炎不是你的亲人吗？你没有把王炎当做亲人吗？"陈瑶看着张伟。

"是，在我眼里，王炎和丫丫一样，都是我的妹妹，我的亲人。"张伟说。

"这就对了，哥哥，"陈瑶柔声道，"你的亲人就是我的亲人，因为你是我的亲人，最亲的亲人，所以，我们都是一家人，不分彼此，也就不要见外，不要再你四十万我四十万的了，哈哈……"

张伟挠挠头皮，傻笑了一下，一会儿说："你这段时间支出很多啊，我有些不明白，你一个旅行社，怎么能赚这么多钱？我觉得就是再好的旅行社，一年二百万一大关，何况，你还不做国际业务，一年一百万，我觉得就不少了，你这个花钱法，我觉得早就应该花光了……"

"呵呵……傻熊哥哥……"陈瑶开心地笑起来，"你终于知道用脑子分析问题了，呵呵……你以为你老婆只是个开旅行社的百万富婆啊，这旅行社一年最多只能给我增收一百万，其实啊，大头在别处，你老婆厉害着呢，加上固定资产，三千万也不止……"

"啊?! 真的? 你哪来这么多的钱?"张伟有些诧异。

"暂时保密，"陈瑶神秘地笑笑，"吃过晚饭，我带你去个地方，到时候慢慢向你道来……"

"呵呵……"张伟开心地笑着，"我是财色双收啊，挂了一个千万富婆……"

"开心吧，老公，"陈瑶看着张伟，"我之前一直不敢告诉你，怕你接受不了，不要我了，所以，我决定慢慢告诉你……"

"嘿嘿……老婆此言差矣，我们正式见面之前我不就和伞人姐姐说我的思想通了吗? 钱越多越好啊，我才不嫌你钱多呢，你咋就不能做个亿万富婆呢?"张伟笑着说。

"俺是怕你言行不一，到时反悔啊，所以才慢慢向你透漏，呵呵……老公，别怪我，我本事太小，没挣到一个亿，这个任务就交给你了，我就等着做亿万富翁的女人啦……"陈瑶很开心。

"一定的，必须的……"张伟对陈瑶说，充满自信。

到医院接了王炎和哈尔森，直奔哈尔森家，徐君和丫丫已经到了，正在洗菜，等陈瑶来下锅做菜。

回到家，大家其乐融融，张妈妈只当哈尔森和王炎平时工作忙，加上有丫丫在这里陪伴，倒也没责怪他们回来的太少。

哈尔森的气色比王炎在德累斯顿刚见到时好多了，一身白色的休闲服，头发一丝不苟，胡子刮得干干净净，显得很是精神，谁也看不出这是一个患了绝症的病人。

张伟看了心里不断涌起一波一波的感动和欣慰，病魔面前，再一次见证了爱情的力量。

做菜时，陈瑶和丫丫在厨房里聊天，陈瑶详细地询问丫丫在德国学习的情况，又问了问丫丫回来后的打算。

"姐，我最近回学校做毕业论文答辩，回来后，我不想在那家公司干了。"丫丫边洗菜边对陈瑶说。

"为什么? 外企，多好的单位，咋说不想干就不干了呢?"陈瑶看着丫丫。

"王炎和哈尔森都辞职了，我自己在那里还有什么意思?"丫丫看着陈瑶说，"我自己在那公司做，一定不开心，不开心，还不如不在那里做……"

陈瑶停顿了片刻问："这事你和你哥说了吗?"

"没，我怕他骂我，要不，你抽空和哥哥说一下。"丫丫央求陈瑶。

陈瑶撇了一下嘴唇，笑了，说："呵呵……这事这样吧，先不和你哥说，你也先不要辞职，等论文答辩，拿了毕业证书回来，再说，好不好？到时候我来安排……"

"行，姐，我听你的。"丫丫高兴地说。

客厅里，哈尔森正兴致勃勃地给大家表演气功，动作一招一式，很有点味道。

张妈妈练过气功，乐呵呵地边笑边指点这个洋儿子的招式。

王炎坐在沙发上，托着腮帮，注视着哈尔森，眼神里流动着欣慰和温柔。

一会儿，张伟进了厨房，来帮陈瑶做菜，丫丫见哥哥进来，知趣地躲了出去。

张伟把明天要和于琴一起去接郑总的事情告诉了陈瑶，末了轻松地说："郑总一回来，我可就轻松了，压力小多了，呵呵……这段时间，可真是忙死我了，里外都得我靠上，那些中层管理人员，大事小事都要找我，好像离了我就不能工作了……"

陈瑶沉思了一会儿，没说话。

张伟有些奇怪，问："姐，你干吗不说话？咋的了？"

陈瑶从沉思中抬起头，说："呵呵，没咋地，郑总回来了，好啊，好……"

陈瑶的话好像一语双关。

张伟见陈瑶不大愿意再谈这事，也就不再提郑总。

一会儿，陈瑶和张伟谈起下午去看高强的事情，张伟听了心里有些不大痛快："你还嫌他害你害得不够啊，还自动送上门去？好不容易把他的气焰压下去，你再去惹事……"

陈瑶耐心地对张伟说："哥哥，得饶人处且饶人，不要逼人太甚，已经达到我们的目的就可以了，给人一个机会，等于给了自己一个机会，给人一条后路，等于也是给了我们自己一条后路。我还是那句话，冤家宜解不宜结，不管他怎么样，我们只要问心无愧就可以……而且，那些老客户，本来就是他在东兴做营销时候结识的，还给他倒也无可厚非……"

张伟无奈地点点头道："好吧，你总是有理的，我是说不过你，不过，下不为例，以后不许单独去见他！太危险了。我看你就是兔子枕着狗蛋睡觉……"

"是，哥哥，下不为例，"陈瑶连忙保证，趁人不注意，凑过小嘴在张伟腮上温柔地亲了一口，又问张伟，"哥哥，兔子枕着狗蛋睡觉是个什么讲法？"

"不知死活啊，"张伟呵呵笑了，"你胆大包天，自己去独闯高强的地盘，太危险了……"

陈瑶闻听，也不禁笑起来。

饭后，陈瑶开车把徐君送回去，然后拉着张伟出了城。在郊外一座郁郁葱葱的山脚下，车子顺着蜿蜒曲折的盘山公路顺势而上。

一路上，周围安静幽雅，静谧芬芳，环境十分舒适。

张伟有些摸不到头脑，问："莹莹，我们这是去哪里？"

"我带你去一个地方，"陈瑶抿嘴笑笑，"去了你就知道了。"

车子很快开到了山顶，俯瞰东兴，万家灯火，流光溢彩。向前看，山顶处竟然是一个美丽的别墅群落，幽暗昏黄的灯光下，一座座别墅隐没在竹林中间。

陈瑶开车直接进去，在竹林间拐了几个弯，最后在一座充满东方风韵的别墅前停住。

"到了。"陈瑶对张伟说。

"到哪里了？"张伟有些发懵。

"到我们家了。"陈瑶笑嘻嘻地说。

"我们的家？"张伟下了车，摸着脑袋，看着这座三层楼、外观别致的别墅，有些发晕。

"对，我们的家。"陈瑶挽住张伟的胳膊，"走，进去看看。"

张伟懵懵懂懂随同陈瑶进入别墅。从一楼走到三楼，在温馨的灯光下，听陈瑶眉飞色舞介绍室内豪华的装饰、考究的布置、精致的家具……陈瑶唠唠叨叨，像个小妇人一样，拉着张伟转悠了一个遍，最后在铺着深蓝色地毯的大卧室里停下来，把身体往铺着浅蓝色白条纹的床罩的床上一扔："哎呀，哥哥，大卧室大床铺好舒服，嘻嘻……"

张伟盘腿往地毯上一坐，看着陈瑶问："莹莹，这别墅起码得几百万吧，你什么时候搞的？哪里来这么多钱？"

陈瑶下床，来到张伟身边，躺在地毯上，脑袋枕着张伟的大腿，说："好的，哥哥，我给你痛诉发家史……我离开高强，回到宁州后，一边做旅游，一边抓住那几年房地产疯涨的时机，加入了温州炒房团，委托一个朋友代为炒房，大江南北炒遍了，大大赚了几笔钱，后来，我就自己开始在东兴做，买进卖出，滚雪球一样，越做越大，赚得越来越多，于是就这样了……这个别墅是我两年前买下的，本来是打算卖的，因为太喜欢这环境了，不舍得卖，就干脆装修了留下自己用……其实，俺的资产多，现金却不多，都变成房地产了，嘻嘻……"

"哦……是这样啊，"张伟点点头，"原来你还是个房地产商，看不出，厉害……"

"嘿嘿……就是做投机倒把生意的，去年开始房地产萎靡，资金基本都套进去了，在市区还有接近十套房子，都放在那里等待增值……"陈瑶仰面看着张伟，笑嘻嘻地说，"其实，俺的资产现在已经缩水了，如果现在出手手里的房子，估计要赔进去五百多万……"

"房地产有风险啊，赚得快，掉得也快……"张伟拍着陈瑶的脸蛋，点点头。

"是啊，所以我房地产赚得再多，旅游也不放弃，旅游虽然赚得少，但是很稳定，起码能保吃饭。当年和我一起在温州炒房团的几个朋友，前几天和我联系说，在中东炒房砸了，赔进去好几千万，血本无归……"陈瑶轻轻抚摸着张伟的手背，"所以，房地产赚得再多，不是我们的正业，我们的正业还是旅游，我这半年基本就没再买进，也没卖出，就放这里死等了……不过，国家宏观政策还得调整，就等着好了，反正也陪不光，哈哈……"

陈瑶嘻嘻哈哈的，全然不当一回事。

张伟轻轻拨弄着陈瑶的嘴唇，问："这房子现在值多少钱？"

"当初买的时候是三百六十万，最高时可卖到五百二十万，现在能值四百三十万，不过，这房子俺不卖，再贵也不卖，留给傻熊和俺结婚用，好不好，哥哥？"陈瑶撒娇地对张伟说。

张伟没点头也没摇头，他总觉得住在女人买的房子里结婚，心里不是个味儿。

"又犯老毛病了，是不是？"陈瑶轻轻咬着张伟的手指。

"呵呵……不是，其实，我很想自己挣钱，买一栋房子让你住，我是男人，应该养活女人，住在这里，总感觉自己是让女人养活的，心里不得劲儿……"张伟捏了捏陈瑶的鼻子。

"傻熊哥哥，以后我是你的女人，当然是要让你来养活的，我的所有，包括我，都是你的，我们是不可以再分彼此的……"陈瑶呢喃着轻轻吮吸着张伟的中指，"我是个小女人，只能做点小生意，大生意当然是你来做，你会做得比我好得多，何必计较一日之长短，大男人，眼光宜长远……"

张伟微微笑笑，低头吻了吻陈瑶，说："姐，你的意思我明白的，你的心事我也明白的，我终究是了解你的心的……"

"嗯……"陈瑶环抱住张伟的腰，"哥哥，我们今晚在这里住吧……以后，每逢周末，我们都来这里……"

第二天早上，张伟和陈瑶起身离开别墅，回到城里。

回到城里后，张伟直接去了办事处，于琴正等着他，于是张伟开车，两人直奔宁州戒毒所，去接郑一凡。

郑一凡在戒毒所的日子悠闲而又充实，每日除了做操、学习、看书，就是睡觉、思考，毒品的诱惑在他脑子里正逐渐远离、消失。珍爱生命，成了他最大的座右铭。每天在操场上跑步时看到那血红的四个大字，心中都不禁为之一振，舒缓的血流开始出现微澜，向往阳光生活的希望更加热切。

离开了曾经熟悉的那个圈子，没有了熟悉的冰毒香臭味和光鲜的女人，郑一凡身体的各项机能在有条不紊地恢复，脑子里也从一开始的迷幻和向往逐渐冷静现实起来，更多地开始思考未来，以及现实中的问题、对策和利益。

只要不想到女人，郑一凡脑子里就不会想起冰毒，和那曾经迷幻的梦境。溜冰做爱的刺激和享受实在是太吸引人了，那种境界是不溜冰时无法到达的，所以郑一凡常常对毒品有种不可遏制的向往。

为此，郑一凡尽量避免想起女人，虽然许久没有发泄的身体常常涌起一阵阵波涛，但在戒毒所里，想女人只能是自找苦吃，这里显然是无法给老郑提供女人的。

既然想女人会让老郑倍受煎熬，那么没事的时候就多想想男人吧。老郑这段时间想得最多的男人，一个是老高，一个是小张。

当老郑闻听于琴说老高的中天旅游易手，东兴大地旅游开张的时候，懊丧不已，很恼火，自己废了这么多的精力，像猫玩老鼠一样把老高一步步引进洞口边，眼看就要收获了，却一不小心让他溜了。功败垂成，自己想兵不血刃吞并中天旅游的计划就这样落空了。

要是自己不进戒毒所，老高无论如何也跑不掉，中天旅游此刻一定是自己旗下的一个分支。老郑不由痛恨起这该死的戒毒所，妈的，耽误了老子的财路。

不过，上次于琴来看自己的时候，还给自己带来了另一个好消息。老高竟然对自己这段时间倍感兴趣，而且一直误以为自己常驻广东搞项目考察。看来老高是在怀疑自己插进他退出的度假村项目里去。

这个消息让老郑心生一计，死不觉悟的老高既然还在挂念失去的度假村开发项目，或许还能被自己继续套进去，虽然中天旅游跑掉了，但是大地旅游还是唾手可得。

这次一定不能让你跑掉，高老弟，老郑没事的时候就思考完善自己的计划，就像战役指挥员在策划一次漂亮的围剿战。

人与人斗其乐无穷，老郑常常在和老高的游戏当中找到自信和快意，找到胜利者的快感和信心。

至于小张，老郑开始很是有些意外，做梦也没有想到张伟能在自己进入戒毒所之后迅速适应管理者的角色，在购置漂流艇、协调周边关系、内部人员管理、漂流运行，特别是营销方面取得如此辉煌的战果。这让他始料未及，惊喜有加。

他看出来了，张伟绝对是一支极具潜力的爆发股。漂流成败的关键是开业前这段时间的运营和管理，而这段时间自己恰好在戒毒所。老郑深思熟虑，衡量得失，一定要稳住张伟，一定要在自己出去之前留住张伟，一定要在自己全面接手公司之前，让张伟拼尽全力为公司出力。

为此，他果断建议于琴，将本可以年终发放的奖金拿出大部分，分解到月发放，先给张伟和他的营销人员一个大大的甜头，稳住队伍，鼓舞干劲。出去的是五十万，收进来的将不止是五百万，老郑算来算去觉得划算。

为商之道，在于用人。老郑一直很得意自己将张伟从老高手里挖过来的高明操作，既不留下话柄，还让自己一直处于主动地位；老高呢，只能是有苦说不出。

老郑对自己看中的这员虎将心里很满意，多次萌生出将于林嫁给张伟的念头，以此长期让人才为其使用。只是此事终未能成，不免心里非常遗憾。特别是听说张伟最近和陈瑶走了一起，心里在妒忌羡慕的同时，又不免心生不安。

老郑的不安不是因为担心张伟被陈瑶挖走，而是担心陈瑶的精明和干练。自己以后的一些安排和做法，张伟或许看不出或者不明白，但是，很难逃脱陈瑶的眼睛。想起这一点，老郑心里难免有些不舒服。

张伟这几次频繁来向自己汇报工作，老郑隐隐感觉背后有陈瑶的影子。

让老郑心里不大舒服的还有一点，那就是于琴对张伟的高度信任和依赖，以及从于琴口里判断出来的公司员工对张伟的拥戴。每每想起这一点，老郑总觉得有点鹊巢鸠占的味道。

功高盖主的滋味总是不那么让人舒服的，为政如此，为商亦然。

因此，这几日，老郑的空闲时间基本都是在思想矛盾和冲突中度过的。

今天是老郑重获新生的日子，一大早管教就来通知他准备，收拾东西，等人来接。

老郑洗漱得干干净净，换上于琴上次捎来的一身高档休闲西装，穿上崭新的皮鞋，将所有在这里用过的东西统统抛进了垃圾箱，剩下的两条软中华送给了管教，作为感谢。

沐浴着春夏之交江南微热的阳光，迎着和谐的春风，老郑办完手续，深深地呼出一口气，回头看了看空旷的操场墙壁上"珍爱生命，远离毒品"八个血红的大字，昂首大步走出了戒毒所。

门口，张伟和于琴正在等候，捧着大大的一束鲜花，是绽放的映山红。这是于琴在路上专门上山去采的。

"一凡，祝贺你健康如初，戒毒成功，我们来接你了。"于琴笑呵呵地说着，将鲜花送给老郑。

"郑总，恭喜你重获新生！"张伟微笑着站在旁边。

老郑接过鲜花，夸张地和于琴亲吻了一下，接着和张伟用力握手，说："兄弟，老哥我出来了，新的生活开始了。"

张伟紧握着郑总有力的大手，心中倍感亲切和感动。郑总终于出来了，一家之主回来了，大当家的回来了，自己终于可以轻松一下了。

接着，大家上车，一起直奔宁州，找了一家海参馆，给老郑大补一下身体。

张伟边吃边向老郑详细汇报开业前的各项准备情况，从开漂仪式的筹备到漂流过程当中所有环节的运营，以及营销的近况。

郑一凡边慢慢吃海参，边仔细听张伟的汇报，不时插话提问。

老郑一出来，于琴显得轻松多了，终于又解放了，对他们二人的谈话听都不听，只顾自己和女朋友打电话聊天，相约购物和做美容的事情。

和张伟讨论了接近两个小时，老郑才意犹未尽地结束了这顿午餐，拍了拍手，对张伟说："小张，这一段时间，你的成绩非常优异，为公司的发展做出了不可磨灭的贡献，在公司的发展史上写下了浓重的一笔，说实在的，你的成长和成就出乎我的意料，让我不由对你刮目相看……"

"这都是于董支持得好，郑总指导得好，我呢，主要还是在学中干，在干中学，边学边干，和您比，差老远了……公司下一步的工作任重道远，还有很多需要改进的地方，我的工作无论在管理上还是在经营上，也都还有很多不足……"张伟谦虚地说。

老郑似乎很满意张伟的回答，笑了笑说："态度决定一切，你有这么谦虚好学的进取态度，前途一定会愈发光明……"

"那也离不开郑总您的提携和关照。"张伟越来越会说话了。

"张总啊，不但会干，还会说。"于琴笑嘻嘻地插了一句。

郑总似乎很忌讳于琴对张伟的这个称呼，眉头略微皱了下，随即宽厚地笑了笑说："是啊，小张的口才越来越好了，思想也越来越成熟了。"

郑总微小的皱眉头动作没有躲过张伟的眼神，张伟心里闪过一丝阴影，听老郑说完话，笑了笑，没有回应。

"俺们张总啊，管理确实有一手，厉害着呢，公司里的大小部门经理，对他都打心眼里佩服，见了都规规矩矩，没有一个不听话的，我看张总啊，威信是树立起来了，人气很高哦，一呼百应……"于琴大大咧咧地说。

老郑脸色微微一变，勉强笑笑，没有说话。

张伟看在眼里，心中微微一沉，也没说话。

第四十章 卸磨杀驴

吃过饭，张伟本以为郑总两口子会和自己一起回东兴，却听郑总说："小张，你先回去吧，我在家休息一天，明天去办事处和公司看看。"

老郑在宁州，于琴自然也要留下了，老郑在里面忍了那么久，出来两口子还不干柴烈火一番。

于是张伟告辞，开车离去。

正如张伟所料，老郑和于琴一回家，老郑就迫不及待地把于琴按倒在客厅的沙发上，急急火火云雨起来……

疾风骤雨过后，老郑颓唐地把身子歪倒在沙发上，妈的，现在做爱的感觉咋这么没劲，和以前真是没法比。

老郑疲软地往沙发上一躺，点着一颗烟，闷闷不乐地抽起来。

于琴也感觉到了老郑的变化，其实她自己也有这种感觉，爬起来披上衣服，问："怎么？又想起溜冰办事的感觉了？"

老郑点点头说："妈的，现在的感觉怎么会这样？和以前没法比……唉……咋就这么大的差别呢？"

于琴不屑地撇撇嘴说："多大鸟事，慢慢调理就好了，你脑子里还在想着那种迷幻感，是不是？"

老郑心里有点发虚，掩饰地抽了两口烟说："我都戒了，不会再吸的。"

"你他妈的要是还天天想那些玩女人的快感，你早晚还会复吸，"于琴毫不客气地对老郑说，"再复吸，你早晚得死在女人身上，我们都老大不小了，连个孩子都没有，你到底是不是男人，还有没有一点责任感和家庭观念？"

老郑不满地翻了翻白眼说："我什么都没说，你咋呼个啥啊，好像我又去溜冰了似的，你就这么不相信我？我只不过说了说现在做爱的感觉，你不琢磨怎么努力改进自己，还一个劲抱怨我？"

于琴想了想，也觉得自己刚才说得有点过火，说："那好吧，我会好好努力改进，琢磨琢磨怎么在床上伺候好你这个狗日的，但是，我警告你，你不许再溜冰，不许再找别的女人，要是让我发现了，我叫你后悔都来不及……"

老郑心里一阵发颤，随即笑了，说："知道了，我不复吸，也不找别的女人，你也不准。"

"当然，我绝对不会再溜冰的，打死也不吸，"于琴态度缓和了一些，"你没看出来，我现在丰满了很多，也白了……"

"不光是溜冰，你以后也不准再出去找男人，别他妈的给我戴绿帽子……"老郑斜看了于琴一眼。

于琴脸色一红，心里有些发虚，嘴上依然很硬："比起你狗日的给我戴的绿帽子，我才给你戴了几顶？好了，这事不说了，以后我保证不再有这事，咱们两口子开始正儿八经过日子，生孩子，开始柴米油盐！玩够了，心该收回来了，好不好？"

老郑点点头说："嗯……那潘唔能还在溜冰？"

于琴点点头说："他还是以前那鸟样，最近找了个漂亮的女大学生做情人，听说准备安排到旅游局去工作。"

老郑说："这老潘真他妈的幸福，女人想玩哪个就玩哪个，唉……还是当官好啊……"

于琴"呸"了一声，说："那也不一定，潘唔能一直想打陈瑶的主意，陈瑶根本就不鸟他，急死老潘了，又无可奈何……"

老郑"唔"了一声，说"陈瑶现在和张伟在一起，老潘要是去惹陈瑶，张伟发现了，依照他的身手和脾气，非得杀了潘唔能不可，哪里像我，整个他妈的一窝囊废……"

于琴忍不住笑起来，说："哪壶不开提哪壶啊你，过去的事不提好不好，各人有各人的性子，你要是有张伟那性格，潘唔能也活不到今天了……"

"我可不想杀人，那是要偿命的，再说，是你他妈的自己犯贱，和他打得火热，操！"老郑愤愤不平。

"好了，你他娘的别愤愤不平了，过去的事就过去了，你以前做的那些恶我也不揭了，往前看吧，好好安分守己过日子，我也作够了，想过小市民的日子了，还是好好养身体，等再过些日子，咱好好造人吧，生个儿子，多好……"于琴说。

于琴口气缓和了一些，说："对了，现在高强和潘唔能走得很近，我听说潘唔能刚挂上的那女大学生就是高强给找的，两人关系现在很铁，开业那天，潘唔能专门去剪彩的……"

老郑一听来了兴趣，说："哦……老高可真是有韧性，又爬起来了，攀上高枝了，不简单。"

"高强很挂念你啊，见了我一个劲打听你，我见他不知道你的事，就诓他，呵呵……"于琴说。

"难得啊，我这个好兄弟还一直挂念我，"老郑嘿嘿笑着，"我从广东出差回来了，得抽空去看看他，祝贺他的新事业有大的发展……"

"你是不是把他整得很厉害，我隐隐约约听说，他中天旅游就是毁在你手里的，广东投资失败也是和你有关……"于琴看着老郑。

"狗屁，哪有的事，你少听他们胡说八道，"老郑心里暗暗得意，嘴上不承认，"老高自己操作失误，往我身上栽赃，天理不容……"

于琴将信将疑地看着老郑，说："我知道你最擅长耍弄生意场上的手段了，老高也不容易，别把人家整惨了，我看他现在的大地旅游生意清淡着呢……"

"女人家，你懂什么，瘦死的骆驼比马大，老高底子还是很厚实的，你知道吗，他在宁州的房产可是不少，也就是现在房地产萎缩，把他套进去了，等日后一回升，他可就发了……"老郑悠闲地抽着烟，"不过想想老高也挺惨，连个女人都看不住，两任老婆都让张伟这小子给征用了，哈哈……张伟这小子好福气……"

"说话别这么难听，什么征用啊，都是和老高离婚的，陈瑶和张伟现在感情特好，热火着呢，看了真叫人羡慕，多幸福的一对……"于琴说。

"是啊，我都羡慕死了……"老郑说。

"去你妈的，你这羡慕是不怀好意的羡慕，狗日的没安好心……"于琴说。

第二天早上一到公司办事处，张伟正打算给玲玲打电话说交车的事情，玲玲的电话先打过来了："张经理，工地这边车辆紧张，要把你的那台车抽调到工地，以后你用车可以向办公室要……"

张伟一怔，随即觉得有些懊恼，同样的事情，自己提出来和被别人通知感觉就是不一样，而且，张伟敏感地听到玲玲叫自己"张经理"，而不再是"张总"。

张伟随即冷静下来，平静地对玲玲说："好的，玲玲，我把车钥匙放在小洁这边，到时候你让驾驶员直接找小洁取吧。"

打完电话，移交完车钥匙，张伟开始忙着整理公司的档案资料，把那些只有总经理才可以处理的相关资料集合好，装在几个大信封里。

一会儿，郑总和于琴来了。

张伟进了郑总办公室，将资料交给郑总。郑总接过来大概扫了一眼，对张伟说："走，咱们去山里，开公司中层管理人员会议。"

然后，郑总开车，带着张伟，直奔山里工地，于琴没有去。

会议由郑总亲自主持，先听取各部门负责人这几个月来的整体工作情况汇报，要求详细汇报，具体汇报。

老郑听得很仔细，不时插话提问，认真记录。

张伟也汇报了，汇报的内容是营销部和漂流运营部的情况。

各部门的汇报一直持续到下午一点才结束，郑总安排大家吃午饭，下午继续开会。

下午的会上，郑总对公司前段的工作进行了一个小结，其中说道："我因为公司其他业务而在这段时间没有过问公司的管理，委托张伟同志暂时代为管理，这段时间，在张经理的辛勤付出和努力工作下，在大家的有力支持和全力配合下，公司的工作有了很大的起色。漂流开漂前的各项工作进展非常顺利，特别是营销工作取得重大突破和进展，成绩斐然，大家有目共睹，这是和张经理的创新开拓分不开的，和营销部全体同仁的艰苦努力分不开的……对这段时间的工作，我非常满意，我代表公司董事会，向大家表示感谢，向张经理表示祝贺，祝贺张经理在为集体创收的同时，个人也有不菲的收获……"

张伟微笑着点头示意，和大家一起鼓掌表示对郑总的感谢，心里不由有些嘀咕，老郑也叫自己"张经理"了，奶奶的，有意思。

然后，郑总对下一步的工作进行了部署，主要是围绕开漂这段时间来开展。

张伟果然是只负责营销和漂流运营这两部分。

但是，老郑在会上讲得很圆滑："营销和漂流运营是整个公司目前工作的核心，是关键内容，所有的部门都要围绕这两项工作来开展工作，任何人不得马虎大意，不得消极怠工，有事情要抓紧汇报，工作要走在前头，要主动……各部门负责人以后有事情要直接向公司汇报，不得耽搁……"

老郑在这里又玩了一个把戏，他知道目前公司的工作是绝对离不开张伟的，既没有称张伟为"张总"或"张副总"，也没有宣布罢免张伟的常务副总经理职务，而且，还含糊地要求各部门负责人有事情直接向公司汇报，谁是公司？我老郑是总经理，自然是向我老郑汇报。不过，这要看各部门负责人怎么理解了。老郑故意卖了一个关子，也想趁此机会摸一摸公司中层人员的底子。

张伟倒是没有想这么多，因为早有思想准备，老板怎么安排自己就怎么干，他一心想尽全力把营销抓上去，验证一下自己到底能有多大的能量。

老郑回来，自己正好可以轻松一些，全力抓营销和漂流运营。

况且，漂流运营只是开漂前忙乎一阵，漂流正式营业后，就移交给各相关部门管理，自己就不用再管了，所以，自己真正的重中之重还是营销。

人啊，只要摆正了自己的位置，就没有什么想不通的。张伟心里感觉很悠然。

下午和老郑一起回到办事处，小洁收拾好了房间，原来张伟的单身宿舍现在成了老郑和于琴的临时宿舍。

"玲玲姐安排的，说你晚上不在这里住，只有中午午休，就不用保留宿舍了。"小洁对张伟说。

张伟笑呵呵地说："没关系，我确实不在这里住了，呵呵……"

下午下班前，老郑又把张伟叫到自己办公室，就有关促销的事情询问了半天，特别是开业前几天散客的估计数量进行了讨论。

"开业前几天是关键，一定要一炮打响。"老郑坚定地对张伟说。

"开业前几天每日游客人数不会低，最保守的估计也在五千以上。"张伟很有把握地说。

老郑很高兴，看着张伟，又有些不放心："小张，你有把握吗？"

"我有绝对把握，"张伟摊开工作笔记本，"我这里有提前预约的客户数量，代理的，域内的，域外的，加起来每日就到五千了，散客另算……"

老郑高兴地拍拍张伟的肩膀说："兄弟，你真是我的好兄弟，太好了……"

从郑总办公室出来，刚进自己办公室，小郭进来了，说："张哥，陈姐叫我和小洁一起去你们家吃晚饭，你欢迎不欢迎？"

张伟照小郭屁股一脚，说："你说呢？"

小郭乐呵呵地说："陈姐开车在楼下接咱的，刚要给你打电话，我说不用了，我直接上来通知你。"

张伟收拾好东西说："走，小洁呢？"

"已经上陈姐的车了。"小郭说。

张伟出门时，特意看了看老郑办公室的门，正关着，于是和小郭一起下楼，陈瑶的车正在楼下街对过。

张伟和小郭上车的时候，老郑正好站在办公室临街的窗口接电话，看见了陈瑶的蓝色宝马。

张伟小郭上车后，陈瑶回头冲张伟做了个鬼脸，然后说："你们俩一起下楼，郑老财没看见吧？"

"没有，郑总在办公室里忙乎呢。"小郭说。

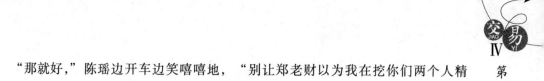

"那就好，"陈瑶边开车边笑嘻嘻地，"别让郑老财以为我在挖你们两个人精哦……"

"人精？"小郭嘴巴一咧，"陈姐，什么意思？人精是什么意思？"

"人之精英啊，简称人精，哈哈……"陈瑶哈哈大笑。

大家都哈哈大笑。

到了陈瑶家，陈瑶递给小郭和吴洁每人一身阿迪达斯的休闲装说："我估着你们的身高买的，看合适不？"

小郭和小洁试了下，正合身，忙向陈瑶道谢："谢谢陈姐。"

"别客气，姐的一点小心意，春天了，对你们温暖的祝福，呵呵……"陈瑶接着对吴洁说，"来，小洁，来厨房帮姐做菜。"

很快饭菜做好，大家边吃边喝边聊。

陈瑶边给小洁和小郭夹菜边问小郭："小郭，郑老财回来了，你们下面的各部门负责人都有什么想法？"

小郭边吃边傻乎乎地说："没什么想法啊，不就是郑总回来了吗？"

陈瑶顿了顿，问："这么说吧，就是你们觉得郑老财一回来，你们对你张哥的关系有没有什么改变？"

小郭摇摇头说："没有，今天郑总开了一天的中层管理人员会议，开完会，大家私下说，已经习惯了跟张总打交道了，而且郑总对公司现在的工作进展情况不是很熟悉，以后的工作要不就还是找张总，让张总再去给郑总汇报……"

张伟一听，皱了皱眉头说："今天郑总不是说了吗，以后各部门负责人要直接向公司汇报工作，你们怎么不开窍呢？"

"向你汇报不也是向公司汇报吗？你也是公司常务副总经理啊，"小郭有些想不明白，"大家都习惯了和你打交道，觉得你比郑总好说话，懂管理，都还打算……"

张伟苦笑着摇摇头："兄弟，可别，你让我安稳工作吧，别折腾我。"

小郭还是想不通："张哥，为什么啊？"

陈瑶接过话来，说："小郭，这么说吧，这其中有一些微妙的关系，只能意会，你慢慢就明白了，因为毕竟你张哥和你一样，也是打工的，是要看人家眼色行事，听人家摆布的……"

小郭点点头，突然又说："今天大家会后都悄悄议论一个事，关于张哥的。"

"什么事？"陈瑶停住筷子，看着小郭。

"郑总今天开会闭口不提张总，称呼张哥为小张或者张经理，大家在背后说是不是郑总要罢免张哥的常务副总职务……"

　　陈瑶心中一动，随即装作若无其事，笑了笑说："呵呵……那职务不过是个名称，老板都是有架子的，习惯了以前的称呼，大大咧咧的，没在意细节，不必在乎。"

　　小郭点点头，又问张伟："张哥，你可是为老板出了大力的人，下面的兄弟们都很拥戴你，很佩服你的，老板不会把你怎么样吧……"

　　"哈哈……不会的，别想多了，兄弟，"张伟大大咧咧地拍拍小郭的肩膀，"老板是有情有义之人，咋会那样对待我呢？"

　　小郭挠挠头皮笑笑："是啊，我觉得不会的，对了，今天怎么把你的车给收回来了？玲玲姐打电话的时候我正好在旁边……"

　　陈瑶一听，看着张伟问："当家的，怎么？自己没来得及投降，被人家缴械了？"

　　张伟笑笑，点点头，又对小郭说："别多想，玲玲是要车有用，工地上用。"

　　"可是那车明明在工地上停了一天，动都没动。"小郭说。

　　"呵呵……"张伟笑着，"不动就不动，反正办公室调车总是有他们的理由的……"

　　陈瑶调侃了一句："狼要吃小羊，总是要有理由的……嘻嘻……"

　　小郭看张伟两口子嘻嘻哈哈蛮轻松的，也放下心来，对张伟说："张哥，反正我不管，你要走，我也走，你到哪里，我就跟你到哪里……"

　　"靠！你要当我保镖啊，粘着我……"张伟笑呵呵地说，"老板老板娘这么器重我，我怎么会走呢？"

　　"呵呵……"小郭开心地笑着，"那就好……"

　　陈瑶对小郭说："以后你在下面听到大家有什么动向，关于你张哥的，一定记得及时和你张哥说，或者和我说也可以……"

　　小郭点点头说："那是一定的。"

　　"还有，你自己也要注意点，别被人家抓住把柄，和你张哥是一条绳子上的蚂蚱，一荣俱荣一损俱损……"陈瑶又叮嘱道。

　　小郭连连点头道："陈姐，我记住了。"

　　"记住，任何时候都不要冲动，冲动是魔鬼，学会用脑子思考，冷静处理问题，不要随便和人家打架……"陈瑶继续叮咛，这回是看着张伟和小郭。

　　张伟点点头道："知道了，陈董。"

　　陈瑶觉察出张伟有些不耐烦，笑了笑，没再多说。

　　吃过饭，小郭和吴洁刚告辞走了一会儿，外面的天开始狂风大作，雨点噼里啪啦下起来。

"今夜有暴风雨！"陈瑶对张伟说，"天气预报上说了，今夜到明天，东兴、宁州都是大到暴雨……"

陈瑶关好门窗，回头抱着张伟，亲吻着张伟的脖子，动情地对张伟说："哥哥……我好喜欢风雨中的安宁和温暖，抱抱我……亲亲我……"

两人亲昵地搂抱在一起，在窗外愈加猛烈的狂风暴雨中，在风声和雨声中，沉沉睡去。

午夜时分，张伟的电话突然急促地响起来……

第四十一章 | 冤家路窄

电话是老罗打过来的，他在电话里说："张总，雨太大，山洪暴发了，溪道里的水突然暴涨，比平时增高了一米多……还有，上游水库看库人员打来电话，说水库的水快满了，要防水……"

张伟"噌"地坐起来，把陈瑶也惊醒了。

"水库再一放水，冲力那么大，非得把刚修砌好的坎冲垮不可，不能放，我马上赶过去……"张伟对老罗说。

这时陈瑶碰了碰张伟的胳膊，用眼神示意了一下。

张伟猛然醒悟，急忙在电话里对老罗说："嗯……老罗，镇静，我想这样吧，按照工作程序来，你先给郑总打电话汇报这事，如果郑总问起我知道不知道，你就说没跟我说……"

老罗毕竟是过来人，马上明白了张伟的意思，答道："好，你考虑得很周全，我马上给郑总打电话。"

放下电话，张伟急忙穿衣服，说："老郑待会肯定会给我电话，我得马上去山里抢险，辛辛苦苦大半年，不能就这么一夜回到解放前……"

陈瑶也坐起来说："我和你一起去……"

"不行，风大雨大，山里又暴发山洪，随时会有山体滑坡、泥石流，你去干吗？老老实实待在家里……我一会儿叫上小郭一起去，小郭的车还在城里……"张伟将陈瑶一把按倒在床上，盖好毛巾被，"继续睡觉，乖！"

"不行！"陈瑶又坐起来，语气坚决，"我是当地人，熟悉山里的情况，你们不熟悉，很危险的，我跟着你们，可以多一分保险……再说，你去了，我待在家里，更揪心……"

张伟听陈瑶说得有道理，说："那好吧，穿衣，我给小郭打个电话。"

张伟接着给小郭打了电话，小郭说马上起身开车过来接他们，然后小郭又说郑总昨晚和于琴一起回宁州了。

两人穿好衣服，带好雨衣，穿上高筒雨靴。

刚收拾好，郑总的电话果然到了。

张伟装作刚知道的样子，听郑总把情况简单复述了一遍，然后告诉郑总，自己马上通知小郭，赶到山里去。

郑总在电话里的声音有些慌乱无措，听张伟镇静自若的声音，心里踏实了一点，忙说自己和于琴马上往山里赶，又一再嘱咐张伟路上一定要小心，防止山上滑落下的大石头。

接完电话，张伟看着陈瑶说："姐，今天这事办得比较妥当，对我，对老罗都是有益的。"

陈瑶笑笑说："是的，这就叫三思后行，考虑缜密。"

二人接着出门，小郭的车已经到了。

三人在狂风暴雨中直奔山里。

出城进入山区，才发现情况果然很艰险，马路都是依山而建，基本都是挂在半山腰，路中间不时发现山上滚落的大石块。

小郭小心翼翼地开车，绕开石块。

陈瑶坐在副驾驶位置，趴在车窗前，紧张地注视着前方，侧耳静听，一会儿突然对小郭说："停！往后倒！"

小郭急忙依言而行，刚停下倒了几米，只听山上"轰隆隆"好像打雷的声音，接着一个大石块夹带着一些碎石从天而降，滚落在前方十米远的马路上，借着惯性，又冲过马路，跌落到马路另一侧的悬崖下面去，"轰轰"的声音响了一会儿才消失。

三人惊惧不已，好险，幸亏陈瑶提醒，否则后果不堪设想。

"遇到这种天气在山里行车，一是要听，听周围有没有异样的声音，二是要看，看前方马路左边的山坡上有没有小碎石往下落，这都是发生危险的征兆……"陈瑶心有余悸，拍着胸脯说。

然后大家继续前行，经常是路左边碎石不断滑落，路右边浊浪滔天，山洪汹涌，要么就是路右边悬崖陡立，黑黝黝的深谷张开死亡的口袋。

车内，三人都不说话，眼睛直盯着前方，精力高度集中。

前方一块大石头落在马路中央，挡住了去路，张伟和小郭穿上雨衣下车奋力去推石头。

正在忙乎着，一辆汽车赶过来，停在他们后面，老郑和于琴穿着雨衣急火火下车跑过来。

张伟一看，老郑开的不是大奔，而是自己之前开的吉普，不知道这车昨晚是怎么开回宁州去的。

老郑和于琴刚下车，突然"轰隆隆"一阵巨响，几块大石头从天而降，正好砸在吉普车顶上，将驾驶员位置砸扁。

大家都呆了，老郑和于琴脸色煞白，两腿直哆嗦，命悬一线，生死一瞬间，捡了一条命。

陈瑶这时也急忙跳下车，冲他们喊："这里是事故多发区，快把大石头推开。"

陈瑶的话提醒了大家，一起用力，肩推棍撬，将大石块推到路边，然后大家一起上了小郭的车，将被砸坏的吉普扔在那里，等天亮通知交警和保险公司来处理，继续赶路。

好不容易赶到电站，水势已经很猛，溪道里山洪奔流而下，水势湍急，水线已经到达小桥的桥面。

老罗已经把住在电站的职工都叫起来了，大家齐聚办公室，男同志都穿好了雨靴和雨衣，等待老郑和张伟来指挥。

老郑没经历过这事，有些慌乱，加上刚经历了一场惊吓，心悸得厉害，听老罗说完险情，一时没了主意，看看张伟说："张总，你具体拿个方案，安排一下。"

这回老郑叫张伟为"张总。"

张伟看着大家都盯着自己，看到陈瑶站在角落里鼓励的眼神，定了定神，考虑了一下说："这样，男同志跟我和老罗、小郭出去抢险，女同志在家值班守电话，和水利部门随时保持联系，电站的值班人员马上上岗，等待通知……放水组的人跟我去水库，老罗带收艇组的人去终点，小郭带放艇组的人去起点，带好手机，随时保持联系，一定注意安全……出发！"

说完，张伟看着郑总，郑总点点头道："好，好，那就这样执行，听张总的，我在办公室坐镇总指挥。"

张伟知道老郑和高强有一个共同点，胆小怕死，关键时候要滑头，不过也不以为意，看了看陈瑶说："你在办公室休息一会儿吧，我很快就回来。"

陈瑶点点头，担心地看着张伟说："你可一定要注意安全，小心点……"

老郑又拉住张伟的手说："张总，一定要想办法保住刚修好的溪道，还有码头……这可是我们半年的心血……"

张伟点点头，然后安排大家分头出去。

张伟带着放水组的两个人在狂风暴雨中艰难前行，终于接近了水库水房，水房值班人员正紧张地观察着水位，见张伟过来，忙说："张总，水库水位已经接近最大水位线，必须马上放水，不然，有溃坝的危险……"

"你和水利局联系了吗？"张伟问。

"一直在和市防汛部门保持联系，他们要求我们必须马上泄洪，不然就要出大事。"

张伟脑子里急速旋转，现在山里的山洪对漂流溪道的冲击已经达到了极限，如果泄洪，漂流溪道极其所有附属设施必然会被冲毁，老郑辛辛苦苦这么久的心血就会在即将开业前毁于一旦……但是，如果不放水显然是不可能的，溃坝的后果更加不堪设想……

有没有第三个选择呢？张伟紧张地思考着，大家都看着张伟的眼神。

"电站的出水口在哪里？"张伟问他们。

"漂流终点下面五十米处，专用通道。"

张伟心中豁然开朗，一拍脑袋，对其中一个人员说："你马上通知电站值班人员，开动所有机组，准备发电，我去放水，电站放水阀在哪里？"

值班员指了指下面一百米远处山坡上黑黢黢的地方说："在那里。"

张伟转身冲了出去，在山石和丛林间穿行，到达放水阀，用力将放水阀开到最大，一阵轰鸣，洪水奔腾而下。

张伟又回到水房，对值班员说："密切观察水位，如果电站泄洪还不能降低水位，只要达到警戒线，不必请示，就直接打开溢洪闸，开闸放水。"

张伟知道，如果那样的话，漂流项目就废了，这可是老郑和于琴的命根子，但是，到了万不得已也没办法，总不能溃坝！

关键时刻，张伟还是知道孰重孰轻的。

张伟然后留下那二人协助看守，自己又回到了电站。

电站里机器轰鸣，所有机组都已开动，已经开始发电。

郑总、于琴和陈瑶正在办公室喝茶，大家神情都很紧张，见到张伟回来，几乎同时问道："怎么样了？"

张伟脱下雨衣，坐下说："还不知道，希望电站泄洪能缓解水库压力，等下看看情况吧。"

"那要是电站泄洪不管用，怎么办？"老郑看着张伟。

"按照防汛部门的要求，那就得开溢洪闸。"张伟干脆地说。

"什么？！如果开了溢洪闸，我的漂流不就完蛋了？！不能开！"老郑有些歇斯底里。

"如果不开，超过警戒线，就有溃坝的可能，这个责任你我谁能负起来？"张伟反问，有些恼火，"你是老板，是投资人，到时候被抓的人是你，蹲大牢的人也是你！"

这是张伟第一次和老郑面对面冲突。

老郑一下子被噎住了，瞪着张伟，又惊又气又怕，一时说不出话来。

陈瑶轻轻说了句："先别讨论这些，先看看电站泄洪的情况，开了这么多机组，下水量还是很大的嘛。"

"对对对，"于琴也连忙出来打圆场，"先看看这边的情况再说。"

老郑也回过神来，说："那……那张总你看着办吧。"

老郑今晚一直叫张伟"张总"。

今晚，老郑差点被索命，这会儿有点惊魂未定，他最怕的就是死，这会儿早已经没了主心骨，把宝都押在了张伟身上。既然把宝押在张伟身上，就不能弄恼了人家，老郑深谙此道，连忙起身给张伟倒了一杯热茶，说："张总，你先喝点茶。"

张伟这会才意识到，老郑叫自己"张总"的意图，心里非常别扭，又涌起一阵阵悲哀。

张伟看看陈瑶问："困不困？"

"不困！"陈瑶笑笑，摇摇头，打了个寒噤，咳嗽了几声。

于琴连忙去宿舍找了两件厚衣服，自己和陈瑶披上。

一会儿水房打来电话说："张总，水位停止上涨，在接近警戒线的位置停止上涨。"

大家一听都很振奋，张伟急忙对值班员说："继续观察，每五分钟汇报一次。"

一会儿，老罗和小郭也分别打来电话："张总，终点水位保持在安全线以内，坡坎没有大的损坏，码头设施完好……"

"张哥，起点一切正常，除了起点码头冲坏了一个角，别的都没事，水势这会儿很稳定……"

大家暂时松了口气，老郑的神态慢慢恢复了正常，抽出一颗烟，点着抽起来。

又过了一小时，雨开始变小，水库的水位开始慢慢下降，溪道里的水也逐渐回落。

老郑的神色逐渐好起来，开始和陈瑶张伟于琴说说笑笑。

"今晚捡了一条命，明天我们得去庙里上香供佛，"老郑对于琴说，"多上点香火钱。"

"阿弥陀佛，善哉！"陈瑶说了句，"郑总和于董是大富大贵之人，所以才会有好

308

运，躲过一场大劫啊，性命无忧，财产保全……"

于琴点点头说："或许都是命中注定，不过，也是多亏了你这口子，临危不惧，智勇双全，不然……"

"是啊，是啊，"老郑连忙笑着，"小张表现得很优秀，很果断，很沉着，很有智慧……"

虽然老郑是在夸自己，张伟心里还是暗暗骂了句：妈的，称呼又改回来了，又叫老子"小张"了！

陈瑶仿佛看穿了张伟的心思，嘴巴憋不住想笑，眼睛笑盈盈地看着张伟。

到天亮，风停雨歇，天气晴朗，一切平安，漂流保住了！

郑总安排劳累了一夜的职工休息，又安排玲玲与交警和保险公司联系处理被砸坏的吉普。

"幸亏你的大奔昨天下午出了点小毛病，咱们是开这吉普回宁州的，不然，损失更大。"于琴对老郑说。

"无所谓，反正有保险……"老郑微笑着说，又完全恢复了老大的派头。

"小张，你安排几个人，今天把损坏的地方修补一下，淤积的溪道也疏通一下。"郑总坐在电站办公室的办公桌前悠闲地翘着二郎腿，对张伟说。

张伟安排完后续事宜，搭乘小郭的车和陈瑶一起回家。回家之后倒头就睡，直到下午六点才醒过来。

醒过来时，张伟一摸身边的陈瑶，竟然浑身滚烫，不断咳嗽，呈半昏迷状态。

张伟找出床头柜的体温计，一测体温，吓了一跳：三十九度六！

张伟吓坏了，穿好衣服，抱起陈瑶，下楼直接驱车奔了医院急诊。

挂号、抽血、化验，医生初步诊断，急性肺炎，须马上住院！

张伟跑前跑后办好住院手续，安排好床位，护士先给打了退烧针。

张伟坐在陈瑶床头，一夜没合眼。

第二天，陈瑶从昏睡中醒过来，又不断咳嗽。

一会儿值班医生进来，对张伟说："这段时间流行急性肺炎，这几天住院的很多，都是突然发高烧，伴随剧烈咳嗽……你爱人的烧已经退了，目前来看，没有什么并发症，先要抗感染治疗，静脉输液最少七天，七天后再拍胸片，看有无好转。"

医生走后，陈瑶用无神的眼光看着张伟，神情疲惫地说："哥哥，你一夜没睡，一定是累了，你在旁边的空床上睡一会儿吧。"

陈瑶住院的房间类似于宾馆的标间，两张床位，带卫生间，带阳台，室内空调、电视、沙发一应俱全。

张伟摇摇头，笑了笑说："没关系，不累，我等会儿给郑总打个电话请一周假，在医院陪你。"

"不行，"陈瑶摇摇头，"老郑那边正到了最紧要的时候，你现在请假，不合适！不理解的话，他还当你故意拆台！"

张伟一听陈瑶说得有道理，有些踌躇，但还是不想去上班，他心里实在放不下陈瑶。

"听话，去上班，我这边让我妹妹过来就可以了，"陈瑶语气委婉而又坚定，"我不喜欢你因为我耽误工作，如果你请假，我会很不开心……"

说完，陈瑶摸起电话，给妹妹打了电话："妹妹，我感冒了，你这几天来医院陪我，别告诉妈……"

打完电话，陈瑶催促张伟说："上班去，我妹妹一会儿就来了，放心好了。"

"那好吧，"张伟终于下了决心，"我下班就过来陪你，替换你妹妹……"

"嗯……去吧……"陈瑶恋恋不舍地看着张伟，"去上班吧……"

张伟去了办事处，开始了忙碌的工作。

郑总不在办事处，一整天也没见影子，于琴也没见。

张伟先调度了下域内代理商家的工作开展情况，再次核实统计了一下开业那天的团队数量，然后，和域外的几个客户进行交流磋商，传递相关资料，谈判合作事宜。

张伟忙得差不多的时候，给陈瑶打了个电话，她妹妹接的，说陈瑶正在输液，病情稳定，让张伟放心。

陈瑶的妹妹叫张小梅，没有随着姐姐改名字，显然已经知道了张伟和陈瑶的关系，对张伟态度很热情，一口一个"大哥"，叫得张伟心里甜滋滋的，心想要是能叫"姐夫"就更好了。

张伟这会儿想去医院看看，张小梅不让来，说姐姐说了，不下班不准过来，不然姐姐会不高兴，张伟只得作罢。

刚放下电话，小如在QQ上和自己打招呼："张总好，在忙吗？"

张伟说："老乡好，刚忙完。"

小如说："哦，漂流开漂筹备得咋样了？"

张伟说："紧锣密鼓进行中，一切顺利。"

小如说："那就好，俺们的团队可是整装待发，到时候可一定要给俺接待好啊，嫩（你）女人的团队俺这边可是伺候得很好的。"

听见小如用家乡话聊天，张伟感觉很亲切："嫩（你）尽管放心，我亲自靠上，服务质量保证让嫩满意，情（就）等着客人回去夸吧。"

小如说："那就好，对了，我今天怎么木（没有）见陈姐姐上线啊，想找她拉呱（聊天）的，曾（怎么）一直木见她？"

"哦……她住院了。"张伟说。

"额……严重吗？怎么了？"小如问。

张伟说："不要紧，急性肺炎，发烧，昨天晚上进的市人民医院，现在烧已经退了，再住一周左右就差不多了……"

小如停顿了片刻说："哦……陈姐住院，你怎么不在医院看着？你这人好不懂得关心人……"

张伟有些愧意，忙解释说："陈瑶不让我在医院陪，她妹妹在医院陪的，怕耽误我的工作，因为漂流马上就要开漂了，时间紧，事情多……"

小如说："嗯……你女人真好，这么支持你的工作，深明大义啊……幸福哦，张总……对了，我想不明白，你女人是老板，你干吗要在外面打工，干吗不去你女人的公司，两口子一起干呢？难道是因为你们的爱情不牢固？嘻嘻……"

张伟说："我想验证自己的能力，不想靠女人来养活，我想证明我自己的能量，陈瑶也支持我这个想法，所以才鼎力支持我的工作……这个和爱情没有关系，只是自己的性格问题……"

小如说："哦……你不打算自己创业吗？跟别人打工一辈子也不会发大财的。"

张伟说："当然有这个打算，但是，我得具备两个条件，一个是资金基础，另一个是能力基础，只有积蓄了足够的资金，积攒了丰富的经验和阅历，我才会去独自创业……"

小如沉默了一会儿说："你的思想很成熟，外面的天地很广阔，只有去独自闯荡过，才会知道经历的宝贵，才会感觉成熟的滋味，才会体会成长的快慰……我觉得，你的想法很正确。"

张伟顿有相见恨晚之感，发过去一个握手的表情，说："老乡，紧握你的手，知音啊……知音……知己啊……知己……难得作为一个外人，你能这么理解我……难得……"

小如说："嘻嘻……你把俺的手攥疼了……"

张伟说："改天我们回瑶北，一定请你撮一顿。"

小如说："好啊，不过，你们来得我请客，地主之谊，是不是？"

张伟说："呵呵……好啊，那改天你来东兴，我尽地主之谊，我请你。"

小如说："嗯……过去的都回来了，回来的都过去了……"

张伟有些不解，问："什么意思，绕口令？"

小如说："嘿嘿……不明白算了……"

张伟觉得小如这人特别善解人意，和自己沟通特别容易，自己的很多想法好像她都了解一样，感觉和她聊天特别轻松。

聊完天，到下班时间了，张伟出门，开着陈瑶的车直奔医院，去看病榻上的莹莹。

路上，张伟接到小郭的电话："张哥，郑总今天在工地这边的，和公司的中层逐一单独谈话……"

"哦，"张伟紧接着问小郭，"谈了些什么内容？"

"不知道，郑总就没有和我谈话，和你谈了吗？"小郭问张伟。

张伟笑起来："没有，咱兄弟俩被晾起来了，呵呵……我知道了，你就当没这回事，不要多想，照常工作，好好干好自己的事情……"

放下电话，张伟心里挺不是滋味，无论自己如何努力想好好表现，老郑似乎对自己越来越有戒心。虽然表面上还是以前那样热乎和近乎，但是内心里却越走越远。

想起前天晚上抢险时候老郑的表现，张伟哭笑不得，老郑心太细了！

不过，又一想，或许自己没做过老板，不理解老板的心思，如果换位思考，或许应该理解老郑的一番苦心。

想了半天，心情有些烦躁，干脆不想了，世事我皆努力，成败不必在我，随他去吧，爱咋地咋地，想那么多，活那么累干吗？

到了医院，陈瑶刚打完针，正跟张小梅聊天，精神好多了，眼神也有了光泽。见到张伟，张小梅笑嘻嘻地站起来说："大哥好！"

张伟忙示意她坐下，问陈瑶："怎么样了？感觉好些了吗？"

陈瑶点点头说："好多了。"

张伟看了看邻床，问："咦，来病号了？"

陈瑶点点头说："一个很漂亮的女孩子，刚才上卫生间去了。"

"也是急性肺炎？"

"是的，这短时间流行这个，呵呵……"陈瑶轻轻地笑起来，又指着旁边的一个大花篮，"你看，这是谁送来的。"

张伟一看上面的字条："祝张夫人早日恢复健康，祝姐姐快乐开心。——小如遥祝。"

张伟笑了，说："今天下午小如和我聊天了，知道你住院的事情，一定是接着就通过这边的花店订购了鲜花……"

"是的，送花的刚走，说是山东瑶北的一个女的订购的……"陈瑶微笑着，"我猜也是你告诉的，难得她一片心意，你明天记得 QQ 上感谢人家……"

张伟点点头说："一定。"

张小梅站起来说："姐，大哥，我先回去了。"

"好，小梅，你先回去，记得别告诉妈啊……"陈瑶叮嘱道。

"知道了，再见！"小梅说着开门离去。

张伟刚要关门，一个女孩推门进来，陈瑶同室的病友回来了。

张伟忙拉开门，女孩一抬头，刚要说"谢谢"，突然一愣："咦，是你?!"

张伟看见女孩，也不由心里一惊："怎么？是你?!"

陈瑶躺在病床上一怔："怎么，你们?"

和陈瑶同室的病友竟然是上次张伟和潘唔能一起吃饭时遇到的那个漂亮女大学生！

这让张伟颇感意外。

那女大学生也颇感意外，又很有些尴尬的表情。

随即，张伟很快反应过来，冲那女大学生微微一笑："你好，又见面了。"

女大学生也反应过来，冲张伟一笑："你好，你是来……"

张伟一指陈瑶，说："这是我女朋友，我来陪床。"

"哦……"女大学生轻松地笑起来，"原来张总是陈姐的男朋友啊，你们两口子可真是郎才女貌……"

陈瑶看着张伟，又看看女大学生，问："张伟，李燕，你们认识?"

张伟才知道这女孩原来叫李燕，点点头，看着陈瑶说："上次吃饭时见过。"

李燕也看着陈瑶说："陈姐，我和张总上次在旅游局的一次酒桌上一起吃过饭。"

两人都没提潘副市长，两人都觉得没有必要提潘副市长，张伟是因为不想刺激陈瑶，李燕是因为避免尴尬和难堪。

张伟挺欣赏李燕的容貌，水灵、清纯、青春、活力，不过又很瞧不起李燕，自暴自弃，甘愿堕落，年纪轻轻，本可以自食其力的，干点什么不好，非要靠色相来攀附权贵，为的只不过是物质享受。

张伟只是心里想，嘴上自然不会说。

陈瑶是何等聪明的丫头，一看张伟的神情和眼神，就有所觉察。

所以在李燕躺到病床上开始看书以后，陈瑶摸出手机，就给张伟发短信："哥哥，抱抱……"

张伟看了短信，坐在陈瑶身边，微微一笑："不怕别人看见？"

陈瑶妩媚地斜眼看了张伟一眼，问："你怕李燕看见？"

张伟说："不是怕，是不想让她看见。"

陈瑶说："为什么？我总觉得这女孩子不大对头？"

张伟问："你哪里看出不对头了？"

陈瑶说："眼神，眼里冷寂而又心计多端。"

张伟不想隐瞒了，说："李燕就是潘晤能最新的小情人，那晚和于琴一起被带走的那个。"

陈瑶不由瞥了一眼李燕，收回眼光，说："原来如此，看得出这女孩子不简单，举止言行，很干练而富有心计，可惜……"

张伟笑笑，看看陈瑶说："这女孩子不是善茬，注意保持距离，少接触为好。"

陈瑶不发短信了，笑着抬头看着张伟，嘴里轻轻说了句："遵命，老公！"

张伟笑了，放下手机，对陈瑶说："饿了吧？"

陈瑶摇摇头说："我不饿，你去吃晚饭吧，我刚才和小梅已经吃过了。"

张伟下楼到医院门口去吃面，却正好在面馆门口遇见于琴和老郑开车经过，两人停下和张伟打招呼，知道了陈瑶住院的事情。

老郑颇感歉意，说一定是前天晚上受了凉得的肺炎，立马就要去医院看陈瑶。

于琴一拉老郑的胳膊说："你他妈的神经啊，哪里有晚上看病人的？明天上午我来看好了，我们女人家，不用你操心了。"

这是张伟第一次见于琴当着外人的面骂老郑。

人生总是有无数的第一次，有无数的过去的第一次和未知的第一次，自己前天夜里，也是第一次和老郑为放水的事发生了对抗。

和老郑两口子告别，张伟边吃面边想事情，总觉得哪里有些不对头，想了半天才想起来，明天于琴来看陈瑶，免不了要遇见李燕，不知她们见面，又会是如何的尴尬。

世界很大，世界又很小，人生何处不相逢！

吃过晚饭，张伟在病房里陪陈瑶聊天。李燕自己一人，也没有陪床的，躺在床上看书，然后就是拿着手机不停地发短信。

大约到了晚上八点多钟，病房的门被轻轻推开，一个年轻的戴眼镜的小伙子推门进来，先是冲张伟和陈瑶友好的一笑，然后直奔李燕的病床。

"你怎么来了？你来干什么？不是给你发短信说了，不要过来吗？"李燕有些不悦，轻声然而冷漠地说。

年轻人轻声而委婉地解释着："你生病了，我怎么能不过来呢？马上要毕业了，系里的事情比较多，我刚忙完……对了，我爸妈今天来电话，说毕业后想让我们马上结婚……"

两人谈话的声音虽小，但病房的空间更小，足以灌进张伟和陈瑶的耳朵。

张伟和陈瑶对视了一眼，没说话。

"讨厌，你爸妈操的什么心？我的事情我自己知道怎么办。我说过要和你结婚吗？我答应过你什么吗？"李燕的声音更加冷漠。

"你……"年轻人有些不知所措，"我们……"

"今天我给你发短信就是想委婉地告诉你，不想直接伤害你，既然你来了，那我直说了吧，大学毕业了，我们也结束了，别有什么多余的想法，这几年你也不吃亏，白白跟我好了三年，现在，各奔东西吧……"李燕轻描淡写地说着，声音很低，生怕张伟和陈瑶听见。

"你怎么能这样？我们不是商议好毕业后一起出去打拼的吗？"年轻人的表情显得很痛苦。

"打拼？你一个大男人，不能养活自己的女人，还要和你一起出去打拼受苦受罪，做梦去吧……我想要的，我想得到的，你满足不了，实现不了，我劝你死了这条心，该干吗干吗去，至于我，不用你操心，我有我的路，我有我的计划……"李燕冷漠而低沉的声音不可阻挡地进入张伟和陈瑶的耳朵。

然后，两人继续小声争执、辩论，李燕的脸色越来越难看，语气越来越冷淡，最后，年轻人神情沮丧地起身离去。

之后，李燕把脑袋缩进被窝里，在被筒里打起了电话，说的什么，听不清。

张伟看看陈瑶，摇摇头，笑笑。

陈瑶看着被子下面的李燕，眼里流露出惋惜的表情，一会儿轻轻叹了一口气。

夜深了，张伟伺候陈瑶睡下，自己趴在陈瑶床头，握着陈瑶的手，也慢慢睡了过去。

李燕的电话足足打了两个多小时，声音很小，窝在被筒里，倒也没有打扰张伟休息。

陈瑶没有睡着，伸出一只手，轻轻抚摸着张伟的头发，温存地看了许久……

第二天一大早，张小梅就来看护姐姐，接替张伟，给张伟和陈瑶带了早饭。小梅长得和陈瑶一样的漂亮，只不过气质不如陈瑶，显得幼稚、简单而活泼。

陈瑶和张伟说过，说小梅就像个小孩子，天天无忧无虑，不谙世事，总是要让人操心。前年，陈瑶帮小梅两口子开了两家"快客"加盟店，虽然收入不是很多，但是一年几十万还是有的，加上小梅本来就没什么宏图大业的想法，小日子倒也过得有滋有味。

小梅虽说无忧无虑，但也不全是，她最揪心的就是姐姐的终身大事，最渴望的就是姐姐能找到一个如意郎君，因此见了张伟，对张伟显得特别热情，好像特别喜欢张伟。她给张伟带的早饭很合张伟的口味，估计是陈瑶事先叮嘱了的。

张伟觉得小梅挺好玩，像个洋娃娃，性格介于王炎和丫丫之间。小梅叫张伟一口一个大哥，叫得陈瑶心里老想笑，其实小梅和张伟同年，但是生日大，比张伟大二十天，不过，要是按亲戚从自己这边论，叫大哥也不算为过。其实现在很多称呼都在变化，姐夫这个称呼正在逐渐被大哥所代替。

张伟上班刚走，于琴带着于林捧着鲜艳的鲜花来慰问陈瑶了。

果不出张伟所料，于琴一进门就被李燕吓了一跳，足足十秒钟没说话，然后看着李燕尴尬地笑了笑。李燕呢，同样报以更尴尬的笑，她们都想起了那个别墅的晚上。

然后，李燕找借口出去了。有于林在旁，于琴自然不好和陈瑶谈论李燕。

于林一进门就被陈瑶的美震憾了，病床上的陈瑶依然是那么美丽动人，清秀舒雅之外又增添了几分病态美，于林终于明白自己为什么得不到张伟的垂青了，明白自己为什么失败了，不由得甘心俯首称臣，一口一个"陈姐姐"，叫得甜甜蜜蜜。

陈瑶见到了和于琴同样妩媚妖娆的于林，不由暗暗感慨张伟能经受得住此姐妹俩的诱惑和吸引，确也不容易，更对自己的魅力暗暗有点得意和自豪。

李燕出去后，大家乐呵呵地谈天说地。于琴心里盘算起潘唔能的老婆王英来，琢磨着能否利用王英来制衡一下潘唔能，逼迫潘唔能放弃对陈瑶的图谋。

至于李燕，那是甘愿自投罗网，她贪图荣华富贵，自然另当别论，也无需别人帮忙，有一个潘副市长就够了。

一会儿到了输液时间，李燕回到病床开始打吊瓶，默默地躺在那里不说话。

李燕一进屋，于琴就感觉老大不自在，不想说话了，倒是于林和陈瑶叽叽喳喳说个不停。陈瑶看出了于琴的不自在，一会儿对于琴说："明天漂流就要开业了，公司里一定很忙，你们先回去忙吧，我这边没什么事情的。"

"是啊，明天五一，是开漂的日子，可惜，陈姐姐不能去参加开漂仪式了。"于林口快心直。

"呵呵……你们的请柬我早就收到了，明天我去不了，不过，我会安排公司的徐总去的，提前预祝你们开漂顺利，财源滚滚……"

于琴笑笑说："陈董，谢谢你，自家姊妹别客气，倒是张总不能陪你住院，一直在公司里忙乎，不好意思……"

"是我不让他请假的，当此用人之际，怎能离开？"陈瑶说，"不过，等一开漂就轻松了，到时候我可是要让他把假补回来，没意见吧，呵呵……"

"当然没意见，妹妹开口了，我是无论如何也无法拒绝的，呵呵……"于琴笑呵呵地，"春暖花开，打算出去转悠转悠？"

"嗯……打算和张伟一起回山东老家去看看，见见未来的公婆……"陈瑶微笑着，"当然，要等你们公司工作允许的时候……"

"当然可以的，我们也是严格遵守劳动法的，大家这段时间没休息，开漂后生意正常了，都要补回来的，呵呵……"于琴说。

正说着，病房的门被推开了，徐主任的脑袋探进来，一眼扫见了陈瑶、于琴，还有李燕。

接着，后面的局长也出现了身影。

局长和徐主任进了病房，徐主任抱着鲜花，提着礼品。

他们见了陈瑶和于琴，有些意外，徐主任说："陈董，你怎么也病了？"

陈瑶坐起身说："局长好，徐主任好，是啊，急性肺炎，你们是……"

"我们是来看小李的。"徐主任冲陈瑶和于琴笑笑，和局长一起走到李燕的床前。

陈瑶和于琴对视了一下，都抿嘴一笑。

李燕炫耀地看了一眼陈瑶和于琴，和局长打招呼："谢谢局长，谢谢你们来看我。"

局长亲切地询问了一下病情，对李燕说："好好养病，不要着急上班，手续那边徐主任会给你办的，编制已经给你留好了，谁也抢不走，呵呵……"

李燕感动地看着局长说："太感谢了，等我病好了，先去局里实习吧，多学点东西……"

局长连连点头，对徐主任说："你看，小李多上进，回头你安排一下。"

徐主任连连点头答应。

然后，局长转过身，冲陈瑶点了点头，眼神很淡，转身就走了。

陈瑶知道局长对自己有意见，特别是高强的大地旅行社开业那天自己没去陪潘唔能吃饭，潘唔能气得拂袖而去，局长一定是很生自己气的。

陈瑶不想得罪局长大人，但是她不能拿自己做交易，所以也只能是无可奈何随他去了。

徐主任跟在局长后面，冲陈瑶和于琴谦和友好地笑笑，也退出病房。

局长和徐主任走后，李燕变得情绪高昂起来，嘴里轻轻哼起了歌曲。

于琴和于林一会儿告辞，临走前，陈瑶再一次向于琴祝贺，预祝明日开漂顺利！

于琴再一次致谢，最后说："等我忙完开漂，我约你出来喝茶，我有一个关系不错的大姐，认识认识，交个朋友，或许以后会有帮助。"

陈瑶没有把这话往心里去，点点头说："好啊，一起喝茶聊天，放松放松！"

张伟今天异常忙碌，明天是开漂的日子，五一劳动节，各项开漂前的准备事宜全部又过滤了一遍，从开幕式到接待，从放水、放艇到安全保护，从售票到救生设备发放，从客人团队接待到散客安排……

老郑呢，忙着和旅游局的领导一起落实明天前来剪彩的领导名单、座位排列、接待事宜，也是忙得不亦乐乎。

辛辛苦苦忙碌了大半年，明天就要检验成果了，就要收获耕耘的快乐，大家心里都很兴奋，期待着明日的开门红。

张伟百忙之中还和小如聊了会儿天："小如，小老乡，谢谢你的鲜花和祝愿，我代表陈瑶，谢谢你，衷心感谢。"

小如说："鲜花收到了，那就好，也算是我的一点心意了，我觉得你们两口子都是好人，好人应该有好报！"

张伟有些感动，说："小如，你也是好人。"

小如沉默了一会儿，说："……真的？我真的是好人？"

张伟说："是的，我和陈瑶一致感觉，你真的是个好人，不错的朋友。"

小如说："真的？你们真的觉得我是好人，当我是好朋友？"

张伟说："呵呵……是啊，我们在工作上是客户，在工作之外是朋友，很好的朋友……"

小如说："……谢谢你，张总，谢谢你们……谢谢你们这么看重我……"

张伟问："呵呵……明天我们就要开漂了，辛辛苦苦这么久，终于要见成果了，你的团队现在在哪里？"

小如说："我现在有四个团在浙江，其中两个在杭州，一个在宁州，一个在淳安千岛湖，按照计划行程安排，今晚全部到东兴，明天汇合在一起，上午游览鲁迅故居，午饭后，去漂流，我和于林联系好了，下午三点开始漂……"

张伟说："好的，要不要我今晚先请你们的全陪一起吃顿饭，大家先热乎热乎……"

小如说："别……千万别，我们公司对全陪都有严格的要求，出去要自觉注意形象，不得接受额外的宴请和礼品，你就别让他们为难了……"

张伟不由佩服小如的管理有一套，说："那好，就不难为他们……等我忙完这段时间，抽空专门向你讨教计调知识……"

小如说："嘻嘻……你们家就有一位高手，何必请教俺呢？"

张伟说："每个人都有自己的长处，多方学习，多方受益，才能让自己的知识更加全面……"

小如说："你是一个好学上进之人，你一定会有很好的前程，真心祝愿你能有自己的事业，实现自己的理想……"

张伟心里热乎乎的，到底是自己老乡，仿佛是自己很熟悉的老朋友一样，说："老乡啊，你这话真的好亲切好心暖啊，听了热乎乎的，看来咱们是有老乡缘分……"

小如说："缘来缘去一场梦……"

张伟问："什么意思？"

小如说："呵呵……没什么了，去忙吧……"

张伟刚关上QQ，推门进来一个人，是王军，他脸色阴沉，神态傲慢地问："郑总呢？"

"不知道。"张伟淡淡地回答了一句，继续低头看电脑，理都不再理他。

王军有些意外张伟对自己的冷淡，脸色一沉，出了办公室，站在外面走廊给郑总打电话："老郑，你把我当猴耍了是不是？明天就要开业了，咱那事还没办，你怎么打算的？是不是觉得事情办完了，就想卸磨杀驴啊……"

王军嗓门不小，好像火气很大。

张伟听了心里暗笑，寻思，你他妈的不花一分钱就想要百分之三十的股份，吃白食没那么便宜的，老郑是生意人，生意人从不做亏本买卖，怎么会让你白白捡便宜呢，老婆让你姐夫给霸占了，钱再让你赚了，他图个啥啊？

"你不用给我解释这么多，我就问你一句话，你到底是给，还是不给……"王军有些恼羞成怒，"……注资？注资我还给你打电话？"

王军怒气冲冲地走了。

一会儿楼下响起停车的声音，郑总两口子回来了，直接进了隔壁办公室，接着传来郑总和于琴的对话。

"我女人让他姐夫霸占了，钱也没少给，小狗日的真不要脸，还惦念着百分之三十的股份，门都没有……"老郑激愤的声音，"我做了这么多年生意，还从来没这么亏过，赔了夫人又折兵……"

"你小声点，狗日的郑一凡，"于琴压低嗓门的怒骂，"这能有什么办法？谁叫潘唔能是他姐夫来着，我看这事得从长计议……"

"不用，"老郑的口气缓和了一些，"白道我已经和政府老大梁市长挂上了，昨天给了他二十个，他拍着胸脯说让我今后有什么事情直接找他，以后我不找这潘唔能了，太贪婪了，无休无止啊……黑道咱也不怕这小子，波哥已经被我拿下了，他现在根本就不在乎潘……"

"嗯……不过，能不闹僵还是不闹僵的好，冤家宜解不宜结……"于琴说。

"当然，我犯贱啊，招惹他们，只要他们不逼我太甚，我是不会和他们对抗的，这点数我还是有的，还有，你没事和王英多热乎热乎，这女人喜欢贪小便宜，到时候说不定能用得上……"老郑的声音恢复了常态。

"嗯……我知道。"于琴答应着，其实心里主要还是把王英作为制衡潘唔能的工具来用的。

张伟在隔壁听得真真的，或许是因为自己办公室门关着，老郑和于琴以为自己不在，没有什么提防。

张伟在办公室没有做声，等了一会儿，老郑和于琴出去了，他才离开办公室，直奔医院。

到了医院，推开病房的门，陈瑶和小梅正有说有笑地在一起吃草莓，隔壁的病床上空着。

"咦，李燕呢？出院了？"张伟有些奇怪，问陈瑶。

"换病房了，"陈瑶指指隔壁，"她可能是自己觉得不大得劲吧，中午换到隔壁的病房去了，那边是一人一个房间，清静。"

"哦……是这样……"张伟边说边坐下来，和他们一起吃草莓。

"她走了好啊，晚上大哥就可以睡床了，不用再趴着难受了。"小梅笑嘻嘻地看着张伟。

"是啊，我正打算让小梅回家带一张折叠行军床来，这下倒用不着了……"陈瑶挑了一个大红草莓递给张伟。

"这个我吃，"小梅一下子从姐姐手里抢过草莓，塞到嘴里，边吃边打哈哈，"我是小梅，我喜欢吃草莓！"

陈瑶打了小梅一下，又挑出一个大的递给张伟说："小梅的梅，不是草莓的莓，是杨梅的梅……"

小梅笑嘻嘻地听着，看着张伟，突然说："大哥，我要去漂流。"

"好啊，等天气再暖和点，带你和你姐一起去漂流。"张伟说。

小梅看着陈瑶的脸说："姐姐，好不好，我还没漂流过呢，听说特别刺激好玩……"

"我没意见，倒是带着你家那位一起去，"陈瑶呵呵笑着，又转向张伟，"明天开漂的事情都准备好了吗？"

"万事俱备只欠东风，各就各位了，"张伟说，"明天上午十点五十八分，正式开漂。"

"有何感想？小张经理。"陈瑶笑嘻嘻地看着张伟。

"我的感想只有一句话：终于等到了这一天。"张伟颇有感慨。

"这漂流的每一个部分，都凝结着你的汗水，你的心血，倾注着你的希望，你的理想，唉，可惜，明天我不能亲临现场去和你一起分享成功的喜悦了……"陈瑶有些遗憾地说。

"唉，可惜，明天我也不能亲临现场去观摩大哥的劳动果实了……"小梅调皮地模仿着陈瑶的口气，重复了一遍。

陈瑶笑嘻嘻地看着小梅说："小梅，你大哥很厉害，是武林高手，知道不？"

"哇！真的？"小梅夸张地拍拍手，"有时间大哥露两手给我看看，俺家宝宝可是最喜欢武术了……"

"你家宝宝？"张伟对"宝宝"这个称呼很敏感，问小梅。

"是啊，俺儿子，四岁了，最喜欢看武打电影了，最喜欢看李小龙……"小梅眉飞色舞地说着。

张伟哑然失笑，看了陈瑶一眼，陈瑶没告诉过自己，小梅的儿子叫宝宝啊。

陈瑶笑意盈盈地看了看张伟，那眼神仿佛在说：宝宝，怕刺激你，没告诉你呢……

"等开完业，我就轻松了，"张伟换了个话题，对陈瑶说，"我得好好休息几天，把假期补回来。"

"打算怎么休息呢？"陈瑶看着张伟。

"等你出院，我看时间打报告休假，咱们回俺老家去，带你去见公公婆婆……"张伟说。

"好的，"陈瑶很高兴，"春风做伴，一路北上，杀奔瑶北，拜见公婆，快哉快哉！"

三人正说得高兴，病房的门猛地被推开，一个粗胖黑黝、穿着华丽、盛气凌人的中年女人闯进来："哪个是骚狐狸精？！"

第四十二章 声东击西

张伟一看，是潘唔能的老婆，很久以前自己在宁州与潘唔能和他的老婆吃过一次饭，也是自己和顾晓华在地下停车场发现潘唔能和于琴在车里发生关系的那天。

时隔多日，王英自然不会记得这个无名小子，但是她那粗俗不堪的气质和外表却给张伟以深刻的印象，因此张伟一眼就认出了她。

屋子里只有陈瑶和小梅两个女人，张伟皱皱眉头，站起来问："喂，你是干吗的？找谁？"

王英一看张伟说话毫不客气，也不甘示弱："我找骚狐狸精的！"边说边看着陈瑶和小梅。

"你骂谁?！我看你才是骚狐狸精！"张伟火了，摆出一副痞子模样，身体一晃一晃地，走到门口。

王英一下子愣了，她这种人只适合和官场的人打交道，拿老公的头衔来压人，那些人见了她都是卑躬屈膝，笑容可掬，对于社会上的小混混，她很清楚，这一套是没有用的。

王英被张伟骂了一句粗话，看到张伟凶神恶煞的样了，却不敢反骂，支吾了一下："我……我找李燕的。"

张伟其实一看王英过来，心里就猜到了大概，也看出王英没认出自己，干脆自己也就装作不认识的样子，破口大骂。

"出院了，滚出去！"张伟继续猛喝道，不知为什么，他突然想保护李燕。

"哦……对不起！"王英见风使舵，不吃眼前亏，知道自己骂错了人，忙退了出去。

"什么玩意?！"张伟把房门关上，回来坐下。

"这是谁啊？你认识？"陈瑶问张伟。

"我认识她，她不认识我，"张伟笑嘻嘻地说，"她来找李燕的，你猜她是谁？"

"哦……我明白了，"陈瑶点点头，"这么粗鲁，真恶心……"

张伟很佩服王英的消息渠道，李燕刚来这里住院一天，她就杀上门来，看来不仅仅是巴结市长的多，巴结市长夫人的同样大有人在。

另外，从这个事情，加上李燕住院，局长和徐主任专程来看望，也可以推断出李燕在潘唔能眼里的地位不容小视，还有情人关系的苗头。

"她粗俗不是一天两天形成的，但是恶心骂人却也是逼迫无奈啊，"张伟对陈瑶说，"是不是她感觉到了威胁或者是什么别的事情呢？"

"潘唔能怕老婆是出了名的，在外面再牛，回到家老老实实，因为他当年发迹靠的是老丈人，理亏……"陈瑶说，"不过这女人也真可怜，成了一副摆设了，潘唔能在外面胡作非为，她要么是不知晓，要么是抓不到把柄管不到，唉……外面彩旗飘飘，家中红旗不倒……"

"呵呵……"张伟和小梅都笑起来。

"李燕这女孩子倒也是很有心术的，不容小视，"陈瑶沉吟着说，"保不住现在和潘唔能的关系已经升格为情人关系了……"

"可悲的是像潘唔能那些人的妻子们，要么蒙在鼓里一点不知，为自己有一个忠贞的丈夫而自豪，要么知道也不敢管，怕鹊巢鸠占，唉……想当年，无不望夫成龙，现如今，夫成了龙，这凤却难成了……"陈瑶颇多感慨。

"好了，别愤青了，吃晚饭吧，我去给你们俩打饭去。"小梅说着出去了。

小梅一出去，陈瑶伸开双臂，眼睛里流露出快乐和渴望，撒娇道："宝宝哥哥，抱抱……"

张伟弯腰抱住陈瑶，两人亲热了好一会儿才分开。

"你妹妹的孩子咋叫宝宝呢？和他姨父重名，这还了得？"张伟说。

"嘻嘻……"陈瑶开心地笑着，"我怕打击你，一直没告诉你，小孩子叫宝宝的太多了，大众化的名字……"

张伟哈哈大笑，很开心，一会儿把下午听到的老郑和于琴谈的事情告诉了陈瑶。

陈瑶听完，凝神思考了一下说："哈哈……热闹了，以郑老财的性格脾气，还有处事的方式，我看潘唔能要从老郑眼里失宠，老郑以后可能会和潘唔能对着干，但是目前还不会……"

"为何有这分析？"

"知道吗，梁市长和市委书记一直有矛盾，这是市委大院公开的秘密，市委书记一直压制梁市长，而梁市长一心想把市委书记放倒，自己扶正，这潘唔能是市委书记的人……梁市长绝不会稀罕老郑的二十万块钱，他接受老郑的钱，是对老郑的一种鼓励和信任，也是增强老郑的信心，我觉得，肯定后面会有别的目的……这背后或许掺杂着复杂的官场争斗，老郑只不过是被利用的一粒棋子……"陈瑶边分析边说。

"高屋建瓴，高瞻远瞩……"张伟很佩服陈瑶的眼光，觉得陈瑶的分析很有道理，赞叹道，又说，"老郑恐怕也不会那么容易被利用吧?"

"老郑是生意人，不懂官场，生意人只图利益的本性决定了他对官场争斗的无知，决定了他只会抓住自己的利益，所以，梁市长会在满足他经济利益的同时，利用他来做一粒可以发挥特殊功能的棋子……以前就听说梁市长是有政治抱负的人，工于心计，善于谋划，和潘唔能不同，潘唔能是个浪荡公子，纨绔子弟罢了……"陈瑶看着张伟说道。

张伟点点头道："姐，你说得很对，那王军今天一副气急败坏的样子，说不定会去找他姐姐告状……"

"咱不管那些事了，潘唔能的老婆可怜，李燕更可悲……咱吃饭。"小梅带了饭进来，陈瑶起身下床吃饭。

吃过饭，小梅回去了，张伟又打电话给于林，让于林去东兴国贸宾馆接待一下小如明天将要去漂流的四个团，和带队的全陪接上头。

"明天你们接待的压力会很大，"陈瑶等张伟打完电话说，"开业第一天，一般人都会很多，中短线的自驾游客人会很多，特别是五一放假，天气又热起来了，而且，你们这段时间地毯式的覆盖广告、新闻造势，整个宁州和东兴，没有不知道白云山漂流的……"

"初步估计会达到五千人，这个也是最大的接待能力了……"张伟说。

"明天不会低于一万人，老公，你得有个思想准备，售票口要控制住票的销售，不能只图卖钱，客人漂不了，最后要闹事的，当年那个浙东第一漂——宁州李家坑漂流就出过这事，买了票，排不上号，闹翻天了……"陈瑶提醒张伟。

"嗯……我提醒郑总吧，现在我说了已经不算了。"张伟对陈瑶说。

说这话的时候，张伟突然感觉一种失落，一种权利旁落的失落，一种受制于人的失落。

看来，还是自己做老板好，起码自己说了算！不用看别人眼色行事！张伟脑子里冒出了这个念头。

张伟和陈瑶谈话的同时，潘唔能正在和高强、老郑在鲍翅楼一起吃饭，老郑请客。

生意场、官场讲究的是既斗争又联合，老郑这会儿就是在实践这个规则，下午和小舅子吵完架，晚上就和姐夫觥筹交错。

高强见了老郑很兴奋，这个死对头表面上和自己却是亲如兄弟，情同手足。潘唔能乐呵呵地说："原来高总和郑总早就认识啊。"

"是的，潘市长，我和高总在宁州是老兄弟了，老伙伴，没想到在东兴又相遇，缘分啊。"老郑边对潘唔能说着边意味深长地看了高强一眼。

高强心里暗暗诅咒该死的老郑，不过也笑呵呵地对潘唔能点点头说："是的，潘市长，郑总一直对我是高度关注，照顾有加，高看一眼，厚爱一层……"

老郑听了这话，知道高强在讽刺自己，心里暗暗发笑：老高，你是跳不出我的手心的！

潘唔能听不出这些来，高兴地举杯喝酒，道："我手下以后有你们这两员大将，一个旅行社，一个景区，好好配合，我争取树你们两个做典型，树为东兴旅游的两面红旗……"

老郑和高强自然感恩戴德，高呼感谢，举杯痛饮。

酒足饭饱，老郑安排大家去洗脚，开了一个单间，让潘唔能和高强去洗，老郑自己要回去安排明天开业的事情，付完账之后就先行告辞。

单间里只剩潘唔能和高强两个人。

潘唔能喝多了酒，很兴奋，摸起电话打给李燕："燕子，病好了没有？"

"还没，还要住院治疗呢。"李燕回答。

"哦……"潘唔能有些失落，燕子一住院，自己这几天就不能发泄了，还得找别的女人，"那好吧，好好治疗。"

"死鬼，你也不来看看我。"李燕撒娇嗔骂。

"嘿嘿……宝贝，别生气，我工作忙啊，这不是旅游局的局长已经去看你了吗？就是代表我去的……局长代表我的心……"潘唔能当着高强和服务生的面，酸里酸气地唱起来。

高强一阵肉麻，潘唔能可真够酸的！

"好了，别肉麻了，你忙吧，记住，不准找别的女人……"李燕娇滴滴地说道。

"保证不找……"潘唔能嬉皮笑脸地说着挂了电话。

"潘市长，李燕您还满意吧？"高强乐呵呵地扭头对潘唔能说。

"好，很好，不错，知识女性，良家妇女，简直就是个尤物，太懂风情了……年轻好啊，浑身充满活力和热情……"潘唔能由衷地夸赞道。

"那就好，只要能让您满意，我就放心了。"高强说。

潘唔能没回答，突然心里涌起一阵幽怨和惆怅，还有几分无奈和愤怒，摸起电话打给徐主任："小徐，上次你拍的照片还有没有？"

徐主任在那边有些糊涂，问："潘市长，什么照片？"

"就是我们去假日旅游调研的时候，我让你拍的特写照片。"潘唔能回答。

高强心里一惊，侧耳静听。

"我不是送给你了吗？"徐主任回答。

"我那没保存，让他们合成了一张大照片，结果前几天被一个骚娘们发骚给撕坏了，妈的，气死我……"潘唔能懊丧地说道。

"我电脑前几天重装了，没保存啊。"徐主任找了个理由。

"哦……那你抽空再去一趟假日旅游，找个借口，再去拍几张照片，关键要她的特写镜头，脸部、胸部、嘴唇还有脖子……"潘唔能充满淫邪的口气。

"那……好吧。"徐主任的口气好像有些无奈。

打完电话，潘唔能酒气未消，闭上眼，遐想，又自言自语："这个娘们可真勾人啊，暂时弄不到手，先弄个照片合成光身子的看看也很过瘾的……妈的，带刺的玫瑰真刺激，老子非得把你弄到手，到时候，嘿嘿……"

说着说着，潘唔能打起了瞌睡。

高强脑子"轰"地一响，眼神发直，浑身的血都冲到了头顶。

可惜潘唔能已经打起了瞌睡，没看到。

高强心里翻江倒海一般，痛苦地闭上眼睛，操你妈的，竟然打起了我女人的主意！

一想到潘唔能搞女人的手段，高强不禁打了个寒噤。

高强早就听说，潘唔能在旅游系统搞的女人太多了，有不少还是自己部下的老婆，只要是他看中的，不管是谁的女人，总要千方百计、软硬兼施弄到手。

一想到潘唔能对自己以后的影响和好处，高强心里就又矛盾起来。

一想起张伟即将遭遇潘唔能的挑战，高强心里竟然又有了一丝快意……

高强正胡思乱想间，潘唔能醒了过来，摇摇头，喝了口茶，打个哈欠，毒瘾犯了。

"你，"潘唔能用命令的口气对高强说，"马上打电话安排两个小妹，要四川的辣妹子，洗完脚带到我那别墅去，我先回去溜几口，熬不住了……"

说完，潘唔能一抬脚，对正在捏脚的服务生说："不洗了，穿袜子，穿鞋。"

高强心神不定地点点头，摸起了电话。

潘唔能先走之后，高强也匆匆结束洗脚，直接去了天上人间夜总会，找到妈咪，要了两个长得很漂亮的"出冰台"的四川妹子，付好钱，带到潘唔能的别墅。

路上，高强免不了叮嘱一番，一定要做好服务工作，要保证服务质量，为了保险，高强又给了她们每人一千元。

高强告辞，头脑木木地走出潘唔能的别墅，脑海中一直琢磨着潘唔能刚才给老徐的电话，心中一阵阵的绞痛，又有一分快意。

高强就这样矛盾地走到小区大门口，想了半天，终于还是忍不住摸出电话，给陈瑶发了个短信。

陈瑶收到高强短信的时候，正躺在床头看书，张伟已经在邻床睡了，鼾声正浓。

陈瑶看完短信，然后删掉了，靠在床头沉思起来。

第二天，张伟一大早就起床赶到了山里，终于要开漂了！

张伟搭乘郑总的车去山里，他不愿意开着陈瑶的宝马在公司人员面前露相，宝马钥匙给了徐君，徐君今天要来参加开漂仪式。

开漂仪式搞得很热烈隆重。梁市长亲自赶来剪彩，本来要讲话的潘副市长就成了主持。市人大、政协、军分区的相关领导都来了，梁市长兼市委副书记，代表市委和市政府。市里各相关部委办局的一把手都来了。东兴市所有的旅游公司老板都来了，包括高强。顾晓华代表国旅也来了。大大小小的车辆放满了停车场，很多游客的车只得放在五百米开外临时开辟的停车场所。

接待室门前，摆放着各单位送的花篮和礼品，其中假日旅游送的一条玉雕船格外引人注目，这是陈瑶专门安排徐君从杭州采购的，花了六万多。

张伟是当天开业的现场总指挥，坐镇广播室，拿着临时配备的对讲机调度各小组的情况。

老郑和于琴忙着在门口迎接各位嘉宾。

一会儿梁市长一行来到，潘副市长紧随其后，老郑和于琴赶紧上前迎接。

梁市长微笑着握着老郑的手，面对摄像机镜头笑呵呵地说："郑总，祝贺漂流今日开漂，感谢你们为东兴旅游又奉献了一个优秀的旅游项目，希望你们能长期扎根东兴，为东兴的旅游事业做出新的贡献。"

老郑连忙表态："感谢领导的关照和支持，有市委市政府的大力支持，我们有信心把下一步的景区开发做得更好。"

梁市长点点头，转脸对潘副市长说："你们要针对新情况，研究新对策，加大旅游招商引资力度，将龙发旅游作为招商引资的一个品牌加以推广，树立典型，严厉打击那些坑害投资商、层层揩油、吃白食的非法行为，确保树立我市旅游新形象……"

潘副市长心中一沉，满脸堆笑道："是是，一定，一定。"

梁市长看了潘唔能一眼，没有说话。

潘唔能昨晚一夜没睡，今天精神依然饱满，和溜冰有极大关系。今天早上，他并没有放那两个女孩走，而是将她们反锁在别墅，打算下午回去继续玩，欢度五一劳动节。

潘唔能之所以敢这么肆无忌惮地在外面玩女人，和自己的老婆王英沉迷于麻将很有关系。王英只要有人陪她打麻将，对潘唔能干什么都不管不问，只要潘唔能能供给她钱玩就行。当然，要是被她知道或者抓了现行，她自然也是不肯罢休的。

李燕是潘唔能目前到手的女人中最喜欢的，有档次有素质，有文化有教养，又很会摆弄风情，伺候人很周到，在床上百依百顺，潘唔能打算将她长期包养下来，将她升格为情人。

至于王英去找李燕的事情，潘唔能并不知道，李燕也不知道。

潘唔能溜冰后虽然很有精神，但是那神色却不是正常人健康的神色，充满了呆滞和直挺，还有几分迷惘。

所以，刚才梁市长一看自己，潘唔能心里有些发毛，忙扭转脸。

梁市长转过脸来，又和于琴握手，夸赞道："好漂亮的老板娘！"

于琴今天穿了一件低胸的连衣裙，让人浮想联翩。

潘唔能看着于琴，不禁又起了非分之想。于琴这段时间出落得越来越丰满水灵了，看着于琴性感的身体，潘唔能下腹发热，想起于琴以前风情万种和自己云雨的情景，恨不得立刻就把于琴按倒……

于琴笑呵呵地对梁市长说："谢谢市长夸奖。"

然后，梁市长边走边欣赏那些礼品，最后在假日旅游送的玉雕船面前停了下来，饶有兴趣地看着，问："这是哪家公司送的？很有品位嘛！"

潘唔能忙问老郑，老郑说："是假日旅游。"

潘唔能忙又对梁市长重复了一遍："是假日旅游，董事长叫陈瑶。"

梁市长点点头，继续欣赏着玉雕，说："嗯……不错，这家老板很有档次，这船雕刻得好……"

潘唔能转脸在人群中四处张望，没看见陈瑶，却看见了高强，忙招手过来，悄声问："你看见陈瑶了吗？"

高强心里一声斥骂：潘唔能，我日你祖宗八辈！脸上却笑盈盈的，毕恭毕敬："没看到啊，没来吧。"

因为高强一直在留意陈瑶，看到徐君开着陈瑶的车过来，却没见陈瑶。

潘唔能满脸失望，跟在梁市长后面进了贵宾室。

高强看着潘唔能的背影，想起了张伟，心中突然一动。

十点五十八分，开漂仪式正式开始，潘副市长主持，领导致辞，郑总致辞，然后剪彩，鞭炮齐鸣，锣鼓喧天，载歌载舞，镜头云集，不亦乐乎！

然后，领导有事离去，嘉宾在景区饭店准备就餐，游客一波一波开始乘坐游览车进入景区，直奔起点，开始漂流。

到了中午时分，游客激增，大多是自驾游的游客。张伟估计了一下，一天的总人数绝对突破万人。

张伟急忙找到郑总，建议控制售票数量。

"我们的接待能力就是五千人，如果超过五千，买了票的不能漂流，就要闹事，到时候不好安排……"张伟对郑总说，"我建议，先让团队游客漂，自驾游的游客合理安排他们去游览龙潭风景区，将总人数控制在五千以内！"

郑总脸色有些不高兴，说："有钱不赚，就是笨蛋，你想让我当笨蛋？卖就是了，让上游的多放艇，下游的加快回收艇的速度，快速往起点运艇。"

张伟一时语塞，半天说："那好吧。"

张伟按照老郑的指示，加快了各个流程的速度，全速运转，然而还是不行，到下午六点，还有三千多名购票的游客没能漂流，挤在停车场骂个不停，嚷嚷着要赔偿。

张伟问了下售票处，今天卖出了一万一千多张票！

张伟汗颜，一时无语！

老郑一下子急了，铁青着脸安排工作人员安抚游客，退票，然后转脸冲张伟大发雷霆："我说的话你当放屁了，我不是让你加快各环节速度的吗？你是怎么落实我的安排的？"

于琴过来了，问："怎么回事？"

张伟直挺挺地站在那里，看了看于琴，没说话。

老郑铁青着脸也不说话。

于琴找工作人员弄明了事情的原委，冲老郑说："五千人的接待极限，漂了八千人，你还要怎么加快？卖了一万一千张票，你要死啊，干吗不控制？"

老郑也觉得自己有些过分，缓和了一下口气："那好吧，小张，你安排好退票的事情，我先去那边忙。"

张伟面无表情，没说一句话，直接去安排退票的事情。

于琴跟过来，拉了拉张伟的胳膊说："小张，你别介意，老郑是有口无心，我代他向你道歉……"

张伟有些不好意思，人家是老板和老板娘，自己不能太让人家下不来台，忙对于琴笑着说："于董，没有事的，不是郑总的错，是我考虑不周到……"

于琴看张伟笑了，松了口气。

郑总在旁边看到张伟的表情，也舒了口气。

疏导安抚完游客，天气已经黑了，郑总安排饭店弄了几桌菜，大家痛饮庆功酒，祝贺开漂成功。

忙碌了一天，张伟都没来得及去照顾来自老家瑶北的小如的四个团，吃饭的时候问坐在旁边的于林，知道一切顺利，游客都很满意之后，才松了一口气。

席间，郑总和于琴还有公司的中层管理人员一桌，大家有说有笑，互相敬酒。

老郑举杯面向张伟说："小张，我敬你一杯酒，那个……白天的事，别放在心上……尽在不言中。"

老板这么说，已经是在向自己表明了抱歉之意，总要给老板面子的，张伟恭敬地碰杯说："谢谢郑总。"

然后，公司其他管理人员纷纷向张伟敬酒，一个一个"张总"，言谈间充满尊敬和钦佩，还有亲昵和热乎。

于琴去敬那些女士的酒去了，老郑坐在桌前，一时倒清闲起来。

老郑的脸色有些不好看了。

张伟看在眼里，举杯提议道："各位，我提议，我们大家一起敬郑总，希望郑总带领我们更上一层楼，祝我们的龙发旅游有更加辉煌的明天！"

"好，张总提议，要得！"大家纷纷举杯。

老郑勉强笑笑说："举起杯子，来，小张，各位，干杯！"

那边于琴和公司的女职工们谈兴正浓，突然接到潘唔能的电话，电话里说："我在别墅里，过来陪我！"

于琴站起来走到外面安静处，眼睛一转，说："好啊，不过……"

"不过什么？今晚好好和你玩玩，还有两个小妹作陪，嘿嘿……"潘唔能淫笑着。

"你家嫂子和我刚约好，要我陪她打麻将的，我们刚到茶馆……"以前经常听到的那些话现在听起来是如此刺耳，于琴一阵恶心，一阵肉麻，慢条斯理地说，"要不……"

"操！晦气，算了，别了，你还是打麻将吧……"潘唔能急忙丧气地挂了电话。

于琴得意地笑了，回到酒桌。

高强中午喝多了，回去就睡，直到晚上八点才醒过来。

高强今天心情很不好，喝酒时，看到老郑的事业红红火火，看到自己昔日的部下在老郑公司风风光光，想到老郑对自己的耍弄，想到自己今日的落魄，不由心情黯然……

又想起自己不如意的婚姻，自己钟爱的女人落入自己从前下属的怀抱，不由又气又恨，恨不得将张伟碎尸万段……

又想起自己奉若神灵的潘副市长，自己用女人放倒的潘唔能，竟然在打自己女人的主意，竟然想占有自己心中最爱的女人，不由咬牙切齿又心急无奈……

高强醒来后，没有开灯，点燃一根烟，站在窗前，看着外面黑漆漆的夜空，内心充满了痛苦和矛盾……

一定要想办法阻止潘唔能的图谋，一定要彻底制服干倒张伟，一定要得回自己的女人张小波……高强狠狠地抽了两口烟。

张伟赶到医院的时候，小梅已经回家了，一个相貌英俊的小伙子正坐在陈瑶床前，眉飞色舞地和陈瑶说着什么，陈瑶笑得合不拢嘴。

原来是陈瑶的弟弟张少扬来看姐姐了，张伟在陈瑶妈妈家的相框里看过他的照片。

张少扬看见张伟，热情地站起来说："大哥，你回来了。"

张少扬虽然是第一次见张伟，但已经从两个姐姐那里知道了张伟，此刻一见张伟，倍觉亲切。

陈瑶对张伟笑笑说："当家的，这是俺家的小男子汉，张少扬先生！"

张伟看见少扬很高兴，两人热烈拥抱。

坐下后，陈瑶说："少扬先生此次回来，一是看看老姐，二呢，外地工作不如意，辞了，女朋友又分了手，回来陪陪老娘，抽空给俺帮忙干活，好不好，扬扬？"

"遵命，嘻嘻……姐姐怎么安排就怎么好！"张少扬呵呵笑着。

张伟看少扬的体格很结实，知道他是当过武警的，现在能回来在陈瑶身边，觉得陈瑶身边又多了一层安全篱笆，心情很高兴，捶捶少扬的胸口说："少扬，身体很结实嘛。"

张伟觉得不好意思跟着陈瑶喊张少扬的小名，显得不大尊重，就还是叫"少扬"。

"当家的，扬扬当过武警的，在金华武警支队服役三年，也会两下子，不过比你可能要差点，到时候你们切磋切磋……"陈瑶说。

"是啊，大哥，我听姐说了，你身手不凡，抽空你教我两招，我在武警那阵子学的都是些皮毛……"少扬笑呵呵地看着张伟。

"好啊，咱俩常切磋切磋，共同提高。"张伟说。

然后，陈瑶掏出一个信封递给少扬说："这是我让你二姐中午带过来的，是房子的钥匙，上面有写的详细地址，这是姐给你准备的结婚礼物，你既然还不打算结婚，就先过去住着吧，里面什么都有，全部安置好了……"

少扬嘿嘿笑着接过信封说："天上掉馍馍，真好，老姐考虑就是仔细，不过，要是能再给我找个美女老婆就更好了……"

"贫嘴……去吧……早休息。"陈瑶忍不住被弟弟逗笑了，"明天回家看看咱妈，我这边不用你操心，别告诉咱妈我生病的事情！"

"是！"少扬一个立正，"大姐，大哥，我走了！"

张伟和陈瑶不约而同地笑起来，张伟打心眼里喜欢上了这个未来的小舅子。

送走少扬，张伟刚关上门，陈瑶就伸开胳膊说："哥哥，抱抱……"

张伟笑了，过去抱住陈瑶，两人亲热地互相亲吻，耳鬓厮磨，虽然才一个白天不见，却仿佛隔了很久。

陈瑶问："哥哥，和我说说今天开业的事情，很顺利吧？"

张伟于是把今天开业的盛况和陈瑶说了一遍，包括老郑冲自己大发雷霆的事情。说完，陈瑶心疼地抚摸着张伟的手背，把脸贴在上面，轻轻地说："哥哥，你辛苦了，你受委屈了……"

"嗨！男子汉大丈夫，这算什么委屈？"张伟大大咧咧地说，边抚摸着陈瑶柔嫩平滑的脖颈。

陈瑶依偎在张伟怀里，眼神怔怔的，没有说话，听任张伟温柔的手指在自己的脖颈上游动。

陈瑶是真的心疼了，心疼自己的小男人，她不容许自己的小男人受任何的委屈，她有能力让自己的小男人傲视所有的男人，只要他愿意。在自己眼里无比珍爱的宝贝，竟然被别人大声叱责，陈瑶心里难以接受，有些发酸的感觉，眼睛有些发潮。

"宝贝，别放在心上，"张伟知道陈瑶在心疼自己，轻轻抚摸着陈瑶平滑的肩膀说，"我是大男人，男子汉，这点事实在算不得什么，不经历风雨，怎么见彩虹……"

"我不管，我不管以前别人怎么对你，我不管你以前受过多少委屈，反正，反正以后，我不允许任何人这样对你，你现在是我的男人，是我陈瑶董事长的男人，是我的老大，那郑老财有什么资格叱喝我的男人？他资产比我雄厚还是地位比我高，他能力比我强大还是阅历比我丰富？"陈瑶有些激动，"哥哥……我们不受任何人的气，我不让你受任何人的气，我要让你傲视所有的男人，我要让你成为男人之中的男人……"

张伟有些感动，低头吻吻陈瑶的头发，说："莹莹，我理解你的心情，我理解你的心意，放心好了，只要我不愿意，没有人可以让我受委屈，没有人可以让我受气……"

"嗯……"陈瑶幽幽地答应了一声，"哥哥……忙完了，终于忙完了，你终于可以休息一阵子了……"

"是的，"张伟轻轻揉捏着陈瑶的颈椎穴位，"生意超级火爆，老郑就闭上眼收钱吧，我也算是对得住老郑了，最近一周，预约的团队都排满了……过两天，等你出院，我休假，带你回北方，回咱老家……"

第二天，张伟一进办公室，发现自己办公桌对过又增加了一张新办公桌，于是打电话问玲玲，玲玲说营销部又有新员工，郑总安排的。

张伟有些奇怪，按照目前的运行，现在的人员足够了，因为大量的需要营销员做的活都转嫁到代理商上面去了，剩下的就是调度和管理督促的职能了。营销部成为名副其实的营销管理部。不过，老板要添人，自然有自己的想法，随他去吧。

张伟刚打开电脑，登录QQ，小如就扑面而来："张总，很好，很棒！"

张伟一愣，问："小如，怎么了？"

小如说："昨天你们的接待，你们的景区，你们的漂流，游客都太满意了，哈哈……都纷纷说要介绍自己的家人、朋友也去玩……"

张伟很高兴地说："好啊，欢迎，欢迎，热烈欢迎！"

小如说："你真棒，你做得真棒！真为你高兴！"

小如的话再一次让张伟感动，说："谢谢你小如，没有你的支持，没有大家的支持，我不会做得棒的！"

小如说："听我们的全陪导游说，你们昨天开业的生意火死了，游客人山人海，你们老板可发了……"

张伟说："呵呵……是啊，我们老板抓住了商机，果断投资，一举成功，真的很厉害！不像我的上一任老板，失败的一塌糊涂，生意黄了，旅行社转了，老婆离了……"

小如说："哦……你的前任老板老婆离了？跟人跑的？把你前任老板甩了？"

张伟说："错，别这么说，不是这么回事，他老婆其实人很不错，是我前任老板不好……唉……一言难尽……"

小如说："帅哥，叹气干吗？还一言难尽，有什么难尽的？人家老婆离了，好像和你有什么瓜葛似的……"

张伟心中一惊，突然涌上来一阵莫名的伤痛，还有几分心悸，说："没……我没叹气啊……"

小如沉默了一会儿，说："看你说话就知道你心虚，说，老实交代，是不是和你前老板的老婆有一腿？"

张伟大惊，忙说："你别乱说，我可是好人，板板正正的好人，良家妇男……"

小如说："呵呵……我知道了，那一定是你前老板的老婆不守妇道，不是个好女人……"

张伟有些生气了，虽然他不爱何英，但是他还是把何英当做自己的好朋友，不容许任何人玷污何英的名声。

"小如，你讲话真难听，我不容许你这样说我前老板娘，她不是坏女人，是好女人，如果不是看在你是我好朋友、是我老乡的份上，我立马将你拉黑名单，你伤害了我，请你收回你刚才的话！"张伟生气地说。

小如沉默了一会儿，说："……你真的是个好人……对不起，我为我刚才的话向你道歉，我收回我刚才的话……你真的认为你的前老板娘是个好女人？"

张伟说："是的，咱们是朋友，我不对你说外话，说真的，我和我的前老板娘关系很好，我始终把她当做很好的朋友，包括陈瑶，我们都把她当做很好的朋友，或者说是最好的朋友，虽然她现在离婚后不知在哪里创业，但我们都很想念她，都在祝福她……因为，我和我女朋友陈瑶，我们都一致认为，她是个好人，是个好女人……是个不错的朋友……"

小如好一阵子没说话，张伟以为她下线了，正要下线，小如却突然又说话了："你女朋友身体好了吗？"

"好了，基本好了，再巩固几天，就可以出院了，谢谢你的关心。"张伟回答。

"哦……那就好，你们两口子都是好人，我觉得你们都很善良……"小如说。

张伟呵呵笑了，说："其实，大家都一样，人之初性本善，我们大家都是善良的……只是，后来，后来被贪欲和自私迷住了眼睛，才会有恶人的存在……"

小如说："你说得很对，自私和贪欲会使善良的人走上邪路……你说得真好……看到你们两个善良的人在一起，真的为你们高兴……"

张伟说："你也不错，你也是个善良的好人，你也一定会有好报的，我女朋友信仰佛教，经常说，善有善报，恶有恶报，不是不报，时辰未到，这世界上，公理总是有的……"

小如说："谢谢你对我的评价，我会努力去做一个好人，一个不伤害别人的人……"

张伟说："相信你，一定会的！"

刚和小如聊完天，郑总领着一个小伙子进来，对张伟说："小张，这是新来的同事，李波，我电话机公司那边的营销部副经理，抽调过来加强这边的营销力量。"

张伟热情地站起来和李波握手，并说："欢迎你！"

李波也热情地说："张经理多多指教！"

然后老郑对张伟说："召集你们营销部的全体人员，开一个会。"

正好大家都在办事处，张伟很快召集齐大家，在郑总办公室开会。

郑总先宣布一个人事任命，任命李波为营销部副经理，协助张伟工作。

郑总宣布完，张伟带头鼓掌欢迎新同事的到来，大家都随着鼓掌欢迎。

然后，郑总大大肯定了营销部前段时间的工作，同时要求不能松懈，下一步主要抓好对代理商的管理和域外业务的拓展，在保持目前营销势头的基础上再上新台阶。

看得出，郑总的心情非常好，表情很轻松。

是的，漂流已经开业，生意异常火爆，预约的客户越来越多，今天新报上来的数据，预约的团队已经排到半个月之后了，如此火的生意怎么能不让老郑欣喜呢！

随后，老郑安排张伟多带带李经理，让他逐渐熟悉公司的全部营销工作。

张伟认真点头答应着。

开完会，张伟和李波回到办公室，逐项给李波介绍公司的营销工作，从内容到客户资料。

李波很谦虚，一口一个"张哥"地叫着，学得也很认真，不时提出一些很有见地的问题。

张伟觉得李波的基本素质不错，暗自赞叹老郑选人选得准。

下午，张伟和李波一起到了山里的漂流现场，向他介绍漂流的整个状况，从基本景点特点到运营的整个流程，从游客的类型到不同类型所占的比例……

李波听得很认真。

此后几天，张伟一直带着李波工作。

漂流的生意持续火爆，营销部人员的工作也越来越顺当，管理越来越得心应手，都能熟练地应对客户。

于林现在已经成为一个业务老手，自己开拓了不少域外业务，当然还是免不了经常找张伟请教。

张伟很高兴，高兴的是自己终于带出了一支业务熟练的营销队伍。

这几天，陈瑶的身体恢复得很好，活蹦乱跳，生龙活虎，医生说可以出院了。

这天上午，张伟专程接陈瑶出院。

办完出院手续，张伟带陈瑶回到家中。

这几日，陈瑶躺在病床上，一直没断了和王炎的联系，得知目前哈尔森的病情仍未好转，但是发展的速度开始减慢。

得知哈尔森的精神一直很高昂，陈瑶鼓励王炎一定要树立信心，坚定信念。

"只要精神不滑坡，办法总比困难多!"躺在家中的沙发上，陈瑶给王炎打电话。

"我的精神绝不会滑坡，关键是我怕老哈的精神滑坡。"王炎说。

"一定要鼓励他，激励他，用爱的温暖感化他，鼓舞他……"陈瑶对王炎说，"我已经出院了，在你哥的感化下，迅速恢复了健康……"

"嘻嘻……"王炎笑了，"还是我哥的精神力量大，没把你这个小女人融化吧……"

陈瑶看着正在来来回回收拾房间的张伟，笑了笑说："没融化，直接把我升华了……"

和王炎打完电话，张伟也收拾好东西过来，一把抱起陈瑶，亲了一口陈瑶的嘴唇说："宝贝，来，哥哥抱抱，转个圈……"

陈瑶开心地笑着，搂着张伟的脖子撒娇说："哥哥……转圈圈……"

张伟抱着陈瑶在客厅里一直转到阳台上，放在藤椅上说："乖乖，躺一会儿，晒晒太阳……"

陈瑶舒服地躺在藤椅上，沐浴着温暖的阳光，一扭头看见张伟在穿外套："哥，你要去哪里?"

"去公司办事处!"张伟说，"估计今天郑总在办事处这边!"

"干吗啊，这会儿都快吃午饭了，下午去不行吗?"陈瑶又撒娇，"你多陪陪我。"

"不行啊，宝贝，下午我怕他不在办事处。"张伟笑嘻嘻地说。

"为什么非得他在办事处?"陈瑶没反应过来。

"因为我要向他当面请假休息啊……"张伟笑呵呵地说,"因为我们要回乡省亲啊……"

"哇!乌拉!"陈瑶高兴地跳起来,在藤椅上站着,手舞足蹈,"哥哥,你真好,快去快回,我等你的好消息!"

张伟开心地看着陈瑶高兴的样子,心里充满了感动和希冀。

张伟直接去了办事处,老郑果然在。

张伟进了郑总办公室,谨慎地对郑总说:"郑总,目前公司的营销工作比较稳定了,已经进入正常的运营轨道,如果公司的工作允许,我想请几天假,休息一下。"

老郑正悠闲地在办公室的转椅上抽烟,听张伟这么一说,忙回答:"可以,可以,应该的,开业前大家都没休息,假期都要补回来,我已经安排玲玲了,各部门人员轮流安排,安排大家休息一下……呵呵……你最辛苦,应该休息,呵呵……"

张伟开始还担心郑总不同意自己休息,这会听郑总这么一说,心里感到踏实了,说:"呵呵……不辛苦,应该的,现在我们公司的各项工作都正常开展了,您也可以适当放松一下了……"

郑总呵呵笑了,说:"是啊,只要生意好,天天哗哗进钞票,心情就特别舒畅,我也不觉得累,哈哈……真的很出乎我的意料,我这个漂流搞得太成功了……对了,给你休息十天,可以吗?"

看到老郑开心的样子,听到老郑让自己休息十天,张伟也很高兴地说:"谢谢郑总,太好了。"

"漂流成功了,你们都是有功之臣,我郑一凡不会忘记你们的,"老郑在转椅上悠闲地晃动着,"尤其是你们营销部,可以说是做出了卓越的贡献,年底,我得给你们发一个大大的奖章!特殊贡献奖!"

"关键是您领导得好,于董支持得好!"张伟谦虚道。

"呵呵……关键是你这个领头羊带领得好,指挥得好,策划得好,调度得好……"老郑点着一根香烟,悠悠地吸了几口,然后说,"你想什么时间开始休假?"

"明天。"

"嗯……可以,这样,你休息之前,把手头的工作全面和李波交接一下,免得到时候公司的业务和客户来了造成被动……"郑总的眼睛紧盯着张伟。

张伟点点头道:"必须的,我这就和他交接。"

"好,"郑总一拍手掌,舒了一口气,"那就好,去吧,去和李波交接吧,越全面越好,越具体越好。"

张伟回到自己办公室，先召开了营销部全体人员会，集体交接了一下，然后和李波两人开始交接。

张伟把所有的客户资料和营销策划方案全部复制了一份，给了李波，包括电脑QQ里的客户QQ号码。

忙完这些，已经是下午三点了。

李波对张伟说："张哥，没什么事情了，你先回去吧，祝你有一个愉快的假期。"

张伟又仔细琢磨了一下，确信没有什么遗漏的东西忘记交接，才放心地回家。

回到家，陈瑶正躺在阳台的藤椅上看书，暖暖的阳光照在身上，很舒适。

"哥哥，假请好了吗?"陈瑶一见张伟回来，就赶忙问。

"OK 了！咱们可以回家啦!"张伟高兴地对陈瑶说，"我刚安排好工作，你公司的事情安排好了吗?"

"安排好了啊，你出去的这会儿，我去了公司，都给徐君他们安排好了。"陈瑶兴冲冲地说，"哥哥，咱们什么时候走啊?"

"今天就走……说走咱就走……"张伟唱起了《好汉歌》。

晚上七点钟，在收拾好行李，带好电脑，带好各种吃喝用品后，张伟和陈瑶开车离开了东兴，在苍茫的夜色中，上了高速公路，一直往北驶去。

江南五月的夜色，分外温暖，分外妖娆。

路上，张伟边开车给妈妈打了电话："妈，上次带回家过年的那个准儿媳已经被我拿下啦，我现在带她回家见公婆……"

陈瑶略带疲倦地盘腿坐在副驾驶座位上，靠着椅背，半眯着眼，身体轻微摇晃着，微笑着听张伟打电话。

第四十三章 左右逢源

一路上，两人轮流休息，交换开车，中间还在苏州玩了一天，去游览了著名的苏州园林。在苏州又购买了一些礼品，回家总不能空手的。

第三天的上午，过了长江大桥，很快，高速公路两边就出现了一排排刚吐露出嫩黄树叶的钻天杨。

"到北方了，"张伟心情很爽，看着路边的钻天杨，感觉格外亲切，只有北方才有杨树，"多么熟悉的钻天杨啊！"

陈瑶刚睡了一觉，揉揉眼睛，从座位上坐起来，看着车窗外问："过长江了？"

"是的，刚过长江大桥。"

"江北的春天真好，沉稳而舒缓，沉静而新鲜，不像江南的春天，急促而苍茫，热烈而奔放。"陈瑶好像突然很有感慨，"我喜欢北国的春天。"

"我倒没你那么多的感觉，我就是喜欢我的钻天杨，久违的钻天杨啊！"张伟看着窗外，心情格外舒畅。

看到张伟高兴的样子，陈瑶歪着脑袋问："哥哥，你是不是很留恋北方？很喜欢北方呢？"

"我留恋北方，但是不喜欢北方。"

"矛盾，自相矛盾。"

张伟呵呵笑笑，说："我留恋北方的风土人情，民俗文化，淳朴善良，我不喜欢北方的恶劣气候和治安环境。"

"这次我们回来，出来看看你父母，我想还有一个事，进一步落实旅游开发项目。"

"你不是早就考察了吗？怎么还进一步落实？"

"一直没确定，这次想初步确定下来，确定好了项目，就准备实施。"陈瑶慢条斯理地说。

张伟听着陈瑶的话，目视前方开车，没有回答。

下午五点，车到瑶南，张伟下了高速，对陈瑶说："在这里住下吧，休息一天。"

"好的，故地重游，咱去那家羊肉馆去喝羊肉汤。"陈瑶兴致勃勃。

"上次回来大雪覆盖，这次回来春意盎然。"

"咱再去那家宾馆住吧。"陈瑶提议。

张伟驱车直奔瑶南宾馆，办理登记手续，住下。

"上次开了一个房间，住起来还感觉心里忐忑不安，现在好了，光明正大、心安理得住一起。"进了房间，张伟轻松地说。

陈瑶搂住张伟的脖子说："哥哥，抱抱我。"

"唉……女人啊，真麻烦，老是要抱抱……这一天倒是要抱多少遍啊……"张伟象征性地将陈瑶搂在怀里亲了一下。

"坏蛋，吃饱了就不想抱了是不是？不行，不准应付。"陈瑶矫情地说。

"好好，不应付，"张伟把陈瑶搂紧，狠狠在陈瑶的脸蛋上亲了两口，"怎么样？爽了吗？"

"坏蛋，傻熊……不说了，洗洗脸，喝羊肉汤去！"陈瑶打了一下张伟的胸口，去卫生间洗脸。

张伟突然间想起要和小如联系一下，急忙打开电脑，登录QQ，一看小如不在，签名处留言：本人这几日出差在外，有事留言。

张伟于是给小如留言："小如老乡，我和我屋里的正在返乡途中，现在瑶南，明日即可到瑶北，如果时间允许，我们将会登门拜访，并请你米西，或者你请我们米西！特此预告！"

刚留完言，陈瑶出来问："老公，和谁聊天？"

"小如，不在线，出差了，刚给她留言呢。"

"呵呵……好啊，时间允许，一起坐坐，你把你手机号码留下，到时候如果上网不方便，她也好和你电话联系啊。"

"还是老婆想得周全。"张伟于是又加了一句："这是我的电话号码，如果方便，就短信或者电话联系，我的电话是二十四小时开机的！"

陈瑶看张伟弄完，催促张伟："抓紧洗把脸，出去吃饭了。"

张伟匆匆洗了把脸，和陈瑶一起出去吃饭。

开车刚出宾馆门，迎面过来一辆白色的轿车，擦肩而过的时候，张伟随意扫了对方一眼，注视了大约有零点二秒钟，因为天色将黑，来不及看清楚就错过去了。

张伟突然觉得开车的女驾驶员似曾相识，长得很像是自己熟悉的一个人。

张伟心中一震，难道是她？

随即又觉得自己的想法很荒唐，很可笑，世界之大，哪里会如此之巧在这里遇到她，自己太感觉良好了！

想到她，张伟不由扭头瞥了一眼陈瑶，陈瑶正哼着小曲盘腿坐在座位上随着车内的音乐摇摆。

张伟不由暗暗骂自己没事找事，脑子乱猜乱想，忙转回心思，专心开车，不再去想那事。

还是那家全羊馆，还是瑶南风味的全羊汤，张伟和陈瑶吃得满头大汗。

陈瑶情绪很高，说："哥，明天咱就能回家了，就能回瑶水河畔的家了。"

张伟微笑着说："很快就又要见到公公婆婆了。"

陈瑶抿嘴嘻嘻一笑："丑媳妇见公婆，嘻嘻……"

张伟看到陈瑶开心的样子，心里很宽慰，不由为自己刚才想起何英而自责，过去的永远过去了，记忆中的那些往事，不应该在欢乐和幸福的时候来打扰。

吃过晚饭，张伟带陈瑶围着瑶南兜风，转了一大圈，直到晚上十点钟才回到宾馆。

停车的时候，张伟注意到自己旁边停着一辆白色的轿车，正是和自己错肩的那辆，不由多看了几眼，瑶北的车牌号。

张伟不由再次为自己的自作多情而好笑，这回打死他也不会相信开车的那人会是她。

旅途劳顿，张伟和陈瑶回到房间，洗澡刷牙，然后抱在一起，躺在床上亲热。

张伟像一只小狗熊，嘴巴在陈瑶身上乱拱，弄得陈瑶痒痒的，边说："哥，我发现，只要有时间，你总是不会放弃任何一次机会，你的精力实在是超出我的预想……铁人哥哥，我真的服了你。"

"不是我精力好，也不是我是铁人，关键是你魅力大……"张伟边忙乎边回答，"我一和你在一起，就浑身有使不完的力气……"

陈瑶听了张伟这话很开心，懒散地随意躺在宽大的双人床上，抚摸着张伟的头发："我喜欢你……喜欢你们瑶北人……"

"俺们瑶北人都是活雷锋……"张伟俏皮地说。

"呵呵……张伟哥哥是活雷锋，小如妹妹是活雷锋，王炎妹妹是活雷锋，丫丫妹妹也是活雷锋……"陈瑶快活地低语着，享受着张伟的温存，"哥哥，记得上次我们在瑶南宾馆一起住的事情吗？"

"记得啊,"张伟笑看了陈瑶一眼,"唉……可惜啊,我那时不知道你是我的伞人姐姐,要不然……"

"要不然会怎样?"陈瑶忍住笑,看着张伟。

话音未落,嘴巴被张伟的唇堵住了。

陈瑶搂住张伟的脖子,抬手关灭了床头灯……

第二天,张伟和陈瑶睡到十点才起床,吃了点东西,径直北上,沿着宽阔的省道直奔瑶北。

北方的春天虽然来得比较晚,但是,绿色和生命已经充盈了整个世界,路两边绿油油的麦田显示着春天的勃勃生机。

张伟给老妈打了电话,告之下午到家,老妈说家里早做好准备了,已经杀好了一只全羊,就等他们回来。

几个月过去了,景物大不相同,然而,也有依然未变的东西。

经过《窦娥冤》的原型人物发源地,"中国法官警示基地"的巨大广告牌已经歪倒在地上,显示着这个瑶南主题旅游开发项目的现状和前景。

继续往前,到了上次经过的"中国地质博物馆",那片地下熔岩。这里比刚才那地方更惨,不但牌子倒了,而且还被拆的只剩下一个骨架,在春风里,几缕破碎的广告布条迎风招展。

"停车,"陈瑶对张伟说,"哥,我想再去看看那片地下熔岩,上次有雪覆盖,没看全。"

"好的,我带你过去。"张伟靠路边停下车,带陈瑶过去,在绿油油的麦田之间,一片大约长两公里,宽二百米的红色赤土横卧在中间,上面寸草不生,仿佛是绿洲里的沙漠,仿佛是沙漠中的死亡湖泊。

陈瑶呆住了,久久凝望着这片红土,抓起一把,仔细观看,说:"真的,这真的是火山熔岩,地震时喷出的岩浆……"

张伟点点头道:"这还是美国人从卫星上发现的,当地人从不知道这是什么玩意,只知道是寸草不生的死土地……"

陈瑶站起来,看着破碎的广告牌,说:"其实,当地政府不应该依靠这块地来赚钱,应该考虑把这地方发展成一个地理教学基地,让学生们来这里亲身体验,教学,搞旅游开发赚钱……"

张伟找了一个塑料袋,装了一小袋红土,说:"带回去供你参拜吧,这是神土……"

陈瑶莞尔一笑,拉着张伟往回走,说:"哥,我一直觉得你应该有一个信仰。"

"那……我的信仰就是你,你就是我的神,我的主,我的上帝,我的圣母玛利亚，我的菩萨……哈利路亚感谢神……"张伟上了车，边开车边对陈瑶说。

"除了我，我觉得你还应该有个信仰啊，老公……"陈瑶笑呵呵地。

"那……"张伟想了想，"那……我就信仰钱了，我高度崇拜金钱，我极端向往金钱，为了金钱，我不顾一切，我奋不顾身，我舍命不舍财，我傍上美女富婆陈瑶……"

"哈哈……"陈瑶笑得前仰后合，"哥哥，你的思想蜕变得真快啊……难道你真的这么信仰金钱？"

"反正我不信仰你的佛教，"张伟看了陈瑶一眼，"天天烧香拜佛，装神弄鬼的，我不喜欢，我还是喜欢圣母玛利亚……"

"哥哥，别这么诋毁我的信仰，求你了……"陈瑶半笑不笑，"你对佛教有曲解，其实，佛教是一门哲学，是一种思想，只是后人歪曲了它的思想……"

"别动员我信仰你的信仰啊，"张伟警告陈瑶，"不管你怎么说，我是不信仰佛教的，我信仰你就够了，这个世界，我没有什么可以再值得去信仰的，除了老婆陈瑶，别的还有什么呢？别的信仰难道真的有我这么虔诚？"

"怎么？哥哥的信仰真的就这么虔诚？"陈瑶逗张伟，满心欢喜。

"是的，起码比你的信仰虔诚，你一边信仰佛教，一边色心大起，纵欲无边，善哉……善哉……"张伟调侃陈瑶。

"不许这样说我……"陈瑶被张伟说中了死穴，脸色一红，冲张伟就是一拳，"我是俗家弟子，不用禁欲。"

张伟哈哈大笑，指着前方说："姐，看，前方就是马陵之战古战场……"

"得了吧，"陈瑶哈哈大笑："蒙谁啊，我专门查资料了，马陵之战是魏国和齐国打的，两国交战，怎么打也打不到鲁国腹地来啊，而且，这位置、这小丘陵，旁边都是平原，怎么看都觉得太牵强附会，好像史学界没有几个承认这里是马陵之战古战场的……这个旅游开发是典型的败笔……"

张伟有些不好意思地说："嘿嘿，见笑见笑……不提也罢……"

陈瑶看着前方说："这都是教训，引以为鉴，我们做旅游开发，一定要选好项目，一定要看到市场前景，我们的钱是个人的，辛辛苦苦赚来的，我们不要政绩，我们只要效益……"

张伟没说话，开着车，若有所思，一会儿扭头对陈瑶说："我觉得你投资要慎重，特别是景区和酒店之类的旅游投资，最好做一些投资少、见效快的项目……"

陈瑶对张伟这话很在意，说："嗯……继续说下去，说说你的理由。"

"说实话，瑶北的旅游资源很丰厚，发展前景很广阔，但是，投资环境很差，我说很差，不是招商引资条件和优惠政策，而指的是社会治安环境和人的意识。这里社会治安很恶劣，暴力、黑社会、敲诈、勒索、绑架，比沿海城市厉害十倍都不止，在东兴，十岁的女孩子可以自己背起书包坐公交车去上学，而在瑶北，哪个家长敢？南方黑社会以社团为主，多少还有经营项目，北方很多黑社会就是专门以争工地、敲诈为主，一看是南方人，知道南方人怕死，都往死里敲，你根本就应付不了……所以我觉得无论投资哪一种项目，必须把握好一个原则，那就是不能受制于人，不能被套上套，必须能做到收缩自如，可进可退……"

张伟一口气说了一大堆。

陈瑶认真地听着，凝神思考，不断点头道："嗯，当家的，你的建议我会认真考虑，你说得很有见地，很切合实际，很有眼光……"

陈瑶说的是真心话，她觉得张伟说的很现实，觉得张伟考虑问题越来越周全、成熟，不但充满理性，更充满了发展的眼光和思路。

陈瑶为张伟感到高兴，她为张伟的每一个进步感到高兴。

车到瑶北，张伟又想起了小如，说："我们要不要拐弯进城，去看看小如姑娘？"

"她不是出差了吗？也没和你电话联系，算了，先回家，回头有时间再来，青山常在，绿水长流，总会有见面的时候的，怎么？想小姑娘了？"陈瑶冲张伟撒了撒嘴。

"嘿嘿……看你这话说得，我这不是想去拜访客户嘛，既然她不在瑶北，那就算了，等几天再说……人生啊，天涯何处不相逢……"张伟笑呵呵地说着，心里突然想起了昨晚开白色轿车的女人，那个模糊而又仿佛熟悉的轮廓……

张伟的心突然变得寂寥而又空旷，久违的一种忧郁淡淡地在心底生出来……

陈瑶扭头看了看张伟的眼神，没有说话。

经过瑶北的外环，继续北上，很快进入了风光秀丽的瑶蒙山区。车子在山间穿行起伏，穿林越山，进入瑶蒙山区腹地，沿着上次的路线，欣赏着美丽的山间春色，呼吸着清新的森林氧气，抵达瑶水县张瑶村，瑶水河畔的美丽小村庄。

"见了你爸妈，俺怎么称呼？"陈瑶边陶醉在山里美丽的景色中，边扭头问张伟。

"你还没过门，还没定亲，就叫婶子、叔，等定了亲，就可以叫爸妈或者爹娘了。"

"哦，好的，晓得了。"

到达最后一个山口的时候，天色已近黄昏，美丽的彩霞在山间绽放出绮丽的色彩，一轮红日正在日落西山。

"哥哥，等咱结婚的时候，我要在这里坐着毛驴进村，你牵着毛驴领我进家门。"

陈瑶指着山口前面的村口，笑嘻嘻地说。

"呵呵……我不但要把你领进家门，我还要把你抱进洞房……"张伟笑呵呵地说。

翻过最后一个山口，直达村口，张伟老远就看见村口站着两个人影，在晚霞的照耀下，相依相偎，翘首企盼。

"咱爹，咱娘！"陈瑶激动地冲张伟叫起来。

张伟定睛细看，暮色中相互搀扶相望的正是二老！

爹，娘，我又回来了！带着您们的儿媳妇！

张伟驶到跟前，急忙停车。

陈瑶急忙开门下车，冲张伟的爸爸妈妈热乎乎地喊道："叔，婶子，俺回来了！"

张伟急忙下车，看着爸妈傻乎乎地咧嘴笑道："爸爸，妈妈，看，这回带来的是正宗的真儿媳妇！"

爸爸站在旁边憨厚地笑着说："好，好，欢迎小陈家来（回家）看看……"

妈妈喜得眼睛眯成了一条缝，拉着陈瑶的手不放，左看右看，说："哎呀，小陈，你可想死婶子了，呵呵……这回你可跑不掉了，成俺家媳妇了……"

妈妈说着又开始用袖子擦眼角，爸爸忙掩饰道："你看你妈姿（高兴）的，眼睛迷了沙子了……咱先家走（回家），家走再拉呱（说话）……"

妈妈也赶紧说："你看，这春天的风沙，迷了俺的眼了……对，咱家走（回家），家走先吃饭，羊都呼（煮）好了……"

陈瑶和张伟对视而笑，忙搀扶着爸妈上车。

张伟发动车子，直奔家门而去。

张伟休假，正中郑一凡下怀。

郑一凡这几天心情格外好，生意好，客人多，钞票多，心里一直很舒畅。再加上戒毒后身体恢复得很快，精神、饮食逐渐恢复正常，虽然脑子里有时会闪过那种迷幻的快感，留恋那海市蜃楼般的梦境，但是繁忙的工作很快就将这种感觉抵消了。

不过，心里也有一点小小的不快，那就是张伟的如日中天和一呼百应。公司的中层管理人员几乎个个把张伟奉若神灵，甚至包括于琴的几个亲戚，张伟说什么话，没有不听的，自己安排个事，都习惯了再去找张伟请示一下。老郑很恼火，不禁感觉到了大权旁落的失落和寂寞。

其实，这倒不是老郑最担心的，自己是老板，再怎么着，他们也翻不了天。老郑真正感觉可怕、晚上做梦都寻思的事情是，张伟的号召力太强大，公司的骨干力量几乎都在张伟的控制之下，万一哪天张伟拍屁股走人，这些骨干随之而去……

老郑不敢想象这种后果，往往刚一开始想就头皮发麻，不寒而栗……他有些羡慕、甚至有些嫉恨张伟，唉……张伟要是能让自己睡个安稳觉，该多好啊。

被逼无奈，老郑调来了自己的多年心腹李波入手营销部，虽然李波的能力和张伟没法比，但李波是自己最可靠的人，有一个自己的人在里面掌控着，总归能放心一些。

老郑甚至想让李波逐渐站稳脚跟，替代张伟。当然，现在老郑不想，因为他仍然需要张伟的能力。

李波迅速地进入角色让老郑松了一口气，开始考虑其另一个棘手的事情，那就是潘唔能的小舅子王军。

老郑虽然现在已经挂上了梁市长和波哥，但是他绝对不想得罪潘副市长。梁市长和自己交往毕竟时间短，还不是很了解，而且区区二十万，在人家市长眼里根本算不得什么钱的，顶多也就是个茶水钱！

至于波哥，老郑不想太多依赖黑社会，黑社会是最讲义气的，也是最不讲义气的，老郑深谙这个道理，不管什么时候，利益永远是最主要的，老郑甚至担心波哥开始图谋自己的生意……

张伟和陈瑶到家的那天下午，老郑正坐在办公室里抽着烟，在王军和波哥，潘唔能和梁市长之间盘算着……

正琢磨着，接到一个陌生的电话，电话里问："你好，请问是龙发旅游的郑老板吗？"

"我是，你是？"

"我是梁市长的秘书小黄，梁市长在办公室，请你过去一趟。"对方讲话很客气。

老郑一听市长有请，摸不透意图，忙屁颠屁颠地直奔市政府梁市长办公室。

进了梁市长小办公室，梁市长示意老郑关好办公室的门，和颜悦色地让老郑坐下，然后摸出了那天老郑送给自己的两条"烟"，说："郑老板，这是那天你落在我办公室的两条烟，我叫你来是把这个拿回去的。"

老郑脑袋嗡的一下懵了，他不明白为什么那天梁市长那么痛快地收下，而且还很痛快地向自己说要切实保护投资者利益，如果他当时看不出这"烟"的玄机，怎么会对自己如此热情，还专门去剪彩呢，是不是他嫌少，没放在眼里啊，不由紧张起来，说："这……梁市长……"

"我当时以为这里面真的是烟，我又喜欢抽烟，所以我就没拒绝……"梁市长点燃一颗"大中华"，深深吸了两口，"郑老板，我们交朋友，我可以接受你两条烟，但是，我不能接受你别的，这东西，今天你带回去，我不能要……"

"那可不行，这是一点小意思，您别嫌少，不然，我会心里不安的……"老郑头上冒汗了。

梁市长皱皱眉头，看着老郑说："郑老板，你是外地来投资的，投资者是上帝，你是我们的上帝，我能收上帝的钱吗？你放心，我们是坚决贯彻市政府三号文件，坚决保护投资者利益，坚决打击那些侵吞投资者资财的行为……"

老郑有些迷惘，看着梁市长，难道真的有廉洁不贪的清官？

"你的那个景区项目，我最近进行了一些了解，在建设的过程中遇到了不少刁难和敲诈，特别是有些政府官员背后指使或明或暗的吃拿卡要、敲诈勒索……"梁市长犀利的眼神盯着老郑，"我今天叫你来，一是退还你的两条烟，太贵重，不敢抽，二呢，向你说明白，任何破坏投资者利益的事情，市政府都要抓，都要严惩不贷，请你放心经营，希望你们发大财……三呢，对于已经发生的侵犯你权益的行为，不管是已经发生的还是正在进行的，你都可以直接向我说，或者向有关部门说，不管是谁，不管多高的职位，严查，绝不宽待……本着为东兴旅游发展尽力的目的，我希望郑老板能主动检举揭发，再大的事情有我在……"

"谢谢……谢谢梁市长……"老郑懵懵懂懂地对梁市长说，心里有些紧张，他突然茅塞顿开，知道梁市长今天叫自己来的目的，知道梁市长的矛头指向了哪里。

老郑知道，只要凭自己的检举，凭送给潘唔能的那几十万，还有潘唔能赌博和吸毒的事情，足以把潘唔能送进去。而根据自己打听到的内幕，梁市长的对手不是潘唔能，放倒潘唔能显然不是梁市长的目的，梁市长的矛头指向了更深处，而那深处，是潘唔能的坚强后盾。

老郑不由打了一个寒噤，感觉自己成为市长大人手里一粒小小的棋子。

"那好，"梁市长意味深长地拍拍老郑的肩膀，"你先回去，考虑考虑，不着急……我的意思，我想郑老板一定明白，扬正气、树新风，保护投资者利益，是我们义不容辞的责任。今后，郑老板经营过程中遇到什么难处，可以直接找我，直接给我打电话，我的电话就是你的维权热线……和不正之风做斗争，是每一个公民的义务……"

老郑晃晃悠悠从梁市长那里回到办公室，两眼直勾勾地看着退回来的两条"烟"，不知是喜是忧，脑子里翻江倒海一般……

正闷闷不乐间，于琴和于林上街做头发回来了，进门看见老郑一副愁眉苦脸的样子，于琴关上门，问老郑："哟，这几天一直是笑眯眯的，今天是咋的了，郑老大，数钱累的？要不给你捶捶肩膀？"

说着，于琴真的走到老郑后面，给老郑捶起肩膀来。

老郑苦笑了一下，把下午梁市长找自己的事情说了下，然后指指桌子上的东西说："二十万回来了，人家不要，亦喜亦忧啊……"

于琴一听也凝神思考了半天，说："这事是挺烦人的，我的判断是，如果从歪处想，老梁是想借咱的手整倒潘唔能，然后扳倒市委黄书记，自己做老大；从正处想呢，梁市长是一廉洁奉公、嫉恶如仇的好市长，决心抓住我们这个事情做典型，树正气，维护东兴旅游招商引资的良好声誉……问题是不管正还是歪，都弄到我们头上了，这么多投资商，找谁不好啊，怎么偏偏找到我们头上了……"

"这事如果答应梁市长，后患无穷，如果扳倒了潘还好说，如果扳不倒，潘唔能后面强大的黄书记我们如何得罪得起？我们死都没地方去，最后落得个家破人亡也说不定……如果不答应梁市长，不管他是什么动机和目的，一定会让他不高兴，这市政府的老大，岂是随便能得罪得了的？"老郑哭丧着脸。

于琴沉思了一会儿，说："其实这事也没那么严重，梁市长这人我早就听说了，大大咧咧的，不爱拘泥小节，做人很直爽，送他烟他会毫不客气地收下，但过段时间又会安排秘书给你送点等价值的礼物。你要是送钱的话，他要么扔回来，要么交财政，都已经交了好几起了！也不知是故意作秀还是真的廉洁，所以我们这二十万，他不要倒也不需要有多大的精神负担……至于这市委黄书记，我觉得即使潘唔能被扳倒，他也不一定被扳倒……"

"此话怎讲？"

"黄书记从政了一辈子，号称东兴官场不倒翁，为人做事很谦和，很谨慎，善于中庸之道，上下都做和事佬，人缘极好，和年轻气盛的梁市长相比沉稳多了，从不露锋芒。这潘唔能能够被提拔，是得益于前几年的优秀政绩，背后的这些腐朽堕落黄书记未必就能掌握，按他的为官之道，未必和潘唔能有什么瓜葛牵扯……"于琴很老道地分析道。

老郑看着于琴说："看不出，这段时间你对官场倒是知道了不少啊，照你这么说，那我听梁市长的？去揭发老潘的那些事？人家给咱办了不少事，有点于心不忍……"

于琴呵呵笑了，说："呵呵……不，我觉得不能去揭发，咱是小老百姓，犯得着掺乎进官场斗争吗？多一事不如少一事……"

"那就得罪梁市长，再把公司股份送百分之三十给王军？"老郑瞪着于琴。

"你说这话真他妈的弱智，郑一凡，我看你聪明一世糊涂一时，你难道真不知道该怎么办？"于琴拍了拍老郑的脑壳。

老郑嘿嘿笑了，说："妈的，怪不得说咱是两口子，你一定知道我这会儿心里是有对策的，是不是？"

"废话，你心眼子那么多，以为我是傻瓜？"

"嗯……刚才经你这么一分析点拨，我心里有数了，我看咱也学学黄书记，来点中庸之道，"老郑边考虑边说，"对梁市长那边，一个字：拖；对潘唔能和王军那边，两个字：敲打。"

"呵呵……对了，这才是小精灵郑一凡，鬼点子郑一凡，老奸巨猾郑一凡，"于琴笑嘻嘻地点头赞同，"好了，我要出去了，你自己吃晚饭。"

"干吗？"

"王英约了我一起喝茶，然后一起去做美体……"于琴说。

"你老和潘唔能的老婆搅和在一起干吗？"老郑有些不悦，"就她那皮肤，整个一非洲人，还美体，恶心……"

"别这么说，人家大小也是个官太太，副市长夫人哦……"于琴笑笑，"我和她搅和在一起，没亏吃，你放心好了，好处大大的……"

"我可是告诉你，不准你和潘唔能再搅和，不准再给老子戴绿帽子……"老郑正色道。

"去你妈的，老娘自己心里有数，管好你自己就行，我和王英在一起，就是对着潘唔能来的，你懂个鸟……"于琴一扭身出去了。

老郑和于琴交谈了这么一会儿，豁然开朗，心里轻松了，一块石头落了地。

想起王军，想起潘唔能，老郑突然想到了高强，老高可真行，让自己折腾了这么多次，还在顽强地站立着，就是不倒下。

老郑想到高强那狐疑狡猾的脸，想到高强那新开业的大地旅行社，突然很牵挂高强，老伙计，咱俩可真有缘分，我来东兴，你也来东兴，不调戏调戏你，我对不住你。

想到这里，老郑给高强打了电话："高总，晚上有时间吗？一起吃饭吧，我请客！"

"不行啊，我和潘市长正在杭州放松身体，晚上要一起去吃日本料理，洗桑拿，你自己吃吧。"高强的声音里有些炫耀。

老郑一怔，这家伙现在和潘唔能走得很近啊，看来关系非同一般。

第四十四章 | 守正出奇

呼吸着老家清新的空气，喝着瑶水河甘甜的河水，张伟迷醉在家门口。

爸爸妈妈专门为他们的回来做了丰盛的晚餐，爸爸拿出上次陈瑶回来带来的茅台酒给大家喝。

"上回你们走了后，这酒你爸爸一直没舍得喝，一个劲念叨等宝宝回来再喝。"妈妈坐在陈瑶旁边，不停地给陈瑶夹菜，"闺女，吃，恶吃（多吃），叨着（夹菜），白停下（别住筷）……"

爸爸憨厚地呵呵笑笑，对张伟说："宝宝，咱家的果园我全部改种板栗了，栗苗都栽上了，后年就能结果了……"

张伟很高兴，对陈瑶说："后年咱就能吃板栗了，俺老爹亲自栽的板栗。"

陈瑶看着张伟笑了笑，点点头，然后给爸爸妈妈各端了一杯酒，说："叔，婶子，您二老在家里辛苦了，受累了……"

"不累不累，俺和您叔身子骨都很结实，您叔的病也好了，"妈妈高兴地看着陈瑶，"这庄户人啊，只要身体好，就什么都不怕……"

陈瑶听了妈妈的话有些感动，两眼一眨一眨地看着未来的婆婆，连连点头说："婶子这话说得真好，俺娘也经常这么说，是啊，庄户人，别的不图，就图个身子骨结实，健康就是财富啊……"

妈妈喜爱地看着陈瑶，又看看张伟，然后说："宝宝，小陈，这现在是新时代，你们俩的事俺也不包办，你们俩打算什么时候把事情办了啊？"

陈瑶微笑着看看妈妈，然后指指张伟说："婶子，他说了算，我听他的。"

妈妈一听陈瑶这话，大为高兴，看着张伟说："宝宝，你说说看。"

张伟暗暗赞赏陈瑶会讲话，让妈妈高兴，边吃边对妈妈说："秋天里，我回来接你们二老去南方，咱在陈瑶家里定亲，冬天里，我把陈瑶带回来，过年的时候，咱结婚。"

"好好好，要的，要的，"妈妈一听更加高兴了，"对对对，这亲是要订的，双方家长见面订下孩子的终身大事，然后择日子结婚，好……今年就结婚好，我和你爸爸都等着抱孙子呐，我可是都快急疯了……"

"妈，不能这么说，怎么，孙女就不抱了？"张伟说了妈妈一句。

妈妈一愣，看了看爸爸，又看看张伟说："抱，现在男孩女孩都一样，女孩更好啊，是娘的小棉袄……"

妈妈的回答让张伟很满意，陈瑶也呵呵地笑起来。

晚饭后，妈妈悄悄把张伟拉到一边："宝宝，这晚上住宿……"

宝宝明白妈妈的意思，直接说："妈，俺们住西屋。"

张伟这话的意思再明白不过了，妈妈忙答应着收拾屋子去了。

夜晚的山风徐徐吹过，张伟和陈瑶坐在家门口前面的大石头上，垂柳的末梢轻轻拂过二人的头发和脸颊，清澈的瑶水河静静地流过，一切都显得那么自然，那么和谐，那么静谧……

陈瑶靠在张伟怀里，安静地享受着这幸福的二人时光，轻轻地对张伟说："哥哥，几个月前，这条河是冰河，你带我在这里滑冰……你还把我从冰窟窿里抱起来……"

张伟笑笑，想起来那次冰河救人，搂紧陈瑶的肩膀说："莹莹，你那次胆子可真不小，那孩子多亏了你……"

"换了谁都会这么做的，我只不过是尽了一个正常人的努力罢了……"陈瑶笑笑，"那天你抱着我跑进家门，虽然身上都是冰水，心里可是很温暖……我现在都记得清清楚楚……"

"呵呵……那我在房间里的炕上把你脱光，你还记得不？"张伟逗弄着陈瑶的嘴唇。

"当然记得，从那次起，我就坚定地认定，你张伟虽然是个花花肠子，但是绝对是一个好人，是一个不趁人之危的好人……"陈瑶轻轻吮吸着张伟的食指。

"花花肠子？"张伟有些委屈，"难道我真有那么花吗？我觉得我不是很花啊？"

"哈哈，王婆卖瓜，自卖自夸，你自己不说，恐怕没有人会夸你了……"陈瑶躺倒在张伟的怀里，看着漫天的星星，"哥哥，这里的星空和海南三亚的星空是一样一样的，好美的天空……"

张伟低头吻住陈瑶的唇，边吮吸边说："好美的星空，好美的女人……"

第二天，按照计划安排，张伟和陈瑶开车去了那个搬迁走的部队仓库营房，又看了废弃的几家军工厂山洞和厂房，然后找到瑶水县招商局，详细询问了最新的招商引资政策，索取了部分资料。

回来的路上，陈瑶兴致勃勃，侃侃而谈，向张伟阐述自己的投资计划。

"这里最大的优势是山，是水，特别是在环境恶劣的北方，那个部队仓库营房，以前就是个花园式单位，水电暖齐全，依山傍水，可以收购或者租赁过来，改造成一家三星级假日酒店……那个军工厂废弃的仓库，可以利用起来，开一家工厂，吸纳附近劳动力资源，生产旅游产品，低成本，高附加值……"

张伟默默地听着，微笑着，不说话。

等陈瑶全部说完，张伟问陈瑶："你说的这些大概需要多少投资?"

"假日酒店需要八百万左右，旅游产品加工厂一百万就可以搞定，总投资不需要一千万……"陈瑶说。

"一千万，你哪里来这么多资金?"张伟问陈瑶，边开着车。

"用房子做抵押去银行贷款。"陈瑶利索地回答道。

"你觉得这种投资风险大不大?"张伟继续问。

"说大不大，说小不小。"陈瑶回答。

"成本几年能收回?"

"最快也需要三年。"陈瑶盘腿坐在座位上，身体一摇一晃。

"如果有风险更小，投资更少，收益更快的项目，你想不想做?"张伟扭头看了一眼陈瑶。

"废话，当然要去做，我巴不得，"陈瑶看了一眼张伟，"怎么? 你有更好的开发项目?"

张伟笑了笑，不回答。

"说，宝宝，乖! 姐姐给你糖吃，"陈瑶从后面袋子里摸出一个巧克力逗张伟，"说不说?"

"嘿嘿……一时半会说不清楚，明天我带你去现场看，现场观摩，看完以后，我们再交流。"张伟说。

"好啊，你骗我……"陈瑶敲打着张伟的肩膀。

"其实这是我早就有的一个想法，但是，我也好久没去那些地方看了，也不知道现在的市场和行情……"张伟说，"明天，我们一起去几个地方看看，看完后或许我们会有新的思路，新的启发……"

"嗯……那好吧。"陈瑶对张伟说，"一切听当家的安排。"

回到家，本家的几位堂兄听说了，都过来看张伟，立志哥也来了，妈妈在锅屋（厨房）忙乎，让大家晚上在这里喝酒，陈瑶在锅屋里帮妈妈弄菜。

很快菜弄齐了，爸爸妈妈在锅屋的圆桌上吃了，不参加张伟他们兄弟的酒席。陈瑶本来也打算和爸爸妈妈一起吃的，张伟没让，因为几个堂兄谈起了家乡旅游资源开发的事情。

"莹莹，你过来和几个哥哥一起吃吧，"张伟招呼陈瑶，"都是自家人，没什么见外的。"

陈瑶看了看爸爸妈妈的脸，妈妈忙说："去吧，都是本家自己的大哥，去吧。"

爸爸也点点头。

"好，"陈瑶搬个板凳挨着张伟坐下，拿了一副筷子，"我先给各位大哥敬酒。"

几位堂兄很友好地和陈瑶喝了一杯酒。

"大哥，你说咱们这里这么多农村闲散劳动力，特别是妇女多，要是能找个项目，让大家忙乎起来，在家门口挣钱，好不好？"张伟问大爷爷家的大堂兄。

"那敢情是好啊，大家伙都想着呢，这年头，出去打工不容易，辛辛苦苦一年到头赚不了几个钱，遇上黑老板，一年白干，要是有人能出头，带着大家伙找个挣钱的路子，那真是太好了。"大堂兄看着张伟说。

张伟看看陈瑶，陈瑶听得很认真。

"其实，咱这山里资源丰富，如果销路好，生产加工旅游产品很有前景，成本很低……"另一位堂兄说。

张伟和陈瑶对视了一眼。

"我觉得还是开发大的项目好，比如开发景区或者度假村酒店，"立志哥说，"咱这山里待开发的景区资源丰富，闲置的军工厂房和军事仓库营房也有好几处，都处在环境优美的深山里，开发代价很低，到时候客人一定很多，而且，也一样能解决咱们山里劳动力闲置的问题……"

陈瑶眼神一亮，看着立志哥。

张伟不动声色，招呼大家吃菜。

"当家的，你有什么想法？"陈瑶边给张伟倒酒边问张伟。

一声"当家的"，让几位堂兄倍觉新鲜，这大城市的女子就是新潮，竟然称呼自己的堂弟为当家的，让他们一下子想起了《乌龙山剿匪记》里的当家的。

张伟微微笑笑，看着陈瑶说："咱这几位哥哥们都很熟悉山里的情况，我觉得都很有道理，其实说白了，不管怎么开发，就是一个如何带富一方乡亲，带领大伙富起来的事儿，关键还是要找准着力点……"

"兄弟你说到点子上了，"大堂兄拍拍张伟的肩膀，"咱山里人就是舍得出力气，别的咱不行，唉……我给你补充一点，关键还缺一个带领大家致富的带路人……"

张伟笑笑，没说话。

陈瑶看了看张伟的神色，也不说话，忙着招呼大家吃菜。

吃过晚饭，一家人正坐在门前的石凳上悠闲地喝茶聊天，丫丫给张伟来电话了。

"哥，我毕业了。"丫丫在电话里很开心。

"怎么这么早？开玩笑吧？"张伟很是怀疑，这山东大学怎么搞得这么早。

"不是开玩笑，学校为了照顾同学们的就业，部分院系今年提前发了毕业证，毕业论文答辩完就发了……"丫丫说。

"好啊，丫丫，祝贺你，你正式踏入社会了，我一会儿给咱爹咱娘说一声。"张伟心里很高兴，妹妹终于长大成人了。

爸爸妈妈陈瑶都坐在旁边，开心地听着。

"你和咱爹咱娘说一声？你和咱爹咱娘在一起的？"丫丫很兴奋。

"是啊，我和你陈姐前天回家了，这会正和咱爹咱娘一起坐在门口喝茶聊天呢。"张伟笑嘻嘻地说，"你打算什么时候回东兴？"

"我……我打算最近两天吧。"丫丫在电话里停顿了一下，然后说。

"最近两天……"张伟重复了一下，看了一眼陈瑶，陈瑶忙对张伟说，"告诉丫丫，咱们到济南去接她，一起回去。"

"丫丫，这样吧，我和你陈姐回去的时候到济南去接你，咱们一起回东兴。"张伟对丫丫说。

"太好了，啦啦啦……"丫丫很高兴，"我住的地方陈姐上次来过，她知道的，那我可就等你们了……"

"好的……等等，丫丫，咱娘跟你说话……"张伟把电话递给妈妈。

打完电话，爸爸妈妈回屋里看电视，张伟和陈瑶在门口边乘凉边聊天。

陈瑶碰碰张伟的腿说："对了，丫丫和我说了一个事情，我正打算要和你商量。"

"什么事？"张伟看着陈瑶。

"王炎和哈尔森都辞职了，她也不想在那公司呆了，想辞职另找工作……"陈瑶说。

"不行，胡闹！"张伟火了，"现在大学生毕业找工作这么难，好不容易有一个合适的工作，待遇也不低，还专门出国去培训的，怎么能说走就走？这工作还得有熟人，没熟人就不工作了？这死丫头，烧大了！"

"你别发火啊，丫丫就是怕你骂她，才没敢和你说，"陈瑶摇了摇张伟的胳膊，"有话好好说，这么大火气干吗，我也知道找个工作不容易，我让丫丫先不要辞职，等等再看，先干着，另外，丫丫的心情也是要理解的嘛……"

张伟冷静下来，点点头道："那好吧，就先按你说得办。"

"嗯……"陈瑶答应着，抬头看着浩渺的星空，突然叹息了一声，"人生啊……"

"怎么了？感慨什么？"张伟问陈瑶。

"没什么，我刚才突然想起了王炎和哈尔森……"陈瑶仰脸看着夜空，幽幽地说。

第二天早饭后，张伟带着陈瑶离开村子，往更深的大山里面开去。

"当家的，我们去哪里？"陈瑶问张伟。

"去了你就知道了，"张伟边开车边对陈瑶说，"今天我带你去几个地方，你去了只管看，看完最后再总结。"

看到张伟神秘兮兮的样子，陈瑶好奇心起来了，兴趣也起来了。

车子沿着盘山公路走了半天，张伟在一片嫩绿的田地边停下，招呼陈瑶下车，指着一片绿油油的地对陈瑶说："看，知道这里种植的是什么吗？"

陈瑶下车看了看，说："不是小麦，油草嫩绿，色草金黄，是什么？"

"琅琊草。"

"琅琊草？"

"对，也叫黄草，这瑶蒙山区的特有野生草类，我们看到的这一片是专门种植的。"张伟对陈瑶说。

"有何用途？"陈瑶问张伟。

"草编。"

"草编？"

"对，琅琊草编，"张伟拉着陈瑶上车，边走边说，"古老的传统手艺，古时用来编织草鞋，民国初年开始用来编织草帽，当时的民族实业家办起琅琊草公司，向附近的乡村妇女传授编织技艺，一年也能生产几万顶，投放市场后，很快将当时的纸捻帽挤了出去，到解放前，琅琊草帽一直畅销济南、天津、东北等地……"

陈瑶听得两眼发光，问："这草帽有什么特点？"

"质地柔软，富有弹性，拉力强，美观耐用，而且，脱汗离水，轻便凉爽。"

"现在呢？现在怎么样了？"陈瑶紧跟着问。

"这种传统工艺一直没有停止生产，断断续续到了现在，现在呢，属于半死不活，因为销路不好，产品单一，很多家庭妇女都不再编织这个了，很可惜，一个精美绝伦的民间手艺……"张伟惋惜地说，"刚才我们经过的那块地，是专门种植的琅琊草，是一个个体小草编厂自己种植的，这个小厂很多年了，一直没有中断了这个手艺的开发，只是销路不好，品种单调，一直半死不活中……"

"这里的家庭妇女都会编织这个吗?"陈瑶继续问张伟。

"是的，不能说百分之百，可以说绝大多数，我妈就会，年轻时候学的，那是大队里组织'识字班'集体搞编织，我妈在娘家还是生产标兵。"张伟说。

"哦……"

"其实，我想啊，这个东西既然能编织草鞋、草帽，为什么不能编织其他产品呢? 比如，拖鞋、提篮、茶杯套、果盒、花盒……"张伟慢悠悠地说，"旅游产品的开发，不能跟大群，要有自己的特色，要打自己的品牌，利用自己的优势……而且，既然大家都会手艺，为何非得大动干戈建厂设房呢，像民国时期的琅琊草公司，家庭院落就是他们的厂房，家家户户都是他们的车间，无需投资弄这些，民间家庭妇女都是他们的生产工人……"

陈瑶听得很兴奋，连连点头说："当家的，我开眼界了。"

"这里还有让你开眼界的，"张伟停下车，指着路边大片柳条地，"你看。"

"啊哈，这么多柳条啊，真壮观，好看，"陈瑶由衷地赞叹，"这是用来干吗的?"

"著名的瑶蒙柳编的原料基地，"张伟笑嘻嘻地，"瑶北山区、平原的传统技艺。"

"都能编什么?"

"花盆套、花篮、吊花篮、挂篮、纸篓、洗衣筐等等等等，很多很多，主要用来出口，前几年出口量很大，但是现在……"

"咋了?"

"现在不思进取不求上进，在工艺和产品类型上落后了，像琅琊草编一样，处于没落状态。"张伟叹息了一声，"思路决定出路，关键在于换脑筋啊……"

陈瑶沉思着，没说话。

张伟拉着陈瑶转悠了一天，看了很多地方，也参观了几家小规模的个体柳编厂，查看了部分产品，还到几家仍在编织草帽的琅琊草编织户去观摩了农家妇女的手艺，带走了部分样品。

回家的路上，陈瑶拿着手里的精美样品反复查看，凝神思考。

张伟边开车边对陈瑶说:"今天思路有没有什么启发?"

"张老大,我服了你,你很有一套思路。"陈瑶突然认真地扭头对张伟说。

张伟得意地一笑:"小娘子,你终于服我了,你终于有服我的地方了,哈哈……"

"我不是早就服你了吗,你这么厉害,俺什么时候敢不服你啊……"陈瑶暧昧地看了一眼张伟。

"其实,不仅仅是琅琊草编和瑶蒙柳编,还有好几个民间传统工艺都可以开发,比如民间玩具、瑶北印花布,开发出来,都是绝顶的旅游产品……"张伟扭头看了一眼陈瑶,"必须要开阔视野,树立大旅游观念,开发旅游,不仅仅是开发景区资源,还包括更广义的旅游产品的开发……树立大旅游文化概念……"

陈瑶由衷地点点头说:"老大,你说得很对,今天很有收获,不但开阔了我的视野,更重要是启发了我的思路……我会在一个更高的基础上来思考投资开发的事情……"

"那就好,也不枉我一片心思……"张伟说。

回到家,爸妈已经包好了水饺,就等他们回来下锅。

"爸妈,我和陈瑶明天去接丫丫。"吃饭时,张伟对爸妈说。

"嗯……你们明天就要走了……多住几天多好啊……"妈妈有些恋恋不舍。

"孩子在外面要做大事的,咋能天天窝在家里?"爸爸瞪了妈妈一眼,"女人见识,别扯孩子后腿。"

妈妈不说话了。

"婶子,等以后我专门在家里多住些日子,专门在家陪你拉呱……"陈瑶边给妈妈夹菜边对妈妈笑着说。

"看,孩子多懂事,"爸爸对妈妈说,"你想啥事,这都在孩子心里装着呢……"

妈妈笑呵呵地看着陈瑶说:"好孩子,好啊……"

张伟看着陈瑶和爸妈有说有笑,心里像吃了蜜。

吃过晚饭,大家坐在堂屋里看电视,妈妈把张伟叫进里屋,拿出一个纸包,里面是三万块钱,对张伟说:"咱家改造果园买栗树苗,借了你二姨六万块钱,这是三万,先还一半,你捎过去给你二姨,等春节再还另一半……"

张伟心里突然充满愧疚,自己这么多日子竟然没有顾得上关心家里的事情,忙对妈妈说:"妈,不用了,这钱您收着,二姨的钱我来还,等回去我把钱给丫丫,让她给她妈妈打过去……"

"傻孩子,你哪里有这么多钱?"妈妈不答应。

"妈,我今年挣了很多钱,已经到这个数了……"张伟朝妈妈伸了一个巴掌。

"五万!"妈吃了一惊,"这么多了?!"

"后面加个零。"张伟得意地说,嘻嘻笑着。

"老天,五十万?!"妈妈大惊失色,"宝宝,你咋弄了这么多钱?啊?!"

"我挣的啊,妈妈,"张伟开心地看着妈妈的表情,"俺这是凭本事挣的,不偷不抢,您放心。"

妈妈好一会儿才缓过劲来,拍着张伟的脑袋说:"我的儿啊,你咋就这么能了呢?咋一下子挣了这么多了呢?"

"哈哈……妈,您高兴吧?"张伟乐呵呵地对妈妈说。

"高兴,高兴……"妈妈连连点头,又拉拉张伟的胳膊,小声对张伟说,"你今年挣的比小陈多吧?"

张伟一愣,一会儿点点头说:"哦……多多,比她挣得多,她挣了四十九万,我挣了五十万……"

妈妈开心地笑起来:"嗯……那就好,那我就放心了,你们两个都是好孩子……"

张伟心里乐得直想蹦。

晚上睡觉的时候,张伟和陈瑶说起这事,陈瑶乐得在床上直打滚!

"以后,我挣的钱一定会比你多……"张伟笑嘻嘻地看着陈瑶。

"必须的,老公,"陈瑶说,"你是男人,必须挣钱比女人多,我是女人,就得靠你来养活……"

"你的思想倒是和咱妈很一致……"张伟说。

"思路决定出路啊,我要做老张家的儿媳妇,不抓紧换脑筋那怎么行?"陈瑶说。

"好媳妇,乖媳妇……"

第二天,早饭后,张伟和陈瑶辞别爹娘,直接从京沪高速瑶蒙出口上了高速,直奔济南,去接丫丫。

"前面是泰安,想不想卜去看看泰山,看看岱庙?"张伟边开车边指着高速公路右边一片巍峨的群山对陈瑶说。

"不了,"陈瑶摇摇头,看着张伟,装作有气无力的样子,"老公,你看我还有力气再爬山吗?饶了我吧,我还想多活几天……昨晚,差点又被你弄死……嘻嘻……"

张伟呵呵地笑起来说:"想当年,高中毕业,我和四个同学来爬泰山,那时身体确实是结实,夏天的晚上,下午六点开始爬,凌晨一点到了山顶,在山顶逛游了四个小时,为了看日出,结果那天有雾,没看成,然后一溜小跑下了山,赶了早上九点的火车回了瑶北……那年,我十九岁,纯纯的小男生啊,还是处男,血气方刚……"

"哈哈……"陈瑶笑得前仰后合，"有时间咱们专门来爬泰山，拜拜泰山老母……"

"晚上到济南我带你和丫丫去吃烧烤，济南有一个烧烤很著名的地方，规模很大，味道极好，通宵营业……"张伟说。

"好啊，去喝扎啤，吃烧烤，再做一回小混混……"陈瑶兴致勃勃。

张伟满足地开着车，陈瑶靠在座位上闭目养神，车内的音乐在轻轻播放着："爱是你我，用心交织着生活，爱是你和我，在患难之中不变的承诺，爱是你的手，把我的伤口抚摸，爱是用我的心，倾听你的忧伤欢乐……"

第四十五章 否极泰来

下午五点，车到济南，直奔二姨家接了丫丫，然后去共青团路的回民小区吃烧烤。

张伟以前每次来济南，都要来这里吃烧烤。

陈瑶一来就吓了一大跳，这规模堪称恐怖，烧烤炉子一个得有十米多长，几个人同时烤，吆喝声此起彼伏，几十家烧烤店一家挨着一家，门口招揽客人的小伙子大姑娘热情相迎，人来人往，热闹非凡。

"真正的烧烤，我服了！"陈瑶显然是第一次见到如此大规模的烧烤。

"我也是第一次来这里，"丫丫一手挽着张伟，一手挽着陈瑶，蹦蹦跳跳，"二姨以前都是带我到党家庄那边吃，这边我还没来过……"

三人找了一家烧烤店，边喝扎啤边吃烧烤，很过瘾。

陈瑶不喝，让张伟喝，说："晚上我开车，你休息会，喝点扎啤吧，我就算了。"

正吃得高兴，陈瑶突然接到王炎的电话，电话里问："陈姐，你和哥什么时候回来？"

听王炎说话的声音不大对劲，陈瑶心一紧，忙问："王炎，怎么了？"

"哈尔森的病情……"

"怎么了？慢慢说。"

"突然恶化……"王炎的声音里带着哭腔，"你们什么时候回来啊？"

"别哭……"陈瑶安慰王炎，"我们在济南，一会儿就起身回去，明天就到了，你自己一定要乐观起来，千万不要放弃，一定要鼓励哈尔森，千万不要气馁……"

"嗯……你们快回来吧，我自己在这里，感到好无助……"

"好……"

放下电话，陈瑶对张伟说："抓紧吃，吃完抓紧起身，哈尔森的病情不容乐观。"

陈瑶的神色很严肃，很认真。张伟和丫丫忙简单吃了点，大家上车，陈瑶开车出城，直奔高速，一路南下。

路上，陈瑶和主治医师通了电话，详细询问哈尔森的病情。

医师告诉陈瑶，他们已经尽了最大的努力，哈尔森的病情前段时间一度减轻，大家一度很乐观，但从今天早上开始，病人突然呈发烧状态，各项生理指标出现大幅度异常，目前正在紧密观测、关注中。按照预先制定的救治方案，目前进入了紧急抢救状态，还破例从上海和杭州、广州请来了这方面的几位专家进行会诊。

"请相信我们，不管结果如何，我们是尽了最大努力的。"医师说。

"是的，是的，我们绝对是信任你们的，我们是绝对感谢你们的，谢谢你们的努力，请多多辛苦，再继续努力……"陈瑶急忙感谢，并请求医师一定继续尽心尽力。

"这个时候，病人自身的精神和意志非常重要，精神绝对不能垮，精神是人的生命的支柱，请再一次转告病人家属，一定要保持乐观，一定要鼓励病人坚强自信，配合治疗……"医师嘱咐道。

"一定会的……"陈瑶回答医师。

打完电话，陈瑶又给王炎打了电话，嘱咐王炎要坚强，要坚定哈尔森的信心等等，说了一大通。

打完电话，陈瑶默不作声地开车，突然冒出一句："当家的，我再一次体会到一句话。"

"什么话？"张伟问陈瑶。

"健康就是幸福，健康就是财富！"陈瑶说。

"嗯……"张伟想起了自己父母的身体。

"我坚信一点，好人一定会有好报的，哈尔森是好人，不应该死，绝对不应该死，我不答应他死……"陈瑶说话有些语无伦次。

张伟理解陈瑶的心情，陈瑶实在是一个好人，一个充满善心的好人。

"你更是一个好人，你更应该得到好报！"张伟动情地看着陈瑶，深情地说。

陈瑶扭头，感动地看了一眼张伟，说："哥，你真好……"

开到下半夜，张伟接替陈瑶开车，虽然陈瑶一个劲说不累。

丫丫在车后座，躺在座位上已经睡熟了。

第二天上午十点抵达东兴，张伟开车直奔医院。

王炎看着哈尔森带着氧气罩被推进急救室，终于忍不住了，跑到医院外面的一个小树林里，痛痛快快哭了一场。

王炎不明白，为什么自己要遭此劫难，为什么上帝安排命运如此不公，为什么爱情和幸福会这么难得？

王炎此刻突然感到很孤独很无助很悲凉很寂寥，她终日掩埋住心中巨大的伤和痛，终日在哈尔森面前强颜欢笑，终日用欢笑和乐观来鼓励哈尔森，但是，心理的承受力终究是有限的，无论她多么坚定多么坚强多么坚韧地鼓励自己，给自己打气，但是，在看到自己的爱人被推进急救室的时候，终究无法抗拒内心的巨大悲怆，终于淋漓尽致地大哭了一场。

哭完之后，王炎清醒了，知道自己此刻肩负的责任和重担，知道此刻应该去做什么，知道自己绝不能放弃，直至生命的最后一刻。

王炎擦干眼泪，走出小树林，走进医院，脸上努力做出一个笑脸，那是准备给哈尔森看的，给大家看的，也是给自己看的。

乐观，坚强！王炎心里边给自己打气，边露出脸上看似灿烂的微笑，甚至在地上转了一个圈，蹦了一下。

路边走过一对中年男女，男的小声对女的说："你看，这小姑娘多活泼，充满活力和青春，唉……咱是没那精神头了……"

王炎听着这男的说的话，眼泪再一次流下来。

王炎打定主意，不管结局是好是坏，自己一定要在哈尔森面前永远充满微笑，永远干净整洁，永远美丽大方。

我是你的爱人，哈尔森，我会为你而微笑，为你而美丽，王炎心里一遍遍念叨着。

王炎刚回到病区，正好陈瑶他们到了。

看到亲人们，王炎的眼泪再一次不争气地流下来，哽咽着说："哥，姐，丫丫，你们终于回来了……"

张伟和陈瑶的到来让王炎心中突然感到了莫大的安慰和踏实，亲情的力量是无穷的。

张伟揽着王炎的肩膀，拍着王炎的头说："王炎，傻丫头，别哭，哥和姐都在这里，有困难大家一起承受，莫哭，啊……"

王炎停止了哭泣，靠着张伟的肩膀，心里安稳了许多，对陈瑶说："姐，哈尔森进急救室了，三个多小时了……"

陈瑶挽起王炎的胳膊说："走，去看看。"

大家来到急救室门口，在那里静静地等待着。

时间在一分一秒地过去。

一会儿主治医师出来，擦擦额头的汗，对陈瑶和王炎说："还在努力中，已经换了三个紧急抢救方案了，汇集各路专家的锦囊妙策，现在正在实施第四个方案，这个方案是采用西医和中医同步进行，西医治表，中医治根，同时，还要辅以精神治疗，因为病人此刻的意念和信念非常重要……"

"需要我们做什么？"陈瑶问主治医师。

"让病人家属进来，陪伴在病人身边，一遍遍呼唤着病人的名字，唤起他的知觉，提醒他的大脑意识，不让他从精神上放弃……"主治医师说着看看王炎，"你换上衣服，跟我进来……这是最后一个医疗方案了，最后的努力了……"

陈瑶看看王炎，拍拍她的肩膀说："去吧，我们在门口等着你，一定要坚信，我们，始终和你在一起……"

张伟搂过王炎和陈瑶，还有丫丫，大家紧紧拥抱，张伟说了一句："加油！为哈尔森祈祷！"

看着王炎穿着隔离服走进抢救室，陈瑶拉着张伟坐在医院走廊的连椅上，疲倦地靠在张伟的肩膀，虚弱地说了一声："紧张死我了……"

时间在慢慢流逝，大家都没有心思说话，怔怔地坐在连椅上发呆。

随着时间的过去，张伟越来越沉不住气，开始烦躁不安地在走廊里来回走动。

陈瑶一直用手托着额头，这会儿也突然有些烦躁，抬头看着张伟说："当家的，你别走来走去的，晃眼，烦人，过来安静坐一会儿不行？"

张伟看到陈瑶的眼神，知道她心情很烦躁，没说什么，走到她身边坐下。

丫丫靠在连椅上，看着陈瑶和张伟，不知所措。

陈瑶显然觉得自己有些过火，当张伟坐过来之后，拉住张伟的手轻轻握了几下，传达过来一个歉意的信号。

张伟将陈瑶的手放进自己宽大的手掌，握起来，另一只胳膊揽过陈瑶的肩膀，轻轻拍了两下。

"沉住气……"两人几乎同时说出这句话。

说完，两人相视微笑了一下。

"每过一分钟，就意味着生命的希望在增加一分，就预示着成功的可能在增强一分……"陈瑶缓缓地说，"让我们静静地等……生命，在于等待……"

"生命，在于有爱！"张伟也静静地说了一句。

当新的一天终于来临，当小鸟在外面的树林中叽叽喳喳开始歌唱，当生命的绿色开始拥抱大地，抢救室的门终于又开了，主治医师缓缓走出，摘下口罩，满脸充满疲倦和轻松。

张伟等人急忙迎上去。

"怎么样?"陈瑶急问。

主治医师脸上露出欣慰的表情,这表情登时就让张伟和陈瑶心宽了下来,然后主治医师点点头说:"这一关终于过来了,奇迹终于出现了……"

"太好了……"陈瑶激动得声音有些哽咽,握住医生的手,一遍遍地说,"谢谢您,谢谢大家……"

"除了我们的医疗措施,病人家属的亲情和爱起到了很大的精神召唤作用,对唤醒病人的沉睡意识起到了很大的辅助作用,"主治医师微笑着握着陈瑶的手,"祝贺你们,爱情的力量真是伟大,爱的精神力量是无穷的……"

陈瑶的眼泪终于流下来,这是激动和高兴的泪水。

"你们先回去吧,病人需要观察和静养,家属暂时不能离开……"主治医师对陈瑶和张伟说。

大家告别医师,离开医院,心情变得轻松起来。

先送丫丫去哈尔森家。

张伟想起了丫丫要辞职的事情,不露声色地问丫丫:"丫丫,你打算什么时间去上班?"

"我……"丫丫欲言又止,看了看陈瑶,"我想再休息几天……"

"还要休息?你们单位要求你什么时间去上班?"张伟又问丫丫。

"我……我还没和单位联系上班的事……不知道。"丫丫怯怯地说。

"回来这么久,你还不和单位联系,你打的什么算盘?"张伟不温不火,继续问丫丫。

"丫丫是提前结束学习回来的,按规定学习时间还不到期限,大概还得二十多天才能到时间,是不是?"陈瑶急忙插话进来。

"嗯……是。"丫丫点头。

"那就等几天再说好了,等时间到了,丫丫就去单位上班,好吗?"陈瑶回头冲丫丫使了个眼色。

"嗯……好。"丫丫连忙回答。

张伟舒了一口气说:"那就好,找个工作不容易,要珍惜啊,好好上班,别胡思乱想。"

丫丫在后面冲张伟做了一个鬼脸。

"这段时间多在家陪陪张妈妈,不要跑出去玩。"张伟又叮嘱丫丫。

"知道了！哪里也不去，天天待在家里做宅女！"丫丫回答。

陈瑶嘻嘻笑起来："哎——做宅女好啊，没压力没忧虑，多好啊，想干吗就干吗，我倒是很想做一个宅女……"

张伟扭头看了陈瑶一眼说："又开始做白日梦了，不想做就休息，不想多劳累就别硬折腾，管理好这个小旅游公司就好了，别的等想做的时候再做……"

"唉……时不我待，心不由人，操心的命哦……"陈瑶摇头感慨着，"这人啊，人生啊……都是命……"

张伟扭头看了一眼陈瑶，微笑了下，说："别感叹了，呵呵……对了，我们该去看看何英的父母了，一个多星期没去了。"

陈瑶点点头说："嗯……好的，待会我们去超市买点老年滋补品。"

在张伟和陈瑶北上的同时，何英却一直在南下。

在张伟和陈瑶住在瑶南宾馆的那一晚，何英恰好也住在了瑶南宾馆。

第二天早上，何英一大早就起床，离开瑶南宾馆，打算开车继续南下。

开车时，何英看到停在车旁的蓝色宝马，看到车牌号码，几乎不敢相信自己的眼睛，身体不由晃了两下，有些眩晕。

毫无疑问，这是她的车！难道，他们一起回来了！

何英的心里仿佛打翻了五味瓶，什么滋味都有，一时不知是喜是忧。

何英呆呆地看着这辆车，怔怔地站了半天，看着院子里的人越来越多，最后终于一扭身打开自己的车门，开车离去。

何英先开车去了宁州，去了锦绣前程花园的那套房子。

打开熟悉的房门，进入熟悉的屋子，何英的心微微颤抖着，环顾着房间里的一切。

一切都是那样熟悉，一切都是那样整洁，只是，客厅里那兰花却不见了。何英心微微一缩，那是注定要枯萎的生命。

走进卧室，看着床上洁白的床罩，想起那记忆中曾经的欢笑，何英的眼睛湿润了。

何英微微叹了一口气，转身坐在床上。

这时，何英看到了张伟留在桌上的纸条，急忙伸手拿过来。

多么熟悉的字体，多么亲切的语气，何英心潮澎湃，急切地看下去。

反反复复看了几篇，何英的手轻微颤抖，嘴唇紧紧咬住，泪水流出来，滴落在纸条上，字迹变得斑驳起来……

良久，何英轻轻叹息了一声，将纸条原样放好，擦干眼泪，拉开抽屉，拿出银行卡和房产证，端详了一会儿，又重新放进去。

然后，何英又来到书房、餐厅、厨房，在每一个角落里温习过去的时光，缅怀曾经的风花雪月……

夜幕降临，何英到楼下吃了一碗面，她现在已经习惯了北方的面食，已经喜欢上了滚烫的北方饭菜。

然后，回到家中，坐在书房里，打开手提电脑，上网，登录 QQ，刚看到了张伟的留言。

何英的身体不禁又颤抖起来，他们果然去了瑶北，果然回家了。

何英怔怔地看着张伟的留言，一动不动，坐了好久，好久……

夜深了，何英站起身，走进卧室的门口，看着那张大床，注视着……然后，何英躺倒客厅的沙发上，熄灯，睡觉……

黑暗中，传来何英轻微的一声叹息……

第二天，何英开车经过天一广场，看到了熟悉的中天旅行社，只不过门头改了，名字叫：新中天旅行社。

发生了什么事情？何英在门口停下车，走了进去。

还是那个熟悉的环境，摆设基本没变，只不过，全部都是陌生的面孔，原来的员工一个也不见了。

何英懵懵懂懂地走进去，一位漂亮的小姑娘走过来，微笑着说："您好，请问我可以帮助您什么吗？"

小姑娘边说边将一本旅游线路手册递了过来。

何英接过来手册，没有看，微微一笑，问小姑娘："小妹，我想问一下，这里原来的人都到哪里去了？"

"这个，我也不知道，我是新来的。"小姑娘一看何英不是来询问业务而是来找人的，有些失望，给何英倒了一杯水，然后去招呼别的客人。

何英站起身，走到董事长办公室，敲了敲门，随着里面的一声"请进"，推门而入。何英一看，里面坐着一位漂亮的少妇，正在电脑上忙碌着。

"请问，您找谁？"少妇微笑着看着何英。

"我……我是想问问，原来这中天旅游的人到哪里去了？"何英说道，局促地站在门口。

"哦……这个我也不知道，我刚来这里不久，你去问问隔壁吧，"说着，少妇指了指对过的总经理办公室，"他是中天前老板的朋友。"

何英连忙致谢退出，关好门，然后进了总经理办公室，然后就看见了那个王老弟。

"嫂子！你怎么来了!?"对方显然很出乎意料。

"王总，原来是你接手了中天。"何英说。

"是啊，高哥被龙发旅游的郑总设计干掉了，被逼无奈，把中天给我了，他现在去东兴发展了，建了一个新的大地旅行社。"

"那以前的员工呢?"

"全部都走了，一个没留下。"

"哦……"何英点点头，指指隔壁，"那是……我记得你老婆好像不是她啊……"

"呵呵……新老婆，我以前的导游部经理，现在成了董事长了……"

何英点点头，没再说什么，又一个鹊巢鸠占的故事重演了。

何英告辞，离去。

何英开车直奔东兴，进城后，正好经过高强的大地旅行社。何英停下车，在车里观察了一会儿，正好看到高强出来送客人，看到了高强那张日益苍老憔悴的脸。

高强送走客人，随意瞥了一眼何英的车，暗色的车窗玻璃挡住了高强的视线，看不到车里的人，高强转身回了公司。

何英咬咬嘴唇，开车继续前行，不远处就是龙发旅游东兴办事处。

和高强的大地旅游相比，这里门庭若市，人来人往，热闹非凡。

何英静静地看了一会儿，不知道张伟在不在里面，但是看到了小郭正在门口擦车。

何英从后视镜里看到小郭突然冲自己的车走过来，一定是看到山东瑶北的车牌号码感觉很亲切，想过来唠嗑找老乡的。

何英觉得自己好像是在做贼，忙发动车离去，直奔乡下澄潭老家，看望父母。

车快到家门口的时候，何英突然发现蓝色的宝马停在自己家门口，急忙停车倒回，拐到一个巷子里，从巷子口正好看到家门口。

何英就坐在车里静静等待。

此刻，何英心潮澎湃，她知道，一定是陈瑶和张伟来看自己的父母的。妈妈每次给自己打电话都说陈瑶和张伟来看望自己的事情。

想起张伟，想起那逝去的风花雪月，何英的心一阵抽搐。

想起陈瑶，想起那过去的蹉跎时光，何英的心剧烈翻腾。

过了大约三十分钟，家门开了，张伟和陈瑶走出来，陈瑶挽着张伟的胳膊，小鸟依人状。

何英的呼吸急促起来，两眼死死地盯着张伟，看着自己朝思暮想的男人，自己曾经拥有而又主动放弃的男人，这个带给自己无限欢乐和幸福的男人，这个让自己从幸福极点坠入痛苦深渊的男人……

何英的肩膀剧烈抖动起来……

看到陈瑶挽着张伟的胳膊，看着张伟一会儿又亲昵地搂着陈瑶的肩膀，两人亲热地走向宝马，何英心如刀割，虽然自己无数次想象他们在一起的情景，可是，今天终于亲眼见到了，竟然从心里是那么难以接受，无法让自己去面对这个现实……

为什么！为什么会这样？为什么！为什么要这样？为什么要让我看到这一幕！

何英的心一阵剧痛，脑袋靠在车后背上，痛苦地闭上了眼睛，泪水滚滚滑落……

第四十六章 釜底抽薪

　　张伟和陈瑶在何英的妈妈家坐了一个多小时。

　　何英的爸爸妈妈和张伟已经很熟悉，见面很热情，每次都拿出当地的土特产来招待张伟和陈瑶。

　　张伟一直吃不惯南方的甜食，出于客套，偶尔吃一点就放下。陈瑶则不然，大口吃着点心，和何英的爸爸妈妈用东兴乡下土话大声地交谈、说笑着，让张伟怀疑陈瑶此刻不是一个高贵雍容儒雅的女董事长，更像是一个絮絮叨叨的农家妇女。这种感觉，张伟和陈瑶一起回瑶北的时候就感觉到了，陈瑶经常一有时间就钻进锅屋，和妈妈拉家常，唠唠叨叨的没个完，都不知道哪里来的那么多话题。

　　今天又是这样，陈瑶坐在小椅子上，叽叽喳喳地用张伟听不懂的话和二位老人在那里交谈。张伟无聊，就站起来看墙上挂着的相框，里面有何英的很多照片，从百日到小学到初中到最近的，从黑白到彩色，从单身到大家合影。

　　张伟看着何英的照片，心里很想问问何英的父母，何英有没有和家里联系过，何英有没有联系电话，何英的近况如何，何英在哪里做事情……

　　可是，张伟看了看正眉飞色舞说话的陈瑶，就打消了这个念头，多一事不如少一事，还是别自找烦恼吧。

　　好不容易等陈瑶和二位老人结束了谈话，两人就告辞出来，开车直奔市区。

　　"看不出，你可真能拉呱，"张伟边开车边对陈瑶说，"像个农村的家庭主妇，絮絮叨叨的……"

　　陈瑶忍不住笑了，又盘腿坐在座位上，看着张伟问："怎么？闲我唠叨了？告诉你，这还是少的，等以后我老了，唠叨得还厉害。"

　　张伟挠挠头皮说："嘿嘿……看不出啊，叱咤风云的女浙商竟然是这么一个俗不可耐的农家小妇女……俗！"

"呸！"陈瑶照张伟肩膀就是一拳，"你敢再说一遍？你说谁俗？"

张伟忙讨饶："没说你，我说得是我，是我……"

"我看也是，我告诉你，以后我的毛病还多了，看不惯趁早说……"陈瑶假装威风。

"不敢不敢，老婆大人大量，大人大量……"张伟笑嘻嘻地连声表白。

"第一，以后不许说我俗，第二，以后我要是唠叨你得耐心听，不许烦！听见没有！"陈瑶强势地说道。

"是！一切听老婆的！"张伟举手发誓。

"嗯……我不听你说，你的嘴巴太巧，我看你今后的行动，"陈瑶满意地说道，"你老婆不冲你唠叨，冲谁唠叨？"

张伟呵呵地笑着说："好吧，以后没事你就唠叨吧，最终成个农村的碎嘴婆。"

"碎嘴婆就碎嘴婆，反正以后我要是唠叨你不许说我，不许发烦，否则，有你好看的，"陈瑶盘腿摇晃着身体，突然又想起了什么，对张伟说，"何英可能要回来看她父母了……"

张伟一震，问："什么时候回来？"

"不知道，她爸妈只是说何英打了个电话回来，说近期可能要回来一趟。"陈瑶对张伟说。

"哦……"张伟答应了一声，没有说话。

陈瑶紧盯着张伟的眼睛，问："当家的，你怎么不说话？"

"你要我说什么？"张伟瞪了一眼陈瑶，"别没事找事，想套我是不是？"

"没那意思，"陈瑶嘻嘻笑着，"我的意思是说，如果何英回来了，我们是不是应该去见见何英，我给何英的父母说了，何英回来后和我说一声。"

"你什么意思？犯贱啊？你想去见你自己见，别没事找事，牵扯我进去，再说，人家回来还不一定想见你，你热乎个什么劲儿！"张伟装作满不在乎不耐烦的样子对陈瑶说。

其实，张伟很想见到何英，不管怎么说，毕竟两人曾经有过那么一段，毕竟何英对自己是真心的好。但是，张伟心里很清楚，在陈瑶面前，不管陈瑶是真的还是在试探自己，绝对不能流露出这个意思，虽然自己对何英没有了任何想法，但张伟还是不想惹没必要的麻烦。当然，何英自己来到他们面前，那是另外一回事。

爱情是自私的，女人在爱情上更是自私的！张伟牢牢记着伞人姐姐曾经告诉自己的话。

"好了，不见就不见，这么凶干吗？"陈瑶白了张伟一眼，没再提这事。

陈瑶不提，张伟更不想提，于是也闭口不再说话。

过了半晌，陈瑶对张伟说："先去医院吧？"

"干吗？"张伟问陈瑶，"王炎在那里呢。"

"王炎一天一夜没睡了，我去接替她。"陈瑶说。

"你代替不了王炎，医生不是说了，只有自己的亲人在旁边，才能有最好的效果。"张伟说。

"你不是王炎的亲人吗？你不是哈尔森的亲人？我不是你的亲人？我不是哈尔森的亲人？"陈瑶一连串反问张伟。

"嗯……是……我说的不是这个意思，我说的是那种关系的亲人……"张伟急忙辩解。

"只要是亲人就会有亲情，只要是亲情就会有感动，爱情和亲情你觉得区别很大吗？"陈瑶意味深长地看着张伟，又说，"即使我不能代替王炎，起码我可以在旁边陪着王炎，王炎不会再孤独，你没看见昨天刚见到她的时候，眼圈红得很厉害？眼泡肿得像铃铛……"

张伟默默地点了点头，开车直奔医院。

张伟坐在陈瑶办公室的沙发上，跷着二郎腿，悠闲地看着报纸，面前的茶几上放着陈瑶刚给他冲好的咖啡。

陈瑶刚从医院陪王炎回来，在办公室处理业务。张伟假期明天到期，今天还是很悠闲的，没事就在陈瑶办公室陪陈瑶上班。

一会儿徐君进来对陈瑶说："陈姐，旅游局办公室的徐主任前些日子打电话找你了，还上门来了一趟。"

"哦……什么事？"陈瑶看着徐君。

"他说奉领导指示，来公司拍几张照片，听说你不在，笑呵呵地就走了。"徐君告诉陈瑶说。

"拍什么照片？"陈瑶有些疑问，心里有一丝不祥之感。

"没说，好像是得有你在才能拍。"徐君又说。

张伟闻听放下报纸，说："老徐很会办事情啊，拍宣传图片的吧，要宣传咱家公司了？哈哈……宣传公司，没董事长照片怎么行？"

陈瑶看了张伟一眼，也笑呵呵地说："呵呵……有可能啊，呵呵……"

徐君摸摸脑袋说："记得他上次拍了不少啊，怎么还来拍呢？"

陈瑶微微一笑道："徐总，这就叫新形势下的新任务，要宣传自然是要最新的图片了……"

"对啊，"张伟看着徐君，"你这脑袋瓜子赶不上形势，没事多找丫丫去学习学习，丫丫的脑瓜子很前卫的……"

徐君呵呵笑了，说："好的，我出去了。"

徐君出去后，陈瑶的心里一阵发冷，看了看张伟，没做声，起身给张伟又加了点咖啡，然后回身来到电脑前，登录QQ，直接找到徐主任。

"徐主任，你好，听公司人员说你找我了？"陈瑶开门见山。

"是的，我去你公司要拍照片的。"徐主任说。

"拍照片？什么用途。"陈瑶问。

"不知道，潘副市长安排的，要拍你的特写照片，我前几天打你公司电话，你公司人员说你出差了，你现在一定也还没有回来吧。"徐主任话中有话。

陈瑶顷刻之间明白了拍照片的用意，也听出了徐主任话里的意思，忙说："是啊，我没回来，在外地跑。"

徐主任说："陈董，这就对了，没事多出去跑跑，最好……其实，我也很为难……陈董多理解……"

陈瑶心里涌起对徐主任的感激，忙说："徐主任，我明白，你话里的意思我非常明白，谢谢老兄，真的，很感谢，我知道该怎么做的……"

徐主任说："嗯……领导安排的事情是要做的……我去你那里之前是一定先给你打电话的，你不在公司我就不去，只有你在公司我才去的……"

徐主任的话说得很明朗，陈瑶明白徐主任是想借用拖的办法来帮助自己。

陈瑶说："我明白，老大哥，多谢。"

徐主任说："好的，我还在忙，先这样。"

陈瑶说："好的，再见。"

和徐主任聊完天，陈瑶不动声色地看了看张伟，抿抿嘴唇，低头考虑了半天。

正在这时，小如找自己聊天："陈董好。"

陈瑶一看，忙叫张伟："哥哥，快来啊，小如上线了。"

张伟笑呵呵地抬起头，说："上线就上线是了，什么大惊小怪的，你和她聊好了。"

"不嘛，你过来，咱俩一起和她聊。"陈瑶磨着张伟，"快来嘛！"

"讨厌！聊天还得叫我！"张伟扔下报纸，走过来。

陈瑶忙站起来，让张伟坐在老板椅上，搂着张伟的肩膀，笑呵呵地说："当家的，你和她聊，我看……"

张伟晃晃脑袋说："闪开了，我开始网聊泡美女了……"

陈瑶笑呵呵地，敲击着张伟的肩膀，说："快给人家回话。"

"小如妹妹好，想死你了！来，过来抱抱……"张伟大大咧咧地回答。

"啊——哈——"陈瑶拧了一下张伟的耳朵。

"嘻嘻……姐姐说话好怪啊，怎么感觉像是男的……"小如回答。

"哇哈哈……你猜我是男还是女？"张伟乐不可支，继续回答小如。

陈瑶伏在张伟肩上，笑得直不起腰。

"你不是姐姐？"小如问道。

"我是你姐夫，哇哈哈……"张伟继续夸张地说。

小如说："晕……原来是张伟啊，你……你欺负我……"

张伟说："哇哈哈……你姐姐在旁边啊，我可不是背地里欺负你的啊。"

小如说："哦……嘻嘻……你们在一起啊……"

张伟说："是啊，我在她办公室陪她上班的，我们前几天回老家恰巧你出差了，本想拜访你的，未能得逞……遗憾，你现在回去了？"

小如说："呵呵……抱歉，是啊，刚回来，刚看到你的留言……下次吧，下次我做东。"

张伟说："下次？下次我们回去就不用你做东了，我们做东请你喝喜酒了，你准备好红包哦……"

陈瑶轻轻地抚摸着张伟的肩膀，揉捏着关节。

小如说："哦……是啊，你们要结婚了……"

张伟问："咋？不高兴？"

小如说："高兴，高兴，真替你们高兴……"

张伟突然有些恶作剧的想法，说："看你也老大不小了，咋还不找个人嫁出去？老姑娘可不好。"

"和人家女孩子讲话，别这么直接。"陈瑶又拧了拧张伟的耳朵。

小如说："俺不想嫁就不嫁，你管得着吗？"

"看，人家生气了，"陈瑶拉开张伟，"闪开，我和她说话。"

"妹妹，我来了，刚才我们当家的说话太直接，你别介意啊……"陈瑶噼里啪啦地敲击着键盘。

张伟嘿嘿一笑，亲了下陈瑶的脸颊，去沙发上继续看报纸。

陈瑶继续和小如聊天。

聊了好一会儿，陈瑶才和小如结束。

之后，陈瑶摸起电话，打给何英的妈妈："阿姨，英英回来了没有？"

听见陈瑶在给何英的妈妈打电话，张伟竖起耳朵听着。

"没……没有……英英说……说事情多，不回来了……"何英妈妈在电话断断续续地说。

"哦……那好吧。"陈瑶心里一阵失望，又有些轻松，放下电话，看着张伟，"哥哥……何英暂时不回来了。"

"与我何干？不回来就不回来吧。"张伟埋头看着报纸。

"当然与你有关系啊，何英是我的姐妹，也就是你的姐妹啊，何况，你们俩以前还有一腿，她还是对你很好的……也算是我的前任了……"陈瑶半真半假地说道，眼睛紧盯着张伟。

张伟把报纸一扔，说："没事找抽型，是不是？"

陈瑶吐了下舌头，说："你自己干的事，还怕我说啊，你抽我看看？来啊，抽吧……"

张伟站起来，走过来，一把把陈瑶抱起来，脑袋往陈瑶胸前一埋，吹着热气，边瓮声瓮气地说："先哄哄，再抽！"

"啊哈哈……痒死了……"陈瑶笑得花枝招展，浑身颤抖，"死鬼，放下我……"

"还要不要我抽了……"张伟揉搓着陈瑶的臀部，嘴巴用力在陈瑶前胸拱。

"不要了，老公，饶了我……"陈瑶哈哈地笑着，浑身扭动。

正闹着，有人敲门。

张伟忙放下陈瑶，回到沙发上坐下。

陈瑶整理好衣服，端坐好，然后说："请进。"

门开了，一看，是小郭："陈姐，张哥，你们都在啊。"

张伟和陈瑶一看，互相对视了一眼，说："哈哈……"

小郭被笑得有些莫名其妙，问："你们笑啥？"

张伟一把把小郭拉过来坐下，说："没笑啥，正想你呢，你来了……来，坐下，上咖啡……"

张伟对陈瑶说着。

"来了……"陈瑶冲了一杯热咖啡端到小郭面前，也在沙发上坐下，"你张哥专门来陪我上班的，监工呢。"

小郭笑笑说："张哥，你这一休假，倒是很舒服，公司里可是乱了套了。"

张伟看着小郭，问："咋了？说说。"

小郭看着张伟说："主要是公司里的中层管理，大家习惯了你的管理方法，跟着郑总，一下子都不适应了，郑总经常喜欢越级管理，一竿子捅到最下面，结果弄得部门经理都很被动，管理起来很别扭，大家都很无奈，又很抱怨，唉……以前郑总好像不是这样的，现在大家普遍感觉郑总对他们不信任……"

张伟心里一沉，他知道老板和员工之间最可怕的事情就是缺乏互相之间的信任，没有了信任，什么事情都干不成。

"你那边没什么事情吧？"陈瑶在旁边注意听着，问小郭。

"我？"小郭苦笑了一下，"我和张哥一样，郑总也给配备了一个副队长，从宁州电话机公司那边过来的，老驾驶员，我现在基本是天天游荡，不管事了，老板有事情直接找副队长，不找我了……"

张伟一怔，说："老板对你起疑心了，因为你是我兄弟，那就是说，对我也起疑心了……"

小郭说："我也不知道，反正就是感觉老板对我和你不放心，大家背后都这么说，不然，干吗突然配备那么多副职？"

陈瑶凝神思考，不说话。

张伟看了看陈瑶，也没说话。

"大家心里都很苦闷，想找你说说话，委派我来找你，我打算先到这里来和陈姐说下的……"小郭说。

陈瑶一听，忙问小郭："大家都是谁？现在在哪里？"

"公司的中层管理人员，除了玲玲姐和于董的两个亲戚，今天是周日，都进城了，在一个茶馆喝茶呢。"小郭说。

陈瑶听完，看着张伟，不说话。

张伟站起身，看着窗外的街景，一会儿扭过头来，对陈瑶说："你到对过去给我订一个酒店单间，今晚我请哥儿们几个吃饭，拉拉家常……"

陈瑶点点头说："我马上安排，到时候你劝劝大家，必须和老郑配合好，不能带着情绪工作。"

张伟答应着："晚上你和我一起去，让他们拜见拜见小嫂子……呵呵……"

陈瑶笑了，说："呵呵……好吧，见见你这帮狐朋狗友……"

很快，陈瑶定好了房间，说道："东兴大厦酒店 216 房间，晚上六点到。"

张伟看看时间，对小郭说："你去通知他们，晚上六点到东兴大厦酒店 216 房间，我携美女董事长一起请兄弟们米西……"

小郭高兴地说："好的，马上就去。"

陈瑶看着张伟，说："当家的，他们都不认识我，我也不认识他们，到时候别说我的身份，就说我是你女朋友好了。"

张伟摇摇脑袋问："为嘛？"

陈瑶说："我的身份说出去不好，不知道的还以为我是在挖老郑的人呢。"

张伟拍拍脑袋说："对对对，老婆英明，老婆英明，甚对，甚对……"

陈瑶抿嘴笑了，其实她心里想的是不能压住张伟的风头，要给足张伟面子，让他的兄弟们别以为张伟傍了个女富婆。